M. Pohl

naur.

W0380250

Knaur.

Zum Buch:
Tilia, Tochter des Ritters von Wehrstein, wird an Allerheiligen des Jahres 1267 geboren. Einst war das Geschlecht ihrer Väter reich und mächtig und besaß großen Einfluss, doch diese Zeiten sind längst vorbei. Als Tilia von ihrem Vater den politisch heiklen Auftrag bekommt, zur Burg der Zollern zu reisen, wird sie nur von ihrer Magd Gret begleitet, einem Bankert ihres Vaters, und dem jungen Gefolgsmann Heinrich von Husen, der Tilia verehrt.
Auf Burg Zollern sollen Tilia und Gret der Tochter des Grafen dienen, doch Tilia muss bald erkennen, dass sie hier mehr als unerwünscht sind.
Zwischen Intrigen und Missgunst, Eifersucht und roher Gewalt lernt die junge Frau sich in der feindlichen Umgebung zu behaupten und dringt gleichzeitig in eine völlig fremde Welt ein, eine Welt, in der sie und Gret mehr und mehr an ihre Grenzen stoßen: Gret an die ihres Standes und Tilia an die ihres Geschlechts.

Zur Autorin:
Ulrike Schweikert, 1966 in Schwäbisch-Hall geboren, gab nach sechs Jahren ihren Job als Wertpapierhändlerin auf und studierte zunächst Geologie, später Journalismus. Nebenher begann sie über die Geschichte ihrer Heimat zu recherchieren. Ihre Romane »Die Tochter des Salzsieders« und »Die Hexe und die Heilige« waren große Erfolge.
Wenn Sie mehr über Ulrike Schweikert erfahren wollen, besuchen Sie ihre Homepage: www.ulrike-schweikert.de

Ulrike
Schweikert

Die Herrin der Burg

ROMAN

Knaur Taschenbuch Verlag

Besuchen Sie uns im Internet:
www.knaur.de

Vollständige Taschenbuchausgabe September 2004
Knaur Taschenbuch. Ein Unternehmen der Droemerschen Verlagsanstalt
Th. Knaur Nachf. GmbH & Co. KG, München.
Copyright © 2003 bei Droemersche Verlagsanstalt
Th. Knaur Nachf., München.
Alle Rechte vorbehalten. Das Werk darf – auch teilweise –
nur mit Genehmigung des Verlages wiedergegeben werden.
Umschlaggestaltung: ZERO Werbeagentur, München
Umschlagabbildung: FinePic
Satz: Ventura Publisher im Verlag
Druck und Bindung: Clausen & Bosse, Leck
Printed in Germany
ISBN 3-426-62662-4

1 3 5 4 2

Für meinen Mann Peter
und meine Eltern Brigitte und Manfred Schweikert

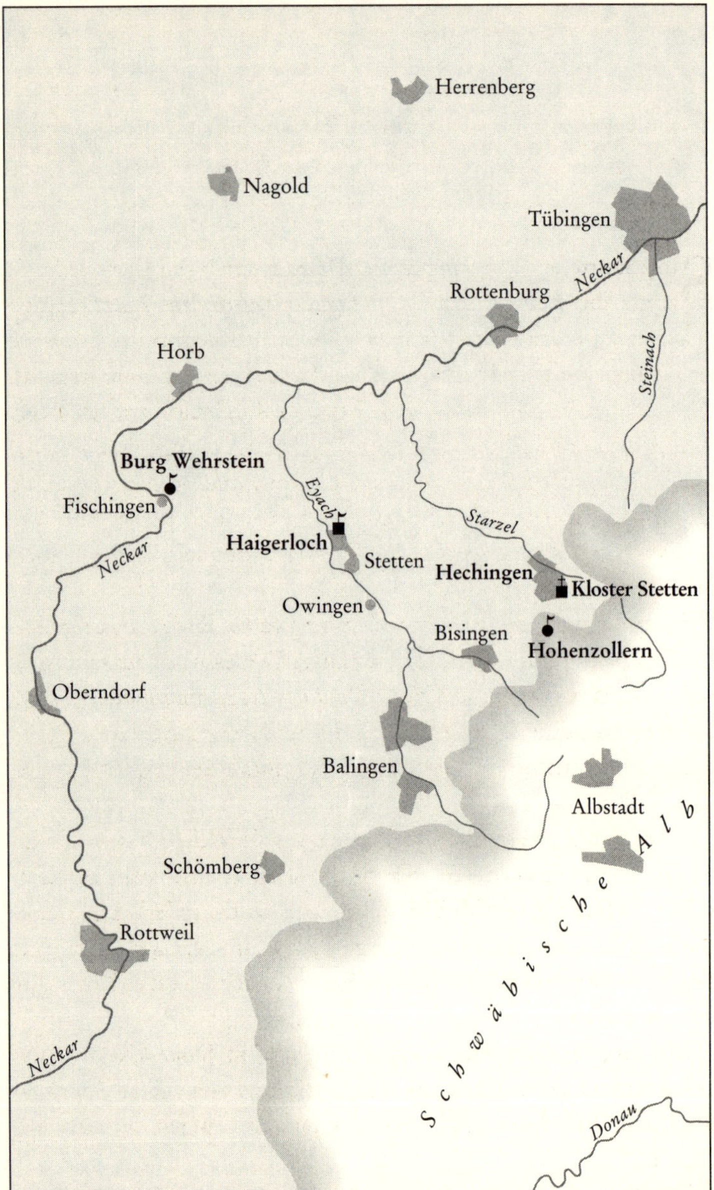
Herrenberg
Nagold
Tübingen
Neckar
Rottenburg
Steinach
Horb
Burg Wehrstein
Fischingen
Eyach
Starzel
Haigerloch
Stetten
Hechingen
Kloster Stetten
Neckar
Owingen
Bisingen
Hohenzollern
Oberndorf
Balingen
Albstadt
Schömberg
Rottweil
Neckar
Schwäbische Alb
Donau

PROLOG

Stolz führte er seine jungfräuliche Braut durch die Grafschaft. Er zeigte ihr die von seinem Vater neu gegründete Stadt Hechingen, die auf einem Bergsporn über der Starzel in Form eines Hufeisens gebaut wurde. Mit einer breiten Marktstraße und einer wehrhaften Stadtmauer sollte sie Handwerker und Kaufleute anziehen. Trotz Nieselregen und Kälte wurde unentwegt gesägt und gehämmert, stabile Balken eingegraben und Lehm mit Mist und Wasser gestampft, um das Flechtwerk zwischen den Balken damit zu bestreichen. Die ersten Häuser standen schon, die Dächer waren mit frischem Stroh gedeckt.

Bevor sie zur Burg auf dem Zollernberg ritten, führte der junge Zoller das Edelfräulein unweit des Hechinger Dorfes zu einem schlichten Gebäude. Eine Nonne, im Ordenskleid der Augustinerinnen, öffnete. Schweigend führte sie den Grafensohn und seine Braut zu der dem heiligen Johannes geweihten Kapelle. Die gräflichen Begleiter warteten draußen.

»Liebste Udelhild«, begann Friedrich, als sie allein vor dem roh geschnitzten Kruzifix standen, »ich möchte diese Klause ausbauen. Hier sollen Töchter unserer Vasallen leben und für die zollerischen Lande beten. Hier sollen einst unsere Särge und die unserer Kinder in einer Gruft vereint werden. Lass uns eine Kirche bauen – Gott zu Ehren und uns zur Freude!«

Mit ausgebreiteten Armen stand der große, schlanke Mann vor ihr. Das schmale Gesicht mit der geraden Nase und den vollen Lippen ihr erwartungsvoll zugewandt, in den blaugrauen Augen ein seltsames Strahlen.

Das blasse, schwarzhaarige Mädchen, das an diesem Tag noch nicht viel gesprochen hatte, lächelte ihren zukünftigen Gemahl scheu an und legte dann zögernd ihre Hand in die seine.

»Ja, Herr, lasst uns hier an diesem Ort beten. Er ist wunderschön.« Sie ließ ihn los und drehte sich einmal um ihre Achse. »Ja, hier will ich dereinst begraben werden.«

Friedrich lachte. »Du bist so jung, das soll noch nicht dein Gedanke sein. Jetzt wirst du erst einmal leben – mit mir leben!« Voller Stolz betrachtete er seine junge Braut. Das herrliche Haar, die reine blasse Haut, die zarten Brüste, von edler Seide umschmeichelt.

Schüchtern schlug sie die Augen nieder, als sie das begehrliche Brennen seines Blickes gewahrte. Er trat einen Schritt näher und küsste zart ihre Stirn.

»Ich werde dich lieben und ehren, Udelhild von Dillingen, das verspreche ich dir, hier vor dem Gekreuzigten und der heiligen Jungfrau. Wir werden das Geschlecht der Zollern vom Schatten ins Licht führen. Von unseren Nachkommen soll die ganze Welt sprechen!«

Sie zitterte, doch da die Glocke ins Refektorium rief, schickte er die Braut zu den Nonnen hinaus.

»Geh und setz dich zu ihnen, iss mit ihnen und wärme dich auf. Danach reiten wir zur Burg.«

Als sie die Tür hinter sich geschlossen hatte, trat er an das Kruzifix heran und betrachtete es eine Weile schweigend.

»Gnädiger Herr Jesu Christ«, sagte er dann mit fester Stimme, »zu Deiner und der heiligen Jungfrau Ehre will ich den Nonnen ein richtiges Heim geben.« Er breitete die Arme aus. »Ich werde nicht geizen und ihnen reichlich Ländereien schenken. Sie sollen hier Dein Lob singen. Großartig soll das Kloster werden – die Gebäude um einen geschützten Hof einhundertfünfzig Fuß lang oder mehr. Einen Saal mit spitzbogigen Fenstern will ich erbauen und einen Kreuzgang mit herrlichem Gewölbe – und eine Kirche« – er riss die Arme in die Höhe –, »die bis in den Himmel reicht.« Schwer atmend ließ er die Arme wieder sinken.

»Doch, Herr, alles ist ein Geben und Nehmen.« Er trat näher an das Kruzifix heran. Seine Stimme wurde eindringlich. »Lass das Geschlecht der Zollern erblühen. Segne diese Ehe mit kräftigen Söhnen – und nimm dieses herrliche Weib nicht wieder von mir. Sie ist wie die erste Blüte unter schmelzendem Schnee, und ich schwöre Dir, ich fasse kein anderes Weib mehr an, wenn ich ihre Liebe erringe. Nach vielen Jahren, Seite an Seite, soll sie dann dereinst zu mir in mein kaltes Grab steigen. Amen.«

Die Augustinerinnen bekamen ihre Ländereien. Sie begannen das Kloster zu errichten, doch auf ihre neue Kirche mussten sie lange warten. Es war nicht die Zeit, himmelwärts strebende Gotteshäuser zu errichten. Die Hände wurden zum Kämpfen und zum Beten gebraucht, denn das Land – das ganze Reich – drohte für immer unterzugehen.

GESCHICHTSÜBERBLICK

Ein düsterer Schicksalsstern stand über dem Heiligen Römischen Reich deutscher Nation, als der Enkel Barbarossas, Kaiser Friedrich II., kurz vor Weihnachten im Jahre 1250 erkrankte. Nur wenige Tage später starb er auf seinem Jagdschloss Fiorentino in Apulien. Seinem Sohn Konrad IV. waren nur vier Jahre als König gegönnt. Er hinterließ einen Knaben, kaum der Ammenbrust entwöhnt: Konradin, mit dem das stolze Geschlecht der Staufer im Jahre 1268 erlöschen sollte. Nach einem Scheinprozess richtete Karl von Anjou den halbwüchsigen Schwabenfürst in Neapel hin, trennte ihm mit einem Schwertstreich das Haupt vom Rumpf. Doch schon 1254, kaum dass König Konrad in seinem Grab ruhte, begann der Zank um Reich und Krone. Blutige Kämpfe wüteten unter dem zweifach erkauften Königsthron. Alfons von Kastilien und Richard von Cornwall brachten mit ihren Anhängern Leid und Tränen über die deutschen Völker.

Das Interregium, wie die kaiserlose Zeit auch genannt wurde, zeichnete ein Bild des Grauens. Kein Recht, keine Gerechtigkeit mehr, nur die Schärfe des Schwertes entschied. Noch bevor das letzte Lichtlein des einst mächtigen Hauses von Hohenstaufen erlosch, krochen aus den Trümmern die Geschlechter hervor, die einst im Schatten der hohen Herrn kaum zu sehen gewesen waren. Sie machten sich frei und zerrissen die alten Bande. Selbst Klöster und Städte lösten sich von den einstigen Herrn. Jeder suchte mit der Macht des blanken Schwertes an sich zu raffen, was er erwischen konnte. Grausige Fehden färbten die Erde rot. Auch die Geschlechter der von Zollern und der von Hohenberg suchten die Grenzen ihrer Besitzungen in des Nachbarn Eigen zu schieben. Vor wenigen Generationen noch verwandtschaftlich verbunden, brach nun erbitterte Fehde zwischen den Häusern am Rande der Schwäbischen Alb aus. Eifersucht und Machtgier schürten die Glut des Hasses. Brennende Gehöfte, verwüstete Felder und gequälte Bauern waren die Waffen, den Gegner in die Knie zu zwingen. Nichts mehr erinnerte an edles Rittertum, an Minnesang und Ehre, wenn die Horden der Grafen mordend und sengend über die Landschaften herfielen.

An Allerheiligen im Jahre des Herrn 1267 zog Graf Friedrich von Zollern, der Erlauchte genannt, mit seinem Erstgeborenen und seinen Lehensmännern gen Haigerloch. Man sah die Schenken von Zell-Andeck und den Truchsessen von Bisingen in seinem Gefolge, die Ritter von Lichtenstein und die von Ringingen, Edelknechte von Boll und von Steinhofen und Bewaffnete aus Hechingen, aus Balingen und Schömberg. Auch so mancher Bauer folgte mit Sense und Dreschflegel dem Tross der Reiter.

Graf Albert von Hohenberg, der den Zorn mit kalter Berechnung geschürt hatte, erwartete den Gegner vor Haigerloch. Doch der Zoller war schlau. Er umging die Falle und brannte eine kleine Ortschaft südlich der Stadt Haigerloch nieder, die denselben Namen führte wie das Kloster, das er für sein Eheweib hatte errichten lassen: Stetten.

KAPITEL 1

Zwei Ritter näherten sich von Süden her dem kleinen Ort Stetten bei Haigerloch. Der Edelfreie Hildebolt von Wehrstein kam mit seinem Lehensmann Ritter Wolfram von Husen an Allerheiligen von Konstanz her. Schon von weitem sahen sie die dunklen Rauchwolken in den Himmel steigen. Vorsichtig ritten sie heran und zügelten dann ihre Rösser. Es war den Bauersleuten gelungen, zwei der brennenden Häuser zu löschen, der Rest der Ortschaft lag in Asche. Nun machte sich das schmutzige Grüppchen daran, seine Toten auf den Platz an der Linde zu schaffen, um sie zu beweinen und dann der Erde zu übergeben.

»Nun geht es also wieder los«, sagte Wolfram leise und ließ seinen Blick über erschlagene Körper und rauchende Trümmer schweifen.

Sein Lehensherr seufzte. »Ja, da hat der Zoller ganze Arbeit geleistet. Das wird Albert nicht schmecken. Nein, das wird ihm ganz sauer aufstoßen.«

Hatten die beiden Männer in den letzten Stunden noch fröhlich gescherzt, so war der Wehrsteiner, als sie weiter ins Eyachtal hinabritten, schweigsam und in seine Gedanken versunken. Nun, nachdem die lang schwelende Fehde wieder in einen offenen Kampf ausgeartet war, würde es für ihn schwierig werden.

Bis vor wenigen Jahren waren die Verhältnisse klar gewesen. Die Herrschaft Wehrstein war teilweise zu Eigen, Teile aber zu Lehen vom Pfalzgraf von Tübingen. Die Wehrsteiner waren immer wieder im Gefolge der Zollerngrafen gewesen, hatten bisher jedoch noch keinen Zank mit ihren Nachbarn von Hohenberg. Nun waren aber im letzten Jahr, durch die Heirat der Pfalzgrafentochter Luitgard mit Burkhard von Hohenberg, die Wehrsteiner Lande als Mitgift an Hohenberg gekommen. Sich in einer offenen Schlacht und als Gefolgsmann des Zollerngrafen gegen seinen neuen Lehensherrn zu stellen, war sicherlich nicht klug.

Ritter Hildebolt dankte Gott und der heiligen Jungfrau, dass er an diesem Tag noch auf Reisen gewesen war. Doch würde der Zoller in Zukunft so einfach auf die Gefolgschaft der Wehrsteiner verzichten? Konnte er sich aus diesem Gezänk um alte Erbansprüche und neue Gebietsaufteilungen heraushalten? Sorgenfalten zeichneten sich auf seiner Stirn ab. Zwischen den großen Mühlsteinen zweier sich streitender Grafenhäuser konnte ein kleines Rittergut rasch zermahlen werden.

»Schaut nicht so grimmig drein, Herr«, unterbrach der Begleiter das finstere Grübeln. »Es wird schon alles gut gehen. Die Weiber sind robuster, als man denkt.«

Hildebolt sah den Gefolgsmann verständnislos an, doch dann nickte er, und die Falten auf der Stirn glätteten sich ein wenig. Er verzichtete darauf, dem anderen Ritter zu sagen, dass die Sorgen nicht seinem hochschwangeren Weib gegolten hatten. Stattdessen gab er seinem Pferd die Sporen und jagte in halsbrecherischer Geschwindigkeit den schmalen Pfad entlang, so dass Wolfram Mühe hatte, ihm zu folgen.

»Ich hoffe, sie kommt ihrer Pflicht endlich nach und schenkt mir meinen Erben«, rief der Wehrsteiner Wolfram zu, als die beiden zusammen die Eyach überquerten.

»Vielleicht könnt Ihr ihn schon heute Abend in Euren Armen halten«, antwortete der Lehensmann und trieb sein Pferd die steile Böschung hinauf.

»Dann beeilen wir uns. Heute Nacht die Füße am Kamin zu wärmen, lockt mich weit mehr als eine weitere Nacht unter Gottes eisigem Himmel, und wir haben noch ein ganzes Stück vor uns.«

Der Wehrsteiner duckte sich dicht über den Hals des Pferdes, um dem kalten Wind bei diesem steifen Ritt kein so leichtes Ziel zu bieten. Nun flogen seine Gedanken wie ein Falke zur heimischen Burg voraus und zu seinem Weib, das er dort vor fast drei Wochen zurückgelassen hatte.

✠ ✠

Die Feste Wehrstein thronte stolz wie der Adlerhorst über dem Neckartal und dem Weiler Fischingen. Sie hatte schon viele Könige kommen und gehen sehen, bot schon seit vielen hundert Jahren sicheren Schutz für ihre Bewohner und die Reisenden, die sich ihr für eine Atempause auf ihrer Wanderung anvertrauten. Umgeben von runden Türmen an jeder Ecke und einer hohen, zinnenbewehrten Stützmauer, erhob sich von der höchsten Stelle auf felsigem Grund der Bergfried. Trutzig ragte er über dem kahlen Steilhang auf, der sich gleich hinter den letzten Fischinger Häusern erhob. Burg Wehrstein war eine großartige Anlage. Wie viele Menschen hatten dereinst wohl im nahen Steinbruch die grauen Brocken gebrochen, sie auf krummem Rücken hierher getragen und auf schwankendem Gerüst zu festen Mauern gefügt? Hatten dies mächtige Bauwerk für ein ganzes Jahrtausend errichtet? Mächtig und wehrhaft, ja, den Edlen von Wehrstein in alten Zeiten angemessen, doch heute zu groß für ein Geschlecht, dem nur noch Güter in der Größe derer des Ritters Hildebolt zur Verfügung standen. So reichte der Frondienst der Bauern gerade mal, die Außenmauern und den Turm immer wieder auszubessern. Dabei hätte der Palas schon lange ein neues Dach nötig gehabt. Im oberen Stock war nur noch der kleine Raum auf der Südseite trocken, der nun der Edelfrau und ihrer Tochter Anna als Kemenate diente. Der Hausherr schlief seit dem Winter bei seinen Mannen im großen Saal, in dem sich auch die Wächter, Mägde und Knechte zusammendrängten, denn einige der altersschwachen Nebengebäude waren beim letzten Erdbeben in sich zusammengefallen und bisher nicht wieder aufgebaut worden. Die Steine dienten nun dazu, wenigstens die Küche auszubessern und eine kleine Vorratskammer anzubauen.

An diesem Allerheiligenmorgen wurden die Bewohner und Gäste auf Wehrstein noch vor dem Morgengrauen durch schauderhafte Schreie geweckt. Lang gezogen und quälend drangen sie durch die mit Fellen verhängten Fensterschlitze, krochen durch Mauerritzen und Gebälk und verscheuchten auch den Trunkenen die Schläfrigkeit.

»Nanu, wird heute in solch finsterer Früh schon ein Schwein geschlachtet?«, gähnte der Franziskanermönch, der auf seiner Pilgerreise nach Santiago heute Nacht hier Schutz gesucht hatte. Er erhob sich ächzend und zupfte sich ein paar Binsenhalme aus der zerschlissenen Kutte.

»Aber nein«, klärte ihn ein mageres Bürschlein von kaum acht Jahren auf, das neben ihm unter der Bank geschlafen hatte. »Das ist die Herrin, die da so schrecklich brüllt, dass Gott sich selbst die Ohren zuhalten muss.« Ein neuer, anhaltender Schrei drang die hölzernen Stiegen herab.

»Sie kriegt den Erben des Herrn – vielleicht, wenn es nicht wieder ein Mädchen wird«, erklärte der Knabe und fügte dann – für den Mönch – noch altklug hinzu: »Wenn die Kinder kriegen, dann schreien die Weiber halt so.«

Von draußen schallte es nun ähnlich weh und schmerzlich. Verwundert drehte der Mönch sein ergrautes Haupt.

»Mir scheint trotz allem, es wird heute Abend einen festlichen Schweinebraten geben.«

»Aber nein«, sagte der Junge noch einmal und schüttelte in komischer Verzweiflung den Kopf. »Das ist die Hailwig, meine Schwester. Die ist nämlich schon mindestens fünfzehn und kriegt jetzt auch ein Kind.« Plötzlich färbten sich seine Wangen rot. »Sie hat keinen Mann, Pater, aber weil doch das Kind vom Herrn ist, dann ist das doch sicher keine so große Sünde, oder?« Er sah den alten Mönch mit weit aufgerissenen, fragenden Kinderaugen an.

»Der Herr Jesu Christ wird ihr die Sünden vergeben«, murmelte der Gottesmann und strich über das mausbraune, verfilzte Haar des Kindes, bevor er sich langsam bückte und begann, seine wenigen Habseligkeiten in seinem Bündel zu verstauen. Eine Magd drückte ihm noch ein wenig Brot und Käse in die Hand. Dann machte er sich, schwer auf seinen Stab gestützt, weiter nach Westen auf. Die Schreie der Gebärenden begleiteten ihn zum Tor hinaus.

✠ ✠

In ein dickes Wolltuch gehüllt, die vom Reißen geplagten Glieder nur notdürftig an den glimmenden Kohlen gewärmt, saß die weise Frau aus Fischingen auf einem Schemel in der zugigen Kemenate der edlen Dame. Vom Fußende her betrachtete die Alte die Schwangere schweigend und kaute ungerührt auf einer gelblichen Wurzel herum, während das junge Fräulein von Neueck, das die Hand der Schwangeren hielt, jedes Mal zusammenzuckte, wenn ein neuer Krampf den Leib erfasste und die Herrin gequält aufstöhnte.

»Nun tu doch endlich etwas!«, hob sie ihre helle Stimme. »Merkst du nicht, wie sie leidet?«

»Dass sie leidet, ist nicht meine Schuld. Da müsst Ihr Gott und dem Herrn Ritter zürnen.« Sie spuckte gelb schäumenden Speichel in die frischen Binsen. »Und außerdem tue ich was, wenn es so weit ist – und wenn diese Schlampen von Mägden endlich mit dem heißen Wasser kommen!«

Das Fräulein von Neueck haderte noch mit sich, ob sie der unverschämten Alten darauf eine Antwort geben sollte, als die Tür aufgestoßen wurde und die beiden Mägde, mit geschürzten Röcken und rot glühenden Wangen, den Wasserkessel hereinschleppten.

»Na dann wollen wir mal«, murmelte die Hebamme, strich sich ihre schmutzigen Hände mit ranzigem Fett ein, trat ans Bett, schob die Röcke der Schwangeren hoch und fuhr ihr zwischen die Beine, bis die Edelfrau einen spitzen Schmerzensschrei ausstieß.

»Was steht ihr rum und glotzt«, keifte die Alte die Mägde an. »Haltet sie fest!«

Drunten, nur wenige Schritte über den gefrorenen Hof rüber, in dem niederen Küchengebäude, das etwas schief an der Ringmauer lehnte, kauerte die Unfreie Hailwig auf einem Strohsack nahe am Herd. Sie hatte es hier wärmer als die Herrin in ihrer Kemenate, und das Fehlen der Hebamme bezeichnete die Köchin als echten Segen. Den jüngeren Bruder, der neugierig nachsehen gekommen war, hatte Hailwig mit rüden Worten hinausgeworfen, so dass nun nur noch die Köchin und das Küchenmädchen bei ihr waren. Das Küchenmädchen rührte wild in der Milchsuppe, die sie gleich in den Saal bringen musste, und warf der Gebärenden ab und zu nervöse Blicke zu. Adelheid jedoch, die selbst schon eine ganze Schar lebender und toter Kinder zur Welt gebracht hatte, war nicht aus ihrem Gleichmut zu bringen. Sie wischte den Schweiß von der Stirn, stützte bei den Wehen Hailwigs Rücken, drückte, massierte, schob und zog, gab klare Befehle und hielt nach wenigen Stunden ein kerngesundes, lauthals schreiendes Mädchen in Händen, krebsrot und wild um sich schlagend, als sie das Würmchen in warmem Wasser wusch.

Der Kampf in der Kemenate oben zog sich hin. Die Schreie der Edelfrau begleiteten die Mägde und Knechte bei ihrem Tagewerk und verklangen erst, als die Sonne sich bereits dem Horizont näherte.

✠ ✠

Müde, schweißbedeckt und abgekämpft ritten die beiden Männer im Glanz der Sterne durch das Burgtor. Die Wächter grüßten ihren Herrn ehrerbietig und hielten ihm das zitternde Ross, während er sich schwerfällig aus dem Sattel schwang. Steifbeinig schwankten die Männer zum Palas hinüber, traten in den vom Kaminfeuer nur schwach erleuchteten Saal und ließen sich dann auf eine Bank vor den wärmenden Flammen sinken. Waffenrock, Schwert und Kettenhemd fielen achtlos zu Boden, von wo sie einer der Knechte aufhob, um sie zu reinigen. Erleichtert seufzte der Edelfreie, als ihm eine Magd die Schuhe auszog und er die schmerzenden kalten Füße den Flammen entgegenstrecken konnte. Eine Weile nippten die beiden Männer schweigend an ihren Bechern mit heißem Gewürzwein.

»Euer Eigen hat sich um zwei schreiende Rotznasen erweitert, Herr«, rief einer der Edelknechte dem Wehrsteiner nach einer Weile zu und hob seinen Becher.

»Keine Verluste zu beklagen!«, ergänzte ein anderer.

Hildebolt von Wehrstein nickte seinen Leuten zu. »Dann müssen wir wohl ein Fass für euch alle aufmachen.«

Die fröhliche Zustimmung war bis hoch in die Kemenate zu hören, wo die Wöchnerin, halb ängstlich, halb hoffnungsvoll mit dem Kind in den Armen ihren Gatten erwartete. Sie lauschte seinem schweren Schritt und hörte die ängstlich erwartete Frage, noch bevor sie den Ritter zu Gesicht bekam.

»Ist es ein Sohn?«

Sie richtete sich ein wenig auf und sah in das bärtige, abgekämpfte Antlitz ihres Gemahls.

»Nein, eine Tochter – aber ein gesundes kräftiges Kind«, fügte sie noch hinzu, doch er hatte sich bereits auf dem Absatz umgedreht und die Kemenate wieder verlassen.

Weinend drückte sie das schlafende Kind an sich. »Zwei Töchter und sonst nur totes Fleisch, ach, Herr im Himmel, muss er mir da nicht zürnen?« Und dennoch nagte auch heißer Zorn in ihrer Brust.

»Ist es denn meine Schuld, Heilige Jungfrau? Ist es meine Sünde allein, die uns straft? Ist nicht der Same des Mannes des Kindes Keim? Die Mutter nur das wärmende Nest?«

Der Wehrsteiner ging mit langen Schritten über den Hof, stieß die Tür zur Küche auf und trat in die Wärme. Respektvoll wichen die Frauen zurück, die sich um den Strohsack der jungen Mutter versammelt hatten.

»Und du, hast wenigstens du mir einen Sohn zustande gebracht?«

Trotzig sah ihm Hailwig in die Augen. Die Lippen zu einem dünnen Strich zusammengepresst, schüttelte sie den Kopf.

Dem Ritter entfuhr ein Fluch, so dass sich die Frauen hastig bekreuzigten. »Du wirst meiner Tochter Amme«, stieß er noch hervor, ehe er in die Nacht stürmte. Die Tür fiel krachend ins Schloss.

Im Turm holte er sich Wein, stürzte ihn so hastig hinunter, dass ihm ein rotes Rinnsal über den Bart floss und in das Hemd tropfte. Ein zweiter Krug folgte dem ersten. Ziellos taumelte der Hausherr über den Hof, lief schwankend an der Mauer entlang, stieg zum Turm hoch bis auf die Plattform, erbrach sich und sank dann auf den kalten Boden. Den Rücken an den rauen Stein gepresst, sah er in den klaren Sternenhimmel und haderte mit seinem Schicksal und mit Gott.

»Warum, warum«, brüllte er in die Nacht. »Herr im Himmel, bin ich kein richtiger Mann, dass ich keinen Knaben zeugen kann? War ich nicht ein frommer Christ und Ritter? Was für Sünden habe ich auf mich geladen? Sag es mir, du dort oben auf deinem Wolkenthron!«, schrie er. Die Wächter sahen betreten zur Seite.

»Das Kind kommt ins Kloster«, sagte er bestimmt, als er am nächsten Morgen die Kemenate wieder betrat. »Ich habe nicht die Güter, zweimal eine Mitgift zu bezahlen. Vielleicht wirst du mir ja doch noch meinen Erben schenken, für den dann noch ein Rittergut da sein muss.«

Sein Eheweib nickte unter Tränen. »Ich werde beten und alles versuchen.«

Rau und ein wenig unbeholfen strich er ihr über das Haar. »Vielleicht erhört der Herr unsere Gebete, wenn wir ihm dieses Kind schenken.«

✠ ✠

Während der Hohenberger in die zollerischen Lande einfiel und Balingen verwüstete, wuchsen die beiden Mädchen abseits der Fehde heran. Sie tranken Milch von derselben Mutterbrust, spielten zusammen auf dem Burghof, streiften gemeinsam über Wiesen und Felder und liefen beide weinend zu Hailwig, wenn sie sich das Knie aufgeschlagen oder die Hände im Dornengestrüpp zerkratzt hatten. Sie liebten sich, sie waren Schwestern, sie hatten den gleichen Vater, der sie beide ignorierte, und dennoch war Tilia von Wehrstein Ritterstochter und edelfrei, Gret ein Leben lang leibeigene Magd.

Ein wenig wehmütig beobachtete Sibylla von Wehrstein ihre Jüngste mit dem Gesinde im Hof herumtollen, wenn sie mit der älteren Tochter Anna auf einer Bank vor dem Palas saß, Stoffe säumte und Borten bestickte. Doch sie ließ das Kind gewähren, bis es seinen fünften Sommer gesehen hatte.

KAPITEL 2

Wir haben einen neuen König!«, rief der Bote, als er über die hölzerne Zugbrücke donnerte. Neugierig schwatzend strömten die Wehrsteiner in den Saal und scharten sich um den Mann, der die Nachricht in alle Lande trug.

»Fast zwanzig Jahre herrschten Kriegswirren und Fehdengewühl, heißer Zorn und wilde Gier. Die Dörfer sind verwüstet, Felder liegen brach, die Bauern und die Herren hungern«, begann er seine ausschweifende Rede, nahm dankbar den Becher entgegen, den die Hausherrin ihm reichte, stieg auf die Bank, um mit seiner Stimme auch alle zu erreichen, und fuhr dann mit seiner Geschichte fort.

»Die Herren suchen die Juden auf. Keiner hat Geld in seinen Truhen. Immer lauter erschallten die Stimmen durch das Reich. Ein König muss her, das Land zu befrieden!«

Er machte eine Pause, ohne das ungeduldige Scharren und Räuspern seiner Zuhörer zu beachten. Wie einer der reisenden Geschichtenerzähler beugte er sich vor, ließ den Blick über die Ritter, Edelknechte und das Gesinde schweifen und senkte dann seine Stimme.

»Doch wer sollte es sein? Der mächtige König Ottokar der Zweite von Böhmen? Der war den Herren Kurfürsten nicht so recht geheuer. König Philipp der Zweite aus Frankreich? Ein Franzose schon gar nicht!« Wieder hielt er inne und trank genüsslich seinen Becher leer.

»In Frankfurt oben saßen unsere mächtigen Fürsten des Reiches zusammen, die Erzbischöfe aus Mainz, Köln und Trier, der Pfalzgraf bei Rhein, der Herzog von Sachsen und der Markgraf von Brandenburg. Anstelle des mächtigen Ottokar von Böhmen haben sie den Bayernherzog noch dazugeladen.«

Erneut machte er eine Pause, ließ sich den Becher wieder füllen, trank ausgiebig, rülpste und fuhr dann fort:

»Ein König muss her, stark muss er sein, doch auch nicht zu stark, denn keiner will die mühsam erkämpften Ländereien und das eilig zusammengeraffte Krongut wieder herausgeben.«

»Wer ist denn nun unser neuer König?«, unterbrach ihn eine helle Kinderstimme ungehalten. Tilia stampfte mit dem Fuß auf die Erde. Der Bote lachte, bückte sich hinab und strich ihr über das Blondhaar.

»Es steht einer Jungfrau nicht an, so ungeduldig zu sein und einen Mann zu unterbrechen, kleines Ritterfräulein, doch ich werde es dir verraten: Ihre Wahl fiel auf den Landgrafen Rudolf von Habsburg. Er ist kein Schwächling und scheint dennoch genug Respekt vor den mächtigen Herzögen und Bischöfen zu haben.«

»Rudolf von Habsburg? Den kenne ich nicht«, sagte das Mädchen enttäuscht und wandte sich wieder ihrer Puppe zu.

»So reiste der Burggraf von Nürnberg nach Basel, wo unser König, nichts von der ihm angetragenen Ehre wissend, sich mit dem treuebrüchigen Bischof schlug. Der Bischof von Basel ist zwar eigensinnig, aber nicht dumm. Zähneknirschend hat er dem Habsburger Frieden angeboten. Und so zieht König Rudolf der Erste von Habsburg nun durch das Schwabenland und dann nach Aachen, um die Krone entgegenzunehmen.«

»Wo ist er denn jetzt, der neue König?«, mischte sich Tilia noch einmal ein.

»Nun, im Moment ist er sicher in Haigerloch bei seinem Schwager Albert von Hohenberg. Vielleicht werden dort gerade Ochsen und Hühner, Schweine und Gänse für ein herrliches Festmahl geschlachtet.« Der Bote schnalzte mit der Zunge.

Die Hausherrin verstand den Wink, lud den Gast ein, zu bleiben, und versprach, bis zum Dunkelwerden ein feines Mahl auf den Tisch zu bringen.

✠ ✠

Am anderen Tag, als der Bote bereits weitergeritten war, rief Sibylla von Wehrstein ihre Zweitgeborene zu sich in die Kemenate und gebot ihr, sich auf die große Kleidertruhe zu setzen. Bedächtig fädelte die Edelfrau einen grünen Seidenfaden ein, während Tilia ungeduldig auf dem polierten Holz hin und her rutschte. Gret wartete draußen. Sie wollten nach Brombeeren suchen und sehen, ob das Eichhorn wieder auf dem Nussbaum saß. Doch die Mutter ließ sich Zeit, betrachtete ihre Tochter im braunen, knielangen Kittel, mit dem schmutzigen Gesicht und den zerzausten blonden Zöpfen. Dann endlich senkte sich ihr Blick wieder auf die Stickerei, und sie begann zu sprechen.

»Ich habe dich lange gewähren lassen, mein Kind. Du hast die Freiheit genossen, doch nun bist du alt genug, die Dinge zu lernen, die eine Frau können muss. Dein Vater hat dich fürs Kloster bestimmt. Für erbauliche Psalmen und heilige Gesänge ist der Pater zuständig. Von mir jedoch wirst du lernen, deine Hände zu gebrauchen. Die Nonnen werden dankbar sein, wenn du einen Schleier wohl zu säumen oder ein Altartuch zu besticken weißt.« Sie sah ihre Tochter scharf an, ob diese auch den Ausführungen lauschte. Das Kind faltete rasch die Hände, die bisher eifrig den geschnitzten Verzierungen an den Rändern der Truhe nachgefahren waren, und sah die Mutter aus großen, blauen Augen an.

»Dein Platz ist nun hier bei mir – und manche Stunde auch bei Pater Seifried. Du wirst nicht mehr durch die Wälder streichen oder dich bei den Wachen herumtreiben.«

»Aber was ist mit Gret? Ich muss doch zu ihr und muss in die Küche und aufs Feld zu Hailwig«, wagte das Mädchen einzuwenden.

»Sie werden nicht mehr da sein.« Die Mutter ließ das Stickzeug sinken. »Dein Vater hat sie und ein paar andere Mägde und Knechte an die Mönche von Kirchberg verkauft. Sie werden für das Kloster auf einem Gut in Isenburg arbeiten.«

Der Kindermund öffnete sich zu einem tonlosen O. Hinter der gekrausten Stirn schien es zu arbeiten, dann krampften sich die kleinen Hände um die Schnitzereien, als sie verstand. »Sie werden für immer weggehen?« Tränen schossen ihr in die Augen. »Aber das geht nicht, weil – weil …« Sie schluchzte auf.

Sibylla seufzte, legte ihr Stickzeug sorgfältig zusammen, erhob sich und schritt hinüber zur Truhe. Sie zog das Kind auf ihren Schoß, wiegte es und ließ es einige Zeit weinen.

»Tilia, mein Kind, Hailwig ist nur eine Magd, und auch Gret wird später eine sein. Du sollst nicht um sie weinen. Du kannst – du darfst dein Herz nicht an sie verschwenden.«

Das Mädchen hob den Kopf und sah die Mutter streng an. »Ich muss die Gret aber lieb haben. Sie ist meine Schwester!«

»Ist sie nicht. Anna ist deine Schwester.«

Tilia schob schmollend die Lippen vor. »Hailwig hat das aber gesagt.«

Der Mutter entschlüpfte ein ärgerlicher Laut, doch die Tochter unterbrach sie sogleich.

»Kann nicht wenigstens die Gret bleiben? Sie ist doch noch so klein und kann für die Mönche noch nicht richtig arbeiten, und ich bin dann immer ganz brav und lerne die Psalmen und sticke und …«

Vor Eifer zitternd, presste sie ihren Vorschlag heraus und sah mit starrem Blick zur Mutter hoch, als könne sie so eine Zustimmung erzwingen.

Die Edelfrau seufzte, dachte nach und begann geistesabwesend das Kinderhaar zu entwirren. Als es streng geordnet in zwei Zöpfen auf den Rücken fiel, entließ sie die Tochter und ging hinunter in den Saal, um mit dem Edelmann zu sprechen.

Drei Tage später zog eine kleine Schar Männer, Frauen und Kinder in aller Früh zum Tor hinaus, um sich in Begleitung zweier Mönche nach Isenburg aufzumachen. Auch Hailwig, hochschwanger, war mit ihrem neuen Ehegatten dabei. Mit Tränen in den Augen folgte sie dem Tross, drehte sich jedoch immer wieder um, um noch einen Blick auf ihre Tochter und ihr Ammenkind zu werfen, die sie beide auf Burg Wehrstein zurücklassen musste.

So blieben die Freundinnen und Halbschwestern ungetrennt, doch Gret begriff schnell, welch großen Unterschied es bedeutete, Edelfräulein oder Magd zu sein. Nicht nur, dass sie Tilia nun mit »Ihr« und »Euch« ansprechen musste – zumindest, wenn andere Ohren es hören konnten –, die gemeinsame Zeit schmolz mit jedem Jahr ein Stück mehr dahin. Die freie Kindheit war vorüber. Gret war nicht dumm. Ihre wachen Augen beobachteten die Welt, ihr Mund formte Fragen, die keiner hören wollte und die ihr niemand zufrieden stellend beantworten konnte.

Warum bekam Tilia einen fellgefütterten Mantel, während sie selbst in ihrem alten löchrigen Umhang frieren musste? Warum tranken Mägde und Knechte Molke und Wasser und die Ritter roten Wein? Warum froren die Wächter im Turm, während sich die Ritter am Kamin im Saal wärmten? Warum konnte der Herr Menschen einfach verkaufen, verschenken, eintauschen? Warum, warum, warum …

Doch sie sah auch, welch Unterschied es war, Frau oder Mann zu sein. Auch Edelfrauen hatten zu gehorchen, wenn der Herr etwas befahl. Sie mussten vom Morgengrauen bis in die Nacht schuften, während die Ritter und Edelknechte, die auf der Burg dienten, an manchen Tagen sich nur müßig ins sonnenbeschienene Gras flegelten, ihre Waffen putzten, aßen und tranken, Geschichten erzählten und den vorbeieilenden Mägden in den Po zwickten.

Die Herrin war streng zu ihren Mägden und ihren Töchtern, aber auch zu sich selbst. Jeden Morgen musste der Saal gereinigt werden, Knochen, Essensreste und die schmutzigen Binsen hinausgeschafft und über die Mauer geworfen werden, der Kamin von Asche gereinigt, die abgebrannten Kienspäne ersetzt, der lange Tisch geputzt und poliert werden, bis das Holz makellos glänzte. Oft legte die Edelfrau selbst mit Hand an. Erst wenn die Herrin zufrieden war, durften die sauberen Binsen ausgestreut werden. Am Tag unterschied sich die Herrin auf den ersten Blick kaum von ihren Mägden. Auch sie trug einfache Röcke aus ungebleichter Wolle, vielleicht ein wenig sauberer, feiner genäht, der Saum eine Hand breit länger. Nur ihr Gebende, streng geschnürt, dass sie kaum den Mund öffnen konnte, war immer blütenweiß und aus feinster Seide.

Verschwendung gab es nicht auf Wehrstein. Jedes Kleidungsstück wurde sorgfältig immer wieder geflickt, dann noch von den Mägden getragen, bis der Stoff fast auseinander fiel. Auch das Essen auf der Burg war nur selten üppig. Der Völlerei durfte nur an hohen Festtagen gefrönt werden, und dann hatten auch die Unfreien ihren Teil daran – vielleicht nicht gerade am Wildbret, aber doch an Schweinefüßen, Kutteln, Speck und anderen Köstlichkeiten.

✠ ✠

»Wohin reitet Ihr, Ritter Wolfram?«, fragte Tilia neugierig und trat an das braune Streitross heran, das gesattelt im Hof stand. Sie bot dem Tier ein Stück ihrer Rübe an und strich ihm über den schwarzen Fleck an der Stirn.

»Ich reite nach Fischingen runter und dann zur Mühle. Zwei Sack Mehl ist der Müller uns noch schuldig.«

»Oh, nehmt mich mit«, rief das Kind. »Ich werde ganz still sitzen und auch beim Müller brav und sittsam sein.«

Wolfram von Husen zog den Sattelgurt nach. »Kleine Tilia, das geht nicht. Eure Mutter würde mir den Kopf abschlagen.«

Das Mädchen verlegte sich aufs Betteln. »Oh bitte, Ihr seid doch ein tapferer Mann, und sie braucht es ja nicht zu erfahren. Außerdem muss eine Edelfrau lernen, eine Burg zu führen. Wie oft sind der Vater und all die Ritter weit weg?« Flehend sah sie zu dem Lehensmann ihres Vaters hoch.

Wenige Augenblicke später ritt Wolfram von Husen, Tilia vor sich im Sattel, zum Tor hinaus, über die Zugbrücke und dann den engen Pfad nach Fischingen hinunter. Das Mädchen strahlte den Ritter aus blauen Augen an. Voll Freude, ein Stück der weiten, unbekannten Welt zu sehen, stimmte sie ein Lied an, das sie bei den Mägden schon oft gehört hatte. Der junge Ritter lächelte zärtlich. Zwar hatte er daheim ein Weib und einen Knaben, aber die sah er nur selten. Das aufgeweckte Mädchen seines Lehensherrn jedoch, das ihn so oft wissbegierig mit Fragen löcherte, war ihm lieb wie eine Tochter.

Die Hände in die Hüften gestützt, die Lippen zu einem schmalen Strich zusammengepresst, stand Sibylla von Wehrstein vor dem Palas, als der Ritter und das Kind zurückkehrten.

»Mutter, es war so aufregend!«, rief Tilia und ließ sich vom Pferd gleiten. »Ich durfte die Mühle sehen. Das riesenhafte Rad, das vom Strom des Wassers bewegt wird und dann die Steine rührt, um ohne Menschenkraft feines Mehl zu mahlen.«

Der Ritter bemerkte die Gewitterwolken hinter der weißen Stirn sehr wohl. Entschuldigend verbeugte er sich.

»Ich habe gut auf sie Acht gegeben, Herrin. Zürnt uns nicht. Es war ein erfolgreicher Ritt. Die Mehlsäcke werden noch heute auf der Burg sein.«

»Dazu bedurftet Ihr wohl kaum der Hilfe des Kindes«, sagte Sibylla gepresst.

»Nein, sicher nicht.« Er senkte den Kopf. »Es ist nur – sie hat so gebettelt, mitkommen zu dürfen. Tilia ist nicht wie Anna oder wie die anderen Kinder. Sie ist eher wie ein kleines wildes Tier.«

»Ja, und wenn Ihr sie mit hinausnehmt, dann wird sie noch wilder. Wollt Ihr an dem Leid schuldig sein, wenn sie den Duft von Freiheit gekostet hat und ihr Vater sie dann hinter Klostermauern sperrt? Sie wird jetzt lernen, dass das Leben harte Arbeit und Verzicht bedeutet.«

Der Ritter verbeugte sich steif. »Es wird nicht wieder vorkommen, Dame Sibylla.« Er drehte sich um und führte sein Pferd in den Stall.

»Du kommst mit mir!«, herrschte die Mutter das Mädchen an, das dem Ritter folgen wollte. »Du wirst heute noch ein Schleiertuch säumen. Sauber und mit kleinen Stichen, sonst trenne ich die Arbeit wieder auf. Dabei kannst du mir die Psalmen aufsagen, die du gelernt hast.«

Tilia verdrehte die Augen, wagte jedoch nicht, zu widersprechen. Während die Nadel noch etwas unbeholfen durch den Stoff glitt und ihre Zunge die lateinischen Worte plapperte, wanderten ihre Gedanken noch einmal hinaus vor die Burg und ins Tal zum rauschenden Neckar hinab.

✠ ✠

Die Feste Wehrstein lag abseits der viel berittenen Routen und abseits von großer Politik und Zank, und doch musste Hildebolt von Wehrstein immer wieder mit seinen Mannen hinausziehen, um fremde Streitereien auszufechten. Das Land war zu klein, die Abgaben zu hoch, um nur von den Früchten des Bodens zu leben. Manchmal blieben die Frauen, Kinder und das Gesinde monatelang nur mit einem Ritter oder Edelknecht als Schutz auf der Burg zurück. Müde, schmutzig und manchmal auch verletzt kamen die Männer dann irgendwann nach Hause. Auf manche warteten die Daheimgebliebenen jedoch vergeblich.

»Der Wolkhart ist in Ehre gefallen, sonst sind alle wohlauf«, war das Einzige, was Sibylla ihrem Gatten entlocken konnte, als die Männer im späten Herbst von einem langen Zug zurückkamen. Sie begnügte sich mit dieser Antwort und fragte nicht weiter, reichte ihm stattdessen ein mageres Hühnchen und mit Wasser verdünnten Wein. Es interessierte sie nicht, was außerhalb der Burg geschah. Hauptsache, auf Wehrstein ging das Leben weiter. Doch Tilia schaute oft vom Bergfried ins weite Land hinaus und fragte sich, wie es hinter dem Wald und den Hügeln wohl aussah. Sie hatte ihren Ritt nach Fischingen nicht vergessen und träumte oft von rauschenden Bächen und weiten Wiesen. Es drängte sie, mehr zu erfahren. So stellte sie sich vor den Vater hin, verschränkte die Hände hinter dem Rücken und fragte:

»Wo wart Ihr die ganze lange Zeit? Erzählt mir davon.«

Hildebolt sah mit ernster Miene auf seine Tochter hinab. »Wir waren bis in Wien, um des Königs Stadt aus der Hand des Feindes zu befreien, denn der verschmähte Ottokar aus Böhmen will sich nicht damit abfinden, das ein anderer die Krone trägt.«

Tilia kratzte sich an der Nase. »Der Ottokar wollte König werden, aber der Rudolf ist es geworden, und nun ist der Ottokar böse und will dem König seine Stadt wegnehmen?«

Der Wehrsteiner lachte. »Ja, so ist es, doch dein Vater und Wolfram von Husen und all die anderen Ritter haben Wien befreit. Und nun lass mich in Frieden essen.«

Das Mädchen lief zu Wolfram hinüber.

»Wo ist Wien? Ist das schön dort? Nehmt Ihr mich das nächste Mal mit?«

Wolfram von Husen zog das Mädchen am Zopf. »Solch vorwitzige blonde Jungfrauen können wir nicht gebrauchen, wenn die Schwerter blitzen und die Pfeile schwirren. Es würde dir eh nicht gefallen, kleine Tilia.«

Tilia schob schmollend die Lippen vor. »Doch, das würde es. Erzählt mir mehr davon.« Der Ritter zog das Mädchen auf seinen Schoß, schlang die Arme schützend um die zarte Gestalt und begann zu erzählen. Von tapferen Rittern und schnaubenden Rössern, von einer langen Reise durch ein unbekanntes, wildes Land.

»Bleibt Ihr jetzt lange hier und schnitzt mir eine neue Puppe?«

Der Ritter riss einem gebratenen Huhn den Flügel ab und drückte ihn dem Mädchen in die Hand. Den Rest behielt er für sich und grub seine Zähne tief in das weiße Fleisch.

»So lange, dass es für eine neue Puppe reicht, bleiben wir ganz bestimmt«, sagte er mit vollem Mund. »Doch wer weiß, was der Frühling bringen wird. Vielleicht werden wir hier in Schwaben Arbeit für unsere Schwerter bekommen.«

»Warum?«, fragte Tilia und leckte sich das Fett von den Lippen.

»Das ist nicht einfach zu erklären. Bisher haben viele der Fürsten an der Seite des Königs gekämpft. Doch nun hat der König auf dem Reichstag in Augsburg eine Urkunde aufgesetzt.« Das Mädchen legte den abgenagten Flügel auf den Tisch und gähnte. »Er fordert alle Krongüter zurück. All die Verträge und Schenkungen, heimlichen Absprachen und Räubereien, seit Friedrich der Zweite König und Kaiser war, sind nichtig.« Tilia schloss die Augen.

»Es gibt keinen unter den Fürsten, der nicht zornig wäre. Haben sie ihm deshalb zu seiner Krone verholfen? Welch Undank von einem Mann aus solch unbedeutendem Haus. Doch es gibt auch einige, die sich auf die Seite des Königs stellen, weil sie sich Vorteile davon versprechen.«

Die gleichmäßigen Atemzüge zeigten, dass das Kind in seinen Armen eingeschlafen war, doch der Ritter redete mit leiser Stimme weiter.

»Nun hat der König, da er mit dessen Schwester Anna verheiratet ist, den Hohenberger damit beauftragt, die Reichslehen wieder einzutreiben. Er ist jetzt Vogt für Niederschwaben. Der heißblütige junge Graf Eberhard von Württemberg schäumt vor Wut. Er wird es nicht zulassen, dass man ihm auch nur ein Gehöft wegnimmt. Weißt du, was das bedeutet, kleine Tilia?«

Das Kind grunzte im Schlaf.

»Es wird Krieg in Schwaben geben. Einen Krieg, wie wir ihn hier noch nicht erlebt haben.«

Vorsichtig erhob er sich und trug das schlafende Mädchen zur Treppe, wo Fräulein von Neueck schon wartete. Behutsam legte er sie ihr in die Arme, doch das Fräulein ließ das Mädchen zu Boden sinken, schüttelte sie, bis sie erwachte, und führte sie dann die Treppe hinauf.

✠ ✠

»Komm mit, ich muss dir etwas zeigen«, sagte Gret und nahm Tilia bei der Hand.

Die Ritterstochter zögerte. Sie sah an sich herunter und betrachtete den langen Rock aus feinem Barchent, den die Mutter ihr genäht hatte. Wie praktisch doch die knielangen Kittel gewesen waren! Tilia seufzte leise.

»Wohin willst du? Wird man dabei sehr schmutzig?«

Gret zuckte die Schultern. »Es ist eine Überraschung. Willst du sie dir nicht ansehen?«

Tilias Wangen glühten. »Doch, natürlich.« Sie raffte den Rock und ließ sich von Gret über den Hof in die Scheune ziehen, die windschief an der Burgmauer lehnte.

»Komm mit hinter den Heuhaufen«, forderte Gret ihre Schwester auf und sank auf die Knie.

Sie erklomm das duftende Heu und ließ sich dann auf der anderen

Seite des Haufens wieder hinuntergleiten. Auf allen vieren kroch sie an der Wand entlang, bis zu einem losen Brett.

»Hier müssen wir durch«, raunte sie. Tilia folgte ihr dicht auf den Fersen.

»Da sieh, ich habe sie gefunden!«, strahlte Gret und zeigte auf die drei winzigen Fellbündel, die hinter der Scheune in einer geschützten Mauernische auf einem alten Lumpen lagen.

»Oh! Hier hat die Alte sie also versteckt«, staunte Tilia und drückte ein getigertes Kätzchen, das die Augen noch geschlossen hatte, an ihre Brust. »Ich dachte schon, die Hunde hätten sie geholt.«

»Nein, die Katze ist schlau«, sagte Gret und kitzelte ein schwarzweiß Geflecktes an der Nase. »Hier kommen die Hunde bestimmt nicht her.«.

»Fräulein Tilia, seid Ihr hier drin?«, erklang die Stimme des Paters.

Die Mädchen sahen sich an, grinsten und legten die Hände auf ihre Lippen.

»Bist du sicher, dass sie hier hineingelaufen sind?«, fragte der Pater. Seine Stimme klang ärgerlich.

»Aber ja«, hörten die Mädchen die Stimme eines Knechtes.

»Tilia, komm sofort her!«, befahl die Mutter.

Das Mädchen ließ die Schultern hängen, das Lächeln auf ihren Lippen erlosch. Vorsichtig schob sie das Brett zur Seite und kroch über den Heuberg zurück.

Den ganzen Weg zurück schimpften die Mutter und der Pater von beiden Seiten auf das Mädchen ein. Betreten senkte sie ihren Blick auf den nun mit braunen Flecken übersäten Rock und schwieg. Bis zum Abend saß sie mit ihrem Lehrer zusammen, wiederholte die lateinischen Worte, die für sie keinen Sinn ergaben, und ertrug die Stockschläge auf die Finger, wenn sie sich verhaspelte. Dann sang sie Kyrie eleison und Ave Maria, und der Wind trug ihre Stimme bis zu Gret, die, drei junge Katzen im Schoß, auf der Schwelle der Scheune in der Abendsonne saß.

✠ ✠

Der Streit im Reich schwelte weiter. Immer wieder bat ein Bote, wichtige Briefe und Urkunden im Gepäck, um warme Suppe und ein Nachtlager. Dann lauschte die Schar der Ritter und Edelknechte gespannt, was draußen im Land so vor sich ging. Auch so mancher wandernde Mönch wusste Neues. Am Abend, wenn alle sich im Saal versammelt hatten, die Mägde Schüsseln mit dampfender Suppe und graues Brot verteilten, und die Becher mit rotem Neckarwein gefüllt waren, dann war es Zeit, Geschichten zu erzählen. Etwas abseits der großen Tafel saß die Edelfrau mit ihren beiden Töchtern und dem Fräulein von Neueck. Doch sobald das Essen vorüber war, schlich sich Tilia näher zu den Rittern und Edelknechten. Wenn die Mutter sich in die Kemenate zurückgezogen hatte, dann krochen Tilia und Gret unter den Tisch. Eng umschlungen in die Binsen gekuschelt, die Ohren gespitzt, lauschten die Mädchen atemlos, was in der Welt dort draußen Spannendes passierte. So erfuhren sie, dass des Königs Sohn Hartmann im Rhein ertrunken war, dass der Bischof von Straßburg die Feste Durlach plünderte und dann in Asche legte, dass der Graf Ludwig von Dettingen das Kloster Ellwangen in Brand steckte und den Abt Ekkehard festhielt und dass die Bürger der freien Reichsstadt Esslingen des Württembergers Burg Kaltenthal am Nesenbach belagerten. Zu viel hätten die stolzen Bürgersleute schon unter dem ungestümen Fürsten leiden müssen. Die Mädchen sogen all die Neuigkeiten in sich auf. Tagelang spukten diese Geschichten dann in ihren Köpfen, und sie wunderten sich, warum alle Welt ständig im Streit miteinander lag.

Auch der Edelfreie Hildebolt von Wehrstein beobachtete die Entwicklung der Dinge genau. Es war ihm egal, ob er den Zins für sein Lehen an den Hohenberger oder den König zahlen musste, dennoch war er besorgt. Tief in seinem Innern spürte er, dass der Tag der Entscheidung näher rückte.

KAPITEL 3

Bald war die Zeit vorüber, da sich die Mädchen unter dem Tisch verstecken konnten, um den Geschichten der Ritter zu lauschen. Sie wuchsen zu hübschen Jungfrauen heran, beide groß und schlank, mit kleinen Brüsten, reiner Haut, blondem Haar und blauen Augen, die von Gret vielleicht ein wenig dunkler und ausdrucksvoller. Auch war ihre Gestalt bereits mit vierzehn Jahren mehr die eines Weibes, während Tilia schlanker – biegsamer – an eine Weide am Fluss erinnerte. Ihre Hände waren weiß und schmal, die von Gret dagegen rot und rissig.

Im Frühling nach Tilias vierzehntem Geburtstag starb Pater Seifrieds jüngster Bruder. Daher machte sich der Geistliche für ein paar Wochen in seine Heimat nach Rottenburg auf, um der Witwe zur Seite zu stehen. Seinen strengen Augen für eine Weile entkommen, atmete die Ritterstochter erleichtert auf. Kaum war er unter dem Tor verschwunden, raffte sie den Rock und lief zu Gret, die vor der Küche auf dem Boden saß und eine Gans rupfte. Tilia ließ sich in den Staub sinken und schloss die Augen. Die wärmende Sonne im Gesicht, saß sie da und genoss die Ruhe.

»Da kommt Anna«, unterbrach Gret die Stille, als diese, eine Näharbeit unter dem Arm, aus dem Palas trat.

»O nein«, seufzte Tilia, doch Anna war anscheinend nicht auf der Suche nach der pflichtvergessenen jüngeren Schwester. Sie blinzelte in die grelle Sonne, sah sich um und schritt dann langsam auf einen Mauervorsprung zu. Die Steine schienen leidlich sauber, so dass sie sich vorsichtig niederließ. Sorgfältig breitete sie ihren zartgrünen Rock um sich aus und widmete sich dann ihrer Stickerei. Wolfram von Husen näherte sich vom Tor her kommend. Fröhlich winkte ihm Tilia zu. Er grüßte zurück, lenkte seinen Schritt jedoch zu Anna hinüber. Er verbeugte sich und sprach sie an, sie errötete, schlug die Augen nieder und antwortete so leise, dass er sich vorbeugen musste, um sie zu verstehen.

»Warum kommt er nicht zu uns?« Unruhig rutschte Tilia hin und her. Sie wollte aufspringen, doch Gret hielt sie zurück.

»Der Ritter wird schon kommen, wenn er sich mit dir unterhalten will.«

Wolfram von Husen setzte sich zu Anna auf den Mauervorsprung und erzählte ihr etwas, das ihr immer wieder ein kurzes Lachen entlockte. Ab und zu sah sie ihn an, nur um schnell die Augen wieder niederzuschlagen. Als ihr Knäuel aus silbernem Garn vom Schoß rollte, sprang er sofort auf, um es ihr zu reichen. Nur kurz berührten sich ihre Fingerspitzen, doch die Wangen der Ritterstochter glühten.

»Er weiß ja noch gar nicht, dass der Pater weg ist«, fiel Tilia ein. Sie sprang auf und klopfte ungestüm den Staub aus ihrem Rock. »Ich muss ihm doch sagen, dass ich nun nicht den ganzen Tag in der Kemenate sitzen muss.« Mit großen Schritten überquerte sie den Hof. Gret sah ihr kopfschüttelnd nach.

»Ritter Wolfram, wie schön, dass Ihr zurück seid«, sprudelte sie hervor und strahlte ihn an. »Wie war Euer Ritt? Wie steht es mit den Ländereien? Ihr wart bei Eurer Familie? Welch Glück für uns, dass sie Euch nicht lange festhalten konnte. Habt Ihr schon gehört, der Bruder von Pater Seifried ist gestorben, und er ist nun nach Rottenburg gezogen.«

Wolfram kniff Tilia in die Wange. »Das scheint Euch nicht sonderlich zu betrüben.«

Tilia schüttelte den Kopf. »Ein paar Wochen ohne Psalmen werde ich genießen. Ich kann Gottes Schöpfung sicher auch hier in der Sonne loben.«

Der Ritter grinste und nickte. »Oh ja, auch wenn sich dann Eure Wangen röten und sich Euer Näschen mit Sommersprossen überzieht.«

Tilia rümpfte die Nase. »Das ist doch egal. So braun wie Gret werde ich sicher nicht.«

Anna beugte sich noch tiefer über ihre Arbeit. Die Lippen fest zusammengepresst, sagte sie kein Wort mehr, während Tilia mit dem Ritter lachte und scherzte. Sibylla setzte dem ein Ende, als sie beide Töchter zu sich rief.

»Wie konntest du so mit ihm sprechen!«, ereiferte sich Anna später, als die Schwestern in der Kemenate arbeiteten.

»Warum? Was habe ich denn getan?«, fragte Tilia verständnislos.

»Solch Bemerkungen über seine Familie zu machen, wo seine Gattin doch im Kindbett gestorben ist.«

»Was?« Tilia ließ ihre Arbeit sinken. »Hat er dir das eben erzählt? Woher sollte ich davon wissen?«

Anna arbeitete eifrig weiter. »Nein, das habe ich schon vor zwei Monaten von ihm erfahren. Es war wohl kurz nach Aschermittwoch, als das Kind viel zu früh auf die Welt kommen wollte. Sie war mit ihrer Magd allein, der Schnee lag hoch, und so kam das Kind nicht richtig heraus. Beide starben.«

»Aber warum hat er mir das nicht gesagt?«, stotterte Tilia fassungslos.

»Vielleicht, weil du ihn nur über Ländereien und Ritter ausfragst«, bemerkte Anna spitz.

»Dass er dir das erzählt hat«, wunderte sich die Jüngere und schüttelte den Kopf. Sie schwieg eine Weile und dachte nach, dann stieß sie hervor:

»Hat er sich schon ein neues Weib gewählt?«

Anna senkte den Kopf tief über die Nadel und schüttelte den Kopf. »Nein, der Knabe ist vorläufig bei seinem Bruder untergebracht.«

Von da an schwieg sie eisern. Kein weiteres Wort mehr war ihr über den Ritter zu entreißen.

✠ ✠

Es war schon lange dunkel. Der Mond hing silbern in den frischgrünen Buchen, als Hildebolt von Wehrstein in einer lauen Sommernacht vor Jakobi aus Haigerloch zurückkehrte. Der große Saal lag verwaist da, das Feuer im Kamin glühte nur noch leicht. Einige der Männer waren für den Abt von Kirchberg unterwegs, Wolfram von Husen mit seines Bruders Sohn Heinrich noch in Haigerloch. Die Mägde und Knechte, die zur Feldarbeit gebraucht wurden, schliefen in diesen Nächten meist im Gehöft der Wehrsteiner, das, nur ein kurzes Stück den ausgefahrenen Karrenweg hoch, auf der Ebene über dem Neckartal lag.

So trat der Herr in den leeren Saal, ließ den Mantel auf den Boden gleiten, warf sich in seinen lederbezogenen, hochlehnigen Sessel und legte die schlammbespritzten Harnischschuhe auf einen Hocker. Er sehnte sich nach einem kräftigen Schluck, war jedoch zu müde, noch einmal aufzustehen.

Das Knarren der hölzernen Stufen zum oberen Stock ließ ihn aufhorchen. Nur undeutlich nahm er eine schlanke Gestalt wahr, die leise die Treppe hinunterschlich, einen Umhang eng um die Schultern gezogen. Die Binsen raschelten unter ihren Füßen, als sie sich zur Tür hinübertastete.

»Tilia?«

Die Gestalt erstarrte. »Nein, Herr, ich bin es, Gret.«

»Was hast du mitten in der Nacht oben zu suchen?«, brummte der Hausherr, war jedoch offensichtlich nicht wirklich an einer Antwort interessiert, denn er fuhr gleich fort. »Komm her. Du kannst mir aus der Rüstung helfen und mir Wein bringen.«

Zögernd trat Gret näher. Sie entzündete zwei Kienspäne an der Glut im Kamin und steckte sie in die eisernen Halter an der Wand. Im Schein der Flammen schürte sie das Feuer, rückte einen Krug an die Glut heran und holte einen Tonbecher aus der großen Truhe im Eck. Der Edelfreie löste die Nesteln seiner langen Panzerstrümpfe und streckte dann Gret seine lehmverkrusteten Beinkleider entgegen. Sie versuchte, die engen Kettenstrümpfe herunter zu ziehen, doch die winzigen, sauber verarbeiteten Eisenringe rutschten ihr immer wieder aus der Hand. Als der Panzerstrumpf dann doch plötzlich vom Bein glitt, verlor Gret das Gleichgewicht und fiel nach hinten. Der Umhang rutschte von ihren Schultern. Fröstelnd zog sie ihn wieder um sich.

Trotz der warmen Sommernacht war es in dem alten Gemäuer empfindlich kühl. Es roch nach kaltem Rauch und ranzigem Fett. Die lieblichen Düfte der Nacht vermochten nicht die abgestandene Luft durch die winzigen Fensterschlitze hinauszudrängen.

Gret hob den achtlos weggeworfenen Mantel vom Boden auf und zupfte ein paar Halme ab. Sorgsam faltete sie ihn zusammen und legte ihn auf die Truhe. Dann brachte sie dem Ritter den gewärmten Wein. Er rutschte ein wenig in seinem Sessel vor, zog sich den Waffenrock über den Kopf, warf ihn in die Binsen und ließ sich dann, während er trank, die Lederbänder seines Ringpanzers von dem Mädchen lösen. Klirrend glitt das kunstvoll geschmiedete Geflecht aus Eisenringen zu Boden. Der Ritter seufzte erleichtert auf, das drückende Gewicht des kalten Metalls endlich von seinen Schultern nehmen zu können. In seinem knielangen leinenen Hemd saß er nun vor dem Feuer und trank Wein. Unschlüssig trat Gret von einem Fuß auf den anderen. Sie musste sich dringend draußen erleichtern, doch sie wagte nicht, sich unaufgefordert zu entfernen. Die nackten Zehen krallten sich um die pieksenden Halme. Fragend sah sie den Wehrsteiner an, dessen blonder Haarschopf entspannt an dem verschlissenen Leder ruhte, überragt von den Geweihen erlegter Hirsche, deren Schatten im unruhigen Fackellicht einen grotesken Tanz an Wand und Decke aufführten.

»Komm, hol dir einen Becher und trinke Wein mit mir«, forderte er das Mädchen auf.

In ihrer Magengrube kribbelte es warnend, doch was hätte sie tun sollen? Widerstrebend nahm sie sich einen Becher, füllte ihn bis zum Rand und stürzte ihn in einem Zug hinunter.

»He, he, nicht so hastig«, lachte der Ritter und streckte ihr seinen leeren Becher entgegen. »Sonst bleibt für mich ja nichts mehr übrig.«

Während er trank, betrachtete er das junge Gesicht. Warm flackernd ließ das Licht sie von einem zum anderen Augenblick vom Kind zur Frau werden. Zum ersten Mal in ihrem Leben sah er sie richtig an.

»Komm näher, Kind, stell dich hier ins Licht«, sagte er zwischen zwei Schlucken. Sein Blick glitt über das lange, blonde Haar, das, sonst unter groben Tüchern versteckt, in leichten Wellen bis zur Hüfte hing. Die dunkelblauen Augen wirkten fast schwarz und waren so weit aufgerissen, dass er sich selbst in ihnen zu sehen glaubte.

Mit der Linken griff er nach dem Umhang und zog ihn langsam von ihren Schultern. Er sah, wie sich die knospenden Brüste rasch unter dem locker geschnürten Hemd hoben und senkten. Achtlos fiel sein Becher zu Boden, und der Rest des Weines floss zwischen die Binsen.

»Mein Gott, sie ist ein richtig prächtiges Weib«, flüsterte er heiser und zog das sich sträubende Mädchen zu sich heran. Staunend und genießerisch wanderten seine großen Hände über die schmale Taille, zeichneten die Linien der sich rundenden Hüften nach, legten sich sanft auf die jungen Brüste. Gret atmete rasch. Ihr Blick irrte ziellos den tanzenden Schatten nach. Nur nicht auf den sich wölbenden Stoff in des Ritters Schoß sehen. Als Magd hatte ihre Seele schon lange die jungfräuliche Unschuld verloren. Wer des Winters im überfüllten Saal oder in dem neuen Anbau hinter der Küche schlief, mit Männern, Weibern und Kindern, der wusste bald um die Geheimnisse des Lebens und um die Eigenheiten und Vorlieben der Männer, denen sich die Weiber fügen mussten. Dass sie mit ihren vierzehn Jahren noch einen unberührten Körper hatte, lag nur daran, dass sie der Bastard des Ritters war. Den ein oder anderen Vasallen oder Knecht hatte das wohl abgehalten, die köstliche Frucht zu pflücken.

Ganz langsam hob der Wehrsteiner den Saum ihres Leinenhemdes. Enthüllte Stück für Stück die weißen, schlanken Beine.

»Tut das nicht!« Die Stimme der Herrin erklang in ungewohnter Schärfe von der Treppe her. »Versündigt Euch nicht an Gott, Ritter, sie ist Euer Fleisch und Blut.«

Hildebolt von Wehrstein ließ das Hemd los. Seiner Miene war nicht zu entnehmen, was er dachte, als seine Gemahlin den Saal durchschritt und vor den Kamin trat.

»Wie ich sehe, habt auch Ihr entdeckt, dass sie zu einem Weib geworden ist«, bemerkte die Herrin kühl, bückte sich trotz ihres hochschwangeren Leibes und reichte der Magd ihren Umhang, den diese sogleich um sich schlang.

»Sie ist gesund und nutzt bereits bei jedem Mond die Leinenstreifen«, fuhr die Edelfrau mit fester Stimme fort. »Ihr solltet sie verheiraten.«

Der Ritter nickte. »Ja, das sollte ich. Der Schmied ist ein kräftiger Kerl. Wir könnten auf viele, gesunde Kinder hoffen.«

Sibylla von Wehrstein legte ihm zustimmend ihre Hand auf die Schulter. »Noch vor dem nächsten Vollmond. Du kannst jetzt gehen, Gret.«

Ohne ein Wort zu sagen, raffte Gret Hemd und Umhang und lief in den nächtlichen Hof hinaus. Sie spürte nicht die Steine unter ihren Füßen, nicht das taunasse Gras. Eilig rannte sie zur nördlichen Mauer, wo in einer Grube die Küchenabfälle gesammelt wurden. Gret hob ihr Hemd und hockte sich auf den schmalen Balken am Grubenrand, um sich zu erleichtern. Nachdenklich verharrte sie eine Weile so. Eine fette Ratte näherte sich neugierig, drehte jedoch einen Schritt weit vor ihr ab und tippelte zu den Abfallbergen zurück. Während sie der Ratte nachsah, grübelte Gret, ob sie der Herrin dankbar oder böse sein sollte. Obwohl das Mädchen in dieser Nacht nicht schlief, sondern bis zum Morgengrauen unruhig über den Hof und an der Mauer entlangschritt, konnte sie, als die Hähne krähten und die Sonne sich über die Wipfel erhob, auf diese Frage immer noch keine Antwort geben.

✠ ✠

Der nächste Vollmond rückte unerbittlich näher. Der Knecht Rüdger, der hin und wieder auch als Schmied arbeitete, wenn auf Wehrstein Arbeit anfiel, hatte beinahe schon doppelt so viele Sommer erlebt wie seine jugendliche Braut. Er war sehr erfreut, von seinem Herrn eine Gattin zu bekommen. Zwar hatte er in den letzten Jahren nicht gerade selten seine Hände um ein weibliches Gesäß gelegt, doch solch ein zartes Geschöpf sein Eigen zu nennen, ließ ihm geradezu das Wasser im Munde zusammenlaufen. Dass der Wehrsteiner, sein Herr, wie es der Brauch war, die erste Nacht für sich beanspruchen konnte, störte ihn nicht. Eine Jungfrau mit der unbändigen Kraft männlicher Lenden zu beglücken war schon seit jeher das Privileg der Herren. Für die Knechte blieb zwischen den weichen, weißen Schenkeln immer noch Lust genug.

Leise summend wendete er das rot glühende Eisen mit einer Zange in der Glut. Schweiß stand ihm auf der Stirn, schweißnass war auch der vor Schmutz starrende, kurze Kittel. Als sich seine Lippen zu einem Grinsen teilten, entblößte sein rotes, fleischiges Gesicht abgebrochene Schneidezähne, deren Reste sich langsam schwarz färbten. Rüdger strich sich mit seinen schwieligen Händen durch das kurze, mausbraune Haar, dann schwang er den Hammer und ließ ihn auf das rötlich schimmernde Hufeisen niedersausen. Prall wölbten sich die Muskeln und pulsierenden Adern unter der sonnenverbrannten Haut. In immer gleichem Rhythmus klangen die Schläge über den Hof, bis hinüber zum Palas, auf dessen Stufen Tilia und Gret in der Sonne saßen.

Gret hatte eine große Schüssel mit Bohnen neben sich gestellt und eine kleinere Holzschale auf ihrem Schoß. Mit flinken Händen schnitt sie die Enden der Schoten ab, ließ diese ins Unkraut zu ihren Füßen fallen und teilte den Rest mit einem scharfen Messer in kleine Stücke. Tilia saß einige Stufen höher, mit dem Rücken an die glatt behauenen Steine des Türbogens gelehnt, und nähte emsig. Sie wollte es sich nicht nehmen lassen, der Schwester einen Hochzeitsrock aus feinem hellgrauem Barchent zu nähen. Am liebsten hätte sie den herrlich grün gefärbten Stoff aus Mutters Truhe genommen, doch das hatte sie nicht gewagt. Auch so war sie ihrer verdienten Strafe nicht entkommen. Ohne mit der Wimper zu zucken, ertrug sie die Schläge, dann ergriff sie die bereits zugeschnittenen Stoffe, Nadel und Garn und trug sie in den Hof hinunter. Nun war der Rock fast fertig, schön an den Säumen mit Ranken aus rotem Garn bestickt. Von ihrem eigenen Rock löste Tilia vorsichtig ein grünes Band und nähte dieses nun um den Halsausschnitt.

»Willst du den Rüdger denn heiraten?«, fragte sie die Schwester, als der Wind das Hämmern herübertrug.

Gret hielt einen Moment in ihrer Arbeit inne und betrachtete anscheinend aufmerksam die Bohne in ihrer Hand.

»Ich weiß nicht. Er ist so, so …« Sie suchte nach Worten und schleuderte die Bohne in die Schüssel. »So breit und kräftig und alt, und er riecht so, und – ich glaube, er macht mir ein wenig Angst«, fügte sie noch leise hinzu.

Tilia nickte zustimmend. »Ja, ich glaube, ich wollte ihn auch nicht. Schon der Gedanke an diese starken Arme.« Sie schüttelte sich. »Da muss man ja fürchten, zerquetscht zu werden.«

Gret kicherte. Der Gedanke, ein Edelfräulen könnte einen unfreien Knecht heiraten, belustigte sie.

»Andererseits«, fuhr Tilia fort und zog die Nase kraus, »so viel besser sind die Ritter auch nicht. Der Benz, beispielsweise, ist ein grober Geselle und mit seiner gespaltenen Nase nicht gerade schön anzusehen. Und der Mägerin furzt immer, wo er steht und geht, und im Winter läuft ihm ohne Unterlass der Rotz aus der Nase.«

Die Magd lachte. »Dann nimm du doch den Wetzel. Ich gebe zu, er hat verfaulte Zähne und zieht das Bein nach, aber er kann einer Braut sicher eine gute Morgengabe bieten.«

Tilia warf einen Erdklumpen nach der Schwester. »Der ist schon uralt und hatte schon zwei Frauen.«

»Aber zurzeit ist er zu haben. Außerdem hat er erst neun Kinder«, lachte Gret aus vollem Hals.

Das Edelfräulein schüttelte sich. »Nein, da würde mir schon eher der Heinrich gefallen. Er hat eine hübsche Gestalt und ist immer höflich.«

Gret sah sie zweifelnd an. »Der von Husen? Der ist doch noch gar kein richtiger Mann. Er ist einen Sommer jünger als wir – und außerdem ist er von zu niederem Adel. Also auch nichts für dich. Nimm doch lieber seinen Oheim. Der ist ein ansehnlicher Kerl und hat noch nicht wieder gewählt, seit seine Gattin im Kindbett gestorben ist.«

Errötend nahm Tilia ihre Näharbeit wieder auf. »Erstens liebäugelt Anna mit ihm, dass es einem ganz schlecht werden kann, zweitens ist seine Familie nicht annehmbar, und außerdem werde ich ins Kloster gehen. Ist vielleicht auch besser so. Und dennoch. Ein Ritter – wenn er so wie Wolfram wäre – könnte mir schon Herzklopfen machen. Und wenn er mir schöne Gedichte schreiben würde, dann könnte ich ihm ein Seidentüchlein schenken, das er in der Schlacht nah an seinem Herzen tragen würde …«

»Pah, das ist doch alles längst vergangener Kram.« Gret schnaubte unfein durch die Nase.

Ohne auf die Unterbrechung einzugehen, fuhr Tilia fort. »Doch wenn ich mir die anderen Ritter und Edelknechte ansehe, die auf Wehrstein zu Besuch kommen, dann will ich mir lieber nicht vorstellen, eine Ehegattin zu sein. Allein der Gedanke, sie könnten mich berühren, lässt mich übel schaudern. Das Kloster ist sicherlich besser für mich. Anna dagegen würde gern heiraten, doch noch hat der Vater nichts Passendes gefunden. Die meisten Familien fordern eine zu hohe Mitgift. Und da die Mutter bald wieder so weit ist, hofft Vater, dass er dieses Mal einen Sohn bekommt, dem er das Land vermachen kann. Dann muss schließlich noch so viel Land übrig sein, dass ein Wehrsteiner mit seiner Familie davon leben kann.« Sie dachte ein wenig darüber nach, doch dann blitzten ihre Augen auf. »Jedenfalls würde Anna dem Wolfram sicher heiß schmachtende Liebesgrüße schreiben, wenn der Verehrte sie nur lesen könnte.«

Gret nickte. »Dafür trägt er ihren Handschuh am Herzen. Dazu muss er ja nicht lesen können.«

Tilia riss die Augen auf. »Bist du dir da ganz sicher? Das würde dem Vater aber gar nicht gefallen!«

Ihre Stimmung war plötzlich getrübt. Wütend rückte sie dem Stoff zu Leibe und brummte missmutig vor sich hin.

»Was ist mit dir?«, fragte Gret verwundert, doch dann lächelte sie schlau. »Du hättest es wohl lieber, wenn der Ritter Wolfram deinen Handschuh bei sich tragen würde.«

»So ein Unsinn!«, fauchte Tilia. »Ich habe ihm gar keinen Handschuh gegeben.«

»Aber du bist eifersüchtig auf Anna, gib es zu«, bohrte die Magd weiter.

»Ich verstehe nicht, was er an ihr findet. Sie ist farblos und blass, bekommt den Mund nicht auf und kann nicht einmal richtig reiten.«

»Hat also alle Eigenschaften, die ein Ritter an einer Dame schätzt«, fügte Gret hinzu. Tilia schwieg und kaute nachdenklich auf ihrer Unterlippe.

Sie arbeiteten eine Weile im Takt der Hammerschläge und hingen ihren Gedanken über die Männer und die Ehe nach, als Tilia plötzlich hervorstieß: »Aber wenn du jetzt heiratest, dann kannst du später ja gar nicht mit mir kommen, wenn ich ins Kloster muss.«

»Was sollte ich denn in einem Kloster für Edelfräulein?«

»Viele bringen sich ihre eigenen Mägde mit. Das weiß ich genau. Ich muss Mutter sagen, dass du Rüdger nicht heiraten kannst!«

Achtlos warf Tilia das fast fertige Hochzeitsgewand auf die Stufen, erhob sich hastig und lief hinauf in die Kemenate. Kopfschüttelnd sah ihr Gret nach und schnitt in die Bohnen, als habe sie ein Heer von Feinden vor sich.

»Da muss schon die Jungfrau Maria persönlich aus dem Himmel herabsteigen, um mit der Herrin zu reden, wenn diese Hochzeit verhindert werden soll!«

KAPITEL 4

Auf Burg Zollern schritt der alte Graf Friedrich der Erlauchte, die Hände auf dem Rücken verschränkt, erregt auf und ab. Er murmelte etwas vor sich hin, das sich verdächtig nach Flüchen anhörte, warf immer wieder einen Blick auf das Schriftstück, das mit gebrochenem Siegel auf dem schweren Eichentisch lag, und setzte dann seinen Rundgang durch das Gemach fort. Auf einer Bank hinter dem Tisch saß der Beichtvater des Hauses, Vater Laurenz. Da er in leidlich gutem Latein lesen und schreiben konnte, musste er dem Grafen auch in weltlichen Dingen zur Hand gehen, vor allem, seit der junge Schreiber, den der Graf einige Jahre beschäftigt hatte, bei einem Überfall nahe beim Dreifürstenstein versehentlich seinen Kopf eingebüßt hatte. Missmutig saß der Kirchenmann da, den Rücken gerade, die knochigen Hände auf der polierten Tischplatte gefaltet. Der Kaplan der Burgkapelle war ein großer, knochiger Mann mit gelblicher Gesichtsfarbe und einer langen, dünnen Nase. Die Tonsur ließ nur einen schütteren, grauen Haarkranz übrig, der aussah, als hätten Mäuse in ihm genistet. Vater Laurenz war ein strenger Verfechter der Fastengebote, lehnte Fleisch aus tiefster Seele ab und betrachtete den Spott, den er darum ertragen musste, als eine der Prüfungen Gottes, die ihm auferlegt war, die Seligkeit zu erringen.

Nun saß er also in des Grafen Gemach, oben im Palas der Zollernburg, und wartete, dass die edlen Herren, nach denen der Graf gerufen hatte – der Truchsess von Bisingen und der Schenk von Zell-Andeck –, endlich eintreffen würden.

Die Tür wurde ungestüm aufgestoßen, und der jüngere der Grafensöhne stürmte herein. Auch er hieß Friedrich, wurde zur Unterscheidung aber meist der Merkenberger genannt, seit er mit Lütgard von Aichelberg und Merkenberg verlobt war.

»Was ist das, Vater«, rief der junge Graf ungestüm, griff nach der Urkunde und betrachtete sie von allen Seiten. Dass dabei das Pergament einriss, kümmerte ihn nicht. Vater Laurenz kniff vor Missbilligung den Mund zu einem schmalen Strich zusammen. Der junge Graf erkannte das silbern-rote Wappen Hohenbergs auf dem Schreiben.

»Vom alten Hohenberger also. Los, Vater Laurenz, sagt, was da geschrieben steht.« Mit diesen Worten knallte er das Pergament vor den Kaplan auf den Tisch, denn wie die meisten Adeligen konnte auch der Grafensohn weder lesen noch schreiben. Die Ankunft der erwarteten Herren, die gerade von der Falkenjagd zurückkehrten, enthob den Kaplan, zu antworten.

Der Graf begrüßte seine Vasallen und gebot ihnen, sich zu setzen. Er selbst blieb jedoch an dem schmalen Fenster stehen und sah hinaus auf das weite Land und seine, dem Burgberg zu Füßen liegende Stadt Hechingen, die im Abendlicht golden schimmerte.

Die Ritter und der junge Graf sahen den Kaplan erwartungsvoll an. Gemächlich ließ dieser seinen tintenbefleckten Zeigefinger über das Pergament gleiten und übersetzte den Inhalt aus dem Lateinischen.

»Graf Albert II. von Hohenberg schreibt, seine Erbansprüche auf den Endinger Hof seien unbestritten. Das Schreiben des Herrn Grafen von Zollern habe ihn erzürnt. Da der Streit nun schon so lange währet, habe er selbst in die Hand genommen, seine ihm zustehenden Güter wiederzuerlangen. Seinen Rittern habe er den Befehl erteilt, das Vieh des Hofes nach Haigerloch zu führen. Da sich die Bauern gewehrt haben, blieb den Rittern nichts anders übrig, als sie an den nächsten Bäumen aufzuknüpfen.«

Der Kaplan stockte kurz bei einem Tintenfleck und fasste dann den Rest zusammen. »Die Kinder haben sie zur Strafe erschlagen, die Frauen und Mädchen den Mannen von Haigerloch zugeführt. Graf Hohenberg wird das Land nun einem seiner Leute zu Lehen geben und droht mit einem Angriff auf Balingen, sollten sich zollerische Ritter dem Gut nähern. Gezeichnet und besiegelt, Albert von Hohenberg,

Burkhard von Hohenberg, Ritter Volkhard von Ow und Ritter Hildebolt von Wehrstein.«

Einen Moment herrschte Stille, dann redeten alle durcheinander. Welch bodenlose Unverschämtheit, die Grafschaft Zollern so zu berauben! Felder, Vieh und Leute zu stehlen. Und dann auch noch so frech zu drohen!

»Und der Wehrsteiner, dieser verräterische Schuft, hat die Frechheit, so etwas zu bezeugen«, ereiferte sich der junge Merkenberger und schlug mit der Faust auf das unglückselige Schreiben. »Ist er hier nicht ein und aus gegangen? Hat er nicht manchen Zug mit uns gemacht? Und nun das!«

»Er hat sein Lehen nun von Hohenberg«, wandte der Vater müde ein. »Aber du hast Recht. Gefallen lassen können wir uns das nicht. Wir müssen dem Hohenberger auf diese Frechheit eine ihm gebührende Antwort geben.«

✠ ✠

Kaum waren die Bewohner der Burg Wehrstein von der Morgenmesse zurück, begannen Mägde und Knechte im Hof die Tafel für die Hochzeit der beiden Eigenleute des Ritters zu richten. Vier Männer trugen die massive Holzplatte aus dem Saal und legten sie draußen wieder auf ihre drei Böcke. Den kleinen Tisch, an dem der Herr und seine Familie sitzen würden, stellten sie an der Stirnseite quer. An der Schmalseite gegenüber würde das Brautpaar Platz nehmen. Der Ritter hatte, trotz Stirnrunzeln seiner Gattin, einen Ochsen und ein Schwein schlachten lassen, im Ofen wölbten sich die Brote aus feinem Weizen- und Roggenmehl, in dem eisernen Kessel auf dem Herd köchelte eine dicke Suppe mit viel Gemüse und Fleisch und Apfelmus kühlte in großen Tonschüsseln. Die süßen Mehlspeisen musste die Köchin vor kleinen Dieben und deren schmutzigen Fingern mit einem langen Holzlöffel verteidigen. Apollia wusch gesalzene Heringe aus dem Fass in frischem Wasser, eine Magd vom Wehrsteinhof hackte Kräuter und Speck, und der kleine Cum drehte den Fleischspieß mit den mächtigen

Bratenstücken über dem Feuer im Hof. Zischend perlte das Fett in die Flammen, und wohl schon zum hundertsten Mal sah der Knabe hinauf in den Himmel, ob die Sonne nun endlich den Hügel erreicht habe, auf dass das Festmahl beginnen könnte.

Aus der Küche drang Gelächter. Dort, hinten an die Wand gerückt, dass er der Köchin nicht zu sehr im Weg stand, hatten die Mägde den Badezuber aufgestellt, in dem die Braut bis zu den Brüsten im warmen, duftenden Wasser saß. Die anderen trieben Scherze mit ihr, wuschen und kämmten Gret und warfen magische Kräuter und Blüten ins Wasser.

»Dass kein Jahr vergehe, ehe du einem gesunden Knaben das Leben schenkst«, wünschte Maria mit dem Klumpfuß und ließ eine Prise getrockneter Kräuter von geheimer Mischung ins Wasser rieseln.

»Gegen alle Hexen und Dämonen sollst du gefeit sein«, murmelte Trützum und warf etwas Salz ins Badewasser. Trotz ihrer dreißig Jahre hatte die Magd bisher nur drei tote Kinder zur Welt gebracht.

»Dass seine Männlichkeit nur bei dir erstehe und bei jedem anderen Weib schlaff verdorre«, wünschte die dicke Melkerin vom Hof und erntete damit, zumindest von den Umstehenden, fröhliches Gekicher.

Inzwischen kehrten die Knechte aus dem Tal zurück. Auch der Bräutigam war seinem Hochzeitsbad nicht entkommen. Mit viel Gejohle hatten die Burschen dem kräftigen Schmied die Kleider vom Leib gerissen, ihn in die träge fließenden Fluten des Neckars geworfen und kräftig untergetunkt. Dann rückten sie ihm mit biegsamen Ruten zu Leibe, jagten ihn durch das lichte Wäldchen und zogen ihm die jungen Zweige über den Leib, bis die Haut glühte. In ein annähernd frisches Hemd und einen kaum zwei Jahre alten Rock gehüllt, wartete er nun auf seine Braut.

Es dämmerte bereits. Rund um die Tafel wurden die in den Boden gesteckten Fackeln entzündet. Da endlich führten die Mägde die junge Braut heran. Sie sangen und klatschten in die Hände, schritten langsam vor ihr her und traten erst im letzten Moment auseinander, um den Blick auf die Braut freizugeben. Anmutig schritt Gret in ihrem feinen Gewand heran, das lange, offene Haar hüllte sie wie ein Mantel ein. Stolz trug sie den Blütenkranz auf ihrem Haupt. Die Blicke der Vasallen und Eigenleute wanderten zwischen der Braut und Tilia hin und her. Es war, als hätte Gott in einer Laune dasselbe Mädchen zweimal erschaffen.

Rüdgers Atem beschleunigte sich, als er seine Braut auf sich zukommen sah. Unwillkürlich griff er sich in den Schritt, was den anderen nicht verborgen blieb und eine Lachsalve auslöste. Der Pfarrer aus Fischingen schwankte heran. Das kleine Männchen hatte schon Stunden im großen Saal zugebracht und dem Wein des Hausherrn kräftig zugesprochen, daher war seine Aussprache ein wenig undeutlich. Einige Sätze der Zeremonie fielen ihm im Moment nicht ein, so übersprang er diese Teile einfach. Auch sonst war sein Latein grauenhaft, was außer der Edelfrau aber keinem auffiel. Hastig legte der Gottesdiener seine schweißnassen Hände auf die Köpfe der vor ihm Knienden, segnete sie und torkelte dann zu seinem Platz zurück. Zufrieden griff der Pfarrer nach dem Lederbeutel an seinem Gürtel, in dem die Münzen des Stolgeldes klingelten, dann stürzte er den nächsten Becher süßen Weins hinunter. Rüdger sah sich fragend in der Runde um, dann griff er nach dem Brautkranz und warf ihn in die Höhe, der Lautenspieler aus Fischingen schlug die Saiten an, und endlich, endlich durfte nach Herzenslust geschmaust und getrunken werden.

Der Mond stand schon hoch am Himmel, als sich Hildebolt von Wehrstein erhob. Die linke Hand am Schwertknauf, in der Rechten den gefüllten Becher, wartete er, dass Ruhe einkehrte. Die, die noch nüchtern genug waren, das zu bemerken, stießen ihre Tischnachbarn in die Seite. Die Blicke aller Anwesenden richteten sich auf den Herrn. Normalerweise würde er jetzt von seinem Recht Gebrauch machen und die Braut zu seinem Lager führen. Sibylla von Wehrstein saß mit zusammengepressten Lippen da. Anna und Tilia blickten erwartungsvoll zu ihrem Vater hoch, doch dieser sah nur über die Tafel hinweg in Grets blaue Augen. Sie hielt seinem Blick stand. Lange, viel zu lange. Die Ritter und Knechte scharrten nervös mit den Füßen.

»Er kann es nicht tun«, flüsterte die Köchin ihrem Gatten zu. »Das wäre wider die Natur und eine Sünde.«

Ihr Gatte, einer der Wächter, zuckte die Schultern. »Er wird das Recht einem seiner Ritter abtreten – leider.«

Für das leider erntete er einen kräftigen Tritt gegen das Schienbein, denn die dicke Köchin mit ihrem Triefauge hatte wohl verstanden, was er damit sagen wollte.

Endlich begann Hildebolt von Wehrstein zu sprechen. Er erhob den Becher auf das Brautpaar, wünschte Gret und Rüdger gesunde Kinder und schenkte dem Bräutigam das Recht der Brautnacht.

Die Ritter und Edelknechte sahen sich ungläubig an. So manch einer fühlte sich betrogen, hatte gehofft, die zarte Jungfrau, die gerade einmal vierzehn Lenze gesehen hatte, selbst nehmen zu dürfen. Welch Verschwendung für einen Unfreien!

Rüdger bedankte sich linkisch bei seinem Herrn, stand verlegen da und wusste nicht so recht, was er jetzt tun sollte, doch das andere Gesinde half ihm rasch auf die Sprünge. Singend und zotige Scherze treibend, drängten sie die frisch Vermählten zur Scheune hinüber, richteten ihnen im Heu ein Lager und gaben kluge Ratschläge. Die Melkerin brachte ein Linnen, das Küchenmädchen Apollia streute Blüten auf das Brautbett. Feixend standen sie alle herum, Mägde, Knechte und Ritter, und sahen neugierig zu, wie die Frauen das Hochzeitskleid aufschnürten. Auch der Rock des Schmieds fiel ins Heu, und die Vermählten rutschten, nur im Hemd gekleidet, unter das Linnen. Noch ein paar Scherze und aufmunternde Worte, dann machte die Versammlung kehrt, um sich wieder Braten, Fisch und Wein und dem Tanz zu widmen. Knarrend schloss sich die Scheunentür und ließ die Eheleute im Dunkeln zurück.

Draußen wurden die Weisen des Spielmannes schneller. Wer die Hände frei hatte, klatschte mit. Schon bildeten sich die ersten Paare, die sich erst langsam und dann immer wilder über den Platz drehten. Die Burschen sprangen in die Höhe und wirbelten ihre Partnerin herum. Hoch flogen die Mädchen, höher noch die Röcke und enthüllten weiße, fleischige Waden. Dass so manche Tänzerin beim wilden Reigen von ihrem Partner zu Boden gerissen wurde, gehörte mit zum Spiel. Je höher die Röcke rutschten, desto lauter der Applaus.

Da konnte sich schon mal eine Hand auf weiche Hinterbacken verirren.

Sibylla sah dem Treiben eine Weile zu, dann scheuchte sie ihre Töchter und das Fräulein von Neueck zu Bett. Sie wusste wohl, dass die Feier nun derbe Züge annehmen würde. Mühsam schleppte sie ihren hochschwangeren Leib die schmale Stiege hinauf. Müde ließ sie sich auf ihr Lager sinken. Ihre beiden Töchter schliefen, seit der Ritter das Dach des Palas hatte reparieren lassen, in einem kleinen Nebenraum. Das Fräulein von Neueck machte es sich auf einer schmalen Pritsche am Fußende des Bettes ihrer Herrin bequem. Der Herr schlief wieder im Saal. Seit der Bauch der Gattin sich wölbte, hatte er sie nicht mehr angerührt.

Tilia kuschelte sich an Annas Rücken und zog sich die Wolldecke enger um den Leib. Gedämpft drangen der Klang der Laute und das Lachen des Gesindes zu ihr herauf. Gern wäre sie aus dem Bett geschlüpft und hätte sich unter die Tanzenden gemischt, doch sicher war der Vater noch unten im Hof. Sie träumte davon, wie Wolfram sie zum Tanz führen, seine Hände um ihre Taille legen und sie hoch in die Luft wirbeln würde. Dann dachte sie an Gret. Wie es ihr jetzt wohl gerade erging? Der Gedanke an das Brautbett mit einem grobschlächtigen Schmied unter demselben Linnen trieb Tilia die Schamesröte ins Gesicht. Als Nonne würde ihr zumindest das erspart bleiben, dachte sie schlaftrunken. Schon fast entschlummert, fühlte sie, wie Anna aus dem Bett glitt.

»Was ist denn los?«, murmelte Tilia, schon halb im Land der Träume.

»Ich muss noch mal. War doch zu viel Wein«, flüsterte die Schwester. Gähnend rollte sich die Jüngere auf die andere Seite und schlief ein. Hätte Tilia dem Wein weniger zugesprochen und wäre sie noch etwas wacher gewesen, dann hätte sie sich sicher gefragt, warum Anna nicht die Schüssel vor dem Bett benutzen wollte. Doch so merkte sie nicht, dass die Zeit verstrich und die Schwester nicht zurückkehrte.

Unter dem Linnen im duftenden Heu lag Gret, die Hände zu Fäusten geballt, die Augen fest zugekniffen, obwohl es in der Scheune stockfinster war. Sie roch den Atem des Gatten. Der gierig küssende

Mund verströmte den Dunst von Wein und den Geruch fauliger Zähne. Große Hände zerrten ihr Hemd nach oben. Sein schwerer Körper schob sich auf den ihren. Sie spürte sein hartes Geschlecht in ihren Bauch drücken.

»Nun kneif doch die Beine nicht so zusammen«, keuchte er wild. »Du musst sie breit machen, Gret«, wies er seine Braut an, bohrte seine Knie zwischen die ihren und schob sie weit auseinander. Mit einem Stöhnen aus Lust und Gier stieß er tief in sie. Gret biss sich auf die Lippen. Sie hatte sich fest vorgenommen, nicht zu schreien. Den Spaß wollte sie den Lauschern vor dem Tor nicht gönnen. Gret konzentrierte sich auf die Lautenklänge und das Gelächter draußen und war so ein wenig von den wilden Stößen abgelenkt, die sie in das Heu drückten und ihr fast den Atem nahmen. Dann zuckte er und stöhnte tief auf. Erleichtert seufzend rollte er sich von ihr herunter.

»Bist schon ein Prachtweib«, munterte er seine Braut auf und tätschelte ihre Brüste. Vom Wein, der Feier und dem Brautgemach erschöpft, drehte sich Gret auf die Seite und versuchte, das Brennen und das klebrige Gefühl in ihrem Schoß zu vergessen. Langsam senkte sich der Schlaf herab, doch plötzlich riss Rüdger sie aus dem Schlummer.

»Ich kann jetzt wieder. Ich bin immer noch heiß wie ein feuriger Hengst, und so will ich dich jetzt auch nehmen. Los knie dich hin. Stell dich doch nicht so an!«

Er stieß zu, keuchte wie ein wildes Tier. In ihrem Geist stieg das Bild eines wilden Dämons auf, gehörnt mit einer Teufelsfratze. Es konnte kein menschliches Wesen sein, das sich so über seine Braut hermachte und diese tierischen Laute ausstieß.

Endlich ließ er sie los und fiel heftig atmend ins Heu. Gret rückte ein wenig von ihm ab, doch er zog sie an sich, presste sich an ihren Rücken und verschränkte seine Arme vor ihrer Brust. Sie hatte das Gefühl, in Ketten gelegt zu werden. Hinter ihr schnarchte Rüdger, berauscht vom Wein und der Vereinigung, doch Gret war nun hellwach, und so sehr sie sich auch bemühte, sie konnte nicht verhindern, dass sich ein paar Tränen in ihre Augen stahlen.

Unterdessen streifte Hildebolt von Wehrstein ziellos durch die

Nacht. Als sich sein Weib und seine Töchter in den Palas zurückzogen, holte der Herr seinen braven Wallach aus dem Stall, führte ihn hoch auf die Ebene und sprengte dann im Mondlicht davon. Der Wein war ihm bereits zu Kopf gestiegen, doch es lockte ihn nicht, ihn weiter durch die Kehle rinnen zu lassen, wie so manches andere Mal, bis er sich nicht mehr auf den Beinen halten konnte, einfach in sich zusammensackte und dann wie ein Toter schlief, nur um am Morgen mit einem grässlichen Brummschädel und dem Geschmack nach Erbrochenem im Mund wieder aufzuwachen. Sollten seine Vasallen und Eigenleute heute Nacht allein den guten Traubensaft verschwenden. Er spürte lieber den warmen Leib des Pferdes zwischen seinen Schenkeln und ließ den kühlen Nachtwind den Weindunst aus seinem Kopf blasen.

Lange Zeit ritt er so dahin. Ein nicht ungefährliches Unterfangen, waren doch zu dieser Zeit Strauchdiebe und allerlei Gesindel unterwegs, die in einer rauen Horde auch einem erfahrenen Ritter gefährlich werden konnten. Daher achtete er wohl auf seinen Weg, lauschte ab und zu in die Dunkelheit und vermied dichtes Unterholz, in dem man allzu leicht in einen Hinterhalt geraten konnte.

Was der edle Ritter nicht hören konnte, war das Geschrei, das sich einige Zeit nach seinem Aufbruch auf der Burg erhob. Bei der Herrin hatten die Wehen eingesetzt. Kaum einer auf Wehrstein war noch nüchtern genug, eine Hilfe zu sein, und so musste Tilia, nur im Hemd bekleidet, in der Küche selbst nach heißem Wasser sehen, während das Fräulein von Neueck nervös in der Kemenate auf und ab ging. Mit viel kaltem Wasser schaffte Tilia es, die Köchin wach zu bekommen und auch so weit zu ernüchtern, dass sie sinnvolle Ratschläge erteilen konnte. Noch ein wenig schwankend, eilte das dralle Weib zur Jauchegrube, übergab sich, entledigte sich ihrer Notdurft und war dann so weit klar im Kopf und sicher auf den Beinen, dass sie mit Tilia das Wasser hochtragen und nach der Gebärenden sehen konnte. Geschäftig krempelte sie die Ärmel hoch. Nach der Hebamme zu schicken, dazu war es längst zu spät, das sah sie auf den ersten Blick. Annas Abwesenheit fiel in diesem Trubel niemandem auf.

Hildebolt von Wehrstein bekam von all der Aufregung nichts mit.

Der Mond stand schon tief, als er zur Burg zurückritt. Er ließ den Wallach im Schritt gehen, lauschte dem Hufschlag, dem Säuseln des Windes und dem heiseren Schrei eines Käuzchens. Er hatte den mit einem Erdwall und Dornenreisig umgebenen Wehrsteiner Hof hinter sich gelassen und passierte gerade das schmale Buchenwäldchen, als er meinte, im Rauschen der Nacht ein unterdrücktes Frauenlachen zu hören. Der Ritter zügelte sein Pferd und lauschte in die Dunkelheit. Ein Flüstern und Tuscheln, ein Raunen zwischen Liebenden, ein Seufzen, halb erstickt. Seine Augen durchdrangen suchend das Unterholz, irrten hin und her und blieben dann an hellem, zartem Stoff unter den tiefen Zweigen hängen. Es war sonst nicht des Ritters Art, seine Männer beim Liebesspiel zu stören, doch etwas trieb ihn näher zu dem verborgenen Platz. Der Mond, der sich hinter dünnen Wolken versteckt hatte, trat nun stolz und rein an den samtenen Himmel, erhellte das weiche Nest und die Umschlungenen. Der Ritter erkannte Wolfram von Husen und wollte sich gerade wieder zurückziehen, als es ihn wie ein Blitz durchfuhr.

»Anna!«, brüllte er und zog sein Schwert.

Die Liebenden sprangen auf. Das Mädchen stieß einen spitzen Schrei aus und versuchte hastig, ihre Blöße zu bedecken. Da traf sie des Vaters Schuh im Genick. Mit einem Stöhnen fiel sie auf die Knie und senkte das Haupt. Der Wehrsteiner schwang sich vom Pferd und legte dem Mädchen die kalte Klinge auf den Nacken. Anna zitterte vor Angst, der Vater vor Wut.

»So beschmutzt du die Ehre des Hauses Wehrstein. Bist du eine Edelfreie oder eine leibeigene Hure, dass du dich hier in nackter Gier herumwälzt wie eine geile Sau, die sich vom Eber bespringen lässt?«

»Vater, ich bitte Euch«, schluchzte sie in Todesangst. »Ich liebe ihn von Herzen und will ihn auch gern zum Gemahl nehmen. Nur deshalb habe ich seinem Drängen nachgegeben.«

»Lenke nicht von deiner Schuld ab! Das Weib ist die Schlange, die mit ihrer verderblichen Fleischeslust aufrichtigen Männern die Sinne raubt. Sagt das der Pfaffe nicht immer wieder?«

Wolfram von Husen, nach außen ruhig und gefasst, schlüpfte in sein Hemd, zog rasch den Rock über den Kopf und gürtete sein Schwert. Dann beugte er das Knie vor seinem Lehensherrn.

»Euer Vasall, Herr, wie ich es geschworen habe. Ich habe gefehlt, und Ihr dürft mich strafen. Hebt nicht das Schwert gegen das Weib.«

Der Wehrsteiner knurrte grimmig, ließ jedoch die Klinge sinken. Zögernd erhob sich das Mädchen.

»Ich hatte nicht vor, Euch ungestraft zu lassen«, fauchte der Edelfreie. »Ihr seid ein Ritter, daher kann ich Euch nicht wie einem Hund den Kopf abschlagen. Doch ich kann Fehde gegen das Haus von Husen ausrufen, Eure Frauen und Mädchen zu Tode schänden und Eure Söhne in Stücke hacken. Euer Haus soll auf ewig geschleift werden. Die Erde soll Euer Blut trinken.«

Der Ritter von Husen hob beschwichtigend die Hand. »Ich verstehe Euren Grimm, doch entzweit nicht unsere Häuser und lasst meines Bruders Kinder nicht das büßen, was ich Euch angetan.«

»Vater, ich bitte Euch, gebt uns Euren Segen«, wagte Anna einzuwerfen.

»Ich soll zulassen, dass du so einen heiratest? Einen Mann von niederem Adel, der nichts hat, um für eine Familie zu sorgen? Eher kommst du ins Kloster, oder ich richte dich mit meinem eigenen Schwert!«

Das Mädchen heulte auf.

»Spar dir die Tränen«, drohte der Vater, »du wirst später noch Grund genug bekommen, ein ganzes Meer davon zu vergießen.«

Mit diesen Worten schlug er ihr die behandschuhte Faust ins Gesicht. Stöhnend sank sie in die Knie und presste ihre Hände auf die geplatzte Lippe. Blut sickerte zwischen ihren Fingern hindurch. Der Vater zog sie an den Haaren hoch, zerrte sie zu seinem Pferd, warf das Mädchen bäuchlings über den Rücken des Tieres und schwang sich dann selbst in den Sattel.

»Wir werden die Sache morgen mit dem Schwert aus der Welt schaffen«, rief er dem Ritter von Husen noch zu, ehe er der Burg zusprengte.

✠ ✠

Noch Jahre später dachte Tilia mit Schaudern an diese Nacht zurück.

Die Mutter stöhnte und litt, denn das Kind lag verkehrt und wollte nicht kommen. Der Vater schlug Anna, als wolle er sie totprügeln. Er tobte wie ein Rasender. Anna heulte, rief um Hilfe und bettelte um Gnade, doch niemand wagte einzugreifen.

Als die aufgehende Sonne diese furchtbare Nacht beendete, schien sie auf eine erschöpfte Mutter und ihre dritte Tochter, auf eine junge Frau, deren Körper Blutergüsse und wunde Striemen bedeckten, auf ein Mädchen, das sanft die Wunden der Schwester mit Kräuterwein betupfte, und auf zwei Männer, die sich mit grimmiger Miene auf dem Hof entgegentraten.

Mit dröhnendem Schädel und rumorendem Magen saßen die Weiber und Mannen des Ritters am Rand und sahen dem Kampf schweigend zu. Beide Männer waren erfahrene Kämpfer. Der Burgherr brachte gut eine Dekade mehr an Erfahrung mit, sein Vasall dafür die Manneskraft der besten Jahre und ein überschäumendes Temperament.

»Wenn Ihr mich niederstreckt, dann könnt Ihr sie haben«, knurrte der Wehrsteiner und zog das Schwert. »Wenn ich Euch töte, kommt sie ins Kloster.«

Wolfram von Husen nickte, zog ebenfalls sein Schwert und hob den Schild.

Die klirrenden Schläge der Schwerter und das dumpfe Schallen der Schilde übertönte den morgendlichen Gesang der Vögel. Bald kam noch rascher Atem und manch spitzer Schrei hinzu. Blut tropfte auf die festgestampfte Erde. Es war das Blut des Edelfreien, verletzt durch zwei Schwertstreiche. Der erste hatte ihm den linken Oberarm aufgeschnitten, der zweite das rechte Ohr vom Kopf getrennt, doch er kämpfte weiter, hart und verbissen.

Tilia stand in der Tür zum Palas. Sie wollte nicht hinsehen, doch sie konnte den Blick auch nicht abwenden. Für wen sollte sie beten? Für ihren Vater, der in seiner Wut Anna in der Nacht fast erschlagen hatte, oder für den Ritter, den heiß verehrten, der, welch unglaublicher Verrat, der Schwester die Unschuld geraubt hatte. Tilia zürnte ihm, fühlte den Schmerz der Enttäuschung und nagende Eifersucht in ihrem Herzen, und konnte sich dennoch seinen Tod nicht wünschen.

Am Ende siegte Erfahrung über jungen Heldenmut. Tief fuhr das Schwert dem Vasallen in die Eingeweide. Kein Schrei entwich seinen Lippen. Er riss nur erstaunt die Augen auf. Mit einem Ruck zog der Wehrsteiner das Schwert wieder aus der Wunde, wischte es im Gras ab und steckte es dann zurück in die Scheide. Kalt betrachtete er den aufgeschlitzten Bauch des am Boden Liegenden.

»Ihr werdet noch eine Weile leben. Lange genug, um Euren Frieden mit Gott zu machen, und lange genug, um die höllischen Schmerzen zu verfluchen.«

Damit wandte er sich ab, ging zum Palas und betrank sich, bis er ohnmächtig in die Binsen sank. Er merkte nicht, dass Tilia seine Wunden auswusch und mit sauberem Linnen verband.

Die Männer trugen Wolfram in den Saal und betteten ihn vor den Kamin. Der Priester war inzwischen aus seinem Rausch erwacht und nahm nun missmutig dem Schwerverwundeten die Beichte ab. Er erteilte ihm auch gleich die Letzte Ölung, denn es war nicht abzusehen, wann der Ritter den letzten Atemzug tun würde, und der Priester hatte keine Lust, kaum zu Hause, den Weg zur Burg gleich wieder zurücklegen zu müssen. Immerhin hatte er an nur zwei Tagen das Geld für eine Hochzeit und eine Letzte Ölung einstreichen können. Außerdem würde die Beerdigung des Ritters noch eine Stol einbringen, rechnete sich der Pfarrer aus, als er den steilen Pfad nach Fischingen hinunterschlurfte. Das Klingen der Münzen in seinem Beutel ließ ihn seinen schweren Brummschädel für einen Augenblick vergessen.

Der Tod ließ sich Zeit. Tilia und Gret kümmerten sich um den Sterbenden, doch sie konnten nicht viel für ihn tun, außer seine Wunden ab und zu frisch verbinden und ihn in einem Zustand ständiger Trunkenheit zu halten. Am zweiten Tag stellte sich Wundbrand ein. Die Frauen hörten auf, die stinkenden Leinen zu wechseln, zu schnell waren sie wieder bräunlich gelb verklebt. Anna kam nicht herunter, um nach ihm zu sehen. Sie fieberte. Ihre Wunden nässten.

Am dritten Tag starb der Ritter. Seines Bruders Sohn war gerade auf der Jagd, die Mägde und Knechte auf den Feldern, die Köchin an ihrem Kessel in der Küche. So war es Tilia, die ihm die Augen zudrückte, Tränen um den Freund vergoss und die Heilige Jungfrau anflehte, ihn in den Himmel zu geleiten.

Annas Wunden heilten mit der Zeit. Der einst makellose Rücken wurde nun von hässlichen Narben gekreuzt, doch es gab niemanden mehr, der es sehen würde. Noch in derselben Woche schloss sich die Klosterpforte der Augustinerinnen für immer hinter ihr.

KAPITEL 5

Dreimal zog der Herbst ins Land, deckte Schnee die Feste über dem Neckartal zu, brachte der Frühling Wärme und Freude zurück und der Sommer goldene Ernte. Auf Burg Wehrstein wuchs eine neue Generation heran. Kaum ein Jahr nach ihrer Hochzeit brachte Gret ein gesundes Mädchen zur Welt, ein weiteres Jahr später einen Sohn, der jedoch nur einen Monat überlebte. Tilia kümmerte sich um ihre kleine Schwester Dorothea, die nun mit Grets Sofie spielte, wie früher Tilia mit Gret. Sibylla kümmerte sich nicht um ihre dritte Tochter. Seit der Sache mit Anna lebte die Wehrsteinerin zurückgezogen in der Kemenate. Sie saß nur da, nähte und stickte. Nicht einmal, um ihre Notdurft zu verrichten, verließ sie den Palas. Zweimal am Tag trug Tilia das Nachtgeschirr hinaus zur Grube. Sie sorgte dafür, dass die Mutter frische Wäsche bekam und genug Stoff und Garn zum Nähen, brachte ihr die morgendliche Milchsuppe und am Abend dicken Eintopf. Fleisch rührte die Mutter nicht mehr an. Sie fastete, sie betete, sie schwieg. Und da nach menschlichem Ermessen keine Möglichkeit mehr für eine weitere Schwangerschaft bestand, ließ sich der Wehrsteiner nicht mehr bei ihr blicken. Überhaupt war der Vater in diesen Jahren nicht häufig auf der Burg zu sehen. Irgendwo gab es immer Streitereien, bei denen gute Kämpfer willkommen waren.

Stillschweigend nahm Tilia auf Wehrstein das Zepter in die Hand. Sie versorgte den Haushalt, scheuchte jeden Morgen die Mägde, den Saal zu reinigen, prüfte genau, ob die Wäsche auch wirklich sauber war, und ließ die Faulen und Ungeschickten mit Schlägen bestrafen, so wie die Mutter es gemacht hatte.

»Wir bräuchten dringend neues Linnen«, sagte Tilia und breitete ein verschlissenes Leinentuch aus.

»Wir könnten nach Fischingen hinuntergehen«, schlug Gret vor.

Tilia seufzte. »Und womit soll ich es bezahlen? Die wenigen Münzen, die der Vater mir vor Monaten ließ, sind längst verbraucht.«

»Dann müssen wir sehen, was noch in Scheune und Küche ist.«

Die Ritterstochter nickte und folgte Gret, doch die wenigen Vorräte, die sie fanden, vertieften die Sorgenfalten nur noch.

»Ich kann das Leinen noch einmal flicken«, tröstete Gret und klemmte sich das vergilbte Tuch unter den Arm.

Tilia nickte. »Ja, doch das ist es nicht allein. Es ist bald Herbst. Müssten die Bauern uns nicht Korn bringen, Gemüse und Vieh? Der Vater und die Ritter sind weg, und der alte Wetzel sitzt den ganzen Tag in der Sonne und schnarcht, statt auf die Felder zu reiten und zu sehen, dass unsere Eigenleute die Ernte einbringen. Sieh zum Himmel hoch. Drei Tage brennt die Sonne schon herab, doch hast du gestern auch nur einen vom Hof oben auf dem Feld gesehen, als wir Nüsse sammeln gingen? Die Eigenleute wollen angewiesen werden. Wie sollen wir so durch den Winter kommen?« Tränen der Verzweiflung standen ihr in den Augen.

»Ein Obmann müsste nach dem Gesinde sehen. Doch wen könntest du schicken? Willst du nicht mit dem Wetzel reden? Schicke ihn hinaus, er soll sich um die Güter kümmern«, schlug die Magd vor. »Hat der Vater ihn nicht darum zurückgelassen?«

Tilia schwieg und zog die Nase kraus. »Ich werde selbst nach dem Rechten sehen. Wetzel muss mich begleiten. Der Pater müsste wissen, wer uns welche Abgaben zu leisten hat. Ich werde ihn losschicken, mir Pergament und Tinte zu besorgen – und wenn ich dafür meine goldene Fibel eintauschen müsste. Lesen kann ich schon, dann kann es doch nicht so schwierig sein, das Schreiben zu erlernen.«

Geschäftig eilte sie davon. Gret sah ihr mit großen Augen nach und machte sich dann daran, das Leinen zu flicken.

»So etwas ziemt sich nicht für eine Jungfrau«, schnarrte Pater Seifried missmutig. »Pergament, um Kornsäcke und Hühner zu notieren? Welch Verschwendung! Euer Vater weiß sicher, wer welche Schuld bereits beglichen hat.«

Tilia stemmte die Hände in die Hüften und blitzte den Pater zornig an. »So? Weiß er das? Er ist seit Monaten weg. Was ist, wenn der Winter kommt und die Scheunen leer sind? Ich werde den Eindruck nicht los, dass wir um vieles betrogen werden. Die Lehensmänner sind froh, den Zins selbst zu schmausen. Warum sollen sie bezahlen, wenn keiner kommt und etwas von ihnen verlangt? Warum sollen die auf dem Gut oben arbeiten, wenn keiner nach ihnen sieht? Deshalb reite ich mit Wetzel selbst hin und sorge dafür, dass die Kammern gefüllt werden.«

»Das könnt Ihr nicht machen!«, zeterte der Gottesmann, der nur die niederen Weihen empfangen hatte, sich aber gerne Pater nennen ließ.

Tilia trat nahe zu ihm und sah ihm in die Augen.

»Wollt Ihr in diesem Winter ein warmes, trockenes Plätzchen und jeden Abend eine gefüllte Schale? Oder zieht Ihr weiter, ein Obdach in einem Kloster zu finden. Meint Ihr, die Brüder nehmen Euch gerne auf? Wo Ihr doch gar nichts mitzubringen habt.« Sie sah, wie Pater Seifried zusammensackte.

»Ich an Eurer Stelle würde es bei den Bettelmönchen versuchen. Sie legen keinen Wert auf Besitz, ziehen jeden Tag, ob brennende Sonne oder stürmender Schnee, durch die Lande und leben von der Mildtätigkeit der Menschen«, fügte Tilia noch hinzu, obwohl sie merkte, dass sie den Sieg schon errungen hatte.

»Ich denke, Ihr würdet das Schreiben schnell erlernen, und ein wenig mit Zahlen umzugehen, könnte ich Euch auch zeigen«, bot der Gottesmann an.

»Gut, besorgt Ihr das Pergament. Ich gehe zu Wetzel, um ihn in seinem nicht verdienten Schlummer zu stören.«

Beschwingt von ihrem ersten Triumph, schreckte sie den alten Ritter aus seiner Mittagsruhe.

»Ihr seid verrückt«, brummte der Kämpfer und schloss ungerührt wieder die Augen.

»Nein, bin ich nicht. Ist es verrückt, dafür zu sorgen, dass wir nach Dreikönig auch noch etwas auf den Tisch bekommen – nicht nur wässriges Gerstenmus wie im letzten Jahr?«

»Das schon, doch Ihr seid ein Weib«, brummte er, ohne die Augen zu öffnen.

»Ein Weib, ja, doch so lange mein Vater nicht hier ist, auch Eure Herrin, der Ihr zu gehorchen habt.«

Wetzel blinzelte, entblößte grinsend seine Zahnstumpen und ließ seinen Blick ungeniert an ihr herunterwandern. »Dann nehmt doch den jungen von Husen mit, wenn es Euch danach gelüstet, bei dieser Hitze über die Felder zu reiten.«

Erbost stampfte Tilia mit dem Fuß auf. »Genau das werde ich machen. Denkt solange gut darüber nach, ob Ihr mir weiterhin Eure Hilfe versagen wollt, denn dann könnte es passieren, dass hier auf Wehrstein bald kein Platz mehr für Euch ist.«

»Sie tut es wahrhaftig«, wunderte sich der Alte und schüttelte fassungslos den Kopf.

Bald darauf ritt Tilia auf ihrer schwarzen Stute durch das Tor, Heinrich von Husen folgte ihr auf seinem Braunen in respektvollem Abstand. Die Leute vom Wehrsteiner Gut murrten. Anders als das Gesinde auf der Burg waren sie nicht daran gewöhnt, Anweisungen der Ritterstochter entgegenzunehmen, doch das änderte sich schnell. Bald wunderte sich keiner mehr über den Anblick des schlanken, blonden Fräuleins auf seiner Stute, den jungen Vasall immer auf den Fersen. Der Anfang war schwer. Sie redete mit Engelszungen, sie drohte, sie fluchte und schimpfte. Manch Bauer war einsichtig und tat, was sie befahl, doch manch Eigenmann führte sich störrisch wie ein Maulesel auf. Da tauchte eines Morgens Wetzel mit seinem Streitross am Tor auf.

»Ich habe gehört, Ihr habt Schwierigkeiten mit denen jenseits des Neckars.« Es ließ seine Reitpeitsche durch die Luft sausen. »Sie werden sich Euren Wünschen fügen, noch ehe die Sonne heute untergeht!«

Dankbar reichte Tilia ihm die Hand und lächelte ihn an. So war sie vom Morgengrauen bis zum Sonnenuntergang emsig auf den Beinen, setzte sich dann im Schein der Kienspäne zu Pater Seifried und führte langsam und sorgfältig die Feder über das Pergament. Als die Blätter an den Bäumen sich zu färben begannen und der Wehrsteiner mit seinen Mannen zurückkehrte, war die Ernte eingebracht, Scheune und Kammer auf Burg Wehrstein gefüllt. Der Ritter wunderte sich, doch er sagte nichts.

✠ ✠

Eine Woche später kam ein königlicher Bote nach Wehrstein. Tilia raffte die Röcke und eilte zur Kemenate hoch.

»Habt Ihr es gehört, Mutter? Ein königlicher Bote ist angekommen.«

Sibylla sah nicht von ihrer Stickarbeit auf. Seufzend schlüpfte Tilia in ein frisches Hemd und einen einfachen, aber sauberen Rock.

»Könnt Ihr mir wenigstens helfen, die Ärmel anzunesteln?«

Sie kniete sich nieder. Langsam hob die Wehrsteinerin den Blick, ließ die Nadel sinken und schnürte dann die Bänder fest.

»Wollt Ihr nicht doch zum Essen herunterkommen? Dies eine Mal? Ich weiß nicht so recht, wie ich den Gast behandeln soll. Was soll ich mit ihm reden?«

Doch Sibylla schüttelte nur stumm den Kopf und beugte sich wieder über ihre Arbeit.

Tilia schlang sich einen breiten, silberbestickten Gürtel zweimal um die Taille und schloss den Hemdschlitz mit einer eisernen Nadel, an der ein Rosenquarz befestigt war. Sie holte zweimal tief Luft, dann schritt sie in den Saal, um den Gast zu begrüßen.

Das Angebot eines Bades lehnte er ab, nicht jedoch ein reichliches Essen. »Ich komme von Haigerloch her«, sagte er, als er sich vor der Tochter des Hauses verbeugte. »Der König weilt bei seinem Schwager und schickt nun Boten, die Ritter zu ihm zu rufen. Ich werde noch heute weiterziehen.«

Tilia eilte davon. Sie zerbrach sich den Kopf, wie sie schnell ein Essen bereiten lassen sollte.

»O Gret, was bieten wir ihm nur an?«

Die Magd legte beruhigend die Hand auf ihren Arm. »Es ist frisches

Brot da und Wein haben wir genug. Bring es dem Gast und unterhalte ihn. Die Buben haben heute Tauben gejagt, und auch ein Kaninchen ist in die Falle gegangen.«

»Das reicht nicht. Er ist ein königlicher Bote!«, jammerte Tilia.

Gret zuckte die Schultern. »Dann muss eben unser Hahn daran glauben.«

Tilia nickte. »Ja, nimm den Hahn. Er ist schon alt, und der Meier schuldet uns noch drei. Schneide auch ordentlich Blut- und Griebenwurst ins Gemüse, hörst du?«

»Ja, ja, ich werde es Adelheid sagen.«

Während Gret in die Küche eilte, trug Tilia Brot und Wein in den Saal, brach dem Gast ein Stück ab und schenkte ihm den Becher aus Ton voll. Schweigend ließ sie sich ein Stück abseits auf einer Bank nieder, um dem Gast rechtzeitig nachschenken zu können.

»König Rudolf hat sich fest vorgenommen, die Raubschlösser der schwäbischen Friedensbrecher zu schleifen. Er hat seinen Sohn Herzog Albrecht und die Bischöfe von Passau und Basel bei sich«, berichtete der Bote.

»Und nun sind sie bei dem Hohenberger in Haigerloch«, stellte der Wehrsteiner fest.

Der Bote nickte. »Ja, sein erstes Ziel heißt Waldeck.«

Hildebolt von Wehrstein runzelte die Stirn. »War der alte Waldecker, der letzthin kinderlos starb, nicht nah verwandt mit dem Hohenberger?«

»Da habt Ihr Recht«, bestätigte der Königliche. »Aber der Reuenburger hat die Witwe auf seine Feste geholt und Graf Albert den Anspruch auf das Erbe vorenthalten. Der Hohenberger hat die Feste zwar belagert und das Weib damit ins Kloster getrieben, doch den Reuenburger, der sich jetzt frech von Waldeck nennt, konnte er nicht in die Finger bekommen.«

»Und nun sollen wir für ihn die Zeche bezahlen«, seufzte der Ritter missmutig.

»Wollt Ihr Euch dem Ruf des Königs entziehen? Sogar der Zoller sendet seinen ältesten Sohn!«

Tilia entschlüpfte ein Ruf der Überraschung. »Der Zoller zieht mit dem Hohenberger zusammen nach Waldeck?«, fragte sie ungläubig.

Die beiden Männer, die ganz vergessen hatten, dass das Mädchen noch bei ihnen saß, sahen es entgeistert an.

»Du solltest in der Küche nach dem Essen sehen!«, befahl der Vater barsch.

Tilia schoss die Röte ins Gesicht. Sie sprang auf, knickste linkisch und stotterte eine Entschuldigung, dann eilte sie hinaus. Sie schalt sich des unbedachten Ausrufes. Jetzt hatten sie sie weggeschickt, und sie würde vom Rest des Gespräches sicher nichts mehr erfahren. Wie ärgerlich! Dabei brannte sie so sehr darauf, von der weiten Welt zu hören.

✠ ✠

Der Vater blieb lange fort. Nach und nach lösten sich die Blätter von den Bäumen, bis diese sich, nackt und frierend, den Herbststürmen preisgeben mussten. Sie kamen mit dichten Regenwolken und heulenden Böen, fielen in das Neckartal hinab und jagten dann den Berg hinauf und über Burg Wehrstein hinweg. Tilia trieb das Gesinde an, das Heu in die Schober und die letzten Früchte in die Kammer einzubringen. In ihrem alten, grauen Mantel, hoch aufgerichtet auf ihrer schwarzen Stute, schien sie überall gleichzeitig zu sein. Fast eine Woche zwangen Sturzbäche an Regen und Sturmwind die Wehrsteiner in Saal und Küche. Da saßen sie eng beieinander in der rauchgeschwängerten Feuchtigkeit und besserten Gerätschaften aus, kämmten Wolle oder flickten Wäsche.

Es war der Tag der heiligen Katharina, als der Hausherr und seine Mannen zurückkehrten. Der Vater brachte Tilia eine goldene Kette mit einem edelsteinbesetzten Kreuz von Waldeck mit.

»Ich habe es einem Pfaffen abgenommen, der eh schon bei seinem Schöpfer war«, sagte er, als er Tilia das Geschmeide um den Hals legte.

Sie bedankte sich artig und fragte nicht, wessen Schwert die Seele des Geistlichen gen Himmel gesandt hatte.

»Über die Schweizer Straße sind wir nach Norden gezogen, haben den Neckar bei Horb überquert und uns in Herrenberg mit dem Herzog Konrad von Teck und dem jungen Zollerngraf getroffen«, erzählte der Hausherr den Zurückgebliebenen mit vollem Mund.

»Die Belagerung war schwieriger, als wir es erwartet hatten. Die hohen Mauern konnten wir unmöglich im Sturm nehmen, doch auch einen dichten Ring zu schließen, um die auf der Feste auszuhungern, war in dem bergigen Waldgelände keine leichte Sache. Immer wieder gelang es den Waldeckern, Lebensmittel in die Burg zu schmuggeln und uns eine lange Nase zu drehen. So machte sich der Hohenberger daran, für das königliche Heer eine hölzerne Gegenburg zu errichten. Wochen harrten wir aus. Endlich zeigte der Hunger seine Wirkung. Zu Martini fiel die Burg. Wir machten Beute, der Waldecker jedoch ist entkommen.«

Doch nicht nur ein Säckchen mit Münzen und Schmuck brachte der Vater von dieser Belagerung mit. An seiner Seite kam ein Weib mit grobem Gesicht und üppigen Brüsten. Misstrauisch betrachtete Tilia sie von oben bis unten, als der Vater sie ihr vorstellte. Sie begrüßte die neue Bewohnerin zurückhaltend, doch das Weib grinste breit, enthüllte eine Zahnlücke und schloss das widerstrebende Mädchen fest in ihre Arme.

»Wir werden uns gut verstehen!«, prophezeite sie. Tilia sagte nichts. Erst als sie am nächsten Abend mit Gret über den Hof schritt, machte sie ihrem Ärger Luft.

»Sie ist unansehnlich, bar jeder guten Erziehung, lacht zu laut und liebt derbe Sprüche«, zählte sie erbost all die Dinge auf, die ihr gegen den Strich gingen. »Aus einem baufälligen, hölzernen Wohnturm bei Weil der Stadt kommt sie. Kaum ein Jahr verheiratet, hat sie der Waldecker zur Witwe gemacht, und nun streckt sie ihre schmutzigen Finger nach Wehrstein aus.«

»Hast du auch nur ein gutes Haar an ihr entdecken können?«, fragte Gret, ihre Belustigung kaum verbergend.

»Nein! Selbst ihr Haar, das unordentlich unter ihrer Haube hervorquillt, ist borstig und von unscheinbarer Farbe. Was findet der Vater nur an ihr, dass er sein Lager mit ihr teilt? Er tut so, als sei Mutter bereits tot.«

»Nun, Männer wollen keine Heilige, die den ganzen Tag stumm betet«, sagte Gret behutsam. »Vielleicht ist das Weib eine angenehme Bettgenossin und erfüllt ihm seine Wünsche.«

»Gret!«, schimpfte die Ritterstochter. »Es steht dir nicht zu, so von meinem Vater zu sprechen.«

»Ach was«, begehrte die Halbschwester auf. »So sind die Männer, ob du es sehen willst oder die Augen davor verschließt. Unser Vater ist auch nicht anders. Besser er hat ein Kebsweib, denn er zeugt Bastarde mit allen Mägden.«

Tilia stampfte mit dem Fuß auf den Boden, drehte sich um und ließ Gret einfach stehen. In den nächsten Wochen bekam Gret noch viele Klagen über das Weib zu hören, wie Tilia sie immer nannte. Ihr Name kam der Ritterstochter nie über die Lippen.

»Vater lässt oben neben der Kemenate ein drittes Gemach herrichten!«, ereiferte sich Tilia. »Er schickt gar nach den Bauleuten aus Fischingen, um eine Feuerstelle zu mauern! Ich habe mit meiner Hände Arbeit die Schulden eingetrieben und die Scheunen gefüllt. Und da erdreistet sich das Weib, Münzen aus der Truhe zu nehmen. Sie hat teure Daunendecken und Kissen bei dem Juden gekauft, der seit ein paar Tagen unten in Fischingen weilt, und der Vater sagt nichts dagegen!«

Schweigend hörte sich Gret die Klagen an. Nicht dass sie das Weib mochte. Sie hatte eine unangenehme Art, mit dem Gesinde umzuspringen, doch was konnte man dagegen tun, wenn der Herr sich ein Kebsweib wählte?

✠ ✠

Als die Frühnebel sich am anderen Tag lichteten, versprach das blasse Blau des Himmels noch einmal einen sonnigen Tag. Gleich nach dem Morgenmahl schleppten die Mägde die hölzernen Zuber in den Hof. Gret schob sich seufzend die Ärmel hoch. Waschtage waren harte Knochenarbeit. Eimerweise kurbelte sie das Wasser von der Zisterne herauf. Die Köchin hatte derweil schon ein großes Feuer im Hof entfacht, über dem sie an einem Dreibein einen weiteren Kessel mit Wasser erhitzte. Apollia, das Küchenmädchen, klaubte die abgekühlte Buchenasche aus dem Kamin, um frische Lauge zu machen. Sie spannte ein Tuch über den Holzbottich, schüttete die Asche darauf und goss, als der Kessel über dem Herd dampfte, das heiße Wasser darüber. Unten im Bottich sammelte sich die frische Lauge. Adelheid, die Köchin, hatte inzwischen die schmutzigen Leilachen, Kittel, Hemden und Röcke auf einen Haufen geworfen, die Magd Trützum weichte ein paar schwere Wolldecken ein. Während das Blau des Himmels sich vertiefte und die Sonne höher stieg, rubbelten und spülten, klopften und wrangen die vier Frauen Stund um Stund Weißzeug und Decken. Die Hände wurden rissig und schmerzten in der heißen Laugenbrühe, doch die Mägde waren guter Laune, sangen und scherzten und rubbelten im Takt. Zwischen den Wäschebergen und Zubern spielten Dorothea und Sofie mit des Wächters Hugo Buben Fangen. Bei jeder Gelegenheit spritzten sie sich gegenseitig nass und liefen dann kreischend auseinander. Bald trieften die Kinder wie die Wäsche. Quietschend vor Freude zog sich Dorothea ihren tropfenden Kittel über den Kopf und klatschte ihn Cum, der sie einen Kopf überragte, ins Gesicht. Die Freudenschreie wurden alsbald von Protestgeheul abgelöst, als Cum das Mädchen packte und in einen Zuber mit eiskaltem Wasser warf. Sofie lachte schadenfroh, musste dann jedoch schnell die Beine in die Hand nehmen. Als der achtjährige Fred mit eingriff, der Köchin und des Wächters Hänslin Sohn, hatten die Mädchen keine Chancen mehr. Bald standen die kleinen Nackedeis schmutzig und heulend vor Gret, doch diese lachte nur.

»Heute ist großer Waschtag. Für Leinen, Wollzeug und für freche Kinder.«

Sie schnappte ihre Tochter und stellte sie in einen Zuber voller warmer Laugenbrühe. Gnadenlos schrubbte sie das kreischende Kind vom Kopf bis zu den schlammigen Füßen. Dorothea wollte sich schon unauffällig aus dem Staube machen, doch Apollia erwischte sie, und so erging es ihr nicht besser. Die Buben lachten spöttisch, bis der vorbeikommende Hänslin sie mit Schwung ins kalte Wasser warf. Mit groben Bürsten setzten ihnen die Mägde zu, bis sie endlich, mit glühender Haut und sauberen Haaren, den Waschweibern entkamen. Bis zum Dunkelwerden ließen sich die Buben nicht mehr blicken.

Während die Mägde die Kleider spülten und auswrangen, zum Bleichen in der Sonne ausbreiteten und später mit dem Rundholz glätteten, saßen die beiden Mädchen in warme Decken gehüllt auf den Stufen zum Palas in der Sonne, kauten Rosinen und Nüsse und schmiedeten Rachepläne gegen die Jungen.

KAPITEL 6

Schon seit Stunden verharrte Graf Friedrich von Zollern, der Erlauchte, auf den kalten Steinplatten kniend, die Hände flehend dem Gekreuzigten entgegengestreckt. Er spürte nicht die Eiseskälte in der Kapelle, spürte nicht den rauen Stein unter den gebeugten Knien. Er sah nur die im steten Luftzug flackernden Kerzen auf dem Altar und das schmerzverzerrte Gesicht des Erlösers. Lautlos bewegten sich seine Lippen. Sein Antlitz war tränenverschmiert.

Der Kaplan stand schon seit einiger Zeit in der Tür zur Michaelskapelle auf Burg Zollern und beobachtete seinen Herrn. Die Hände frierend in den Ärmeln der Kutte verborgen, die schmalen Lippen fest aufeinander gepresst, wartete er unschlüssig und wagte nicht, den Graf aus seinem Gebet zu reißen. Plötzlich blickte Friedrich auf, wandte sich mit einem Ruck um und sah den Kaplan fragend an.

»Nun, Vater Laurenz, bringt Ihr mir gute Nachrichten?«

Es schwang so viel Angst in der Stimme des hohen Herrn, dass der Gottesmann nur mühsam ein verächtliches Schnauben unterdrücken konnte. Welch Gejammer um ein einziges Weib, das nicht einmal mehr zum Gebären taugen würde, so alt wie sie bereits war! Er mühte sich, den Herrn seinen Ärger nicht spüren zu lassen.

»Es steht nach wie vor ernst um Eure Gemahlin, Graf. Das Kind ist nicht zu retten. Es starb schon im Mutterleib. Die Wehen haben aufgehört. Die Gräfin ist sehr schwach, doch die Hebamme ist noch bei ihr. Und auch Bruder Tragebott.«

Den letzten Namen spuckte er aus, als habe er eine Kröte im Mund. Nicht nur, dass er den abtrünnigen Bettelmönch verabscheute, die Vorstellung, dass ein Mann Gottes einer Hebamme helfend zur Seite stand und an den sündigen Schoß einer Frau Hand anlegte, verursachte ihm Brechreiz im Hals. Und wie sollte er von seinem Herrn eine hohe Meinung haben, wenn der solch sündiges Tun zuließ?

»Sie versuchen, den Leichnam zu entfernen, um das Leben der Gräfin zu retten«, sagte er laut, dachte jedoch bei sich, besser ist es, das Weib stirbt. Wenn Gott sie und das Kind zum Sterben bestimmt hat, was soll der Mensch dann aufbegehren? Mit Kräutern, scharfen Messern und Zauberei gegen Gottes Willen ankämpfen? Starben nicht jeden Tag tüchtige Männer im Felde?

»Kommt her, Vater Laurenz, betet mit mir um das Leben der Gräfin. Ich könnte es nicht ertragen, wenn der Herr sie zu sich riefe. Ich bitte Euch, kniet Euch nieder und betet!«

Der Kaplan wich dem Blick des Grafen aus. Der Schmerz in seinen Augen ekelte ihn an. Widerstrebend beugte Vater Laurenz die steifen Knie, hob die Hände und dachte noch einmal: Welch Geschrei um ein wertloses Weib!

✠ ✠

Noch war es draußen dunkel, doch die Nacht näherte sich bereits ihrem Ende. Oben in der Kemenate saß die Hebamme erschöpft auf einem Schemel, die Hände schlaff im Schoß, die Beine weit von sich gestreckt.

»Das war gar keine schlechte Arbeit für einen Mann, einen Mönch noch dazu«, sagte sie anerkennend.

Bruder Tragebott, der das lose Mundwerk der Hebamme kannte, fasste diese Respektlosigkeit so auf, wie sie gemeint war, und beugte leicht den kahlen Schädel.

»Wir haben beide unsere Erfahrung vereint und mit Gottes Hilfe Großes getan.«

Sorgfältig wusch er sich die Hände im warmen Wasser und schrubbte peinlich genau das adelige Blut von seinen Fingern.

»Wir müssen nun Acht geben, dass die Wunde nicht zu faulen beginnt. Wasch sie täglich mit dem gebrannten Wein, den ich dir geben werde«, wies der Mönch die Hebamme an. »Und dann« – er wurde zum ersten Mal verlegen, und Röte stieg ihm ins Gesicht – »du musst es dem Grafen sagen, dass, nun, dass …«, er verstummte.

»Ja, ich werde ihm sagen, dass er lieber nicht mehr auf seine Eherechte pochen sollte, wenn er das Leben der Gräfin nicht in Gefahr bringen will. Ich werde ihm sagen, er soll sich lieber nach einem Kebsweib umsehen«, sagte die Hebamme ungeniert, erhob sich und trat an das Bett der Bewusstlosen.

»Geht nur, Bruder.« Güte schwang in ihrer Stimme. »Legt Euch schlafen. Ich werde bei ihr wachen und später das Kind – oder was davon übrig ist – vor den Toren verscharren.«

Mit schweren Schritten stieg er die steinernen Stufen hinunter, die außer dem Graf und seinen Söhnen kein Mann betreten durfte, umrundete vorsichtig die Schläfer im großen Saal, tappte über den Hof und kehrte in sein Kellergemach unter dem Palas zurück, das er eilig im Morgengrauen des vergangenen Tages verlassen hatte.

✠ ✠

Die Gräfin hatte den dicken Fellvorhang beiseite geschoben und sah in die sternklare Winternacht hinaus. Sie hörte seine sich nähernden Schritte, doch sie drehte sich erst um, als der Graf sie ansprach.

»Kommt rasch vom Fenster weg, Udelhild, Ihr holt Euch sonst noch den Tod.«

»Es ist erst zwei Wochen her, dass ich dem Teufel ins Auge blickte. Wollte er meine Seele, hätte er sie an diesem Tag geholt.« Trotz ihres Widerspruchs ließ sie den Vorhang los und trat vom Fenster weg.

Friedrich von Zollern nahm den pelzgefütterten Umhang vom Bett und legte ihn seiner Angetrauten um die Schultern. Seine Arme umfingen sie, schlossen sich wie eiserne Ringe um ihren Körper und nahmen ihr den Atem.

»Meine liebe Gemahlin. Wie sehr verlange ich nach Euch.« Stürmisch begann er ihr Gesicht mit Küssen zu bedecken, warf den eben erst umgelegten Mantel auf den Boden und drängte die Gräfin zum Bett hin. Die Widerstrebende mit sich ziehend, ließ er sich in die kostbaren Daunenkissen fallen, küsste ihren Hals und den Ansatz ihrer Brüste. Sie wehrte sich, versuchte, ihn abzuschütteln und den gierigen Lippen auszuweichen.

»Nein! Friedrich, nein!«

Ungewohnt laut und energisch erklang ihre Stimme. Überrascht hielt der Graf inne. Udelhild nutzte die Gelegenheit, sich aus der Umarmung zu winden und vom Bett zu rutschen. Ruhelos ging sie mit ausladenden Schritten auf und ab, während sie um die richtigen Worte rang.

»Ich habe Euch als Ehegattin lange gedient. Habe meine Pflichten gern für Euch erfüllt. Zwölfmal trug ich Eure Leibesfrucht, acht Kinder gebar ich mit Schmerzen. Ihr habt immer noch drei Söhne und zwei Töchter, alle nun erwachsen, auf die Ihr stolz sein könnt. Zwei hoffnungsvolle Söhne und Eure jüngste Tochter leben hier mit Euch auf Burg Zollern. Euer Zweitgeborener ist Dompropst in Augsburg, Eure erste Tochter wohl verheiratet mit dem von Geroldseck zu Lahn. Ich kann Euch keine weiteren Kinder mehr schenken, und es war Gottes Wille, dass ich auch nicht mehr Euer Lager mit Euch teilen kann.« Er wollte widersprechen, doch sie schnitt ihm das Wort ab.

»Nein, ich kann nicht! Darum bitte ich Euch, in Gottes Namen, gebt mich frei.«

»Ich will aber trotzdem bei Euch sein. Ihr seid meine Gemahlin, bis dass der Tod uns scheidet. Ich werde mein Temperament zurücknehmen. Ich verspreche es Euch. Nur hier in Eurem Atem bei Euch liegen. Mehr begehre ich nicht.«

Sie lachte freudlos auf. »Erzählt mir nicht, der Hengst begehre nicht die Stute zu bespringen, der Eber nicht die Sau.«

Er schien ernsthaft gekränkt. »Vergleicht die Männer nicht mit den Tieren. Wir sind von Gott zu seinem Ebenbild gemacht. Wir sind die Krönung seiner Schöpfung.«

Ihr Blick wurde traurig. »Friedrich, ich bitte Euch noch einmal, sucht Euch ein Kebsweib. Nehmt Euch so viele Ihr wollt, doch bitte lasst mich nach Stetten ziehen und den Schleier nehmen. Für Euch beten ist das Einzige, was ich noch kann.«

»Aber Ihr seid die Dame des Hauses«, brauste er auf.

»Williburgis hat schon fünfzehn Lenze gesehen. Sie ist alt genug, an meine Stelle zu treten und meine Pflichten zu übernehmen. Die Kinder sind alle erwachsen. Auch sie bedürfen meiner nicht mehr.«

Er sprang vom Bett, stürmte auf sie zu und schlang seine Arme um ihren Leib. »Ich will keine Kebsweiber und Mägde in meinem Bett. Ich will Euch, Udelhild von Dillingen. Ihr seid mein Weib, und ich werde Euch niemals gehen lassen. Niemals!«

Er ließ sie los, drehte sich um und stürmte hinaus.

»Doch, lieber Friedrich, ich werde den Schleier nehmen, und Ihr werdet die Urkunde aufsetzen lassen«, sagte sie zu dem leeren Türrahmen.

Drei Tage dauerte der wortlose Kampf. Sie sprachen nicht mehr darüber, doch wenn sich ihre Blicke trafen, dann konnte man die Klingen sich kreuzen hören. Am vierten Morgen rief Graf Friedrich von Zollern Vater Laurenz zu sich und wies auf das leere Pergament, Feder und Tinte auf dem Tisch.

»Da, nehmt Platz, Vater«, gebot er dem Kaplan mürrisch. »Setzt mir ein Schreiben an die Mutter Oberin in Stetten auf.«

Als die Woche um war, beugte die Gräfin auf kaltem Stein die Knie und legte ihre Hände in die schrumpeligen, knochigen der Mutter Oberin.

»Mutter, ich bitte Euch um den Schleier.«

Das alte Weiblein nickte und legte ihre Hände auf das feine Gebende aus Seide, umkränzt von einem goldenen Reif, mit funkelnden Edelsteinen besetzt.

In derselben Stunde schritt der Graf unruhig in der Kapelle auf und ab.

»Ja, ich habe gesagt, dass ich alles gebe, selbst das, was mir am liebsten ist, wenn Du ihr Leben schonst, aber so habe ich das nicht gemeint. Gott! Warum lässt Du sie erst am Leben und nimmst sie mir dann trotzdem weg? Ist das Deine Art, Spott mit mir zu treiben? Für was strafst Du mich? Welche Sünde habe ich begangen? Habe ich nicht alles Deinem Pfaffen gebeichtet? Hat er mir nicht die Absolution erteilt? Was willst Du noch von mir?«, schrie er und warf die Hände in die Höhe. Weiß stieg sein Atem auf. Als das Kruzifix nicht antwortete, setzte Friedrich der Erlauchte seine Wanderung fort. »Ein Kloster haben wir für Dich gegründet, haben den Schwestern ein Heim gegeben, ihnen Ländereien geschenkt, und nun verschwindet meine Udelhild hinter diesen Mauern! Zürnst Du mir wegen der Kirche? Ja, es hat eine Zeit lang gedauert, doch jetzt steht sie. Auch ohne himmelwärts strebenden Turm ist sie Deiner würdig! Die Frauen haben sich unter den Schutz Deines neuen Predigerordens gestellt. Wer wüsste es nicht besser als Du, dass Deine Bettelmönche keinen Prunk lieben. Ich hätte Dir, trotz kriegerischer Zeiten, Gold und Seide gegeben. Und das weißt Du auch! Du bist ein grausamer Gott! Wo bleibt denn Deine Barmherzigkeit, die immer gepredigt wird?«

Immer mehr redete der Graf sich in Hitze. Vater Laurenz, der zufällig die Kapelle betreten hatte, bekreuzigte sich hastig. Welch sündige Reden! Er nahm sich vor, bei der nächsten Beichte dem Grafen dafür schmerzhafte Bußübungen aufzuerlegen.

✠ ✠

Es war noch früh am Morgen, doch die ersten Eigenleute aus der Umgebung trafen bereits auf Wehrstein ein. Erleichtert betrachtete Tilia den Strom aus Frauen und Kindern und vor allem kräftigen Männern.

»Ich sage dir, wenn ich in den letzten Tagen nicht umhergeritten wäre und ihnen zweimal am Tag warme Suppe, frisches Brot und einen Humpen Wein versprochen hätte, sie hätten wieder nur die Alten und Schwachen, die Weiber und Kinder zur Fron geschickt.«

Gret nickte. »Ja, vor allem, da sie wissen, dass der Wehsteiner unterwegs ist.«

Tilia ließ den Blick über Bauern und Gesinde schweifen, die in kleinen Gruppen schwatzend im Hof standen, und klatschte dann in die Hände, um deren Aufmerksamkeit zu gewinnen.

»Wir wollen neben der Küche einen Vorratsraum bauen. Auch müssen die Mauern am runden Turm ausgebessert und das Dach des Palas abgedichtet werden«, fasste sie die Arbeit für die nächsten drei Tage zusammen.

»Doch bevor ich euch in Gruppen aufteile, könnt ihr euch jeder eine Schale Haferbrei bei Adelheid in der Küche holen.«

Während die Bauern aßen, rief Tilia den Ritter Wetzel, Rüdger und den Wächter Hugo zu sich.

»Rüdger nimmt die kräftigsten Männer mit zum Steinbruch, um die Mauer vorn auszubessern. Hugo wird mit ein paar Männern in den Wald gehen, um die Stämme für das Vorratshaus zu fällen. Ein Teil der Frauen und die alten Männer können am Neckar unten Ruten schneiden für das Flechtwerk, die anderen sollen Lehm stampfen und Stroh bündeln. Wetzel, Ihr bleibt bei mir und seht, dass die Arbeit hier auf Wehrstein vorangeht.«

Der erste Tag war windig und kühl, doch trocken. Die Männer schlugen die grauen Steinbruchstücke zurecht, die alle gemeinsam in Schütten und Tragen am Abend zur Burg schleppten. Am nächsten Tag begann es erst zu nieseln und dann immer heftiger zu regnen. Die Pfosten der Vorratshütte, die das Dach tragen sollten, waren bereits eingegraben, dazwischen die geschlitzten Schwellen für die Wände eingefügt. Im strömenden Regen entrindeten die Männer Stämme für die First- und Wandpfetten, auf denen dann die Rofen zu liegen kamen. Missmutig stampften ein paar Frauen in zwei Gruben Lehm mit Mist und Wasser. Ihre Kittel klebten ihnen an den Leibern, Regentropfen rannen ihnen über die Gesichter. Zwei junge Mädchen kauerten am Rand der Lehmgrube, schnitten Kraut und Stroh und warfen es in die Grube. Zum Glück ließ der Regen am Abend nach. Im Schein der Kienspäne fügten die Eigenleute die Flechtwände ein, die sie am nächsten Morgen mit dem Gemisch aus den Gruben bestrichen. Besorgt sah Tilia zum Himmel. Die Zeit war nicht günstig, Häuser und Hütten zu bauen, doch konnte sie die Bauern auch nicht von den Feldern holen, bevor die Ernte eingebracht war.

Der dritte Tag blieb trocken. Ein stürmischer Wind sog das Wasser aus dem feuchten Lehm, so dass die Wände bald gekalkt werden konnten. Erschöpft, aber mit vollen Bäuchen, zogen die Eigenleute der Wehrsteiner nach drei Tagen wieder zu ihren Höfen zurück.

✠ ✠

Es war kurz nach dem Dreikönigsfest 1286, als ein Ritter gen Westen ritt. Angetan mit einem Ringelpanzer, samt Panzerstrümpfen und -ärmeln. Ein Topfhelm mit schmalen Sehschlitzen verbarg sein Antlitz. Sein Waffenrock, der manches Mal unter dem pelzgefütterten Umhang hervorlugte, war einfach schwarz. Auch sein Pferd trug weder Farben noch Wappen. Offensichtlich wollte der Ritter nicht erkannt werden.

Es war schon spät am Abend, als er am Tor der Wehrsteiner Burg Einlass begehrte. Die Edelknechte am Tor waren verunsichert, da der Reiter sich nicht zu erkennen geben wollte. So setzte ihm der eine seine Speerspitze auf die Brust, während der andere rasch davoneilte, um den Herrn zu holen.

Der Unbekannte folgte Hildebolt von Wehrstein in den Palas, doch statt sich am großen Kamin aufzuwärmen, folgte er dem Hausherrn sogleich die Treppe in dessen Kammer hoch. Hildebolt jagte sein Kebsweib von ihrem Lager in den Saal hinunter und schickte Gret nach mehr Feuerholz, heißem Wein und dicker Suppe. Erst als die Magd alles gebracht und die Tür hinter sich geschlossen hatte, nahm der Besucher seinen Helm ab, warf die Panzerärmel zu Boden und streckte seine Hände seufzend den glühenden Scheiten entgegen. Lange unterhielten sich die beiden Männer. Der Gast sprach eindringlich auf den Hausherrn ein, doch der war zurückhaltend, wich aus, so gut es ging. Je mehr der Ritter sich ereiferte, desto enger wurde das Gefühl in Hildebolts Brust. Er fühlte sich wie ein Kaninchen in der Schlinge. Je mehr er zappelte, desto enger schloss sich der Riemen um ihn, der ihn fesselte.

Nachdenklich schritt Tilia zur Küche hinüber, um nach dem Rechten zu sehen. Gret ging der Köchin zur Hand, die in Windeseile zwei Hühner rupfte, um sie für den unerwarteten Gast zu braten, und Apollia knetete den Teig für dünnes Fladenbrot. Als die nackten Vögel aufgespießt über den Flammen brutzelten, ging Tilia hinüber zum Pferdestall. Sie entzündete eine Öllampe und trat zu dem Ross des Unbekannten. Die Knechte hatten es abgesattelt, trocken gerieben und mit Hafer und Heu gefüttert. Zufrieden stand es neben den beiden Streitrössern des Hausherrn und kaute an den trockenen Halmen.

Zart strich Tilia über das glänzend schwarze Fell. Es war ein großes, kräftiges Tier mit klaren Augen. Obwohl sie noch nicht über Fischingen hinausgekommen war, wusste Tilia, dass solch ein Streitross ein Vermögen kostete. Selbst des Wehrsteiners Pferde wirkten gegen dieses Tier fad. Sie bot dem Pferd eine schrumpelige Karotte an und strich ihm über die samtenen Nüstern.

»Da kann er sich hinter Helm und Rüstung verstecken, wie er will, dein Herr«, flüsterte sie dem Pferd ins Ohr. »Wer solch ein Tier sein Eigen nennt, der muss schon ein Graf oder Herzog sein.« Sie wandte sich zum Gehen. »Oder einen solchen getötet haben, um ihm das Tier zu entwenden.«

In der Kemenate auf Burg Zollern saß die Grafentochter Williburgis auf einem Schemel im flackernden Licht zweier Fackeln. Ihre Kinderfrau Trude kämmte das lang auf den Rücken fallende, schwarzbraune Haar, dessen Strähnen, kaum den straffenden Zinken entkommen, sich mutwillig in Locken und Wellen legten. Zierlich, schlank, mit reinem Teint und dunklen Augen, war sie ein Abbild ihrer Mutter, während die anderen Kinder eher die große, kräftige Statur des Grafen geerbt hatten. Die kleine Stupsnase ließ das fünfzehnjährige Fräulein noch jünger erscheinen.

Schweigend, dic Lippen fest geschlossen, die Hände brav im Schoß gefaltet, ließ sie das Zupfen und Zerren an ihrem Haar über sich ergehen. Nur die umschatteten Augen irrten unruhig im Raum umher, so als suchten sie die Mutter, die immer ein fester Bestandteil der Kemenate gewesen war. Sie gehörte einfach zu diesen Wandteppichen mit den eingewebten Jagdszenen, den bestickten Kissen, dem breiten Bett und den geschnitzten großen Truhen dazu, war immer ein Ruhepunkt zwischen all dem hektischen Treiben auf der Burg gewesen.

Williburgis betrachtete sich in dem kleinen runden Spiegel an der Wand. Er war eine Kostbarkeit, die vor vielen Jahren ein Kreuzfahrer aus dem Land der Sarazenen mitgebracht hatte. Tränen wollten ihr in die Augen steigen, doch sie schluckte sie tapfer hinunter. Sie war nun die Herrin der Burg, die des Nachts in diesen weichen Kissen ruhte. Sie musste stark sein, kühl, ruhig und überlegen den Haushalt führen, wie es die Mutter einst getan hatte. Und genau hier lag das Problem. Nichts klappte mehr, seit die Gräfin den Schleier genommen hatte. Das Essen, früher wenigstens lau, kam heute kalt auf den Tisch, das Fleisch mal verbrannt, mal innen noch blutig, das Gemüse hart oder zu bräunlichem Brei verkocht. Der Saal starrte vor Schmutz, Ratten hatten sich überall eingenistet, die Flohplage nahm überhand. In der Kleiderkammer schmolz der Vorrat an sauberen Gewändern, und wenn ein Gast kam, fühlte sich Williburgis völlig überfordert. Verzweifelt versuchte sie, sich daran zu erinnern, was die Mutter ihr immer gepredigt hatte.

Als habe die alte Kinderfrau ihre Gedanken gelesen, sagte sie plötzlich barsch: »Ihr müsst Euch besser durchsetzen. Das Gesinde tanzt Euch auf der Nase herum.«

Williburgis schniefte. »Ich kann das einfach nicht. Wenn ich in die Küche komme und sich Hanna vor mir aufbaut, die Hände in die Hüften stemmt und diesen grimmigen Blick aufsetzt, dann versagt mir die Stimme. Ich kann sie nicht rügen. Und wenn ich sage, dass das Essen nicht zur Zufriedenheit war, dann sagt sie nur, sie könne das Kochen auch lassen.«

Grob zog Trude die widerspenstigen Flechten straff. »Solch eine Unverschämtheit hätte sich bei der Gräfin keiner getraut.«

»Ich weiß«, jammerte das Fräulein. »Auch die Ritter benehmen sich mit jedem Tag wilder. Die Gelage werden immer wüster. Ich traue mich kaum mehr, mit den Damen im Saal zu essen. Vielleicht sollten wir noch einen Tisch im Frauengemach aufstellen und dann hier oben …?«

»Nein! Ihr seid die Hausfrau auf dieser Burg. Ihr müsst Euch durchsetzen.« Leise fügte sie noch hinzu: »Wenn wenigstens die Damen eine

Hilfe wären, doch diese eitlen, geschwätzigen Geschöpfe sind nur ein Unglücksfall in Gottes Schöpfung.«

»Trude! So darfst du nicht reden!«

Die Kinderfrau grunzte ungnädig und flocht dann schweigend das perlenbesetzte Schappel in der Herrin offenes Haar.

KAPITEL 7

Schon von weitem sahen die beiden Knechte und der Knabe, die draußen vor der Burg Brennholz schlugen, das schwarz-weiß geviertelte Wappen der Zollerngrafen auf den Waffenröcken, und auch die im Wind flatternde Helmzier verriet, wer da zu Besuch kam.

»Lauf schnell und sag es dem Herrn«, schickte Rüdger seines Bruders Sohn nach Wehrstein zurück. Der Kleine rannte und schlitterte den vereisten Abhang hinunter. Da die Reiter ihre Pferde zügelten und im Schritt den gewundenen Weg hinabritten, kam der Knabe lange genug vor ihnen im Burghof an, um dem Herrn, atemlos und stockend, von den sich nähernden Rittern zu berichten. So stand der Hausherr bereits am Tor, als der älteste Grafensohn, Eitelfriedrich von Zollern, mit fünf Gefolgsleuten über die Zugbrücke ritt. Tilia empfing den hohen Herrn im Saal. Wie es der Brauch war, überreichte sie ihm ein sauberes, wenn auch einfaches Gewand und führte den Gast in des Vaters Gemach, wo Gret schon dabei war, ein heißes Bad zu richten. Das Weib, wie Tilia ihres Vaters Bettgenossin nur nannte, war nirgends zu sehen. So stellte sich auch nicht die Frage, ob es höflich gewesen wäre, sie dem gräflichen Gast anzubieten. Also blieb Gret bei ihm, goss heißes Wasser über seine verspannten Schultern und schrubbte mit einer rauen Bürste den herrschaftlichen Rücken. Wohlig grunzend legte Eitelfriedrich sich zurück, schloss die blassblauen Augen und ließ sich das schulterlange Haar mit Lauge waschen. Vorsichtig trocknete Gret anschließend die braune Mähne mit einem Linnen und dachte ganz lästerlich:

In einem Badezuber unterscheiden sich die hohen Herren gerade mal durch eine Hand breit Haar vom einfachen Volk.

Während in der Küche in panischer Hektik ein Festessen zubereitet wurde, schlich sich Tilia in den Stall. Aufmerksam sah sie sich die Pferde der Gäste an.

»Sieh an, mein Freund«, sagte sie zu dem Rappen und hielt ihm einen Apfel hin. »So schnell sehen wir uns wieder. Die Frage ist nur, trägst du auch denselben Ritter auf deinem Rücken? Und wissen die anderen von seinem ersten Besuch hier?«

Grübelnd schlenderte sie zum Palas zurück, um zu sehen, ob alles gerichtet war.

Als die Nacht hereinbrach, nahmen alle im Saal Platz. Auf Wunsch des hohen Gastes saßen die Damen, nach französischer Sitte, mit an der langen Tafel. Für Tilia und Beatrix von Neueck war das ungewohnt, doch beide Fräulein ließen sich das nicht anmerken. Der Graf bekam den hochlehnigen Ledersessel des Hausherrn mit den Geweihen an der Stirnseite des Tisches. Rechts von ihm saß der Wehrsteiner, links die Tochter des Hauses, die an der Mutter Stelle trat. Der Saal war frisch gefegt und mit sauberen Binsen bedeckt. Rasch hatte Tilia noch einmal ein halbes Dutzend Fackeln an den Wänden verteilen lassen, den Tisch mit weißem Linnen bedeckt und die drei Kerzenleuchter darauf verteilt, die nur an ganz hohen Festtagen aus des Vaters Truhe genommen werden durften. Wachs war teuer, die schlanken, geraden Kerzen ein unerhörter Luxus.

Der Duft des frisch geschnittenen Tannenreisigs mischte sich mit dem des noch warmen Brotes und des Bratens, der nun in großen Schüsseln hereingetragen wurde. Tilia schnitt dem Gast eine dicke Scheibe Brot ab, legte sie vor ihm auf den Tisch und gab reichlich Fleisch darauf. Der Graf aß mit Appetit, doch nicht gierig schlingend wie manch einer seiner Männer. In offensichtlich glänzender Laune unterhielt er sich abwechselnd mit Vater und Tochter. Immer wieder durfte Tilia ihm Wein nachschenken. Gret, Apollia und Trützin bedienten die anderen Ritter, eilten hierhin und dorthin und ließen sich freundlich lächelnd von den Besuchern den Po tätscheln oder auch mal an die Brüste fassen.

Zu Tilias Linken saß ein junger Ritter aus dem Gefolge des Grafen. Er war nur mittelgroß, hatte ein längliches, weiches Gesicht, hellbraunes, gepflegtes Haar und große blaugrüne Augen, die von langen Wimpern umrahmt wurden. Er machte der Tochter des Hauses artig Komplimente, aß wenig und nur in kleinen Bissen. Er stellte sich ihr als Ritter Swenger von Lichtenstein vor und unterhielt Tilia prächtig mit kleinen bissigen Bemerkungen über die anwesenden Ritter. Seine Mundwinkel zuckten unentwegt, und wenn sich seine Lippen teilten, entblößten sie regelmäßige Zähne. Das junge Ritterfräulein fand ihn sofort sympathisch, doch auch ein wenig befremdlich. In seinen Bewegungen war etwas Geziertes, das nicht so recht in diese raue Gesellschaft passen wollte.

Der Graf blieb bis spät in die Nacht an der Tafel sitzen. Schon lange hatten Mägde und Knechte die Schüsseln, Bretter und Fingerschalen hinausgetragen. Die Hunde durften nun wieder in den Saal und balgten sich um heruntergefallene Knochen oder mit Fleischsaft getränkte Brotscheiben, die mancher Ritter verschmäht hatte. Die beiden Damen hatten sich bereits vor Stunden zurückgezogen. Endlich erhob sich der Graf, gähnte herzhaft, räkelte sich und begehrte ein Bett.

»Darf ich Euch ein Weib mit hochgeben?«, fragte der Hausherr und sah sich nach seinem Kebsweib um. »In kalten Winternächten schläft es sich besser mit warmem Fleisch in den Armen.«

Graf Eitelfriedrich von Zollern nickte. »Da, die Blonde, die mir das Bad bereitet hat, würde mir wohl gefallen. Nun ja, ein wenig mehr könnte sie schon auf den Hüften haben, doch sonst ist sie ein hübsches Ding.«

Der Wehrsteiner biss die Zähne zusammen. Er zögerte kurz, doch dann nickte er und rief Gret zu sich. Einen Kienspan in der Hand, ging die Magd dem Grafen voran die Treppe hoch in ihres Vaters Gemach. Der Hausherr würde es sich in dieser Nacht mit den Rittern im Saal bequem machen müssen.

Rüdger lag noch lange wach auf seinem Strohsack. Ihm war kalt. Wie schnell hatte er sich an das Weib in seinen Armen gewöhnt. Nun fiel es ihm schwer, so ganz allein unter der rauen Decke Ruhe zu finden. Die kleine Sofie schlief wie gewöhnlich, wenn im Saal lange gefeiert wurde, mit den anderen Kindern in der Küche.

Doch zu Rüdger wollte der Schlaf einfach nicht kommen. Er dachte an Gret. Dies war das erste Mal, dass ein anderer sie ihm wegnahm, und es ärgerte ihn. Er wusste, dass er trotz der Ehe kein Recht auf sie hatte, es eine unverdiente Begünstigung war, dass er überhaupt hatte heiraten dürfen, und dennoch nagte heißer Zorn in seiner Brust. Entschlossen warf er die Decke zurück, schlüpfte in seine Holzschuhe, hüllte sich in seinen Mantel und schritt zur Küche hinüber. Die Asche glühte noch. In einem Krug fand er Met. Die ganze Nacht saß er da, schob dünne Späne ins Feuer, damit es nicht ausging, und trank von dem heißen Gebräu.

✠ ✠

Am nächsten Tag ritten die Herren zur Jagd. Sie waren nicht lange unterwegs, kehrten jedoch mit ein paar Rebhühnern, einem Fasan und ein paar Hasen wieder. Genug, um das Nachtmahl anzureichern. Der Tag, am Morgen noch erhellt von strahlendem Sonnenlicht, wurde schon zu Mittag trüb. Die bauschigen Wolken, grau und ausgefranst, schoben sich vor das Himmelsblau, bis die ruhenden Felder und frierenden, kahlen Bäume mit dem Milchweiß des schwindenden Tages verschmolzen.

»Es wird Schnee geben«, seufzte die zerlumpte Alte, die schon seit Tagen vor dem Tor der Burg Wehrstein bettelte. Schwerfällig erhob sie sich vom eisigen Boden und humpelte den schmalen Pfad gen Fischingen hinunter. Sie war noch nicht weit gekommen, als die ersten Flocken fielen, dick wie Gänsedaunen. Sie tanzten im auffrischenden Nordwind, wirbelten ausgelassen umher, wurden dichter und dichter, bis die Alte den Weg unter ihren Füßen kaum mehr erkennen konnte. Der Wind fuhr raunend und wispernd zwischen ihre Lumpen, die sie mit klammen Fingern um den mageren Körper raffte. Die ganze Nacht wurden die Wolken nicht müde, ihre weiße Last über den Wehrsteiner Landen und der Burg hoch über dem Neckartal auszuschütten. Die weißen Flocken sanken herab auf Dächer und Zinnen, deckten die grasigen steilen Hänge und die Berge stinkenden Unrats um die Burg herum zu. Die Wächter, die den Wehrgang entlangschritten, mussten immer öfter den Schnee von ihren wollenen Umhängen schütteln. Vorn am Torturm verbreitete das leichte Glühen in einer eisernen Pfanne ein bisschen Wärme, vertrieb nach jeder Runde die Steifheit ein wenig aus den Händen.

Mit dem neuen Tag fand auch die Sonne wieder ihren Weg durch das Grau, schob Wolken energisch beiseite und ließ den frischen Schnee aufleuchten. Arm in Arm schritten Tilia und Gret nach ihrer kargen Morgensuppe über den Hof zum Tor hinunter, die eine in einen Mantel aus herrlichem Buntwerk, die andere in ihren Umhang aus rauer Wolle gehüllt. Die Männer schliefen noch, vom guten Essen gesättigt und vom Wein berauscht.

Der Schnee seufzte unter Tilias Fellstiefeln, der pelzige Saum ihres langen Mantels zeichnete hinter ihr feine Muster in das Weiß. Höflich grüßten die Wächter am Tor die Tochter des Herrn.

»Es kommt mir jedes Mal wieder wie ein Wunder vor«, sagte Tilia und wies auf die beiden dicht verschneiten Tannen am Weg. Sie drehte sich einmal im Kreis, streckte die Arme weit von sich, bog den Kopf in den Nacken und rief: »Es ist ein göttliches Wunder. Gestern war die Welt noch braun und grau und heute schimmert sie in himmlisch glänzendem Weiß!«

»Ein göttlicher Streich, ein Unfug des hohen Herrn«, widersprach Gret. »Gestern noch konnte man trockenen Fußes den Weg zum Gut hinaufgehen, heute bekommt man nicht nur eisige, sondern auch noch nasse Zehen dazu.«

»Dann ist es Gottes Strafe für deine lästerliche Zunge«, stichelte die Ritterstochter und stieß die überraschte Magd so heftig in die Seite, dass die glatten Holzpantoffeln keinen Halt mehr fanden. Gret plumpste rückwärts in den Schnee. Kichernd raffte Tilia Rock und Mantel mit beiden Händen und lief den verschneiten Weg entlang. Sie folgte den vom Frost verhärteten Karrenspuren zum Gehöft der Wehrsteiner oben auf der Ebene, mit dem weiten Blick über das jungfräulich verschneite Neckartal.

Die Magd angelte mit ihrem lumpenverhüllten Fuß nach dem

Holzschuh, der ihr vom Fuß geglitten war, rappelte sich mühsam hoch und schlitterte, mehr als dass sie rannte, dem Ritterfräulein hinterher.

»Ich kriege dich, und dann gnade dir Gott. Kein Ritter der Welt kann dich vor meiner Rache schützen!«

Sie verlor erst den linken, dann den rechten Pantoffel, doch sie ließ sich nicht beirren. Die Finger zu Klauen gekrümmt, die Arme vor sich ausgestreckt, lief sie wild knurrend wie ein Bär ihrer Herrin und Halbschwester hinterher.

Tilia zog Pelz und Wollstoff noch ein wenig höher, dass man ihre warmen Beinlinge sehen konnte. Über die erste Wurzel sprang sie leichtfüßig hinweg, die zweite brachte sie zu Fall. Kopfüber purzelte sie in den Schnee, dass er nach allen Seiten in feinen Wolken aufstob. Keuchend und lachend wollte sie sich gerade wieder aufrappeln, als sich Gret, wie der göttliche Racheengel, auf sie stürzte und in den Schnee zurückstieß. So sehr sie sich auch drehte und wendete, die Magd war schneller und rieb ihr mit roten, rissigen Händen das kalte Weiß ins Gesicht.

»Aufhören, Gnade«, prustete Tilia lachend und versuchte, ihre Peinigerin abzuschütteln. Endlich gelang es ihr, der Flut von Schnee zu entkommen. Sie rappelte sich hoch und griff nun ebenfalls an. Eine Weile flogen Schneebälle, Scherze und fröhliches Lachen durch die klare Winterluft, dann ging Gret erneut zum Nahkampf über. Schwungvoll stürzte sie sich auf Tilia und umklammerte sie so, dass beide Frauen zu Boden fielen. Eng umschlungen rollten sie über den immer steiler werdenden Boden, bis der Berg allein sie antrieb, sich Himmel, Bäume und Boden immer schneller drehten und sie zu einem bunten Kreisel verwirbelten. Am Fuß des Hanges ließen sie voneinander ab, lagen lachend auf dem Rücken im kalten, weichen Bett und sahen hinauf in den tiefblauen Himmel.

Der Schnee dämpfte den Hufschlag des Pferdes, so dass der nahende Ritter von den Frauen unentdeckt blieb, bis er sein Ross zügelte und mit sanfter Stimme zu sprechen begann.

»Welch Umstand, wenn nicht der eines hinterlistigen Angriffs ungehobelter Strolche, kann dazu führen, dass eine edle Jungfrau sich am Boden wälzt und ihre Beine zeigt?«

Dabei ließ er den Blick ungeniert über Fellschuhe und Beinlinge hoch zu dem über das Knie gerutschten Rocksaum wandern.

Rasch sprang Tilia auf die Beine, ordnete ihre Röcke, schüttelte sich den Schnee aus den Stoffen und schob sich errötend die wirren Haarsträhnen aus dem glühenden Gesicht.

Warum war er schon auf? Sie sah Gret fragend an, doch diese zuckte nur unmerklich die Schultern.

»Ich bringe Euch zur Burg zurück«, sagte Eitelfriedrich bestimmt und schwang sich aus dem Sattel. Noch ehe sich Tilia eine passende Antwort überlegen konnte, hatte er sie schon auf den Rücken des unwillig schnaubenden Rappen gehoben und stieg hinter ihr wieder auf. Er legte die Arme um ihre Taille, lockerte die Zügel und gab dem Pferd die Sporen. Kopfschüttelnd sah Gret der von eiligen Hufen aufstiebenden Wolke nach. Langsam erhob sie sich. Der eine Fuß in durchnässten Lumpen, der andere inzwischen entblößt, die Röcke voller Schnee, die Haube zerknittert, machte sie sich mit vor Kälte schmerzenden Händen und Füßen auf, den Hang wieder zu erklimmen. Auf dem Weg sammelte sie die verlorenen Holzpantinen auf.

Als sie nass und zitternd in der Küche am offenen Herd endlich Linderung suchen konnte, saß Tilia längst frisch gekleidet und frisiert mit Mutter, Schwester und Beatrix von Neueck in der Kemenate bei einer Stickarbeit.

✠ ✠

Kaum waren die Gäste abgereist, ließ der Vater Tilia in sein Gemach rufen. Hoch aufgerichtet saß er vor dem im Winter zugenagelten Fenster und wies seine Tochter an, auf der anderen Seite des Tischchens aus rohem Holz auf einem Schemel Platz zu nehmen. Missmutig sah Tilia, dass ihr Vater nicht allein war. Das Weib, das sich in den letzten Tagen kaum hatte blicken lassen, geschweige denn bei der vielen Arbeit mit angepackt hätte, schlich um den Vater herum, liebkoste ihn und schlang ihm von hinten ihre fleischigen Arme um den Hals. Voller Abscheu presste Tilia die Lippen aufeinander, wagte jedoch nicht, des Vaters Bettgenossin hinauszuschicken.

Hildebolt von Wehrstein sah seine Tochter schweigend an und suchte nach Worten, um sein Anliegen vorzubringen.

»Nun, da die Großen in Augsburg Frieden geschlossen haben, sind die Wege wieder sicher – obwohl ich zugeben muss, dass sich in den Wäldern immer noch manch Gesindel herumtreibt.«

Tilia hob fragend die Augenbrauen und wartete. Das Weib lächelte den Ritter verführerisch an, grub ihre Finger in das mit grauen Fäden durchzogene Blondhaar und versuchte, seine Aufmerksamkeit auf sich zu ziehen.

»Lass das jetzt!«, fuhr er sie unvermittelt an und wand sich aus den umschlingenden Armen.

Schmollend schob sie die Lippe vor, doch der Hausherr wies ihr den Weg zur Tür.

»Geh, lass uns allein!«, befahl der Ritter barsch.

Aufreizend langsam schlenderte sie mit wiegenden Hüften zur Tür und reckte herausfordernd das mollige Kinn in die Höhe. Tilia verzog keine Miene. Nur unmerklich zuckte sie zusammen, als die Tür mit einem Knall zufiel.

»Nun, du weißt, wir haben dich von Anfang an für Gott den Herrn bestimmt.«

Tilia nickte. Daher wehte der Wind.

»Ihr haltet die Zeit für gekommen, Vater? Bedenkt aber, Dorothea ist noch sehr klein und die Mutter nicht in der Lage, für das Kind zu sorgen. Wer wird Eurem Haushalt vorstehen, wenn ich gehe?«

Der Vater wischte die Worte mit einer Handbewegung beiseite.

»Dann werde ich wenigstens Anna wiedersehen«, fügte Tilia trotzig hinzu.

»Nein«, brauste er auf und schlug mit der Faust auf den Tisch. »Du wirst sie nicht wiedersehen, und du wirst auch nicht ins Kloster gehen. Sobald es taut, wirst du zur Burg Zollern reisen.«

Tilia schwieg verblüfft. »Aber was soll ich denn da?«

»Die Gräfin hat sich zu den Dominikanerinnen nach Stetten zurückgezogen. Die Schwester des jungen Grafen Eitelfriedrich möchte, dass du ihr als Dame dienst.«

»So wie Beatrix hier? Aber warum? Sie hat dort auf der Zollernburg sicher mehr als genug Edeldamen. Was will sie von mir? Sie kennt mich doch gar nicht.«

»Nein, aber ihr Bruder Graf Eitelfriedrich hat dich gesehen.«

»Ist er nicht mit Kunigunde von Baden verheiratet?«

Der Vater nickte.

Ein furchtbarer Verdacht stieg in ihr auf. »Soll ich dort als Kebsweib sein Lager mit ihm teilen? Vater, das könnt Ihr nicht wollen!«

Der Ritter lief rot an. »Wie kannst du so etwas denken. Du bist von edlem Geblüt, aus einer edelfreien Familie, einst den Grafen gleich. Du bist ein Fräulein, keine unfreie Hure! Eitelfriedrich hat mir zugesagt, dass er später, wenn er deiner nicht mehr bedarf, einen angemessenen Gatten für dich besorgt.«

Ein Sturmgeläut hub in ihrem Kopf an. »Vater«, sagte sie sanft, »wollt Ihr mir nicht die ganze Geschichte erzählen?«

Der stolze Ritter sackte ein wenig in sich zusammen, doch dann berichtete er seiner Tochter, was der zollerische Graf von ihm verlangte.

KAPITEL 8

Graf Friedrich von Zollern ritt mit seinen beiden Söhnen und ein paar seiner Männer hinab nach Hechingen. Heute war Gerichtstag im Hause des Biulini. Im Sommer wurde auf dem Marktplatz unter der Linde Recht gesprochen, doch bei dieser Kälte war allen Beteiligten die ausgeräumte Lagerhalle des reichen Händlers lieber.

Der Graf zügelte sein Pferd ein wenig und ließ es im Schritt über den steilen, rutschigen Pfad gehen, der sich vom Burgtor im Südosten in einer weiten Schleife von Süden nach Westen und dann nach Norden um den hoch aufragenden Berg wand. Als der Weg breiter wurde, winkte der Graf seine Söhne heran. Die Ritter hielten respektvoll Abstand.

»Gestern Nacht habe ich einen Boten von Graf Eberhard von Württemberg empfangen. Der König hat Esslingen befestigen lassen und lädt Eberhard im Juni zum Hoftag nach Ulm, um die in Augsburg bereits angekündigte Sühne festzusetzen. Was meint ihr dazu?«

Der Graf hatte es sich schon seit Jahren angewöhnt, seine Söhne an der Politik und den anderen wichtigen Dingen der Grafschaft teilhaben zu lassen. Irgendwann würde er vor seinen Schöpfer treten, dann wollte er sein Land in guten Händen wissen. Doch würde er sein Land in zwei oder in vier Hände legen? Schon lange drückte ihn die Frage des Erbes. Üblich war es, alle Söhne zu beteiligen, die den Vater überlebten und kein geistliches Amt annahmen. Friedrich, der Erlauchte, war ein kluger Mann. Er sah die Grafschaften in seiner Umgebung blühen und verdorren. Er wusste, dass jede weitere Teilung den Untergang bedeuten konnte. Der Hohenberger wird uns verschlingen, wenn wir Schwäche zeigen, dachte er oft.

»Das wird sich Graf Eberhard nicht gefallen lassen«, riss ihn die Stimme seines jüngsten Sohnes aus den Gedanken. »Der Württemberger wird wieder zuschlagen, und dann sind wir an seiner Seite.«

Dreiundzwanzig Jahre war er alt, etwas kleiner und kräftiger gebaut als der Vater, mit braunem Haar und grauen Augen.

»Keine Hand breit Boden geben wir dem Habsburger Emporkömmling«, sagte er wild. »Krongut – pah! Es ist unser, und wir werden es an der Seite des Württemberger verteidigen. Er ist stark genug, um gegen die königlichen Speichellecker standzuhalten.«

Sein älterer Bruder unterbrach ihn. »Rede keinen solchen Blödsinn. Wenn der König mit seinen Rittern kommt, dann kann der Württemberger ihm auf Dauer keinen Widerstand leisten.«

»Der Markgraf von Baden wäre auch auf unserer Seite«, schnitt ihm der Jüngere ungestüm das Wort ab.

»Trotzdem ist es unklug, sich dem König offen entgegenzustellen. Wir sollten die Großen in den Kampf ziehen lassen. Lass sie sich gegenseitig schwächen und verwunden. Mit schlauer Taktik und wohl überlegtem Spiel können wir als die eigentlichen Sieger hervorgehen.«

Der Merkenberger sah seinen Bruder verächtlich an. »Wie ein Waschweib willst du dich hinter dem Ofen verkriechen. Ränke schmieden wie Williburgis' Schnatterweiber? Wir sind Ritter, und wir werden mit dem blanken Schwert kämpfen!«

Eitelfriedrich lachte spöttisch. »Ja, ein feiner Ritter bist du, wenn du blind wie der Ochse vor dem Pflug in die Klinge läufst und dir die Seele rausschneiden lässt. Gebrauche erst mal deinen Kopf, bevor du mit dem Schwert rasselst.«

Der jüngste Grafensohn lief vor Wut rot an und wollte dem Bruder seine Antwort ins Gesicht schleudern, doch der Vater beendete den Streit.

»Ihr habt mir euren Standpunkt klar gemacht, und ich werde die Vor- und Nachteile abwägen. In einem Punkt jedenfalls gebe ich euch gleich Recht. Der Württemberger ist ein Heißsporn von kaum zwanzig Lenzen. Er wird nicht Ruhe halten und wie ein Lamm nach Ulm ziehen, um seine Strafe zu empfangen. Und ich glaube auch, dass der Hohenberger ihm nicht gewachsen ist. Der König wird kommen, mit Schwert- und Lanzengeklirr und mit großem Gefolge!«

✠ ✠

»Wenn die Sonne weiter so scheint, dann werden wir bald abreisen«, sagte Tilia, schnitt den Strunk aus einem Kohlkopf und warf ihn mit einer Heftigkeit über den Hof, die ihre innere Erregung verriet. Das Geschoss verfehlte ein mageres Huhn, das gerade nach Würmern scharrte, nur knapp. Panisch gackernd und mit den Flügeln schlagend, suchte das Federvieh das Weite.

»Die legt bestimmt Monate lang kein Ei mehr«, murmelte Gret trocken und schnitt ein paar faulige Stücke aus dem Gemüse.

»Wie kann es im Februar schon so warm sein?« Tilia rückte ihrem Kohl zu Leibe, als würde sie gegen einen Todfeind kämpfen. Eine Weile schielte Gret immer wieder zu ihrer Halbschwester hinüber, dann ließ sie das scharfe Messer sinken.

»Nun komm schon. So schlimm ist es doch auch wieder nicht, dass wir zu den Zollern ziehen. Immerhin bleiben wir zusammen. Sofie kommt mit und« – sie schnitt eine Grimasse – »der liebe Rüdger auch.«

»Ja, schon, aber die kleine Dorothea jetzt schon in ein Kloster abzuschieben –« Tilia blinzelte heftig.

»Wenn du an ihrer Stelle zu den Nonnen gehen würdest, dann könntest du sie auch nicht mehr sehen«, merkte die Magd an. »Sieh es so. Wer soll für das Kind denn sorgen, wenn wir weg sind?« Sie nickte in Richtung Palas. »Das Weib dort oben vielleicht?«

Tilia schüttelte heftig den Kopf. »Dann schon lieber zu den Nonnen als in diese Hände!«

Sie arbeiteten eine Weile schweigend, dann fing Tilia noch einmal davon an. »Aber Mutter. Wer wird nach ihr sehen?«

»Beatrix wird für sie sorgen, doch ich glaube, die Herrin ist gar nicht mehr richtig da«, sagte Gret langsam und suchte nach den richtigen

Worten. »Nur ihr Körper ist noch auf Wehrstein. Für sie wäre ein Kloster der rechte Platz.«

Die Ritterstochter seufzte. »Wie wird es hier sein, wenn wir weg sind?«

»Schrecklich«, sagte Gret und zog eine Grimasse. »Das faule Stück von einem Weib wird keinen Handstreich tun, und Beatrix ist viel zu weich, um sich durchzusetzen. Daher werden die Mägde und Knechte es sich wohl sein lassen, sobald der Herr außer Sicht ist.«

»Es stimmt mich jetzt schon traurig. Wehrstein ist doch meine Heimat«, seufzte Tilia.

»Ja, und alle Frauen sind dazu verdammt, das vertraute Heim zu verlassen, um einem fremden Mann zu dienen oder dem Herrn im Himmel.«

Warum sie zu den Zollern geschickt wurden, darüber sprachen die Frauen nicht. Tilia wollte Gret nicht erzählen, was der Vater ihr gesagt hatte, doch Gret machte sich auch so ihre eigenen Gedanken. Sie konnte gut beobachten und hatte in ihrem kurzen Leben schon viel über den Lauf der Welt gelernt. Es war ihr klar, dass der Zollerngraf nicht aus purer Freundlichkeit die jüngste Wehrsteintochter ins Hauskloster der Grafen aufnahm. Sie wusste auch, dass die freien Entscheidungen des Hausherrn nicht mehr ganz so frei sein würden, wenn seine Tochter im Hause eines der beiden Fehdenführenden weilen würde. Und ihr war klar, dass sie nicht deshalb mitging, weil Tilia sie liebte und bei sich haben wollte. Auf dieser Welt geschahen die Dinge, weil Männer sie so haben wollten – oder weil sie glaubten, dass sie sie so haben wollten.

Sofie kam heulend über den Hof gerannt und barg den Kopf in Grets Schürze. Dorothea ließ nicht lange auf sich warten. Ihre kurzen Finger umklammerten vier geschnitzte Holzfiguren. Mit hochgerecktem Kinn blieb sie herausfordernd vor den Frauen stehen.

»Ich will meine Männchen wiederhaben«, heulte Sofie. »Die hat sie mir einfach weggenommen, dabei hat mein Papa die doch alle gemacht.«

Auch wenn er oft brummig und schlecht gelaunt war, liebte der

Schmied seine Tochter. Vor allem an den langen Winterabenden, wenn es für die Knechte nicht viel zu tun gab, saß er in der Küche vor dem Feuer und schnitzte allerhand Spielzeug für die Kinder. So hatte er ein Pärchen handgroßer Figuren für Sofie geschnitzt und auch eines für Dorothea, in deren Schlepptau das Mädchen meist zu finden war.

Gret sah die Ritterstochter streng an. »Warum hast du Sofies Puppen? Du hast doch deine eigenen.«

Dorothea presste die Beute noch ein wenig fester an die Brust. »Weil, ich will jetzt aber mit allen spielen. Ich bin schon ganz viel älter als die, und meinem Papa gehört die ganze Burg und alle Leute hier, und deshalb darf ich das bestimmen«, erklärte sie und stampfte dann, um ihre Aussage zu bekräftigen, mit dem Fuß auf die Erde.

»Das kann schon sein. Dennoch solltet ihr lieber zusammen spielen. Also gib mir jetzt Sofies Puppen.« Fordernd streckte Gret die Hände aus, doch Dorothea wich zurück.

»Nein, du hast mir gar nichts zu befehlen. Du bist nur eine Magd!«

Gret zuckte unmerklich zusammen, zog die Hände zurück und begann schweigend mit der einen Hand den Kohl weiter zu bearbeiten, mit der anderen strich sie tröstend über das Haar ihrer weinenden Tochter.

Seufzend erhob sich Tilia, ging zu ihrer jüngeren Schwester, riss den schmutzigen Kittel hoch und klatschte ihr zweimal kräftig auf die nackten Pobacken.

»Du bist die Tochter eines Ritters, da hast du Recht, und deshalb solltest du als Erstes lernen, dich besser zu benehmen. Du gibst Sofie ihre Figuren zurück, und zwar sofort!«

Dorothea heulte auf, kreischte vor Schmerz und Zorn, fand aber noch den Mut, »Nein, nein« zu brüllen. Ohne mit der Wimper zu zucken, schlug Tilia ein weiteres Mal zu. Da löste sich Sofie von ihrer Mutter, rannte herbei, zerrte an Tilias Rock und heulte: »Nein, du darfst sie nicht schlagen, sie ist doch meine Freundin!«

Dankbar lächelnd drückte Dorothea Sofie zwei der Figuren in die Hand, griff nach ihrem Arm und zog sie dann über den Hof davon.

Die beiden Frauen sahen den Mädchen kopfschüttelnd nach. »Bei den Großen ist es dann genau anders herum«, bemerkte Gret trocken. »Schlag noch mal drauf, wenn einer schwach ist, dann kann man sich ja sein Hab und Gut einverleiben.«

Tilias Augen wurden feucht. »Sie sind wie wir früher. Wie viele Tage haben sie noch zusammen? Wie bald schon wird man sie auseinander reißen.«

»Das ist der Lauf dieser Welt«, entgegnete Gret mit harter Stimme, ohne die Halbschwester anzusehen. »Ich war kaum älter, als der Herr Ritter meine Mutter und ihren Bruder wegschickte. Glaubst du, das war für mich leicht?«

Es war das erste Mal, dass Gret dieses Thema ansprach. Was sollte Tilia darauf antworten? Dass ihre Selbstsucht, wenigstens die Freundin zu behalten, der Grund für die Trennung gewesen war? Dass sie Hailwig mehr geliebt hatte als ihre richtige Mutter? Tilia schwieg.

✠ ✠

Williburgis von Zollern saß in der Kemenate und webte schweigend an einer Borte aus grünen und goldenen Fäden. Sie sah kaum auf ihre flinken Finger, die den Weg der Fäden bereits allein fanden. Teilnahmslos beobachtete die Grafentochter eine fette Ratte, die immer wieder ihre Nase hinter der großen Truhe unter dem Fenster hervorstreckte, aufgeregt schnüffelte, sich dann aber wieder in die sichere Dunkelheit zurückzog. Vielleicht waren ihr zu viele Menschen im Raum.

Da gebe ich dir Recht, unterhielt sie sich in Gedanken mit dem kleinen Nager. Ich würde sie auch lieber wegschicken und mit meinen Gedanken hier allein sein.

Die Damen der jungen Grafentochter saßen im Licht zweier Öllampen um ein Tischchen. Durch das mit Pergament bespannte Fenster drang nur ein trüber Lichtschein. Noch war der Wind nachts zu kalt, um die Fenster wieder zu öffnen, um Licht und Luft hereinzulassen. Williburgis sehnte den Tag herbei. Ihr war, als könne sie in der rauchigen, abgestandenen Luft nicht mehr atmen. Die Gesprächsfetzen klangen in ihren Ohren wie das Geschnatter der Gänse im Hof. Jede der Frauen hatte ein Stickzeug auf dem Schoß, doch schneller noch als die Nadeln bewegten sich die Zungen.

Den bequemsten Sessel hatte sich Kunigunde von Baden genommen, die Gattin des ältesten Zollernsohnes. Klein und pummelig, mit roten Wangen und stumpfem, widerspenstigem Haar, war sie eher unauffällig. Um ihre Stellung zu betonen, kleidete sie sich jedoch stets in leuchtenden Farben, trug, trotz ihrer Leibesfülle, Schnabelschuhe mit eineinhalb Fuß langen gebogenen Spitzen und hohen hölzernen Sohlen. Daher konnte sie sich nur sehr langsam und mit seltsam trippelnden Schritten fortbewegen. Das war jedoch nicht schlimm, da Kunigunde jegliche Bewegung hasste, einschließlich des Reitens. Dafür liebte die gutmütige, aber oberflächliche Frau jeden guten Klatsch.

Zu ihrer Linken saß die Edeldame Benigna von Lichtenstein. Ihr Mann war im Gefolge des Württembergers. Sie sah ihn nicht oft, was ihr aber nicht besonders Leid tat. Dafür war sein jüngerer Bruder hier Ritter beim Zollerngraf. Benigna war nicht gerade eine Schönheit, ihr Gesicht länglich, die Nase zu groß. Doch ihre Lippen waren voll und sinnlich. Sie war eine lebenshungrige Frau von fast dreißig Jahren, und sie hatte keine Lust, eingesperrt in einer Kemenate brav darauf zu warten, dass ihr Ehegatte einmal im Jahr vorbeikam, um ein Kind mit ihr zu zeugen. Drei kleine Lichtensteiner liefen schon auf der Burg herum. Wer wirklich die Väter der Sprösslinge waren, darüber schwieg sich die Dame aus. Ihr Gatte zumindest dachte, dass sie sein Fleisch und Blut seien.

Salome von Ringelstein-Killer war trotz ihrer einundzwanzig Jahre bereits Witwe. Ein Treffen mit den Rittern des Hohenbergers hatte ihrem Mann eine Lanze im Bauch eingebracht. Das einzige Kind dieser kurzen Ehe war vor einem Jahr in den Brunnen gefallen und dort ertrunken. Salome hatte dunkelblondes Haar, ein rundes Gesicht, eine kleine Nase, war aber sonst um die Hüften üppig gebaut. Auch die Brüste luden zum zweimal Hinsehen ein. Sie war eine lebenslustige und ein wenig leichtsinnige Frau, und sie hatte eine scharfe Zunge.

Während die drei recht derb über die Vorzüge und Nachteile der einzelnen Ritter herzogen, saß die junge Eleonora von Zell-Andeck schweigend dabei. Das zierliche rothaarige Mädchen mit dem sommersprossigen Gesicht hielt nicht viel von Männern. Streng klösterlich erzogen, wäre sie lieber bei den Nonnen geblieben, als sich den rauen Späßen und derben Reden der Ritter auf einer Grafenburg auszusetzen.

»Also wenn ich mir die dicke Nase und die großen Hände des Ritters Anselm von Hölnstein ansehe, dann könnte ich mir vorstellen, dass er ganz schön etwas unter seinem Kettenrock zu bieten hat!«, bemerkte Salome, ohne von ihrer Arbeit aufzusehen. Kunigunde und Benigna kicherten, Eleonore presste schweigend die Lippen aufeinander.

»Dann seid Ihr sicher die Erste, die es herausfinden wird«, lästerte die Zollerngattin, »es sei denn, Benigna kann uns über die Vorzüge ihres Bruders aufklären.«

Die Edeldame von Hölnstein zuckte die Schultern. »Ich möchte Euch ja nicht Eurer Fantasien berauben, doch ich gebe Anselm gerne einen Hinweis, dass sich Salome nach seinen starken Armen, und was er noch so hat, sehnt. Vielleicht findet er dafür noch Zeit, bevor er zu den Württembergern zurückkehrt.«

»Als Witwe hat man es einfach gut«, jammerte Kunigunde in tragischem Ton, »selbst wenn mein Gatte nicht hier ist, bin ich unter der strengen Aufsicht seines Vaters oder, noch schlimmer, seines jüngeren Bruders.«

Die Zollerngattin erntete von zwei der Damen fröhliches Gekicher und von Williburgis einen vorwurfsvollen Blick. Dabei wussten alle Damen, dass die dicke Kunigunde den Männerarmen nicht sehr zugetan war und ihren Gatten lieber wegreiten denn zurückkommen sah. Sie pflegte zu sagen:

»Einmal im Jahr, um ein Kind zu zeugen, reicht völlig aus. Zum Glück hat der Herrgott die Fehden erschaffen, dass die Männer nicht immer auf der Burg rumsitzen.«

Die Kammerfrau Agnes, Tochter des Edelknechts Boller, trat ein. Sie hörte Kunigunde von Badens letzte Worte und hub sofort eine ihrer moralischen Reden an. Sie sprach von Gottes Strafe für unkeusches Leben und den zahlreichen Krankheiten, die dieser zur Sühne schicken würde.

»Dann frage ich mich, welch schlimme Sünden du schon alle begangen hast, da du uns ständig von deinen überall zwickenden Leiden erzählst«, rief die Hölnsteinerin übermütig.

Gekränkt presste die Kammerfrau die Lippen aufeinander, drehte sich auf dem Absatz um und stürmte hinaus. Die anderen lachten.

Williburgis von Zollern ließ sich wieder von ihren eigenen Gedanken forttreiben. Die Stimmen der anderen verschmolzen zu einem an- und abschwellenden Rauschen wie der Wind in den Wipfeln oder wie ein klarer Bach, der über die Steine springt.

Die Kemenate, der schönste und wärmste Raum der Burg, war für sie ihre ganze Kindheit über fast ein Heiligtum gewesen. Hier war die schöne, kluge Mutter zu finden, wenn eines der Kinder Trost oder Rat brauchte. Hier war es ruhig und selbst im Winter noch erträglich warm. Im Schlafraum der Damen und Kinder auf der anderen Seite des Ganges herrschte immer buntes Treiben. Entlang der Wand standen fünf schrankartige Holzkästen mit schmalen Betten. Je zwei Frauen teilten sich eine Matratze, denn trotz der dicken Vorhänge an den Betten und den holzvernagelten und fellverhangenen Fensterschlitzen zog es im Winter fürchterlich. Durch die dicken Mauern drang die Feuchtigkeit. Keine Feuerstelle war da, die Kälte zu vertreiben und die Wassertropfen an den Mauersteinen zu trocknen. Die beiden Kohlepfannen, die im Winter aufgestellt wurden, konnten den Raum kaum erwärmen. So war es früher stets der Körper der Schwester gewesen, der in den langen, dunklen Nächten Wärme, Geborgenheit und Trost gespendet hatte, und dann, nach deren Heirat, der einer anderen Dame.

Nun war Williburgis die Herrin, wohnte und schlief in der Kemenate in einem großen Bett mit weichen Daunen. Und dennoch hatte sie das Gefühl, die Nächte wären seitdem länger und kälter geworden.

In den ersten Wochen hatte die Kinderfrau auf einem Strohsack zu ihren Füßen geschlafen, doch nun hatte sie sie weggeschickt, war nicht auf die erstaunten Fragen eingegangen, hatte den gekränkten Blick übersehen. War es richtig gewesen? Hatte sie überhaupt eine Wahl? Was würde passieren, wenn es jemand bemerkte? Würde er wiederkommen?

Herr im Himmel, betete sie stumm, es ist eine Sünde, und ich fühle die Last auf meiner Seele, doch hätte ich Nein sagen können? Sie zitterte. Ich muss es beichten, muss von Vater Laurenz die Absolution bekommen, doch schon der Gedanke, mit dem sauertöpfischen Priester darüber zu reden, ließ Übelkeit in ihr aufsteigen. Vielleicht sollte sie wieder ihr altes Bett beziehen, zusammen mit der Kinderfrau. An deren üppigen Busen gekuschelt schlafen. Der Gedanke war verlockend, doch sie verwarf ihn. Was würden der Vater und die Brüder, was die Frauen sagen? Nein, sie musste in der Kemenate bleiben, und sie musste ihm gehorchen.

✠ ✠

Williburgis von Zollern hatte bereits geschlafen, als sie plötzlich aus ihren Träumen hochschreckte. Sie blinzelte verwirrt und lauschte in die Finsternis, hörte, wie die Tür leise geschlossen wurde. Sie war nicht mehr allein in der Kemenate. Leise Atemzüge, kaum hörbar, nackte Füße auf den Holzbohlen. Williburgis hielt den Atem an. Eine Hand tastete über ihre Bettdecke, hob sie dann langsam an. Der kalte Luftzug jagte ihr einen Schauer über den ganzen Körper. All die zarten Härchen stellten sich auf, nicht nur von der Kälte. Ein schwerer Körper rutschte zu ihr auf die Matratze, die Hand tastete sich weiter vor.

»Du hast ja dein Hemd angelassen«, murmelte er und machte sich an den Bändern zu schaffen.

»Mir war heute etwas kalt«, antwortete sie heiser.

»Ich werde dich wärmen«, kam die sanfte Stimme zurück. Die kräftigen Hände strichen über ihre Haut, zogen sie an den nackten, männlichen Körper.

»Du musst keine Angst haben. Ich werde dich nicht entehren. Doch du bist allein, und ich bin es auch. Wozu die einsamen Nächte?«

Sie machte sich stocksteif, doch als die Hände fortfuhren, ihren Rücken zu streicheln, und keine Anstalten machten, von dort fortzuwandern, entspannte sie sich. Ihr Kopf sank an die männliche Brust. Sie schlief ein. Als Williburgis wieder erwachte, war er verschwunden. Eine Weile zweifelte sie, ob sie sich das alles nicht nur eingebildet hatte.

KAPITEL 9

Die Tage wurden länger. Der März überzog den braunen Waldboden mit einem weißen Blütenteppich. An den Wegrändern blinzelten Veilchen aus dem zarten Frühlingsgrün. Unerbittlich rückte der Tag der Abreise heran. Tilia packte ihre wenigen Habseligkeiten in zwei kleine Truhen: drei bodenlange Hemden, zwei warme Wollröcke und ein leichter aus feinem, hellgrauem Barchent, warme Beinlinge, die fellgefütterten Winterstiefel, ein paar Schleiertücher für die heilige Messe und den warmen Tasselmantel. Ganz nach oben legte sie sorgsam ihr einziges farbiges Festtagsgewand: einen Bliaud aus grüner Seide, den man an beiden Seiten straff schnüren konnte. Tilia besaß zwei Paar weite Ärmel, dazu einen goldbestickten Gürtel. Den leichten Wollmantel und die Schlupfschuhe mit der Spange am Fußspann würde sie auf der Reise tragen. Ein kleines Bildchen von der Jungfrau Maria und ein perlenbesticktes Schappel waren die einzigen Kostbarkeiten, die sie besaß – abgesehen von dem goldenen Kreuz aus dem Waldecker Beutegut. Für Dorothea nähte Tilia zwei neue Hemden und ihre ersten langen Röcke. Gret, Rüdger und Sofie brauchten nur zwei leinene Beutel auf dem Rücken, um ihre Besitztümer zu verstauen.

Tilia konnte in ihrer letzten Nacht auf Wehrstein nicht schlafen, und auch das Kind in ihren Armen schien unruhiger als sonst. Schon im Morgengrauen weckte sie Dorothea und kleidete sie in die ungewohnt langen Gewänder, legte ihr den Mantel um und stülpte dem Kind eine Gugel über den Kopf. Noch war der Morgen kalt.

Heinrich von Husen sattelte im Hof bereits die Pferde. Der noch bartlose Jüngling, der, im Gegensatz zu seinem Bruder, den Ritterschlag noch nicht empfangen hatte, war stolz und aufgeregt, dass er die

Frauen zu den Zollern bringen sollte. Sicher reiste auch Rüdger zum Schutz mit. Der konnte ganz gut mit seinem Hammer umgehen, doch er selbst war der Sohn eines Ritters, hatte ein Schwert an seiner Seite und die Pflicht, die Töchter des Hausherrn vor allerlei Gesindel und vor den wilden Tieren des Waldes zu beschützen. Er war hin- und hergerissen zwischen dem Wunsch, es möge unterwegs etwas ganz Aufregendes passieren, und der Angst, dass er dann nicht richtig reagieren könnte, dass er versagen und besiegt und verletzt im Straßenstaub sterben würde. Vielleicht würde ihn das Fräulein Tilia dann auf den Mund küssen. Die Erfüllung seiner Träume, bevor der schwarze Tod ihn mit sich nahm. Nein, er schüttelte heftig die braunen Locken. Sie wird mich nicht küssen, wenn ich gegen Wölfe, Bären und Banditen versage – es sei denn, ich habe sie alle erschlagen, bevor ich sterbe. Er zog den Sattelgurt von Tilias schwarzer Stute fest.

Am besten ist es, wenn ich die räudigen Angreifer in Stücke haue und so die Damen aus der Gefahr rette. Kein Haar soll ihnen gekrümmt werden. Dann wird das Fräulein Tilia mich huldvoll anlächeln und mir einen Kuss schenken, vielleicht auch ein Schleiertuch, das ich an meinem Herzen tragen kann, wenn ich mich für immer nach ihr verzehre, denn um ihre Hand zu bitten, wird mir nie vergönnt sein. Zu groß ist der Unterschied zwischen unseren Familien. Er seufzte tief, wollte die tragische Szene in Gedanken noch ein wenig genießen, doch immer wieder schob sich das scheußliche Bild seines sterbenden Oheims vor sein geistiges Auge. Das Stöhnen und die schwärenden, stinkenden Wunden wollten nicht so recht in das romantische Traumbild passen.

Ein kräftiger Schlag auf die Schulter riss ihn endgültig aus seinen Träumen.

»He, junger Held, von welcher Schönen träumt Ihr denn?« Rüdger grinste den Jüngling frech an. »Ihr habt ja den Sattel falsch herum aufgelegt!«

Wütend über seinen Fehler und beschämt, von einem Knecht darauf aufmerksam gemacht werden zu müssen, fuhr er den Schmied an: »Wenn du dich nicht so lange faul im Heu herumgetrieben hättest, dann müsste ich nicht deine Arbeit übernehmen. Man sollte dir eine Tracht Prügel verabreichen, unverschämter Kerl.«

»Nun, nun«, grinste Rüdger und griff nach dem Sattel, »der Herr Ritter hat wohl heute Morgen sein Lager mit dem falschen Fuß verlassen. Ich hoffe, er wird sein Lachen bald wiederfinden.«

Heinrich war schon fast versöhnt, doch die spöttische Betonung des Wortes »Ritter« traf ihn tief. Wie oft schon hatte er seine Jugend verflucht. So drehte er sich wortlos um und stapfte davon, sein Bündel zu holen.

Die kleine Schwester fest an der Hand, klopfte Tilia zaghaft an die Tür zur Kemenate. Sie zögerte eine Weile – wie erwartet kam keine Antwort –, daher trat sie ein. Trotz der frühen Stunde saß die Mutter angekleidet in ihrem Lehnstuhl und stickte. Sie hob nicht einmal den Blick, um zu sehen, wer hereinkam.

Schweigend blieben die Töchter in der offenen Tür stehen. Tilia betrachtete die zierliche Frau, die ihre Mutter war. Alt war sie geworden, die flinken Hände knochig. Straff umspannte das Gebende das farblose, faltige Gesicht, um dessen Mund sich tiefe Linien des Kummers eingegraben hatten. Erstaunt dachte Tilia: Ich kenne diese Frau gar nicht. Mein Leben lang habe ich sie jeden Tag gesehen, und doch ist sie mir fremd.

»Mutter, wir reisen ab«, sagte sie mit fester Stimme. Die Schwester mit sich ziehend, trat sie näher. Ob die Mutter sie überhaupt gehört hatte? »Mutter, ich weiß nicht, wann wir uns wiedersehen – ob Ihr Dorothea überhaupt wiedersehen werdet. Bitte, wollt Ihr uns nicht Euren Segen geben?«

Sehnsüchtiges Flehen lag in ihrer Stimme. Sie dachte schon, die Mutter habe sie immer noch nicht bemerkt, als die Hände Nadel und Faden sinken ließen. Tilia sah in die braunen Augen. War es Schmerz? War es Trauer in diesem tiefen Blick, der sie zu verschlingen drohte?

»Wir möchten Lebewohl sagen. Bitte gebt uns Euren Segen und wünscht uns alles Gute.«

Die Mutter sah sie noch einen Augenblick an, dann senkten sich die Lider. Kaum merklich schüttelte sie den Kopf.

Mit schwerem Herzen wandte sich Tilia zur Tür. Als sie sie leise hinter sich schloss, erklang plötzlich der Aufschrei wie von einer Ertrinkenden, durchdringend, gellend, wie in Todesangst.

»Tilia, geh nicht!«

Das Mädchen stürzte zurück ins Zimmer. Das Stickzeug lag achtlos am Boden, die Mutter stand da, mit Tränen in den Augen, die Arme suchend von sich gestreckt.

Tilia ließ sich an die knochige Brust drücken. Tränen tropften in der Tochter Haar. Die Mutter bebte am ganzen Leib.

»Mein Kind, mein Kind, du darfst mich nicht verlassen. Wie soll ich denn hier weiterleben? Ich habe nichts mehr. Gar nichts mehr hat Gott mir gelassen. Sag mir, welche Sünden habe ich begangen, dass er mich so vergessen hat?«

Sanft drückte Tilia die Mutter in ihren Sessel zurück. Wie viele Jahre hatte sie einfach so verschenkt, in ihrem Zimmer von der Welt entrückt? All die häuslichen Bürden und die Erziehung der kleinen Schwester ohne ein Wort der Hilfe auf Tilias Schultern gelegt. Nun war es zu spät, das Versäumte nachzuholen. Wie sollte sie der Mutter in diesem Augenblick Trost und Hoffnung schenken?

»Ihr solltet in ein Kloster gehen. Dort wärt Ihr gut versorgt«, sagte sie leise, obwohl sie wusste, dass der Vater das Geld dafür nicht aufbringen würde. Sanft küsste sie die Mutter auf die schlaffen Wangen.

»Ich werde für Eure Seele und Euren Frieden beten. Lebt wohl.«

Dann ging sie hinaus und schloss die Tür. Sie nahm Dorothea wieder an die Hand und stieg mit ihr die Treppe hinunter. Das verzweifelte Schluchzen hinter der Kemenatentür folgte ihnen nach. Dorothea sah fragend zu Tilia auf.

»Die Mutter ist traurig, dass wir wegreiten. Wir gehen nun in den Hof, um dem Vater Lebewohl zu sagen«, erklärte die ältere Schwester.

Das kleine Mädchen zuckte die Schultern. »Aber wir kommen doch bald wieder heim.«

»Nein, Dorothea, Liebes, du wirst nicht mehr heimkommen. Du wirst in einem großen Haus leben, mit vielen netten Frauen, die sich um dich kümmern.«

»Aber du und Gret und Sofie, ihr werdet doch da sein, oder?«

Die großen, weit aufgerissenen Kinderaugen sahen voll ängstlicher Erwartung zu ihr hoch. Tilia brachte es nicht übers Herz, dem Kind die Wahrheit zu sagen. So murmelte sie nur:

»Wir müssen uns beeilen, der Vater wartet.«

Auch der Vater war schon seit aller Früh auf. Er wollte mit Gebhard von Husen auf die Jagd reiten. Schon seit langem drängte es ihn, den neuen Falken auszuprobieren. Den ganzen Winter über hatte er mit ihm trainiert. Nun würde es sich zeigen, ob er draußen in der freien Natur zu seinem Herrn zurückkehren würde. Die Pferde schnaubten nervös und scharrten mit den Füßen. Hildebolt von Wehrstein sah ungeduldig zum Palas hinüber, doch noch immer waren die Mädchen nicht zu sehen.

»Reiten wir los, die Pferde werden kalt«, befahl er und gab seinem Ross die Sporen. Verwundert sah der Ritter von Husen seinen Herrn auf das Tor zureiten. Gebhard winkte seinem jüngeren Bruder noch einmal zum Abschied zu, dann jagte er dem Wehrsteiner nach. Er hatte das Tor noch nicht erreicht, als die Mädchen aus der Tür traten. Wie erstarrt blieb Tilia stehen, als sie den Vater durch das Tor verschwinden sah. Sie konnte es nicht glauben, dass er so einfach ohne Gruß aus ihrem Leben verschwand.

»Herr, Herr«, rief Gebhard und spornte sein Pferd an. Hildebolt von Wehrstein zügelte sein Ross.

»Was ist?«

»Wollt Ihr nicht erst Abschied nehmen?« Er nickte in Richtung Hof, auf dem die Töchter des Wehrsteiners standen. Klein, einsam und verloren wirkten sie in den Augen des jüngeren Ritters.

Der Wehrsteiner zögerte einen Moment lang, dann sagte er barsch: »Wartet hier auf mich, ich bin gleich wieder zurück.« Und damit sprengte er in den Hof zurück.

Eine Staubwolke aufwirbelnd, brachte er sein Pferd vor den Mädchen zum Stehen. Tilia sah zu ihm auf. Ihre Blicke trafen sich. Schwer legte er seine behandschuhte Hand auf ihre Schulter.

»Tilia, mein Kind, ich zähle auf dich«, sagte er mit fester Stimme.

»Bring die Kleine sicher nach Stetten und übergib sie den Nonnen – und mach du mir auf Zollern keine Schande. Du entstammst einer edlen Familie, den Grafen ebenbürtig. Denke daran, bei allem, was du tust.«

Tilia löste das goldene Kreuz von ihrer Brust und legte es dem Vater in die Hand.

»Nehmt es so lange, bis wir uns wiedersehen. Gottes Segen mit Euch, Vater.«

»Gottes Segen sei mit dir, mein Kind«, presste der Ritter hervor, dann jagte er davon, ohne sich noch einmal umzusehen.

✠ ✠

Von Burg Wehrstein aus folgten sie den steilen, tief gefurchten Karrenspuren zur Ebene im Osten hoch, vorbei am Hof des Ritters. Die Mägde und Knechte auf den Feldern winkten ihnen zu. Noch einmal warf Tilia einen Blick zurück in die tief eingeschnittenen Täler des Neckars und des Mühlbachs, ließ die Augen über die sanft geschwungenen Hügel der Hochebene wandern, die sich in der Frühlingssonne wieder ihr saftig grünes Kleid woben. Im Sommer würde der Wind durch die Kornfelder streichen, Kornblumen und Mohn zwischen den Ähren leuchten, doch sie würde es nicht sehen. Na und, würde Gret jetzt schulterzuckend sagen. Glaubst du, die Felder der Zollern sind anders? Tilia musste lächeln und trieb ihr Pferd an, die anderen wieder einzuholen.

Zwischen den dornigen Hecken, die die Bauern um die Felder gelegt hatten, um die frische Saat zu schützen, ritten sie langsam über die Hochebene nach Osten. Voran der Edelknabe auf einem lebhaften Braunen, dann Tilia mit Dorothea auf ihrer schwarzen Stute, hinter ihr Gret mit Sofie auf einem Maultier. Ein weiteres, beladen mit den beiden Kisten, führte die Magd an einem Strick. Den Schluss bildete Rüdger auf einem gutmütigen alten Gaul, der sonst half, den Karren zu ziehen, nun aber dafür zu schwach wurde.

Sie kamen nur langsam voran, und bereits in Empfingen heulten die Mädchen, dass der Durst sie quäle. So hielten sie am Meierhof an. Die

Mädchen tranken frische Milch und spielten mit den halbwüchsigen Kätzchen.

»Wir kommen nicht so recht vorwärts«, murrte Heinrich, als er zur Sonne hochsah. »Wir werden es nicht vor der Dunkelheit schaffen. Vielleicht kommen wir wenigstens bis Hechingen. Dort könnten wir sicher ein angemessenes Lager bei dem Herrn Cuno finden.« Nervös sah er Tilia an.

»Wir werden heute nur bis Haigerloch reiten«, sagte Tilia bestimmt. Gret und Rüdger rissen erstaunt die Augen auf. Der Junge von Husen jedoch nickte langsam.

»Ihr wollt die Nacht beim Hohenberger verbringen?«

»Ja, warum denn nicht? Ist er nicht unser Lehensherr?« verteidigte sich Tilia.

Heinrich wiegte den Kopf hin und her. Ein Hauch von einem Lächeln lag in seinem Blick. »Vielleicht habt Ihr Recht. Wir sind nicht im Krieg, und die Fehde ruht. Es gibt keinen Grund, den Hohenberger zu meiden.«

»Gut, dann ist das abgemacht«, sagte Tilia fest und ließ sich in den Sattel heben.

Ob das der Vater sich so gedacht hat?, fragte sich Gret, als sie Sofie wieder auf das Grautier setzte. So ganz war sie mit Tilias Entscheidung nicht einverstanden, doch vor den Männern wagte sie nicht, sie darauf anzusprechen.

Langsam ritten sie weiter. Hinter Empfingen lagen noch ein paar Felder, dann führte der Pfad in den dichten Wald. Im Sommer musste es hier recht dunkel sein, doch nun zeigten die hohen Buchen erst einen Hauch von lichtem Grün. Die Sonne malte Kringel auf den weichen Waldboden, die Vögel sangen fröhlich ihr Lied. Dennoch legte Heinrich seine Hand an den Schwertgriff und suchte ständig das Unterholz nach einer verdächtigen Bewegung ab. Jedes Rascheln eines flüchtenden Tieres ließ ihn unmerklich zusammenzucken.

Tilia beobachtete den angehenden jungen Ritter und lächelte in sich hinein. Voller Stolz und mit kindlichem Ernst nahm er seine Aufgabe wahr. Dafür hatte er im Burghof so manche schmerzhafte Lektion mit dem Übungsschwert hinter sich gebracht. Er war sicher kein schlechter Kämpfer, doch für den Ernstfall noch völlig unerfahren. Und Rüdger auf seiner Klappermähre war nur mit dem kurzen Hammer bewaffnet. Tilia warf Grets Ehemann einen verstohlenen Blick zu. Nein, sie konnte wirklich nur beten, dass alle Strolche und heruntergekommenen Ritter heute einen anderen Weg wählen würden. Auch wenn offiziell Frieden herrschte, zürnte Tilia dem Vater, seine beiden Töchter ohne richtigen Schutz auf diese Reise geschickt zu haben.

Als der Wald sich lichtete und die ersten Wiesen der Haigerlocher den Schritt der Hufe dämpften, hielten sie an. Die Mädchen mussten sich erleichtern und hatten das Stillsitzen bereits satt. Tilia ließ sich auf den Stumpf eines knorrigen Apfelbaumes sinken und sah den Mädchen zu, die kreischend vor Vergnügen durch die Wiese rannten. Heinrich schlenderte heran und kickte unbeholfen ein paar Steine weg, ehe er den Mut fand, sie anzusprechen.

»Seht, Fräulein Tilia, wenn Ihr Eure Augen anstrengt, dann könnt Ihr die Burg der Zollern bereits im Dunst erkennen.«

Tilia beschirmte ihre Augen. Im Südosten zeichneten sich in hellem Grau die steilen bewaldeten Hänge ab, die in einer lang gezogenen, scharfen Kante mit der Albhochfläche gegen den Himmel abschlossen. Dort, wo sie im Osten in einer Bucht zurückwich, erhob sich im Dunst ein kegelförmiger Berg: der Zoller. Tilia war es, als könne sie den Bergfried und die Mauertürme erkennen. Dort also lag ihre neue Heimat. Sie waren erst einige Stunden geritten, und doch war dies ein Ausblick, den sie zum ersten Mal in ihrem Leben sah.

Morgen ist es immer noch früh genug, die Feste der Zollern in Augenschein zu nehmen, sagte sie sich, und außerdem war sie neugierig auf die wehrhafte Stadt Haigerloch mit ihren beiden Burgen, von denen sie schon so viel gehört hatte – und auf Graf Albert. War es nicht wunderbar, an die Orte der Erzählungen langer Winternächte zu reisen? Den großen Minnesänger selbst zu sehen? – Wenn er überhaupt in Haigerloch weilte und nicht auf seiner Burg in Rottenburg oder anderswo. Tilia drängte zum Aufbruch.

✠ ✠

Nur wenige Meilen weiter südlich, dort wo der Weg durch die Eyachfurt die Hochebene wieder erklommen hat, lagen seit den frühen Morgenstunden zwei Männer zusammengekauert in dichtem Buschwerk verborgen. Sie trugen zerfetzte Kittel und Fellumhänge. Auch um ihre Füße hatten sie sich Fellstücke gebunden. Ihre Bündel enthielten nur ein paar Lumpen und den Rest eines Hasen, den sie gestern erbeutet hatten. Nun warteten sie seit Stunden auf größere Beute. Sie hatten diesen Platz sorgsam ausgewählt. Der Pfad sollte nicht zu selten, aber auch nicht zu häufig beritten werden. Auch durften es nicht mehr als zwei Männer oder ein Ritter sein, denn die beiden hatten nur ihre Keulen, auch wenn die eine mit zahlreichen Metallspitzen besetzt war.

Der jüngere der beiden Strauchdiebe war vielleicht zwanzig Jahre alt, doch der dichte Bart, hinter dem sich sein Gesicht verbarg, ließ ihn älter aussehen. Geschickt hatte er ein kräftiges Seil an einen Baum gegenüber gebunden, es über den Weg gelegt und ein wenig mit Laub bedeckt. Das andere Ende hielt er fest in seinen schmutzigen Händen.

»Lass dich nicht von dem Pferd umreißen, Bert« mahnte der Ältere, der bestimmt schon ein halbes Jahrhundert an Erfahrung auf dem Buckel hatte.

»Ich wickle das Seil um diesen Stumpf, dann kann ich es leicht halten. Ich mach das doch nicht zum ersten Mal!« Die grauen Augen blitzten wütend.

Der Alte ließ ein paar verfaulte Zahnstummel sehen. »Musst dich nicht gleich aufregen, junger Heißsporn.« Er wollte noch etwas hinzufügen, doch sein Begleiter brachte ihn mit einer heftigen Handbewegung zum Schweigen. Nun hörte auch der Alte den sich nähernden Hufschlag. Nervös strich er sich das verfilzte Haar aus der Stirn.

»Es ist nur einer, und er hat es sichtlich eilig«, wisperte er und umklammerte seine Keule fester. »Pass auf, dass das Pferd nicht draufgeht.«

»Wie denn das? Wenn es fällt, dann fällt es. Jetzt halt endlich die Klappe!«

Kaum einen Augenblick später kam der Reiter in Sicht. Er trug einen Kettenpanzer, das Schwert hing an seiner Seite, das Gesicht blieb unter dem Helm verborgen. Kein Wappen verriet, woher er kam. Noch zwei Hufschläge, dann zog der Strauchdieb das Seil an und wickelte es blitzschnell um den Baumstumpf. Der Reiter sah die Bewegung, doch es war schon zu spät, das Pferd zu zügeln. Der schnelle Galopp fand ein jähes Ende. Die Vorderbeine des Pferdes knickten ein, und es überschlug sich zweimal. Der Reiter versuchte abzuspringen, blieb jedoch mit dem linken Sporendorn im Steigbügel hängen. Die Welt drehte sich um ihn, er spürte einen dumpfen Schlag auf dem Rücken, dann auf der Seite. Sein Helm löste sich und flog durch die Luft. Endlich riss der Sporn, und der Reiter schlug neben dem Pferd hart auf dem Boden auf.

Benommen versuchte er, sich aufzurichten, tastete nach dem Schwert an seiner Seite, doch bevor er dieses aus der Scheide ziehen konnte, krachte ihm ein hölzerner Prügel mit Wucht auf den Schädel. Der Reiter fiel auf den Rücken. Wie ein dicker Käfer lag er da, Schwertarm und Schwert hoffnungslos im eigenen Mantel verheddert. Die freie Hand griff nach dem Dolch in seinem Gürtel, doch er wusste, dass er verloren hatte. Ein bärtiger Kerl tauchte in seinem Blickfeld auf, dann sauste die nagelbewehrte Keule in sein ungeschütztes Gesicht. Der Schmerz schlug wie eine Welle über ihm zusammen, war so gewaltig, wie er es in seinen schlimmsten Träumen sich nicht hatte vorstellen können. Er konnte nichts mehr sehen. Konnte sich nicht mehr rühren. Der nächste Schlag war so heftig, dass sein Schädel barst und die langen Dornen bis ins Gehirn eindrangen. Völlig ungerührt blickte der Strauchdieb auf das übel zugerichtete Opfer hinunter.

»Mal sehen, was wir so alles finden.« Sorgsam begann er den Toten zu entkleiden. »Allein die warmen Wollsachen sind es wert«, murmelte er zufrieden.

Der Alte ging nach dem Pferd sehen. Wie erwartet hatte es sich die Vorderläufe gebrochen. Mit einem flinken Messerschnitt schlitzte der Mann ihm die Kehle auf. Dann machte er sich daran, den Sattel zu untersuchen.

»Eine Wolldecke, ein Beutel mit Hellerstücken – und Lederstiefel!«, zählte er entzückt auf.

»Lass die Stiefel und komm her, ich habe etwas viel Wichtigeres!«, rief Bert den Alten heran. Triumphierend schwenkte er einen versiegelten Brief.

»Ein Brief, ja und«, murrte der Alte und nahm noch den Proviantbeutel des Reiters an sich. »Wird wohl an seine Liebste geschrieben haben. Was sollen wir damit?«

»Sieh dir das Siegel an. Sagt dir das etwas?«

Der Alte zuckte die Schultern. »Ja schon, aber wir können doch eh nicht lesen, was darin steht.«

Bert tippte sich an die Stirn. »Aber wir können unseren Verstand gebrauchen. Ein Reiter ohne Wappen, der es sehr eilig hat, und ein versiegelter Brief des Grafen. Na, was sagt dir das?«

Der Alte schien schwer von Begriff zu sein.

»Der Brief wird einem hohen Herrn einen klingenden Beutel wert sein!«

»Aber du weißt ja gar nicht, an wen er gerichtet ist.«

Der junge Strauchdieb lachte spöttisch. »Muss ich auch nicht, oder glaubst du etwa, ich möchte ihn dem rechtmäßigen Herrn bringen, du Tor? Auf, auf, pack dein Bündel, wir gehen nach Haigerloch!«

Während sie alles Brauchbare zusammenrafften und verschnürten, murrte der Alte unentwegt: »Du bist von Sinnen. Aufknüpfen werden sie dich, wenn du dich in der Stadt blicken lässt. Ich will noch keine Schlinge um den Hals. Mach, was du willst, aber ich werde nicht mitkommen!«

Für das Abendessen schnitt er noch ein paar dicke Fleischstücke aus den Pferdelenden, dann zogen die beiden sich in dichtes Gebüsch zurück und wanderten ins Eyachtal hinunter. Die nackten Leichen von Herr und Pferd ließen sie auf dem Weg liegen.

KAPITEL 10

In kleinen Gruppen kamen sie aus dem Norden und Osten. Die Ritter und Edelknechte hatten ihre Farben abgelegt, wählten verschiedene Pfade, mieden die Dörfer und Weiler, doch sie schienen alle demselben Ziel zuzustreben. Schweigend ritten sie dahin, nur die Schwerter rasselten in ihren Scheiden, und die Kettenhemden klirrten leise. Im Schutz der Dunkelheit würden sie ihr Ziel erreichen. Alles kam darauf an, dass sie vorher nicht entdeckt werden würden.

✠ ✠

»Heinrich von Husen bittet für die Töchter des edlen Ritters von Wehrstein um Schutz und Geleit«, rief der junge Edelmann den Wachen am Tor zur oberen Haigerlocher Burg zu. Es ärgerte ihn, dass er sich nicht Ritter nennen durfte, und so versuchte er, durch eine grimmige Miene und ein hoch erhobenes Haupt ein wenig wichtiger auszusehen. Viel zu langsam schlurfte einer der Wachen heran. Der große Riegel scharrte und quietschte, dann öffnete sich das eisenbeschlagene Tor, um die Gäste einzulassen.

Tilia bog den Kopf in den Nacken und sah zum Bergfried hoch. Ein fast grimmiger Bau, vor Stärke strotzend, aus großen, zwei Schritt langen, massiven Steinquadern errichtet. Über eine hölzerne Treppe gelangte man, in der schwindelnden Höhe von mehr als zehn Schritt, zum Eingang. Die Ritterstochter ließ den Blick die Mauer hinauf bis zum gewalmten Satteldach wandern. Gegen diesen Turm wirkten die einstöckigen Wirtschaftsgebäude winzig, wie ängstlich an die Mauern geduckt.

Über die hölzerne Treppe stieg ein Ritter in den Farben der Hohenberger herab. Er trug sein braunes, dichtes Haar im Nacken ungewöhnlich kurz, Wangen und Kinn waren von dichten Bartstoppeln verhüllt. Dennoch konnte kein Zweifel bestehen, dass es sich um einen hohen Herrn handelte. Mit weit ausladenden Schritten kam er auf die Gäste zu. Die Gestalt nur mittelgroß, doch kräftig und muskulös, konnte man den erfahrenen Kämpfer erahnen. Mit einem Kopfnicken begrüßte er das Edelfräulein, wandte sich dann jedoch an den jungen von Husen. »Seid willkommen in Haigerloch. Wenn Ihr die Nacht hier verbringen wollt, dann reitet am besten gleich durch die Stadt zur neuen Burg hinüber. Graf Albert wird Euch dort empfangen. Ihr habt einen guten Tag gewählt, Spielleute und Gaukler sind auf der Durchreise hier und werden heute Abend in der Burg ihre Künste zeigen.« Tilia, die ihre Stute zu den beiden Männern gelenkt hatte, hörte die letzten Worte. Ihre Augen leuchteten.

»Musikanten? Wie herrlich. Werden auch Akrobaten zu sehen sein?«

Burkhard von Hohenberg runzelte die Stirn und sah ein wenig missbilligend zu dem Mädchen hoch, doch dann lächelte er.

»Ja, Fräulein von Wehrstein, Ihr werdet staunen, was die Männer alles können. Ich habe sie bereits auf Hohenberg gesehen. Und ich kann Euch jetzt schon sagen, dass der Graf selbst der Minne pflegen und heute Abend einige seiner Lieder vortragen wird.«

Tilia lächelte den Ritter freundlich an und verabschiedete sich dann höflich. Dem jungen von Husen folgend, der Haigerloch schon mehrmals besucht hatte, ritten sie im Schritt durch das Stadttor. Heinrich ließ Tilia an seiner Seite reiten, dann sprudelte er voller Begeisterung los.

»Haigerloch ist eine ganz außergewöhnliche Stadt. Genau gesagt sind es zwei Städte, durch den Fluss Eyach getrennt. Seht nur, wie steil die grauen Felsen zum Wasser hin abfallen. Kein Mensch könnte sie je erklimmen. Von festen Mauern umgeben und von den beiden Burgen hüben und drüben des Flusses bewacht. Welch ein Feind würde es je wagen diese Stadt anzugreifen? Die obere Burg ist wie des Adlers Horst und wacht bei Tag und Nacht über ihre Bewohner, so dass auch Ihr, liebes Fräulein Tilia, heute Nacht beruhigt schlafen könnt.«

Nun musste er Luft holen. Beifall heischend sah er Tilia aus großen Augen an, so dass sie schnell das Lächeln verbarg, das um ihre Lippen spielte, und ihm scheinbar ernst dankend zunickte. So aufgemuntert setzte er sein Loblied fort, während die kleine Gruppe zwischen zwei geschlossenen Häuserreihen die steile, morastige Straße zur Eyach hinunterritt.

Zweistöckig, manche sogar dreistöckig, ragten die Häuser zu beiden Seiten auf, einige in der neuen Ständerbauweise, bei der die Pfosten nicht mehr in den Grund gegraben, sondern auf einem gemauerten Sockel durch Querriegel verzapft wurden. Dies brachte große Vorteile mit sich, da seit jeher die eingegrabenen Pfosten nach einigen Jahrzehnten vermodert waren und das Haus dann einzustürzen drohte. Häuser der neuen Bauweise, sagte man, würden mehrere Generationen überdauern, doch es gab noch nicht sehr viele Zimmerleute, die mit dieser Technik vertraut waren. Tilia verstand von diesen Dingen nichts, doch die hohen Häuser mit den dunklen Balken, den mit Flechtwerk, Kalk und Lehm verputzten Fächern und den schindelgedeckten Dächern gefielen ihr.

»Graf Burkhard, der Ritter, der uns gerade empfangen hat, ist seinem Bruder, dem Grafen Albert, völlig ergeben«, erzählte Heinrich weiter. »Er ist ein großartiger Kämpfer, mutig und stark – auch wenn man sagt, dass Graf Albert in Sachen List und Kriegführung der Überlegene ist. Graf Burkhard jedenfalls ist sein wachsames Auge, das dort oben im Bergfried mit den Wächtern haust, während Graf Albert in der neuen, bequemen Burg wohnt.«

Nun kam die neue Burg des Hohenbergers in Sicht. Groß und prachtvoll saß sie auf einem felsigen Rücken, der in eine Flussschlinge hineinragte. Zu ihren Füßen, zwischen Ufer und aufragenden Steilhängen, wand sich in gleichem Bogen der andere Teil der Stadt. Auch die dem heiligen Nikolaus geweihte Kirche und der Friedhof waren auf der anderen Flussseite, nah am Ufer, zu finden.

Die Reiter erreichten den hölzernen Steg, der über die Eyach führte. Nur für Fußgänger gebaut, war er zu schwach und zu schmal, um die Pferde tragen zu können, daher mussten die Gäste aus Wehrstein noch ein Stück flussaufwärts zur Furt reiten. Nachdem sie die Eyach überquert hatten, folgten sie ein Stück der Straße, die im Tal zum unteren Tor im Norden der Stadt führte, und nahmen dann den rechts abzweigenden Pfad, der in steilen Serpentinen zur Burg hoch führte.

»Kein Karren kann diesen Weg bezwingen, so steil und schmal, wie er ist«, wunderte sich Tilia. »Schaffen die denn alles, was oben gebraucht wird, auf Pferden und Eseln hoch?«

»Von der Stadt aus ist dies der einzige Weg zur Burg, da habt Ihr Recht«, pflichtete ihr Heinrich bei. »Allerdings kann man von der Hochebene aus im Osten auf flachem und breiterem Weg das andere Burgtor erreichen.«

Auch Gret und Rüdger sahen sich staunend um. Sie wunderten sich über die dicht an dicht gebauten Häuser, die vielen Menschen, die Händler, die Karren und das Geschrei.

Im Burghof herrschte nicht minder Trubel und Geschäftigkeit. Ochsen und Schweine wurden herangetrieben, Puten und Hühner mit zusammengebundenen Beinen, Mehlsäcke und Körbe mit Obst und Gemüse von Karren und Pferden geladen und herumgeschleppt. Scheinbar ziellos liefen die Menschen hin und her, lachten, schimpften, schrien und fluchten durcheinander. Ein paar Ritter trieben ihre Späße mit den Mägden, drei Knaben in schmutzigen Kitteln spielten Fangen, liefen den Bauern zwischen die Füße, ängstigten die Pferde und brachten die Ochsen zum Brüllen.

Niemand kümmerte sich um die Neuankömmlinge. Eine Weile saßen sie nur stumm auf ihren Pferden und warteten, doch dann besann sich Heinrich von Husen seiner Aufgabe, stieg ab und ging zu einem der Ritter. Der schien nicht gerade begeistert, von dem drallen Mädchen ablassen zu müssen, das er gerade umfangen hielt, doch er kam mit leidlich freundlicher Miene mit, stellte sich als Peregrin von Salmedingen vor und forderte sie auf, ihm in den Saal zu folgen. Einem der Knechte befahl er, die Pferde zu versorgen.

Sie brauchten nicht lange zu warten, bis die Gräfin kam, die Gäste zu begrüßen. Margarete von Fürstenberg, die zweite Frau des Grafen, war von kleinem Wuchs, mit blasser Haut und grauen Augen, das weißblonde Haar unter dem strengen Gebende verborgen. Sie wirkte kaum älter als ihre Stieftochter Agnes, die ganz anders, groß und rotwangig, mit ihrer burschikosen direkten Art die Stiefmutter schlicht in Vergessenheit geraten ließ. Dennoch hatte diese so zerbrechlich wirkende Frau dem Grafen fünf gesunde, kräftige Kinder geboren, die alle zu hoffnungsvollen Söhnen und Töchtern heranwuchsen.

Die Gräfin umarmte Tilia mütterlich, herzte die kleine Dorothea, die darüber wenig begeistert schien, und nahm die Verbeugung des jungen von Husen wohlwollend zur Kenntnis. Sie winkte einer Magd, dass sie Rüdger, Gret und Sofie in die Küche führe, und gab Heinrich von Husen in die Obhut eines Edelknechtes. Dann führte sie Tilia und Dorothea durch den Saal zu der steinernen Treppe, die in die oberen Stockwerke führte. Sie plauderte freundlich, doch Tilia folgte den Worten nur flüchtig. Zu sehr war sie mit Staunen beschäftigt, während sie der Hausherrin durch lange, spärlich beleuchtete Gänge folgte, an mehreren Räumen vorbei, die meisten mit einem Ofen! Über eine gewundene Stiege erreichten sie die Frauengemächer. Die Gräfin gab das Kind in die Obhut einer Kammerfrau und überwachte selbst das Anrichten eines Bades für Tilia. Die Wehrsteintochter lag mit geschlossenen Augen im heißen, nach Rosen und Thymian duftenden Wasser und ließ die vielen neuen Eindrücke noch einmal an sich vorbeiziehen.

✢ ✢

»Da habt ihr euch den richtigen Tag ausgesucht«, sagte die kleine, rundliche Magd, die Gret und Rüdger über den Hof zu dem flachen Küchenbau hinüberführte. »Ich heiße Maria.« Sie lächelte freundlich und ließ eine Reihe gelber, schiefer Zähne sehen.

»Ihr könnt euch gar nicht vorstellen, welche Köstlichkeiten es am Abend geben wird.« Begeistert schnalzte sie mit der Zunge.

»Ihr könnt von allem probieren, doch hütet euch vor Piero, dem Koch. Wenn der euch erwischt, dann klingen euch die Ohren. Er ist nicht groß, hat schwarzes Haar und eine rote, knollige Nase. Ihr erkennt ihn sofort. Er kommt von den Welschen und spricht ganz merkwürdig. Doch kochen kann er. Wenn ich nur an die Pastete zu Dreikönig denke. Die Herrschaften haben sie kaum angerührt. Die waren alle schon viel zu betrunken. Ich sage euch, das war für uns in der Küche nachher ein Fest!«

So plauderte sie ohne Unterlass, bis sie die Tür zur Küche aufstieß. Gret sog hörbar die Luft ein, und Rüdger pfiff anerkennend durch die Zähne. Maria plusterte sich stolz auf, als könne sie die Küche ihr Eigen nennen. Sie führte die Gäste an drei lodernden Feuern vorüber. Über den ersten beiden brutzelten an eisernen Spießen saftige Bratenstücke und ein ganzes Schwein. Zwei halb nackte Buben, denen in Strömen der Schweiß über Stirn, Hals und Brust rann, drehten die Spieße, die Griffe fest mit beiden Händen umschlossen. Über dem dritten Feuer hing ein Kupferkessel, in dem ein dicker Eintopf kochte. Weiter hinten, an langen Tischen, standen mehlbestäubte Mägde, walzten und schlugen, kneteten und formten weißes Brot und süße Kuchen. Auf einem Wandbord lagen Gewürzbrote in fantasievollen Formen, duftend frisch und noch heiß dampfend. Darüber hing an einem Haken ein winziger Käfig, in dem sich ein rotbraunes Eichhörnchen ängstlich an die Rückwand drückte.

Die Magd führte die Gäste aus Wehrstein zu einer Nische, in der einige Strohsäcke lagen. Daneben stand eine schmale Bank mit einem rohen Tisch davor.

»Da, setzt euch. Ich bring euch was zu essen und zu trinken. Und dir eine schöne, warme Milch.«

Sie strich Sofie über die blonden Zöpfe. Seit sie die Burg betreten hatten, war das Kind verstummt, sah sich nur mit großen Augen staunend um. Geschäftig eilte die Magd davon, brachte Brot, Fleisch und Kuchen, bald darauf zwei schäumende Krüge und einen Becher warmer Milch.

»Hier, probiert das mal.«

Rüdger kostete vorsichtig. Sein Mund verzog sich zu einem breiten Lächeln. Der nächste Schluck fiel lang und gierig aus.

»Was ist das«, fragte er neugierig und wischte sich den Schaum aus dem ungepflegten Bart.

»Das ist Bier. Mönche in einem Kloster bei Passau brauen es, ich weiß nicht, wie.« Sie wies auf einen Stapel Fässer in einer zweiten Nische. »Der Graf lässt sie extra herbringen. Viele Tage sind die Fuhrleute dafür unterwegs.«

Sie hätte gerne noch mehr erzählt, doch ein dunkelhäutiges Männchen mit schwarzem Haar rief mit sich überschlagender Stimme nach ihr. »Marrria!«, gellte es. Hoch aufgerichtet stand er in seiner blutigen Schürze da und schwang in der Rechten das große Fleischermesser. Die Magd zog ein wenig das Genick ein, sauste aber sofort los, um die ihr aufgetragenen Arbeiten zu erledigen.

✠ ✠

Sorgfältig, wie kaum jemals zuvor, kleidete sich Tilia in ihr feinstes Hemd und den grünseidenen Bliaud. Gret schnürte ihn auf beiden Seiten besonders eng, schlang den goldbestickten Gürtel zweimal um die schmale Taille und nähte die weiten Ärmel aus goldbestickter, weißer Seide an.

»Halte still!«, schimpfte die Halbschwester ein paarmal, wenn Tilia wieder ungeduldig von einem Fuß auf den anderen trat.

»Dann beeile dich. Ich will nicht zu spät kommen«, gab Tilia nervös zurück. Doch die anderen Damen, die sich von ihren Mägden oder Kammerfrauen für das große Festessen herrichten ließen, waren auch noch nicht weiter.

Das ganze Schlafgemach schimmerte im Schein der Fackeln in bunter Seide, Brokat und Barchent, feinen Stickereien und zarten Schleiertüchern. Gret drückte Tilia auf einen Hocker und begann, das lange Haar zu kämmen. Geschickt rollte und drehte sie einzelne Strähnen, steckte sie mit feinen, eisernen Nadeln fest, wickelte grüne Seidenbänder mit hinein und befestigte dann das perlenbestickte Schappel. Dann trat sie zurück und betrachtete zufrieden ihr Werk. Geheimnisvoll tanzte das flackernde Licht über Seide, Perlen und glänzendes Haar, in Rollen und Täler gelegt und dann, immer noch dicht, in leichten Wellen bis zur Taille fallend.

»So, du kannst gehen und allen Grafen und Rittern den Kopf verdrehen«, sagte sie mit ein wenig Wehmut in der Stimme.

Tilia legte sich ihren Tasselmantel um die Schultern und hauchte Gret einen Kuss auf die Wange. Die erstaunten Blicke der anderen Damen bemerkte sie nicht.

»Ich danke dir. Wirst du nach Dorothea sehen?«

»Ich kann sie mit in die Küche nehmen. Dort wird es sicher genauso lustig hergehen wie im großen Saal.«

Gret nahm das Mädchen an die Hand und verließ das Gemach der Edelfräulein, während Tilia den anderen Damen zum Festsaal folgte. Wie es sich gehörte, die rechte Hand an der Tasselschnur, mit der linken den Mantel gerafft, dass man das Innenfutter und den Bliaud sehen konnte, schritt Tilia vorsichtig die breiten Stufen hinunter. Sie kam sich plötzlich recht schäbig vor, waren die Stoffe der anderen Damen doch edler, die Farben bunter. Hier und dort blitzten Edelsteine. Doch sie hatte keine Zeit, lange darüber nachzudenken. Die Gräfin selbst zeigte Tilia ihren Platz.

Die Mägde hatten sich große Mühe gegeben. Die Tische waren bis zum Boden mit weißem Linnen bedeckt, Frühlingsblumen und frischgrüne Zweige umrankten die schweren, bronzenen Kerzenleuchter. An jedem Platz stand ein Zinnbecher, der des Grafen war mit winzigen Edelsteinen besetzt. Jeweils zwei Gäste mussten sich eine Fingerschale mit Essigwasser teilen. Messer und Löffel brachte jeder Gast wie üblich selbst mit. Nach französischer Sitte saßen die Damen mit den Rittern an der Tafel, die in Form eines lang gezogenen U aufgebaut worden war. An der schmalen Querseite saßen der Graf, seine Gemahlin, die Tochter Agnes aus erster Ehe und der älteste Sohn Albrecht. Dann folgten dem Rang nach des Grafen Bruder Burkhard, die jüngeren Kinder, die Ritter und Damen.

Tilia saß zwischen dem Ritter Peregrin von Salmedingen und einem Augustinermönch, der sich als Bruder Simon vorstellte. Der Ritter befasste sich hauptsächlich mit seiner Nachbarin, einer Dame, die, nach dem Gebende zu urteilen, Witwe sein musste. Sie hatte eine große Nase und zeigte beim Lachen schiefe Zähne, doch ließ sie sich bereitwillig an ihre großen Brüste fassen. Bruder Simon jedoch, ein Bär von einem Mann, den man sich auf jedem Schlachtfeld hätte vorstellen können, nahm Tilia bald ihre Befangenheit. Der Mönch aß und trank in einer solch atemberaubenden Geschwindigkeit Unmengen, dass es ein Wunder war, dass er zwischendurch genug Zeit fand, seine Tischnachbarin zu unterhalten.

»Ich wollte nie hinter Klostermauern eingesperrt mein Leben gelangweilt absitzen«, vertraute er der Wehrsteintochter an und griff nach einem knusprigen Hähnchen. »Ich wollte immer zu den Rittern gehören«, ergänzte er mit vollem Mund. »Aber was will man machen. Für den vierten Sohn in einem Rittergeschlecht reicht das Geld weder für eine anständige Rüstung noch für ein kräftiges Ross.«

»Ich könnte mir Euch gut als Ritter vorstellen. Ihr seht sehr kräftig aus, Bruder Simon«, bestätigte das Mädchen. »Kettenhemd, Schwert und Schild würden Euch prächtig anstehen – wenn Ihr mir diese Bemerkung nicht übelnehmt.«

Der Mönch trank seinen Becher mit einem Zug leer, rülpste geräuschvoll und lachte dann. Die Weintropfen, die sich in seinem Bart verfangen hatten, spritzten nach allen Seiten.

»Ja, ich kann gut mit dem Schwert umgehen, das könnt Ihr mir glauben, und habe nicht selten ein Kettenhemd unter der Kutte getragen.«

Obwohl er Tilia nicht aus den Augen ließ, gelang es ihm doch, gleichzeitig einem Diener den Becher hinzustrecken, dass dieser ihn wieder füllen konnte.

»Ich war dabei, als der junge Pfalzgraf von Tübingen-Böblingen seinen Vormund und Onkel, Graf Ulrich von Tübingen-Asperg, aus Böblingen hinausgeworfen hat. Das Bürschchen hat sich gegen den König gewandt und ist ein wenig übermütig geworden. Als Erstes mussten wir uns zurückziehen, doch glaubt mir, wir kamen wieder, und als Graf Ulrich den Neffen in die Finger bekam, da blieb kein Auge trocken. Vor seinen Männern hat der Graf ihn so verdroschen, dass er sicher eine Woche lang nicht mehr sitzen konnte. Mal sehen, ob er in Zukunft mehr Respekt vor dem Alter hat.«

Bruder Simon lachte dröhnend, griff in die Schüssel mit den saftigen

Bratenstücken und holte sich eine fetttriefende Haxe heraus. Trotz der Fingerschalen putzte er sich die Hände am weißen Linnen ab und schnäuzte sich dann kräftig in seine Kutte.

Das Mahl schritt voran. Die Ritter und Damen wurden lustiger und lauter. Das Lachen und Scherzen übertönte den Klang von Fiedel und Rotte, Manichord und Tambur. Der Ritter drei Plätze neben Tilia erbrach sich in die frischen Binsen. Die Damen lachten.

»Na, wenigstens ging es dieses Mal nicht wieder über den ganzen Tisch«, wieherte eine Dame mit großer Nase.

Tilia sah zu Heinrich von Husen hinüber, der schräg gegenüber zwischen einer dürren Jungfrau und einem grauhaarigen Ritter saß, der ihn prächtig zu unterhalten schien. Der Jüngling hing an den Lippen des alten Haudegens, der, vielleicht nicht ganz der Wahrheit entsprechend, aber immerhin sehr eindrucksvoll von seinen unzähligen Heldentaten berichtete. Das blasse Mädchen nagte gelangweilt an einem Hühnerknochen.

Ein lauter Trommelwirbel ließ für einige Augenblicke das Stimmengewirr verstummen. Mit großer Geste, die Nase emporgereckt, trippelte der Koch in die Mitte und kündigte mit lauter Stimme die Überraschungspastete an.

Die beiden Knechte hatten Mühe, das riesenhafte, knusprig gebackene Teiggebirge hereinzuschleppen. Es drohte schon von seinem Brett zu kippen, da schafften sie es gerade noch, das Ungetüm vor dem Grafen auf den Tisch zu wuchten. Dass dabei einige Becher Wein umkippten und Tonschalen auf dem Boden zerschellten, kümmerte niemanden. Eine kunstvolle Landschaft aus Bergen und Tälern, sogar mit einer kleinen Burg aus braunem Teig. Die Gäste klopften mit der Rückseite ihres Messers auf den Tisch und sahen gespannt, wie der Graf seinen Dolch hob. Schwungvoll schnitt er den Gipfel des höchsten Berges ab. Bevor er noch einen zweiten Schnitt ansetzen konnte, sauste ein winziges Fellbündel wie ein Blitz aus der im oberen Teil hohlen Pastete heraus. Die Damen klatschten vor Begeisterung in die Hände, die Ritter sprangen von ihren Sitzen, die Messer in der Faust. Das völlig verängstigte Eichhörnchen blieb einen Augenblick vor der

Gräfin auf dem Tisch sitzen. In wilder Verzweiflung huschten die schwarzen Knopfaugen umher. Da stürzte schon, wild grölend, die bewaffnete Meute heran. Mit Dolch und Messer herumfuchtelnd, versuchte jeder das Tier zu erwischen. In seiner Panik platschte das Eichhörnchen in eine Soßenschale, hinterließ braune Spuren auf der Gräfin Busen und rutschte dann zwischen Seidenrock und Tischtuch in die Binsen hinunter. Haken schlagend sauste es unter dem Tisch hindurch. Die Damen kreischten. Zwischen zutretenden Füßen und greifenden Händen wischte es geschickt hindurch, Messer zischten durch die Luft, ein paar Ritter und Damen wurden zu Boden gerissen. Blut floss, doch noch immer nicht das des flinken Tieres. Der Graf stand breitbeinig auf dem Tisch und brüllte in den Tumult:

»Ein Ring von meiner Hand für den, der es kriegt!«

Das Ergebnis war verheerend. Sie hetzten das winzige Wesen, das in Todesangst zwischen Beinen, Leibern und Händen hindurchflitzte, doch sie konnten es nicht erwischen. Wein und Bier hatten Gewandtheit und Blick der Ritter schon zu sehr getrübt. Als die Mägde mit neuen Krügen eintraten, nutzte das Tier die offene Tür erfolgreich und floh in die Nacht.

Als wieder Ruhe einkehrte, sah Tilia, dass drei der Ritter durch Messerstiche verletzt worden waren. Ein Jüngling mit zweifarbigen Beinlingen hatte einen bösen Schnitt am Auge, und auch eine der Damen blutete aus einer Wunde am Bein. Doch offensichtlich tat das dem Spaß keinen Abbruch. Geschirr war zu Bruch gegangen und Kleider in Fetzen gerissen worden. Dass zwei üppige Damen nun mit entblößten Brüsten am Tisch saßen, hielt keiner für ein Versehen. Tilia war froh, dass ihr einziges Festgewand keinen Schaden genommen hatte.

Der Mönch, der sich mit Eifer an der Jagd beteiligt hatte, kam mit rotem Kopf zurück und ließ sich schwer atmend neben Tilia auf die Bank fallen.

»So ein Spaß«, keuchte er und stürzte drei Becher Wein hinunter.

Der Graf schickte alle zu ihren Plätzen zurück, bis auf den Jüngling, der sich von einer Magd verbinden ließ. Dann brachten Diener Süßspeisen, und endlich sprangen die kunterbunt gekleideten Gaukler herein. Sie jonglierten mit farbigen Bällen, kletterten aufeinander, so dass der Knabe die rußige Decke des Saals mit den Händen berühren konnte. Sie sprangen auf den Tisch, schlugen Räder und Salti, ohne auch nur einen Becher umzuwerfen. Tilia war hingerissen und konnte keinen Blick von diesen atemberaubenden Menschen lassen. Sie vergaß sogar die süßen Speisen, auf die sie sich so sehr gefreut hatte. Auch der Graf war zufrieden und warf dem Ältesten der Truppe am Ende der Vorführung einen Beutel mit klingenden Münzen zu. Erfreut zogen sich die Akrobaten zurück.

Der alte Spielmann, der bis dahin die Manichord geblasen hatte, legte diese zur Seite und begann mit tiefer Stimme eine Ballade zu singen. Er sang von Tristan, der auszog, für seinen Herrn Isolde zu freien und dann in heißer Liebe zu ihr entbrannte. Es kehrte Ruhe ein. Ritter und Damen lauschten ergriffen. Dann sang der Alte von König Artus und seinen Rittern. Vorbei seien die Zeiten wahrer Helden und süßester Minne, klagte er, und so manche der Damen nickte seufzend. Als der letzte Ton verklungen war, herrschte noch eine ganze Weile Stille. Da sprang Bruder Simon plötzlich auf, hob seinen Becher und rief:

»Graf Albert, ein Lied! Singt uns ein Lied!«

Die anderen klopften zustimmend mit den Bechern auf den Tisch. Der Graf erhob sich, ergriff die Rotte, die der Spielmann ihm bereitwillig übergab, und ließ die Finger über die Saiten gleiten. Dann erfüllte seine kräftige Baritonstimme den Saal.

Geht es jemand in der Welt besser
als einem, der sein eigen Lieb
mit Armen hält umschlossen?
Bewahrt sie ihm Treue ohne allen Hass,
ist er besser daran denn ein Minnedieb,
ihn haben die langen Nächte nie überdrüssig gemacht.
Er fürchtet weder die Angeber noch ihren Hass,
er liegt ganz ohne Sünde, Furcht und Schande.
Fände jemand unerlaubte Minne besser,

wobei niemand Treue erkannte,
der würde der Frauen Laster ihrer Ehre vorziehen.
Von dem wende ich mich ab, folge seinem Beispiel nicht.
Verbotene Wasser besser sind
als erlaubter Wein, das hör ich sagen
von den Leuten, die mit Sünde behaftet sind.
Auch haben davon mich Kinder überzeugt,
ich habe solches teilweise selbst gesehen,
der Welt Art ist, stets auf neuen Genuss zu sinnen:
Nur das mit Mühe Gewonnene dünkt gut, was man
ganz ohne Furcht besitzt, das entleidet sehr oft:
so geheime Minne machet größer die Luft,
wenn's Lieb in der Minne Netz
mit Armen im Geheimen umschlossen liegt,
so geht es niemand besser:
So spricht die Welt unleugbar.

Mit einer leichten Verbeugung vor seinem Publikum gab der Graf dem Spielmann die Rotte zurück. Die Gäste applaudierten und forderten ein weiteres Lied ein, doch da öffnete sich die Saaltür. Ein Mann und eine Frau, nach Alter und Ähnlichkeit Vater und Tochter, traten ein. Die Kleidung wies ihn als einen Bauern aus, wenn auch das teure Tuch deutlich machen sollte, dass er nicht zu den Armen gehörte. Das junge Mädchen, fünfzehn oder sechzehn Lenze alt, trug einen Brautkranz im offenen Haar. Forsch schritt der Bauer zwischen den beiden Tischreihen hindurch und blieb dann mit stolz erhobenem Haupt vor Graf Albert stehen.

»Ich bringe Euch meine Tochter Esther, Herr Graf. Wie Ihr wisst, ist heute ihr Hochzeitstag. Nehmt Euer Recht, ich werde draußen warten, damit ich sie dann ihrem Gatten zuführen kann.«

Nun endlich verbeugte sich der Bauer, der den Meierhof in Trillfingen für den Grafen führte. Vierzig Morgen hatte er zu Lehen, und dennoch war er wie die anderen dem Grafen hörig und musste sich den alten Sitten beugen.

Graf Albert erhob sich und streckte die Hand aus. »Komm her, mein Kind, und lass dich ansehen.«

Gemessenen Schrittes ging die Meierstochter um den Tisch herum. Alle Augen folgten ihr. Verstohlen ließ sie ihren Blick durch den Saal und über die versammelten Gäste schweifen und heftete ihn dann fest an den Grafen. Sie hielt dem seinen stand, lächelte sogar ein wenig herausfordernd und verbarg ihre Aufregung. Sie wusste, was sie erwartete. Ihr Bräutigam warb nun schon fast ein Jahr um sie. Er war jung und gesund und würde einen großen Hof erben. Also hatten die Eltern weggesehen, wenn sie sich nachts in der Scheune trafen. Ein paar Probenächte waren üblich. Viele junge Männer wollten sich erst auf ein Eheversprechen einlassen, wenn die Auserwählte gezeigt hatte, dass sie fruchtbar war.

Natürlich hatte die Meierstochter ihn nicht gleich in den ersten Nächten an sich rangelassen, das gehörte mit zum Spiel, und so war der Bursche bereit, dies einige Male zu dulden. Schließlich wusste sie, dass gleich nebenan der Bauer und seine Frau schliefen. Doch nun war sie schwanger, die Väter waren sich einig, und der Graf hatte zugestimmt – also konnte die Hochzeit stattfinden.

Es wäre dem Vater ein Leichtes gewesen, sie auszulösen, und auch in des Bräutigams Beutel waren Münzen genug, doch die Männer fanden es wichtiger, ein paar Ferkel anzuschaffen, denn die Braut aus des Grafen Bett freizukaufen. Nun schwankte das Mädchen zwischen Neugier und Furcht, als sie ihre Hand in die des Grafen legte.

»Einen Bastard für die Hohenberger!«, brüllte ein dicker, glatzköpfiger Ritter und lachte, denn den Zustand der Braut konnte man in diesen Gewändern noch nicht sehen.

»Ja, zeigt ihr, was ein richtiger Hengst ist«, rief ein blasses Bürschlein, sprang auf einen Schemel und begann, mit diesem unter lautem Geschrei den Tisch entlangzureiten. Zwei völlig betrunkene Ritter folgten seinem Beispiel.

Das Bauernmädchen errötete. Die schmale Hand umklammerte die des Grafen. Beruhigend legte er seine andere Hand über die ihre und führte die Braut die Treppe hinauf in sein Gemach.

Die Gräfin nahm dies zum Anlass, sich mit ihren Damen zurückzuziehen. Während die Gräfin in der Kemenate einen Kerzenleuchter entzündete und ihr Gebetsbüchlein aufschlug, waren die meisten Fräulein so betrunken, dass sie sich sogleich, ganz oder halb bekleidet, in ihre Betten sinken ließen.

Als der Graf dem Meier seine Tochter zurückbrachte, waren nur noch die Ritter im Saal – mit einigen Mägden und manch liederlichen Weibern aus der Stadt, die bei jedem Fest zur späten Stunde den Weg auf die Burg fanden und am Morgen um ein paar Münzen reicher den schmalen Pfad zurückstolperten.

✠ ✠

Es war kurz nach Mitternacht und die Tore seit Stunden schon geschlossen, als eine kleine Gruppe Männer und Weiber den Wächter am Südtor baten, sie hinauszulassen. Er wunderte sich darüber, dass jemand nachts die schützenden Mauern einer Stadt verlassen wollte, doch ein Beutel mit Münzen überzeugte ihn, nicht darüber nachzudenken und auch keine Fragen zu stellen. Vorsichtig sah der Bürgersmann sich um, ehe er die kleine Pforte entriegelte. Die Spielleute und Gaukler schlüpften schweigend hinaus und verschwanden in der Nacht.

Im Schatten verborgen stand ein junger Mann, der den ganzen Weg von der Burg herab den Spielleuten gefolgt war. Nun trat er unschlüssig von einem Fuß auf den anderen und starrte auf die geschlossene Pforte. Er sah den Wächter auf und ab gehen, beinahe eine Ewigkeit. Dann trat eine dunkle Gestalt zu dem Mann am Tor, der ihn beinahe um einen Kopf überragte. Endlich entfernten sich die beiden. Einen Augenblick verharrte der nächtliche Lauscher noch. Es war niemand zu sehen, also fasste er sich ein Herz, lief mit ein paar großen Sätzen zur Pforte und tastete suchend über Riegel und Schloss. Eine schwere Hand legte sich auf die Schulter des Jünglings. Erschrocken fuhr er zusammen, wollte sich umdrehen, doch ein eisenstarker Griff hielt ihn fest.

»Was hast du hier zu suchen?«, knurrte ihn der Hüne an.

»Ich wollte doch nur, ich –«

»Spar dir deine Lügen bis morgen auf. Dann kannst du sie dem Grafen auftischen.«

Es half kein Betteln und kein Flehen, der Wächter schleppte den Jüngling zum Turm und stieß ihn in eine stinkende finstere Zelle. Krachend schloss sich die Tür hinter ihm.

✠ ✠

Der Hauptmann räusperte sich zweimal, ehe der Graf aufsah. Das Gesicht gerötet, die Augen blutunterlaufen, sah er nicht gerade aus, als wolle er sich zu dieser Nachtzeit mit einem unverschämten Strolch befassen.

»Herr Graf, ich weiß nicht genau, wie wichtig es ist, aber ich glaube, es ist dringend, denn es war so –«, hilflos brach er ab.

Albert von Hohenberg stöhnte und rieb sich den Kopf, in dem sich alles zu drehen begann. Nur durch dichten Nebel erkannte er den Hauptmann der Stadtwachen, doch eines war ihm klar, dass das eine große Unverschämtheit von diesem war, ihn nach einem Fest noch vor dem Morgengrauen, in trunkenem Zustand und todmüde, wie er war, zu stören.

»Also, was gibt es«, seufzte der Graf und rutschte ein wenig tiefer in seinen Lehnstuhl.

»Da kam heute Abend einer aus den Wäldern und wollte eine wichtige Botschaft an Euch verkaufen. Er weigerte sich, sie mir zu geben. Euch persönlich wollte er sprechen. Nun, da wir Euch bei Eurem Fest nicht stören wollten, haben wir den Kerl eine Weile eingesperrt. So schnell konnten wir ihn aber nicht weich bekommen. Immerhin war es möglich, ihm einen versiegelten Brief abzunehmen. Als ich das Siegel sah, habe ich die Geschichte aus ihm herausgeprügelt.«

In kurzen Worten berichtete er von dem Boten und dem Überfall und reichte dem Grafen, der inzwischen kerzengerade in seinem Lehnstuhl saß, das Schreiben. Mit dem Zeigefinger strich er über das wohl bekannte Siegel, brach es und faltete das blutbefleckte Pergament auseinander. Seine Augen wanderten über die Zeilen, folgten den weit ausladenden Bögen und Schlingen über Unebenheiten und kleine Kleckse hinweg. Der Graf war mit einem Mal hellwach und nüchtern. Er sprang auf die Beine, knallte das Schreiben auf den Tisch, brüllte den Hauptmann an, er möge sich nicht vom Fleck rühren, und rannte hinaus. Sein vor wenigen Minuten noch schwankender Schritt war nun sicher und fest. Zwei Stufen auf einmal nehmend, rannte er die Treppe zu den Frauengemächern hoch und riss die Tür zum Schlafraum der Edeldamen auf. Eine Fackel in der Hand, stürmte er an den Schlafnischen vorbei, in denen erschreckt und schlaftrunken die Frauen kreischend auffuhren. Ganz hinten entdeckte er die Wehrsteintochter mit dem dicken Edelfräulein von Weitingen in einem Bett. Wie ein Dämon aus tiefster Hölle stürmte er auf sie zu, griff nach ihrem Handgelenk und zerrte sie aus dem Bett.

»Folgt mir!«, fauchte er das verdutzte Mädchen an, das splitternackt vor ihm stand, das gelöste blonde Haar fiel ihr bis zu den Hüften.

»Kann ich mir erst etwas überziehen?«, fragte sie zitternd und griff nach ihrem Hemd.

Er gab ihre Hand frei und wartete ungeduldig, bis sie sich das Hemd über den Kopf gestreift und den Mantel um die Schultern gelegt hatte. Dann verließ er mit großen Schritten den Raum. Völlig eingeschüchtert und verwirrt, wagte Tilia nicht, auch noch Beinlinge und Schuhe anzuziehen, sondern tappte ihm barfuß durch die kalten Gänge hinterher. Der Boden war eisig. Sie zermarterte sich den Kopf, was dies zu bedeuten hatte, konnte jedoch nichts in ihrem Gedächtnis finden, das diesen nächtlichen Überfall ausgelöst haben könnte.

Er führte sie in sein Gemach, wo der Hauptmann immer noch wartete. Mit dem Finger tippte Albert auf das Pergament.

»Könnt Ihr lesen?«

Sie nickte, trat näher und begann, die einzelnen Worte zu entziffern. Tilia erbleichte. Ihre Hände begannen zu zittern. Wortlos starrte sie den Grafen mit großen Augen an. Seine kräftigen Hände legten sich um die Schultern des Mädchens und schüttelten sie, dass ihr die Zähne aufeinander schlugen.

»Warum seid Ihr gekommen? Was habt Ihr vor? Antwortet!«, brüllte der Graf in höchstem Zorn.

»Ich weiß es nicht!«, jammerte die Wehrsteintochter verzweifelt. »Ich hatte davon keine Ahnung. Wir haben ohne meines Vaters Anweisung hier Quartier genommen. Er dachte sicher, wir reisen direkt bis in zollerisches Land.«

»Ich glaube Euch kein Wort«, schrie der Graf und schlug ihr ins Gesicht, dass sie ein paar Schritte nach hinten taumelte. »Was haben die württembergischen Hunde geplant? Wann werden sie angreifen?«

Weinend sank sie auf den kalten Boden. In was für eine Situation hatte sie sich und die anderen gebracht! Wie würde sie da wieder herausfinden?

Der Graf griff nach Tilia, um sie wieder hochzuziehen, als draußen vom Hof her laute Stimmen und Schreie erklangen. Einer der Bürger, der heute Nacht Wachdienst hatte, kam mit einem Knecht des Grafen ins Zimmer gestürmt.

»Herr, die Stadt wird angegriffen. Die Württemberger liegen vor dem Nordtor, und von Süden her ist auch Geschrei zu hören.«

Mit einem Fauchen ließ der Hohenberger von Tilia ab. Er riss sein Kettenhemd aus der Truhe, band sich das Schwert um, griff nach dem Schild und schleuderte den Männern seine Befehle entgegen.

»Läutet die Sturmglocken, schickt den Männern an den Toren Verstärkung, alarmiert Graf Burkhard, schmeißt die Ritter aus ihren Betten und macht sie nüchtern. Gebt den Knechten Spieße aus und lasst alle Wehrgänge besetzen.«

Inzwischen hatten sie den Hof erreicht, auf dem ein wildes Durcheinander herrschte. Kaum einer hatte seine Sinne recht beisammen. Die meisten torkelten ziel- und planlos durcheinander. Graf Albert fluchte. Die Württemberger hatten sich eine verdammt gute Nacht ausgesucht.

Dumpf hallte der Donner durch die noch schlafende Stadt, als die Rammböcke gegen die Tore stießen. Von Norden und von Süden her versuchten die Württemberger und ihre Verbündeten, in die Stadt einzudringen. Nach und nach flammten in den Häusern Lichter auf. Die

Männer griffen zu den Waffen. Nur spärlich bekleidet rannten sie zur Stadtmauer, jeder an seinen Platz. Als die Württemberger versuchten, die Mauern zu erklettern, stießen sie auf scharfe Schwerter und spitze Lanzen. Dennoch schafften es einige, in die Stadt zu gelangen. Ein furchtbares Durcheinander brach aus, denn nun waren in der finsteren Nacht Freund und Feind nicht zu unterscheiden. So mancher wurde von der eigenen Leute Hand niedergestreckt.

Die Württemberger merkten bald, dass die Tore nicht zu brechen waren. Sie hatten keine Sturmleitern dabei. Daher zogen sie sich aus dem Pfeilregen zurück, warteten, ob es einer schaffen würde, die Tore zu öffnen, doch die Zeit verstrich. Als der erste Silberstreif im Osten den Morgen verkündete und die Glocken der Klöster zur Laudes läuteten, zogen sich die Angreifer unverrichteter Dinge zurück.

Es war den beiden Grafen und den tapferen Bürgersleuten zu verdanken, dass die Stadt und ihre Bewohner noch einmal davonkamen. Die Ritter machten in diesem Spiel keine so gute Figur, und es gab einige, die aus diesem Rausch nicht mehr erwachten. Doch auch einige Knechte und Bürger lagen am anderen Morgen mit aufgeschlitzten Leibern oder abgetrennten Gliedern kalt in den Gassen.

KAPITEL 11

Die zollerischen Mannen ritten schweigend durch den nicht enden wollenden Wald nach Osten. Sie hatten einen langen Ritt hinter sich und eine schlaflose Nacht, hatten sich dem Pfeilhagel der Haigerlocher ausgesetzt und nicht einen Gegner in Stücke hauen, geschweige denn einen Heller Beute in die Beutel schieben können. Dafür mussten sich einige der Ritter nun mit schmerzhaften Pfeilwunden quälen. Auch Eitelfriedrich, der älteste Grafensohn, blutete von einem Streifschuss an Wange und Hals. Sein jüngerer Bruder war der Einzige, der ab und zu den gleichmäßigen Hufschlag durchbrach, um laut und lästerlich zu fluchen. Sein jugendlicher Übermut war nicht für Niederlagen dieser Art geschaffen. Hart stieß er dem Ross im Zorn die Sporendorne in die Seite, dass dieses überrascht und voll Schmerz vorn aufstieg.

»Beherrsche dich«, fauchte ihn nun sein Bruder an und wischte sich mit einer ungeduldigen Bewegung das Blut aus dem Gesicht. »Und reite das Pferd nicht zuschanden!«

Die Augen des Jüngeren blitzten. Das war der willkommene Anlass, dem angestauten Ärger Luft zu machen. Er schimpfte und keifte, bis sich der Wald lichtete und die Burg Zollern auf ihrem kahlen Hügel vor ihnen aufragte.

Der alte Graf schritt unterdessen unruhig in seinem Gemach auf und ab. Immer wieder sah er zum Fenster hinaus, ob die Ritter nicht schon zu sehen seien.

✠ ✠

»Heinrich ist nirgends zu finden.« Gret hob resignierend die Hände. »Es hat ihn heute Morgen auch noch niemand gesehen.«

Tilia schritt ungeduldig auf dem Hof auf und ab. Rüdger sattelte die Pferde und lud dem Esel die Kisten auf, doch nach wie vor fehlte von dem jungen Edelmann jede Spur. Die Kinder suchten sich ein sonniges Plätzchen und spielten mit des Hohenbergers jüngster Tochter Murmeln.

»Was kann nur mit ihm geschehen sein?«, jammerte Tilia. »Meinst du, er ist zu den Kämpfen in die Stadt runter und dort verletzt oder gar getötet worden?«

»Vielleicht liegt er noch irgendwo völlig betrunken und schläft«, schlug Gret vor. »Im Saal und in der Küche ist er jedenfalls nicht – und in den Ställen auch nicht, die hat Rüdger schon durchsucht.«

»Dann muss ich wohl den Grafen fragen«, seufzte Tilia entmutigt. Sie hatte gehofft, unauffällig abreisen zu können, denn nach ihrem nächtlichen Zusammentreffen mit dem erzürnten Hausherrn war ihr nicht nach einem weiteren intimen Gespräch zumute.

Unvermittelt trat des Grafen Sohn Albrecht zu ihnen und forderte das Edelfräulein von Wehrstein auf, ihm zu des Vaters Gemach zu folgen. Tilias Hände verkrampften sich. Sie brachte kein Wort heraus, nickte nur und folgte dem jungen Edelmann.

Gret verschränkte kopfschüttelnd die Arme. »Ich glaube, du kannst die Pferde noch einmal anbinden und die Kisten abladen«, sagte sie zu ihrem Gatten. »Das wird dauern!«

✠ ✠

Graf Burkhard von Hohenberg hatte in dieser Nacht sein Lager nicht einmal von fern gesehen. Auch nachdem die Angreifer abgerückt waren, lief er unermüdlich von der neuen zur oberen Burg, zum Nordtor und dann zum Südtor, um zu erfahren, wie viele Tote und wie viele Verletzte der Angriff gefordert hatte. Außerdem sah er sich die in der Stadt gefallenen Männer des Württembergers an.

»Vier unserer Männer wurden von Pfeilen verletzt. Bei dem Hänslin vom Stadtmüller sieht's übel aus, der Pfeil ist ihm ins Auge gedrungen, doch die anderen kommen wieder auf die Beine«, meldete Walger, der diese Nacht die Verantwortung für das Südtor gehabt hatte. »Bei uns jedenfalls ist keiner dieser zollerischen Hunde über die Mauer gekommen!«, fügte der Hüne stolz hinzu und trat einer Leiche, die vor dem Tor zurückgeblieben war, in die Seite. Graf Burkhard bückte sich und nahm dem Toten den Helm ab.

»Obwohl er dessen Farben trägt, ist er keiner der Ritter des alten Friedrich. Die kenne ich alle.« Er ließ den Blick über Waffen und Rüstung gleiten. »Eher einer der Edelknechte aus dem Süden der Grafschaft. Nehmt Euch, was Ihr haben wollt, und begrabt ihn dann mit den anderen. Ein christlicher Streiter hat auch ein christliches Begräbnis verdient.«

Sie schritten zum Tor zurück. Graf Burkhard untersuchte die Schäden, die der provisorische Rammbock angerichtet hatte. Grübelnd betrachtete er den vom Sturm abgeknickten Baumstamm, dann die mit Eisen beschlagenen Eichenbalken der Torflügel.

»Sie können nicht allen Ernstes vorgehabt haben, damit das Tor zu brechen. Ich halte nicht viel von den Zollern, und von den Württembergern noch weniger, doch dumm sind sie nicht. Das sieht mir eher so aus, als hätten sie das noch halbherzig versucht, als ihr Plan fehlschlug. Doch was war ihr Plan? Hatten sie vor, in aller Stille die Mauern zu erklimmen und dann die Tore zu öffnen? Wurden sie zu früh entdeckt? Hatten sie Komplizen in der Stadt?«

In dem Durcheinander des Angriffs hatte der Wachmann den Jüngling ganz vergessen, der noch im Turm steckte. Doch nun fiel er ihm wieder ein. »Da war einer, den ich an der kleinen Pforte erwischt habe. Ich denke, er hat versucht, sie zu öffnen, um die Zollern einzulassen«, berichtete der Hüne im Plauderton.

»Bei allen Heiligen, und das meldet Ihr mir erst jetzt?«, brauste der Graf auf. »Wo ist der Kerl?«

»Hier im Turm. Ich führe ihn Euch sogleich vor, wenn Ihr wünscht.«

»Und ob ich das wünsche« , rief der Graf und schritt dem Wächter nach.

✣ ✣

Heinrich von Husen hatte eine sehr unbequeme Nacht hinter sich. Nicht nur, dass das Verlies kalt und modrig, voller Ratten und sonstigem Ungeziefer war, die Ungewissheit, was draußen vorging, ließ ihn nicht zur Ruhe kommen. Gedämpft drangen die Geräusche eines Kampfes zu ihm. Er hörte das Geschrei von Verletzten und Sterbenden, doch wie es um die Stadt stand, konnte er nicht einmal erahnen. Furcht und Selbstvorwürfe, Scham und Reue wechselten sich ab. Wenn er an Tilia dachte, wurde ihm ganz jämmerlich zumute. Doch auch der Gedanke an seinen Vater, dem er Schande bereitet hatte, an den Wehrsteiner, dessen Auftrag er nun nicht mehr erfüllen konnte, und auch an das, was die Hohenberger nun mit ihm machen würden, ließen ihm die Knie weich werden. Am liebsten hätte er geweint, doch so tief wollte er nicht sinken. In einer Ecke, auf schimmeligem Stroh kauernd, biss er die Zähne zusammen und trat immer mal wieder nach den grauen Fellbündeln, wenn die Nager ihm zu nahe kamen.

Wie viele Stunden wohl vergangen waren? Ob es schon Tag war? Der Kampfeslärm war bereits vor langer Zeit verstummt. Hatten sie ihn vergessen? Wollten sie ihn hier drin einfach verschmachten lassen? Die Fragen drehten sich immer schneller in seinem Kopf, bis ihm ganz schwindelig davon wurde.

Schließlich musste er doch eingenickt sein, denn als er, von einem knarzenden Geräusch geweckt, verwirrt hochfuhr, waren plötzlich Schritte neben ihm, eine Hand packte ihn hart und schleifte ihn ins grelle Tageslicht. Heinrich musste eine Weile blinzeln, ehe er Graf Burkhard erkannte, der ihn ungläubig musterte.

»Heinrich von Husen, wenn ich mich recht erinnere.«

Der Jüngling nickte und verbeugte sich linkisch.

»Das war also der Zollern Plan. Ihr schleicht Euch mit der Wehrsteintochter hier ein und öffnet dann den Zollern die Pforte.« Fassungslos schüttelte er den Kopf.

»Lässt sich ein solcher Verrat mit der Ritterwürde verbinden? Aber Ihr seid ja noch kein Ritter, wie ich sehe!«

Diese verächtlichen Worte trafen den jungen Mann stärker als der unglaubliche Vorwurf.

»Ich wollte niemanden hereinlassen. Ich wusste nichts von dem geplanten Überfall. Ich bin nur den Spielleuten gefolgt, weil – nun ja, erst gefiel mir das junge Weib, und dann fand ich es verdächtig, dass sie mitten in der Nacht aufbrachen und jemand ihnen die Pforte öffnete –«

Der Graf gab dem Wächter einen Wink. Der Hüne ballte die Fäuste und schlug Heinrich kräftig in den Magen, so dass dieser mit einem Stöhnen zusammenbrach. An seinem Haarschopf zog er ihn wieder hoch und sorgte dann noch für eine geplatzte Lippe.

»Spart Euch Eure Lügen und erzählt mir die Wahrheit.« Der Graf zog sich einen Schemel heran.

»Es ist die Wahrheit. Als die Spielleute ihre Instrumente einpackten und hinausgingen, bin ich ihnen gefolgt. Ich wollte das schwarzhaarige Mädchen ansprechen, doch da merkte ich, dass sie all ihre Habe zusammenpackten und durch das Tor zur Stadt hinuntergingen. Ich wunderte mich, dass sie sich nicht in der Burg zum Schlafen legten, doch wie erstaunt war ich erst, als sie zum Stadttor gingen. Der Wächter öffnete ihnen die schmale Pforte und ließ sie hinaus.«

»Das ist eine Lüge!«, polterte Walger. »Dies war heute Nacht mein Tor, und niemand ist dort hinausgegangen!« Krachend traf die Faust Heinrichs Nase, die mit einem hässlichen Knirschen brach.

»Wir werden die Wahrheit schon aus dir herausprügeln«, drohte der Graf.

Walger nahm eine Peitsche von der Wand. Mit einem Ruck riss er Rock und Hemd des Jünglings entzwei, dann war nur noch das Klatschen des Peitschenriemens auf dem nackten Rücken und das Wimmern des Geschundenen zu hören. Ab und zu hielt der Wachmann inne, und der Graf wiederholte seine Frage, doch es war nichts Neues aus dem jungen von Husen herauszubekommen. Nach einer Weile gab es der Graf seufzend auf.

»Wir nehmen ihn mit zur Burg hoch. Ich muss mit Albert sprechen.«

Walger band dem Gefangenen die Hände und stieß noch allerlei Drohungen aus, was er ihm bei einem Fluchtversuch alles antun würde, doch Heinrich war zu sehr damit beschäftigt, einen Fuß vor den anderen zu setzen und dabei nicht vor Schmerzen zu schreien, um an Flucht überhaupt nur zu denken.

✠ ✠

Der Grafensohn führte Tilia in das Gemach des Vaters, der hier mit seinem Bruder Burkhard, dem Wachmann Walger und dem jungen von Husen wartete. Das Mädchen ließ ängstlich den Blick über die Ritter schweifen, bis er an dem geschundenen Heinrich hängen blieb. Sie stieß einen Schrei aus und eilte zu ihm.

»Bei der Jungfrau Maria, wie ist das geschehen? In welchem Kampf wurdet Ihr so zugerichtet?«

Als sie seinen blutigen Rücken bemerkte, drehte sie sich mit einem Ruck zu den beiden Grafen um. Es war nicht das erste Mal, dass sie Peitschenstriemen zu Gesicht bekam. Sie war so erzürnt, dass sie die demütigende Szene der Nacht vergaß. Die Hände in die Hüften gestemmt, trat sie forsch auf Graf Albert zu.

»Was geht hier vor? Ich erwarte eine Erklärung!« Sie zeigte vorwurfsvoll auf den Wehrsteiner Gefolgsmann. »Ist das die Art, wie Ihr Eure Gäste behandelt, Graf Albert?« Ihr Ton ließ jede Höflichkeit vermissen.

»Das Gastrecht ist uns heilig, Jungfrau Tilia, es sei denn, es wird mit Verrat gedankt. Oder wie würdet Ihr das nennen, wenn jemand versucht, die Tore zu öffnen, um Angreifer in die Stadt zu lassen?« In des Grafen Stimme schwang eine ungeahnte Schärfe.

Stöhnend sank Tilia auf die Holzbank an der Wand und barg für einige Momente ihr Gesicht in den Händen, doch dann erhob sie sich wieder, straffte das Rückgrat und fragte Heinrich mit ruhiger, fester Stimme:

»Ist das wahr? Ist irgendetwas davon wahr?«

»Ich schwöre Euch, Jungfrau Tilia, ich habe keinen Verrat begangen. Ich habe ihnen erzählt, wie es sich zugetragen hat, aber sie glauben mir nicht. Und der Wachmann dort lügt, wenn er sagt, die Pforte sei vorher nicht geöffnet worden.«

Verständnislos runzelte Tilia die Stirn und sah den Grafen fragend an. Noch einmal erzählten Heinrich von Husen und der Wachmann Walger ihre Versionen der nächtlichen Ereignisse.

Graf Albert kaute nachdenklich auf seiner Lippe. »Nun, wenn man die Botschaft an den Wehrsteiner dazunimmt, dann sieht das schon nach einer Verschwörung aus, meint Ihr nicht, Fräulein Tilia?«

»Wenn der Vater die Botschaft bekommen hätte, vielleicht, doch der Bote wurde ja ermordet. Wie könnt Ihr einen ehrenwerten Ritter des Verrats bezichtigen, nur weil jemand versucht hat, ihn dazu aufzufordern?«

»Hütet Eure Zunge, Mädchen!«, rief Graf Burkhard und schlug mit der Faust auf den Tisch.

»Nun, ganz Unrecht hat sie da nicht, doch wer sagt mir, dass dies das erste Schreiben dieser Art war?«

Tilia dachte an den schwarzen Ritter und an das, was der Vater vor ihrer Abreise mit ihr besprochen hatte. Sie errötete.

»Dann lasst die Spielleute suchen.«

»Pah«, wischte Burkhard von Hohenberg den Vorschlag beiseite. »Wer glaubt schon diesem ehrlosen Gesindel. Außerdem sind sie wer weiß wohin gezogen. Gib mir ein wenig Zeit, und ich werde die Wahrheit schon aus ihm herausprügeln.«

Heinrich schrie gequält auf: »Aber ich habe doch die Wahrheit gesagt!«

Graf Albert brachte ihn mit einer Handbewegung zum Schweigen. »Lieber Bruder, ich glaube dir gern, dass du deine Methoden hast, Geständnisse zu erlangen, doch mich würde interessieren, wie es in der letzten Nacht zugegangen ist.«

Wenn Graf Burkhard gekränkt war, dann ließ er es sich zumindest nicht anmerken. »Und was schlägst du vor?«

»Dass der junge Herr von Husen noch eine Weile hier in einer der Kerkerzellen Quartier bezieht, und das Fräulein mit seinen Begleitern die Burg nicht verlässt, bis ich mehr erfahren habe.«

Damit war für ihn die Zusammenkunft beendet. Unter vier Augen besprach er sich mit seinem Vertrauten, Ritter Volkhart von Ow, der sich sogleich in die Stadt aufmachte, um Erkundigungen einzuziehen.

Quälend langsam wanderte die Sonne über den blauen Frühlingshimmel. Während die beiden Mädchen ihre Freundschaft mit der Hohenbergtochter vertieften, schritt Tilia wie ein gefangenes Tier ungeduldig im Hof auf und ab.

Gret flickte schweigend eines von Dorotheas Hemden. Rüdger war nirgends zu sehen.

»Kannst du endlich mit der Herumrennerei aufhören und dich zu mir setzen?«, fragte Gret nach einer Weile, ohne von ihrer Arbeit aufzusehen.

»Kann ich nicht. Ich bin aufgeregt. Du weißt wohl nicht, was auf dem Spiel steht, nicht nur für Heinrich!«

Nun ließ Gret das Flickzeug doch sinken. »Ich bin unfrei, aber nicht hirnlos! Und ich bin auch nicht in einer von der Welt abgeschlossenen Klause aufgewachsen. Diese kleine Dummheit kann nicht nur dein Leben oder das des von Husen zerstören«, anklagend zeigte sie auf die beiden spielenden Mädchen. »Wenn der Graf bei seiner Überzeugung bleibt, dass es Verrat war, dann ist auch ihr Leben verwirkt.«

Nun blieb Tilia doch stehen. »Du sagst das so, als würde ich Schuld daran tragen.« Die beiden Frauen sahen einander in die Augen. Trotzig hielt Gret dem Blick stand.

»Antworte mir!«, fauchte Tilia.

»Wenn wir nicht nach Haigerloch gekommen wären, dann hätte das nicht passieren können«, sagte Gret schlicht und begann wieder zu nähen.

»Ich bin dir keine Rechenschaft darüber schuldig, wo wir wann auf unserer Reise eine Rast einlegen«, schmollte die Ritterstochter und verschränkte die Arme vor der Brust.

»Nein, mir nicht, denn ich bin nur eine unfreie Magd.« Gret sah Tilia an. »Aber deiner Familie gegenüber bist du es schon. Was hast du dir dabei gedacht, nachdem der Zoller mit deinem Vater irgendwelche Abmachungen getroffen hat? Willst du gegen ihn spielen? Wie willst du Graf Friedrich erklären, dass du dem Hohenberger auf dem Weg zu ihm noch einen Besuch abgestattet hast?«

»Seit wann verstehst du etwas von Politik!«, schnappte Tilia, ziemlich in die Enge gedrängt.

»Ich habe nicht gesagt, dass ich etwas davon verstehe. Ich beobachte nur, was geschieht, und ich bezweifle, dass du Bescheid weißt, was hier eigentlich vor sich geht.«

»Mein Vater hat mit mir darüber gesprochen!«

Gret seufzte tief. »Dennoch bin ich mir sicher, er wollte nicht, dass du nach Haigerloch kommst. Egal, ob er nun von dem geplanten Überfall wusste oder nicht.«

In ihrem Zorn hob Tilia drohend die Hand. »Hüte deine Zunge! Du vergisst dich.« Zitternd, mit glühend roten Flecken auf den Wangen, drehte sich die Wehrsteinerin um und stürmte davon. »Nein, ich vergesse mich nicht«, murmelte Gret wehmütig. »Wie sollte ich je Gelegenheit finden, zu vergessen, was ich bin.«

✠ ✠

»Es gibt da ein Weib, das behauptet, in der Nacht noch vor dem Überfall bei Walger gelegen zu haben, oben im Stübchen des unteren Turms.«

Graf Albert von Hohenberg sah den Ritter von Ow an. »Was für ein Weib? Sagt sie die Wahrheit?«

»Es ist die Witwe des Schneiders Langnas. Ich glaube schon, dass das stimmt. Ein Nachbar bestätigt, dass sie, als die Sturmglocken läuteten – die Kleider in arger Unordnung –, nach Hause eilte.«

Graf Albert schüttelte langsam den Kopf. »Ich möchte nicht wissen, wie Ihr an diese Nachricht kommt. Freiwillig ist sie sicher nicht zu Euch gelaufen, doch wenn das wahr ist, dann hätte sehr wohl jemand das Türlein öffnen können. Jemand, der einen Schlüssel hat …«

»… oder der während des Schäferstündchens Walgers Schlüssel entwendet hat. Vielleicht hat jemand die Witwe zu ihm geschickt?«, gab der von Ow zu bedenken.

»Ihr meint, der von Husen hat die Witwe geschickt, den Schlüssel gestohlen und wollte dann das Tor öffnen, um die Zoller einzulassen?« Graf Albert war noch nicht so recht überzeugt. Er war inzwischen auch nicht müßig gewesen und hatte einige Dinge erfahren, die ihn sehr nachdenklich stimmten.

»Nein, ich fürchte, wir müssen den Verräter in unseren eigenen Reihen suchen, denn eines steht fest: Die Spielleute wurden von niemandem während oder nach dem Überfall gesehen, und der von Husen hatte, nach Walgers Worten, keinen Schlüssel vom Tor, als er ihn ergriff.«

Unruhig begann der Graf auf und ab zu laufen. »Nehmen wir an, die Pforte wurde heute Nacht wirklich geöffnet. Dann bleibt noch die Frage, von wem und wie viel wusste er. Vielleicht hat jemand für Walger die Wache übernommen und dann für ein paar Münzen die Spielleute hinausgelassen. Der Zoller, der darauf hätte warten sollen, muss sich verspätet haben …«

»Dann müssen aber die Gaukler von dem Überfall gewusst haben«, warf der Ritter von Ow ein.

»Ja, davon gehe ich aus«, nickte der Graf. »Warum sonst hätten sie in tiefster Nacht die Stadt verlassen sollen?«

Schweigend kaute er eine Weile auf seiner Unterlippe. »Bringt mir den jungen von Husen her, ich möchte mich allein mit ihm unterhalten.«

Als er den skeptischen Blick seines Vertrauten sah, lächelte er. »Ihr könnt ja vor der Tür warten und auf mein Leben Acht geben.«

✠ ✠

Trude nutzte die Zeit, die die Grafentochter mit ihren Damen in der zollerischen Hauskapelle betete. Verstohlen sah sich die Kinderfrau um und erklomm dann die Treppe zu den Frauengemächern. Wie erwartet war niemand zu sehen. Flinker, als man es ihr in ihrem Alter zugetraut hätte, schlüpfte sie in die Kemenate. Einige Augenblicke blieb sie stehen, stützte die Hände in die Hüften und sah sich in dem prachtvollen Gemach um, als sehe sie dieses zum ersten Mal. Nach was sollte sie suchen? Was könnte ihr einen Hinweis, eine Antwort auf die seit Wochen drängende Frage geben? Ihre Hände begannen die Truhen zu durchwühlen, tasteten unter den Kissen, unter der Matratze, drehten die Krüge auf dem Wandbord um – nichts. Enttäuscht schob sie die Unterlippe vor. Was hatte sie zu finden gehofft? So genau wusste sie das selbst nicht. Irgendetwas, das die seltsame Veränderung erklären konnte, die in den letzten Wochen mit der Grafentochter vor sich gegangen war.

Wann hatte es angefangen? Die alte Kinderfrau grübelte. Als die Gräfin sich ins Kloster zurückzog? Nein, erst einige Zeit später. Der Abschied von der Mutter konnte nicht der Grund sein. Am Anfang hatte sich Williburgis zwar allein und mit der Führung der Burg überfordert gefühlt, doch die enge Vertrautheit zu ihrer Kinderfrau war erst später geschwunden. Es war, als habe sie eine hohe Mauer um ihr Herz gezogen, damit niemand hineinsehen konnte. Noch immer fühlte sich die alte Kinderfrau gekränkt, dass sie nachts aus der Kemenate gewiesen wurde. Hatte sie nicht fast ihr ganzes Leben lang bei einer der gräflichen Damen geschlafen? Erst zu Füßen ihrer Herrin Udelhild von Dillingen, selbst als diese schon lange den Grafen geehelicht hatte, und dann später bei deren Töchtern. Die Gräfin hatte sie nie hinausgewiesen, selbst dann nicht, wenn der Graf sie nachts besuchte. Was war nur mit der jüngsten Tochter geschehen? Alle Fragen wies sie stets kühl zurück.

Die Kinderfrau ließ sich auf die weiche Matratze sinken. Es muss ein Mann dahinter stecken, dachte sie. Ich habe in meinem Leben schon viele verliebte Mädchen gesehen, doch Williburgis scheint mir's nicht zu sein. Sie wirkt zerrissen und niedergedrückt. Geht ständig in die Kapelle, um zu beten. Drückt sie die Sünde, einem Mann nachgegeben zu haben, so sehr? Hat ihr gar einer der Ritter Gewalt angetan?

Die Kinderfrau legte die Stirn in Falten. Aber warum durfte sie dann nicht in der Kemenate bleiben? Wäre das nicht ein Schutz gegen ungewollte Eindringlinge? Also geschah es doch nach Williburgis' Willen.

Die Kinderfrau konnte nicht umhin, sie musste den Mut des Ritters bewundern, der es wagte, den Frauentrakt zu betreten, selbst wenn die Grafentochter den nächtlichen Besucher ermunterte. Würde er vom Grafen oder einem seiner Söhne entdeckt, hätte er ein weitaus schlimmeres Schicksal denn den Tod durch ein Schwert zu erwarten.

Die alten, faltigen Hände tasteten etwas Hartes unter der Bettdecke. Neugierig zog es die Kinderfrau hervor und starrte dann erstaunt auf eine verschlissene, schmuddelige Puppe. Die Farben des geschnitzten Kopfes waren verblasst, die Nähte des mit Stroh gefüllten Körpers platzten bereits an einigen Stellen auf. Verwirrt schüttelte die Alte den Kopf. Wo sie das alte Ding wohl ausgegraben hat? Sie seufzte.

Ach, ich erinnere mich noch genau. Der Oheim hat damals den Puppenkopf geschnitzt, ich den Körper genäht und ein feines Kleid mit bunt bestickten Ärmeln dazu.

Sie bemerkte nicht die Schritte im Gang, nicht das Öffnen der Tür. Erst die kalte Stimme der Grafentochter riss sie aus ihrer Träumerei.

»Statt hier in der Kemenate meine Sachen zu durchwühlen, solltest du lieber in die Kapelle gehen und um Vergebung für deine Sünden beten!«

Die Kinderfrau fuhr hoch und ließ die Puppe wieder unter der Bettdecke verschwinden.

»Ich wollte nicht, ich meine, es war nur, dass ich nach dem Feuer sehen wollte und …«

Die Grafentochter unterbrach sie. »Ich habe es ernst gemeint. Du gehst jetzt hinunter in die Kapelle und wirst auf Knien um Vergebung für deine Sünden bitten. Dann wirst du für das Heil unserer Familie beten, bis die Sonne untergeht. Ich werde ab und zu nach dir sehen!«

Der Gedanke, ihre rheumageplagten Knie stundenlang auf dem kalten Stein zu beugen, entlockte der Alten ein Stöhnen, doch sie wagte nicht zu widersprechen und schlurfte, ohne ein Wort zu sagen, hi-naus.

»Trude«, folgte ihr die Stimme der Grafentochter. »Wenn so etwas noch einmal vorkommt, dann lasse ich dich im Hof vor all den Rittern auspeitschen!«

Die rohe Drohung schmerzte die alte Frau mehr, als ein Peitschenriemen auf nackter Haut es je könnte.

»Habe ich dich nicht jahrein, jahraus auf meinen Knien gewiegt? Dich getröstet und mit dir gelacht? Mit dir gesungen und gespielt?«, murmelte sie vor sich hin, als sie zur Kapelle hinüberhinkte. »Was ist nur mit dir geschehen, Williburgis?«

Unter Schmerzen ließ sie sich schwerfällig auf die Knie sinken, erhob die Hände zum Gebet, doch ihre Gedanken schweiften immer wieder ab.

Vielleicht trifft sie sich ja woanders mit ihm? Dann will sie nicht, dass ich merke, wie sie nachts den Palas verlässt. Doch wer konnte der Mann sein, dem die Grafentochter ihre Gunst gewährte? In Gedanken ließ die Kinderfrau alle Ritter der Burg vor ihrem Auge passieren, doch keinen schien die Grafentochter den anderen vorzuziehen.

Ich werde es herausbekommen, schwor sie sich. Und dann muss ich mit ihr ein ernstes Wort reden. Sie dachte lieber nicht darüber nach, wie groß die Chance war, dass die Grafentochter auf die Ratschläge ihrer alten Kinderfrau hören würde.

KAPITEL 12

Regen tropfte aus den grauen, dichten Wolken und verwandelte Wege und Straßen in glitschigen Morast. Das Wasser lief von den Dächern, sammelte sich in den steilen Gassen und spülte manch stinkenden Abfall zur Eyach hinunter. Der Fluss verwandelte sich in eine braune, aufgewühlte Brühe, die ihre unliebsame Fracht dem Neckar entgegentrug.

Es war schon weit nach Mittag, als Graf Albert den kleinen Tross aus Wehrstein endlich ziehen ließ. Noch in der Nacht hatte der Wächter Walger eine unangenehme Befragung über sich ergehen lassen müssen, und danach sah der Graf keinen Grund mehr, die kleine Reisegesellschaft festzuhalten.

Die Bürger von Haigerloch, aber auch manche der Burgmannen, versammelten sich trotz Regen im Kirchhof vor St. Nikolaus, um den Gefallenen die letzte Ehre zu erweisen. In weiße Leilachen gewickelt, lagen die Toten aufgereiht vor den frischen Gräbern im saftig grünen Gras des Frühlings. Die trauernden Frauen hatten sich mit Schleiertüchern verhüllt, knieten bei ihren toten Vätern, Brüdern, Gatten und Söhnen und stimmten ihre Wehklagen an. Die Chorknaben, ordentlich in saubere Gewänder gehüllt, sandten ihre hellen Stimmen zu dem Erlöser, auf dass er die Seelen der in aller Ehre Gefallenen bei sich aufnehme. Längst rann ihnen das Wasser über Haare und Hals in die Kragen, längst waren die Gewänder durchweicht. Immer wieder tauchte der Pfarrer den Wedel in das Weihwassergefäß und bespritzte die Linnen. Der lateinische Singsang seiner tiefen Stimme mischte sich tröstlich unter das Weinen und Klagen.

Schweigend führte Heinrich von Husen die Wehrsteiner Frauen zum unteren Tor hinaus, in dessen Turmverlies er eine schauderhafte

Nacht hatte verbringen müssen. Sie folgten ein Stück der Schweizer Straße, die über Balingen und Winterlingen, dann bei Laiz über die Donau führte.

Langsam ritt die kleine Gruppe nach Süden das Eyachtal hinauf. Heinrich von Husen litt sichtlich unter Schmerzen, obwohl sie die Pferde nur im Schritt gehen ließen. Er hielt sich kerzengerade im Sattel. Sein Kettenhemd, das unerträglich an den Wunden rieb, hatte er in sein Bündel geschnallt. Den warmen Mantel eng um sich gewickelt, ritt er nun dem Trupp voran, die Zähne fest zusammengebissen, denn jedes Mal, wenn einer der Hufe des Pferdes den Boden berührte, lief eine Welle der Pein durch seinen Körper.

Auch die anderen waren nicht zum Plaudern aufgelegt. Unaufhörlich rauschte der Regen herab und hatte schnell die Umhänge durchnässt. Kalt und klamm klebten Hemd und Rock am Körper. Wimmernd drückten sich die Mädchen in ihre Umhänge. Doch nicht nur das Wetter sorgte für gedrückte Stimmung. Gret schwieg seit dem Streit eisern, und Tilia haderte mit sich, ob sie im Recht sei oder sich entschuldigen müsste. Die Mutter würde sicher sagen, dass eine Ritterstochter einer Unfreien gegenüber nicht fehlen könne, und dennoch fühlte Tilia sich im Unrecht und litt unter der schweigenden Kälte, die Gret umgab. Deshalb war ihre Reaktion auch ungewohnt heftig, als Dorothea vor ihr im Sattel zu quengeln begann und unwillig hin und her rutschte.

Rüdger trottete in einigem Abstand hinterher. Er wusste nicht so genau, was eigentlich geschehen war, und er hatte auch keine Lust, darüber nachzugrübeln. Sein Kopf war von zwei durchzechten Nächten schwer. Das Gebräu, das sie Bier nannten, war gut und süffig, der Geschmack am anderen Tag im Mund aber schal. Missmutig blinzelte er. Trotz der tief hängenden Wolken kam ihm der Tag unerhört grell vor.

Bei Stetten weitete sich das enge Tal. Die steilen, grauen Felswände wurden von anmutigen Hügeln abgelöst, die das breite Tal begrenzten. Ein Schäfer zog mit seiner Herde vorbei, beugte höflich den Kopf mit dem breitkrempigen Hut. Die Hunde kläfften den Reitern nach. In Owingen machten sie Rast, bevor sie die Südroute im Tal verließen.

Tilia wäre gern weitergeritten. Sie konnte es kaum erwarten, zollerischen Boden unter den Füßen zu haben. Auch war der Tag schon weit fortgeschritten, und sie hatte keine Lust, im Wald oder auf den kahlen Feldern eine Nacht zu verbringen. Ungeduldig wartete sie, bis die Kinder ihre Notdurft verrichtet und einen Becher Molke getrunken hatten. Sie strahlten über ihre Pausbäckchen, als der Meier jedem von ihnen einen schrumpeligen Apfel in die Hand drückte. Nur unwillig ließen sie sich wieder in den Regen hinaustragen. Besorgt runzelte Tilia die Stirn, als Heinrich Wein verlangte. Drei Becher stürzte er hinunter, stand dann schwer atmend bei seinem Ross und hatte sichtlich Mühe, wieder in den Sattel zu kommen.

Heinrich von Husen führte seine Schützlinge durch dichten Laubwald, über einen kaum erkennbaren Pfad, aus dem Tal. Der Weg war schlüpfrig, und nicht nur einmal glitt eines der Tiere aus. Es ging mal rauf, mal runter, zwischen dunklen Tannen und zartgrünen Eichen und Buchen hindurch. Als der Wald sich endlich lichtete, lag ihr Ziel klar vor ihnen. Auch der Regen ließ nun nach. Mit einem Seufzer betrachtete Tilia den vor ihnen aufragenden Berg, der wie ein Wächter der düster bewaldeten Kante der Alb vorstand. Die dunklen Wolken rissen auf, und ein Sonnenstrahl huschte über das triefende Land. Die Feste strahlte wie von purem Gold. Am liebsten hätte Tilia ihrem Pferd die Fersen in die Flanken getreten und es den Weg hinaufgejagt, doch die Mädchen jammerten vor Hunger und Kälte, so dass Tilia ihr Pferd zu einem Gehöft in Wessingen, am Fuße des Zollernberges, lenkte.

Heinrich von Husen war beängstigend blass geworden. Kaum stand sein Pferd, rutschte er aus dem Sattel. An Ort und Stelle setzte er sich in den Schlamm und schloss die Augen. Tilia sah zu der sich rötlich färbenden Sonne hinauf, die sich anschickte, wieder hinter den düsteren Wolken zu verschwinden. Sie fühlte sich plötzlich allein und hilflos. Wie sollten sie den Weg auf den Berg hinauf heute noch bewältigen? Gret berührte sie leicht am Arm.

»Ich glaube nicht, dass er es heute noch schafft.« Sie nickte in die Richtung des jungen Edlen.

»Aber wir können doch nicht hier bleiben.« Verzweifelt drehte Tilia sich um ihre Achse und ließ den Blick über das ärmliche Anwesen wandern.

Gret zuckte die Schultern. »Uns wird gar nichts anderes übrig bleiben. Oder willst du in der Dunkelheit zur Burg hochreiten?«

»Nein, natürlich nicht«, entgegnete Tilia ungeduldig. Nach den Erlebnissen der letzten drei Tage fühlte sie sich völlig verunsichert. Sie kniete sich zu Heinrich auf den Boden und berührte seinen Arm.

»Wie ist Euch? Was können wir für Euch tun?«

Langsam öffnete er die Augen. »Ach, Jungfrau Tilia, was würde Euer Vater sagen. Er hat mir seine Töchter anvertraut, und ich habe versagt.« Tränen glänzten in seinen Augen.

Beruhigend drückte sie seine Hand. »Er wird es ja nicht erfahren. Wir bleiben die Nacht über hier und reiten morgen zur Burg hinauf.«

»Hier auf diesem armseligen Misthaufen?« Er wollte aufspringen, doch seine Beine gehorchten ihm nicht. Erst als Tilia Rüdger heranrief, konnte er sich mit dessen Hilfe erheben.

Die Bauersleute, Unfreie des Zollerngrafen, standen schweigend ein Stück abseits und beobachteten die Fremden misstrauisch. Bisher hatten sie Glück gehabt und ihr Hof war nicht zwischen die Mühlsteine der sich streitenden Grafen geraten, doch man hörte sonntags nach der Messe immer wieder schreckliche Dinge von nahen und fernen Nachbarn, deren Häuser und Scheunen in Flammen aufgegangen waren, deren Vieh geschlachtet oder weggetrieben, deren Frauen geschändet und Kinder von den Schwertern der Ritter wie Halme gefällt worden waren.

Dieser Ritter hier sah nicht gefährlich aus, konnte er doch kaum im Sattel sitzen, außerdem waren zwei Kinder und Frauen dabei. Aber man musste vorsichtig sein. Der Dreschflegel und ein alter Spieß lehnten griffbereit an der Hauswand. Nervös knetete der Bauer den rauen Stoff seines schmutzigen Kittels und ließ die Fremden nicht aus den Augen. Die Bäuerin, die er als sein Weib betrachtete, mit der er aber nicht so richtig verheiratet war, stand etwas hinter ihm, das jüngste Kind in den Armen. Unter ihrem kaum knöchellangen Rock aus ungebleichter Wolle wölbte sich der Leib mit einem neuen Spross des Bauern. Zwei halb nackte, magere Bürschchen krallten sich in ihr Gewand und suchten hinter der Mutter Deckung, konnten es sich jedoch nicht verkneifen, mit weit aufgerissenen Augen hervorzulugen, um die Fremden zu beobachten.

Tilia zögerte noch, doch da mit Heinrichs Hilfe nicht so schnell zu rechnen war, raffte sie Rock und Mantel und schritt auf die Bauersleute zu, eifrig darauf bedacht, nicht in große Pfützen oder frischen Kuhdung zu treten.

»Gute Leute, der Ritter von Husen, der uns zu Graf Friedrich bringen soll, ist verletzt und bedarf eines Lagers. Wir möchten daher die Nacht hier verbringen.«

Der Bauer musterte das Fräulein von oben bis unten. Es gefiel ihm nicht, dass ein Weib das Wort ergriff, doch der Kleidung nach schien die Jungfrau vor ihm edelfrei zu sein. Dennoch brummte er:

»Und wer seid Ihr?«

»Tilia von Wehrstein«, stellte sie sich vor, obwohl das Misstrauen im Gesicht des Unfreien sie ärgerte.

»Aha, von Wehrstein«, murmelte er. Der Name war ihm nicht bekannt, doch er wusste, dass er es sich als Unfreier nicht leisten konnte, eine Rittersfamilie zu verärgern.

»Ihr könnt im Haus schlafen. Das Weib und die Kinder bleiben heute Nacht in der Scheune.«

Er nickte zu einem windschiefen Verschlag hinüber, in dem nicht nur die beiden Kühe den Winter verbrachten. Stroh, Heu und allerlei Gerätschaften stapelten sich unter dem fauligen Strohdach. Auch das Haus zeigte deutlich, dass sein Ende nahte. Die angefaulten Pfosten waren notdürftig abgestützt, die bröckeligen Lehmwände mehrmals geflickt, das Dach hing schon bedenklich durch. Noch in diesem oder im nächsten Sommer würde der Bauer mit seinen Nachbarn auf der anderen Seite des Hofes drei Fuß tiefe Löcher in den schweren Lehmboden graben müssen, um den Pfosten für das neue Haus, die Dach und Wände tragen mussten, Halt zu geben. Die Frauen würden Ruten flechten, Lehm, Mist und Stroh in einer flachen Grube stampfen und die Flechtwände damit abdichten. Doch erst musste der Graf den Holzhau in seinen Wäldern genehmigen.

Schweigend führte die Bauersfrau Tilia ins Haus. Die Wehrsteintochter fühlte den gestampften Lehmboden unter ihren Füßen. Nach ein paar Schritten stieß sie mit dem Schienbein schmerzhaft an einen Schemel. Ein Stöhnen unterdrückend, blieb sie stehen, damit sich ihre Augen an die Dunkelheit gewöhnen konnten. Das Feuer glomm nur matt, und auch durch den verhängten Fensterschlitz drang kaum Licht ins Innere. Die abgestandene, rauchige Luft reizte ihre Augen. Sie blinzelte heftig. Langsam nahm der Raum um sie Konturen an. Hinten an der Wand war die offene Feuerstelle auf einem niedrig gemauerten Sockel. Ein schwarz verkrusteter Kessel hing an einem Dreibein darüber. Auf einem schmalen Wandbord standen einige Tonschüsseln und -becher. Der Rauch quoll ungehindert auf, verteilte sich im Raum, stieg in das offene Dach, an dessen Rofen die beiden letzten geräucherten Speckseiten des Winters und ein paar Fische hingen, und suchte sich dann seinen Weg durch die Ritzen das Strohs ins Freie.

Auf der linken Seite war ein Teil des Hauses durch eine kniehohe Flechtwand abgetrennt. Auf einer dünnen Lage Stroh, mit reichlich Mist vermengt, tummelten sich zwei magere Hühner und eine Ziege. Der stechende Geruch von Schweinemist hing in der Luft.

»Wir haben letzten Sommer zwei Schweine gemästet«, brach die Frau ihr Schweigen. »Zu Dreikönig hatten wir einen fetten Schweinenacken«, berichtete sie stolz. »Vielleicht können wir in diesem Jahr sogar drei Ferkel bekommen.« Sie klopfte auf ihren Bauch. »Es werden halt auch mehr Esser im Winter sein.«

Dann fiel sie wieder in ihr Schweigen zurück, als habe sie bereits zu viel gesagt.

Tilia löste ihren Blick von dem stinkenden Pferch. Die Flechtwand auf der anderen Seite des Raumes reichte Tilia bis zur Nasenspitze. Dahinter war das nächtliche Lager der Familie: grobe Wolldecken über aufgeschüttetem Stroh. Die einzigen Möbelstücke im Haus waren der Tisch, dessen rohe Platte auf zwei Böcken ruhte, drei Schemel und eine Bank, die an die Flechtwand gerückt war. Die Tischplatte war sauber gescheuert, der Boden gefegt. Dennoch wanderte allerlei Ungeziefer über Boden und Wände. Mit einem unterdrückten Seufzer betrachtete Tilia die Lagerstatt. Nun ja, Flöhe und manch andere kleine Plagegeister waren nicht zu vermeiden, und auch Mäuse konnte man nie ganz aus den Häusern vertreiben, doch der Anblick einer fetten Wanze trieb der Jungfrau einen leichten Schauder über den Rücken.

»Hier, nehmt das«, brach die Frau die Stille und zog aus einer im Schatten verborgenen Nische ein angegrautes Leinentuch. Verschämt wischte sie den Mäusekot ab und reichte dann Tilia das Tuch. »Ich habe es noch von meiner Mutter. Es war die Aussteuer – vom Graf selbst gegeben! Ich benutze es deshalb nicht, damit es noch lange hält.« Gerührt bedankte sich die Ritterstochter.

Der Bauer führte derweil die beiden Kühe – sein ganzer Stolz – in den Hof. Sie waren schon ziemlich alt, und der Versuch, sie decken zu lassen, war im letzten Jahr fehlgeschlagen, doch der Bauer war zuversichtlich. Dieses Mal würde es schon klappen. Ein oder zwei Kälbchen und genug Milch für die ganze Familie. Wenn nicht, dann müsste er sie schlachten und mit dem Meier Klumpfuß um ein Kalb schachern. Diese Nacht würden die Kühe hier draußen im Hof bleiben müssen, damit in der Scheune genug Platz für die edlen Pferde war. Mit scharfem Blick musterte der Bauer den Zaun aus Dornenhecken, den er um den Hof gezogen hatte. Er wollte nicht riskieren, dass in der Nacht ein wildes Tier seinen Kühen schadete. Oder dass sie gar durch eine Lücke davonliefen. Er beschloss, die Nacht mit den Tieren im Hof zu verbringen.

Inzwischen quoll Rauch durch das Dach der Kate. Die Bauersfrau hatte das Feuer entfacht. Sorgsam kratzte sie den Rest des Morgenbreis aus dem Kessel und füllte ihn in eine Holzschüssel. Dann trug sie den Kessel zum Bach hinunter, wusch ihn aus, füllte ihn mit Wasser und schleppte ihn zum Hof zurück. Mit einem scharfen Messer begann sie Kohl, Rüben und Zwiebeln zu schneiden. Gret sah ihr eine Weile zu, nahm dann ihr Messer vom Gürtel, setzte sich auf den feuchten Holzbalken dazu und griff nach einer Rübe.

Die Bauersfrau sah von ihrer Arbeit auf. »Du bist die Magd des Fräuleins«, stellte sie nach einem musternden Blick fest.

»Ja, ich heiße Gret und du?«

»Mechtild.«

Die Bäuerin musterte die Fremde noch einmal misstrauisch, doch dann ließ sie ihre Zurückhaltung fallen und begann, neugierig zu fragen. Gret lächelte, schnitt Zwiebeln und Rüben und erzählte von Wehrstein. Nur als Mechtild in Richtung Heinrich deutete, der mit geschlossenen Augen auf einem umgekippten Eimer unter dem knorrigen Apfelbaum saß, wurde Gret zurückhaltend.

»Er hat sich bei einem Kampf verletzt. Der Ritt hat ihn daher zu sehr angestrengt. Vielleicht schwären seine Wunden, und er hat Fieber.«

Mechtild wiegte den Kopf hin und her. »Das ist nicht gut. Mein Ältester hat sich letztes Jahr mit der Sense bös das Bein verletzt. Nach ein paar Tagen wurde die Wunde schlecht – gelb und schwarz und stank ganz fürchterlich. Die Woche drauf mussten wir ihn dann begraben.«

Sie erhob sich, trug den Kessel ins Haus und hängte ihn über die Flammen. Bedauernd angelte sie eine der Speckseiten herunter, schnitt sie in feine Streifen und gab sie zum Gemüse.

»Ich habe von der Melkerin vom Meier drüben das Rezept zu einer Heilsalbe bekommen.« Sie stellte sich auf die Zehenspitzen und holte einen Holzbecher vom Wandbrett.

Gret rümpfte die Nase. »Was ist das?«

»Eisenkraut und Schafgarbe, Hanf und Ebermist – von unserem Nachbarn – und Hirn einer Ratte, gemischt mit Schmalz. Ich habe die Schafgarbe bei Vollmond gepflückt und die ganze Zeit kein Wort gesprochen.«

»Und das hilft gegen Wundbrand?«

Die Bäuerin reckte sich ein wenig. »Aber sicher! Ich habe genau aufgepasst, dass ich nichts falsch mache.«

Gret nahm den übel riechenden Becher und ging hinaus, Tilia zu suchen. Die beiden Mädchen an der Hand, kam sie gerade von der Scheune zurück, wo sie noch einmal nach den Pferden gesehen hatte.

Die Nacht senkte sich herab und trieb die Menschen ins Haus. Die Frauen nötigten den jungen Edelmann, Rock und Hemd auszuziehen. Er schnitt einige Grimassen, ehe sich der Stoff aus den verklebten

Wunden löste, doch dann hockte er verlegen, nur noch mit Bruech und Beinlingen bekleidet, auf einem Hocker vor dem Feuer. Drei Paar Frauenaugen glitten über die gelblich nässenden Wunden, untersuchten das blau zugeschwollene Auge und die blutig verkrustete Lippe. Der Bauer saß mit dem Rücken gegen die Wand gelehnt im Schatten und schnitzte an einem Löffel. Nur kurz hob er den Blick und ließ ihn über den übel zugerichteten Rücken streichen.

»Kampfwunden, pah«, murmelte er leise vor sich hin. »Ich erkenne die Schrift einer Peitsche, wenn ich sie sehe!«

Auch Mechtild betrachtete die Wunden verwirrt, wagte jedoch nicht, etwas zu sagen. Ohne auf das Stöhnen zu achten, strich Gret die unansehnliche Paste dick über den misshandelten Rücken. Tilia riss eines von Heinrichs Hemden in breite Streifen und wickelte sie dann fest um den Körper des jungen Mannes. Beiden schoss die Röte ins Gesicht und sie wagten nicht, einander anzusehen. Während Gret die blutige Wäsche in einem Eimer auswusch, rührte Mechtild in dem Kessel, aus dem es nun verführerisch duftete.

Als die Gäste aßen, saß Mechtild auf dem Boden vor dem Feuer und stillte das Kind. Ihre beiden älteren Söhne kauerten neben ihr und verfolgten mit großen Augen jeden Löffel voll, der in den Mund der Fremden wanderte. Der Hausherr schnitzte schweigend. Tilia, Rüdger, Gret und die Mädchen aßen mit großem Appetit. Ungefragt füllte sich Rüdger seine Schale ein zweites Mal. Nur Heinrich rührte lustlos in seiner dicken Suppe herum und schob schließlich die halb volle Schale von sich. Erst als die Gäste nichts mehr wollten, kratzte Mechtild den Rest aus dem Topf, um sie dem Bauern zu geben. Ihre Söhne machten sich gierig über die Reste her, die Heinrich übrig gelassen hatte.

»Hast du Wein?«, fragte Heinrich stattdessen.

Der Bauer schüttelte nur den Kopf. Seht Euch doch um, dachte er grimmig, scheint es Euch, als ob wir Wein trinken?

Mechtild schenkte mit Wasser verdünnte Ziegenmilch aus. Schweigend starrte Tilia in ihren Becher und sah sich dann noch einmal in der Hütte um. Sie stieß Rüdger in die Seite.

»Geh raus in die Scheune und hol das Bündel mit dem Käse. Ein Stück dunkles Brot müsste auch noch drin sein.«

Mit leuchtenden Augen kauten die Buben kurz darauf an würzigem Käse, ihr Stück Brot fest umklammert. Auch Mechtild und ihr Mann nahmen dankend Brot und Käse entgegen. Als das Herdfeuer heruntergebrannt war, begaben sich alle zur Ruhe. Kienspäne oder Talglampen nutzten die Bauersleute nur im Notfall.

Die Gäste aus Wehrstein verbrachten eine unruhige Nacht. Tilia, Gret und die Mädchen – von Ungeziefer geplagt – in der Bettstatt der Gastgeber, und der unter Schmerzen leidende Heinrich von Husen, in seine Decke gewickelt, auf der schmalen Bank. Nur Rüdger, der auf dem Boden vor dem Herd schlief, schnarchte, dass die Flechtwände erzitterten. So waren alle am anderen Morgen eher schweigsam, löffelten ihre wässrige Gerstengrütze und brachen dann, kaum lugte dic Sonne über die Baumwipfel, zum Zollernberg auf.

KAPITEL 13

Am frühen Morgen saß Trude in der warmen Küche nahe am Herd und rührte lustlos in ihrer Milchsuppe, ohne auch nur einen Löffel davon in den Mund zu schieben. Den Kopf in ihre linke Hand gestützt, starrte sie vor sich hin. Dunkle Schatten hatten sich unter ihren Augen gebildet, die Lippen waren zu einem dünnen Strich zusammengepresst. Die Küchenmagd Ella, die neben dem großen Eisenkessel stand, beobachtete die alte Kinderfrau verstohlen. Unablässig rührte das knochige, hoch aufgeschossene Mädchen die klumpige Suppe, damit sie nicht anbrennen konnte, doch unter den langen Wimpern warf sie Trude neugierige Blicke zu. Als diese dann auch noch einen tiefen Seufzer ausstieß, zog das Mädchen den Holzlöffel aus dem Topf und trat zum Tisch heran. Trude schenkte ihr keine Beachtung.

»Jetzt ist es aber genug«, riss das Mädchen die Alte aus ihrer Träumerei. »Du siehst aus, als hättest du in der Nacht mit Dämonen und Geistern gekämpft, die dir auch jetzt noch keine Ruhe lassen. Was ist geschehen?«

»Ja, ein Dämon war es, dem ich heute Nacht begegnet bin, das kann man wohl sagen«, murmelte die Kinderfrau vor sich hin.

Ella riss die Augen auf und bekreuzigte sich. »Ein richtiger Dämon? Wie sah er denn aus? Hatte er Hörner auf dem Kopf und einen Pferdehuf? Stank er nach Rauch und faulen Eiern?«

»Pah«, endlich hob Trude den Kopf und sah in das einfältige Antlitz des Mädchens. »Pferdehuf und Hörner? Heutzutage laufen die Dämonen nicht so auffällig herum. Und das Einzige, was stinkt, ist deine angebrannte Milchsuppe!«

»Jesus und Maria«, rief das Mädchen und stürzte zu dem Kessel zurück, doch da war es schon zu spät. In einer großen Blase quoll die Milch über den geschwärzten Rand, verharrte einen Augenblick, platzte dann und tropfte zischend in die Glut. In diesem Moment wurde die Küchentür aufgerissen, und Hanna stapfte herein. Der Küchenmagd schossen die Tränen in die Augen, noch bevor Hanna zum Herd stürmte und ihr eine schallende Ohrfeige verpasste. Während das Mädchen eifrig rührte und ihre Tränen in die angebrannte Milch tropften, schrie die Köchin, keifte und fuchtelte mit ihren dicken Armen in der Luft herum. Es schien nicht so, als würde sie sich bald beruhigen. Stöhnend streckte die alte Kinderfrau ihre schmerzenden Glieder und trat in die kühle Morgenluft hinaus. Bald würde die Sonne aufgehen, doch würde sie auch die Finsternis aus ihrer Seele vertreiben können?

»Jetzt weißt du, was du unbedingt wissen wolltest«, sagte sie zu sich, als sie in ihren groben Holzschuhen durch den aufgeweichten Morast platschte. »Jetzt stehst du da mit deinem Wissen, das du lieber ganz schnell vergessen würdest und das dir nun Nacht für Nacht den Schlaf rauben wird. An wen kannst du dich wenden? An den Mann der Kirche, den übellaunigen Vater Laurenz?« Die Vorstellung war so absurd, dass Trude bitter auflachte. »Der Mann der Kirche – ha –, der wäre der Letzte, zu dem ich mit dieser Felsenlast auf meiner Seele kommen würde.« Da fiel ihr ein, dass bei der nächsten Beichte aber genau das auf sie zukommen würde. Ihr wurde abwechselnd heiß und kalt. Nein! Sie konnte dem Kaplan alles sagen, alles, doch das nicht. Aber dann würde sie noch mehr Schuld auf sich laden. Sie musste einen Mann Gottes belügen oder zumindest bei ihrer Beichte etwas auslassen, was wahrscheinlich genauso schlimm war.

»Heilige Jungfrau, warum war ich nur so neugierig? Warum konnte ich nachts nicht auf meinem Lager bleiben? Warum musste ich herumschleichen und mich auf die Lauer legen, bis ich das gesehen habe, was nicht für meine Augen bestimmt war.«

Sie sackte ein wenig in sich zusammen und wusste plötzlich, was der alte Mönch in seinem Verlies gemeint hatte, als er sagte: Wissen ist Macht und Verderben gleichermaßen.

Ob sie vielleicht zu ihm gehen sollte? Mit einem kurzen Lachen verwarf sie den Gedanken. Nie, nie in ihrem Leben würde sie in diese Dämonenhölle hinabsteigen. Ihr war, als klebten schlimmste Sünden schon an jeder Stufe, die dort hinunterführte.

Vielleicht würde sie im Kloster in Stetten unten einen Rat bekommen? Entschlossen stapfte sie zum Palas, um Williburgis beim Ankleiden zu helfen. Dabei würde sie ganz unauffällig vorschlagen, man könnte den Nonnen mal wieder einen Besuch abstatten.

✠ ✠

Bis zum Fuß des Zollernberges ritten die Reisenden aus Wehrstein durch dichten Wald. Eichen und Buchen, Tannen und Lärchen reckten sich dem Licht entgegen. Der immer steiler werdende Hügel selbst war fast kahl. Kaum eines der geduckten Gehölze hätte den Namen Baum verdient. Nicht, dass die Hänge zu steil gewesen wären, den Wurzeln Halt zu gewähren. Solch eine große Burg brauchte Holz, viel Holz, zum Brennen und Bauen. Was lag da näher, als die Stämme vor den Toren zu nehmen. Außerdem konnte eine freie Sicht um die Burg nicht schaden. Wer sollte sich nun anmaßen, ohne Deckung die Hänge in finsterer Absicht unerkannt zu erklimmen?

Der aufgeweichte, schlüpfrige Pfad führte die Besucher aus Wehrstein in einer lang gezogenen Spirale den Burgberg hinauf, so dass sie ausgiebig Gelegenheit hatten, die wehrhafte Anlage von allen Seiten zu betrachten. Hoch ragte der Bergfried über der zinnenbewehrten Mauer auf, die in sechs Halbtürmen Verstärkung fand. Vom Palas sah man nur einen Teil des Daches. Die niederen Wirtschaftsgebäude blieben den sich nähernden Besuchern hinter der Mauer verborgen.

Der Weg wandte sich nun der Südseite zu. Zwischen Steinen und Gras führte er, einige Felsstufen unterhalb der Mauern, an den beiden Vorhöfen entlang, die im Osten in einem Dreieck endeten, einen Rundturm an jeder Spitze. Immer steiler werdend, näherte sich der Pfad der hoch aufragenden Mauer, bis er zwischen Süd- und Ostturm durch das Tor in den ersten Hof führte. Hier draußen lehnten zwei alte

Scheunen an der Mauer, lief Gesinde geschäftig hin und her, tummelten sich Hühner und Gänse in einem Pferch, wurde Gemüse am Fuß der grauen Steine angebaut. Unter einem mächtigen Wehrgang hindurch, von dem aus Bogenschützen jedem Feind das Leben zur Hölle machen konnten, führte ein zweites finsteres Tor durch die breite Hauptmauer hindurch zur Vorburg. Die Gäste aus Wehrstein passierten zwei Wächter, ein hochgezogenes Fallgitter und eisenbeschlagene Torflügel.

In der Vorburg reihten sich Ställe für Pferde, für Rinder und Schweine aneinander. Auch die Schmiede hatten die Zollerngrafen hierher ausgelagert. Eine hölzerne Zugbrücke über einem von Schlamm und Unrat fast völlig gefüllten Graben führte zum dritten Tor, das endlich Einlass in die Burg gewährte. Direkt neben dem Tor erhob sich ein gedrungener runder Turm, in dessen Grund sich der Brunnen befand, die Lebensader jeder Burg.

Tilia zügelte ihr Pferd und ließ den Blick über den Burghof schweifen. Vor ihr erhob sich der Bergfried, mit dem Palas rechts daneben angebaut, links an der Mauer stand eine Kapelle aus großen Steinblöcken mit kleinen, rundbogigen Fenstern. Die drei Gebäude bildeten die Form eines U, das in seiner Mitte einen teils steinigen, teils morastigen Hof freiließ. Das Küchengebäude lag, wie bei fast allen Burgen, wegen der Brandgefahr ein wenig abseits. Hier an der nördlichen Mauer duckten sich auch die beiden einfachen Gesindehütten unter den Schatten der Zinnen.

Vor dem Eingang zum Bergfried standen einige rohe Tische und Bänke. Ritter und Knappen lümmelten herum, tranken und vertrieben sich die Zeit mit Spielen. In einem Korb saßen junge Kaninchen. Ein Hüne im rostigen Kettenhemd griff mit seinen Pranken hinein, holte eines der zappelnden Geschöpfe heraus, kniff das verängstigte Tier kräftig und ließ es dann auf den Boden fallen. Haken schlagend suchte das Kaninchen das Weite. Die Ritter und Edelknechte hatten faustgroße Steine in den Händen. Sie warteten einen Augenblick, und noch einen, dann sausten die Geschosse durch die Luft und prasselten rechts und links, vor und hinter dem Geschöpf auf die Erde. Eines zerschmetterte ihm den Hinterlauf. Vor Schmerz und Angst fiepend, schleppte sich das junge Kaninchen weiter.

Der Hüne hatte noch nicht geworfen. Nun holte er aus. Der Stein flog hoch in die Luft, fiel herab und zerschmetterte dem kleinen Fellbündel das Rückgrat. Zuckend blieb es liegen, die Augen weit aufgerissen. Sein Blut tropfte in den Morast.

»Der Punkt gehört mir«, rief der Ritter mit kräftiger Stimme und hob die linke Hand, an der der kleine Finger fehlte.

»Nein, nein, Otto«, widersprach ein kleinerer, untersetzter Streiter mit mausgrauem Haar. »Wenn ich es nicht am Lauf getroffen hätte, dann hättet Ihr ihm nie und nimmer den Garaus gemacht.«

Otto von Ringelstein-Killer räusperte sich geräuschvoll, zog einen dicken Ballen Schleim hoch und spuckte ihn Eberhard von Ringingen vor die Füße.

»Wir können das gleich hier klären«, sagte er ruhig und fuhr sich mit der verstümmelten Hand durch das verfilzte, dunkle Haar.

Der Dicke stöhnte, die anderen rieben sich vergnügt die Hände. Es ging doch nichts über eine schöne Rauferei – auch wenn das Ergebnis von vornherein feststand.

Tilia von Wehrstein brachte ihr Pferd vor dem erschlagenen Kaninchen zum Stehen. Fragend sah sie zu Heinrich von Husen an ihrer Seite, doch der war schon wieder leichenblass.

»Ich regele das schon«, flüsterte er heiser und schwang sich von seinem Pferd, doch seine Beine versagten ihm den Dienst und knickten ein. Mit dem Gesicht voraus, kippte er ohnmächtig in den Schlamm.

»Rüdger, nun hilf mir schon aus dem Sattel!«, keifte Tilia und streckte ihm die heulende Dorothea entgegen, sobald er an ihr Pferd herangetreten war. Die Ritter des Zollerngrafen sahen vorerst von ihrer Rauferei ab und betrachteten interessiert das ihnen dargebotene Spektakel. Die Hände am Schwertknauf oder hinter dem Rücken verschränkt, schlenderten sie heran und umringten die Fremden.

»Sieh da, ein kleiner Ritter mit seinem Knecht und seinen Huren«, grinste Ritter Walger von Bisingen, ein muskulöser Kämpfer mit dunklen Augen und braunem Haar. Die Spuren der Fehde trug er als Narben auf seiner Wange. Außerdem hatte ihn ein Schwertstreich das linke Ohr gekostet.

»Wenn er tot ist, dann gehören die hübschen Vögelchen uns«, lachte der dicke Eberhard von Ringingen und leckte sich die Lippen. »Leckere Hühnchen sind das!«

Tilia sah ungläubig von einem zum anderen, unfähig, auch nur ein Wort hervorzubringen.

Otto von Ringelstein-Killer trat dem Bewusstlosen in die Seite. Gierig ließ er seinen Blick über Tilias schäbigen, schlammverkrusteten Mantel wandern, unter dem ihr einfacher Rock hervorlugte.

»Es ist mir egal, ob er tot ist oder nicht. Außerdem scheint er mir noch kein Ritter zu sein.« Ein breites Grinsen entblößte seine gelben Zähne. »Ist er Freund, dann sollte er mit seinen Freunden teilen. Ist er Feind, dann betrachte ich das Häschen als Beute!«

Ehe es sich Tilia versah, war sie von eisenstarken Armen umfangen und an einen nach altem Schweiß stinkenden Männerkörper gepresst. Der Geruch nach Zwiebeln schlug ihr ins Gesicht, als die raue Zunge über ihre Wange fuhr und sich die Zähne, nicht gerade sanft, um ihr Ohr schlossen. Voll Empörung stieß sie einen Schrei aus. Die Ritter lachten.

Da der eine ihrer Begleiter seiner Sinne beraubt war und der andere nur mit offenem Mund glotzte, nahm Gret die Sache selbst in die Hand. Sie mühte sich von ihrem Esel herunter, duckte sich unter den nach ihr greifenden Männerhänden hindurch und verteilte giftige Blicke nach allen Seiten. Mühsam kämpfte sie sich zu Tilia durch und trat dem Ritter heftig gegen das Schienbein.

»Ihr vergreift Euch an einer edlen Jungfrau!«, schrie sie in höchstem Zorn. »Der Ritter von Wehrstein wird Euren Kopf fordern, wenn er davon erfährt!«

Irritiert ließ der Ritter das Mädchen los und wandte sich seiner Angreiferin zu.

»Ach, und du bist die Tochter von König Rudolf?« Er griff nach ihren Handgelenken.

»Nein«, vergeblich versuchte Gret sich aus dem eisenharten Griff zu befreien. »Ich bin ihre Magd und soll auf sie Acht geben.«

»Eine Magd greift einen Ritter an und tritt ihm gegen das Bein?« Er riss ihr die Haube vom Kopf und griff in ihr blondes Haar. Mit einem Ruck zog er sie zu sich. »So kurz kann dein Besuch hier gar nicht sein, dass ich dir das nicht angemessen vergelte!«

Seine andere Hand zerfetzte ihr das Hemd, so dass zur Freude der Umstehenden die hübschen, festen Brüste zum Vorschein kamen. Gret biss die Zähne aufeinander. Rüdger, der mit den beiden Mädchen im Hintergrund stand, ballte die Fäuste, doch er machte keine Anstalten, seinem Eheweib zu helfen. Es gab nichts, das er tun konnte, wenn er nicht sein eigenes Leben in Gefahr bringen wollte. Die Mädchen weinten leise. Schützend legte Rüdger seine Arme um sie.

Nur langsam erholte sich Tilia von ihrem Schock. Heiße Wut wallte in ihr auf. Mit einer ungeduldigen Bewegung strich sie sich ein paar zerzauste Strähnen aus dem Gesicht, trat zu dem Hünen und herrschte ihn an:

»Ich bin Tilia von Wehrstein, von Graf Eitelfriedrich persönlich als Gast auf Zollern geladen. Ritter, ich befehle Euch, lasst meine Magd sofort los!«

Sie baute sich vor dem Mann auf, der sie um mehr als einen Kopf überragte, und funkelte ihn böse an. Der Ritter von Ringelstein-Killer wollte etwas erwidern, doch eine Stimme vom Palas her ließ ihn verstummen. Er gab Gret frei.

»Wie ich sehe, sind meines Bruders werte Gäste eingetroffen!«

Der junge Graf Friedrich, der die Szene von der Tür des Palas aus heimlich und mit großer Belustigung verfolgt hatte, trat in den Hof. Mit offenen Armen ging er auf die Wehrsteintochter zu, keinen Blick für Gret, die sich notdürftig den zerrissenen Stoff über dem Busen zusammenhielt, oder für den am Boden liegenden Heinrich.

Ihm folgte der Ritter Swenger von Lichtenstein, den Tilia bereits im Gefolge des Grafen Eitelfriedrich auf Wehrstein kennen gelernt hatte. Erleichtert trat Tilia dem Zollernsohn entgegen, begrüßte ihn höflich und drängte ihn dann, dem armen Heinrich zu Hilfe zu kommen. Der

Sohn des Hausherrn trat zu dem Ohnmächtigen, den Rüdger inzwischen umgedreht hatte. Mit seinem schlammverschmierten Gesicht sah er eher einem gehörnten Dämon gleich denn einem hoffnungsvollen jungen Edelmann.

Der junge Graf runzelte unwillig die Stirn. »Schleppt Ihr mir da ein böses Fieber in die Burg?«

»Nein, nein«, beeilte sich Tilia zu versichern. »Er wurde verletzt. Die Wunden nässen und schwächen ihn. Er ist der jüngste Sohn des Ritters von Husen.«

Der Merkenberger sah Tilia aufmerksam an. »Verletzt? Was ist Euch auf Eurer Reise geschehen? Seid Ihr überfallen worden?«

Tilia sah in die wasserblauen Augen des jungen Grafen. Er war kräftiger gebaut als sein Bruder, hatte einen dunklen Teint und braunes, schulterlanges Haar. In seinem Blick lauerten Tatendrang und Abenteuerdurst. Sie konnte ihm die Wahrheit nicht sagen, daher nickte sie nur.

Der junge Graf winkte herrisch nach zwei seiner Ritter. »Walger, Renhard, los, tragt den von Husen hoch in die kleine Kammer am Ende des Ganges, neben meinem Gemach, und ruft Tragebott, den alten Gauner, dass er sich die Wunden ansieht.«

Tilia bedankte sich herzlich, doch der junge Graf schnitt ihr das Wort ab. »Ihr seid unsere Gäste!«

Er wollte noch etwas über den Mönch sagen, der mit der Heilkunde vertraut war und der unter dem Palas in den Kellergewölben hauste, doch ein dumpfer Knall, der den Boden erbeben ließ, verschlang seine Worte. Eine dichte, dunkle Wolke quoll aus einer Tür an der Seite des Palas und breitete sich dann über den Hof aus. Der Rauch reizte die Augen und drang beißend in die Lungen. Durch einen Tränenschleier sah Tilia eine dunkle Gestalt heranstürmen. Flammen umkränzten das dunkle, wehende Gewand, das Gesicht war geschwärzt, die eine Hälfte des Schädels kahl, von der anderen stand ein Kranz verkohlter Flusen ab. Kurz vor den Rittern und Gästen warf sich die unheimliche Gestalt auf den Boden und wälzte sich im Morast.

»Der Satan!«, schrie Tilia und schlug ihre Hände vors Gesicht, um diesen schrecklichen Anblick nicht länger ertragen zu müssen.

»Nein, nicht der Teufel persönlich«, hörte sie den Grafensohn völlig ruhig sagen, »eigentlich ein Mann Gottes, wenn auch ein ziemlich schwarzer. Ihr könnt die Augen ruhig wieder aufmachen. Es ist nur der Mönch Tragebott – oder das, was von ihm übrig geblieben ist.«

Die beißende Wolke verzog sich langsam, und auch die Mägde und Knechte, von dem Spektakel angelockt, trollten sich und nahmen ihr Tagewerk wieder auf. Vorsichtig linste Tilia zwischen ihren Fingern hindurch und ließ dann die Hände sinken. Noch immer zitternd vor Entsetzen, starrte sie den dicken Mönch in seiner angekohlten, rauchenden und nun auch noch schlammbeschmierten Kutte an. Mit seinen großen Pranken klopfte Bruder Tragebott noch ein paar glimmende Stellen aus und erhob sich dann schwerfällig.

»Mit Euren satanischen Spielereien werdet Ihr noch mal die ganze Burg abbrennen«, zischte der Merkenberger wütend.

Der Mönch trat verlegen von einem Fuß auf den anderen und schüttelte sein aschebedecktes Haupt. »Verzeiht, verzeiht, das war eine kleine Unachtsamkeit in der Rezeptur, doch glaubt mir, es ist kein Teufelswerk. Wenn ich die richtige Mischung beisammen habe, dann mache ich Euch damit zum Herrn des Heiligen Römischen Reiches! Ich bin kurz davor, wirklich! Nie wieder müsst Ihr Burgen lang belagern – Ihr verteilt einfach das Pülverchen, dann ein wenig Feuer, und – puff – die Mauern lösen sich in Luft auf.«

»Dann macht Euch wieder an die Arbeit und sorgt dafür, dass es nicht unsere Mauern sind, die sich – puff – in Luft auflösen.«

Mit einer ungeduldigen Handbewegung scheuchte er den Mönch davon. Humpelnd kehrte Tragebott in sein Kellerverlies zurück.

Die zornig roten Flecken auf den Wangen des Grafensohnes verschwanden, als er sich Tilia zuwandte und ihr den Arm anbot. Sie hatten den Palas noch nicht erreicht, da trat, vom Lärm und Rauch angelockt, Williburgis von Zollern in den Hof, gefolgt von ihren Damen. In edlem dunkelblauem Rock mit leuchtend roten Seidenbändern an den Ärmeln und aufwendiger Silberstickerei auf dem eng geschnürten

Leib, kam die zierliche Schönheit auf Tilia zu. Ihr langes, dunkles Haar wallte bis zur Hüfte herab und wurde von einem Schappel aus gehämmerten Silberplättchen zusammengehalten. Höflich lächelnd, doch ohne Wärme, begrüßte sie den Gast. Die Grafentochter verzog nur die Lippen, die Augen blieben unerreicht. Kaum waren die Grußworte verklungen, irrte ihr Blick auch schon wieder unstet davon.

Verwirrt folgte Tilia, Dorothea an der Hand, Williburgis von Zollern, die sie schweigend ins Haus führte. Dafür schnatterten die anderen Damen ohne Unterlass und plapperten Belangloses. Hilfe suchend drehte sich Tilia noch einmal zu Gret um, die gerade eine vorbeieilende Magd anhielt, um nach den Schlafräumen des Gesindes zu fragen.

Tilia folgte den Damen in den Palas. Neugierig sah sie sich um. Das ganze untere Stockwerk wurde vom großen Saal eingenommen: Mächtige Balkensäulen stützten die rußige Holzdecke, die Wände waren verputzt und mit Jagdszenen bemalt, doch hier endete die Pracht des Raumes auch schon. Das sicher edle Holz der langen Tafel verschwand nahezu unter Wein- und Essensresten, Mäuse suchten sich ungeniert die besten Brocken heraus, um die beiden Feuerstellen häufte sich die Asche, und die Binsen auf dem Boden waren klebrig und braun. Tilia raffte Rock und Mantel und stieg vorsichtig über Knochen und Hundekot hinweg. Da war die Hütte des Unfreien ja noch sauberer, dachte sie und rümpfte ein wenig die Nase. Fragend warf sie ihren Begleiterinnen einen Blick zu, doch die schien der Dreck nicht zu stören. Zumindest ließen sie sich nichts anmerken.

Kopfschüttelnd stieg Tilia hinter der Grafentochter die Steintreppe hinauf. Im ersten Stockwerk hatten der Graf und seine Söhne ihre Gemächer. Dort war auch die kleine Kammer, in die man Heinrich von Husen gebracht hatte. Eine weitere Treppe führte zum Frauenbereich. Hier lag die Kemenate, Kunigunde von Badens kleines Gemach, der Schlafraum der Damen, eine Kammer für die älteren Kinder und die Kleiderkammer.

»Kann ich meine Magd bei mir haben?«, fragte Tilia schüchtern, als Salome von Ringelstein-Killer ihr ihre Bettstatt zeigte.

»Nein, das ist nicht üblich. Außerdem hat sie ein Kind, oder? Noch ein Balg mehr hier oben muss wirklich nicht sein. Sie kann heraufkommen, um Euch anzukleiden oder zu frisieren, aber nachts hat sie hier nichts zu suchen.«

Tilia nickte nur stumm. Sie fühlte die musternden Blicke der Damen, und plötzlich wurde ihr kalt. Sehr willkommen schien sie nicht zu sein.

»Ihr werdet schon nicht frieren müssen«, fuhr Salome fort. »Ihr teilt das Bett mit unserer keuschen Eleonora.« Sie deutete auf das zierliche, sommersprossige Fräulein, das bisher noch kein Wort gesagt hatte.

»Zumindest für eine warme, heilige Seele wird sie sorgen, wenn sie schon nicht mit üppig weichen Formen aufwarten kann«, kicherte Kunigunde von Baden boshaft.

»Dafür habt Ihr mehr als genug davon abgekriegt«, stichelte Salome und piekte die Grafengattin in ihre Seite. Laut quiekend trippelte Kunigunde auf ihren hohen Sohlen davon. Auch die anderen ließen Tilia allein.

Verloren stand die Jungfrau aus Wehrstein in ihrem schmutzigen und feuchten Gewand neben dem Bett, die wimmernde Dorothea an ihren Rock geklammert. Tilia ließ ihren Blick unschlüssig über die Bettkästen schweifen, die an der einen Wand dicht hintereinander aufgereiht waren. Auf der anderen Seite standen mit prächtigem Schnitzwerk versehene Truhen, in denen die Damen ihre Habseligkeiten aufbewahrten. Plötzlich merkte die Wehrsteinerin, dass ihre kleine, rothaarige Bettnachbarin noch immer in der Tür stand. Schüchtern knetete sie ihre schmalen, weißen Hände, doch dann fasste sie sich ein Herz und trat auf Tilia zu.

»Es ist nicht an mir, Euch zu empfangen, doch ich sehe, Ihr habt eine lange Reise gehabt. Eure Gewänder sind schmutzig und nass. Sicher wäre es gut, wenn Agnes ein Bad bereiten würde. Wenn Eure Kleider in den Kisten nass geworden sind, finden wir in der Kleiderkammer sicher etwas für Euch beide.« Lächelnd streckte sie die Hand aus und winkte den Wehrsteintöchtern, ihr zu folgen. Tilia lächelte zurück. Die kalte Umklammerung ihres Herzens ließ ein wenig nach. Vielleicht würde es doch nicht so schlimm werden.

✠ ✠

»So, ihr seid also die Neuen«, stellte die Köchin fest, reckte sich zu ihrer ganzen, bedrohlichen Größe auf und stemmte die fleischigen Arme in die Hüften. Prüfend wanderte ihr Blick über Rüdger, Gret und Sofie, die dem Mädchen Ella in die Küche gefolgt waren.

»Da ihr länger bleiben wollt, könnt ihr euch gleich ein paar Regeln einprägen«, fuhr Hanna mit lauter Stimme fort.

»Ich habe in dieser Küche das Sagen, und keiner geht mir an die Töpfe. Und wenn ich euer Balg beim Naschen erwische, dann gibt's mit meinem Kochlöffel Hiebe, die sie nicht vergessen wird!«

Zur Bekräftigung ihrer Worte ließ sie den langen Holzlöffel durch die Luft sausen. Ängstlich klammerte sich Sofie mit einer Hand an Grets Rock fest und steckte den Daumen der anderen in den Mund.

»Nach Sonnenaufgang gibt es im Gesinderaum Grütze, bei Sonnenuntergang dicke Suppe und Brot. Wer zu spät kommt, der hungert halt!«, fuhr sie mit schriller Stimme fort und schwenkte den Löffel.

Rüdger lief rot an und wollte das Weib schon unterbrechen, doch Gret drückte ihm warnend die Hand. Auch ihr stieß das arrogante Gebaren dieses Mannweibes sauer auf, doch sie kannte diese Sorte. Wenn sie jetzt aufbegehrten, dann würden sie sich auf Zollern schon in der ersten Stunde einen Todfeind schaffen.

»Ich bin weder blind, noch blöd und weiß genau, wie viel Vorräte da sind. Also versucht ja nicht, mich übers Ohr zu hauen«, warnte sie und stieß mit ihrem Löffelschwert in die Luft. So ging es noch eine ganze Weile. Ella hatte sich schon lange aus dem Staub gemacht, doch für die Neuankömmlinge gab es kein Erbarmen. Endlich ging der massigen Köchin die Luft aus.

»Warum bist du denn so böse?«, piepste Sofie in die plötzliche Stille.

Der dicke Busen der Köchin hob und senkte sich vor Empörung. »Was heißt hier böse, du freches Balg? Warte ab, bis du mich mal böse erlebst!«

Mutig trat Sofie einen Schritt nach vorn und streckte Hanna ihre kleine Faust entgegen.

»Du darfst eine haben, damit du nicht so rumschimpfen musst«, bot die Kleine an. Langsam öffneten sich die kleinen Finger und gaben zwei bunt bemalte Tonmurmeln frei.

Die Köchin sackte in sich zusammen wie ein entleerter Weinsack. »Nein, so was«, sagte sie nur fassungslos und ließ ihre Waffe sinken. »Du willst mir eine deiner Murmeln schenken?« Sie machte einen Schritt auf das Mädchen zu. Sofie zitterte ein wenig, doch sie hielt dem Drachen weiter die geöffnete Hand entgegen.

»Ich würd sie schon lieber behalten«, gab Sofie offen zu, »aber wenn du dann ganz lieb bist, dann kannst du eine haben.« Die großen blauen Kinderaugen sahen fragend zu Hanna hoch.

»Da weiß ich ja gar nicht, was ich sagen soll – und das kommt bei mir nicht oft vor!« Die Köchin ging schwerfällig in die Hocke. Ein Lächeln huschte über ihre fleischigen Wangen. »Du bist ja mal ein süßer Fratz. Aber behalt deine Murmeln. Mal sehen, vielleicht habe ich ja dafür was für dich!«

Geschäftig eilte das Weib davon und kam kurz darauf mit einem Stück süßer Latwerge zurück, das Sofie mit großen Augen entgegennahm.

Gret zwinkerte ihren Mann an. Die erste Schlacht auf Zollern hatte die kleine Sofie für sie gewonnen.

KAPITEL 14

Graf Albert von Hohenberg schritt unruhig in seinem Gemach auf und ab. Als er die polternden Schritte auf dem Gang vernahm, blieb er erwartungsvoll stehen. Die Tür flog auf, und sein Bruder Burkhard stürmte herein.

»Du hattest Recht. Wir haben einen Verräter in unseren Stadtmauern. Walger war ein harter Brocken, doch nun hat er uns den rechten Hinweis gegeben. Es ist kein Alteingesessener!«

»Wer ist es?«, fragte Graf Albert mit leiser Stimme, die seinem Bruder einen leichten Schauder über den Rücken jagte. Burkhard war ein erprobter Krieger, den nichts so leicht aus der Fassung brachte, doch der überwältigende Zorn, der in Alberts Stimme schwang, verblüffte ihn. Wehe dem, der den Damm brach und von dieser Wut hinfortgerissen wurde. Wie nach einer alles vernichtenden Flut würde nichts übrig bleiben.

»Wir werden im Haus des Schneiders Langnas fündig werden«, antwortete der Kriegsmann.

Albert warf sich seinen Umhang über. »Dann lass uns gehen und ihn fragen, warum er meine Stadt den württembergischen und zollerischen Schlächtern zum Fraß vorwerfen wollte.«

»Ich habe meine Männer bereits vorausgeschickt, damit uns das Vögelchen nicht noch ausfliegt.«

Mit langen Schritten eilte Graf Albert durch den düsteren Gang, stürmte die Treppe hinunter, überquerte den Hof und stieg dann den steilen Weg zur Eyach hinunter. Graf Burkhard folgte ihm dicht auf den Fersen.

✠ ✠

Ein Lächeln huschte über das Gesicht des Verletzten, als er sah, wer in seine Kammer trat.

»Oh, Jungfrau Tilia, das solltet Ihr nicht tun«, flüsterte er heiser. Heinrich von Husen streckte ihr die Hand entgegen, zog sie dann aber gleich wieder unter die Bettdecke zurück und errötete.

Zusammengekrümmt lag er auf der Seite in der schmalen Bettstatt. Mit Erleichterung sah Tilia, dass die Decken dick und warm, die Leilachen leidlich sauber waren. Eine Weile sahen sie sich nur schweigend an. Nervös knetete Tilia ihre Hände.

»Ist alles in Ordnung?«, fragte Heinrich schließlich.

»O ja«, log sie lächelnd, »alle sind sehr freundlich hier.«

Wieder Schweigen. Sie ließ ihren Blick über sein fiebergerötetes Antlitz wandern. Einige der geschwollenen Stellen hatten sich bläulich verfärbt, und unter seinen Augen hatten sich tiefe, dunkle Ringe gebildet. Tilia wollte sich gar nicht vorstellen, wie die Wunden auf seinem Rücken aussahen. Die Heilsalbe der Bäuerin hatte offensichtlich nicht geholfen. Man müsste die Wunden mit heißem Wasser und starkem Wein auswaschen, dachte sie. Zu Hause wäre alles so einfach. Doch wie sollte sie das hier in der Fremde anstellen? Mit Schaudern dachte Tilia an die offensichtliche Missbilligung in der Miene der Kammerfrau, als diese sie zu dem Gelass des Kranken geführt hatte. Wo Gret jetzt war? Ob sie sie suchen sollte?

Der Gedanke war noch nicht ganz durch ihren Kopf gewandert, als sich die Tür öffnete und Gret mit einer dampfenden Schüssel in den Händen eintrat, gefolgt von dem unheimlichen Mönch. Nun, da er die verbrannte Kutte gewechselt und den Ruß abgewaschen hatte, sah er nicht mehr ganz so Furcht erregend aus – zumindest wenn man nur seine linke Seite betrachtete. Seine rechte Wange war durch ein missglücktes Experiment dauerhaft geschwärzt und mit Narben durchzogen, das Ohr fehlte bis auf ein paar kärgliche Reste, die Kopfhaut war eine verschieden gefärbte Kraterlandschaft.

Mit festem Schritt trat er ein, nickte kurz in Tilias Richtung und ließ sich dann vor dem Bett auf die Knie sinken. Ein freundliches Lächeln teilte seine fleischigen Lippen und ließ die braunen Augen leuchten.

»Keine Angst, ich bin nicht der Teufel und ich habe es auch nicht auf Eure Seele abgesehen, junger Ritter«, beruhigte er Heinrich, der den Besucher mit weit aufgerissenen Augen musterte. Der warme Klang der tiefen Stimme lockerte die verkrampften Hände, die die Bettdecke bis zum Kinn gezogen hatten.

»So ist es schon besser«, lobte Bruder Tragebott und grinste verschmitzt. »Und wenn Ihr mich nun Euer Gewand abstreifen lasst, dann kann ich nach Euren Wunden sehen.«

»Nein, nein!«, wehrte sich der Jüngling und zog die Decke wieder fester um sich. Der Mönch runzelte überrascht die Stirn. Die Reaktion missverstehend, drehte er sich zu Tilia um.«

»Wenn das Fräulein dann so freundlich ist, zu gehen?«

Tilia sah trotzig von Heinrich zu dem Mönch. »Er ist mein Lehensmann, und ich bin für ihn verantwortlich.«

Der Mönch zuckte die Schultern und wandte sich dem störrischen Kranken zu.

»Nun stellt Euch bloß nicht an«, schimpfte Gret und zog mit einem Ruck die Bettdecke weg. »Wenn Ihr den Ritterschlag noch erleben wollt, dann lasst Bruder Tragebott die Wunden versorgen.«

Der junge Edle schien der Magd den respektlosen Ton nicht übel zu nehmen. Die Zähne fest aufeinander gepresst, drehte er sich auf den Bauch. Er stöhnte nur ganz leise, als der Mönch ihm die Leinenstreifen aus den verklebten Wunden löste. Tilia trat ans Bett. Schweigend starrten Bruder Tragebott und die beiden Frauen auf die eitrigen Striemen mit den bläulich auslaufenden Wundrändern. Der üble Geruch nahm ihnen fast den Atem. Vorsichtig strich der Mönch mit seinem fleischigen Zeigefinger an einem Peitschenstriemen entlang und kratzte etwas von der schwärzlichen Paste ab. Er roch daran und rümpfte angeekelt die Nase.

»Was ist denn das?«

»Die Heilpaste einer Bauersfrau«, erklärte Tilia.

»Wenn die Wunden ihn nicht umbringen, dann dieses Zeug bestimmt!« Der Mönch schüttelte unwillig den Kopf. Noch immer betrachtete er aufmerksam den verunstalteten Rücken.

»Der Folterknecht verstand etwas von seinem Handwerk. Es geht mich ja nichts an, wie Ihr zu diesen Wunden kommt, doch es wäre besser, wenn nicht allzu viele sie zu Gesicht bekämen.«

Tilia nickte nur. Bruder Tragebott begann nun den Eiter mit heißem Wasser und seinem gebrannten Wein auszuwaschen. Neugierig sah das junge Fräulein den großen Händen zu, wie sie geschickt und flink hantierten.

»Was ist das?«, wagte sie nach einer Weile zu fragen.

Ausführlich sprach der Mönch von seiner Apparatur, die er sich in den Kellerräumen aufgebaut hatte, um den klaren, gebrannten Wein zu erhalten. Mit weit aufgerissenen Augen lauschte Tilia seiner Rede, vergaß aber nicht, sein Tun aufmerksam zu verfolgen und ihm flink zur Hand zu gehen, wenn es nötig war.

»Ihr seid für ein Weib nicht nur ungewöhnlich hübsch«, sagte der Mönch, als er sich bereits zum Gehen wandte, »Ihr scheint Euren Kopf auch zum Denken zu verwenden. Wenn Ihr mögt, könnt Ihr mich ja mal in meinem Verlies besuchen. Dann kann ich Euch den Verdampfungsapparat zeigen.«

Damit ließ er das Fräulein und die Magd mit dem in tiefen Schlaf gefallenen Heinrich in der kleinen Kammer zurück.

✠ ✠

Als Gret einige Zeit nach Tilia die Krankenstube verließ, begegnete ihr in dem düsteren Gang ein Ritter. Respektvoll trat sie zur Seite, um ihn vorbeizulassen, doch er blieb stehen und musterte sie aufmerksam.

»So sieht man sich wieder, Gret – so war doch dein Name?«

Nun erkannte die Magd den älteren Grafensohn wieder. Sie grüßte höflich.

»Deine fürsorglichen Hände sind genau das, was ich jetzt brauche. Ich habe mir ein Bad richten lassen. Du kannst mir Gesellschaft leisten und meine Wunden waschen.«

Erst jetzt, als sie hinter ihm in sein erleuchtetes Gemach trat, sah sie die blutige Wange. Die Wunde begann bereits zu verkrusten, sehr tief konnte sie also nicht sein. Trotzdem ließ sich der Grafensohn stöhnend ins Wasser gleiten. Mit geschlossenen Augen lag er da, während Gret die Krusten mit heißem Wasser löste und dann zart mit Kräuterfett bestrich. Er schwieg, und so wanderten ihre Gedanken unruhig zu Sofie, die sie vor einer kleinen Ewigkeit bei Rüdger in der Küche zurückgelassen hatte. Es drängte sie, endlich zu gehen, um nach ihrer Tochter zu sehen, denn so sehr Rüdger das Mädchen liebte, manches Mal war er ein recht sorgloser Vater. Auf Wehrstein war das kein Problem, doch hier in der fremden Umgebung?

»Du hast gar nicht gefragt, woher die Verletzung stammt«, durchbrach der Grafensohn die Stille.

»Wo habt Ihr Euch denn verletzt?«, fragte sie brav, mit ihren Gedanken weit fort.

»Ein Pfeil traf mich nachts vor Haigerloch.«

Grets Finger bewegten sich in gleichmäßigem Rhythmus weiter. Ihre Miene blieb unbeweglich, doch in ihrem Magen kribbelte es plötzlich unangenehm.

»Der junge von Husen wurde auch verletzt«, fuhr Eitelfriedrich in leichtem Plauderton fort. »Wie geht es ihm?«

»Euer Mönch hat nach ihm gesehen«, antwortete Gret gepresst. Ihr Atem ging unregelmäßig.

»Das war für euch alle sicher ein sehr aufregender Aufenthalt in Haigerloch. Und dann wurdet ihr auch noch überfallen und dem von Husen wurden böse Wunden zugefügt?«

Gret wand sich innerlich und verfluchte Tilias Leichtsinn. Wie sollten sie da wieder rauskommen? Wie schnell konnte es geschehen, ungerecht in Verdacht zu geraten. Wie leicht war in diesen Zeiten ein Leben verwirkt. Sie brauchte nicht zu fragen, woher der junge Graf von ihrem Besuch in Haigerloch wusste. Sie sah ihren Gatten geradezu bildhaft vor sich, in der Küche oder dem Gesindequartier, mit einem Becher Met in der Hand von seinen Abenteuern prahlen. Neuigkeiten wurden hier auf der Burg anscheinend schnell weitergetragen. Das musste sie sich merken – und ein ernstes Wörtchen mit Tilia reden. Das nahm sich Gret fest vor.

»Du bist heute nicht gerade gesprächig, meine Liebe«, neckte der Graf. »Und ich muss unsere nette Plauderei nun auch leider beenden. Es wird bald zum Nachtmahl geläutet. Du kannst bei meinen Gewändern mit Hand anlegen.«

Erleichtert atmete Gret auf und eilte sich, dem Herrn in sein Hemd zu helfen.

»Ich sehe, dass dich das sehr betrübt«, spottete er, »deshalb hoffe ich, dich hier zu späterer Stunde wiederzufinden – zu weiteren netten Plaudereien und was uns sonst noch Angenehmes einfällt.«

»Ja, Herr«, sagte Gret nur und knotete die Bänder seiner Beinlinge fest. Ihr Inneres war in zerwühltem Durcheinander. Sie würde sehr vorsichtig sein müssen.

✠ ✠

Die alte Kinderfrau machte ihrem Schützling bittere Vorwürfe. Die beiden waren allein in der Kemenate, denn alle zogen sich zum Nachtmahl um. Während Trude die Bänder des saftig grünen Seidenhemdes schnürte, Williburgis den Bliaud über den Kopf zog, die Ärmel annähte und die Bänder festzurrte, schimpfte sie, ohne auch nur einmal Luft zu holen.

»Es wäre Eure Pflicht gewesen, sie anständig zu empfangen. Schließlich hat Euer Bruder sie zu Eurer Gesellschaft herbringen lassen. Ein Bad und Kleider aus der Kammer aus Eurer Hand, nicht von irgendeiner der Damen. Habt Ihr Eurer Mutter denn nie zugehört, wenn sie Euch in Euren Pflichten unterwies!«

Die Vorwürfe trafen Williburgis von Zollern hart. Vor allem, da sie spürte, wie Recht die Kinderfrau hatte. Vielleicht gerade deshalb fuhr sie die Alte barsch an und befahl ihr, den Mund zu halten, doch diese ließ sich nicht so leicht beirren.

»Es ist eine Schande, wie der Saal verkommt! Von den anderen Räumen will ich gar nicht sprechen. Wann stellt Ihr Euch endlich Euren Aufgaben? Wann hört Ihr auf, Euch so zu verkriechen?«

Williburgis riss sich los und funkelte die Kinderfrau an. »Noch ein

Wort, und ich lasse dich auspeitschen«, schrie sie, dass sich ihre Stimme überschlug, doch dann begann sie zu schluchzen. Tränen rannen ihr über das Gesicht. Sie umschlang die kleine, dicke Frau, barg ihr nasses Antlitz an den mütterlich weichen Rundungen und konnte sich gar nicht mehr beruhigen. Sie zitterte und bebte am ganzen Körper. Sanft redete Trude auf sie ein und wiegte sie in ihren Armen. Die Grafentochter war ganz plötzlich wieder das kleine Mädchen, das von ihren großen Brüdern gehänselt und gepiesackt worden war und nun Trost bei ihrer Kinderfrau suchte.

»Ach, Williburgis, mein Kind, mein Augenlicht, warum wollt Ihr nicht mit mir sprechen. Sagt mir, was Euch so bedrückt.«

Das Mädchen versteifte sich ein wenig. »Es ist nichts. Die Burg fordert mir zu viel ab, doch ich werde das schon schaffen.«

Die Kinderfrau seufzte. »Was haltet Ihr davon, morgen nach Stetten zu reiten? Die Jungfrau von Wehrstein wird ihre Schwester den Nonnen in Obhut geben. Wir würden dort zusammen beten, und vielleicht könntet Ihr mit der lieben Gräfin sprechen …«

Williburgis befreite sich aus den Armen und machte einen Schritt rückwärts. Sie reckte sich, und der hochmütige Glanz kehrte in ihren Blick zurück.

»Niemals, niemals werde ich mit ihr reden. Ich geh nicht nach Stetten!« Sie schlug die Hände vors Gesicht und rannte hinaus. Hilflos sah ihr Trude nach.

✠ ✠

Die kleine Glocke der Kapelle läutete zum Spätmahl. Von überall strömten die Bewohner der Burg Zollern herbei. Die Mägde und Knechte in ihre Stube neben der Küche, die Ritter und Damen in den großen Saal. Nur der Platz der Burgfrau neben dem Grafen blieb leer. Besorgnis im Blick, sah der Graf zu der Kinderfrau, die ganz unten an der Tafel saß, doch diese konnte nur hilflos die Schultern zucken.

Tilia war den Damen in den Saal hinunter gefolgt. Jede strebte einem Platz zu. Wie zu erwarten, saß die gräfliche Familie um das Haupt der Tafel versammelt, doch unter den Gefolgsleuten schien es keine strenge Tischordnung der Rangfolge nach zu geben. Unschlüssig ließ Tilia ihren Blick über die Ritter und Damen schweifen, die bereits kräftig zulangten. Da winkte ihr Swenger von Lichtenstein und klopfte einladend auf den freien Platz an seiner Seite. Dankbar nahm Tilia an.

»Welch Freude, unsere Bekanntschaft zu erneuern, Jungfrau Tilia«, begrüßte der Ritter sie artig und brach ihr einen Kanten Brot ab.

»Danke, Herr Ritter. Die Freude ist ganz auf meiner Seite.« Das war durchaus ehrlich gemeint. Er erschien ihr wie das Licht einer einsamen Kerze in der Dunkelheit. Nach so viel Gleichgültigkeit tat die Wärme seiner Stimme gut.

»Ihr müsst Euch hier in der Fremde recht verloren vorkommen«, sprach er ihre Gedanken aus, während er ihr einen hohen Zinnbecher mit Wein füllte.

Tilia nickte. »Ja, noch weiß ich nicht einmal die Namen der vielen Herren und Damen, die hier auf Zollern wohnen«, seufzte sie.

»Das können wir sogleich ändern«, entgegnete ihr Tischnachbar forsch. »Nun beißt Ihr erst mal herzhaft in den – na ja, nicht besonders gelungenen Braten – ich glaube Ihr könnt das gebrauchen –, und ich erkläre Euch derweil, welch wichtige und weniger wichtige Persönlichkeiten sich hier so herumtreiben.«

Mit diesen Worten schnitt er ihr ein mächtiges, innen noch von Blut triefendes Stück Fleisch ab, dessen Kruste die Farbe von Holzkohle angenommen hatte und von dem niemand sagen konnte, von was für einem Tier es einst stammte.

Tilia aß ein großes Stück Brot und ein wenig Fleisch und lauschte dabei aufmerksam Swengers Ausführungen.

»Fangen wir bei den hohen Herrn dort oben an.« Swenger von Lichtenstein räusperte sich und schob sich eine verkohlte Fleischkruste in den Mund. Kauend sprach er weiter.

»Der große, schlanke Edelmann mit dem langen Grauhaar ist, wie Ihr Euch denken könnt, Graf Friedrich von Zollern, der Erlauchte, der Hausherr dieses netten Steinhaufens. Ein edler Ritter, der den Namen noch verdient. Stets ruhig und vor allem gerecht. Neben ihm müsste eigentlich Williburgis sitzen. Wer weiß, wo sich das Edelfräulein herumtreibt. Sie ist, vorsichtig ausgedrückt, ein wenig merkwürdig.«

»Ja, ich habe sie bereits kennen gelernt«, pflichtete ihm Tilia leise bei.

»Links, Eitelfriedrich kennt Ihr ja bereits. Die jüngere Ausgabe rechts ist sein Bruder Friedrich, der Merkenberger genannt.« Tilias Wangen überzog ein Hauch von Röte, was dem Ritter nicht entging.

»Ja, die Frauen lieben ihn, und er liebt die Frauen. Hütet Euch, Jungfrau.« Um sie nicht in Verlegenheit zu bringen, fuhr Swenger mit seiner Beschreibung fort.

»Das kleine, runde Weib mit dem auffälligen Kopfputz ist Kunigunde von Baden, Eitelfriedrichs Weib. Nun, man flüstert, er würde sie nur beim Mahle sehen, doch ganz kann das nicht stimmen, der Knabe neben ihr führt die nächste Zollerngeneration an, und ein Mädchen haben sie auch.

Doch kommen wir zu den Rittern und Damen. Der hünenhafte bärtige Klotz dort drüben, der an der linken Hand nur noch vier Finger hat, ist Otto von Ringelstein-Killer. Ein großartiger Kämpfer, das muss man ihm lassen, nur zuweilen ist er – nun, sagen wir – ein wenig übereifrig und heftig.«

Das war sehr zahm ausgedrückt, fand Tilia, die mit einem Schaudern an die erste Begegnung auf der Burg mit diesem Riesen von einem Mann dachte.

»Das nette Weibchen neben ihm, das so ungeniert dem Merkenberger unkeusche Blicke zuwirft, ist Benigna von Hölnstein, meines Bruders Lutz Gemahlin. Es steht mir nicht zu, über sie zu urteilen.

Der kleine Ritter mit dem mausgrauen Haar neben ihr, der sich gerade das vierte Stück Fleisch abschneidet, ist Eberhard von Ringingen. Er ist ein lustiger Geselle – außer wenn er zu tief in den Becher geschaut hat. Dann gibt es argen Streit, der nur mit einer saftigen Prügelei enden kann.

Der liebliche Kerl daneben – ja, der muskulöse mit der Narbe auf der Wange, dessen Ohr bei der letzten Fehde verlustig ging, das ist Ritter Walger von Bisingen, des Truchsessen Sohn. Seine Nachbarin, Ottos Schwester Salome von Ringelstein-Killer.

Der kleine Kerl, der so schmachtend zu Salome rübersieht, heißt Hans von Zell-Andeck. Der Sohn des Schenken. Lasst Euch nicht von seiner Größe täuschen. Er ist ein flinker Schwertkämpfer.«

Tilia sah zu dem schmächtigen jungen Mann mit dem rotblonden dünnen Haar und den grünen, verträumten Augen hinüber. Sie hätte ihn sich eher als Minnesänger denn als Kämpfer in Rüstung vorstellen können.

»Eleonore ist seine Schwester?«

Swenger nickte. »Aha, Ihr habt gut beobachtet – oder unsere kleine Nonne schon kennen gelernt.«

»Nonne?«

»Wir nennen sie so. Sie ist keuscher denn ein ganzes Kloster zusammen, hält nichts von Tanz und Gesang – und die Männer für die Dornen auf ihrem Weg ins Himmelreich. Doch weiter in der Reihe. Der schlaksige Knabe mit dem braunen Schopf ist Eitelfriedrichs Knappe, Diemo von Melchingen. Ein aufgewecktes Bürschchen.«

»Und wer ist der, der da gerade hereinkommt?«

»Das Knochengestell? Wenn er aussieht, als habe er einen ganzen Becher Essig getrunken, dann kann das nur unser hochverehrter Beichtvater Laurenz sein. Ein Musterbild an Enthaltsamkeit. Eine ständige Quelle der Klage über uns unwürdige Gesellen.«

Tilia kicherte. »Aber der Mönch mit dem schwarzen Gesicht, was ist mit dem?«

»Bruder Tragebott braucht weder Nahrung noch Licht. Er ist der Vertreter der Hölle, der tief unten in seinen Verliesen haust. Manches Mal kracht es und stinkt, wenn er einen Zugang zu den Dämonen öffnet. Und dann drohen die Flammen der Hölle die Burg zu verschlingen.« Tilia riss erschreckt die Augen auf, doch Swenger blinzelte ihr fröhlich zu. »Bruder Tragebott ist Vater Laurenz' härteste Prüfung auf Erden und ansonsten sehr unterhaltsam.«

»Ich glaube, er macht mir ein wenig Angst«, gestand Tilia.

»Ach, das ist völlig unnötig. Wenn man seinen magischen Gerätschaften nicht zu nahe kommt, kann einem gar nichts passieren. Der gute Mönch selbst ist völlig harmlos. Ich finde es sehr spannend, was er in seinen Kammern dort unten so alles zusammengesammelt hat. Wenn Ihr Lust habt, dann führe ich Euch hinunter.« Die Augen des Ritters funkelten unternehmungslustig.

»Nein, danke, vielleicht später einmal«, lehnte Tilia ab.

Swenger neigte den Kopf. »Ja, wenn Euch der Rest hier schrecklich langweilt, dann kommt ruhig noch einmal auf mein Angebot zu sprechen. Doch nun muss ich mich verabschieden.« Er zwinkerte geheimnisvoll. »Ich habe noch eine Verabredung.«

KAPITEL 15

Lasst mich ein! Öffnet das Tor! Bitte.«

Es war noch früh am Morgen. Kaum drang das erste Licht durch die kühle Feuchtigkeit, als ein Mann mit einem lahmen, alten Gaul den Zollernberg erklomm. Er fiel mehr von des Pferdes Rücken, als dass er sich aus dem Sattel schwang, und auch das Pferd machte den Eindruck, als könne es sich nicht mehr lange auf den Beinen halten. Schwankend taumelte der Mann zum Tor und hämmerte mit letzter Kraft gegen die eisenbeschlagenen Bohlen.

»Macht auf, ich muss den Graf sprechen!«

Wetzel, ein Edelknecht von Boller, der die letzte Torwache in dieser Nacht hatte, beugte sich über die Brüstung des Wehrgangs und musterte schweigend den morgendlichen Störenfried. Er war über und über mit Schlamm bespritzt, sein Mantel zeigte Risse, durch die man einen einfachen Rock sah. Kein Kettenhemd, keine Waffen. Doch das war es nicht, was Wetzel zögern ließ, allein ein Blick auf den mickrigen Gaul genügte, um zu sehen, dass es sich hier nicht um einen offiziellen Boten handeln konnte. Doch warum kam einer der Unfreien morgens auf den Zoller geritten und verlangte in diesem Ton, den Graf zu sprechen? Der Wächter kaute auf seiner Unterlippe.

»Was willst du von unserem Herrn?«, rief er zu der armseligen Gestalt hinunter.

»Das kann ich nicht sagen.« Gehetzt sah er sich um, als erwarte er, dass jeden Moment ein Meuchelmörder aus dem Gebüsch auftauchen könnte.

»Ich komme geradewegs aus Haigerloch«, fügte der Mann hinzu, um die Dringlichkeit seines Anliegens zu unterstreichen.

»Ist gut. Ich werde sehen, ob der Graf oder einer der jungen Herren bereit ist, mit dir zu sprechen.« Der Wächter schlurfte davon.

Es schien ihm, als verginge eine Ewigkeit. Der Mann aus Haigerloch schritt unruhig vor dem geschlossenen Tor auf und ab. Ungeduldig zerrte er seine Gugel herunter, die ihm die Luft abzuschnüren drohte. Obwohl es noch so kühl war, dass der Atem dampfte, wischte er sich mit dem Handrücken den Schweiß von der Stirn. Ihm zitterten noch immer die Knie, wenn er daran dachte, wie knapp er seinen Häschern entgangen war. Endlich scharrte der Riegel und quietschten die Scharniere. Das große Tor öffnete sich langsam. Geradezu panisch drückte sich der Mann durch den Spalt, als habe er Angst, es könne sich sofort wieder schließen.

Wie gewöhnlich hatte sich Gret beim ersten Morgengrauen von ihrem Lager erhoben. Rasch zog sie Sofie ihren Kittel an und ging dann hinaus, um Wasser vom Brunnen zu holen. Solange sie keine festen Aufgaben auf der Burg hatte, versuchte sie, überall ein wenig zur Hand zu gehen. Sie hatte den zweiten Eimer gerade aus dem tiefen Brunnenschacht hochgekurbelt und wollte sich zur Küche aufmachen, als Graf Eitelfriedrich mit zwei Männern, vom Tor her kommend, ihren Weg kreuzte. Höflich grüßte Gret, stellte die Eimer für einen Moment ab und ließ die Männer passieren. Die Magd wollte ihre Last gerade wieder aufnehmen, als der Grafensohn sich noch einmal umsah.

»Gret, bring rasch gewürzten heißen Wein in mein Gemach und wirf meinen Bruder aus den Federn. Er soll sofort bei mir erscheinen.«

Gret nickte. So schnell es ging, brachte sie die Eimer zur Küche, schob einen Krug an die Flammen und füllte ihn mit dem Rest gewürzten Weines vom Abend. Dann eilte sie zum Palas hinüber und brachte Wein und Zinnbecher in Eitelfriedrichs Gemach, in dem sich auch schon der alte Graf eingefunden hatte.

Wie aufgetragen klopfte sie an der Kammertür des Merkenbergers, doch es rührte sich nichts. Auch nach mehrmaligem Hämmern mit der Faust war hinter der Tür noch immer nichts zu hören. Gret zögerte einen Augenblick, doch dann drückte sie beherzt die Klinke runter.

»Herr, Herr, wacht auf, Euer Bruder schickt nach Euch.«

Ein blonder und ein brauner Haarschopf ragten eng aneinander gelehnt zwischen einer Ansammlung von Kissen hervor.

Gret rief noch einmal. Endlich begann sich der braune Schopf zu regen, und nach und nach schälte sich der jüngste Zollernspross aus seinen Daunen. Schlaftrunken blinzelte er, gähnte herzhaft und musterte Gret aus seinen wasserblauen Augen. Völlig nackt tappte er zu Gret hinüber, zog ihr die leinene Haube vom Kopf und betrachtete das lange Blondhaar mit Wohlgefallen. Prüfend griff er ihr an die Hüfte.

»Gar nicht schlecht.« Er rieb sich die rot geränderten Augen. »Merkwürdig, warum kenne ich dich denn nicht?« Der Merkenberger schüttelte verwirrt den Kopf. »Na, egal, du gefällst mir. Los, ab ins Bett, die Annie soll sich davonscheren. Vielleicht habe ich mit dir mehr Spaß als mit dem knochigen Ding da.«

Gret ignorierte die Rede und wiederholte ihren Auftrag. »Ich wurde geschickt, Euch dringend zu Eurem Bruder zu rufen. Euer Vater wartet auch schon«, fügte sie noch hinzu.

»Schade. Na gut«, gähnte der Grafensohn und wankte zu dem Haufen Kleidungsstücke, die wild durcheinander in den Binsen lagen. Er drehte Gret seinen gräflichen Hintern zu und angelte umständlich nach seiner Bruech.

»Komm her, du kannst mir die Beinlinge annesteln«, befahl er und grübelte dann: »Doch, ich habe dich schon mal gesehen.«

»Ich bin mit Tilia von Wehrstein gekommen«, half ihm Gret auf die Sprünge.

»Ach ja, und du bist von meinem lieben Bruder schon in Gebrauch«, stellte er fest. »Hätte ich mir ja fast denken können, dass solch eine Süßigkeit hier nicht ungegessen liegen bleibt.«

Leichte Röte zog über die Wangen der Magd. Sie schwieg und half dem Zoller in seine Gewänder.

»Aber das macht nichts«, fügte er hinzu, als er hinter Gret den Gang hinunter zu seines Bruders Gemach schlurfte. »Ein wenig Abwechslung zwischen den Beinen hat noch keinem geschadet, und wir werden schon noch unseren Spaß miteinander haben. Ich werde es nicht vergessen«, flüsterte er ihr mit einem verzerrten Grinsen zu, als sie ihm die Tür aufhielt. »Verlass dich darauf!«

Ihre Gedanken waren noch bei seinen letzten Worten, als sie geschwind die Becher wieder füllte und auch dem jüngsten Zollernspross einen in die Hand drückte. Äußerlich die unbewegliche Miene bewahrend, seufzte sie innerlich schwer. Erst jetzt begriff sie so richtig, welch Privileg sie den anderen Mägden gegenüber auf Wehrstein genossen hatte. Wie viele männliche Hände hatte es wohl von ihrer Haut abgehalten, dass sie der Bastard des Hausherrn war?, überlegte sie.

Der alte Graf, der als Erstes seinen Sohn ausführlich für sein spätes Erscheinen und dann allgemein für seinen liederlichen Lebenswandel gerügt hatte, wandte sich nun dem Grund dieses frühmorgendlichen Treffens zu. Er musterte die abgerissene Gestalt noch einmal durchdringend und forderte den Mann zu sprechen auf.

»Ich bin Ludwig, der Konstanzer genannt, Herr Graf.« Linkisch verbeugte er sich nach allen Richtungen. »Ich habe als Schneiderlehrling beim Meister Langnas in Haigerloch gearbeitet – bis zu seinem Tod im letzten Jahr – und mach die Arbeit nun mit seiner Witwe zusammen, doch die Geschäfte gehn nicht so gut, dass man davon leben könnte.«

In des Merkenbergers Gesicht zeichnete sich Ungeduld ab. Hastig fuhr der Schneidergeselle fort.

»Mein Schwager ist Schneider am Hof des verehrten Grafen Eberhard von Württemberg, und vor ein paar Wochen hat er mir einen Beutel Geld und einen Auftrag gebracht.«

Nun spitzte Gret die Ohren. Das schien ja interessant zu werden. Äußerlich teilnahmslos füllte sie die Becher wieder auf und versuchte, nicht aufzufallen. Die Herren hatten sie anscheinend völlig vergessen.

»Ich solle in einer bestimmten Nacht dafür sorgen, dass der Walger nicht am Tor steht, sondern einer, der ein paar Leute nachts aus dem Türlein lässt.« Unsicher leckte sich der Schneider die Lippen.

»Ich habe das Geld genommen. Die Witwe des Meisters ist ein geiles Weib, die für ein paar Münzen gern dem Walger die Zeit vertrieben hat. Ich selbst habe derweil die Wache übernommen und die Leute aus dem Törchen gelassen. Ich habe mir da nicht viel dabei gedacht, nur gewundert hat es mich, warum jemand nachts aus einer Stadt hinauswill und dafür auch noch Geld bezahlt, doch als dann die Württemberger und Ihr, die Herren Grafen, vor dem Tor wart, da habe ich verstanden, was gespielt wurde, und bekam es mit der Angst zu tun.« Er riss die grauen Augen weit auf.

»Graf Albert sagt, das war Hochverrat, und er will mich aufhängen lassen! Walger hat ihm gesagt, dass ich am Tor war. Die Häscher waren schon unterwegs, mich zu holen. Gerade noch rechtzeitig konnte ich mit dem Schlüssel durchs Tor schlüpfen. – Dabei hätte ich nie mitgemacht, wenn ich gewusst hätte, dass der Württemberger und ihr …« Verwirrt schwieg der Schneider.

»Was willst du hier?«, fragte der alte Graf leise.

»Wohin hätte ich mich denn wenden sollen? Der Württemberger gibt nun mir die Schuld, dass das Törchen zu früh geöffnet wurde, und fordert meinen Kopf. Graf Albert hat es auf meinen Hals abgesehen. Ich wusste nicht, an wen ich mich wenden soll, also bin ich die ganze Nacht durchgeritten, um bei Euch Zuflucht zu finden.«

»Und warum ist die Tür zu früh geöffnet worden?«, mischte sich nun Eitelfriedrich ein.

Die Frage war dem Schneider sichtlich unangenehm. »Nun ja, ich konnte ja nicht wissen, dass die Zeit eine Rolle spielt, und da ich noch zu einem wunderbaren Liebchen wollte, ließ ich den Spielleuten sagen, sie sollten noch vor der Mette an das Tor kommen.«

Der Merkenberger sprang von seinem Stuhl auf. »Also du trägst die Schuld an dieser demütigenden Niederlage! Nicht wir waren zu spät, du warst zu früh!« Er packte den Schneider am Hals und schüttelte ihn. »In der halben Zeit zwischen Mette und Laudes hieß es«, schrie er immer wieder, während sich seine Hände um den dünnen Hals schlossen.

Der Schneider lief erst rot an, dann verfärbte sich sein Gesicht bläulich. Die Augen traten vor, die Hände griffen ins Leere. Gret stand wie erstarrt da und konnte ihren Blick nicht von dieser schrecklichen Szene abwenden.

»Ich dulde es nicht, dass in meinem Palas Menschen getötet werden«, sagte der alte Graf schleppend, ohne sich von seinem Sessel zu erheben.

»Er ist ein Verräter und ein Versager«, brüllte der Merkenberger, ohne von seinem Opfer abzulassen.

»Nicht in meinem Palas«, wiederholte der Graf störrisch.

Der Zollernsohn lockerte seinen Griff.

»Vielleicht können wir ihn zu etwas gebrauchen?«, warf Eitelfriedrich ein.

»Einen unfähigen Schneider, der für Geld alles und jeden verrät und den Verrat auch noch falsch ausführt?« Der junge Friedrich sah seinen Bruder verächtlich an. »Das Einzige, wozu der taugt, ist Krähenfutter!«

Der Schneider ächzte und stöhnte. Er wimmerte um Gnade, strampelte und versuchte, sich loszureißen, doch der Merkenberger schleppte ihn mit festem Griff in den Hof hinaus, über die Brücke bis zum Tor.

Als am Mittag die Lumpensammler aus Hechingen kamen, um in den Abfällen der Burg nach etwas Brauchbarem zu suchen, fanden sie unter Mist und Küchenabfällen auch eine frische, kopflose Leiche. Der Mantel war zerrissen und blutbefleckt, doch um den Leinenrock entspann ein heftiger Streit. Der Sieger trug ein blaues Auge, aber, sehr zufrieden, auch den Rock als Lohn davon.

✠ ✠

Nach dem Morgenmahl traf sich eine kleine Gruppe vor den Ställen, um zum Kloster nach Stetten hinunterzureiten. Die Stunde des Abschieds nahte. Einer der Bollerbrüder ritt mit dem Merkenberger voran, der sich überraschenderweise anschloss. Auch der Graf und sein ältester Sohn ritten ein Stück des Weges mit. Sie wollten nach Hechingen und dann bis zum Abend des anderen Tages auf einigen Gütern der Grafschaft nach dem Rechten sehen. Ihnen folgten Tilia mit Dorothea und die Kinderfrau Trude. Bis zuletzt hatte die Alte gehofft,

Williburgis zum Mitkommen bewegen zu können, doch die Grafentochter weigerte sich bockig.

»Ach, sie ist sonst so eine reizende Jungfrau«, seufzte Trude tief.

»Die Gräfin Williburgis?«, griff Tilia das Gespräch auf, neugierig, mehr über die Burg und ihre Bewohner zu erfahren.

Die Kinderfrau erschrak. Eigentlich hatte sie mehr zu sich und ihren Gedanken gesprochen. Sie sah die fremde junge Frau neben sich an und presste schnell die Lippen aufeinander, als habe sie schon zu viel gesagt. Und dennoch drängte es sie, endlich mit einem Menschen über die drückende Last auf ihrer Seele zu sprechen.

Tilia tat so, als bemerke sie die Ablehnung nicht. »Sie ist eine Schönheit, deine Herrin«, versuchte sie ein Gespräch in Gang zu bekommen. »Die edle Haltung und die zierlichen Glieder.«

»O ja, ganz die Mutter«, sprang die Kinderfrau darauf an. »Vielleicht werdet Ihr sie in Stetten sehen. Sie ist eine so große Dame, die edle Udelhild von Dillingen, auch wenn ihr Haupt nur noch ein einfacher Nonnenschleier ziert.«

»Das war für Williburgis sicher nicht einfach, als ihre Mutter beschloss, sich zu den Nonnen zurückzuziehen …«, hakte Tilia weiter nach.

»O ja, sie ist einfach zu zart, sich durchzusetzen. Früher, da war es eine Lust, auf Zollern zu leben. Die Gräfin war eine reizende Gastgeberin. Der Saal hätte jedem Herzog Ehre gemacht und erst die Speisen, die gereicht wurden! Spielleute waren oft zu Gast, es wurde getanzt und dem Minnesang gehuldigt. Heute muss man sich der Zustände schämen.« Ihre Miene verdüsterte sich. »Das Essen ist eine Schande, überall Dreck, Ratten, kein sauberes Linnen, die Kleiderkammer leer. Die Ritter merken es nicht einmal, sind die meisten von der heimischen Burg ja nichts Besseres gewöhnt.«

Tilia tastete sich vorsichtig weiter. »Es muss die Arme sehr getroffen haben, die Mutter zu verlieren. Es ist doch schon Monate her, und doch wirkt sie so tief bedrückt.«

»Ach ja«, seufzte die Kinderfrau. »Das ist es ja gar nicht. Sie ist zu weich und unerfahren. Dennoch, mit der Führung der Burg wäre sie sicher irgendwann zurecht gekommen, wenn nicht ...« Erschrocken stieß sie einen ärgerlichen Laut aus.

Schnell wechselte Tilia das Thema, denn es war klar, dass sie hier auf direktem Wege nichts weiter erfahren würde.

»Aber sie hat doch sicher große Hilfe an ihren Damen. Die Gattin des Ritters Eitelfriedrich – Kunigunde von Baden glaube ich – ist dem Rang nach ihr am nächsten ...«

»Ha, große Hilfe?«, fiel die Kinderfrau ihr ins Wort und spuckte voller Verachtung aus. »Wenn eine der Damen doch nur einmal irgendwo mit Hand anlegen würde, aber sie verbringen ihre Zeit nur mit leerem Geschwätz. Da kann die Burg in einem Haufen Unrat versinken, sie würden trotzdem in der Kemenate sitzen und ihre spitzen Zungen über die Ritter laufen lassen.«

»Ja, die Herren Ritter«, murmelte Tilia, »für manch schwaches Weib ein Brunnen ständigen Glücks, für manches Weib aber der Quell tiefen Trübsinns.«

Es war ein Pfeil ins Blaue, doch er traf. Die Kinderfrau straffte sich und sah Tilia scharf an.

»Woher wisst Ihr das? Ich meine, was meint Ihr damit – ich wollte sagen ...« Sie biss sich auf die Lippen und funkelte Tilia böse an. Kein Wort mehr war ihr zu entlocken, bis sie das Kloster am Fuß des Zollernberges erreichten.

Der Abschied verlief ohne Tränen, und dennoch wurde Tilia das Herz schwer, als sie ihre Schwester zwischen den verhüllten Gestalten der Bräute Christi sah. Das Kind nahm bereitwillig die dargebotene Hand der Mutter Oberin. Neugierig ließ das Mädchen den Blick durch das Gewölbe wandern.

»Lebe wohl, liebste Dorothea, ich werde für dich beten.« Tilia hatte einen Kloß im Hals. Das Kind unterbrach seine Betrachtungen und wandte sich abrupt seiner Schwester zu.

»Ich werde ganz brav sein. Wann holst du mich denn wieder ab?«

Tilia eilte zu ihr und kniete bei ihr nieder. Ihre Arme umschlangen den zarten Leib. »Ich kann dich nicht wieder abholen. Du wirst nun hier wohnen und ich dort oben auf der Burg.«

Dorothea kaute nachdenklich auf ihrer Lippe. »Du musst nicht traurig sein«, sagte sie und streichelte Tilias Haar. »Wenn ich größer bin und ein Pferd habe, dann komme ich hinaufgeritten und besuche dich.«

Auf dem Rückweg gesellte sich Friedrich der Merkenberger zu Tilia. Er schien guter Laune zu sein. Seine blauen Augen strahlten. Mit seiner muskulösen Gestalt machte er eine gute Figur auf dem kräftigen braunen Streitross. Verstohlen betrachtete Tilia ihn unter ihren Wimpern hervor. Er trieb sein Pferd näher an das ihre, dass sich ihre Beine fast berührten.

»Ja, seht Euch nur um, Fräulein Tilia, all das herrliche Land, das Ihr sehen könnt, gehört zur Grafschaft Zollern. Kommt noch ein Stück weiter, dann habt Ihr einen wunderbaren Blick auf die Stadt Hechingen. Mein Großvater hat sie dort oben auf dem Bergsporn über der Starzel gegründet. Die Gehöfte, die Ihr dort unten seht, gehören zum alten Dorf Hechingen. Weiter drüben liegt St. Luzen. Solange es oben in der Stadt keine Kirche gibt, ist sie auch Pfarramt für die Bürger. Wir haben auch zwei Mühlen an der Starzel. Wisst Ihr, was das bedeutet?« In seinem Blick glomm Gier. »Es bedeutet so viel wie pures Gold. Die Grafschaft Zollern wird wachsen und blühen. Bald wird Hohenberg in unserem Schatten verkümmern. Wie gefällt Euch denn Haigerloch?« Die Frage kam so überraschend, dass Tilia ihn nur aus großen Augen anstarren konnte.

Doch er schien nicht ernsthaft eine Antwort zu erwarten. Er lobte weiterhin die Schönheit der sanften Hügel, die Erhabenheit der schroffen Alb und den Zollernberg mit der aufragenden Burg.

»So schön und erhaben, wie auch Ihr es seid«, sagte er und sah die Ritterstochter an seiner Seite herausfordernd an. »Stolz und Schönheit machen eine Frau gut für die Minne«, schnurrte er und trieb ihr damit die Röte ins Gesicht. »Ihr habt von beidem genug, um mehr als nur neugierig zu machen.« Er schwieg einige Augenblicke und weidete sich an ihrem Unbehagen.

»Frauen sind für die Liebe geschaffen. Männer für den Kampf und die Politik. Worüber sollen wir uns unterhalten, Jungfrau Tilia von Wehrstein. Über die Liebe oder über die Politik?«

Sie wand sich und sah zur Burg hoch, die noch so entsetzlich weit weg schien. Tilia sandte ein stummes Stoßgebet zur Mutter Gottes, flehte um ihren Beistand und stürzte sich dann in die gefährliche Tändelei mit dem jüngsten Sohn des Grafen von Zollern.

✠ ✠

Es war schon dunkel, als Gret ein Bündel Kienspäne zu den Wächtern am Tor hinuntertrug. In einer kleinen Gruppe standen die Wächter und drei der Ritter beisammen, unter ihnen auch der Merkenberger. Gret grüßte zurückhaltend, beugte die Kienspäne in eine Kiste in der Turmstube und beeilte sich dann, den Vorhof zu durchqueren. Wie weit es doch zur Küche war. Zwei Tore und zwei Höfe trennten sie von ihrer Tochter, die dort auf sie wartete.

Noch bevor sie seine Schritte hörte, wusste sie, dass er ihr nachkam. Sie raffte den Rock, um schneller ausschreiten zu können, begann zu laufen, doch unter dem Tor holte er sie ein. Er griff nach ihrem Arm. Gret wand sich und versuchte, sich zu befreien.

»Ja, lauf weg, wehr dich, schrei und schlag um dich«, raunte er ihr ins Ohr, als er beide Arme um ihre Taille legte. »Ich mag kratzbürstige Weiber am liebsten. Ich liebe es, sie in die Knie zu zwingen, bis sie um Gnade winseln. Ich mag das Geräusch meiner Peitsche auf ihrer nackten Haut. O ja, wir werden viel Spaß miteinander haben!«

Seine Züge waren im sanften Mondlicht nur undeutlich zu erkennen, doch ihr war, als grinse ihr der Teufel persönlich ins Gesicht. Gret unterdrückte einen Seufzer, biss die Zähne aufeinander und ließ sich zu dem Pferdepferch bei der Schmiede ziehen. Drinnen wurde noch gearbeitet. Sie konnte das vertraute Hämmern und das Klingen des Eisens hören. Fröhliche Männerstimmen drangen zu ihr.

»Herr im Himmel, mach, dass es schnell geht und dass Rüdger nicht rauskommt«, betete sie, als der junge Graf ihren Oberkörper unsanft auf einen dicken Balken drückte. Grobe Finger hoben hastig Rock und Hemd. Mit einem lauten Stöhnen fuhr er in sie. Gret umklammerte den Balken. Das gibt blaue Flecken, dachte sie, als er ihr Leib und

Schenkel in immer schnellerem Rhythmus gegen die Holzbarriere schlug. Zwei falbe Ackergäule glotzten sie neugierig an.

Ja, sie sind wie ihr, sprach sie in Gedanken mit den Rössern. Wenn sie heiß sind, muss eine Stute her. Männer, Krönung der Schöpfung, pah! Ihrem Trieb sind sie untertan wie jedes Tier. Ob Graf oder Knecht, es gibt keinen Unterschied. Der Graf stöhnte auf, die Gäule wieherten und wichen zur Rückwand des Pferches zurück. Stimmen näherten sich.

Verdammt, fluchte sie, wann ist er endlich fertig. Ein Holzspan bohrte sich schmerzhaft in ihren Schenkel.

»Was ist denn das?« Hörte sie die Stimme des Ritters, der ihren besten Rock auf dem Gewissen hatte.

»Das ist der Merkenberger, der seine abendliche Lust loswerden muss«, antwortete einer. Die anderen lachten.

»Ah, ich glaube, es ist das knusprige Hühnchen der Wehrsteinerin, das er da am Genick hat.«

»Halte es fest, ich will auch mal!«, dröhnte der von Ringelstein-Killer und erntete wieder Gelächter. In diesem Moment wurde die Tür zur Schmiede aufgerissen. Heinz, der Hüne, kam nachsehen, was es für einen Aufruhr gab. Hinter ihm tauchte Rüdger im Schein des Feuers auf.

Da ging ein Zittern durch den jungen Grafen, und er erschlaffte. Mit einer raschen Bewegung gelang es Gret, sich unter seinem Körper hervorzuwinden. Ohne sich umzudrehen, rannte sie los. Sie hörte die Ritter hinter sich lachen, hörte Rüdgers Stimme, die nach ihr rief, dann seinen schnellen Schritt, der ihr folgte. Im Laufen versuchte sie, ihre Röcke zu ordnen, doch noch vor der Küche holte er sie ein.

»Verflucht noch mal, Gret, was soll das?«, schrie er sie an.

Hass funkelte in ihren Augen, als sie ihn ansah. Ihre aufgeschürften Hände zu Klauen gekrümmt, stand sie da und fauchte: »Verschwinde! Lass mich in Ruhe und rühr mich nicht an!«

»Du verdorbene Schlange«, zischte er und schlug ihr ins Gesicht. Dann drehte er sich auf dem Absatz herum und verschwand in der Dunkelheit.

Sie spürte, wie es klebrig zwischen ihren Beinen herabrann, fühlte den Holzsplitter in ihrem Fleisch, die blutigen Handflächen, den geprellten Oberkörper, die glühende Wange. Zitternd vor Wut und Abscheu blieb sie eine ganze Weile vor der geschlossenen Küchentür stehen. Dann glättete sie entschlossen ihren Rock, band sich die verrutschte Haube frisch und trat in die heimelige Wärme, um nach ihrer Tochter zu sehen.

✠ ✠

Tilia schlief schlecht in dieser Nacht. Ihre Bettnachbarin hatte einen unruhigen Schlaf und wälzte sich ständig hin und her. Auch wanderten Tilias Gedanken immer wieder zum Kloster nach Stetten hinunter. Wie es Dorothea wohl erging? Ob sie sich einsam fühlte? Ob sie sich in den Schlaf geweint hatte? Ob die Nonnen sanftmütig zu dem Kind waren?

Vom Flur her war das Klappen einer Tür zu hören. Tilia hob lauschend den Kopf. Sie war nicht die Einzige. Im vordersten Bett an der Tür raschelte das Stroh der Matratze. Eine dunkle Gestalt zeichnete sich schemenhaft ab, tappte zur Tür, öffnete sie einen Spalt und verschwand. Tilia glaubte sich zu erinnern, dass die Kammerfrau Agnes mit Trude das vordere Bett teilte. Den Umrissen nach zu urteilen, musste es eher Trude sein, die das gemeinschaftliche Gemach verlassen hatte.

Wozu nur, grübelte Tilia. Schließlich gab es für die nächtlichen Bedürfnisse einen Eimer, den eine Magd jeden Morgen entleerte. Die Wehrsteinerin war nun hellwach. Vorsichtig, um ihre Bettgenossin nicht zu wecken, rutschte sie unter der Daunendecke hervor und tappte zum Fenster. Ein kühler Lufthauch ließ sie frösteln. Die schmale Öffnung erlaubte einen Blick über den Hof, der vom Palas, dem Bergfried und der Kapelle von drei Seiten eingeschlossen wurde. Der Mond trat gerade hinter den Wolken hervor und beleuchtete eine Gestalt im hellen Mantel, die mit eiligen Schritten zur Kapelle lief.

Es ist eine Frau – eine junge Frau, dachte Tilia. Dem Mantel nach bestimmt keine der Mägde. An der Kapelle angekommen, sah sich die

Unbekannte verstohlen um und huschte dann ins Innere. Kurz darauf schimmerte ein Lichtschein durch die Finsternis und erhellte die bunten Scheiben der Bogenfenster.

Wer da wohl zu dieser Zeit zur Kapelle schleicht? Wozu nur? Eine zweite Gestalt, langsamer, schwerfälliger, in einem dunklen Umhang, überquerte den Hof in Richtung Kapelle.

Hier ist nachts ganz schön was los, wunderte sich der Gast aus Wehrstein. Die zweite Gestalt könnte Trude sein, überlegte Tilia und drückte sich noch näher an das schmale Fenster.

Das verhüllte Weib umrundete einmal die Kapelle und blieb dann zögernd vor dem Eingang stehen. Vorsichtig öffnete sie die Tür einen Spalt und lugte hinein. Dann verschwand sie. Tilia blieb noch eine Weile am Fenster stehen und starrte in die Nacht. Ihr wurde langsam kalt. In der Kapelle brannte noch immer Licht, doch sonst blieb alles ruhig. Tilia beschloss gerade, wieder unter ihre warme Decke zu kriechen, als sich die Tür öffnete und jemand hereinschlüpfte.

Tilia blieb wie erstarrt stehen. Die Frau warf ihren Mantel über eine Truhe und trat dann zum dritten Bett. Das Mondlicht glitt sanft über ihren nackten Körper.

Wer schlief in der dritten Nische? Tilia versuchte, Gesichter und Namen in ihr Gedächtnis zurückzurufen.

Die Nackte war im Begriff, ins Bett zu steigen, als sie plötzlich innehielt und dann mit ein paar schnellen Schritten zum Fenster eilte. Ihre Hand schloss sich um Tilias Handgelenk. Der Mond beleuchtete matt ein rundes Gesicht mit einer kleinen Nase, dunkelblondes Haar und einen üppigen Körper.

»Was macht Ihr hier?«, zischte die Stimme leise.

»Verzeiht, ich bin von einem Geräusch geweckt worden und habe hinausgesehen, ob etwas passiert ist«, entschuldigte sich Tilia ebenso leise.

»Dann geht in Euer Bett zurück und sucht den Schlaf, den eine Jungfrau braucht, um ihre Schönheit zu erhalten«, erwiderte die andere, presste noch einmal warnend Tilias Handgelenk und huschte dann zu Bett.

Es hat fast wie eine Drohung geklungen, dachte Tilia, als sie sich in ihre Decke kuschelte. Wenn ihr doch nur der Name des Fräuleins wieder einfallen würde. Das brutale Gesicht des riesenhaften Ritters mit dem fehlenden Finger geisterte durch ihren Sinn, dann wieder die nächtliche Frauengestalt am Fenster. Schon fest in der Träume Hand, hatte sie den Namen plötzlich vor Augen: Salome von Ringelstein-Killer.

KAPITEL 16

Es war, als weigere sich der Tag, seinen gewohnten Gang zu gehen. Länger als sonst blieb es finster. Der Mond war längst untergegangen, und die Sterne verkrochen sich hinter grauschwarzen Wolken, aus denen erst leicht und dann immer stärker die Regentropfen herabprasselten. Dicke Tropfen weichten den Boden auf, sammelten sich zu schmalen Wasserfäden, spülten schmale Rinnen aus und entleerten sich dann in den Graben zwischen Burg und Vorhof. Das schlammige Wasser mischte sich mit dem stinkenden Unrat zu einem zähen Sumpf.

Nur trübe erhellte das gedämpfte Morgenlicht das trostlose Grau. Da schlüpften die Mägde und Knechte nur widerwillig in ihre feuchten Kittel und Röcke, stülpten sich die mit klammem Stroh gepolsterten Holzschuhe über, hüllten sich in ihre zerschlissenen Umhänge und machten sich auf, ihr Tagewerk zu beginnen.

»Dich brauche ich für die Wurst«, war das Erste, was Gret an diesem Morgen zu hören bekam, als sie steifbeinig und schlaftrunken zur Latrinegrube torkelte und dort auf Hanna traf.

»Das Frühmahl fällt für das Gesinde heute aus. Erst wird geschlachtet.«

»Ich wünsche dir auch einen guten Morgen«, entgegnete Gret gähnend und hob ihr Hemd.

Hanna grinste. »Brauchst gar nicht schnippisch zu werden. Heute wird gearbeitet. Um dich mit den Herren Grafen zu belustigen, hast du des Nachts ja Gelegenheit genug.« Die Köchin wartete keine Antwort ab, sondern stapfte durch den Regen davon.

Gret streckte dem breiten Rücken die Zunge heraus. »Altes Keifweib«, brummte sie, um ihren Unmut loszuwerden.

Bevor sie den Anweisungen der Köchin folgte, warf die Magd noch einen Blick in den Gesindeschlafraum. Beruhigt sah sie Sofie mit zwei anderen Mädchen in den Binsen sitzen und mit grob geschnitzten Stöckchen spielen. Sie küsste ihrer Tochter die Wangen.

»Bleib schön hier bei den anderen Kindern. Ich hole dich später, wenn es etwas zu essen gibt.«

Das kleine Mädchen nickte nur, ohne sein Spiel zu unterbrechen. Eilig lief die Wehrsteiner Magd zur Küche, um ihre Befehle entgegenzunehmen. Mit Hanna zusammen trug sie einen großen Eisenkessel hinaus. Ella folgte ihnen, mit einem Eimer und langen Holzlöffeln beladen. So schlitterten und rutschten die drei über die triefende Zugbrücke zu einem windschiefen Strohdach, das an vier Pfosten befestigt war. Der gestampfte Lehmboden war von dunklem Rot. Ein junger Ochse, der an einem der Pfosten angebunden war, sah die Frauen aus großen, braunen Augen ängstlich an. Vielleicht roch er das Blut, das den Boden über unzählige Jahre hinweg getränkt hatte.

Stöhnend stellten die Frauen den schweren Kessel auf die Erde. Schlamm spritzte gegen ihre Füße. Für einige Augenblicke war nur das Rauschen des Regens zu hören, doch dann quiekte ein Schwein. Drüben an der Mauer wurde die Tür zum Stall aufgerissen, und zwei Knechte mühten sich, eine ausgewachsene Sau zum Schlachtplatz zu treiben. Ein kräftiger Kerl mit wildem Bart zog ungeduldig an dem Strick, den er dem Schwein um eines der Vorderbeine gebunden hatte. Ein langer Bursche, dessen ausladender Schlapphut seine Züge verbarg, drosch mit einem Stock auf das Tier ein, doch immer wieder gelang es der Sau, seitlich auszubrechen. Die Männer fluchten.

»Verdammt, Jakob, nun zieh halt«, rief der mit dem Schlapphut.

»Mach ich ja, du Besserwisser. Lern du lieber die Rute zu führen. Hau ihm eins auf den Schinken, aber richtig!«

Hanna gab ihre nicht sehr hohe Meinung über die Fertigkeiten der Männer zum Besten, doch dann lief sie zu den beiden und packte das Schwein bei den Ohren. Empört quiekte das Tier auf, als die drei Eigenleute des Grafen es unter das Dach zerrten. Ella holte einen zweiten Strick und half, dem sich wehrenden Schwein die Hinterbeine zu fesseln. Jakob hakte flink eine grobe Kette ein, dann zog er sie mit des Erkingers Hilfe über das hohe eiserne Dreibein. Das Schwein schrie ohrenbetäubend, während es langsam den Boden unter den Beinen verlor. Bald baumelte es hilflos quiekend in der Luft. Jakob zog seinen langen Dolch aus dem Gürtel. Der Ochse zerrte an seinem Riemen und brüllte mit dem Schwein um die Wette, als der scharfe Stahl flink in Speck und Fleisch fuhr. Blut spritzte über Arme und Kittel und troff in den Schlamm. Noch einmal schwoll das Kreischen an, dass es durch Mark und Bein fuhr. Dann brach das Quieken ab.

Hanna und Gret wuchteten den Kessel heran. Geschickt schlitzte der Knecht den noch zuckenden Körper der Länge nach auf, dass das frische Blut in warm dampfenden Strömen in den Kessel floss. Der Ochse schnaubte ängstlich. Längst war ihm klar, dass er das nächste Opfer sein würde.

»Mama, Mama«, rief Sofie und kam, triefend vor Nässe, in ihrem kurzen Kittel durch den Regen gehüpft. Die nackten Beine waren bis zu den Knien mit Schlamm bedeckt. Ein Strahlen huschte über Sofies Wangen, als sie Gret unter dem Dach entdeckte.

Die Ärmel hochgekrempelt, den langstieligen Löffel mit beiden Händen umfasst, stand Gret nun schon seit Stunden hier und rührte den Topf mit Blut durch, damit es nicht gerinnen konnte. Hinter ihr hingen die Kadaver oder das, was von ihnen übrig war. Immer wieder kam Hanna oder einer der Knechte, ein Stück Fleisch oder Speck zu lösen, um es in der Küche zu kochen oder braten, salzen oder unter dem Dach zum Trocknen aufzuhängen.

Sofies Händchen krallten sich in Grets Rock. »Die haben alle was zu essen gekriegt, aber du hast mich nicht geholt.«

»Tut mir Leid, mein Schatz. Ich muss hier noch eine Weile rühren. Hast du von Rüdger was bekommen?«

Sofie schüttelte den Kopf. »Aber die Ella hat mich in die Küche mitgenommen und mir Brot gegeben.« Sie öffnete eines ihrer schmutzigen Fäustchen und ließ ein zerdrücktes Etwas sehen, das mal ein Stück Brot gewesen sein konnte.

»Willst du das?«, fragte das Kind.

Dankend lehnte Gret ab. »Iss du nur.«

Das Kind schob sich den Kanten zwischen die Zähne und kaute schmatzend. »Da kommt Tilia«, sagte Sofie plötzlich und deutete mit ihren spuckenassen Fingern zum Tor hinüber. Gret wandte den Kopf.

In ihren dicken Mantel gehüllt, schritt die Wehrsteintochter durch den Morast auf sie zu, trat unter das Dach und schüttelte sich, dass die Tropfen flogen. Schweigend sah sie die Magd an, die stumm das Blut umrührte.

»Sie sitzen seit dem Morgenmahl in der Kemenate zusammen und sticken – und reden sinnloses Zeug. All die großen Damen.« Tilia knetete ihre Hände. Sie wusste nicht so recht, was sie sagen sollte. Es war, als sei ihr Gret in diesen wenigen Tagen fremd geworden. Mit unbeweglicher Miene stand die Magd nur da und rührte.

»Ich habe es nicht mehr ausgehalten. Die Burg ist viel größer als Wehrstein, und doch komme ich mir vor wie der kleine Vogel in seinem Käfig, den die Edelfrau von Baden in ihrer Kammer hält. Mir war, als bekomme ich keine Luft mehr.« Sie räusperte sich. »Die haben gesagt, ich sei verrückt und werde mir den Tod holen, wenn ich in den Regen hinausgehe, aber ich wollte einfach wissen, wie es dir und Sofie geht«, sagte Tilia leise. »Ich vermisse Dorothea und denke immer, wie einsam sie sich fühlen muss, dort in der fremden Umgebung zwischen den kalten Klostermauern.«

Grets Züge wurden weich. »Danke, wir kommen schon zurecht. Und Dorothea wird sich an das Leben bei den Nonnen gewöhnen. Es ist nicht das Schlechteste für eine Frau.«

»Sie geben dir viel Arbeit«, stellte Tilia fest und nickte in Richtung Kessel.

»Eine Magd ist zum Arbeiten da«, erwiderte Gret gleichgültig.

Unruhig trat Tilia von einem Fuß auf den anderen. »Die anderen Damen reden über den jungen Grafen – und über dich.«

Gret versteifte sich.

»Sie sagen, Graf Eitelfriedrich hat nun was Neues für sein Lager.« Tränen traten in ihre blauen Augen. »Es tut mir so Leid, Gret. Du hättest auf Wehrstein bleiben sollen.«

Die Magd sah erstaunt auf. »Des Grafensohn Lager ist nicht unangenehmer als Rüdgers, das glaube mir.«

»Aber Rüdger ist dein Gemahl.«

Die Magd schnaubte durch die Nase. »Auch auf Wehrstein hat der Vater mich zu Graf Eitelfriedrich geschickt, wusstest du das nicht? Was glaubst du wohl, warum ich mitkommen sollte?«

»Ich wusste es nicht. Wahrscheinlich wollte ich es gar nicht wissen.« Die Ritterstochter seufzte tief.

»Jetzt schau nicht so leidend. Ich lass mich nicht unterkriegen.« Gret schlug einen heiteren Ton an, versuchte sich an einem Lächeln und wechselte das Thema.

»Wie geht es denn dir dort drin mit den ganzen Rittern und der jungen Gräfin?«

Tilia zuckte die Schultern. »Williburgis benimmt sich sehr merkwürdig. Heute hat sie noch kein Wort gesprochen. Sie starrt nur mit ablehnender Miene vor sich hin. Den anderen Damen scheint ausschließlich an ihrem Vergnügen gelegen zu sein. Die Ritter, nun ja«, sie überlegte. »Die meisten sehe ich lieber nur von fern. Außer Swenger von Lichtenstein, der ist sehr zuvorkommend. Bei ihm fühle ich nicht diese Beklemmung. Und dann ist da noch der Merkenberger. Ich werde nicht so ganz schlau aus ihm. Er stößt mich ab und ist dennoch seltsam faszinierend.«

Gret hustete, als habe sie sich verschluckt, und wechselte schon wieder unvermittelt das Thema.

»Wenn ich an den Saal in Wehrstein denke, dann kommt mir der auf Zollern trotz seiner beachtlichen Größe eher wie ein Saustall vor.«

»Ja, ist es nicht ein Jammer?«, pflichtete ihr Tilia bei. »Ich habe schon vorsichtig nachgefragt, wer denn welche Arbeiten übernehmen würde, doch sie haben mich nur auf meinen Platz verwiesen. Die von Baden will nichts von Arbeit wissen und schiebt alles auf Williburgis, und die anderen sagen, es käme ihrem Rang nicht zu, ohne Anweisungen der Zollerndame etwas zu ändern. Und darüber sind die verdammt froh, wenn du mich fragst.«

Der untypische Fluch der Ritterstochter entlockte der Magd ein Lächeln. »Früher oder später wirst du die Fäden schon in die Hand nehmen«, prophezeite sie.

»Lieber gestern als heute«, knurrte Tilia. »Doch ich wollte eigentlich mit dir über den Merkenberger sprechen. Er verwirrt mich. Er hat mir so merkwürdige Fragen gestellt.«

Zum ersten Mal ließ Gret den Löffel ruhen und schaute Tilia scharf an.

»Er wollte wissen, wie ich Haigerloch finde und ob ein Weib sich mit Politik befassen soll und manches mehr.«

Gret begann wieder zu rühren. »Sie wissen, dass wir während des Überfalls in Haigerloch waren, und sie wissen von Heinrichs Wunden. Die Gerüchte und Verdächtigungen werden mit jedem Tag wilder, wenn du ihnen nicht Einhalt gebietest.«

Tilia hob hilflos die Hände. »Wie soll ich das?«

»Sprich mit dem alten Grafen, wenn er zurückkommt. Sag ihm die volle Wahrheit und vertraue dann darauf, dass er die Schwätzer zum Schweigen bringt.«

Die Küchenmagd Ella beendete das vertrauliche Gespräch. Sie schöpfte einen Eimer Blut und brachte ihn in die Küche. Nachdenklich kehrte Tilia zum Palas zurück, während in der Küche für die Blutwurst Bauchspeck und Schwarte gekocht, Därme gesäubert und Brühe abgeschöpft, Milch mit Blut verrührt, Speck und Zwiebeln gewürfelt und dann alles mit wertvollen Nelken und weit gereistem Pfeffer gewürzt wurde.

✠ ✠

»Vater Laurenz?«

Zaghaft trat Tilia in die düstere Kapelle. Noch immer rauschte der Regen herab, ein kalter Wind heulte um die Ecken. Fröstelnd zog Tilia ihren klammen Mantel enger um die Schultern, ging langsam über die unebenen Steinplatten zum Altar hinunter, knickste und bekreuzigte sich vor dem leidenden Christus. Ihre Schritte hallten durch die leere Kapelle.

»Vater Laurenz, seid Ihr da?«, fragte sie noch einmal.

Da öffnete sich die schmale Tür in der Wand zwischen dem Bildnis der drei Frauen am Grab und dem des heiligen Michael. Gähnend schlurfte der Gottesmann heran. Sein schütteres, graues Haar stand wild in alle Richtungen.

»Was kann ich für Euch tun, mein Kind? Ihr kommt wohl zur Beichte. Das ist gut. Setzt Euch zu mir und erzählt mir alles genau, denn nur dann kann ich Eure Seele wieder reinwaschen.«

Tilia schüttelte den Kopf. »Ich bin nicht gekommen, um zu beichten, Vater Laurenz. Ich wollte Euch um ein Stück Pergament, Feder und Tinte bitten.«

Der Kaplan verzog säuerlich den Mund und sah das junge Mädchen von oben bis unten an. »Ich bin ein Mann Gottes, kein Schreiber für jedermanns unkeusche Liebesschwüre«, keifte er.

Tilia versuchte, freundlich zu lächeln. »Ich habe nicht vor, eine Liebesbotschaft zu verfassen. Ich möchte meinem Vater, dem Edelfreien Hildebolt von Wehrstein, eine Nachricht zukommen lassen. Ich habe gehört, ein Bote bricht morgen nach Westen auf.«

»Aha«, brummte Vater Laurenz und kratzte sich seine von der Kälte gerötete Nase. »Hat der Herr Graf das erlaubt?«

Tilia musste sich Mühe geben, ihre aufkeimende Wut zu zügeln. »Ich glaube nicht, dass ich eine Genehmigung des Grafen benötige, um mit meinem Vater zu korrespondieren.«

Vater Laurenz murmelte etwas Undeutliches und winkte ihr dann, ihm zu folgen. Er führte Tilia in einen kleinen Anbau. In dem vorderen, winzigen Raum stand ein Schreibpult mit einem Hocker davor und eine massive Eichentruhe. Durch die offene Tür konnte das Mädchen im Nebenraum eine schmale Bettstatt sehen und auf einem Brett an der Wand – Bücher. Mindestens ein Dutzend. Tilia riss erstaunt die Augen auf. Solche Schätze hätte sie hier nicht erwartet.

Der Kaplan setzte sich auf den Schemel, zog ein Blatt Pergament hervor, rührte die abgestandene Tinte auf und spitzte die Feder.

»Nun, was wollt Ihr Eurem Herrn Vater mitteilen?«

Tilia wehrte ab. »Nein, nein, Vater Laurenz, Ihr missversteht mich.

Ich möchte Euch nicht belästigen und Eure Dienste in Anspruch nehmen. Ich kann selbst lesen und schreiben.«

Der Gottesdiener kniff den Mund zusammen, dass seine Lippen fast verschwanden. Nur widerwillig räumte er seinen Platz, um ihn dem Mädchen zu überlassen. Mit auf dem Rücken verschränkten Händen schritt er, leise vor sich hin brummelnd, auf und ab. Immer wieder hob er den Blick und versuchte, etwas vom Inhalt des Schreibens zu erhaschen. Tilia atmete tief durch. Sie hätte schreien mögen. Der durchdringende Blick aus seinen hellgrauen Augen machte sie nervös, und es ärgerte sie, dass er sie so misstrauisch beäugte. Schon streckte er die Hand nach dem Schreiben aus, kaum hatte sie schwungvoll ihren Namen darunter gesetzt.

»Hättet Ihr noch ein wenig Siegelwachs?«, fragte sie betont freundlich und faltete den Brief zusammen.

Zähneknirschend reichte er ihr das Gewünschte. Da Tilia keinen Siegelring besaß, ritzte sie ihre Initialen in das weiche Wachs. Die ausgestreckte Hand ignorierend, steckte sie den Brief in ihren Mantel.

»Bemüht Euch nicht, Vater«, sagte sie betont freundlich, »ich werde dem Boten das Schreiben selbst geben. Ich habe schon genug Eurer kostbaren Zeit geraubt und will Euch nun nicht länger belästigen.«

Vater Laurenz folgte ihr in die Kapelle zurück. »Ich habe Zeit, mein Kind, wenn Ihr jetzt beichten wollt? Vielleicht gibt es ja etwas, das auf Eurer Seele lastet und Euer Gewissen betrüben könnte?«, fügte er schlau hinzu.

Tilia musste sich ein Grinsen verkneifen. »Guter Vater, es steht nichts in meinem Schreiben, das ich Euch nun beichten müsste, um meine Seele nicht zu gefährden.« Ohne sich noch einmal umzudrehen, schwebte sie hinaus, in dem Bewusstsein, sich auf Zollern wieder einmal keinen Freund gemacht zu haben.

Der Kaplan blieb nicht lange allein. Ein Ritter trat in die Kapelle und ging dann leichten Schrittes bis zum Altar.

»Kommt Ihr, zu beichten, Ritter Swenger von Lichtenstein?«, fragte Pater Laurenz scharf. Die Abscheu in seiner Stimme war nicht zu überhören. Der junge Ritter senkte das Haupt, obwohl er am liebsten aus der Kapelle gestürmt wäre, doch die Angst vor den Qualen des Feuers, das ihn dereinst nach seinem Tod verzehren würde, ließ ihn den Zorn schlucken. Beherrscht antwortete er.

»Ja, Vater, ich habe gesündigt und bitte um eine schwere Buße, damit meine Seele gereinigt werde.«

Vater Laurenz schlurfte heran, legte seine knochige Hand auf das entblößte Haupt und murmelte die passenden lateinischen Floskeln.

»Berichtet mir von Eurem sündhaften Tun und lasst nichts aus. Bereut von Herzen und versprecht Besserung, denn nur so kann Eure Seele gerettet werden.«

Er spürte, wie sich der Ritter wand, sich wehrte. Widerstand vereinigte sich mit Zorn, doch der Beichtvater ließ sich nicht beirren. Er musste all die abscheulichen Einzelheiten wissen, um eine angemessene Strafe zu verhängen. Erst dann konnte er die sündige Seele freisprechen. Außerdem war der Gottesdiener stets begierig darauf, zu wissen, was auf der Burg wirklich vor sich ging.

✠ ✠

Am Abend setzte sich Tilia wieder auf die speckige Bank neben den Ritter Swenger von Lichtenstein. Noch waren der Graf und sein Ältester nicht zur Burg zurückgekehrt. Der Merkenberger ließ ein Fass schweren Moselweins anstechen, die Wangen der Ritter und Damen röteten sich, und schon bald drohte die Stimmung überzukochen. Benigna von Hölnstein und Salome von Ringelstein-Killer ließen ihre Reize sehen und warfen den Rittern gar schamlose Blicke zu. Sie plapperten und lachten, tranken und wischten sich immer öfter den Schweiß von der Stirn.

Hans von Zell-Andeck sah Salome aus großen, trunkenen Augen bewundernd an. Sie rutschte ein Stück näher, gurrte und kicherte verführerisch, presste ihre üppigen Brüste an seinen Arm, dass der Ritter abwechselnd rot und blass wurde. Er schluckte nervös und merkte nicht, wie die anderen vergnügt die Szene beobachteten und ihre Späße machten. Als er jedoch wagte, seine Hand an ihre Taille zu legen, rückte sie plötzlich von ihm ab. Ganz die große Tugend, schalt sie ihn mit scharfer Zunge, schlug ihm gar ins Gesicht und wandte ihm dann den Rücken zu, um mit Walger von Bisingen zu schäkern.

Tilia sah, wie die Miene des Ritters erstarrte, seine Augen verengten sich, mit einem Ruck stand er auf und stürmte hinaus.

Er ist in Liebe zu ihr entbrannt, und nun hat sie ihn gekränkt, ging es Tilia durch den Sinn. Salome von Ringelstein-Killer sah dem Ritter nach und lächelte triumphierend. Sie weiß es, und sie macht es mit Absicht, dachte Tilia voller Abscheu.

Nun hielt Salome nach einem neuen Opfer Ausschau, und da kam ihr der Knappe Diemo gerade recht. Mit wiegenden Hüften schritt sie zu ihm und ließ sich neben den Jüngling auf die Bank sinken.

»Welch Freude ist es für des Weibes Auge, solch unversehrte Wangen zu sehen.« Sie warf Walger einen boshaften Blick zu. »So weich und frisch. Sind es die Wangen eines Mannes oder die eines Kindes, frage ich mich immer wieder.« Ihre Fingerspitzen fuhren die Linien seines Mundes nach. »Und diese Lippen, so zart und weich. Haben sie der Liebe Süße bereits gekostet? Ist der Schoß noch jungfräulich?«

Röte schoss Diemo ins Gesicht, doch er wagte nicht, die Edelfrau zurückzuweisen.

»Salome, kommt her zu mir, wenn Ihr eines kräftigen Mannes Glieder bedürft«, rief ihr Walger zu und klopfte einladend auf den Platz an seiner Seite. »Was wollt Ihr mit einem Kind?«

»Ich bin kein Kind mehr«, rief Diemo von Melchingen empört und sprang auf. Seine Stimme kiekste. Die Ritter lachten dröhnend.

»Da habt Ihr es«, überschrie Salome den Tumult. »Er hat bereits Erfahrung mit weichen Schenkeln!«

»Pah, das kann jeder behaupten. Er muss uns erst mal beweisen, dass er schon ein Mann ist«, mischte sich Otto von Ringelstein-Killer ein, sprang auf und, ehe es sich der Knappe versah, hatte er ihm die Beinlinge heruntergerissen und zerrte an dessen Rock. Diemo wehrte sich mit aller Kraft.

Der Ritter Walger von Bisingen packte Ella, die gerade mit einem Krug in der Hand in den Saal trat. Mit einem Schrei ließ sie den Krug fallen. Klirrend zersprang er auf dem Boden, und der Wein färbte die schmutzigen Binsen rot.

»Ich habe hier etwas zum Üben«, rief Walger und schleppte die kreischende und sich wehrende Magd zum Tisch. Berchtold und Benz sprangen herbei und griffen zu. Mit Schwung hoben sie die Magd hoch und warfen sie auf den Tisch, dass sie mit einem dumpfen Schlag auf der Holzplatte landete und zwischen Fleisch- und Knochenresten auf dem Rücken liegen blieb. Ein paar Tonbecher gingen zu Bruch.

Die Grafentochter sprang von ihrem Platz auf und stürmte, ohne ein Wort zu sagen, aus dem Saal. Die Dame Eleonore von Zell-Andeck und die Kinderfrau Trude folgten ihr. Tilia saß wie erstarrt auf ihrem Platz und verfolgte das Geschehen mit weit aufgerissenen Augen. Ungläubig wanderte ihr Blick zwischen den Rittern und Damen hin und her.

Swenger beugte sich zu ihr herüber. »Als keusche Jungfrau solltet Ihr Euch nun ebenfalls zurückziehen«, riet er ihr. Auch er machte keine Anstalten, dem Treiben Einhalt zu gebieten.

Einer der Edelknechte kniete auf den Armen der Magd, ein anderer zerrte an ihrem Rock, zwei der Ritter überwältigten den Jüngling und schleppten ihn trotz heftiger Gegenwehr heran.

Heilige Jungfrau, lass irgendetwas geschehen, betete Tilia inbrünstig, als die Tür aufgestoßen wurde und der alte Graf erschien, sein ältester Sohn in seinem Schatten. Er sagte kein Wort. Er stand einfach da und ließ den Blick durch den Saal schweifen, und dennoch verstummte das Geschrei, die Edelknechte ließen die Magd los, die Ritter den Knappen zu Boden.

Eilig krabbelte Ella vom Tisch, ordnete notdürftig ihr Gewand und schlüpfte zur Tür hinaus. Diemo zog sich die Beinlinge hoch und strich sich das Haar glatt, die anderen nahmen wieder auf den Bänken Platz. Es war, als habe der Blick und der leichte Luftzug den Weindunst und mit ihm die Tollheit aus ihren Köpfen geblasen. Nur zögerlich flammte hier und da ein leises Gespräch auf. Die Männer wandten sich wieder den fetttriefenden Fleischstücken und dem angebrannten Brot zu.

Verwirrt verabschiedete sich Tilia, um in ihrer Bettstatt Zuflucht zu suchen. Übelkeit brannte ihr im Hals und raubte ihr noch lange den Schlaf.

✠ ✠

Es war schon spät, als Vater Laurenz zum Palas hinüberschlurfte. Im Saal schnarchten die betrunkenen Ritter mit den Hunden um die Wette. Die Miene des Kaplans spiegelte Abscheu wider, als er seinen Rock hob und über einen der Schläfer stieg. Die Kienspäne in den Haltern brannten noch, so dass er keine Mühe hatte, sein Ziel zu finden. Zweimal klopfte er an die Tür und trat dann ein. Den versiegelten Brief in Händen, ging er mit großen Schritten auf Eitelfriedrich von Zollern zu, der mit einem Zinnbecher in den Händen in seinem bequemen Lehnstuhl saß.

»Das hat das Fräulein von Wehrstein …«

Erst jetzt sah er, dass der Grafensohn nicht allein war. Sein Bruder lümmelte auf dem Bett und erhob sich nun neugierig.

»Ein Schreiben der lieblichen Jungfrau? An wen? Was steht darin?«

»Es ist an ihren Vater gerichtet, und ich weiß nicht, was darin steht. Sie hat den Brief selbst geschrieben«, antwortete der Kaplan würdevoll.

»Na dann wollen wir mal sehen, was die Jungfrau so zu berichten hat«, sagte der junge Friedrich, schlenderte zu seinem Beichtvater, riss ihm den Brief aus der Hand und brach das Siegel. Sein Bruder protestierte.

»Willst du ihn nicht erst Vater zeigen?«

Sein jüngerer Bruder zuckte die Schultern. »Wozu? Vater Laurenz soll ihn uns vorlesen, und dann können wir uns immer noch überlegen, ob wir dem Grafen davon erzählen.«

Eitelfriedrich nickte widerstrebend. »Also, lest uns den Brief vor, Vater Laurenz.«

Der junge Friedrich gab das Pergament zurück. Mit großer Geste faltete es der Kaplan auseinander, räusperte sich ausgiebig und begann dann zu lesen. So manchen Satz ließ er weg, manchen schmückte er ein wenig aus, gerade so, dass die Grafensöhne ärgerlich die Stirnen runzelten.

»Woher habt Ihr das?«, fragte der Ältere der Grafensöhne, als der Kaplan geendet hatte.

»Ich habe mir erlaubt, es dem Boten wieder abzunehmen, da das Fräulein offensichtlich sehr darauf bedacht war, mir den Inhalt des Schreibens zu verheimlichen.«

»Lasst den Brief hier«, sagte Eitelfriedrich und streckte fordernd die Hand danach aus, bevor sich sein Bruder dessen bemächtigen konnte. Doch Friedrich schien das Interesse daran verloren zu haben. Gähnend räkelte er sich, murmelte einen Gute-Nacht-Gruß und trollte sich, leicht schwankend, in sein Gemach.

Eitelfriedrich kaute nachdenklich auf seiner Unterlippe. Vater Laurenz machte Anstalten, sich zurückzuziehen, doch der Grafensohn hielt ihn zurück.

»Ihr könntet doch sicher beschwören, dass sie einen Brief geschrieben hat? An Graf Albert! Die Wehrsteinerin müsste es gewesen sein, zumal ein Siegel mit ihren Initialen auf dem Brief wäre?«

Der Kaplan starrte den Grafensohn einige Augenblicke fragend an, doch dann huschte ein verstehendes Lächeln über seine schmalen Lippen.

»Wollt Ihr das Schreiben gleich aufsetzen? Habt Ihr Schreibzeug hier?«

Der Grafensohn schüttelte den Kopf. »Ich komme mit in Eure Schreibstube.« Er erhob sich rasch, warf sich den Mantel um und eilte dem Kaplan so schnell voraus, dass dieser ihm kaum folgen konnte.

Sorgfältig führte Vater Laurenz die Feder über das Pergament. Er versuchte, sich nur auf die Schwünge, Bögen und Linien zu konzentrieren, doch so sehr er sich auch bemühte, er konnte nicht verhindern, den Inhalt zu verstehen. Eine eisige Faust griff nach seinem Herzen. Es schauderte ihn, nicht nur vor Kälte. Er begriff klarer, als es ihm lieb sein konnte, dass er in diesen Augenblicken sein Schicksal mit dem des ältesten Zollernsohnes verband. Mit unbeweglicher Miene sah er zu, wie Eitelfriedrich das Siegel anbrachte und die verschlungenen

Initialen T und W hineinritzte. Auch wenn Vater Laurenz äußerlich gefasst wirkte, so tobte doch ein Sturm durch sein Gemüt, so gewaltig und vernichtend, dass er dem Kaplan die ganze Nacht über den Schlaf raubte.

Am Morgen verließ der Bote bereits in aller Früh die Burg. In seinem Gepäck hatte er einen Brief von Tilia von Wehrstein an den Grafen Albert von Hohenberg.

KAPITEL 17

Unruhig schritt Tilia vor dem Gemach des Grafen auf und ab. Sie hatte sich viel Mühe gemacht, sich in ihren grünseidenen Bliaud gekleidet und die Haare gebürstet, bis sie glänzten. Ganz genau hatte sie sich die Worte zurechtgelegt, doch nun schienen sie alle wie weggeblasen, und ihre Hände waren schweißnass. Doch es musste sein, Gret hatte Recht. Heute in der Kemenate hatten die Damen wieder getuschelt, über den Hohenberger hergezogen und hatten Tilia bewusst aus dem Gespräch ausgegrenzt. Die winzigen Seitenhiebe gegen ihren Vater und seine Loyalität schmerzten die Wehrsteinerin. Schließlich blieb Tilia vor der Tür stehen, holte tief Luft und klopfte. Der Graf rief sie herein, und so öffnete sie zaghaft. Er saß in seinem Lehnstuhl vor einem quadratischen Tischchen, das mit schwarzen und weißen Feldern bedeckt war. Weiß oder schwarz bemalte Figuren, kunstvoll aus Holz geschnitzt, schienen wahllos darauf verteilt. Erstaunt hob der Graf die Augenbrauen, als er sah, wer ihn zu sprechen begehrte.

»Ich bitte Euch um Verzeihung«, begann Tilia atemlos und sank in einen tiefen Knicks. »Ich weiß, dass es ungehörig ist, einen Ritter in seinem Gemach aufzusuchen, doch, Herr Graf, ich wusste mir keinen Rat mehr. Ich muss einfach mit Euch sprechen.«

Er nickte nur und senkte seinen Blick wieder auf die Figuren vor sich. »Dann schließt die Tür und nehmt Euch einen Schemel. Setzt Euch zu mir und erzählt, was Euch bedrückt.« Er nahm eine Figur in Form eines Reiters und stellte sie auf ein anderes Feld.

»Was ist das?«, fragte Tilia neugierig und vergaß ganz den Anlass für ihren Besuch.

»Es ist ein Spiel, in dem das Geheimnis des Lebens verborgen liegt. Es ist eine große Kunst, dieses den Figuren zu entreißen«, antwortete der Graf rätselhaft und verschob eine menschliche Figur im kurzen Kittel auf ein benachbartes Feld.

»Die Kreuzfahrer haben es von den Sarazenen mitgebracht. Seht her. Es sind zwei Länder und ihre Fürsten, die um die Macht ringen. Sie haben ihre Berater, Ritter und zwei Burgen und ein großes Heer von Bauern. Jeder Schlag schwächt den Gegner. Seine Figuren werden vom Feld genommen. Doch manches Mal kann es auch eine Falle sein. Seht her. Wenn der weiße Fürst seinen Bauern hierher stellt, kann der schwarze Fürst den Bauern mit seinem Ritter schlagen. Doch damit verlässt der Ritter die Sicherheit seines Turmes und begibt sich auf offenes Feld. Und schon kommt der weiße Läufer und metzelt den schwarzen Ritter nieder. Ist der Herrscher eines Landes besiegt oder von Gegnern umzingelt, hat er sein Leben und sein Land verwirkt – Schach!«

Tilia betrachtete das Brett. Sie berührte den weißen Fürst leicht mit den Fingerspitzen. »Das seid Ihr, Herr Graf, und dort drüben ist der Hohenberger. Eure Ritter und die des Hohenbergers, Burg Zollern, die Schalksburg und die Burgen von Haigerloch. Ein Heer von Bauern, Höfen und Dörfern, die zum Spiel als Lockvogel dienen. Bauern, die gemetzelt werden, Dörfer, die in Flammen aufgehen, alles für einen Punkt Vorsprung. Ja, Ihr habt Recht, es ist das Spiel des Lebens.«

Er sah sie aus seinen blaugrauen Augen aufmerksam an. »Ihr seid schön, mein Kind, und Ihr habt einen scharfen Verstand. Eine seltene Mischung, muss ich sagen.«

Sie griff nach einer weißen Figur, die eindeutig weibliche Formen besaß, und ließ sie von einer Hand in die andere gleiten. »Euer Sohn Friedrich meint, die Weiber seien nur für die Minne da. Das Spiel ist aber anderer Meinung.« Sie sah ihn herausfordernd an. Der alte Graf lächelte sanft.

»Ja, das Spiel ist schlau. Das Weib ist die zweitwichtigste Figur im Spiel. Doch wer ist sie, die Dame, die die Geschicke der Länder lenkt? Und welche Farbe hat sie?« Graf Friedrich von Zollern hielt die schwarze Dame hoch. »Habt Ihr nach der Richtigen gegriffen, Tilia von Wehrstein?« Er sah sie durchdringend an. Die Wehrsteinerin hielt seinem Blick stand und reichte ihm die Figur zurück.

»Ja, die Richtige, die weiße Dame.«

»Und der Ritter aus Wehrstein?«

Der Graf wog einen schwarzen und einen weißen Läufer in seinen Händen. Tilia beugte sich vor und griff nach der weißen Figur. Sie sah sich das Brett aufmerksam an und stellte den Läufer dann schützend vor seinen Fürsten.

»Der Ritter von Wehrstein kennt seinen Platz!«

Der Graf lächelte, strich sich sein dichtes, graues Haar aus dem Gesicht und lehnte sich in seinem Sessel zurück. »Man kann sich nie sicher sein. So viele Worte und Gedanken schwirren durch die Burg.«

Tilia nickte. »Ja, deshalb bin ich hier.«

Er faltete seine feingliedrigen, schlanken Hände und wartete geduldig.

»Die Neugier eines Weibes, das vorher nie die elterliche Burg verlassen hat, ist an den wirren Gerüchten schuld. Ich wollte Haigerloch mit seinen stolzen Burgen und den Graf, der für seine Minne berühmt ist, sehen.« Entschuldigend hob sie die Hände. »Ich möchte, dass Ihr mir glaubt und mir erlaubt, nicht nur auf Zollern zu leben, sondern auch ein neues Zuhause zu finden.«

Der Graf erhob sich. Ein wenig ängstlich fragend, sah sie zu ihm hoch. »Ich habe Eure Worte vernommen, mein Kind. Geht jetzt.« Er begleitete sie zur Tür. »Ihr seid hier immer willkommen. Ich würde mich freuen, wenn Ihr mir die Gelegenheit geben würdet, Euch in die Geheimnisse des großen Spiels einzuweihen.« Mit einem tiefen Knicks verabschiedete sich die Wehrsteintochter.

Graf Friedrich von Zollern saß noch immer über die Figuren gebeugt, als die Tür aufgerissen und wieder zugeschlagen wurde. Stürmisch näherten sich feste Schritte. Der Graf sah nicht einmal auf.

»Du hast das Temperament deiner Großmutter, Friedrich. Was erzürnt dich, mein Sohn?«

»Eitelfriedrich behauptet, Ihr hättet gesagt, Ihr würdet eine Trennung der Grafschaft nicht zulassen!« Empört schritt der jüngere Zollernsohn auf und ab. »Wollt Ihr mich zu den Bettlern in den Morast stoßen? Oder in eines der Klöster abschieben?«

Nun sah der Graf doch auf. Bedächtig lehnte er sich in seinem Sessel zurück und betrachtete den Sohn, dessen Wangen gerötet waren und dessen Augen vor Zorn blitzten.

»Mir steht der Südteil der Grafschaft zu. Mir allein«, schrie er. »Ich will die Schalksburg und Balingen, Mühlheim und Schömberg!«

Der alte Graf ließ ihn noch einige Augenblicke gewähren, ehe er seine Stimme erhob. »Setz dich und höre mir zu.«

Widerwillig gehorchte der Sohn.

»Ich habe euch beide frühzeitig an den Geschicken der Grafschaft beteiligt. Eitelfriedrich hier in Hechingen und auf der Burg und dich im Süden. Das wird sich auch nicht ändern. Dennoch, Eitelfriedrich ist der Erstgeborene und wird die Grafschaft erben. Du wirst dann auf der Schalksburg leben – sie und ein Stück der umliegenden Ländereien sind dein Anteil –, und du wirst für deinen Bruder die südliche Grafschaft verwalten.«

»Dann brauche ich die Merkenbergerin ja nicht zu heiraten, wenn unsere Kinder sowieso verhungern!«

Der Graf seufzte. »Sei nicht albern. Das Eheversprechen gilt schon seit Jahren, und wir haben uns viel Mühe gegeben, die Mitgift in die Höhe zu treiben. Außerdem, so klein ist dein Anteil nun auch wieder nicht und deine Braut bringt auch noch Ländereien mit.«

»Ich will keinen Anteil, ich will, was mir zusteht, die Hälfte der Grafschaft! Ist es nicht in allen Ritterhäusern und Grafschaften hier in Schwaben so der Brauch?« Er brüllte, dass seine Stimme den Gang hinunterschallte.

Nun erhob auch der Vater die Stimme. »Ja, es ist der Brauch. Mach die Augen auf und sieh, wie sie dahinsiechen, wie jede Teilung sie schneller in die Bedeutungslosigkeit sinken lässt, bis sie ihre Söhne an die Kriegsherren verkaufen. Wie viele hoffnungsvolle junge Männer lungern auf fremden Burgen herum und verdingen sich für ein paar Heller? Wie viele Ritter lauern den Kaufleuten auf, berauben sie, nur um Frau und Kinder ernähren zu können? Was meinst du wohl, wie freudig sich der Hohenberger die Hände reibt, wenn ich die Ländereien aufteile. Ich kann es deutlich vor mir sehen: Meine Söhne in ewigem Streit von den Hohenberger Hunden verschlungen. Satt und zufrieden werden sie ihre Bäuche lecken, wenn Zollern – eurer Dummheit wegen – in ihren Schoß gefallen ist!« Auf der noch glatten Stirn standen Schweißperlen. Seine Hände zitterten.

»Dann gebt die Grafschaft mir«, forderte der junge Mann. »Eitelfriedrich ist viel zu weich und zögerlich. Ich habe eine harte Hand und Verstand und kann schnell Entscheidungen treffen. Ich kann gegen den Hohenberger bestehen. Ich schwöre Euch, ich werde die Ländereien mehren und die Familie zu großem Ruhm führen.«

Der Vater schüttelte den Kopf. »Du bist jung und ungestüm. Eitelfriedrich ist besonnen und wird die Grafschaft vor unnötigen Fehden schützen.«

»Besonnen? Ein Feigling ist er!«, schimpfte der junge Ritter abfällig.

Der Graf wandte sich wieder seinem Spiel zu. »Ich betrachte dieses Gespräch nun als beendet. Eitelfriedrich ist der Erstgeborene, und er allein wird Graf von Zollern, wenn ich unter kalter Erde in Stetten ruhe.«

»Ich hoffe, es wird sich ein Hohenberger Schwert für meines Bruders Herz finden«, fauchte der jüngste Zollernspross und stürmte hinaus. Die Tür erzitterte, als er sie hinter sich ins Schloss warf.

Der Merkenberger schäumte vor Wut, als er den Gang entlangschritt und dann die Treppe hinunterstürmte. Mit aller Kraft trat er einem der Mischlingshunde, die um ihn herumschwänzelten, in den Bauch, dass dieser jaulend in die Ecke flog. Mit großen Schritten überquerte der Ritter den Hof, die schlimmsten Flüche auf den Lippen. Seine Hände schlossen sich zu Fäusten, dass die Knöchel weiß hervortraten. Wehe dem, der ihm in dieser Stimmung begegnete!

Hörte er da nicht die Kurbel der Brunnenwinde quietschen? War das nicht ein Weiberrock unten im Brunnenturm? Er lenkte seine Schritte zur Brunnenstube. Im schwachen Lichtschein sah er die Magd mühsam einen vollen Eimer hochkurbeln und mit einem Stöhnen auf den Brunnenrand wuchten. Ein weiterer stand schon gefüllt an ihrer Seite.

»Da hat aber jemand großen Durst«, knurrte der Merkenberger

und stieß den gefüllten Eimer mit einem Fußtritt um. Gret fuhr herum. Der Eimer entglitt ihren Händen und verteilte seinen Inhalt gerecht auf die Kleider des Ritters und die der Magd. Der Ritter fauchte böse.

»Du bist ein Satansweib, doch ich werde dich schon zähmen.« Er riss sie an sich. »Nun, du Hexe, zeige mir deine Krallen.«

Gret leistete keinen Widerstand, denn sie wusste, das war genau das, was er wollte, und sie war nicht bereit, ihm diesen Gefallen zu erweisen. So funkelte sie ihn nur hasserfüllt an.

»Sollen wir Rüdger herholen, dass er sich das Spektakel mit ansehen kann?«, höhnte er und lachte.

»Wenn Ihr das braucht!«, presste die Magd hervor. Der Ritter schlug ihr ins Gesicht, drehte sie um und drückte ihren Oberkörper, als er ihr den Rock hob, grob auf den Brunnenrand.

Tief unter ihr glänzte düster das Wasser. Gret dachte an Heinrich von Husen, seine Wunden heilten gut. Der Mönch hatte ein Bad empfohlen.

Noch mindestens sechs Eimer werde ich für die Wanne brauchen, ging es ihr durch den Kopf, als sie in den tiefen Brunnenschacht hinuntersah. Schon jetzt schmerzten ihre Arme und Schultern, an ihren Händen hatten sich Blasen gebildet.

Wenn der Kerl hinter mir nicht bald zum Ende kommt, dann wird es Mitternacht, bis das Wasser heiß ist.

Der Rhythmus wurde schneller, die Stöße heftiger, bis der Merkenberger einen Schrei ausstieß. Der Griff um Grets Taille lockerte sich. Nachdem der Grafensohn pfeifend den Brunnenturm verlassen hatte, nahm Gret ihre Arbeit wieder auf, die Lippen fest zusammengekniffen. Während der Merkenberger über den Hof ging und sich sein Gewand zurechtrückte, kam ihm Heinrich von Husen entgegen, der dem Brunnenhäuschen zustrebte.

»Gret? Da bist du ja. Ich habe auf dich gewartet, eine halbe Ewigkeit, doch du bist nicht gekommen und da dachte ich, ich sehe mal nach. Ist alles in Ordnung?« Er betrachtete die Magd in ihren nassen, unordentlichen Kleidern. Die Haube lag im Schmutz, das Haar stand verzaust in alle Richtungen.

»Wie sieht es denn Eurer Meinung nach aus?«, fuhr ihn die Magd an und kurbelte verbissen weiter.

Der Jüngling zuckte ratlos die Schultern.

»Ihr könnt Euch ja mal nützlich machen und die Eimer in die Küche tragen«, keifte sie.

»Nein, Gret, das geht nicht. Einige der Ritter sind im Hof. Was würden die dazu sagen, wenn ich einer Magd die Wassereimer trage?«

»Dann schert Euch weg!«, fauchte sie. Tränen schossen ihr in die Augen. Mit einer unwilligen Handbewegung wischte sie sie ab.

»Ach, Gret«, seine Stimme klang brüchig. »Ich würde dich so gern beschützen, dich und das Fräulein Tilia, aber wie kann ich das? Ich gehöre doch nicht mal zu den Rittern.« Unbeholfen strich er ihr über die Wange. Sie unterdrückte den Impuls, ihn wegzustoßen.

»Geht in Eure Kammer und wartet auf mich. Es wird mit Eurem Bad noch ein wenig dauern.«

Traurig sah er ihr nach, wie sie die beiden schweren Eimer zur Küche schleppte.

✠ ✠

»Williburgis, meine Liebe, fühlt Ihr Euch vollständig wohl?«, fragte Trude vorsichtig, als sie die Grafentochter endlich allein in der Kemenate antraf.

»Was soll diese Frage? Ich kann nicht klagen!« Der Tonfall zeugte deutlich davon, dass sie das Thema für beendet hielt. Die Kinderfrau gab sich einen Ruck und bohrte weiter.

»Nun ja, es ist nur so, ich habe das Gefühl, Eure Zeit des Unwohlseins hätte sich schon längst wieder einstellen müssen, doch Ihr habt die Leinenstreifen nicht gebraucht.«

Der hochmütige Ausdruck, den Trude so fürchtete, zeigte sich auf dem Gesicht der Grafentochter. »Ich wüsste nicht, was dich das angeht.«

Trude seufzte. »Darum geht es nicht. Denkt nach, mein Kind, was das bedeuten könnte.«

Williburgis riss die Augen auf. Tränen verschleierten ihren Blick und zogen zwei feine nasse Bahnen über ihre Wangen. »Aber nein, das kann nicht sein, das ist ganz unmöglich«, schluchzte sie und ließ sich von ihrer Kinderfrau in die Arme ziehen.

»Ist es das? Dann gibt es ja keinen Grund, zu weinen. Sicher leidet Ihr nur unter verstockter Menses.« Trude wiegte sie wie ein kleines Kind.

»Ich weiß nicht so genau. So grausam kann der Herr im Himmel doch nicht sein, mir so etwas anzutun.«

Trude schnalzte unwillig mit der Zunge. »Der Herr im Himmel hat damit nichts zu tun. Es sind die Männer auf Erden, die die Frauen in Schwierigkeiten bringen. Und dass dies große Schwierigkeiten bedeuten würde, brauche ich Euch nicht zu sagen!«

»Heilige Jungfrau, was würde der Vater sagen – und die Brüder – und gar Vater Laurenz.« Sie keuchte entsetzt und schlug die Hände vors Gesicht. »Ich will zu den Nonnen nach Stetten. Trude, bring mich dorthin, ich flehe dich an. Ich will den Schleier nehmen.«

»Die Betschwestern können Euch dabei auch nicht helfen«, knurrte die Kinderfrau verächtlich. Doch dann wurde ihre Stimme zärtlich. Sanft strich sie über Williburgis' Wangen.

»Ich habe gut Acht gegeben. Weit seid Ihr noch nicht über der Zeit. Wir werden das schon hinbekommen. Keiner braucht etwas davon zu erfahren. Lasst mich nur machen.«

Williburgis kuschelte sich in die vertrauten Arme. Sie griff nach dem Versprechen der Kinderfrau, es werde alles gut, und klammerte sich fest daran. Wie früher, als sie noch ein Kind gewesen war. Für alles hatte Trude eine Lösung gehabt, warum nicht auch jetzt? Williburgis sog den vertrauten Geruch in sich auf, und zum ersten Mal seit Wochen löste sich der Stein in ihrer Brust. Nun würde alles gut werden. Zusammengerollt wie ein kleines Tier schlief sie im Schoß der alten Kinderfrau ein.

✠ ✠

Unentschlossen blieb Tilia vor dem Eingang zu den Kellergewölben stehen. Der Mönch hatte gesagt, sie solle ihn besuchen, und sie war neugierig, was es dort unten zu sehen gab.

Er ist trotz allem ein Mann, mahnte eine zaudernde Stimme in ihr. Sollte sie so dreist sein und dort eindringen? Was, wenn er nun wirklich mit dem Teufel im Bunde stand und nur auf ein Opfer wartete, das so dumm war, ihm seine Seele preiszugeben. Andererseits, hatte er sich nicht fürsorglich um den jungen von Husen gekümmert? Ging es dem nicht schon wesentlich besser?

»Also los«, flüsterte die Wehrsteintochter, um sich Mut zu machen, und betrat die ausgetretenen Stufen, die in die Finsternis hinabführten. Vorsichtig tastete sie sich Stück für Stück voran. Nach der ersten Biegung nahmen die Stufen Konturen an. In großen Abständen steckten brennende Kienspäne in eisernen Haltern an der Wand. Zweimal wand sich die Treppe um ihre Mitte, dann endete sie in einem kleinen Raum, von mächtigen, roh behauenen Quadern begrenzt. Durch eine angelehnte Tür drangen ein warmer Lichtschein und zwei Stimmen. Zaghaft trat Tilia näher und hob die Hand, um anzuklopfen, als ein paar Wortfetzen ihr Ohr streiften. Wie erstarrt blieb die Ritterstochter stehen.

»Ich lege doch nicht freiwillig meinen Kopf in eine Schlinge«, hörte sie den Mönch sagen. »Was glaubst du wohl, was der Graf mit mir macht, wenn er davon erfährt. Für eine Schlinge müsste ich dem Herrn im Himmel dann noch danken. Der Graf würde mich mit seinem Schwert in appetitliche Stücke schneiden. Nein danke, ich habe nicht vor, mich für ein Weib zum Märtyrer zu machen. Ich möchte dem heiligen Blasius nicht seine Anhänger rauben.«

»Der heilige Blasius wurde nicht von einem Schwert in Stücke geschnitten, sondern von eisernen Kämmen zerfetzt und dann enthauptet«, berichtigte ihn eine Frauenstimme trocken.

Der Mönch lachte bitter. »Das ist natürlich etwas völlig anderes.«

»Außerdem besteht sicher keine Gefahr, dass man Euch je heilig sprechen wird«, fügte die Besucherin noch schnippisch hinzu.

»Weiber!«, brummte er verächtlich. Seine Schritte entfernten sich.

Einige Augenblicke war nur geschäftiges Klappern zu hören, doch dann hub die Frau noch einmal an:

»Ihr seid der Einzige, der ihr helfen kann. Ich flehe Euch an. Es wird keiner erfahren.«

»Ha, ein Weib, das ein Geheimnis für sich bewahren kann. Das ist der wildeste Scherz, den ich bisher auf Gottes Erde gehört habe!« Er beachtete ihren Protest nicht, sondern fuhr mit harter Stimme fort: »Sie hat sich selbst in Schwierigkeiten gebracht, also soll sie selbst sehen, wie sie da wieder herauskommt.«

»Selbst schuld, ach ja?«, keifte das Weib. »Ich will Euch mal was sagen, Ihr selbstgefälliger, weltfremder Kuttenträger. Das blöde Geschwätz der Pfaffen schlägt mir schon lange auf den Magen. Kotzen könnte ich jedes Mal, wenn sie über die sündigen Weiber sprechen, die Schuld an der fleischlichen Lust der Männer haben sollen. Pah! Die Männer sind es, die geilen Schweine, gegen die sich keine noch so keusche Jungfrau wehren kann.«

Tilia war, als höre sie den Mönch kichern. »Wer ist denn der geile Hengst, der die unschuldige gräfliche Stute besprungen hat?«

Die Wehrsteintochter schlug sich beide Hände vor den Mund, um nicht laut aufzuschreien.

»Das kann ich Euch nicht sagen«, wehrte die Besucherin erschrocken ab.

»Soso.«

»Und, kann ich auf Eure Hilfe zählen?«, bohrte sie weiter.

Tilia hörte es durch den Türspalt höchst geheimnisvoll brodeln und zischen. Dann brummte der Mönch ungnädig: »Ja, ja. Ich weiß zwar nicht, warum ich das tu, aber wenn es denn sein muss.«

»Ihr seid ein guter Mensch …«

»Und Gott wird mich für diese Tat mit dem Fegefeuer strafen«, unterbrach er sie barsch. Seine Schritte näherten sich wieder. Ein Schemel wurde gerückt.

»Hier nimm das. Lass sie an zwei Tagen jeweils vor dem Schlafengehen die Hälfte in Wein auflösen. An zwei Tagen, je die Hälfte, hörst du!«

»Ja, ja, ich bin noch nicht taub.«

»Jede Medizin ist auch ein Gift – und das schrecklichste Gift auf Erden sind die Zungen der Weiber. Der Herr im Himmel bewahre mich vor ihnen. Und nun geh, Weib, und lass mich arbeiten.«

So schnell es der schwache Fackelschein zuließ, eilte Tilia die unebenen Stufen hinauf, bis sie schwer atmend den Hof erreichte. Noch ein paar große Schritte bis zum Eingang zum Palas, unter dessen Tür sie mit Gret zusammenstieß. Tilia hakte sich bei ihr unter. Die Magd sah sie fragend an, doch Tilia plauderte unbekümmert drauflos. Während sie die Magd in Richtung Küche dirigierte, beobachtete sie den Eingang zu den Kellergewölben. Endlich trat eine Frauengestalt in den Hof. Es war Trude, die Kinderfrau.

✠ ✠

Tief in Gedanken schritt Tilia zum Palas zurück und trat in den rauchgeschwängerten Saal. Vor der kalten Feuerstelle saß Swenger von Lichtenstein an einem Tisch, in jeder Hand einen Würfelbecher mit zwei Würfeln. Das Ritterfräulein trat heran und sah ihm eine Weile zu.

»Was tut Ihr da?«

»Meine rechte Hand würfelt gegen die linke, und ich sage Euch, sie ist unschlagbar.«

Tilia schüttelte verständnislos den Kopf. »Wie könnt Ihr gegen Euch selbst spielen? Warum sucht Ihr Euch nicht einen Gegner?«

Er grinste sie an. »Ist doch praktisch so. Dann wechselt meine Börse nur von der Linken in die Rechte. Doch Ihr habt schon Recht. In angenehmer Gesellschaft macht das Würfeln mehr Spaß. Setzt Euch.«

Sie waren allein im Saal. Zaghaft ließ sich Tilia ihm gegenüber auf die Bank sinken. »Ich würfle nicht um Geld«, fügte sie rasch hinzu. Sie sagte ihm nicht, dass sie gar keines besaß. Swenger wischte mit dem Ärmel ein paar Weinflecken ab und schob zwei Knochen über die Tischkante in die Binsen, damit sie Platz zum Würfeln hatten.

»Es gibt weitaus reizvollere Einsätze denn kalte Münzen. Sagt an, was würdet Ihr bieten?«

Tilia zuckte verlegen die Schultern. »Ich weiß nicht so recht. Vater Laurenz würde es sicher als eine große Sünde verdammen, wenn ich mich auf solch ein Spiel einlasse.«

Der Ritter lachte. »Ich werde keinen Einsatz verlangen, der Euer Seelenheil gefährdet, einverstanden?« Tilia errötete. »Wenn ich verliere, dann spiele ich Euch eine Ballade auf der Laute, wenn Ihr verliert, dann singt Ihr mir ein trauriges Liebeslied.«

Tilia überlegte kurz und nickte dann. »Aber ich muss Euch sagen, dass ich noch nie gewürfelt habe. Mein Vater wäre entsetzt, wenn er mich jetzt sehen könnte.«

Der Ritter beugte sich zu ihr vor. »Ich muss Euch beichten, ich habe auch noch nie mit einem Fräulein gespielt. Es ist ganz einfach. Wir haben zwei Würfel mit zwei bis sechs Punkten. Auf dem roten Würfel ist der König, auf dem grünen ist der Narr. Der König gewinnt, der Narr verliert, gleiche Punkte zählen doppelt, alle anderen einfach. Wer von zehn Spielen die meisten verliert, muss seinen Einsatz einlösen.«

Tilia nickte und nahm dann vorsichtig die Würfel entgegen, als seien sie zerbrechlich. Die erste Runde gewann sie mit acht gegen fünf Punkten, beim zweiten Mal hatte Swenger den Narren, doch dann zeigte sich bei ihm zweimal der König.

»Jetzt habe ich Euch!«, rief er beim fünften Mal und wollte die Würfel schon wieder in den Becher werfen, doch Tilia hielt ihn zurück.

»Ihr schummelt! Sehr her, Ihr habt eine Fünf und eine Sechs, doch ich habe zwei Dreien, die doppelt zählen.«

»Ihr wagt es, einen Ritter des Falschspiels zu bezichtigen?«, knurrte er und begann die Punkte mühsam an den Fingern abzuzählen. »Ich habe einfach zu wenige Finger«, seufzte er nach einer Weile, »doch es scheint mir, Ihr habt Recht, daher fordere ich Euch nicht zu einem Schwertduell heraus.«

Tilia wusste nicht recht, ob er ihr nicht doch zürnte, daher war sie ganz froh, die nächsten beiden Würfe zu verlieren. Doch dann hatte sie eine doppelte Sechs und darauf den König. Swenger schnitt eine Grimasse.

»Na wartet! Jetzt wird sich das Glück auf meinen Schoß setzen.«

Tilia legte eine Fünf und eine Sechs vor. Der letzte Wurf des Ritters. Swengers grüner Würfel blieb mit einer Zwei liegen, der Rote jedoch rollte über die Tischkante und fiel in die Binsen.

»Ich wette, es ist der König«, rief der Ritter und sank auf die Knie, um den Würfel zu suchen. Er wühlte, dass die Binsen und Essensreste hinter ihm aufstoben. Wie ein Hund, der einem vergrabenen Knochen auf der Spur ist. Tilia lachte auf.

»Ich habe ihn!«, rief es unter dem Tisch hervor, »und wie ich sagte, es ist der König.«

»Ich glaube Euch kein Wort!«, protestierte die Ritterstochter und kroch zu ihm unter den Tisch, um sich selbst davon zu überzeugen.

»Habt Ihr ihn angefasst?«

»Aber nein, ich schwöre es. Wollt Ihr mich beleidigen?«

Tilia blieb ihm die Antwort schuldig, denn sie hörte die Tür klappen. Schritte raschelten über die Binsen. Sich plötzlich der unmöglichen Situation bewusst, zog sie den Kopf zurück und sprang auf. Hastig zupfte sie sich die Binsen von den weit geöffneten Ärmeln. Salome von Ringelstein-Killer und Benigna von Hölnstein sahen das Mädchen entgeistert an. Als Swenger unter dem Tisch hervorgekrabbelt kam, schlugen sie sich die Hände vor den Mund und kicherten. Die Kammerfrau, die hinter den Damen eingetreten war, warf Tilia einen verächtlichen Blick zu. Flammende Röte schoss der Wehrsteinerin in die Wangen. Betreten sah sie zu Boden. Swenger dagegen blieb völlig unbefangen, er grüßte flüchtig, ließ den entwischten Würfel auf den Tisch fallen und setzte sich dann breitbeinig auf die Bank.

»Nun steht es Unentschieden. Ich werde also die Laute zu Eurem traurigen Liebeslied spielen.«

Tilia wagte noch immer nicht, den Blick zu erheben. Sie murmelte eine Entschuldigung und wollte sich davonmachen, doch er hielt sie am Handgelenk fest.

»He, hübsches Fräulein. Wisst Ihr nicht, dass man Spielschulden sogleich einlösen muss? Ich hole mir die Laute vom Wandbord, und dann gehen wir hinaus. Noch ist es nicht völlig dunkel, und der Amsel Lied wird uns begleiten.«

Der Ritter stand an einen Stapel Feuerholz gelehnt und strich über die Saiten, als Tilia, erst zaghaft und dann immer mutiger, eine alte Weise zu singen begann, die sie als Kind von einem fahrenden Spielmann gelernt, der einen Winter auf Wehrstein verbracht hatte. Ihre Stimme war dunkel und klar. Einige Mägde und Knechte unterbrachen ihr Tagewerk und blieben stehen, um der unerfüllten Liebe zwischen einem armen Ritter und einer edlen Herzogin zu lauschen, deren beider Herzen daran zerbrachen.

✠ ✠

Williburgis saß in ihrem Bett zwischen farbenprächtigen Seidenkissen, eingehüllt in eine warme Daunendecke. Im Schein einer kleinen Öllampe betrachtete sie das leinene Säckchen in ihrer Hand. Es roch würzig nach Kräuter und ein wenig stechend, wenn man seine Nase an den Stoff presste. Neben ihrem Bett stand ein Becher mit Wein. Unschlüssig nahm sie das Säckchen von der einen in die andere Hand.

Sollte sie es wagen und die teuflische Mischung in ihrem Wein auflösen? Der Mönch hatte die Kräuter gesammelt und getrocknet. Doch wer wusste schon, welch magische Teufeleien er sonst noch damit getrieben hatte. Sie misstraute dem geheimnisvollen Mann, der aus seinem Kloster weggelaufen war. Es war nicht nur sein unheimliches Aussehen, das sie ängstigte. Was er dort unten in den Gewölben trieb, konnte nur mit Hilfe der höllischen Dämonen geschehen. Und nun sollte sie so etwas Sündhaftes aus seiner Hand nehmen?

Vater Laurenz warnte sie stets, der Teufel nehme die verschiedensten Gestalten an, darum solle sie sich hüten, in seine Fänge zu geraten. Ratlos drehte Williburgis das Kräutersäckchen in ihren Händen. Würde sie ihre Seele damit gefährden? Würden die Engel an der Pforte dereinst bedauernd den Kopf schütteln und ihr den Weg in die Hölle weisen? Williburgis hatte schreckliche Angst vor dem Fegefeuer. Vater Laurenz wurde nicht müde, ihr die Qualen zu beschreiben, die auf jene warteten, die nicht reiner Seele waren. War es da nicht klüger, einen Teil der Strafe bereits hier auf Erden zu erleiden? Vater Laurenz sagte immer, wenn sie alles mache, was er ihr sage, und den Mund nicht zum Klagen öffne, dann würde ihre Schuldenlast mit jedem Mal etwas kleiner. War es das nicht wert? Entschlossen stopfte die Grafentochter das todbringende Kräutersäckchen unter ihre Matratze, schlug die Decke zurück, schlüpfte in Mantel und Schuhe und schlich zur Kapelle hinüber. Ihre Lippen formten lautlos die Worte. Sie ließ Mantel und Hemd zu Boden gleiten und legte sich dann nackt mit ausgestreckten Armen auf den eiskalten Steinboden.

»Ave Maria«, murmelte sie und schloss die Augen. Es dauerte nicht lange, bis sie die Schritte des Beichtvaters vernahm.

KAPITEL 18

Walger von Bisingen spannte prüfend den neuen Bogen. »Er scheint mir gut gelungen. Man müsste ihn jedoch erst ausprobieren.« Suchend sah er sich nach einem Ziel um, nahm einen Pfeil und legte ihn an.

»Dort, der umgestülpte Eimer an der Mauer.«

Der Pfeil schnellte von der Sehne und prallte zwei Handbreit neben dem Eimer an die Mauer. Enttäuscht ließ der Ritter den Bogen sinken. Der Spott der anderen ließ nicht lange auf sich warten.

»Gebt ihn mir.« Fordernd streckte Otto von Ringelstein-Killer die Hand nach dem Bogen aus.

Es war ein kühler Tag. Die Sonne versteckte sich hinter dichten Wolken, doch immerhin blieb es trocken. So konnte Tilia das Grafenfräulein zu einem kleinen Spaziergang überreden. In einen pelzbesetzten Mantel gehüllt, ein besticktes Tuch fest um das Haupt geschlungen, ließ sie sich von Tilia aus dem Palas führen. Die Wehrsteinerin musste sich Mühe geben, nicht forsch auszuschreiten, sondern ihren Schritt der Herrin anzupassen. Die Ritter nickten den Damen zu.

Otto hob den Bogen und ließ suchend den Blick schweifen, bis er an drei spielenden Kindern hängen blieb. Friedlich saß Sofie mit zwei anderen Mädchen auf der Erde und spielte mit ihren farbigen Murmeln. Die Kinder hatten in ihrer Mitte eine kleine Grube in die Erde gegraben und schnippten nun die Kugeln hinein. Die Sehne spannte sich. Die Muskeln des entblößten Armes traten hervor. Einen Augenblick verharrte der Ritter, dann flog der Pfeil, schneller als das Auge es zu sehen vermag, und bohrte sich vor Sofies Füßen in den staubigen Boden. Das Kind zuckte zusammen und fing zu kreischen an. Die anderen Kinder fielen in das Geplärr ein.

Mit großen Schritten eilte Tilia zu Sofie, vergewisserte sich, dass sie nicht verletzt war, und strich ihr tröstend über das Haar. Als das Weinen verebbte, erhob sich die Wehrsteintochter und stürmte zu dem Ritter. Die Wangen gerötet, die blitzenden Augen zu einem schmalen Spalt verengt, herrschte sie Otto von Ringelstein-Killer an. Doch der spottete nur, dass sie sich so ereiferte.

»Ich weiß nicht, was Euch gestochen hat. Ist etwa jemand verletzt worden? Glaubt Ihr, ich bin nicht fähig, mit einem Bogen umzugehen? Außerdem sollte Euch nicht entgangen sein, dass es sich nur um die Bälger von Unfreien handelt«, fügte er gehässig hinzu.

Tilia ballte ihre Hände zu Fäusten. Sie wusste nicht, was sie dem Ritter noch an den Kopf werfen sollte. Am liebsten hätte sie ihn geohrfeigt. Da trat der Merkenberger heran, der bislang an der Mauer gesessen und sein Schwert gesäubert hatte.

»Ritter Otto, ich muss Euch wirklich tadeln, die Jungfrau in solche Aufregung versetzt zu haben.« Sein Ton war ernst. Er bot Tilia den einen Arm an, seiner Schwester den anderen. Tilia lächelte ihn dankbar an. Sie bemerkte nicht den spöttischen Blick, den der Merkenberger mit Otto von Ringelstein-Killer tauschte, daher blieb das warme Gefühl in ihrem Herzen, auch noch, als der Merkenberger die Frauen zum Palas zurückgebracht hatte.

✠ ✠

Es kam nicht oft vor, dass Graf Albert von Hohenberg die obere Burg besuchte, wenn er in Haigerloch weilte. Er wusste den mächtigen Bergfried bei seinem Bruder in guter Obhut. Burkhard war das wachsame Auge des Adlers in seinem Horst hoch über der Stadt an der Eyach. Doch an diesem Tag ließ Graf Albert sein Pferd satteln und ritt den schmalen Pfad zur Stadt hinunter, überquerte die Eyach an der Furt bei der Mühle und folgte dann der steil ansteigenden Straße zur Burg hoch. Die Wachen am Tor verbeugten sich ehrerbietig, als sie ihren Landesherrn erkannten. Der Graf wehrte das Angebot ab, ihn bei seinem Bruder anzumelden, stieg vom Pferd, übergab einem der

Wachleute die Zügel und eilte die hölzerne Freitreppe zum Eingang des Bergfrieds hinauf.

»Gegrüßt sei Jesus Christus, lieber Bruder«, sagte er warm, trat ein und schloss die Tür hinter sich.

»In Ewigkeit, amen«, antwortete Burkhard. »Ist etwas geschehen, dass du hierher kommst?«

»Geschehen? – Nein, eigentlich nicht. Doch ich möchte deine Meinung zu diesem Brief hören.« Er zog ein gefaltetes Pergament aus seinem Rock und reichte es dem Bruder.

Burkhard sah sich das gebrochene Siegel an und ließ den Blick über die geschwungenen Buchstaben gleiten. »Lies es mir vor, du weißt, ich bin ein Kriegsmann und kein Schreiber.« Graf Alberts wohltönende Stimme erfüllte den Raum.

Er versteht es, selbst aus einem einfachen Schreiben ein Gedicht zu machen, dachte Graf Burkhard und lächelte in sich hinein, doch seine heitere Miene währte nicht lange und machte bald zusammengekniffenen Lippen und einer gerunzelten Stirn Platz. Die dichten Augenbrauen zogen sich zusammen. Nachdenklich kratzte er sich den braunen Haarschopf.

»Wer soll das geschrieben haben?«, fragte er verwundert, als sein Bruder das Schreiben sinken ließ.

»Tilia von Wehrstein. Du erinnerst dich an sie?«

Graf Burkhard nickte. »Ja, sicher. Doch irgendetwas ist hier mächtig faul.«

»Ja«, bestätigte Graf Albert langsam. »Das riecht nach Verrat. Was hältst du davon?«

Der jüngere Bruder kaute nachdenklich auf seiner Unterlippe. Er wählte seine Worte sorgfältig, ehe er antwortete. »Es versteckt sich jemand hinter ihr. Einer, der mit uns Kontakt knüpfen will, sich jedoch vor dem grellen Tageslicht scheut. Es muss jemand sein, der etwas zu bieten hat. Einer der Zollernbrüder?«

Der Herr über Haigerloch nickte langsam. »Ich habe ähnliche Schlüsse gezogen. In den Augen des alten Grafen wäre es Hochverrat. Ich möchte wissen, welcher der beiden es ist und ob er das Angebot ernst meint, daher halte ich die Zeit für gekommen, unseren Mann auf Zollern daran zu erinnern, dass er unsere Goldstücke in seinem Beutel trägt. Er soll die Augen offen halten.«

Am Nachmittag verließ ein Kaufmann die Stadt, mit Ziel Hechingen. Er hatte nicht nur wertvollen Atlas und Brokat, herrlich gefärbten Barchent und Schamlott, feine Schleiertücher und buntes Garn dabei, er trug auch einen versiegelten Brief in seiner Geldtasche am Gürtel. Es stand kein Name auf dem Schreiben, doch der Kaufmann wusste, wem er es ungesehen zustecken musste.

✠ ✠

Schon vor dem Frühmahl wechselte der junge Graf Friedrich ein paar freundliche Worte mit Tilia, und als alle sich über ihre Milchsuppe beugten, bemerkte sie wohl, dass er Blicke zu ihr herübersandte, die alles andere denn Gleichgültigkeit bewiesen. Tilia lächelte zu ihm hinüber. Feines Rot überzog ihre Wangen. Je öfter sie ihn betrachtete, desto anziehender fand sie seine kämpferische Gestalt.

»Wie findest du ihn?«, fragte Tilia, als sie Gret mit einer Näharbeit vor der Küche auf der Schwelle sitzend fand.

»Wen?« Die Magd hob den Blick.

»Na, den jungen Graf Friedrich. Hast du bemerkt, welche Blicke er mir zuwirft?« Aufreizend tänzelte sie um die Magd herum.

Gret brummte unwillig. »Ja, ich habe die Blicke schon seit einigen Tagen bemerkt und mir ist auch nicht entgangen, dass du ihn ermutigst, es weiterhin zu tun.«

Tilia drehte sich einmal um ihre Achse, dass ihr Rock sich im Wind bauschte. »Ja, warum denn nicht. Er ist ein edler Ritter und ist zu mir sehr liebenswürdig.«

»Pah!« Gret hieb mit der Nadel in den Stoff. »Er ist bereits versprochen, wenn du das vergessen haben solltest.«

Tilia zuckte die Schultern. »Ja, und wenn schon. Ich bin ja auch nicht in heißer Liebe zu ihm entbrannt. Ritter Swenger ist mir lieber, doch es wäre falsch, wenn ich meine Gunst auf ihn beschränkte. Es ist nur ein Spiel. Alle Damen machen das! Sieh dir Benigna von Lichtenstein an oder Salome von Ringelstein-Killer.«

»Ach, und so wie die möchtest du auch sein? Meinst du, das ist es, was der Vater wollte, als er dir auftrug, keine Schande über das Haus Wehrstein zu bringen?«

Tilia schob schmollend die Lippen vor. »Es ist Frühling, und ich fange an, mich auf Zollern ein wenig wohler zu fühlen. Gönnst du mir das nicht?«

Gret murmelte etwas Unverständliches, das sich jedoch verdächtig nach einem bösen Fluch anhörte.

»Nun sag schon, wie du ihn findest«, drängte Tilia noch einmal. »Er sieht stark aus, energisch und wie ein guter Kämpfer, dennoch schwanke ich, finde ihn in einem Augenblick reizend, im anderen wieder abstoßend.«

Gret ließ die Arbeit sinken und sah Tilia in die Augen. »Ich finde, du solltest dich nicht auf Spiele einlassen, von denen du nichts verstehst! Das könnte sehr unangenehm für dich und deine Familie ausgehen.«

Tilia runzelte die Stirn. »Du bist ja nur neidisch, dass er mich umwirbt.«

Mit plötzlicher Heftigkeit warf die Magd ihre Arbeit auf den Boden. »Hör auf, solch kindisches Zeug zu reden, und benutze einmal dein Hirn!«, schimpfte sie und senkte dann ihre Stimme. »Willst du wirklich so werden wie die Dame von Ringelstein-Killer, die sich jeder Lust des Ritters von Bisingen hingibt, oder gar wie die von Hölnstein, die durch alle gräflichen Betten gerutscht ist?«

Tilia schnaubte unfein. »Du bist ja verrückt. Woher willst du das denn wissen? Sie wechseln doch nur neckende Blicke.«

»Ich habe Augen und Ohren und einen Verstand. Bei allen Heiligen, Tilia, wie kannst du nur so verblendet sein«, fauchte die Magd und hob ihre Näharbeit wieder auf.

»Ich verstehe ja, dass du die Männer nicht magst«, schlug die Ritterstochter einen versöhnlichen Ton an. »Vater hat dich mit Rüdger verheiratet, und Graf Eitelfriedrich nimmt dich immer wieder mit in seine Kammer. Aber sein Bruder ist ganz anders!«

»Ja, das kann man wohl sagen!« Die Magd spuckte die Worte geradezu aus. »Graf Eitelfriedrich ist schon recht, und ich hege keinen Groll gegen ihn. Doch ich kann dich nur warnen, seinen Bruder zu unterschätzen. Halte dich von ihm fern, so gut es geht. Das ist der einzige Rat, den ich dir dazu geben kann.«

»Du hast mir gar nichts zu raten«, schnappte Tilia beleidigt, drehte sich auf dem Absatz um und ließ Gret mit ihren aufgewühlten Gedanken allein zurück.

Mit großen Schritten ging Tilia bis zum vorderen Tor. Sie dachte an Anna und an den Vater. Was er ihr raten würde? Das Lächeln auf ihren Lippen schmeckte bitter. Seine Vorstellungen von einer keuschen Jungfrau verboten solch Verhalten ganz sicherlich. Was wollte der Zollernsohn von ihr, wenn er doch bereits verlobt war? Tilia reckte sich. Sie war eine edle Jungfrau aus angesehenem Haus. Sie konnte sich nicht vorstellen, dass der Grafensohn unlautere Absichten hegte. Vielleicht hatte Gret Recht, und er fühlte sich durch ihre Blicke zu Unerlaubtem ermuntert? Das durfte natürlich nicht sein. Sie seufzte tief. Auf Wehrstein war alles so einfach gewesen. Die Freude, die Tilia noch am Morgen empfunden hatte, wich einer kalten Leere.

✠ ✠

Die Ritterstochter aus Wehrstein stand eine ganze Weile in der halb geöffneten Tür, ehe sie den Mut fand, den Franziskanermönch anzusprechen. Sie musste es zweimal tun, so sehr war er in seine Arbeit vertieft. Mit ärgerlicher Miene sah er auf und betrachtete seine Besucherin verständnislos, bis endlich ein Lächeln des Erkennens über sein entstelltes Gesicht huschte.

»Ach, Ihr seid es.«

Tilia knickste höflich. »Ich will Euch nicht stören, Bruder Tragebott, doch Ihr sagtet, ich dürfe Euch besuchen und Ihr würdet mir Eure Magie zeigen.«

Sie sah den Mönch aus großen Augen an. Der Franziskaner in seiner schwarzen durchlöcherten Kutte kicherte. »Soso, meine Magie möchtet Ihr sehen. Na, dann kommt mal mit.«

Er entzündete zwei Kienspäne und steckte sie in die eisernen Halter an der Wand. Als die winzigen Flammen sich in das Holz fraßen und dann hell aufloderten, sah Tilia erstaunt, wie groß und verwinkelt der Kellerraum war, in dem sie bisher nur die schmale Lagerstatt des Mönches und einige Kisten wahrgenommen hatte. Doch nun traten aus den Schatten Bretter an den Wänden hervor, auf denen, dicht an dicht, seltsame Behältnisse standen. Manche waren aus Glas, so dass man ihren Inhalt von außen studieren konnte, andere aus Holz oder gebranntem Ton. Auf einem roh gezimmerten Tisch standen merkwürdige Gerätschaften. Mit offenem Mund betrachtete Tilia Tiegel und Töpfe, Glaskolben und Röhrchen, Zangen und lange Nadeln, eiserne Dreibeine und kleine Feuerpfannen. Bruder Tragebott ließ die junge Frau einige Zeit staunen, beantwortete ihre Fragen zu diesem oder jenem Gerät und führte sie dann stolz zu einem geheimnisvollen Apparat.

»Ist das Eure Magie, den gebrannten Wein herzustellen?«, fragte die Ritterstochter und ließ ihren Blick von der Feuerschale über einen darüber befestigten Kolben wandern. In dem Glaskolben brodelte ein rotes Gebräu. Am oberen Ende des Gefäßes war ein Schilfrohr befestigt, in dem ein weiteres Rohr steckte. Durch das äußere Rohr floss Wasser aus einem großen Behälter und sammelte sich am anderen Ende in einem Eimer. Aus dem inneren Rohr tropfte hinten eine klare Flüssigkeit in einen zweiten Glaskolben. Es zischte und blubberte. Beißender Dampf stieg aus den Ritzen auf und reizte die Augen. Das konnte nur ein Werk des Teufels sein! Hastig bekreuzigte sich Tilia. Und doch konnte sie ihre Augen nicht von dem unheimlichen Schauspiel abwenden. Der Mönch, dem ihr Unbehagen nicht entging, lachte, als sie das Kreuzzeichen schlug.

»Das ist nicht von Satans Hand. Es ist von mir. Na ja«, musste er zugeben, »so richtig erfunden habe ich es nicht, aber selbst nachgebaut.« Er zeigte auf das wasserklare Ergebnis, das am Ende heraustropfte. »Ihr habt ganz Recht, das ist der gebrannte Wein, mit dem ich die Wunden Eures Vasallen geheilt habe.«

Tilia sah den Mönch bewundernd an. »Ihr seid ein großer Medicus!«

»Nein«, wehrte er ab, auch wenn er sich sichtlich geschmeichelt fühlte. »Das wäre zu viel gesagt. Ich habe bereits als Novize dem Bruder Hortulanus in den Kräutergärten geholfen und später dem Bruder Infirmarius beim Anrühren der Heilmittel und beim Versorgen der kranken Brüder. Aus den Dörfern und der Stadt kamen die Menschen, um sich heilen zu lassen. Bruder Berthold hatte gesegnete Hände.«

Der Franziskanermönch führte seine Besucherin an den Regalen entlang, öffnete hier eine kleine Schachtel, dort eine Dose oder holte ganz vorsichtig eines der Gläser herunter ins Licht, damit Tilia den Inhalt betrachten konnte. Dabei erzählte er von den Kostbarkeiten, bis es in Tilias Kopf nur noch schwirrte.

»Seht her, das hier ist Silberschaum, der wirkt gegen Krätze und Hämorrhoiden. Eisensinter ist zum Einweichen von Geschwüren gut. In diesem Fläschchen ist Bibergeil gegen Lähmungen.« Er öffnete eine bunt bemalte Dose. »Riecht einmal daran – vorsichtig, nicht zu stark.«

Die Wehrsteinerin schnupperte zaghaft an dem runden Tongefäß, dessen Deckel der Mönch ein wenig anhob. Angewidert zog sie die Nase kraus. »Da haben Euch wohl Ratten und Mäuse was drin hinterlassen.«

Bruder Tragebott grinste. »Nein, das riecht immer so. Es sind die Früchte des Schierlings. Wenn Ihr davon esst, dann werdet Ihr eines grausamen Todes sterben. Erst gehorchen Euch Eure Beine nicht mehr, dann die Arme und das Gesicht, die Zunge versagt ihre Dienste, doch Ihr seid wach und merkt, wie Euer Körper Euch Stück für Stück verlässt. Wenn Ihr dann nicht mehr atmen könnt, dann kommt der Tod und streckt seine Hand nach Euch aus.«

Tilia schüttelte sich. »Wozu braucht Ihr dies schreckliche Gift?«

Der Mönch machte ein finsteres Gesicht. »Ich habe unzählige Gifte hier, und ich meuchele jeden dahin, der mir unfreundlich kommt.« Er lachte herzlich, als er das entsetzte Gesicht der Jungfrau sah. »Das war nur ein Scherz. Die meisten Gifte sind auch Heilmittel, wenn sie in geringen Mengen und mit Bedacht verabreicht werden. Dann verhilft der Schierling zu einem ruhigen Schlaf und vertreibt Schmerzen.«

Tilia dachte an das Gespräch zwischen Trude und dem Mönch, das sie belauscht hatte. Bruder Tragebott sah sie stirnrunzelnd an, so dass sie plötzlich das Gefühl überkam, der Mönch könne ihre Gedanken lesen.

»Was ist denn das?«, rief sie, um ihn abzulenken, und zeigte auf eine gläserne Flasche. Bruder Tragebott holte das Gefäß vom Brett und ließ Tilia die merkwürdig geformte Wurzel betrachten.

»Sie sieht aus, als habe sie Arme und Beine. Ist das Alraune?«, fragte Tilia ehrfürchtig.

»Ja, man sagt, sie wächst unter dem Galgen und ernährt sich vom Blut und Saft der Gehängten. Man muss seine Ohren mit Wachs verschließen, wenn man sie herausziehen will, denn sie stößt einen solch fürchterlichen Schrei aus, dass man sofort tot umfällt. Nur wenn man sie an den Schwanz eines schwarzen Hundes bindet, kann man sie gefahrlos dem Boden entreißen.«

»Stirbt der Hund dann an dem Schrei?«

»Aber sicher!« Bruder Tragebott grinste verschmitzt, so dass Tilia sich nicht sicher war, ob der Mönch selbst an die Geschichte glaubte.

»Aber es lohnt sich, denn die Alraune ist viel wert. Hilft sie doch gegen Schmerz, tiefe Traurigkeit und gegen Geschwüre, und sie richtet selbst die schlaffste Männlichkeit wieder auf.«

Tilia errötete bis zu den Haarwurzeln. Schnell stellte der Mönch die Flasche an ihren Platz zurück.

»Verzeiht, Jungfrau, doch meine Arbeit ruft. Ihr könnt gerne ein anderes Mal wiederkommen, dann zeige ich Euch, woran ich gerade arbeite, doch nun verlasst mich, damit ich ungestört meinen Gedanken folgen kann.«

Mit einem Knicks verabschiedete sich Tilia, schloss die Tür hinter sich und eilte die ausgetretenen Stufen hinauf.

✠ ✠

Williburgis hatte sich schon wieder geweigert, zum Nachtmahl zu kommen. Ohne auch nur einen Bissen zu sich genommen zu haben, kniete sie in der Kapelle auf dem kalten Stein. Zusehends magerte das Mädchen ab. Fast schien es der Kinderfrau, als müsse sie Hemd und Rock mit jedem Tag enger schnüren. So konnte das nicht weitergehen, sonst würde das arme Kind diesen Sommer nicht mehr erleben, das spürte sie. Doch wer konnte helfen? Wer konnte den Satan, der sich gehässig grinsend auf Zollern breit gemacht hatte, aus der Burg vertreiben? Ob sie mit Pater Laurenz reden sollte? Nein! Schon allein der Gedanke an den hinterhältigen, verlogenen Gottesdiener ließ heiße Wut in ihr aufsteigen.

Tief in Gedanken schlenderte Trude zum Tor hinunter. Es kam nur einer in Frage. Er war noch mit dem Pferd draußen, würde aber sicher bald kommen. Sie könnte ihn vor dem Tor abpassen und so, ohne neugierige Ohren, mit ihm darüber sprechen. Von ihrer Idee überzeugt, straffte sie die Schultern und lief mit langen Schritten zum Tor. Bereitwillig, wenn auch ein wenig verwundert, öffnete der Wächter die kleine Pforte, um die Kinderfrau hinauszulassen.

Schon von weitem hörte sie den Hufschlag. Endlich. Sie fror und war schon ganz steif vom langen Warten, Zweifel hatten ihren Mut beträchtlich angenagt, doch nun gab es kein Zurück mehr. Schon tauchte das schwere Streitross im Mondlicht auf. Entschlossen trat Trude auf den Pfad. Das Pferd wieherte erschrocken, ein Schwert klirrte, als es mit einem Ruck aus der Scheide gezogen wurde.

»Nein, Herr Ritter, ich bin es, Trude, haltet ein!«

Der Ritter zügelte sein Pferd und kam dann langsam heran, bis er im schwachen Licht die Züge der Alten erkennen konnte. »Bei allen Heiligen, was tust du in der Nacht hier draußen?«

»Ich habe auf Euch gewartet, weil ich mit Euch sprechen möchte.«

»Was kann es denn so Wichtiges geben, das du mir nicht im warmen Saal sagen willst?«

»Ich bitte Euch, steigt ab und geht ein paar Schritte mit mir. Ihr werdet dann gleich verstehen, warum ich dies nicht neben all den anderen tun kann.«

Der Ritter hob erstaunt die Brauen, schob jedoch das Schwert wieder in die Scheide und schwang sich von seinem Ross. Die Zügel wickelte er um eine verkrüppelte Kiefer. Dann trat er zu der Alten heran. »Nun sprich, Weib, was gibt es so Geheimnisvolles?«

Sie wand sich, sie zierte sich, doch nun musste es heraus. »Es geht um Williburgis, Herr«, begann sie, und plötzlich sprudelten die Worte wie ein munterer Quell. »Ich weiß nicht, ob es recht ist, Euch das alles zu erzählen«, schloss sie und hob beschwörend die Hände, »doch der Herr im Himmel ist mein Zeuge, ich möchte nur, dass der Satan die Seelen wieder freigibt, die er sich gegriffen hat.«

Der Ritter schwieg und dachte nach. Sie konnte sein Gesicht nicht sehen, trat unruhig von einem Fuß auf den anderen. Ob er böse war oder sogar dankbar, oder vielleicht erschüttert?

»Da gibt es wohl nur einen Weg, diese Verwirrung zu lösen«, seufzte er leise und legte die Hand an den Schwertknauf. Bedächtig zog er die Klinge aus der Scheide.

»Aber Ihr werdet doch nicht – mit dem Schwert – das arme Kind – ich meine …« Verwirrt starrte sie ihn an.

»Keine Angst. Williburgis soll keinen Blutstropfen vergießen.«

Die Kinderfrau atmete erleichtert auf. »Aber was wollt Ihr …« Die Schwertspitze kam bedrohlich näher. Ihr wurde plötzlich glühend heiß, und eine Welle der Todesangst erfasste sie mit Macht.

»Ihr werdet doch nicht Eure Klinge gegen mich erheben«, ächzte sie heiser.

»Aber nein, wie könnte ich«, antwortete er und drehte das Schwert in seiner Hand. Doch noch ehe sich ihr wild klopfendes Herz beruhigen konnte, schnellte plötzlich seine gepanzerte Faust nach vorn und traf die ahnungslose Alte an der Schläfe. Sie taumelte nach hinten.

»Meine Schwertklinge wird sich nicht mit deinem Blut färben«, sagte er, ehe er mit dem Schwertknauf ihre Schläfe durchschlug. »Du wirst den Namen Zollern nicht in den Schmutz ziehen.«

Mit den Füßen stieß er sie die wenigen Schritte bis zum nächsten felsigen Abhang und ließ den schlaffen Körper dann über die Kante rollen. Dumpf hörte er die Leiche aufschlagen. Ohne eine Miene zu verziehen, schwang sich der Ritter wieder in den Sattel und ritt gemächlich auf das Tor zu.

✠ ✠

Es war schon sehr spät, als Eitelfriedrich von Zollern nach Gret schickte. Seine Gattin in ihrem Gemach aufzusuchen, kam ihm nicht in den Sinn. Ab und zu streifte ihn der Gedanke, dass es mal wieder an der Zeit wäre, ein Kind mit ihr zu zeugen, doch diesen verdrängte er rasch. Er hatte keine Lust auf ihr Gejammer, wenn sie sich mit ihrem dicken Leib durch die zugigen Gänge schleppte. Auch war er bereits Vater eines gesunden Knaben von acht Lenzen und einer Tochter, die die gefahrvollen ersten Jahre überstanden hatte.

Eitelfriedrich lächelte voller Vorfreude, als er an die hübsche, blonde Magd dachte, an ihre wohligen Rundungen und ihre angenehme Stimme. Sie plapperte nicht ständig wie einige der anderen Mägde, doch wenn sie sprach, dann wohl überlegt. Das Klopfen an der Tür unterbrach seine Überlegungen.

»Ah, Gret, komm zu mir und tu mir Gutes.« Mit einem Ruck zog er sein Hemd über den Kopf und ließ sich dann bäuchlings auf sein Lager fallen. »Komm her und lege deine Hände auf meinen knotigen Rücken. Knete mir sanft die schmerzenden Schultern und streiche mir Fett auf die wunde Haut. Das Kettenhemd hat wieder übel gescheuert.«

Gret zog ihre Schuhe aus und kletterte zu dem Grafensohn auf das Bett. Langsam wanderten ihre Hände über den Rücken, so dass Eitelfriedrich wohlig grunzte. Eine Weile schwiegen sie beide. Gret konzentrierte sich auf die verspannten Muskeln. Die Schulterblätter warfen harte Schatten. Der Grafensohn stöhnte, als sich ihre Finger unter die Knochenkämme gruben. Zart bestrich sie die geröteten Stellen mit Kräuterfett. Eitelfriedrich drehte sich auf die Seite, stützte den Kopf in seine Hände und betrachtete das Mädchen aufmerksam.

»Du hast Magie in deinen Händen, Gret«, sagte er und streichelte ihren nackten Fuß, der unter dem Rock hervorlugte. Langsam wanderte seine Hand höher, er beugte sich vor und küsste ihrer Wade, dann zog er Gret zu sich herab. Seine Lippen arbeiteten sich von ihrer Schulter zum Nacken vor. Der warme Lufthauch seines Atems strich über ihre Haut. Ein bisher ungekannter wohliger Schauder breitete sich über ihren ganzen Körper aus. Entspannt schloss sie die Augen, während ihre Finger in dem dichten gräflichen Haarschopf wühlten.

Es klopfte. Eitelfriedrich fluchte, doch er ließ von Gret ab, zog sich sein Hemd wieder über und öffnete die Tür.

»Vater Laurenz, was wollt Ihr denn?«, fragte er missmutig.

Der Gottesdiener drängte sich ins Zimmer. »Nun, es ist so, ich muss mit Euch sprechen, weil …« Als er Gret entdeckte, brach er ab. Giftige Blicke, scharf wie Pfeile, verschoss der magere Geistliche in Richtung Bettstatt. »Schickt das Weib hinaus, Herr, das ist nichts für ihre Ohren«, forderte er säuerlich.

Gret strich Hemd und Rock glatt und suchte nach ihren Schuhen. Der Kaplan murmelte etwas von Schlangen und Sünden, doch die Magd würdigte ihn keines Blickes. Mit hoch erhobenem Haupt ging sie hinaus und schloss die Tür hinter sich. Sofort erhob sich die Stimme des Kaplans, so dass die Worte durch die Ritzen drangen. Mit angehaltenem Atem blieb Gret stehen, ihre Augen weiteten sich. Sie hätte gehen müssen. Sie wusste, dass jedes weitere erlauschte Wort sie in größere Gefahr brachte, doch sie blieb wie angewurzelt stehen und lauschte der klagenden Stimme des Kaplans.

KAPITEL 19

War ein schreckliches Unglück geschehen? Seit sie beim Nachtmahl den Saal verlassen hatte, war die Kinderfrau nicht mehr gesehen worden. Die ganze Nacht blieb sie fern, und auch zur Morgensuppe erschien sie nicht. Einer der Wächter berichtete, sie habe in der Dunkelheit die Burg verlassen, wäre aber im Laufe seiner Wache nicht zurückgekehrt. Wohin konnte sie gegangen sein? Die Damen der Grafentochter sprachen eifrig über die unzähligen Möglichkeiten, doch keine kam auf den Gedanken, die Burg zu verlassen, Rocksaum und Schuhe zu beschmutzen, um draußen nach Trude zu suchen.

»Ich werde nach ihr sehen«, sagte Tilia zu Swenger von Lichtenstein, der neben ihr seine Milchsuppe löffelte. »Vielleicht ist sie gestürzt und hat sich verletzt.«

»Ich komme mit Euch«, bot der Ritter mit vollem Mund an.

Tilia sah ihn misstrauisch von der Seite an. »Ich werde meine Magd mitnehmen!«

Der Ritter grinste anzüglich. »Wenn Ihr meint, dass Ihr sie zum Schutz Eurer Jungfräulichkeit braucht …«

So schritt Tilia, bei Gret eingehängt, kurz darauf zum Tor hinaus. Der Tag begann düster. Graue, dickbauchige Wolken verhüllten das Blau des Himmels. Die Luft war feucht, und es würde sicher noch Regen geben. Swenger ging zum Stall, um sein Pferd zu satteln. Überraschend schloss sich auch der junge Friedrich der Suche an. Die Männer ritten gemächlich den Pfad hinunter, während sich die beiden Frauen in der Nähe des Tores umsahen.

»Meinst du, sie ist bis nach Hechingen oder Stetten gegangen?«, fragte Tilia.

Gret ließ den Blick den Hang hinunterschweifen. »Im Dunkeln?

Das glaube ich kaum. Vielleicht hat sie sich mit jemandem getroffen und ist mit ihm dann weggeritten.«

»Aber warum? Und weshalb hat sie niemandem in der Burg Bescheid gesagt? Ich werde das Gefühl nicht los, dass ihr etwas passiert ist.« Sie umrundete ein paar Ginsterbüsche und eine niedere Kiefer.

»Tilia, ich glaube, dein Gefühl hat dich nicht getäuscht!« Gret war ein Stück den Weg hinuntergegangen. Nun stand sie am Rand des Pfades, dort, wo der Hang jäh über ein Felsband abbricht, und deutete die Wand hinunter. »Ich glaube, da liegt jemand.«

Tilia raffte ihre Röcke und eilte zu Gret hinüber. »Heilige Jungfrau Maria, das könnte sie sein. Wie kommen wir da hinunter?«

Doch Gret lief schon den Pfad hinab, bis zu der Stelle, an der man unterhalb der Felsen den Hang queren konnte.

»Warte auf mich!« Tilia folgte ihr.

»Sei vorsichtig«, warnte die Magd, deren Holzpantinen im schlüpfrigen Erdreich kaum Halt fanden, doch die Ritterstochter ließ sich nicht abhalten. Sie tastete sich von einem Grasbüschel zum nächsten, bis sie den leblosen Körper erreichten, der verdreht und gekrümmt an einem Krüppelbäumchen hängen geblieben war. Gret kniete sich vorsichtig nieder und schob das wirre graue Haar, das sich beim Sturz gelöst haben musste, zur Seite.

»Ja, es ist Trude, und sie ist tot«, bestätigte Gret mit einem Seufzer. »Sie ist schon kalt, und das Blut ist getrocknet. Sieh nur die große Wunde in der Schläfe. Sie muss sich an einem der Felsen diese schreckliche Verletzung zugezogen haben. Wahrscheinlich war sie schon tot, als sie hier unten ankam.«

Tilia schluckte trocken. »Ja, aber warum ist sie gefallen? Was hatte sie im Dunkeln abseits des Weges zu suchen? Mir will das nicht in den Kopf.«

Die beiden Ritter waren noch ein Stück dem Weg gefolgt und kehrten nun unverrichteter Dinge wieder um. Swenger entdeckte die beiden Frauen im steilen Hang. Die Pferde zurücklassend, eilten die beiden Männer zu ihnen, um zu sehen, was sie gefunden hatten.

»Was, zum Teufel, hattest du hier zu suchen, Trude«, murmelte

Friedrich. Tilia und Gret bekreuzigten sich. »Kommt mit zur Burg zurück, bevor Ihr selbst noch fallt«, riet der Merkenberger und bot Tilia den Arm. »Ich lasse Trude von den Wächtern holen, damit sie anständig begraben werden kann.« Dankbar ließ sich Tilia zum Weg zurückführen. Sie protestierte auch nicht, als Friedrich sie auf sein Pferd hob, sich hinter ihr in den Sattel schwang und sie zur Burg zurückbrachte.

Swenger folgte Gret. Am Weg angekommen, nahm er sein Pferd am Zügel. »Ich begleite dich.«

Gret warf ihm einen raschen Seitenblick zu. »Das ist nicht nötig, Ritter«, entgegnete sie schärfer, als beabsichtigt, doch der junge Mann lachte nur. »Anscheinend ist es heute mein Schicksal, dass mir alle schlechte Absichten unterstellen.«

✠ ✠

Williburgis war betrübt und weinte ein paar Tränen, als sie von ihrer alten Kinderfrau Abschied nahm. Vater Laurenz murmelte ein paar lateinische Floskeln und befahl den Knechten, rasch das Grab zu schaufeln. Schon am Mittag hatte sich die feuchte Erde über Trude geschlossen.

»Nun kann man den Würmern also guten Appetit wünschen«, murmelte Benigna gefühllos und eilte sich, wieder in die warme Kemenate zu kommen. Doch Williburgis, die diese Bemerkung gehört hatte, brach in Tränen aus und schickte ihre Damen weg. Mit geröteten Augen verschwand sie in ihrem Gemach, und zum ersten Mal empfand Tilia Mitleid mit der Grafentochter. Eine Weile saß die Wehrsteinerin mit einer Stickarbeit auf ihrer Kleidertruhe und lauschte mit einem Ohr dem Geschwätz der Damen, dann fasste sie einen Entschluss. Sorgsam faltete sie ihre Arbeit zusammen, strich sich die Röcke glatt und ging hinüber zur Kemenate. Auf ihr Klopfen kam keine Antwort, trotzdem trat sie ein. Williburgis saß auf ihrem üppigen Bett, und zwischen den vielen bunten Seidenkissen wirkte sie verloren. Sie sah aus wie ein Kind, die Lippen schmollend vorgeschoben, eine zerlumpte Puppe an die Brust gepresst.

»Ich habe Euch nicht hereingerufen«, fuhr sie Tilia hochmütig an. Nur mühsam zähmte die Wehrsteinerin ihre aufflammende Wut und trat einige Schritte näher.

»Ja, ich weiß, doch ich bitte Euch, mich anzuhören.« Ohne eine Reaktion abzuwarten, fuhr Tilia fort. »Ihr seid die Tochter des Grafen und die Herrin dieser Burg. Ihr habt Eure Damen um Euch, auf dass sie Euch zu Diensten seien. Doch wer hat Euch umsorgt? Wer ist Euch zur Seite gestanden? Eure Kinderfrau. Nun ist sie durch einen tragischen Unfall zum Herrn gerufen worden und Ihr bleibt allein zurück.« Tilia holte Luft und sah Williburgis an, die mit unbeweglicher Miene geradeaus starrte. Ob sie überhaupt zuhörte? Dennoch fuhr Tilia fort. »Man braucht Euch nur anzusehen, und das Herz wird einem schwer. Ihr habt Sorgen und …«

Die Grafentochter richtete sich kerzengerade auf und fiel Tilia ins Wort. »Ich habe keine Sorgen, und außerdem geht Euch das überhaupt nichts an. Kümmert Euch um Eure eigenen Angelegenheiten …«

Die Wehrsteinerin senkte den Kopf und wartete, bis Williburgis sich wieder beruhigt hatte. Von dieser Seite war nicht an sie heranzukommen.

»Seht Euch den Saal an, schmeckt die Speisen, die auf den Tisch kommen, geht in die Kleiderkammer«, versuchte sie es noch einmal. »Wie solltet Ihr das alles allein schaffen? Das ist unmöglich. Lasst Euch helfen, und Zollern wird wieder so prächtig und gastfreundlich, wie es einmal war und wie man sich im ganzen Land noch immer erzählt.«

Williburgis nagte an ihrer Lippe. »Ja, Ihr habt schon Recht, wenn Ihr sagt, dass vieles im Argen liegt. Doch welche meiner Damen möchte schon die Mägde beaufsichtigen, welche Aufsicht über den Saal haben, welche sich mit Hanna anlegen, wenn der Braten verbrannt ist?«

»Ich, edle Herrin. Ich würde Euch gerne zur Seite stehen. Seht, ich habe auf Wehrstein nach dem Rechten gesehen. Ich habe dies an meiner Mutter Stelle in den letzten Jahren allein erledigt …«

»Aber Wehrstein ist keine solch große Burg wie Zollern!«, warf Williburgis ein.

»Nein, natürlich ist Wehrstein nicht so prächtig«, bestätigte Tilia, da die Grafentochter dies erwartete. »Ich kann sicher keine Wunder wirken, aber vielleicht manches dahin führen, wo es früher einmal war.«

Williburgis nickte langsam.

»Und Ihr braucht jemanden, der sich um Euch kümmert. Lasst mich das tun. Mich und meine Magd.«

Die Grafentochter nickte wieder.

»Dann werde ich Euch nun ein Kräuterbad richten lassen. Das wird Euch gut tun. Und dann nehme ich mein erstes Gefecht mit Hanna auf.«

Williburgis schauderte. »Da beneide ich Euch nicht darum«, sagte sie mit großen Augen. Doch der Griff um ihre Puppe lockerte sich, die Lippen wurden weicher, und in den Augen keimte ein Stück neuer Lebenswille.

✠ ✠

Tilia war noch nicht oft in der Küche gewesen. Dies war Hannas Revier. Hier lief die dicke Köchin auf ihren aufgedunsenen Beinen auf und ab, schwenkte den gefürchteten großen Kochlöffel, mit dem sie wohl zuzuschlagen wusste, und erhob ihre Stimme, wenn ihr etwas zuwiderlief. Sie runzelte ihre pockennarbige Stirn und brüllte, dass selbst Heinz, der Hüne, lieber das Weite suchte.

Die Wehrsteintochter ließ ihren Blick über die schmutzigen Töpfe gleiten. Der gestampfte Lehmboden war sicher schon eine Ewigkeit nicht mehr gefegt worden. Überall standen Schüsseln und Krüge mit Essensresten herum, auf denen sich nicht selten ein bläulich grüner Rasen ausgebreitet hatte. Das Herdfeuer loderte. Der unansehnliche Inhalt des Kessels darüber brodelte und spritzte, es zischte und dampfte. Daneben drehte ein Junge einen Fleischspieß. Hinten an der Rückwand an einem rohen Tisch entdeckte Tilia die Köchin mit einem

Humpen in der Hand, der sicher kein Wasser enthielt. Ein paar Mägde und Knechte taten es ihr gleich.

»Hanna, ich möchte mit dir sprechen!«

Der Koloss von einem Weib erhob sich schwerfällig und kam mit großen Schritten auf Tilia zu. Furchtlos musterte sie die Ritterstochter. Da stand sie also, die gefürchtete Köchin, kerzengerade aufgerichtet, die Ärmel ihres Kittels hochgeschoben, dass die fetten Unterarme zu sehen waren. Die Hände in die ausladenden Hüften gestützt, den Kochlöffel wie immer in der Rechten, sah sie Tilia trotzig an, das Kinn herausfordernd nach vorn geschoben.

»Was wünscht Ihr?« Der Tonfall war nicht gerade ehrerbietig, doch Tilia ließ sich nichts anmerken.

»Es ist deinen aufmerksamen Augen sicher nicht entgangen, dass auf der Burg nicht alles so ist, wie es sein sollte – und wie es sich zeigte, als die Gräfin Udelhild noch Hausherrin war. So wird es jedenfalls erzählt.« Hanna presste grimmig die Lippen zusammen.

»Das Essen ist meist verbrannt oder verkocht und immer kalt.« Hanna knurrte wie ein wütender Bär.

»Der Saal ist schon lange nicht mehr gesäubert worden …«

»Was geht mich das an?«, unterbrach Hanna die Ritterstochter. »Ich bin Köchin und keine Magd!«

»Da hast du Recht, doch auch hier in der Küche könnte es reinlicher sein. Sieh nur die Töpfe, sieh nur die verdorbenen Speisen …«

Wieder unterbrach die Köchin unhöflich. »Was kann ich dafür, wenn die Weiber lieber schwatzen als arbeiten, wenn die Männer hier hereinkommen, wie es ihnen passt, und alles durcheinander bringen.«

Tilia holte für den nächsten Angriff tief Luft. »Die Burgherrin Williburgis hat mich beauftragt, ihr bei ihren Pflichten behilflich zu sein. Hanna, du bist eine Unfreie wie alle Mägde und Knechte auf Zollern auch, und wenn etwas nicht in Ordnung ist, dann ist der Stock oder die Peitsche die angemessene Ermahnung.«

Die Köchin lief rot an und schnappte nach Luft. Dass ein dahergelaufenes Fräulein ihr mit der Peitsche drohte, das war ihr noch nicht passiert. Ehe ihr die passende Erwiderung einfiel, sprach Tilia schnell weiter.

»Ich könnte dich auch einfach auf die Felder schicken oder in den Stall und eine andere Magd in die Küche stellen, doch das möchte ich nicht. Du kannst gut kochen, und du bist klug, daher will ich mit dir zusammenarbeiten.«

Die aufgeflammte Wut machte einem lauernden Gesichtsausdruck Platz. »Wie meint Ihr das?«

»Nun, ich möchte den Mägden feste Aufgaben zuteilen. Jede hat eine Arbeit, für die sie verantwortlich ist. Ich werde die ordentliche Ausführung im Palas überprüfen und du hier in der Küche.«

Hanna grinste selbstgefällig. »O ja, da soll nur eine dieser Schlampen es wagen, ihre Arbeit nicht zu tun.« Sie ließ den Kochlöffel durch die Luft sausen.

»Das bedeutet, dass die Mägde die Töpfe scheuern und den Boden fegen – und dass du Zeit hast, wieder richtig zu kochen. Ich verlasse mich darauf, dass du dich deiner Aufgabe würdig erweist und dass in Zukunft der Braten nicht schwarz und der Eintopf nicht verkocht ist.« Tilia breitete die Arme aus und setzte zum letzten Dolchstoß an. »Ich habe mich für dich eingesetzt, weil ich dir vertraue. Du kannst mich jederzeit um Rat fragen, doch pass gut auf, dass nichts schief geht, denn sonst bin ich vor der jungen Gräfin blamiert – und sie schickt dich in Zukunft zum Schweineställe ausmisten.«

Das saß! Hanna kaute nachdenklich auf ihrer Unterlippe. »Gut, dann rufen wir am besten nach dem Abendmahl alle Mägde zusammen und verteilen deren Arbeit. Und wehe, es wird geschlampt!«

Sie lächelte verzückt. Tilia war sich sicher, dass die Köchin in Gedanken sich selbst für diesen guten Einfall lobte. Mühsam verbiss sich die Wehrsteinerin ein Grinsen, lobte stattdessen die Kochkunst der Unfreien noch einmal und verließ dann die Küche mit einem Gefühl der Erleichterung. Sie war sich sicher, dass sie den richtigen Weg eingeschlagen hatte.

✠ ✠

Tilia traf Gret im Brunnenturm.

»Du strahlst ja plötzlich so«, bemerkte Gret, ohne die Hände von der Kurbel zu nehmen.

»Ich fühle unbändigen Tatendrang in mir, möchte am liebsten die Ärmel aufbinden und überall mit anfassen.«

Gret verzog das Gesicht zu einer Grimasse. »Willst du hier am Brunnenseil damit anfangen? Bis so ein Badezuber voll ist, kannst du viel Tatendrang beweisen.«

Tilias Miene verdüsterte sich. »Du hast Recht, und gerade deshalb war mir ja so unruhig zumute. Immer nur nutzlos in der Kemenate sitzen, dem dummen Geschwätz der Damen lauschen und sticken, während du hier draußen dir schwere Arme und wunde Hände holst.«

»Das ist der Lauf der Dinge«, antwortete Gret und wuchtete einen vollen Eimer über den Rand.

Tilia knetete nachdenklich ihre Hände. »Das ist es nicht allein. Ich gehöre nicht hierher. Sie sind mir alle so fremd. Nur mit dem Ritter Swenger kann ich reden. Er bringt mich zum Lachen. Auch mit Trude habe ich manches Wort gewechselt.« Sie schwieg einige Augenblicke, um nach den richtigen Worten zu suchen. »Mir scheint, als sei es in dieser Burg viel kälter als bei uns zu Hause. Mich friert es. In meinem Herzen ist es eisig, dass keine Daunendecke, kein Kaminfeuer den Frost vertreiben kann.«

Gret ließ die Kurbel durch die Finger gleiten, bis der leere Eimer dumpf auf die schwarze Wasseroberfläche klatschte. »Ich weiß, was du sagen willst. Vielleicht wäre mir auch kalt, wenn ich zwischen Brunnenwasser und Blutwürsten, Schweinemist und Feuerholz Zeit hätte, es zu spüren.«

»Du hast wenigstens noch Sofie.« Eifersucht schwang in den Worten.

Langsam und gleichmäßig drehte Gret die Kurbel. »Ach, ich sehe sie doch kaum. Sie spielt mit den anderen Kindern, und das ist gut so. Doch du scheinst immer noch um Dorothea zu trauern?«

Tilia trat von hinten an Gret heran, legte die Arme um ihre Taille und drückte die Wange an ihren Rücken. Sie spürte den rauen Stoff des verschlissenen Rockes und die Wärme, die durch das Gewand drang.

»Ich vermisse sie, denn sie war wie mein eigenes Kind, und ich vermisse dich.«

Kraftvoll kurbelte Gret weiter. »Ja, hier ist es nicht wie auf Wehrstein. Doch seit wann werden Weiber gefragt, wie sie leben wollen? Hör den Pfaffen zu, dann weißt du es. Gott, der Herr, stellt uns an den Platz, an dem er uns haben will. Eines Apfels wegen sind wir auf ewig verdammt, dem Manne untertan zu sein.«

»Aber das passt dir nicht!«, stellte Tilia fest.

»Es ist egal, ob es mir passt oder nicht. Das interessiert keinen, und danach fragt auch keiner.«

Tilia hob den Kopf. »Doch«, sagte sie energisch, »mich interessiert es, und ich frage danach. Ich bin nicht bereit, hier nur herumzusitzen und eine der kleinen weißen oder schwarzen Figuren auf dem großen Spielbrett des Lebens zu sein, die von anderen herumgeschoben werden. Darum werde ich dafür sorgen, dass ich wieder mit dir zusammen sein kann, und ich werde – mit Fräulein Williburgis' Erlaubnis – diesen schmutzigen, verkommenen Steinhaufen zu einer respektablen Burg machen.«

»Da habt Ihr Euch aber viel vorgenommen, Jungfrau Tilia«, erklang eine amüsierte Stimme von der Tür her. Die Frauen schreckten hoch. »Oh, welch trautes Bild habe ich gestört«, fuhr Ritter Swenger ohne echtes Bedauern fort und trat zu den Frauen. Er nahm Tilias schmale Hand in die seine und küsste sie leicht. »Ich wünsche Euch Glück und Erfolg bei Eurem Vorhaben. Ich wäre jedenfalls Euer untertänigster Sklave, wenn Ihr es schaffen solltet, dass der Drache, der in der Küche sein Unwesen treibt, wieder ein genießbares Essen zur Tafel bringt.«

Tilia lächelte. »Die ersten Schritte sind getan. Auch ich bin neugierig, wie schnell sie Wirkung zeigen.«

Swenger von Lichtenstein trat einen Schritt zurück und bot Tilia den Arm. »Ich brenne darauf, von Eurer Schlacht zu hören. Ihr könnt mir auf dem Weg berichten.«

Tilia runzelte die Stirn. »Auf dem Weg? Wohin wollt Ihr mit mir gehen?«

Swenger verdrehte in gespielter Verzweiflung die Augen. »Dass Ihr aber auch immer solch Misstrauen hegen müsst. Nun gut, dann verrate ich es Euch eben. Im Stall hat gerade ein Fohlen der wunderbarsten Stute hier auf der Burg das Licht der Welt erblickt, und ich dachte mir, Ihr wolltet es vielleicht ansehen.«

»O ja!«, strahlte die Wehrsteinerin und folgte dem Ritter in den Hof hinaus.

Gret hängte die Eimer in die eisernen Haken und legte sich den hölzernen Tragebalken über die Schulter. Ihr Blick folgte Tilia und dem Ritter, als sie über den Hof schritten.

»Die Kälte in deinem Herzen wird sicher bald vergehen«, murmelte sie vor sich hin.

An Swengers Seite schritt Tilia munter plaudernd dahin. Sie liebte es, neben einem Mann herzugehen, sich mit großen Schritten zu bewegen. Nicht dieses mühsame Getrippel, das die Damen an den Tag legten, erschöpft innehaltend, nachdem sie kaum die Hälfte des Hofes durchquert hatten. Vor allem die Dame von Baden, die ihre ausladende Körperfülle nur mit beträchtlicher Mühe auf den hohen Schuhen balancieren konnte. Tilia lächelte in sich hinein.

Vom Palas aus sah der Merkenberger dem Paar nach. Er runzelte die Stirn, überlegte einige Augenblicke und folgte den beiden schließlich nach. Er lugte durch einen Spalt in der Brettertür und beobachtete, wie Swenger Tilia zur Pferdebox führte, sah sie das Muttertier streicheln und sich dann zu dem Fohlen hinabbeugen. Er hörte ihr Lachen, als Swenger in neckendem Tonfall etwas zu ihr sagte. Die blauen Augen weit offen, das ebenmäßige Antlitz ihm zugewandt, kniete sie im Stroh und sah zu dem Ritter hinauf, der sich lässig über die Brüstung lehnte. Es schien nicht so, als würde noch etwas Ungebührliches geschehen. Der Teufel hatte sicher gerade woanders zu tun.

»Ah, die lieblichste aller Jungfrauen gibt dem jungen Hengst die Ehre«, sagte der Zollernsohn laut und trat in den Stall.

»Es ist ein wunderschönes Tier, Graf. Es wird Euch später sicher durch alle Gefahren tragen.«

Der Merkenberger lachte. »Das will ich hoffen, doch noch ist es nicht sicher, ob es mich oder meinen Bruder später in seinem Sattel haben wird.«

Rasch wechselte Tilia das Thema, denn selbst in diesen Worten spürte sie die rasende Eifersucht des Ritters auf den Erstgeborenen.

Swenger hatte sich, seit der Merkenberger aufgetaucht war, nicht von der Stelle gerührt. Er beobachtete die beiden aufmerksam, ohne das amüsierte Lächeln zu verlieren. Er bemerkte die Blicke wohl, die der Grafensohn ihm zuwarf, doch es machte ihm Spaß, ihn ein wenig zu reizen. Wann würde er ihn unter einem Vorwand hinausschicken? Lange konnte es nicht mehr dauern.

»Die anderen sammeln sich, um einen kleinen Ritt zu machen. Wolltet Ihr nicht mit?«, sagte der Grafensohn, kaum hatte Swenger den Gedanken in seinem Kopf bewegt.

»Nein, nein, ich reite heute nicht mit«, wehrte er mit einem strahlenden Lächeln ab. »Doch danke für die große Fürsorge.« Auch Tilia entging der leichte Spott in seiner Stimme nicht.

»Diemo sucht Euch«, versuchte es der Zoller noch einmal. »Ihr wolltet mit ihm den Schwertkampf üben.«

»Er ist ein schlaues Bürschchen und wird mich hier schon finden, wenn ihm so viel an den blauen Flecken gelegen ist, die ich ihm verpassen werde.« Nun grinste er offen über das ganze Gesicht und labte sich an den wütenden Blitzen in des Grafensohns Augen. »Doch wenn Ihr mit der holden Jungfrau allein sein wollt, dann sagt es einfach. Ich kann es gut verstehen und räume den Kampfplatz nur mit Widerwillen – doch mit dem Respekt vor meinem Herrn, wie es der Brauch ist.«

Swenger von Lichtenstein verbeugte sich spöttisch und weidete sich an der verkniffenen Miene des Merkenbergers, der nur mühsam eine Verwünschung zurückhielt. Aufreizend langsam tänzelte Swenger davon. Ihm entging nicht der reservierte Klang, der sich nun in Tilias Stimme schlich, sah noch, wie sie sich erhob, die Röcke glatt strich und ein wenig mehr Abstand zwischen sich und den Grafensohn brachte. Fröhlich pfeifend entfernte sich der Ritter.

Friedrich von Zollern mühte sich, die entspannte Stimmung zurückzuholen, doch Tilia blieb, bei aller Freundlichkeit, zurückhaltend. Nach einer Weile gab er es auf und bot ihr den Arm, um sie zum Palas zurückzubringen.

»Ich habe gehört, Ihr habt eine umfangreichere Erziehung genossen als so manche Herzogin«, sagte er leichthin, beobachtete das Mädchen jedoch aufmerksam.

»Wie kommt Ihr darauf? Ich sticke nur mittelmäßig und beherrsche auch nicht alle Tanzschritte«, erwiderte die Wehrsteinerin mit Bedauern.

»Doch Ihr könnt lesen und schreiben, und das ist, wie Ihr zugeben müsst, ungewöhnlich.«

»Ja, da habt Ihr Recht. Meine Mutter besitzt ein herrliches Gebetsbüchlein, in dem sie stets zu lesen pflegte, und da ich eigentlich fürs Kloster bestimmt war, habe ich den Umgang mit Feder und Tinte gelernt. Mit dem Lateinischen allerdings konnte ich mich nie anfreunden. Unser Pater hat es vergeblich versucht, doch unter uns, mir kam nicht selten der Verdacht, dass auch er mit der Sprache Roms nicht so vertraut ist, wie es der Heilige Vater bei seinen Hirten sicher gern sehen würde.«

Der Merkenberger lachte und tastete sich dann vorsichtig weiter. »Auf Zollern sind die Schreiberlinge rar gesät. Vater Laurenz fällt es stets zu, nach Feder und Pergament zu greifen, wenn eine Nachricht oder Urkunde verfasst werden soll. Nur noch der Graf ist des Lesens mächtig, doch es ist nichts für einen Ritter, sich mit derlei zu befassen.«

Tilia nickte nur und sah ihn fragend an.

»Vielleicht könntet Ihr ja, liebe Jungfrau Tilia, mir das eine oder andere Mal eine Botschaft zu Pergament bringen, wenn ich Vater Laurenz nicht damit belästigen möchte?«

»Oh«, Tilia strahlte ihn offen an, »ich stelle Euch und dem Herrn Grafen natürlich gern meine bescheidenen Fähigkeiten zur Verfügung, wenn es Euer Wunsch ist.«

Er wand sich und suchte nach Worten. »Nein, nicht für den Vater oder Bruder, nur für mich allein. Ihr solltet das alles für Euch behalten – am besten es weder in Eurem Herzen noch in Eurem hübschen Kopf weiterbewegen.«

Tilia stutzte, doch dann breitete sich ein schelmisches Lächeln über ihre Wangen aus und vertiefte sich zu reizenden Grübchen. »Pfui, Herr Ritter, schämt Euch, die Dienste einer Dame anzunehmen, um mit einer anderen – auch wenn sie Euch versprochen ist – zarte Worte auszutauschen.«

Friedrich von Zollern lachte kurz auf. »Ich schwöre Euch, meine schöne und reizende Tilia von Wehrstein, solch Frevel würde ich nie begehen. Doch sagt, kann ich auf Euch zählen? Würde es unser Geheimnis bleiben? Wir wollen den Kaplan nicht eifersüchtig machen.«

Sie warf ihm einen mutwilligen Blick zu. »Ja, Ritter, Ihr könnt auf mich zählen.«

KAPITEL 20

Tilia streichelte ihrer Stute die Stirn. Das Tier kaute genüsslich an einem Apfel und stieß die Ritterstochter dann in die Seite, um noch mehr Leckereien zu bekommen.

»Nicht wahr, du vermisst es auch, dir den Wind um die Ohren wehen zu lassen. Wie lange stehst du nun schon nutzlos hier herum?« Die Wehrsteinerin seufzte. »Ein flotter Ritt würde uns beiden gut tun.«

»Dann satteln wir die Pferde und reiten mit wildem Geschrei den Berg hinab!«, erklang es von der Tür her.

Tilia schenkte Swenger ein wehmütiges Lächeln. »Wie gern würde ich das tun, aber Ihr wisst genau, dass sich das nicht schickt.«

Der Ritter zuckte die Schultern und begann sein Pferd zu satteln. »Nehmt doch Eure Magd mit oder den jungen von Husen, der Euch mit solch eifersüchtigem Blick bewacht. Er ist bereits gegürtet und gerüstet im Hof draußen, bereit, jeden Augenblick aufzubrechen.«

»Wohin?«, fragte Tilia verwundert.

»Nach Wehrstein. Wusstet Ihr das nicht?« Swenger zog den Sattelgurt straff.

»Kein Wort hat er mir gesagt. Nach Wehrstein …« Sehnsucht schwang in ihrer Stimme. Sie ging hinaus, um den Lehensmann zu suchen. Kurz darauf steckte sie den Kopf wieder in den Stall.

»Würdet Ihr warten, bis ich mich umgekleidet habe?«

»Ich würde derweil sogar Eure Stute satteln«, bot der Ritter an.

Tilia zögerte noch einen Augenblick. »Aber wir wären auf dem Rückweg allein.«

»Dann müssen wir uns eben heimlich in die Burg schleichen, damit es keiner merkt.«

Ganz überzeugt war die Ritterstochter nicht. Obwohl sie auf Wehrstein fast täglich allein mit einem Knecht oder Ritter über die Felder und zu den Bauern geritten war, wusste sie sehr gut, dass dies hier in der Fremde etwas anderes war. Doch die bangen Fragen lösten sich bald. Salome von Ringelstein-Killers Augen strahlten, als sie von dem geplanten Ausritt hörte.

»Das wird ein Spaß!«, rief sie und drängte Agnes, ihr rasch beim Umkleiden zu helfen. Am Ende waren es fünf Reiter, die das Tor passierten. Salome warf dem Ritter Walger aufreizende Blicke zu, und kaum hatte die kleine Gruppe den dichten Wald am Fuß des Zollernberges erreicht, blieben die beiden zurück und waren plötzlich verschwunden. Tilia zügelte ihr Ross.

»Wir müssen auf sie warten, dass sie uns nicht verfehlen.«

Swengers Lippen umspielte ein spöttisches Lächeln. »Wir werden auf dem Rückweg schon wieder auf sie stoßen.«

Zu dritt ritten sie weiter. Sobald sich die Bäume lichteten, trieben sie ihre Pferde an. Tilia jauchzte. Ihr langes Haar flatterte wie eine Fahne im Frühlingswind. Die Sonne wärmte die Haut und die Gemüter.

»Ihr seid eine gute Reiterin«, lobte Swenger, als sie den schwitzenden Pferden im Schritt ein wenig Ruhe gönnten. Die beiden plauderten fröhlich miteinander. Heinrich, der an Tilias anderer Seite ritt, schwieg eisern und beobachtete den Ritter mit eifersüchtigem Blick. Als die Sonne den Zenit schon überschritten hatte, hielt Swenger sein Ross an.

»Ich glaube, von hier an trennen sich unsere Wege.«

Tilia streckte dem Vasallen die Hände hin. »Bringt die liebsten Grüße von mir nach Wehrstein. Ich sende dem Vater und der Mutter all meine Liebe und Gebete.« Heinrich nickte.

»Ich werde in ein paar Tagen zurück sein.«

»Ach, wie gern würde ich mit Euch kommen«, stieß die Ritterstochter voll Sehnsucht aus. Heinrich errötete, obwohl er wusste, dass sie das nicht seinetwegen sagte. Scheu schenkte er ihr noch ein Lächeln, dann trieb er sein Pferd an und war bald unter den glänzend grünen Blättern verschwunden.

Swenger ließ sich vom Pferd gleiten und trat an Tilias Stute. »Gönnen wir den Pferden Ruhe, damit wir uns später ein flottes Rennen liefern können.«

Er legte die Hände um ihre Taille und hob sie aus dem Sattel. Tilia sah verlegen zu ihm hoch. Er hielt sie länger fest, als es nötig gewesen wäre. Sie dachte schon, jetzt werde er versuchen, sie zu küssen, doch er ließ sie los und bot ihr den Arm. Verwirrt überlegte sie, ob sie das nun bedauern oder mit Erleichterung begrüßen sollte.

»Die Tugend ist doch ein seltsam unnützes Ding«, spottete er grinsend, als habe er ihre Gedanken gelesen. Tilia errötete und begann hastig, über Wehrstein zu sprechen, über ihre Arbeit und die weiten Ritte, die sie dort unternommen hatte.

Auf dem Heimweg trafen sie, wie der Ritter es vorausgesagt hatte, wieder auf Walger und Salome. Die beiden schienen mehr erhitzt, als die Frühlingssonne es zustande zu bringen vermochte. Swenger grinste die beiden anzüglich an, doch Tilia schien sich darüber keine Gedanken zu machen.

✠ ✠

Die braven Gäule bekamen nur selten die Peitsche zu spüren. Den Blick gesenkt, trotteten sie meist langsam und gleichmäßig vor sich hin, in stetigem Rhythmus einen Huf vor den anderen setzend. Sie waren von unscheinbarer Farbe, und an manchen Stellen hatten die Riemen das Fell von den breiten Rücken gescheuert, doch der Kaufmann schätzte sie sehr. Waren sie doch nur selten aus der Ruhe zu bringen und zogen ihm verlässlich und sicher seine wertvollen Waren von einer Stadt zur anderen, wo er sie bei reichen Bürgersleuten und edlen Rittern in klingende Münzen oder andere brauchbare Güter tauschen konnte.

Gleichmütig ließen sich die Pferde durch die Furt der Starzel treiben, doch als der Weg, die Staig hinauf nach Hechingen, immer steiler wurde, schnaubten sie unwillig und blieben stehen. Wetzel Rinauer lockte und schimpfte im Wechsel, ließ dann die Peitsche über ihren Köpfen knallen, doch erst als er sich schwerfällig vom Kutschbock erhob und, die Zügel in den Händen, steifbeinig vor seinem Karren herging, zogen die Pferde wieder an und zerrten das schwere Gefährt den steilen Weg hinauf. Als der Kaufmann das untere Tor passierte, stand ihm bereits der Schweiß auf der Stirn, und als das Fuhrwerk in der breiten Marktstraße vor dem Haus des Erlewin zum Stehen kam, stürzte Wetzel erst den Inhalt des letzten Weinschlauches hinunter, bevor er den Klopfer an der Tür des Freien betätigte.

Zwei Tage blieb er in der Stadt über der Starzel. Die Geschäfte liefen gut. Immer mehr Bürger wollten es in diesen Zeiten den Edelfreien gleich tun, sich und ihre Weiber in gutes, buntes Tuch kleiden und auf den Straßen zeigen, dass sie Gulden in der Truhe hatten und gewillt waren, den Kopf hoch und ein Schwert an ihrer Seite zu tragen. Sie nickten nur noch leicht, wenn sie einem Ritter begegneten, und versuchten zu vergessen, dass sie ihnen nie ganz gleich werden würden. Denn anders als in vielen Städten waren die meisten Bürger von Hechingen unfrei, so wie ihre Landsleute in den Weilern der Grafschaft auch. Sie mussten ihren Herrn fragen, wenn sie sich außerhalb der Grafschaft verheiraten oder wegziehen wollten, mussten an Fasnacht eine fette Henne zur Burg hinaufbringen und ihr bestes Stück Vieh oder teuerstes Gewand dem Grafen lassen, wenn sie dereinst zu Gott dem Herrn gerufen werden würden. Anders als ihre Vettern auf dem Lande waren sie jedoch frei vom Frondienst.

Obwohl der Kaufmann allen Grund gehabt hätte, mit dem Tag zufrieden zu sein, wurde er immer unruhiger. Nervös schritt er bei seinem Gastgeber in der Stube auf und ab, sah wieder und wieder durch die winzigen Fenster auf die geschäftige Gasse hinunter und ließ dann den Blick in die Ferne wandern, bis er die trutzige Burg deutlich vor Augen hatte. Sie kam ihm mit jedem Mal bedrohlicher vor. Es war, als brenne der verborgene Brief so heiß in seinem Beutel, dass er es schmerzhaft auf der Haut spüren konnte.

»Ich werde morgen früh zur Burg hoch reiten«, seufzte er, als sein Gastgeber eintrat.

Der Erlewin runzelte die Stirn. »Meint Ihr, die Grafen werden sich als gute Kundschaft erweisen? Nicht, dass ich an dem Inhalt ihrer Truhen zweifeln möchte, eher schon an der Bereitschaft, diesen für Euer Tuch herzugeben.« Die finstere Miene seines Gastes missverstehend, fügte er rasch hinzu: »Damit wollte ich nicht behaupten, Euer Tuch wäre nicht jeden Schilling wert.«

Wetzel Rinauer nickte langsam. Auch er hatte Bedenken, ob nicht der eine oder andere Ritter seine edlen Waren statt mit Gold mit Fußtritten bezahlen würde. Die fahrenden Händler machten um immer mehr Burgen einen großen Bogen.

»Der Graf ist ein edler Mann und wird mir meinen Beutel füllen, wenn ihm mein Angebot gefällt. Schließlich bin ich ein guter Christ und kein schmieriger Jude«, sagte der Kaufmann bestimmt, beschloss aber, die beiden Ballen mit glänzendem Atlas in der Obhut seines Geschäftspartners zu lassen. Man konnte nicht vorsichtig genug sein.

Schon früh am Morgen sattelte er das blassbraune Reitpferd, das er sich geliehen hatte, belud einen seiner Gäule mit Stoffen, Federn, Gürteln und Garn und machte sich zur Zollernburg auf.

✠ ✠

Die Übelkeit schnürte ihr fast die Kehle zu, kaum hatte sie den letzten morgendlichen Gerstenbrei aus ihrer Schale gekratzt. Williburgis erhob sich und verließ den Saal. Auf der Treppe beschleunigte sie ihre Schritte, raffte die Röcke, um nicht in den Saum zu treten. Ihr Magen krampfte sich zusammen. Sie wusste, dass sie es nicht mehr bis zur Kemenate schaffen würde. Die Lippen fest zusammengepresst, rannte sie zu dem kleinen Erker in der Mauer, dessen Loch im Boden all die menschlichen Hinterlassenschaften in eine Abfallgrube hinter dem Palas entleerte. In schmerzlichen Wellen erbrach sie ihr Frühmahl, wankte dann mit zitternden Knien in die Kemenate und ließ sich auf ihre Daunendecke sinken. Das war nun schon das dritte Mal seit der Sonntagsmesse. Williburgis schluchzte leise. Hatte sie nicht Tag um Tag eine kleine Ewigkeit auf den Knien in der Kapelle zugebracht und den Herrn, die Heilige Jungfrau und all die Heiligen angefleht? Sich gequält und gegeißelt? Aufmerksam tastete sie über ihren Leib. War da nicht schon eine winzige Wölbung, die wachsen und wachsen würde, bis kein Hemd oder Rock, kein Gürtel, keine Schnürung sie mehr verbergen konnte? Warum hilft mir niemand?, dachte sie und weinte ein paar Tränen. Ihre Hand tastete nach dem kleinen Beutel unter ihrer Matratze, der dort schon seit vielen Tagen ruhte. Die Furcht in ihr steigerte sich zu wilder Panik. Würde sie die Schande ertragen können? Schreckliche Bilder stiegen in ihr auf und verdrängten Stück für Stück die Angst vor der teuflischen Magie. Ihr schien der Ausweg plötzlich so lieblich, dass sie entschlossen nach ihrem Becher griff, den Inhalt des Säckchens in den abgestandenen Gewürzwein rührte und mit drei großen Schlucken trank. Wie eine Verstorbene in ihrem Sarg lag sie auf dem Rücken, bewegungslos auf ihrem Bett, die Augen geschlossen, die Hände gefaltet, und lauschte in sich hinein. Was würde die Magie des Mönches mit ihr machen, fragte sie sich und versuchte zu spüren, was in ihrem Leib vor sich ging.

Die erste Schmerzenswelle erfasste die Grafentochter so stark, dass sie mit einem spitzen Schrei in die Höhe fuhr. Sie schlang sich die Arme um den Leib, ihr Atem beschleunigte sich. Sie spürte den warmen, klebrigen Fluss zwischen ihren Beinen und wälzte sich vom Bett, um die Leinenstreifen aus der Truhe zu holen, doch bevor sie das Zimmer durchquert hatte, sank sie ohnmächtig auf den Boden nieder. Obwohl ihr Geist in sanfter Finsternis wandelte, zuckte ihr Leib, bäumte sich immer wieder auf. Ein Seufzer drang ab und zu durch die halb geöffneten Lippen. Das dunkelrote Blut tränkte Hemd und Rock und kroch dann, warm und klebrig, über den ausgetretenen Steinboden.

So fand Tilia die Grafentochter, als sie mit einer Stickarbeit in den Händen in die Kemenate trat. Für einen Atemhauch lang war sie wie gelähmt, doch dann stürzte sie zu Williburgis, fühlte, ob noch Leben in ihr war, und rannte dann in den Hof hinunter, um Bruder Tragebott zu holen.

Schnell wie der Flug des Falkens flog die Neuigkeit von aufgeregt flüsternden Lippen zu neugierigen Ohren. Bald war die ganze Burg in Aufruhr. Die Mägde und Knechte verdrehten vielsagend die Augen und raunten sich hinter vorgehaltener Hand die schlimmsten Vermutungen zu. Man sprach von einem leeren Becher auf dem Boden. Einmal einem Lippenpaar entwichen, flog das Wort Gift wie eine Biene im Frühling von Blüte zu Blüte, von einem Mund zum anderen. Während die Mägde und Knechte es nur verstohlen flüsterten, klatschten die Ritter und Damen ganz offen über die eine oder andere Möglichkeit, bis der alte Graf ihnen energisch über den Mund fuhr. Er war außer sich, raufte sich das Haar und schritt, ohne sich auch nur für einen Augenblick Ruhe zu gönnen, rastlos auf und ab. In solch einem Zustand hatten ihn die Bewohner der Burg nicht mehr erlebt, seit die Gräfin Udelhild im Kindbett gelegen hatte.

✠ ✠

»Bruder Tragebott sagt, jede Störung könnte verhängnisvoll sein«, wehrte Tilia das Begehren des Grafen ab und blieb im Türspalt stehen, so dass er nur einen kurzen Blick auf die blasse, reglose Gestalt im Bett werfen konnte.

»Ich bin der Herr von Zollern und ihr Vater und nicht eine Störung, wie Ihr es nennt«, entgegnete Friedrich von Zollern erregt.

Tilia wand sich innerlich. Es stand ihr in keiner Weise zu, einen so hohen Herrn der Kemenate seiner Tochter zu verweisen, doch in diesem Punkt war sie sich mit Bruder Tragebott und Gret einig. Je weniger von Williburgis' Zustand, und vor allem von der Ursache ihres Leidens, nach außen drang, desto besser. Der Graf war ein erfahrener Mann. Er würde sich beim Anblick des blutigen Hemdes ganz schnell die Wahrheit zusammenreimen. So nahm Tilia all ihren Mut zusammen und schickte den Grafen, wenn auch mit ehrerbietigem Ton, so doch bestimmt, wieder in den Saal hinunter.

Der Graf zögerte einige Augenblicke, doch dann drehte er sich um und schritt den Gang entlang. Erleichtert schloss Tilia die Tür und wandte sich wieder dem Geschehen in der Kemenate zu. Aus Bruder Tragebotts Miene las sie, dass die größte Gefahr gebannt war. Noch immer lag die Grafentochter ohne Bewusstsein blass in ihren Kissen, doch der Blutstrom war versiegt. Das glänzende Rot verdunkelte sich, verlor seinen feuchten Schimmer und verkrustete dann zu braunen Klumpen. Stumm packte der Mönch sein Bündel. Wortlos räumte Gret die blutigen Laken und Gewandstücke weg, bürstete dann energisch die dunklen Flecken vom Boden. Auch Tilia schwieg, saß am Bett, hielt die schmale Hand und ließ ihre wirren Gedanken kreisen. Alle drei wussten, von welchem Ereignis sie Zeuge geworden waren, doch alle drei hüteten sich, ein Wort davon laut über die Lippen kommen zu lassen, so als hätten sie Furcht vor noch größerem Unglück, das dann über Zollern hereinbrechen könnte.

✠ ✠

Es war kein guter Tag, um Geschäfte zu machen, Stoffe und Bänder zu verkaufen, das wurde dem Kaufmann schnell klar, als ihn die wilden Gerüchte bereits am Tor begrüßten. Sollte er den weiten Weg umsonst gemacht haben? Wenn er schon seine Päckchen und Bündel den ganzen Berg wieder hinuntertragen musste, so war er jedoch fest entschlossen, wenigstens das unselige Schreiben in des Empfängers Hände zu legen.

Nachdem der Kaufmann einige Schnüre gelöst und die gewachsten Tücher gelüftet hatte, ließen ihn die Wächter am Tor passieren. Eine Hand voll Kinder umringte ihn sofort und folgte ihm lachend und lärmend, in der Hoffnung, er habe nicht nur langweiliges Tuch, sondern auch ein wenig Naschwerk auf sein Pferd geladen.

Es war ein sonniger Tag, und so saßen die Damen vor dem Palas, um den Rittern zuzusehen, die mit hölzernen Stangen und stumpfen Schwertern sich im Kampf übten. Schadenfroh kichernd verfolgten Benigna und Salome die Lektionen, die der Ritter Walger dem Knappen Diemo verabreichte. Den Schild viel zu weit abgestellt, den Schwertgriff fest umklammert, drang der Jüngling auf seinen Meister ein. Sein Gesicht verriet den Überschwang der Jugend, der sich nur mühsam zügeln ließ. Erschreckend leicht hielt Walger von Bisingen seine Deckung aufrecht, wich immer mal wieder einen Schritt zurück und ließ den Knappen sich austoben. Während er mit Schwert und

Schild die Schläge parierte, scherzte er mit den anderen Rittern, beobachtete Diemo dabei jedoch genau. Immer wenn dem jungen von Melchingen ein allzu grober Fehler unterlief, schlug Walger hart zu. Trotz des wattierten und lederbezogenen Wamses würde der Jüngling am anderen Tag mit blauen Flecken und Schrammen übersät sein.

Die Ankunft des Kaufmannes war für die Damen eine willkommene Abwechslung. Sie wussten, dass ihre Herrin in schwerer Krankheit daniederlag, doch im Moment konnten sie ihr nicht helfen. Vater Laurenz betete für sie, Bruder Tragebott hatte nach ihr gesehen, Gret wusch die schmutzige Wäsche, und Tilia saß an ihrem Lager. Warum also sollten sie sich die Gelegenheit entgehen lassen, die Waren des Kaufmannes anzusehen? Von gedrückter Stimmung war nichts zu spüren.

Der Kaufmann breitete die herrlichen Stoffe in der Sonne aus, legte goldglänzende Bänder und bestickte Gürtel dazu. Benigna und Salome seufzten schwer. Sie verfügten über keine eigenen Münzen, und an die Truhe der Grafentochter war nun nicht heranzukommen. Neidisch sahen sie, wie Kunigunde von Baden ihren Beutel vom Gürtel löste und sich zehn Ellen roten Scharlach abschneiden ließ, zwei feine weiße Schleiertücher hinzufügte und dann auch noch gelbe und grüne Bänder erstand. Da schlichen sie schmeichelnd um das unansehnliche Weib herum und baten sie, zumindest bis es der Herrin besser gehe, den ein oder anderen Gulden für einen neuen Surcot oder zumindest für ein Gebende, ein Seidenhemd oder neue Ärmel auszulegen. Der Kaufmann wartete geduldig, zählte im Geist die Münzen zusammen und beobachtete die Ritter, die ihre Kampfübungen unterbrachen und zu den Damen traten. Da, endlich entdeckte er den Gesuchten. Während sich Eleonora grauen Stoff für einen einfachen Rock und Benigna goldbestickte grüne Bänder auswählten, schob er dem Ritter unauffällig das versiegelte Pergament zu. Obwohl ihm war, als wäre eine Felsenlast von seiner Seele genommen, blieb seine Miene unbeweglich.

✢ ✢

Am nächsten Tag, als Williburgis beim schwachen Schein einer flackernden Öllampe in ihrem Bett ruhte und alle anderen edlen Burgbewohner beim Spätmahl im Saal versammelt waren, öffnete sich die Tür zur Kemenate, ohne dass die Grafentochter ein Klopfen vernommen hatte. Erschrocken stemmte sie sich hoch.

»Was willst du hier? Ist es in dieser Burg nicht mehr der Brauch, anzuklopfen, wenn man die Kemenate betritt?«, fauchte sie ihren Bruder an und ließ sich in ihre Kissen zurücksinken.

»Ich wollte mich doch nur nach deinem Befinden erkundigen, herzallerliebste Schwester«, sagte er, strafte die artigen Worte jedoch mit seinem spöttischen Tonfall Lügen.

»Verschwinde!«, schimpfte sie mit schwacher Stimme, doch der Grafensohn zog sich einen Scherenstuhl ans Bett und flegelte sich in die Seidenkissen.

»Bevor ich dir diesen Gefallen tue, darfst du mir noch ein paar Fragen beantworten.«

Ihre Augen verengten sich misstrauisch.

»Es schwirren so viele Gerüchte über die Ursache deines Unwohlseins umher, dass mir viel daran gelegen ist, von dir über die wahren Umstände aufgeklärt zu werden.«

Williburgis schloss erschöpft die Augen. »Es schickt sich nicht, mit seinem Bruder über das monatliche Unwohlsein der Frauen zu sprechen.«

Der Merkenberger schnellte vor und griff nach ihrem Handgelenk. Eisern umklammerte er den zarten Frauenarm, dass seine Schwester vor Schmerz aufschrie.

»Halte mich nicht zum Narren«, zischte er. »Ich bin kein grüner Knabe mehr und kenne mich mit Frauen aus. Ich habe die blutigen Laken und Gewänder gesehen, die die Magd unten auswusch, also hör auf, mich anzulügen.«

»Ich weiß nicht, wovon du sprichst. Lass mich los, du tust mir weh.« Williburgis versuchte vergeblich, sich aus seinem Griff zu lösen.

Er drückte noch ein wenig stärker zu. »Ich werde dir gleich noch mehr wehtun, wenn du mir nicht die Wahrheit sagst. Wer hat dir den

Bastard angedreht, Jungfrau Williburgis?« Seine Worte troffen geradezu vor Spott. Bis zu diesem Augenblick war er sich seiner Sache nicht sicher gewesen, doch ihre entsetzte Miene sagte ihm alles.

»Du brauchst dich nun nicht in Tränen zu flüchten, das hilft dir gar nichts. Ich gehe hier nicht weg, ehe du mir nicht alles gebeichtet hast.« Endlich gab er ihren Arm frei, und sie rieb sich das schmerzende Handgelenk.

»Und wenn du mich langsam in Stücke schneidest, ich werde dir nichts sagen!«, schluchzte sie und presste die Lippen aufeinander.

Noch bevor die Ritter und Damen sich vom Nachtmahl erhoben, hatte Williburgis ihrem Bruder unter vielen Tränen alles erzählt, was er hören oder auch nicht hören wollte.

✠ ✠

Als Tilia sich von ihrem Platz erheben wollte, stand plötzlich der Merkenberger neben ihr.

»Darf ich nun auf Euer Versprechen zurückkommen?«, fragte er artig. »Ich bitte Euch zu mir in meine Kammer, auch wenn das vielleicht nicht der guten Sitte entspricht, doch Ihr seht ja selbst, dass man hier im Saal nicht in Ruhe die Feder führen kann.«

Tilia sah ihn zweifelnd an. »Sollen wir nicht lieber in die Kapelle gehen? Oder zu Vater Laurenz. Der hat ein Schreibpult und außerdem Pergament, Tinte und Feder.«

Der junge Friedrich winkte ab. »Wir wollten es vor ihm geheim halten, Ihr erinnert Euch?«

Sie nickte, doch ein ungutes Gefühl blieb.

»Wartet hier ein wenig, dann folgt mir nach«, sagte der Zollernsohn und verschwand. Hilfe suchend sah sich Tilia um. Swenger war nirgends zu sehen. Vielleicht war das gut so. Dann würde er diesen Fehltritt nicht mitbekommen. Als die Treppe leer war und all die anderen im Saal den Eindruck machten, miteinander beschäftigt zu sein, erhob sich Tilia und verließ eilig den Saal. Ungesehen erreichte sie des Merkenbergers Gemach.

Der jüngere Zollernsohn hatte bereits zwei Binsenlichter entzündet, Pergament, Tinte und Feder auf dem Tisch zurechtgelegt und einen Stuhl herangerückt. Tilia spitzte den Kiel und rührte die Tinte sorgfältig durch, dann sah sie fragend zu ihm hoch.

Der Merkenberger schritt unruhig auf und ab. Immer wieder begann er einen Satz und verwarf ihn wieder. Endlich war er so weit, dass Tilia die Feder eintauchen und eine dünne Tintenspur auf dem Pergament auftragen konnte. Er schrieb an den Vogt der Schalksburg. Wies ihn an, Waffen fertigen zu lassen und nach verbündeten Rittern Ausschau zu halten. Tilia schrieb und schrieb. Doch plötzlich sah sie auf.

»Es könnte sein, dass bald ein Wechsel im Zollernhause vollzogen wird? Was bedeutet das? Ist der Graf denn krank? Denkt Ihr, es könnte Ihm etwas passieren?«, fragte sie erstaunt.

Er wand sich. »Nein, sicher bin ich mir da nicht, doch wenn es denn so wäre, dann müsste man vorbereitet sein. Macht Euch darüber keine Gedanken.«

Sie senkte den Kopf und schrieb, doch die Gedanken schwirrten nur so umher.

»Der Süden der Grafschaft muss gehalten werden. Nicht nur gegen den Hohenberger. Der Feind könnte dann auch im Norden sitzen.«

Tilia versuchte, sich die Karte ins Gedächtnis zurückzurufen, die sie bei dem alten Graf gesehen hatte. Lagen im Norden nicht der Zollernberg und Hechingen? Was konnte das bedeuten? Würde dort nicht Eitelfriedrich sitzen und Acht geben, dass von Württemberg her keine Feinde eindrangen?«

Sie traute sich nicht zu fragen, wie er dies meinte. Die Feder kratzte über das Papier. Endlich war die Nachricht fertig. Der Merkenberger erhitzte das Siegelwachs über der Flamme, tropfte es auf das Schreiben und drückte seinen Ring in das weiche Wachs.

»Ich danke Euch, Jungfrau Tilia. Und vergesst nicht – zu keinem ein Wort!«

Er trat nah zu ihr hin, zog ihre Hand an seine Lippen und sah ihr beschwörend in die Augen, bis sie den Blick senkte.

»Ja, natürlich, ich habe es ja versprochen«, murmelte sie und öffnete zaghaft die Tür. Der Gang war leer. Schnell schlüpfte sie hinaus und eilte mit gerafften Röcken auf die Treppe zu. Kurz bevor sie diese jedoch erreichte, stieß sie mit Graf Eitelfriedrich und Gret zusammen, die von unten her kamen und des Grafen Kammer zustrebten.

Tilia murmelte einen Gruß, schlüpfte an ihnen vorbei und lief die Treppe zu den Frauengemächern hinauf. Die verwunderten Blicke, die ihr folgten, brannten wie Feuer in ihrem Rücken.

✠ ✠

Hinter den Ställen, im Schein einer kleinen Öllampe, entzifferte der Ritter das Schreiben des Kaufmanns. Es bereitete ihm Mühe, doch er war stolz, dass er nicht auf die Hilfe eines Pfaffen oder Schreiberlings angewiesen war, um Nachrichten zu empfangen und weiterzugeben. Keiner auf der Burg wusste von seinen Fähigkeiten. Wozu auch. Ein Ritter musste mit dem Schwert umgehen können, sein Ross beherrschen und die Lanze führen, Feder und Pergament konnte man getrost den Männern Gottes überlassen – es sei denn, man spann seine eigene Politik und ließ sich seinen Beutel von zwei Herren füllen. Der Ritter hätte empört das Schwert gezückt, hätte ihn jemand des Verrats bezichtigt. Er war für ausgewogene Kräfte zwischen Zollern und Hohenberg. Es war ein gutes Leben hier auf Zollern. Mal ein paar Überfälle, mal ein kleiner Raubzug, doch das konnte schnell zu Ende gehen. So hatte er schon früh beschlossen, auf der Hut zu sein und die Augen offen zu halten. Die über Jahrhunderte gepriesenen Rittertugenden waren schön und gut, solange man den Kopf über Wasser halten konnte. Für diese Tugenden unterzugehen, war nicht in des Ritters Sinn. So waren es auch nicht die paar Münzen, die er ab und zu aus der Hohenberger Schatulle bezog, die ihn bewogen, sich auf dieses Spiel einzulassen. Er wollte sichergehen, falls die Fahne sank, davon zu erfahren, bevor das schwarz-weiß karierte Tuch im Schmutz lag.

Anscheinend gab es auf Zollern noch jemanden, der seine Meinung teilte und darüber hinaus bereit war, die Bündnisse des Alten zu hintergehen. Nachdenklich faltete der Ritter das Pergament zusammen und entzündete es dann an der flackernden Flamme. Es kam nur einer in Frage, das war ihm schnell klar, doch er zögerte. Wie viel wollte er dem Hohenberger offenbaren? Wie sollte er am klügsten vorgehen? Wer würde noch davon wissen? Der Kaplan?

»Ich habe gehofft, Euch hier zu finden!«, riss ihn eine tiefe Stimme aus seinen Gedanken. Der Ritter war nicht schreckhaft, doch nun zuckte er heftig zusammen und griff nach dem Schwert. Der andere hob abwehrend die Hände.

»Haltet ein! Ich bin nicht bewaffnet – zumindest nicht mit stählernem Schwert!« Sein Tonfall verriet das Lächeln in seinem Gesicht.

»Ach, Ihr seid es«, begrüßte der Ritter den Edelknecht ohne rechte Begeisterung, was dem anderen nicht entging.

»Was ist mit Euch? Was für eine trübe Stimmung treibt Euch durch die Nacht? Ich werde sie Euch verscheuchen, in kaum einem Augenblick. Ich bin der Falke, der blitzschnell herabstößt.«

Er stand nun so nah vor dem Ritter, dass der den männlich heißen Atem aus Zwiebeln, Wein und Begierde riechen konnte. Kräftige Hände schoben Rock und Hemd hoch. Ein unterdrücktes Stöhnen schwang sich in die Nachtluft. Die beiden Männer verschmolzen zu einem Schatten.

Später, als er mit den anderen Rittern im Saal saß, den schweren Zinnbecher in den Händen, war ihm, als beobachte ihn der jüngste Zollernsohn. Was hatte dieser Blick zu bedeuten? Bildete er sich das nur ein, oder war da tatsächlich etwas hinter der gerunzelten Stirn, das ihm zum Schaden gereichen konnte. Ein kalter Schauder rann über seinen Rücken. Schweißperlen traten auf seine Stirn. Um die Verlegenheit zu überspielen, trank er hastig. Als er seinen Blick wieder verstohlen zu dem Merkenberger wandern ließ, hatte der sich abgewandt und scherzte mit Benigna von Hölnstein.

Bestimmt hatte er sich geirrt. Der Rausch des Weines und die Erleichterung durchfluteten in einer warmen Welle seinen Körper, und kurz darauf sank er unter den Tisch und schlief in den frischen Binsen ein.

KAPITEL 21

Es wurde April, und endlich leuchtete das Gras saftig grün, überzogen sich die Wiesen mit einem Blumenkleid, schwollen die Knospen der Bäume an, um sich zu einer weißen Blütenpracht zu entfalten. Mit dem Frühling kehrte auch die Kampfeslust der Ritter zurück. Kein Tag verging, da es nicht eine Rauferei gab, so dass etliche mit bläulich verfärbten, zugeschwollenen Augen oder blutverkrusteten Gesichtern herumliefen.

Auch Tilia war voller Tatendrang. Doch anders als die Männer, ließ sie ihre Kräfte an Schmutz und Unordnung aus. Das Ritterfräulein schlüpfte in ihren ältesten Rock, schürzte ihn mit einem Gürtel, dass man ihre Knöchel sehen konnte, band sich ein Tuch um das Haar und stieg in den Saal hinunter. Da kam Gret auch schon mit drei anderen Mägden. Sie schoben die klebrigen Binsen zu einem Haufen zusammen, packten sie in Körbe, trugen sie vor das Tor und kippten sie zu dem anderen Abfall den Berg hinunter. Mit dem Reisigbesen fegten sie die Asche aus den beiden Kaminplätzen, sammelten Essensreste und anderen Unrat vom Tisch. Gret holte heißes Wasser und Lauge. Mit Scheuerbürsten und viel Wasser rückten die Mägde den Tischen zu Leibe. Tilia schien überall zu sein, um zu helfen, Anweisungen zu geben oder zu tadeln. Sie wirbelte vom Palas zur Scheune, um zu sehen, wo die Magd mit den frischen Binsen blieb, als sie im Hof Heinrich von Husen entdeckte. Für einen Augenblick vergaß sie Scheuersand und Bürsten und ging auf ihn zu, um ihn zu begrüßen.

»Wie schön, Euch wieder bei uns zu haben!«, rief sie ihm schon von weitem zu. »Welch Nachrichten bringt Ihr von Wehrstein?« Sie strahlte ihn an, doch er senkte den Blick und knetete die Zügel in seinen Händen.

»Keine guten, fürchte ich«, sagte er leise.

Tilias Lächeln erstarb. Sie griff nach seinem Arm. »Was ist geschehen, Heinrich, sprecht!«

Er sah sie traurig an. »Die Edelfrau ist zu unserem Herrn heimgekehrt.«

Tilia reagierte nicht. Erst nach und nach sickerte die Nachricht in sie ein, und sie verstand. »Meine Mutter ist tot.«

Sie schlang die Arme um ihren Leib, als wäre ihr plötzlich kalt. Schweigend schritt sie neben Heinrich her, der seinen Braunen in den Stall brachte.

»Es tut mir so Leid, Tilia«, begann er, doch sie hob abwehrend die Hände.

»Nun ist sie dort, wo sie hingehört. Kein Leid kann ihr mehr geschehen. Sie ist bei der Jungfrau Maria und all den Heiligen, und sie kann Gottes Herrlichkeit schauen. Nun hat ihr Schmerz ein Ende. Habt Ihr sie noch gesehen?«, fragte die Wehrsteinerin.

»Nicht unter den Lebenden. Doch im Tod sah sie aus, als habe sie Frieden gefunden. Vor drei Tagen haben wir sie begraben.«

Tilia seufzte. »Was Beatrix nun machen wird? Ob sie Vaters Weib dient?«

»Das Fräulein von Neueck hat kurz nach unserer Abreise Wehrstein verlassen. Ihr Vater hat nach ihr geschickt. Sie soll vermählt werden. Wer hätte das gedacht. Sie ist doch schon über dreißig Lenze alt!«

»Dann war niemand da, der für Mutter sorgte?«, rief das Mädchen entsetzt aus.

Heinrich duckte sich ein wenig und schwieg. Er schwor sich, ihr nie zu erzählen, was sich die Mägde zwischen Küche und Stall auf Wehrstein zuraunten. Die Herrin hatte an ihrem Todestag noch immer das Gewand getragen, das sie bei Tilias Abschied angehabt hatte. Kein Bad hatte sie seitdem gesehen. Als dann auch noch das Fräulein von Neueck sie verließ, hatte sie aufgehört zu essen und sich schließlich auch geweigert zu trinken, bis das Herz in dem auf die Knochen abgemagerten Körper endlich zu schlagen aufhörte und ihre Seele von diesem befreite.

✠ ✠

Williburgis von Zollern gewann nach und nach ihre Kräfte zurück, die Wangen färbten sich wieder rosig, und sie konnte das Bett bald verlassen. Nur ihre Stimmung blieb nach wie vor getrübt. Kaum einer auf der Burg sah sie öfter als Vater Laurenz. Tilia bemühte sich sehr, das Vertrauen der Grafentochter zu gewinnen. Manches Mal sah es fast so aus, als würde sie nach der dargebotenen Hand der Freundschaft greifen, doch dann, ein unbedachtes Wort, ein Blick, und Williburgis' Miene wurde steinern. Sie verstummte für Stunden, manches Mal für Tage.

Es war an einem milden Frühlingstag nach Ostern, als die Grafentochter, blässlich und erschöpft, bereits am Mittag kaum mehr die Augen offen halten konnte. Tilia überredete sie zu einem Bad und setzte sich dann an den Zuber, das wundervoll dunkle Haar zu waschen. Sie plauderte ein wenig über die Neuigkeiten auf Zollern, als ihr Blick über Williburgis' Rücken glitt. Die Haut wirkte merkwürdig fleckig, und als Tilia mit einem rosenölgetränkten Tuch darüber fuhr, zuckte die Grafentochter zusammen. Tilia zog den schweren Vorhang vom Fenster, um ein wenig Licht in die Kemenate zu lassen. Mit zusammengekniffenen Augen betrachtete sie die geröteten Striemen, die die zarte Haut des jungen Mädchens in sich kreuzenden Bahnen durchschnitten.

»Was ist Euch denn zugestoßen«, rutschten ihr die Worte voller Entsetzen heraus, ehe sie darüber nachgedacht hatte. Sofort versteifte sich die Grafentochter, warf das lange Haar über den Rücken und lehnte sich gegen den Zuberrand.

»Nichts, über das Ihr Euch Gedanken machen solltet«, fauchte sie barsch. »Eilt Euch, dass Ihr mit meinem Haar fertig werdet, damit es noch in der Sonne trocknen kann.«

Tilia schalt sich im Stillen der unbedachten Worte wegen. Hatte sie immer noch nicht gelernt, ihre Zunge zu zügeln, um die Herrin nicht zu erzürnen? Während sie mit einem Hornkamm dic nassen Flechten entwirrte, sammelte sie in Gedanken die wirren Bruchstücke zusammen, doch sie wollten kein Bild ergeben.

Als der Tag sich seinem Ende entgegenneigte, griff die Tochter des

Wehrsteiners all die nicht zu Ende gedachten Gedanken noch einmal auf und berichtete sie Gret in halblautem Ton, als die beiden Frauen zum vorderen Hof hinunterspazierten. Sie schlenderten dicht nebeneinander her. Die Schritte fanden bald den gewohnten Rhythmus, ohne dass Tilias Arm wie früher sich bei der Halbschwester eingehängt hätte.

»Es kam mir fast das Bild von Heinrichs Wunden vor Augen, als ich sie sah«, berichtete Tilia erregt. »Nicht dass ihr Rücken blutig gewesen wäre, doch wie harte Schläge sah es dennoch aus. Meinst du, der Graf hat etwas von der Sache erfahren – oder vielleicht einer ihrer Brüder?«

Gret schwieg lange, ehe sie leise antwortete. »Es gibt hier auf Zollern viele Dinge, über die wir besser nicht so genau Bescheid wissen.«

Tilia schob schmollend die Lippen vor. »Du hast dich sehr verändert. Früher hättest du darauf gebrannt, der Wahrheit auf den Grund zu gehen.«

Gret zuckte die Schultern. »Mag sein. Du solltest dir nur ab und zu die Frage stellen, wem diese Neugier dient und wen sie in Gefahr bringen könnte. Bedenke, wie weit weg die schützende Hand des Vaters ist.«

»Pah, du tust gerade so, als wären wir mitten im Lager eines Feindes und nicht auf Zollern«, wehrte Tilia ab.

»Woran erkennt man einen Feind? Wann erkennt man ihn? Wenn er das blanke Schwert zieht? Einem den Dolch in den Rücken stößt oder den Giftbecher reicht? Ja, dann weißt du, dass er dein Feind ist, doch dann ist es für dich zu spät, aus diesem Wissen Nutzen zu ziehen.«

Tilia lachte unsicher. »Willst du mir Angst vor den Dämonen machen, die in dunklen Ecken lauern? Dann solltest du deine Geschichten lieber Sofie erzählen. Sie ist dafür im rechten Alter.«

Nun blieb Gret stehen und sah Tilia eindringlich an. »Nein, ich will keine unheimlichen Geschichten für lange Abende berichten. Ich möchte dich warnen und schützen, doch du lässt mich nicht.« Ihr Blick huschte umher, ihre Stimme senkte sich zu einem Flüstern. »Es ist noch nicht sehr lange her, als ich bei Eitelfriedrich spätnachts in seiner Kammer war.« Sie versuchte, den missbilligenden Blick der Halbschwester zu ignorieren. »Es klopfte, und Vater Laurenz kam herein. Er schickte mich weg, doch die Tür schließt nicht sehr gut, und so konnte ich Dinge hören, die nicht für fremde Ohren bestimmt waren.«

Ihre Lippen näherten sich Tilias Ohr. Während sie aufgeregt flüsternd von jener Nacht berichtete, wurden Tilias Augen immer größer, und ihr Mund formte ein ungläubiges O. Dennoch murmelte sie ein wenig trotzig:

»Ich weiß immer noch nicht, was dies mit Williburgis' geschundenem Rücken zu tun hat.«

Aus der Scheune, vor deren Tor die beiden Frauen standen, erklang das Lachen einer Frau. »Nun lasst mich gehen. Ihr seid unersättlich. Ihr müsst nicht so tun, als sei es ein Abschied für immer.«

Tilia und Gret standen wir erstarrt im düsteren Vorhof und lauschten den Geräuschen, die gedämpft zu ihnen drangen.

»Ich, unersättlich?«, hörten sie nun eine kräftige Männerstimme. »Ihr seid doch die Teufelin, die nicht von den Männern lassen kann. Vielleicht werden es einst selbst die Helfer des Satans im Höllenfeuer mit Euch treiben.«

Sie kicherte. »Macht mir keine Angst. Ich hoffe doch sehr, dass ich dereinst die Absolution erhalte, bevor sich die Würmer an meinem Leib gütlich tun.« Sie seufzte voller Selbstmitleid.

»Welch Verschwendung, solch ein schöner Körper für das Gewürm«, gab der Ritter zu.

»Noch ist es nicht so weit. Vielleicht sollte ich vorher den in heißer Minne entbrannten Ritter von Zell-Andeck mal an mein Fleisch heranlassen«, gurrte sie. »Wer weiß, vielleicht ist er hier gar noch besser gebaut als Ihr.«

Der Ritter stieß einen unterdrückten Schrei aus, gepaart aus Schmerz und Lust. »Satansbraut, das wäre Euch zuzutrauen, doch treibt es nicht zu weit. Bedenkt, Ihr seid nur ein Weib und solltet nicht riskieren, mich zum Feind zu haben.«

»Ihr seid nicht mein Gatte«, zischte sie beleidigt und riss die Stalltür auf.

»Dem Herrn im Himmel sei gedankt. Wer möchte schon eine wollüstige Hure als Eheweib!«, rief er ihr nach.

Das Gewand noch arg in Unordnung, stieß Salome von Ringelstein-Killer fast mit Tilia und Gret zusammen. Ihr entsetzter Aufschrei lockte nun auch den Ritter an das Tor. Nur mit seinem knielangen Hemd bekleidet, lehnte Walger von Bisingen sich lässig an den Pfosten.

»Ach, wen haben wir denn da? Die keusche Jungfrau von Wehrstein und die kleine Magd, die ständig irgendeinen Zollernspross zwischen den Beinen hat. Soll ich Euch beiden auch mal die Wonnen des Lebens zeigen?« Er machte eine obszöne Geste und lachte.

Entsetzt und ohne ein Wort zu sagen, wandte sich Tilia ab und stürmte, Gret mit sich zerrend, zum Palas zurück. Das Lachen des Ritters folgte ihnen. Noch bevor die Frauen aus Wehrstein den Palas erreicht hatten, stellte sich ihnen Salome in den Weg.

»Neugieriges kleines Biest«, zischte sie und schlug Tilia ins Gesicht. »Hört endlich auf, mir nachzuspionieren! Was wollt Ihr? Euch bei Wilburgis einschmeicheln? Mich bei meinem Bruder anschwärzen?« Sie griff nach Tilias Handgelenk und drehte ihr den Arm auf den Rücken. Salome war kräftiger, als die Wehrsteintochter es vermutet hätte. Tilia starrte die wütende Furie erstaunt an, doch dann stieg auch in ihr der Zorn auf.

»Ich habe Euch nicht nachgestellt. Es war ein Zufall, der meine Schritte in diesem Moment zur Scheune lenkte. Hätte ich davon gewusst, dann wäre mein Weg in großem Bogen um diesen lästerlichen Ort verlaufen, das könnt Ihr mir glauben. Es ist solch große Abscheu in mir, dass ich nicht einmal mehr darüber nachdenken, geschweige denn mit irgendjemandem darüber sprechen werde«, fauchte sie erregt.

Salome von Ringelstein-Killer ließ die Wehrsteinerin los, spuckte vor ihr auf den Boden und stürmte dann in die Dunkelheit davon. Eine kleine Ewigkeit standen Tilia und Gret schweigend im Hof, bis sich die Ritterstochter wieder beruhigt hatte und bereit war, zur Kemenate hochzusteigen, um Williburgis für das Nachtmahl umzukleiden.

✠ ✠

Tilia schlief kaum in dieser Nacht. Zu sehr beschäftigten sie die Gedanken und Gerüchte, die sie wie Schattenwesen umgaben. Da war es wieder, das Geräusch, das sie schon in der ersten Nacht und seit damals immer wieder gehört hatte. Tilia dachte an Grets warnende Worte. Sie zögerte, doch dann siegte die Neugier. Langsam hob sie die Decke an und schlüpfte so leise wie nur möglich aus dem Bett, um ihre Schlafgenossin Eleonora nicht aufzuwecken. Das Fräulein von Zell-Andeck hatte einen gesunden Schlaf und rührte sich nicht. Den Mantel eng um sich geschlungen, schlich sich Tilia Schritt für Schritt zur Tür. Die Binsen unter ihren Füßen raschelten leise. Erst draußen wagte sie, in ihre Schuhe zu schlüpfen. Der Gang lag still und verlassen da. Vorsichtig tastete sich Tilia zur Treppe. Das Ächzen der Balken ging in dem vielstimmigen Schnarchen unter, das aus dem großen Saal drang. Die Ritter der Zollern, einige Gäste und die großen Jagdhunde grunzten, prusteten und schnarchten um die Wette. Ein großer Hund mit weißer Schnauze hob den Kopf, als Tilia den Saal durchquerte, und sah sie aufmerksam aus seinen gelben Augen an. »Psst, schlaf weiter«, raunte sie ihm zu, doch der Hund schien von ihrer Neugier angesteckt. Gähnend erhob er sich, reckte und streckte die steifen Glieder. Langsam trottete er ihr nach und folgte ihr in den Hof hinaus.

»Ich kann dich nicht gebrauchen. Los, geh zurück!«, zischte sie leise, doch der Hund drängte sich an ihre Seite und ließ sich nicht abweisen. Tilia blieb mitten im leeren Hof stehen und überlegte, ob sie in ihr Bett zurückkehren sollte, als ein Lichtschein über die bunten Glasscheiben der Kapelle huschte. Entschlossen schritt sie auf das geduckte Gemäuer zu, blieb einige Atemzüge lang vor der Tür stehen und öffnete diese dann behutsam einen Spalt. Die Kerzen auf dem Altar flackerten durch den Luftzug, doch die Grafentochter, die mit Hemd und Umhang bekleidet vor dem Kruzifix kniete, bemerkte dies nicht.

»… und vergib uns unsere Schuld …«, murmelte sie mal lauter, mal leiser, doch in seltsamer Eintönigkeit sich immer wiederholend. Tilia überlegte schon, ob sie sich zurückziehen sollte, als sich Vater Laurenz dem Mädchen näherte. Eine Weile stand er ganz dicht hinter ihr, so dass sein Gewand ihren Rücken streifte, dann trat er zurück und sagte mit lauter Stimme, die dumpf von den Wänden zurückgeworfen wurde:

»Ihr habt schwer gesündigt, mein Kind. Der Satan hat von Euch Besitz ergriffen. Wollt Ihr Eure Seele retten?«

»Ja, Vater, ich habe gesündigt. Ich bitte Euch, straft diesen sündigen Leib, auf dass die ewige Seele nicht verloren gehe.«

Es schien Tilia, als sei dies ein Ritual, seit Tagen, seit Wochen immer wieder ausgeführt.

Die Grafentochter erhob sich und streckte die Arme aus, als wolle sie die Haltung des Gekreuzigten imitieren. »Straft diesen sündigen Leib«, sagte sich noch einmal, beinahe verzückt, das Gesicht lächelnd dem Kruzifix zugewandt.

Tilia sog scharf die Luft ein, als der Gottesmann das junge Mädchen mit flinken Händen entkleidete. Nackt stand sie vor ihm in der nächtlichen Kirche. Plötzlich hatte Vater Laurenz eine Geißel in der Hand. Die schmalen Lederriemen sausten durch die Luft, immer und immer wieder, und zeichneten sich wirr kreuzende Spuren auf den zarten Mädchenrücken.

»Vergib uns unsere Schuld!«, wiederholte Williburgis immer wieder. Sie schien entrückt, von Schmerz und Kälte befreit, an einem anderen Ort zu weilen.

In Tilias Kopf wirbelten die Gedanken durcheinander. Leise schloss sie die Tür und machte einen Schritt zurück. Dabei trat sie den Hund, der noch immer dicht hinter ihr stand. Sein schmerzerfülltes Jaulen zerriss die Stille der Nacht. Nun blieb keine Zeit mehr, über irgendetwas weiter nachzudenken. Den Mantel gerafft, rannte Tilia, so schnell sie konnte, über den Hof. Der Kaplan, der mit großen Schritten zur Tür geeilt war, konnte nur noch eine verhüllte Gestalt im Palas verschwinden sehen.

✠ ✠

Die Grafentochter sah am anderen Morgen erschöpft aus. Dunkle Schatten lagen unter ihren Augen. Ihr Blick war ziellos in die Ferne gerichtet. Kein Wunder, dachte Tilia, die der Grafentochter die festen Flechten zu kleinen Schnecken aufdrehte, bei dieser Nacht. Sie wusste nicht, ob es ein Dämon war, der sie trieb, doch plötzlich fing sie an, ihre verwirrten Gedanken in Worte zu fassen.

»Es wird Euch auf Dauer sehr schwächen, wenn Ihr nachts nicht ruht, sondern in der Kapelle auf dem kalten Stein kniet.«

Die Grafentochter versteifte sich. Tilia tat so, als bemerke sie es nicht.

»Ihr seid nicht das einzige Fräulein, das nicht als Jungfrau zum Altar schreiten wird, doch kaum eine der Damen würde sich solch harte Sühne aufbürden. Ist es denn nötig, dass Vater Laurenz so schmerzhaft mit Euch ins Gericht geht?«

»Ihr wart das also gestern Nacht.« Zu Tilias Erstaunen sprach die Grafentochter ruhig und gefasst weiter. Vielleicht war es ja eine Erlösung für sie, endlich mit jemandem reden zu können.

»Ihr habt Recht, wenn Ihr die Fleischlichkeit als Sünde anprangert, und auch Recht, wenn Ihr sagt, dass sie nicht des Satans schlimmste Verführung ist. Doch in meiner Seele schlummert noch viel schwärzere Sünde. Ihr wisst doch, dass ich die Frucht in meinem Leib getötet habe?«

Tilia zuckte zusammen. Sie hatte es nicht wahrhaben wollen, dass die Grafentochter tatsächlich Hand an sich gelegt hatte. Doch war es nicht verständlich? Was wäre geschehen, wenn sie als lediges Fräulein das Kind zur Welt gebracht hätte?

»Was ist schon der Leib im Vergleich zu unserer Seele?«, wiederholte Williburgis die Worte des Beichtvaters. »Vater Laurenz hat mir viel von der heiligen Elisabeth erzählt. Sie war eine fromme und gute Frau, und dennoch sagte ihr Beichtvater, dass sie nicht selig werden könne, denn ihre Sünde sei es, reich zu sein und vom Schweiß der Armen zu leben. Sie ließ sich von ihm schlagen und demütigen, um das ewige Leben zu erhalten. Wie viel Grund mehr habe ich, mein Haupt zu beugen?«

Durch Tilias Kopf huschten die widersprüchlichsten Gedanken. Einerseits musste sie der Grafentochter zustimmen, doch andererseits widerstrebte ihr die Lehre, die der Kaplan und der Beichtvater der heiligen Elisabeth vertraten.

»War ihr Beichtvater nicht der strenge Inquisitor Konrad von Marburg? Der, der dann auf offener Straße von eines Mörders Hand niedergestreckt wurde?«

»O ja«, nahm Williburgis die Worte begeistert auf. »Er war ein unnachgiebiger Verfolger aller Ketzerei. Wie viele verirrte Seelen hat er dem reinigenden Feuer übergeben und sie dadurch gerettet?«

Tilia kaute auf ihrer Lippe. Diese harte Art der Buße stieß sie ab. Über die Ketzerei wusste sie nicht viel, doch musste der Kaplan wirklich ein edles Fräulein nackt in der Kirche züchtigen, um ihr Absolution zu erteilen? Waren die harten Strafen, die Elisabeth von Thüringen über sich hatte ergehen lassen, der Grund für ihre Heiligsprechung oder nicht eher ihre Mildtätigkeit, ihr Leben für Kranke und Arme? Der böse Verdacht, dass sich der Kaplan an dem geschundenen, nackten Frauenkörper ergötzte, drängte sich Tilia auf.

✠ ✠

Mit sorgenvollem Blick folgte Albert von Hohenberg den Ausführungen seines Schreibers und des alten Kaplans. Es war immer das gleiche Lied. Schatullen und Speicher waren leer, das Leben auf der Burg zu üppig und zu kostspielig und nun, vor dem Sommer, mussten Rüstungen ausgebessert und Waffen geschmiedet werden.

»Und dann ist da noch der Bote des Königs, Eures verehrten Schwagers, der auf eine Antwort wartet«, fügte der Schreiber mit leiser Stimme hinzu und duckte sich ein wenig, als der Graf lästerlich fluchte.

»Er fordert immer nur«, schimpfte Graf Albert. »Gulden, Männer, Rösser, Waffen. Wie viel habe ich ihm schon an Unterstützung gegeben? Habe ich mit meinen Rittern nicht immer an seiner Seite gekämpft? Gegen Ottokar von Böhmen und den Markgraf von Brandenburg? Ich habe mit ihm vor Wien gestanden und ihm geholfen, Philipp von Savoyen die Reichsgüter wieder zu entreißen.«

Der Schreiber räusperte sich. »Nun ja, ich bitte um Verzeihung, doch der König erinnert Euch daran, dass er persönlich nach Schwaben geritten kam, um Eure Erbstreitigkeiten für Euch zu lösen. Er habe Eberhard von Württemberg, Euren größten Feind, in die Knie gezwungen.«

Burkhart von Hohenberg, der bisher schweigend in einer Nische an der Wand gelehnt hatte, spuckte verächtlich auf den Boden. »In die Knie gezwungen? Er leckt ein wenig seine Wunden und pflegt den schwärenden Zorn bis zum Hoftag, doch er steht noch aufrecht!«

Sein Bruder pflichtete ihm bei, wandte sich dann aber wieder dem dringlichen Problem der leeren Geldtruhen zu. »Es hilft nichts, die Bürger müssen noch einmal in ihre Beutel greifen. Auch haben nicht alle Vasallen die Abgaben für ihre Güter geliefert.«

Burkhard rasselte mit seinem Schwert. »Dann werde ich mich mit einigen Männern auf den Weg machen, um die Versäumnisse zu korrigieren.«

Albert von Hohenberg nickte. »Ja, wir kommen nicht umhin, einzufordern, was uns zusteht, wenn wir uns in den nächsten Wochen nicht mit Brotsuppe zufrieden geben möchten.«

Der Schreiber wackelte mit dem Kopf. »Was soll ich dem Boten sagen?«

Graf Albert lagen heftige Worte auf der Zunge, doch sie blieben ungesagt. Stattdessen antwortete er ruhig: »Der königliche Bote wird wohl noch bis zur nächsten Messe unser Gast sein müssen. Dann können wir ihm die Unterstützung für unseren Herrn Schwager mitgeben.«

Als der Schreiber und der Kaplan das Gemach des Grafen verlassen hatten, trat Albert zu seinem Bruder ans Fenster. »Was wir da zusammenbekommen, wird nicht reichen.«

Burkhart brummte. »Ich habe gehört, Bauern des Zollern treiben ihr Vieh auf das Gemeinland zu Hirrlingen. Auch soll ein Bursche aus Weilheim eine Jungfrau aus Rangedingen entehrt haben.«

Der Graf schwieg lange, kaute auf seiner Unterlippe und sah durch den schmalen Mauerschlitz in den Hof hinunter. »Schicke ein paar Männer hin. Vieh und Korn sollen sie hierher auf die Burg bringen. Vom Rest der Beute gehört die Hälfte ihnen.«

✠ ✠

Er schnitt gerade Weidenruten unten am Bach, als die Ritter kamen. Sie waren in voller Rüstung und trugen nicht die Farben seines Herrn. Der Bauer ließ die Ruten fallen und rannte los.

»Mechtild, bring die Kinder in den Wald«, brüllte er. Er war von gedrungenem Körperbau, doch kräftig gebaut und ein geübter Läufer. Mit einem riesigen Sprung setzte er über die Dornenhecke hinweg. Er scheuchte die beiden Kühe in die Scheune und griff mit dem Mut des Verzweifelten nach dem Dreschflegel. Mit grimmiger Miene baute er sich vor dem klapprigen Törchen auf, um seinen Hof bis zum letzten Atemzug zu verteidigen, während die Bäuerin, einen kränkelnden Säugling in den Armen, ein Kind auf dem Rücken, über einen schmalen Rübenacker dem dichten Wald entgegenhastete, den ihre beiden älteren Knaben bereits erreicht hatten. Mit donnernden Hufen preschten die Ritter heran, die Gesichter hinter ihren Helmen verborgen.

»Woher kommt Ihr, und was wollt Ihr«, schrie der Bauer und schwenkte drohend den Dreschflegel. Statt einer Antwort, setzten die Reiter einfach über die Dornenhecke und das Törchen hinweg. Im letzten Moment duckte sich der Bauer, um nicht von den Hufen getroffen zu werden. Sofort war er wieder auf den Beinen und wirbelte wütend herum. Vielleicht hätten die Ritter ihn gehen lassen, waren sie doch nur an Vieh und Vorräten und an glänzender Beute interessiert, doch als zwei der Männer seine Kühe aus der Scheune führten und ein anderer ins Haus eindrang, war alle Vernunft dahin. Brüllend wie ein wildes Tier rannte er auf die Edlen in Rüstung zu und zog einem mit den Farben der Herren von Ow den Dreschflegel über. Der Ritter erkannte die Gefahr zu spät, hob noch seinen Schild ein wenig an, doch das schwere Holz sauste mit solch einer Wucht zwischen seine Schulterblätter, dass er mit einem Ächzen zu Boden ging und dort regungslos liegen blieb. Der Bauer kam nicht dazu, seinen Dreschflegel ein zweites Mal zu erheben. Das Schwert fuhr von hinten so schnell zwischen seine Rippen, dass er einige Augenblicke erstaunt zu der eisernen Spitze hinuntersah, die seinen Wams von innen her durchbohrte und der ein Schwall von hellrotem Blut folgte. Erst dann fühlte er den Schmerz, der ihn wie die strafende Flamme des Erzengels durchfuhr. Der Dreschflegel fiel in den Morast, der Bauer schwankte, verdrehte die Augen, seine Beine knickten ein. Noch ein paar röchelnde Atemzüge, dann beendete ein Blutschwall aus dem Mund sein armseliges Leben. Mit einem Ruck zog der Ritter sein Schwert aus dem toten Leib und wischte es dann sorgfältig am Kittel des Getöteten ab. Es lohnte nicht, ihn zu durchsuchen, das war dem Hohenberger Vasallen mit einem Blick klar. Schnell schritt er zum Haus hinüber, um vielleicht wenigstens ein vergoldetes Kruzifix oder ein paar Münzen zu finden, doch auf diesem Hof gab es weiter nichts zu holen. Bisher hatte der Tag noch nicht viel Lohn abgeworfen. Die Ritter halfen dem Verletzten in den Sattel und trieben die Kühe und die Ziege zum Törchen hinaus. Der Meierhof oben auf dem Hügel würde sie sicher besser für ihre Mühen entlohnen.

Ihre Kinder eng an sich gepresst, wartete Mechtild im dichten Unterholz verborgen, bis die Dämmerung hereinbrach. Dann wagte sie sich zum Hof zurück. Das Haus stand noch, nur die Scheune war auf der einen Seite eingestürzt. Ein fester Tritt hatte sicher genügt, den angefaulten Eckpfosten zu brechen. Seufzend überquerte sie im letzten Tageslicht den Acker, jeder Schritt ein wenig zögerlicher als der vorher. Sie wusste, dass Len tot war, und fürchtete sich vor dem Anblick, der dort auf ihrem Hof auf sie wartete.

Sie entdeckte ihn gleich, als sie den Hof betrat, dort vor der Scheune, doch Mechtild schritt, ohne hinüberzusehen, direkt zum Haus. Es war nichts mehr da, das sie den Kindern hätte kochen können, also verschloss sie ihre Ohren vor dem leisen Gewimmer und bettete die vier Geschwister auf das Strohlager, ehe sie wieder in den Hof trat. Die Nacht hatte gnädig ihre Finsternis über den Toten gelegt. Still setzte sich Mechtild zu ihm und faltete die Hände. Sie versuchte, sich an ein Gebet zu erinnern, doch es fiel ihr nichts ein. So betete sie eben in ihren eigenen Worten zu Gott dem Herrn und der Heiligen Jungfrau, zu denen Len nun hoffentlich gehen würde.

»Er war ein braver Mann«, flüsterte sie in die Nacht. »Immer hat er hart gearbeitet und seinen Zehnt bezahlt. Er hat seinen Frondienst geleistet und für die Grafen Steine geschleppt und Holz gehauen und bis zur Burg hochgebracht. Er hat immer zugesehen, dass wir etwas zu essen haben, und mich und die Kinder nur selten geschlagen. Und wenn es ging, war er auch immer in der Messe. Auf Erden gibt es keinen Lohn, drum hätte er es nun schon verdient, all die Heiligen zu schauen. Er hat manches Mal geflucht, ich weiß, doch das solltest Du, Herr, nicht mit zu viel Fegefeuer bestrafen. Amen«, fügte sie noch hinzu und schwieg dann, beobachtete, wie sich die Wolken verzogen und nach und nach immer mehr Sterne am Himmel blinkten. Die schmale Mondsichel erhellte die Nacht nur matt.

»Ach Len, bist du jetzt dort oben irgendwo und kannst mich sehen? Wie soll es denn mit uns nun weitergehen? Sie haben uns alles genommen. Die Kinder haben Hunger, und ich weiß nicht, was ich morgen in den Kessel tun soll. Der Graf wird mir das Land nicht lassen. Wie soll ich es denn allein bestellen? Ach Len, an wen kann ich mich wenden? Der Sohn des Meiers hat mir bei der Messe manch lüsternen Blick zugeworfen. Vielleicht kann ich dort auf dem Hof mit anfassen. Doch sicher will er nicht noch vier hungrige Mäuler stopfen. Oder drei, denn ich weiß nicht, ob die Kleine es schaffen wird. Ich habe es dir nicht gesagt, doch seit zwei Tagen behält sie die Milch nicht mehr bei sich. Vielleicht ist sie schon bald bei dir dort oben.«

Zaghaft strich sie dem Toten über die Wange. »Ich werde mit den Kindern morgen zum Pfarrer gehen, doch ich kann dir nicht versprechen, dass er dir eine Messe liest. Wir haben nichts mehr, womit wir dein Begräbnis bezahlen könnten, und auch nichts, was der Graf für deinen Tod fordern könnte. Wenn der Pfarrer nicht kommt, dann gebe ich dir das gute Linnen meiner Mutter und hebe dir selbst ein schönes Grab aus. Das verspreche ich dir.«

KAPITEL 22

Nachdem Tilia an Swengers Seite das Morgenmahl beendet hatte, ging sie Gret suchen. Sie fand die Magd mit Sofie unten am Waschhaus. Vor der Magd türmte sich ein riesiger Berg an Leinenhemden auf. Sorgfältig rubbelte sie den Stoff in der heißen Lauge. Dampfschwaden stiegen weiß in den blauen Frühlingshimmel. Tilia lehnte sich an den Rand des steinernen Troges, in dem die eingeweichte Wäsche lag, vorsichtig darauf bedacht, ihren hellgrauen Rock nicht zu beschmutzen.

»Swenger kann wundervoll die Laute spielen und auch die Manichord«, erzählte sie eifrig. »Er hat mir Liebesgedichte vorgetragen« – Tilia errötete leicht – »aber sonst verhält er sich immer nach Sitte und Anstand.«

Gret hörte zu, nickte und bearbeitete das grobe Leinen.

»Doch immer häufiger gesellt sich der Merkenberger zu uns. Dann zieht sich Swenger meist zurück. Ich schwanke, ob ich ihm dafür zürnen soll. Ein wenig schmeichelt mir seine Aufmerksamkeit schon. Immerhin ist er der Sohn eines Grafen, doch Friedrich ist so« – sie suchte nach Worten –, »so provozierend. Mal denke ich, er findet Gefallen an mir, mal denke ich, er treibt nur seinen Spott.«

Heinrich von Husen kam vorbei, grüßte und verbeugte sich. Er zögerte, verschlang Tilia fast mit seinen Blicken, doch diese bemerkte es nicht, nickte nur flüchtig und wandte ihre Aufmerksamkeit wieder Gret zu. Als der junge Edelmann merkte, dass sie ihn nicht zu sich rufen werde, setzte er enttäuscht seinen Weg fort.

Den beiden Bauern in ihren zerlumpten grauen Kitteln, die wenig später den Hof überquerten, schenkten die beiden Frauen am Waschhaus keine Beachtung. Erst als der Hof wie ein Bienenhaus aufgeregt summte, erregte und wütende Stimmen den friedlichen Morgen durchbrachen, machte sich Tilia neugierig auf, den Grund des Trubels zu ergründen.

»Wir werden diese räudigen Hunde mit unseren Klingen in Stücke hauen!«, schrie Walger von Bisingen und zog sein Schwert.

»Jedem dieser Kerle, der mir in die Finger kommt, werde ich die Eier abschneiden!«, fiel Otto von Ringelstein-Killer ein.

Auch der Merkenberger zog seine Klinge. »Bei Gott, das soll der Hohenberger mit seinem Blut bezahlen!«

Swenger lümmelte ein wenig abseits auf einem Baumstumpf. »Da die Hohenberger Ritter schon längst wieder hinter den sicheren Mauern von Haigerloch weilen, werden wir uns wie üblich an seinen Höfen gütlich halten müssen. Schließlich geht nichts über einen kleinen Raubzug im jung erwachten Frühling.«

Hans von Zell-Andeck lachte. »Ja, ein paar Münzen in meinem Beutel täten mir gut gefallen.« Er klopfte mit der Hand an seine Seite.

Swenger nickte wissend. »Beim Würfeln wieder verloren?«

»Der Graf wird sicher nichts dagegen haben, wenn wir Keller und Scheune ein wenig füllen«, warf der Ritter von Bisingen ein.

»Auf nach Trillfingen!«, rief der Merkenberger »Dort gibt es fette Beute für Euch alle!«

Die Ritter jubelten und reckten ihre Schwerter in die Höhe. Ein wenig verloren standen die beiden Bauern da und zogen ängstlich die Köpfe ein. Nicht, dass sich der Zorn der zollerischen Mannen gegen sie richtete, doch der Überfall des Hohenbergers steckte ihnen noch in den Knochen, der Geruch nach frischem Blut in der Nase, so dass die blanken Waffen die Bilder des Schreckens in ihrem Innern wieder aufsteigen ließen.

Tilias Blick traf den des Lichtensteiners. Er grinste zynisch und raunte ihr zu: »Welch Gottesgeschenk ist es, wieder einmal Mut und Tapferkeit vor den Damen beweisen zu können.«

»Indem Ihr Bauernhöfe niederbrennt?«

»Aber ja!«, nickte Swenger. »Nur so können wir sicher sein, unversehrt wieder zurückzukommen, um den Ruhm entgegenzunehmen.«

»Wir brechen im Morgengrauen auf«, entschied Eitelfriedrich von Zollern, der bisher noch nichts zu dem Vorfall gesagt hatte. Der Merkenberger verzog säuerlich das Gesicht.

»Du kannst dich hier beruhigt deinem Weib und deinen Kindern widmen. Ich kann diesen Zug gut allein führen.«

Eitelfriedrich zuckte die Schultern. »Da ihr ja alle außer Rand und Band seid und dir dein Beuteanteil anscheinend sehr wichtig ist, bleibe ich auf Zollern. Es gibt Wichtiges für die Zukunft der Grafschaft zu regeln. Dabei brauchen wir deine Stimme nicht unbedingt.«

Er drehte sich um und verschwand im Saal. Sein jüngerer Bruder, der sich eben noch auf den von ihm geführten Raubzug gefreut hatte, verzog mürrisch den Mund. Es erzürnte ihn, von den Geschäften der Grafschaft ausgeschlossen zu werden. Welch üble Pläne Vater und Bruder wohl schmiedeten? Sie wollten ihn beizeiten rausdrängen! Ihm sein Erbe, sein gutes Recht rauben.

Wütend ließ er das Schwert durch die Luft sausen. Er würde etwas unternehmen müssen, und zwar schon bald. Zuerst jedoch würde er die Ritter nach Trillfingen führen, um dem Hohenberger zu zeigen, dass er sich nicht ungestraft an zollerischem Eigentum vergreifen konnte!

Am Abend füllten die Mägde Weinschläuche für die Ritter, packten getrocknetes Fleisch, Salzfisch, Brot und Käse in die Bündel, während die Ritter ihre Kettenhemden ausbesserten, Leder mit Fett beschmierten und ihre Waffen schärften. Noch ehe am nächsten Morgen der Hahn gekräht hatte, waren die Pferde schon gesattelt, die Bündel fest verschnürt und die Ritter in freudiger Erregung bereit, gegen die Hohenberger Bauern zu ziehen.

✠ ✠

An diesem Abend rief der alte Graf Tilia von Wehrstein zu sich. Er sah gut aus. Überlegen, besonnen und mächtig in seinem scharlachroten Rock mit den goldbestickten Ärmeln. Ein massivgoldener Fürspan mit herrlich geschliffenen Granatsteinen schloss den Gewandschlitz am

Hals. Das ergraute volle Haar fiel ihm lang auf die Schulter. Er hielt sich gerade, als er die Wehrsteintochter hereinrief und aus seinen klaren grauen Augen eingehend musterte.

»Ihr solltet Euch ein neues Gewand nähen, Jungfrau Tilia«, sagte er, als sein Blick von ihren Zehenspitzen wieder zu ihrem Antlitz zurückgekehrt war. »Ein blaues Gewand aus feinem Stoff. So blau wie der Frühlingshimmel und so blau wie Eure Augen.«

Tilia wand sich vor Verlegenheit. »Herr Graf, Eure Tochter lag krank danieder, als ein Händler Burg Zollern besuchte, so dass nur die Dame von Baden sich Tuch für ihre Gewänder kaufen konnte. Die Kleiderkammer ist nicht mehr allzu gut gefüllt mit Stoffen und Bändern«, schloss sie leise, obwohl das fast eine Lüge war, denn außer grobem Leinen und ein wenig ungebleichtem Wollstoff war nichts mehr da, so dass die Damen immer öfter alte Gewänder sorgfältig auftrennten, um den Stoff für neue Röcke wiederzuverwenden. Eigene Münzen, wie etwa Kunigunde von Baden, besaß Tilia nicht. Und wenn, woher hätte sie Stoff und Garn nehmen sollen? Bis nach Hechingen war sie in ihrer Zeit auf Zollern noch nicht gekommen.

»Dann wird es wohl gut sein, wenn der nächste Kaufmann seine Schritte auf den Zoller lenkt«, lächelte der Graf und bot Tilia einen Scherenstuhl auf der anderen Seite des Spieltisches an. »Seid Ihr bereit, das große Spiel des Lebens zu lernen?«

Tilia nickte ernst. Die Hände im Schoß gefaltet, saß sie kerzengerade da, lauschte der tiefen Stimme des Grafen und versuchte, sich all die komplizierten Zugmöglichkeiten der einzelnen Figuren zu merken. Nur einmal widersprach sie.

»Wie kann eine Burg ihren Platz verlassen und wie ein Reiter einen anderen Ort aufsuchen?«, fragte sie verwirrt.

Der Graf lächelte milde. »Nicht die Mauern verlassen den Fels, auf dem sie gegründet sind. Doch kann nicht der Herr sein Haus verlassen und sich in eine andere Burg zurückziehen? Ja, sich sogar manches Mal einen geschützten Ort schnell aufbauen, wie der König und der Hohenberger es taten, als sie vor Waldeck in nur wenigen Tagen eine hölzerne Burg errichteten.«

Tilia nickte. Sie konnte sich noch gut an die Erzählung des Vaters erinnern. »Euer Sohn Eitelfriedrich war bei der Belagerung auch dabei.«

Der Graf nickte. »Ja, er bestand darauf, die Kluft zum König nicht zu groß werden zu lassen. Es ist ein schwieriges Spiel, jedem wohl und keinem wehe zu sein. Manches Mal muss man sich einfach auf die Seite schlagen, die dem eigenen Ziel am nächsten ist.« Er zog einen Bauern vor.

»Und was ist, wenn man sich irrt?«, fragte Tilia und setzte ihren Bauern gegenüber.

»Dann verliert man seine Macht, sein Gut, seine Ehre und sein Leben, und was das Schlimmste ist – der Name der Familie wird aus dem Lauf der Geschichte getilgt.«

Schweigend schoben sie ihre Figuren. Als Tilia leichtfertig ihren Ritter dem Läufer des Grafen opferte, stieß Friedrich von Zollern einen ärgerlichen Laut aus. »Ihr müsst all Eure Gedanken beim Spiel haben! Welch Schande, einen edlen Ritter so sinnlos zu opfern.«

Tilia errötete schuldbewusst, und doch wagte sie die Frage: »Werdet Ihr Euch auf Dauer gegen König Rudolf behaupten können? Könnte es nicht geschehen, dass auch Ihr, wie der Württemberger, Euer Haupt vor dem Habsburger beugen müsst?«

Der alte Graf war viel zu überrascht, um über Tilias offene Worte verärgert zu sein. Er überlegte lange, bevor er ihr eine Antwort gab.

»Mein Vater hat sein ganzes Leben rastlos damit verbracht, aus verstreuten Gütern und Weilern eine blühende Grafschaft zu machen. Er hat die Zeichen der neuen Zeit früh erkannt und Städte wie Hechingen gegründet, um Handwerker anzusiedeln und Kaufleute anzuziehen. Ich werde den Teufel tun, auch nur einen Hof oder eine Wiese dem raffgierigen Hohenberger und seinem ständig nach Geld verlangenden König zu geben. Er sagt, es sei Krongut. Den Staufern hat manches einst gehört, doch sie sind nicht mehr. Der letzte Spross ist unter der Mörder Hand gefallen. Der Habsburger dort aus dem fernen Süden hat kein Recht an meinem Land, auch wenn er die Krone auf dem Haupt trägt. Ich stehe schon mein ganzes Leben lang mit dem Schwert vor meinen Bauern, um ihr Leben und mein Gut zu schützen, also soll es auch mein bleiben. Deshalb bin ich auf des Württembergers Seite und bete zu Gott dem Allmächtigen, dass er seine schützende Hand über uns und die Grafschaft hält.«

»Amen«, sagte Tilia bewegt.

✠ ✠

Während Tilia von Wehrstein mit dem alten Graf von Zollern Schach spielte, ging Eitelfriedrich in der Schreibstube des Kaplans nervös auf und ab.

»So wird das nichts. Ich muss mich zu erkennen geben. Doch was, wenn die Botschaft in falsche Hände gerät? Würde mich der Vater des Verrats bezichtigen? Mich gar enterben? Den jüngeren Sohn als seinen Nachfolger vorziehen?«

Vater Laurenz legte die angespitzte Feder wieder beiseite und wartete schweigend. Er merkte wohl, dass der Zollernsohn zu sich selbst sprach und keine Antwort von seinem Beichtvater erwartete.

»Der alte Mann ist ein Narr, wenn er glaubt, er könne auf Dauer dem König widerstehen«, fuhr er plötzlich so heftig fort, dass Vater Laurenz zusammenzuckte. »Er will die Grafschaft schützen, und gefährdet sie damit! In einem hat er allerdings Recht. Der Hohenberger wird nicht einfach Ruhe geben. Er fühlt sich stark genug, mit Schwert und Feuer die alten Erbstreitigkeiten für sich zu entscheiden. Ich muss ihm also etwas für das neue Bündnis bieten. Schömberg? Nein, die Stadt wächst viel versprechend. Ich würde sie nur ungern an den Hohenberger verlieren. Etwas Kleineres.« Er nagte an seiner Unterlippe. »Binsdorf, vielleicht?« Er sah den Kaplan fragend an. Dieser zuckte jedoch nur hilflos die Schultern. »Ja, Binsdorf werde ich ihm versprechen! Los, schreibt.«

Ein Dorf im Süden der Grafschaft, im Anteil seines Bruders. Wen wundert das, dachte der Kaplan sarkastisch, während die Feder über das Pergament kratzte.

✠ ✠

Es war so ruhig auf Zollern, dass man außer dem Zwitschern der Vögel und dem Brummen der Bienen kaum einen anderen Laut hörte. Die Ritter waren weg, ins Hohenberger Land gezogen, die Knechte schlugen unten in den Wäldern Holz, Hanna und einige der Mägde feilschten auf dem Hechinger Markt um Kohl und Zwiebeln, Linsen und Korn.

Bruder Tragebott genoss den Frieden. Die ganze Nacht hatte er an seiner geheimen Mischung gearbeitet, hatte mal mehr vom gelben Sulfur, mal mehr an Holzkohle beigemischt, doch es war immer noch nicht perfekt. Er musste das Zeug beherrschen lernen, nur dann konnte es von Nutzen sein und nur dann konnte er es wagen, größere Mengen davon herzustellen.

An einem sonnigen Plätzchen lehnte er mit dem Rücken an der Mauer, die Beine weit von sich gestreckt, die Hände andächtig über dem vorgewölbten Bauch gefaltet, die Augen geschlossen. Eine Weile huschten noch Tiegel und Töpfe, Spatel und Kolben durch seine Gedanken, doch dann lösten sie sich auf wie der Morgennebel im hellen Sonnenlicht, und zu dem Gesang der Vögel und dem emsigen Summen der Bienen gesellte sich ein lang gezogenes Schnarchen. Einer der Mischlingshunde trottete herbei und schnüffelte an den schmutzigen nackten Füßen, ohne dass Bruder Tragebott erwachte.

Tilia schritt über den menschenleeren Hof. Sie langweilte sich. Müßig zupfte sie ein wenig Unkraut zwischen den Gewürzkräutern heraus, als sie den Mönch in der Sonne ruhen sah. Eine Weile stand sie neben ihm, ohne dass er sich rührte, doch sie wagte nicht, ihn aufzuwecken.

Vielleicht würde er ihr wieder ein paar seiner Geheimnisse offenbaren? Sie beschloss zu warten, sah sich suchend nach einem Plätzchen um, an dem sie ihren Rock nicht beschmutzen würde, und nahm dann hinter einem Holzstapel auf einem Hackklotz Platz. Von hier konnte sie Bruder Tragebott zwar nicht sehen, doch sein Schnarchen zeigte ihr, dass er noch tief und selig schlummerte. Das gleichmäßige Geräusch und die wärmende Sonne machten das Mädchen schläfrig. Sie lehnte sich an den Holzstapel und schloss die Augen. Gerade dämmerte sie sanft in das Land der Träume hinüber, als das Schnarchen abbrach und sie die verschlafene Stimme des Mönches vernahm. »Ach, Ihr seid es, gnädige Jungfrau«, gähnte er.

»Ich grüße Euch, Bruder Tragebott.«

Auf der anderen Seite des Holzstoßes konnte Tilia die Grafentochter nicht sehen, doch sie erkannte ihre Stimme und lauschte mit angehaltenem Atem.

Williburgis trat nervös von einem Fuß auf den anderen. Ihr Blick wanderte unstet umher, doch sie konnte niemanden entdecken. Nur schlecht gelang es ihr, ihre Abscheu vor dem unheimlichen Mönch zu verbergen, der unhöflich noch immer zu ihren Füßen lag. Wenigstens öffnete er jetzt beide Augen. Er gähnte herzhaft, rülpste ungeniert und kratzte sich den vernarbten Schädel.

»Es muss sich um etwas von großer Wichtigkeit handeln, dass Ihr hier zu mir in den Hof kommt und meinem Schlaf ein Ende setzt, denn ich kann mich nicht daran erinnern, dass Ihr jemals ein Wort an mich gerichtet hättet.«

Bruder Tragebott gähnte noch einmal und musterte das junge Mädchen ungeniert. Er sah wohl, wie sie sich innerlich wand, wie sie einen Anfang suchte und doch am liebsten davongelaufen wäre. Der Mönch witterte Ärger, großen Ärger sogar, und war daher nicht bereit, ihr den Weg zu erleichtern.

»Trude ist tot«, begann sie, so als erzähle sie ihm damit etwas Neues. »Sie war meine Kinderfrau und in vielen Dingen auch meine Vertraute.«

Der Mönch neigte leicht den Kopf, sagte aber nichts.

»Sie war bei Euch, als ich …« Die Grafentochter geriet ins Stottern. »Als ich, sagen wir, in einer schwierigen Lage war und Hilfe nötig hatte.«

Der Mönch nickte wieder leicht. Seine Miene blieb unbeweglich, doch in seinem Innern hatten die wenigen Worte bereits einen Sturm entfacht. Es würde Ärger geben? Das war noch milde ausgedrückt! Es ging um seine Haut und seinen Kopf. Er merkte, wie ihm die Furcht den Nacken hochkroch und sein Mund trocken wurde.

»Ich war dem Tode nahe – durch Euer Teufelszeug!«, sagte sie leise, aber in scharfem Ton.

Der Mann zu ihren Füßen zuckte zusammen. Es war ihm klar, dass sie seine Anweisungen missachtet und zu viel von den Kräutern auf einmal genommen hatte, doch was würde er erreichen, wenn er sie auf ihren Fehler hinwies?

»Aber dadurch bin ich auch der Schande entgangen, wie Ihr wisst«, gab sie widerstrebend zu.

Was wollte sie? Ihm danken bestimmt nicht.

Die Grafentochter sah den entstellten Mönch an, als könne er ihre Gedanken lesen. Beide schwiegen lang. Sie spielte mit ihrem Ring, einem großen Rubin, der in der Sonne funkelte, und senkte dann den Blick.

»Es kann jederzeit wieder geschehen, und ich lebe in schrecklicher Angst. Wer soll mir helfen, nun, da Trude nicht mehr ist. Ihr habt damit angefangen, nun müsst Ihr mir weiter zur Seite stehen – wenn es denn sein soll.«

»Jederzeit wieder geschehen?«, wiederholte Bruder Tragebott ungläubig. »Wollt Ihr das Schicksal versuchen, nun, da Ihr nur um ein Haar dem Tod entgangen seid?«

»Es ist nicht meine Wahl!«, antwortete Williburgis heftig.

»Jeder Mensch hat eine Wahl«, behauptete der Mönch selbstgerecht, senkte aber den Blick vor den anklagenden braunen Augen.

»Ihr solltet Euch einen Ehemann suchen lassen, dann fällt es nicht so auf«, schlug er vor, unbeeindruckt von dem entsetzten Blick, den diese respektlose Bemerkung bei ihr auslöste.

»Es ist nicht meine Wahl«, sagte sie noch einmal, doch bevor sie sich aufs Bitten verlegen konnte, fuhr er sie scharf an:

»Ich kann und will Euch nicht noch einmal aus solch einer Klemme helfen, denn dann stehen unser beider Leben auf morschem Holz. Seht zu, dass es Eure Wahl ist, ansonsten, bedenkt wohl, es geht nur um Würde und Stolz.«

»Bevor ich meine Würde und meinen Stolz verliere, verliert Ihr Euren Kopf, das schwöre ich!«, zischte sie, drehte sich auf dem Absatz herum und eilte mit großen Schritten zum Palas.

Bruder Tragebott konnte die Tränen der Verzweiflung nicht sehen, die ihr über das Antlitz rannen, er hatte selbst Mühe, seine Fassung zu wahren. Einige Augenblicke erwog er, die Burg zu verlassen, so wie damals das Kloster. Mit nichts im Beutel einfach wegzugehen und, nur auf die Mildtätigkeit seiner Mitmenschen angewiesen, wieder durch die Lande zu ziehen. Nachdenklich strich er sich über den wohl gefüllten Bauch.

»Ich bin zu alt für so etwas. Nein, nicht zu alt, zu träge und verweichlicht«, verbesserte er sich mit einem Hauch von Bedauern. Vielleicht wird ja alles wieder gut, tröstete er sich, erhob sich schwerfällig und schlurfte zur Küche, um die Trockenheit in seinem Mund und die Übelkeit in seinem Magen mit einem kräftigen Schluck Wein zu bekämpfen.

Tilia blieb noch lange bewegungslos sitzen. Wer war der Ritter, der der Grafentochter solch eine Hölle auf Erden bereitete und gegen den sie sich nicht zur Wehr setzen konnte? Tilia schüttelte ungläubig den Kopf. Wie konnte es sein, dass sie bereit war, erneut ihr Leben aufs Spiel zu setzen? Wieder die Sünde zu begehen, ihre Leibesfrucht abzutöten? Konnte es Vater Laurenz sein? Sie schalt sich der bösen Gedanken wegen, doch der einmal aufgeflammte Verdacht blieb. Tilia beschloss, die Grafentochter nicht mehr aus den Augen zu lassen.

✠ ✠

Am dritten Morgen kehrten die Ritter von ihrem Raubzug zurück. Staubig, müde und hungrig, manche auch verletzt, aber mit reichlich Beute und vielen Geschichten, die sie am Abend wieder und wieder zum Besten geben konnten, um ihren Heldenmut zu unterstreichen. Die Damen lauschten mit glänzenden Augen.

»Und welch große Taten habt Ihr vollbracht?«, fragte Tilia und brach sich ein knuspriges Hühnerbein ab.

»Oh, besonders großartige!«, antwortete Swenger von Lichtenstein mit vollem Mund und zwinkerte ihr zu. »Ich habe magere Schweine aus ihrem Pferch gejagt und einer Bäuerin ihre Bettwäsche entrissen. Ich habe zwei kräftige Gäule für den Grafen errungen und eine alte Scheune angezündet, zwei störrische Bauern erschlagen und natürlich den Ruhm des Hauses Zollern vermehrt.« Er trank einen Becher Wein mit einem Zug leer.

»Und bei welcher Eurer Heldentaten habt Ihr Euch das Bein verletzt?«

Der Ritter verzog das Gesicht. »Eine ganz gefährliche Zauberin hat mir heimtückisch eine Mistgabel in die Wade gestochen. Vielleicht hätte ich meine Panzerstrümpfe doch vorher zum Schmied geben sollen.«

Tilia kicherte. »Und wie habt Ihr Euch an der Zauberin gerächt, die Euch solche Schmach angetan?«

Swenger war plötzlich sehr mit seinem Braten beschäftigt. Er stopfte sich den Mund voll, brummte etwas Unverständliches und legte Tilia ungefragt einen dicken Schweinefuß auf ihre Brotscheibe.

»Ich werde irgendwann eine Ballade darüber dichten«, wiegelte er ab, als er das Fleisch geschluckt hatte.

Tilia lachte unsicher und wechselte das Thema. Während der Graf seinen Becher auf den erfolgreichen Zug erhob und Gott dafür dankte, dass alle Ritter am Leben geblieben und mit Beute zurückgekehrt waren, berichtete Tilia von dem geheimnisvollen Spiel des Lebens, das der Hausherr ihr beigebracht hatte.

Swenger von Lichtenstein schüttelte den Kopf. »Da sind mir die Würfel schon lieber. Die Regeln kann ich behalten, selbst wenn mein Kopf schwer von Wein ist und mein Bauch noch schwerer vom reichlichen Mahl.«

Tilia rügte ihn entrüstet, doch der Ritter lachte nur. »Der Vorteil dieses seltsamen Sarazenenspiels scheint mir allerdings, dass es sehr lange dauert, so dass man seine Heller nicht ganz so schnell verliert«, räumte der Ritter ein.

Die Wehrsteintochter merkte, dass sie die Ehrfurcht, die sie vor dem gewürfelten Brett und seinen Figuren empfand, nicht weitergeben konnte.

»Der Graf meint, ich soll mir ein blaues Gewand nähen«, sagte sie daher, statt weiter auf das Spiel einzugehen. »Blau wie der Himmel und wie meine Augen. Doch leider ist die Kleiderkammer leer«, seufzte die Jungfrau mit echtem Bedauern.

»Ihr sollt Euer blaues Gewand haben, Jungfrau Tilia«, ertönte hinter ihr plötzlich eine Stimme, dass sie erschrocken herumfuhr. Frech grinsend drängte sich der Merkenberger zwischen Tilia und Swenger auf die Bank.

»Blau wie der Sommerhimmel und blau wie Eure Augen. Wir haben auf dem Rückweg einen Juden gesehen. Sein Karren war voll von edlen Stoffen. Er war auf dem Weg nach Jungingen, doch mit den lahmen Ochsen ist er sicher noch nicht weit.«

»O ja!« Tilias Augen leuchteten. Sie sah sich in Gedanken schon in einem Traum aus glänzendem Brokat und hauchdünnen Schleiertüchern. Sie langweilte den Ritter noch mit einer genauen Beschreibung des Gewandes, das sie sich nähen wollte, bis er sich mit einer Ausrede entschuldigte. Erst jetzt merkte sie, dass Swenger den Saal verlassen hatte.

KAPITEL 23

Er war daran gewöhnt, von den Bauern auf den Feldern misstrauisch beäugt zu werden. Viele von ihnen bekreuzigten sich, wenn er mit seinem Karren näher kam. Die Kinder liefen ihm neugierig hinterher, riefen so manchen Spottvers und zeigten mit ihren schmutzigen Fingern auf den Fremden. Nicht nur seine langen, schwarzen Gewänder und das merkwürdige Käppchen auf seinem Haupt, das er stets trug, ließen die Leute tuscheln. Die seltsamen langen Haarsträhnen, die an beiden Seiten von den Schläfen bis zur Schulter fielen, sein ganzes Gebaren, seine Art zu sprechen, sein schmales Gesicht mit dem schwarzen Haarschopf, einfach alles an ihm mutete fremd und daher unheimlich an. Die Menschen in den größeren Städten, in Köln oder Trier, in Basel oder Würzburg, waren den Anblick von Juden gewöhnt. Manch Händler schätzte die weit gereisten, zuverlässigen Kaufleute. Ihnen war es egal, dass sie bei ihren Gebeten fremde Worte murmelten und sich seltsame Bänder um Arme und Stirn schlangen. Die Ware war gut, und der Preis stimmte. Weniger beliebt waren die Geldverleiher, die Wucherer und Halsabschneider, doch wer sonst außer den Juden konnte aushelfen, wenn der Beutel leer war?

In den Dörfern herrschte die Furcht vor den schwarzen Teufeln vor. Wer wollte so einen schon eine Nacht unter seinem Dach beherbergen? Womöglich wäre am anderen Tag das Vieh verhext. Auch munkelte man, dass die Juden Neugeborene bei ihren frevelhaften Ritualen opferten.

Isac Elias mied daher die kleinen Weiler. Die Bauern konnten sich seine Waren eh nicht leisten. Er hatte keinen groben Stoff, keine ungebleichte Wolle, kein derbes Schuhwerk geladen. Damit war kein Geschäft zu machen, schließlich stand in fast jedem Hof ein Webstuhl.

Nein, er führte auf seinem Karren Blialt: violette, golddurchwebte Seide, Achmardi: grüne Seide aus einem fernen Sarazenenland, Diasper, silberdurchwirkten Samit, Zindal und herrlich blauen Atlas aus der reichen Stadt Gent, gerade recht für die Bürger, die ihren Kopf so hoch wie die Edelfreien trugen, deren Truhen jedoch weit wohlgefüllter waren denn die manch stolzer Burg.

In der Nähe des kleinen Klosters Stetten unter dem Zollernberg schirrte er diese Nacht seine Ochsen aus. Zufrieden grasten sie am Wegesrand. Die Nonnen wagten nur einen kurzen Blick auf den Händler und zogen sich dann wieder hinter ihre dicken Mauern zurück. Im Windschatten seines Karrens entfachte Isac Elias ein kleines Feuer, wärmte sich das Mus aus dicken Bohnen und Zwiebeln vom Vortag auf und speiste genüsslich. Ein Lächeln huschte über sein mageres, sonnenverbranntes Antlitz, als er an die vielen klingenden Münzen dachte, die ihm der Ballen honiggelber Ziklat eingebracht hatte. Die Frauen liebten es zurzeit, sich in der Farbe beglückter Liebe zu kleiden. Auch kamen gelbe Schleier immer mehr in Mode. Der Händler wickelte sich eine dicke Wolldecke um die Schultern und legte sich unter seinem Karren zur Ruhe, wie immer das große, gebogene Messer in der Faust.

Schon im Morgengrauen war er wieder auf den Beinen. Er warf die Decke in den Karren und spannte die Ochsen ein. Isac Elias setzte gerade einen Schlauch mit Isop, Stabwurz und Polei gewürzten Weins an den Mund, als er die Ritter aus dem Wald kommen sah. Sie ritten kräftige Pferde und waren nur mit leichten Kettenhemden über ihren Röcken gerüstet. Keine Helme, keine Panzerbeinlinge. Der Kaufmann seufzte erleichtert. Sicher die Mannen des Zollers. Höflich verneigte er sich, als sie näher kamen. Doch sie ritten nicht vorbei, wie er es erwartet hatte. Sie kamen direkt auf ihn zu und zügelten dann ihre Rösser. Mit fremdem Akzent fragte Isac Elias die Ritter nach ihrem Begehren.

»Um einer holden Jungfrau zu dienen, hoffen wir, edlen Stoff von blauer Farbe bei dir zu finden«, sagte der kräftig gebaute Ritter mit braunem Haar und blässlich blauen Augen, der den anderen vorangeritten war. Die vier Ritter hatten den Händler nun von allen Seiten umschlossen, doch Isac Elias versuchte, sich seine Unruhe nicht anmerken zu lassen.

»Ich hätte da schon etwas, das einer Jungfrau gar prächtig anstehen würde. Herrlich glänzenden Atlas …«

Der Ritter unterbrach ihn ungeduldig. »Dann hol ihn her, worauf wartest du noch?«

Der Kaufmann zögerte einen Augenblick und wagte leise einzuwerfen: »An wie viele Ellen hättet Ihr denn gedacht? Der Stoff ist aus dem fernen Arabia und kostet einige Münzen.«

Der kräftige Hüne hinter ihm, der an der linken Hand nur noch vier Finger hatte, lachte dröhnend. Isac Elias zuckte erschreckt. Sein Magen krampfte sich zusammen, seine Hände wurden schweißnass. »Ich hole Euch sofort, was Ihr wünscht«, beeilte er sich zu sagen, kletterte auf den Wagen und zerrte unbeholfen einen Ballen hervor. Rasch entfernte er den braunen Schutz und enthüllte das herrlich blaue Gewebe.

»Ich schneide Euch zehn Ellen ab. Vielleicht hättet Ihr mir dafür drei Mark Silber?«

Otto von Ringelstein-Killer trieb sein Pferd an den Karren und entriss dem Händler den Tuchballen. »Soll doch die Jungfrau selbst entscheiden, wie viel Ellen sie für ihr Gewand haben möchte!«

»Hast du auch Scharlach für enge Beinlinge?«, fragte der untersetzte Ritter mit dem mausgrauen Haar.

Isac Elias schüttelte den Kopf.

»Er will uns belügen«, empörte sich der Zollernsohn, ritt an den Wagen heran, zog sein Schwert und schlitzte das Wachstuch auf.

Der Händler stieß einen Schrei aus. »Herr Ritter, so haltet doch ein, ich habe Euch die Wahrheit gesagt. Ich bitte Euch! War nicht der Ruf der Zollernlande immer ehrenvoll hochgehalten? Unterschied er sich nicht voll Stolz von den finsteren Räubern rundherum? Nur so setzt jeder ehrliche Kaufmann gern seinen Fuß auf zollerischen Boden und bringt den Städten des Grafen Reichtum.«

»Ehrlicher Kaufmann?« Eberhard von Ringingen stürzte sich geradezu auf diese Worte. »Wir sind noch nicht blind! Ein elender, schmieriger Jude bist du.«

Isac Elias ballte die Fäuste, doch seine Stimme blieb ruhig. »Jude ja, Herr, doch ein ehrlicher und weit gereister Kaufmann ebenso. Wir beten mit unterschiedlichen Worten zu demselben, einen Gott im Himmel.« Isac Elias schwitzte. Er wand sich. Geradezu körperlich fühlte er den wachsenden Hass. »Ich bin ein einfacher Kaufmann. Vielleicht sollten wir die schwierigen Fragen der Religion den Gelehrten überlassen.«

Otto von Ringelstein-Killer schnaubte unwillig und drängte sein Pferd nun ebenfalls an den Wagen. »Und doch behängst du dich mit dem heidnischen Zeug, trägst dieses dumme Käppchen auf dem Kopf und dein Haar so lächerlich.«

Er zog sein Schwert und wischte mit einem flinken Streich dem Juden die Kappe vom Kopf. Isac Elias versuchte sie aufzufangen, doch er konnte sie nicht erreichen, so dass sie in hohem Bogen in den Dreck flog.

»Willst du sie nicht wieder aufheben?«, höhnte der Ritter und schlug dem Juden die flache Klinge so heftig auf den Rücken, dass Isac Elias das Gleichgewicht verlor und kopfüber von dem hochrädrigen Wagen fiel. Es gelang ihm zwar, den Kopf einzuziehen, doch er schlug so unglücklich mit Schulter und Arm gegen einen Felsbrocken, das das Gelenk aus seiner Pfanne sprang. Der Kaufmann heulte auf vor Schmerz, der Ritter von Ringelstein-Killer lachte. Mühsam rappelte der Jude sich auf. Er wusste, dass er verloren hatte, seine Stoffe, seinen Karren, seine Ochsen. Doch vielleicht konnte er sein Leben und den Beutel unter seinem Gewand noch retten. Stöhnend vor Schmerz, den Arm seltsam abgewinkelt, rannte er über das brachliegende Feld in Richtung Kloster. Vielleicht würden sie ihn gehen lassen? Vielleicht würden die Nonnen ihn einlassen? Er hörte die Hufe der Pferde, das Schnauben der Rösser ganz nah, doch er drehte sich nicht um.

»Ja, schauen wir mal, wie schnell so ein Jude laufen kann«, jauchzte Eberhard von Ringingen und folgte dem Merkenberger und dem Ritter Otto. Ausgelassen stoben die Ritter auf ihren schweren Kampfrössern an dem Kaufmann vorbei, schlugen ihm auf Rücken und Hintern, wenn sie an ihm vorbeigaloppierten, rissen die Pferde herum und trieben sie wieder auf ihn zu, während der fremdartige Mann ächzend und nach Luft schnappend um sein Leben rannte. In seinem Übermut beugte sich der Grafensohn ganz tief herab und stach Isac Elias in die Wade. In vollem Lauf knickte er ein, überschlug sich und blieb dann zusammengekrümmt liegen.

»Verflucht, verflucht seid Ihr alle!«, jaulte der Kaufmann und rappelte sich auf, als Otto von Ringelstein-Killer mit seinem Pferd über ihn hinwegsetzte.

Der Jude duckte sich nicht tief genug. Der beschlagene Hinterhuf des schweren Rosses traf seinen Kopf mit solcher Wucht, dass von der Schläfe bis zum Hinterkopf ein riesiges Loch klaffte. Ohne einen weiteren Laut von sich zu geben, sackte der Tote zusammen. Helles Blut, Knochensplitter und graue Gehirnmasse ergossen sich über den feuchten Ackerboden und die zarten Frühlingskräuter. Eine Novizin, die voll Neugier die Pforte einen Spalt weit geöffnet hatte, schlug die schwere Tür wieder zu und verriegelte sie geräuschvoll.

»Habt Ihr Eure Jagd erfolgreich beendet?«, begrüßte Swenger von Lichtenstein die anderen Ritter, als sie zu dem Karren des Juden zurückkehrten.

»Sehr erfolgreich!«, pflichtete ihm der Merkenberger bei und hielt ihm ein klimperndes, wohl gefülltes Säckchen unter die Nase.

Swenger, der inzwischen den Inhalt des Wagens untersucht hatte, deutete auf zwei Päckchen. »Ich würde gern diese Stoffe an mich nehmen. Ein neues Wams, farbige Beinlinge und einen Mantel würden mir gar gut tun. Ich hoffe, das ist auch in Eurem Sinn – selbst wenn an meinem Schwert kein Judenblut klebt.«

Der Merkenberger nickte großzügig. »Nehmt Euch nur, der Rest kommt in die Kammer – außer natürlich der blaue Stoff. Den werde ich dem blonden Fräulein höchst persönlich überbringen.«

»Sie wird es Euch danken und von Eurer Heldentat höchst beeindruckt sein«, murmelte der von Lichtenstein und schwang sich wieder in den Sattel.

»Wie meint Ihr das?«, fragte der Zollernsohn und trieb sein Pferd an dessen Seite.

»Dass die Weiber sehr viel stolzer ihr Gewand tragen können, wenn sie wissen, dass es mit Blut befleckt und in heldenmütigem Kampf errungen ist, und nicht etwa durch bloßen Handel in die Hand des Ritters geriet.«

Friedrich von Zollern zog ein säuerliches Gesicht. »Wollt Ihr Euch auf die Seite eines dreckigen Juden stellen?«

Swenger grinste breit. »Dreckig ist der Tote nun ganz sicherlich, und ich würde nichts weniger wollen, als meine letzten heilen Beinlinge mit seinem Blut zu tränken. Drum stelle ich mich nicht an seine Seite, wenn Ihr erlaubt.«

Grummelnd stieß der Merkenberger seinem Ross die Sporen in die Seite und jagte davon. Mit seinem frechen Mundwerk war der nur um wenige Sommer ältere von Lichtenstein ihm einfach überlegen. Es juckte den Zoller, dem weibischen Kerl eine Tracht Prügel zu verpassen. – Und seine letzten heilen Beinlinge im Kot zu wälzen!

✠ ✠

»Oh, wie herrlich!«, rief Tilia aus, als der Merkenberger ihr den glänzenden Seidenstoff zu Füßen legte.

»Und das alles soll für mich sein?« Ungläubig strich sie über den tiefblauen Stoff aus dem fernen Lande. »Sieh nur, Gret! Wir werden einen prunkvollen Surcot daraus nähen und einen Umhang und Handschuhe.«

Die Magd brummte nur und senkte den Blick auf ihre Flickarbeit.

Der Merkenberger grinste spöttisch. »Vielleicht hätte Eure Magd ja auch gern ein neues Hemd? Vielleicht findet sich ja etwas ihr Angemessenes.«

Tilia strahlte den Zollernsohn an, doch die steilen Falten auf Grets Stirn vertieften sich.

»Wie ich sehe, hat der stolze Zollernritter den Geschmack der Jungfrau getroffen«, mischte sich Swenger von Lichtenstein ein, der mit lässigem Schritt heranschlenderte. »Welch große Heldentat hat er verbracht, um Euch das edle Blau zu Füßen zu legen. Das Blau der unverwandelbaren Treue, nein, wie schön. Man sollte eine Ballade darüber dichten. Und seht nur, holde Jungfrau, der Ritter kommt heute ganz in Rot und Gelb daher: heller Minnebrand und« – er machte eine bedeutungsvolle Pause – »beglückte Liebe! Ich denke, ich werde meine Laute holen und ein wenig den hohen Worten und Reimen nachjagen.«

Tilia schoss die Röte ins Gesicht, während sich die Miene des Zollernsohnes verfinsterte.

»Ihr irrt, Swenger von Lichtenstein, wenn Ihr meint, er trüge die Farben meinetwegen«, beeilte sie sich, ihm zu versichern.

»Da bin ich aber erleichtert«, spöttelte er, und in seinen blauen Augen tanzte der Schalk. »Andernfalls wäre ich untröstlich, Jungfrau Tilia, und müsste mich in Trauer und Leid versenken.«

Ihr entging nicht, dass er dem Wort »Jungfrau« eine besondere Betonung beimaß. Plötzlich war ihr die Gesellschaft des Merkenbergers unangenehm, so erhob sie sich, nahm den Stoffballen, verabschiedete sich höflich von dem Zollernsohn und schritt mit Swenger dem Palas zu.

»Ich werde mich später gern zu Euch gesellen, um zu hören, wie Ihr mit Eurer Ballade vorankommt«, hörte der Merkenberger die Wehrsteintochter im Weggehen sagen. Mit einem unwilligen Knurren flegelte er sich neben Gret ins frischgrüne Gras.

»Sie hat einen Narren an dem eitlen Faun gefressen«, murmelte er ärgerlich. Gret nähte emsig, bis der Ritter seine schwere Hand auf ihren Arm legte.

»Du kennst deine Herrin besser als sonst eine Magd ihre Herrschaft. Sprich, täusche ich mich, oder ist ihr Herz in heißer Liebe zu dem Ritter entbrannt?«

Gret versuchte, die kräftige Hand abzuschütteln. »Ich weiß nichts dergleichen«, antwortete sie gepresst, doch so schnell ließ sich der Zollernsohn nicht abschütteln. Er legte den Arm um ihre Taille und zog sie ein Stück näher.

»Spiel mir nicht das unschuldige Blümchen! Es gibt da so manches, das mich dringend interessieren würde.«

An Flicken war nun nicht mehr zu denken. Widerstrebend ließ sich Gret einiges entlocken, das dem Grafensohn bis zum Abend genug Stoff zum Grübeln lieferte.

✠ ✠

Als Tilia mit blauem Atlas und Neuigkeiten beladen in die Kemenate trat, überraschte sie den Graf bei seiner Tochter. Er saß an ihrem Lager und hielt ihre Hand. Die Spuren von Tränen in ihrem bleichen Antlitz waren nicht zu übersehen. Das Gesicht des alten Grafen war von Sorge gezeichnet.

»Oh, verzeiht!«, murmelte Tilia, knickste und wollte sich wieder zurückziehen, doch der Graf winkte sie heran.

»Kommt her, mein Kind, und nehmt Euch einen Schemel. Helft mir, Williburgis aus ihrem Trübsinn zu reißen und ein Lächeln auf diese zarten Wangen zu zaubern.«

Es war nicht zu übersehen, dass die Seele der Grafentochter wieder einmal durch finstere Täler wanderte, von Dämonen gepeinigt, vom schweren Gewissen niedergedrückt. Zwei prüfenden Augenpaaren ausgesetzt zu sein war der Grafentochter sichtlich unangenehm. Hastig wischte sie sich die Tränenspuren von den Wangen und versuchte sich an einem Lächeln. Der Graf strich weiterhin sanft über die schmale Hand, die fast in der seinen verschwand. Verstohlen ließ Tilia den Blick zwischen Vater und Tochter hin und her wandern, während sie fröhlich plaudernd von den wundervollen Stoffen schwärmte, die die Ritter mitgebracht hatten. Mit Bedauern nahm sie in Gedanken von ihrem Umhang Abschied und bot der Grafentochter Atlas für einen Rock an. Sie sprach von den Borten und Stickereien, die sie anbringen würde, doch hinter dem oberflächlichen Geplapper fühlte sie sich von der überwältigenden Zärtlichkeit berührt, die aus des Grafen Blick sprach, wenn er ihn über seine Tochter wandern ließ.

Wie viel wusste der Graf von Williburgis' tiefer Verzweiflung? Vom Grund ihrer Trübsal?, fragte sich Tilia. Sicher nichts. Er sah sie an, als sei sie die Heilige Jungfrau. Tilia schauderte plötzlich. Was würde passieren, wenn er erführe, dass die Heilige von einem Mann entweiht worden war? Dass die Frucht der Sünde tief unter den stinkenden Abfallbergen der Burg begraben ruhte? Er würde ihn in Stücke reißen, den Sünder, den Frevler, da war sich Tilia sicher. Doch was würde er mit der gefallenen Tochter tun?

»Vater, lasst mich nach Stetten gehen«, sagte Williburgis plötzlich so leise, dass Tilia sich nicht einmal sicher war, die Worte vernommen zu haben.

»Wenn es dich deine Ruhe wiederfinden lässt, warum nicht«, antwortete der Vater sanft. »Nimm das Fräulein von Wehrstein mit und zwei der Ritter zum Schutz, dann könnt ihr morgen den Tag im Gebet verbringen.«

Williburgis schüttelte langsam den Kopf. »Ich möchte nicht zum Gebet dorthin. Ich meine, nicht nur morgen«, verbesserte sie sich hastig, als ihr Vater fragend die Brauen hob. »Lasst mich den Schleier nehmen, ich bitte Euch.«

Der Graf sah aus, als habe man ihm mit einem Prügel auf den Kopf geschlagen. Er wurde totenblass, seine Hände verkrampften sich. Bevor sich Tilia über diese heftige Reaktion wundern konnte, antwortete er genauso ruhig wie immer, so dass sie später dachte, sie müsse sich wohl getäuscht haben.

✢ ✢

»Wart Ihr bei der Beichte?«, fragte der Zollernsohn lässig, als er Swenger von Lichtenstein aus der Kapelle treten sah. »Das hat sicher eine ganze Weile gedauert, bis Ihr die Absolution bekommen habt, bei der Schwere Eurer Sünden! Oder hat Euch Bruder Laurenz gleich nach Konstanz verwiesen?«

Ritter Swenger grinste den Merkenberger an. Noch hielt er seine Worte für eine der üblichen Plänkeleien, doch als der Grafensohn fortfuhr, erstarrte sein Lächeln.

»Wisst Ihr«, raunte der Merkenberger und trat so nahe an ihn heran, dass er dessen Atem spüren konnte, »Ihr wärt nicht der Erste, der für solch einen Frevel an Gottes Geboten den Scheiterhaufen besteigt.«

Swenger wusste nicht, wie der Bischof dazu stand, welche Strafe er wirklich zu befürchten hatte, doch dass seine Ehre am Wohlwollen des Merkenbergers hing, das war ihm klar. Wer hatte ihn verraten? War er beobachtet worden? Vielleicht vermutete der Grafensohn ja nur etwas und wollte ihm nun ein Geständnis entlocken. Neuen Mut schöpfend, zwang Swenger sich zu einem Lächeln.

»Ich glaube nicht, dass der Bischof solch harte Strafen verhängt, wenn ein Ritter der Minne frönt und einer edlen Jungfrau Verse dichtet. Ich kann mich nicht rühmen, von der Holden erhört worden zu sein.«

Der Merkenberger schnaubte verächtlich. »Streut mir keinen Sand in die Augen. Ich weiß wohl, dass Ihr der Wehrsteinerin nachstellt, um von Euren wahren Neigungen abzulenken. Ist es nicht so, dass Ihr kräftige Lenden den weiblichen Rundungen vorzieht?«

Swenger lachte spöttisch, obwohl sich sein Magen plötzlich zusammenzog. »Welch bösen Spaß treibt Ihr da mit mir? Habe ich in Eurem Revier gewildert, dass Ihr mir nun zürnt?«

Nun zuckte der Zollernsohn zusammen. »Pah, das ist es nicht. Dennoch solltet Ihr Euch in Zukunft von der Wehrsteinerin fern halten. Ich habe meine eigenen Pläne mit ihr. Überlegt es Euch gut, denn wenn Ihr Euch mir noch länger in die Quere stellt, dann könnte es sein, dass ich über Euer sündhaftes Tun zu meinem Vater und zum Bischof sprechen müsste.«

KAPITEL 24

Tilia saß auf einer Bank im Hof und bestickte einen der neuen glockenförmigen Ärmel aus blauem Atlas mit silbernen Ranken, als Swenger sich mit seiner Laute zu ihr gesellte.

»Mir fällt nichts mehr ein«, stöhnte er und verdrehte gequält die Augen.

Tilia schmunzelte. »Habt Ihr alle Eure Heldentaten schon besungen?«

»O ja, mehrmals.« Er zuckte in komischer Verzweiflung die Schultern. »Wie soll ich neuen Stoff bekommen, wenn der große Krieg so lange auf sich warten lässt?«

Tilia biss den Faden ab, rollte einen neuen von der Spule, kniff ein Auge zu und fädelte ihn in das Öhr der verbogenen Nadel. »Dann singt doch über einen anderen Helden. König Artus oder Parzival oder Tristan.«

Swenger schnaubte unwillig. »Nein, das haben schon so viele getan. Ich kann die Lieder gar nicht mehr zählen, die über diese gedichtet wurden. Ehre, wem Ehre gebührt, doch man kann auch übertreiben!«

Tilia kicherte. »Wie wäre es mit einem Lied über unglückliche Liebe?«

Der Ritter strich über die Saiten und lauschte den Klängen, bis der Wind sie verwehte.

»O ja, ein Ritter, mutig und stark, er entbrannte in heißester Minne zu einem blonden Fräulein fein. Ihre Augen waren so blau wie der Mittagshimmel an einem Sommertag, und ihr Lächeln war wie –«

Er stockte. »Ja, wie? Mir will es nicht einfallen.« Grübelnd legte er die Stirn in Falten, während Tilia eine silberne Rosenknospe stickte.

»Dann eben anders.« Er schlug erneut die Saiten an. »Ihre Lippen waren wie die Rosenknospen, vom Sommertau benetzt.«

Tilia lauschte seiner Stimme. Flink glitt die Nadel durch den herrlich blauen Stoff, und sie freute sich darauf, die Ärmel an den Rock zu nesteln und sich in all dieser Pracht dem Ritter zu zeigen. Obwohl es mild war, schauderte sie beim Klang seiner Stimme, und obwohl sie still dasaß und nur die Finger ihre Arbeit taten, ging ihr Atem rascher, und ihr Herz klopfte wie wild. Sie sah ihn von der Seite an und bemerkte plötzlich Dinge, die sie noch nie gesehen hatte. Er hatte wunderschöne Wimpern, lang und dicht, seine Lippen waren voll und gleichmäßig, seine Hände lang und schmal. Wie es wohl wäre, von solchen Händen liebkost zu werden? Von solchen Lippen geküsst? Eine Weile ließ Tilia sich in einen erregenden Tagtraum sinken. Was da plötzlich in ihr erwachte, konnte nur von tiefer Sünde sein. Glühende Röte schoss ihr ins Gesicht. Swenger ließ die Laute sinken und sah das Mädchen fragend an.

»Ich habe nur gerade etwas gedacht«, stotterte sie und errötete noch mehr.

Swenger lächelte sie an, doch dieses Mal war kein Spott dabei. »Zu gern würde ich Euch fragen, was das denn war, doch etwas in mir raunt mir zu, dass Ihr mir's nicht sagen würdet.«

Tilia senkte den Kopf, doch Swenger legte seinen Zeigefinger unter ihr Kinn und hob es langsam an, bis sie ihm in die Augen schaute.

»Ja, die Augen, wie das Sommerblau des Himmels und die Lippen wie knospende Rosen. Noch sind sie geschlossen, doch sie werden bald in heißer Minne erblühen.«

Es kam über sie wie ein Blitz. Plötzlich verstand sie Anna, wie sie sich auf ein solch sündiges und gefährliches Tun hatte einlassen können, und sie begann zu ahnen, wie sehr die Schwester danach hatte leiden müssen. Die Peitschenstriemen hatten vielleicht den geringsten Schmerz verursacht.

Tilia sah den Merkenberger aus dem Palas treten und zuckte zusammen. Der Bann war gebrochen. Swenger ließ die Saiten erklingen und brütete über den nächsten Zeilen, während Tilia die Rosenknospe mit Sticl und Blättern versah. So saßen sie noch lange beieinander, doch sie sprachen nur von Unverfänglichem.

Am Abend zogen dichte Wolken auf, und es begann zu regnen, doch in Tilias Gemüt blieb es weiter wolkenlos und strahlend sonnig.

Auf Wehrstein prasselte der Regen auf das undichte Dach der Küche, sammelte sich in kleinen Rinnsalen, floss die moosigen Schindeln herab und platschte dann auf den morastigen Hof. Die Mägde hatten Eimer aufgestellt, um den gestampften Lehmboden trocken zu halten, doch die Feuchtigkeit drang durch jede Ritze. Es roch nach Schimmel und Moder, nach saurer Milch und nassem Holz. Lustlos rührte das Küchenmädchen Apollia dickes Gerstenmus im Kessel um, damit es nicht anbrennen konnte, während die Köchin schweigend einen Berg schrumpeliger Äpfel von fauligen Stellen und den Resten längst entwichener Maden befreite. In einer trockenen Ecke kauerte die klumpfüßige Maria und flickte fleckige, zerschlissene Hemden. Ohne von ihrer Arbeit aufzusehen, plapperte sie in einem fort unsinnige Worte und wiegte ihr jüngstes Enkelkind auf ihren Knien. Ihre leisen Worte mischten sich mit dem Rauschen des Regens und dem Knistern der Flammen zu einem einschläfernden Reigen. Der Hausherr und seine Mannen saßen im Saal beim Kartenspiel beisammen oder würfelten, doch so recht wollte keine fröhliche Stimmung aufkommen. Draußen stiegen Nebelschwaden aus dem Neckartal auf, und obwohl es längst Tag war, wollte die trübe Düsternis nicht weichen. Es war, als würde ganz Wehrstein in tiefem Schlaf versinken. Selbst die Wächter dösten vor sich hin und bemerkten die fremden Reiter erst, als sie die Zugbrücke schon fast erreicht hatten. Rot und sibern war ihre Helmzier, und da schallte auch schon eine kräftige Stimme über den Graben:

»Graf Burkhard von Hohenberg fordert seinen Lehensmann Hildebolt von Wehrstein auf, ihn gebührend zu empfangen!«

Wie von einem Donnerschlag aus dem tiefsten Schlaf gerissen, war der Hof kurz darauf mit Leben erfüllt. Pferde wieherten und schüttelten ihre nassen Mähnen, dass die Tropfen nach allen Seiten stoben, Knechte eilten herbei, um den edlen Rössern die Sättel abzunehmen, sie trocken zu reiben und im Stall mit Heu und Hafer zu versorgen. Dazwischen rannten lachend und kreischend die Kinder umher, die sich vorher wer weiß wohin verkrochen hatten. Hunde bellten. Der kleine Cum sauste in die Küche, doch die Neuigkeit war ihm bereits vorausgeeilt. Schon loderte das Feuer auf, als solle ein ganzer Ochse gebraten werden. Adelheid hatte alle Trägheit abgestreift und scheuchte Trützun und Apollia, dass die beiden nicht mehr wussten, womit sie eigentlich anfangen sollten. Das derbe Weib des Hausherrn begrüßte derweil die hohen Gäste und versorgte sie mit trockenen Gewändern. In der Küche nahmen die Speisen langsam Gestalt an, und der Duft von gebratenem Geflügel, Speck und Zwiebeln mischte sich mit dem beißenden Rauch, der sich in dichten Wolken unter den Dachsparren sammelte.

»Sie ruht in Frieden in der Gruft«, erklärte der Ritter von Wehrstein das Fehlen seiner Gattin. Zum ersten Mal war ihm das Kebsweib an seiner Seite unangenehm. Wortlos betrachtete Burkhard von Hohenberg das grobe Weib. Einst mochte ihr Gewand teuer gewesen sein, doch nun waren die Farben von Sonne und Waschtrog gebleicht und spannte sich unvorteilhaft um die speckigen Arme und den tonnenförmigen Leib. Sie hielt den Kopf erhoben wie eine Königin, der guten Sitten jedoch schien sie entweder nicht mächtig, oder sie verstieß bewusst gegen diese. Dennoch griff der Besucher höflich an die Tasselschnur seines Mantels und neigte den Kopf, wandte sich dann jedoch dem Ritter zu, um in seinem Namen und dem seiner Männer für die freundliche Aufnahme auf Wehrstein zu danken.

Es dauerte noch eine ganze Weile, bis sich die Männer, nun trocken und gewärmt, über ein deftiges Mahl hermachen konnten. Graf Burkhard aß schnell und viel. Er richtete ein paar artige Worte an des Wehrsteiners Kebsweib, gab eine kurze Anekdote zum Besten, blieb ansonsten jedoch einsilbig. Anders als sein Bruder war er kein Mann schöner Worte. Den Grund seines unerwarteten Besuches offenbarte er dem Wehrsteiner erst, als die beiden Männer sich in des Hausherrn Kammer, in der der Gast nächtigen sollte, zurückgezogen hatten.

»Ihr habt nicht für alle Ländereien Euren Lehenszins bezahlt«, eröffnete der Hohenberger die Unterredung, auf höflich einleitende Floskeln verzichtend.

Hildebolt von Wehrstein hob entschuldigend die Hände. Es war nicht das erste Mal, dass er einen Teil seiner Schuld erst nach der nächsten Ernte begleichen konnte. »Ihr wisst, die Burg ist groß, an allen Ecken und Enden muss gebaut werden, die Ernte war nicht wie erwartet …«

Mit einem ärgerlichen Laut schnitt Burkhard ihm das Wort ab. »Erspart mir die üblichen Reden. Ich habe auf meiner Reise derer genug erduldet.«

Er schritt zur Tür und rief nach dem Schreiber, den er aus Haigerloch mitgebracht hatte. Zwei zerfledderte, in Schweinsleder gebundene Bücher und eine dicke Mappe voller Urkunden und Verträge unter dem Arm, kam der dürre Mann, der einst die niederen Weihen empfangen hatte, die Treppe herauf. Mit wichtiger Miene verbeugte er sich tief vor seinem Herrn und vor dem Ritter. Er wusste, dass nicht nur Herzöge und Grafen auf Ehrbezeugungen Wert legten. Auch das hatte er in seiner Zeit im Palast des Bischofs in Konstanz gelernt. Darüber hinaus konnte er gut rechnen, sauber schreiben und kannte sich mit dem Zehntquart, Stol- oder Bannalgebühren aus. Sicher wäre er von Konstanz nicht weggegangen, wenn ihm nicht die Sache mit diesem vermaledeiten Weib passiert wäre. Nicht dass es in diesen Kreisen so eng gesehen wurde, doch man munkelte, er wäre dem Bischof selbst in die Quere gekommen. So hatte es sich im vergangenen Jahr ergeben, dass er gen Norden gezogen und bei den Grafenbrüdern von Hohenberg gelandet war. Nun rechnete er weltliche statt kirchliche Abgaben, doch sonst hatte sich seine Arbeit nicht geändert.

Der Schreiber fuhr mit seinem Finger an Zahlenkolonnen entlang und las mit monotoner Stimme die Schulden an Getreide und Schweinen, Hühnern und Wein und deren Wert in Schillingen vor. Längst nicht alle Grafen ließen so ordentlich Buch führen. Genau genommen waren die Hohenberger im Schwabenland eine Ausnahme. Als der Schreiber fertig war, herrschte einige Augenblicke Stille.

Hildebolt von Wehrstein hob hilflos die Arme. »Und wenn Ihr unsere Scheunen plündert und all unser Vieh wegtreibt, so viel werdet Ihr nicht zusammenbekommen. Die Suche nach Gold- und Silbermünzen könnt Ihr Euch gar sparen. Wartet bis zur Ernte, dann werdet Ihr Euren Teil bekommen.«

Die Miene des Grafen verfinsterte sich. »Der König braucht Geld – jetzt!«

»Der König, der König!«, ereiferte sich der Hausherr. »Wann braucht der Habsburger mal kein Geld? Er trägt es nach Böhmen, er trägt es nach Savoyen ...«

»... und er trägt es nach Württemberg«, ergänzte der Hohenberger. »Es ist eine neue helle Zeit angebrochen. Es soll Frieden herrschen auf den Straßen, dass Händler fahren und Waren aus aller Herren Länder unsere Städte zum Blühen bringen. Es ist zu unser aller Vorteil, den Rittern, die diesen Namen nicht verdienen, auf ihren Raubnestern das Handwerk zu legen.«

»Brav gelernt«, spottete der Wehrsteiner und ließ sich auf einen Hocker fallen. »Hat der Habsburger nicht selbst so gehaust, bevor er in Aachen die Krone erhielt?«

In des Hohenbergers Miene spiegelte sich Zustimmung. »Wer fragt schon nach der Vergangenheit? Jedenfalls ist er unser König und fordert seinen Tribut.«

»Wird er nach Schwaben kommen?«

Burkhard sank schwerfällig auf die Bettstatt und kratzte sich dann ausgiebig den Bart. »Noch hält der Württemberger still, leckt seine Wunden und hegt seinen Zorn – bis Ulm.« Ein schlaues Lächeln huschte über sein Gesicht. »Bis Ulm, ja, da wird er wohl ruhig bleiben, doch dann? Was glaubt Ihr, Ritter? Es könnte wohl möglich sein, dass er dann Richtung Hohenberg zieht. Werdet Ihr dann mit Euren Mannen an der Seite Eures Lehensherrn stehen?«

Hildebolt von Wehrstein dachte an den Zollernsohn, der in dieser

Kammer ihm die gleiche Frage gestellt hatte. »Wenn Gott der Herr es so bestimmt hat«, antwortete der Lehensmann ausweichend.

Der Hohenberger sprang vom Bett auf und richtete sich vor dem Ritter auf. »Das ist mir als Antwort zu wenig – Vasall!«

Hildebolt von Wehrstein hielt dem Blick stand und schwieg. So maßen sich die beiden Männer stumm. Der Schreiber räusperte sich nervös.

»Glaubt Ihr, der Zoller würde sich an Eurer Tochter vergreifen?«, fragte Burkhard von Hohenberg spöttisch.

Der Hausherr sah ihn mit großen Augen an.

»Im Gegensatz zu Euch kennt sie ihren Platz«, sprach er weiter und weidete sich am Erstaunen des Ritters. »Sie schreibt eifrig Briefe an Graf Albert, um Zollern in des Königs Arme zurückzuführen.«

Hildebolt von Wehrstein sackte zusammen. Am nächsten Morgen, als die Mannen des Hohenbergers über die Zugbrücke von dannen zogen, hatten sie nicht nur zwei edle junge Pferde, einige Säcke Korn und ein kleines Säckchen Gulden im Gepäck. Auch das Versprechen eines Vasallen konnte Burkhard seinem Bruder nach Haigerloch mitbringen.

✠ ✠

An diesem Tag musste die Mutter Oberin erst einen strengen Blick in die Runde werfen, ehe das Summen und Tuscheln verstummte. Heute war ein besonderer Tag. Ein neues Mitglied würde in die Gemeinschaft des Klosters Stetten unterhalb des Zollers aufgenommen werden, sollte von heute an Braut Christi und Schwester sein. Ernst hatte die Anwärterin ihr Herz während der Novizenzeit geprüft, streng hatte die Mutter Oberin ein Auge auf sie gehabt, doch nun sollte Küngund Hellgraf dazugehören. Sie würde alles ablegen, was sie noch besaß, alles, was sie an ihre Kindheit und Familie erinnerte. Sogar ihren Namen. Schwester Juliana sollte sie nun heißen. Juliana, nach der tapferen Jungfrau, die vom eigenen Vater dem Gericht übergeben worden war, die der eigene Bräutigam der Marter überantwortet hatte. Doch sie war fest im Glauben geblieben, hatte die Qualen ertragen, bis sie endlich enthauptet worden war, ihr Körper verdarb und ihre Seele befreit zum Himmel aufsteigen konnte.

Das ganze Konvent kam, um sie zu ihrer Hochzeit abzuholen. Voran schritt Schwester Anna, das schwere Kreuz in den Händen. Dann folgten die Novizinnen und Schwestern, die Jüngsten als Erste. Die Mutter Oberin ließ sich von Schwester Ruth stützen. So schritten sie durch den Kreuzgang bis zur Kirche. Ihre hellen Stimmen schwangen sich zum grau verhangenen Himmel empor: »veni creator«. Sich in zwei Reihen teilend, warteten sie auf die Professin, die von zwei Chorfrauen, in lange schwarze Mäntel gehüllt, getragenen Schrittes feierlich herangeleitet wurde. Langsam setzte die Prozession ihren Weg bis in den Chor fort. Eine brennende Kerze in der Hand schritt Küngund Hellgraf zum Altar, die Hochzeiterin, die Jungfrau, die ein Teil derer werden wollte, die dort auf ihren Plätzen ernst dem Hochamt lauschten. Mit verzückter Miene kniete sie nieder. Die Hände gefaltet, die Augen geschlossen, empfing sie den Schleier und die Kommunion, den Leib Christi. Mit einem leichten Lächeln auf den Lippen erhob sich Schwester Juliana und stimmte in den Chor der Schwestern ein.

Die beiden Frauen betraten während des Hochamtes unbemerkt die Kirche, bekreuzigten sich und rutschten dann in die hinterste Bank. Schweigend sahen sie der Zeremonie zu. Tilia betrachtete die neue Braut Christi. Ob Williburgis gern an ihrer Stelle wäre?, fragte sie sich. Wollte die Grafentochter durch dieses Ansinnen vielleicht dem strengen Beichtvater entkommen? Aber sprach sie nicht immer mit glühendem Eifer von Vater Laurenz? Wieso konnte sie sich den Zudringlichkeiten des Ritters nicht entziehen, wenn sie seine Aufmerksamkeiten nicht wollte? Notfalls mit der Macht ihrer Brüder oder des Vaters? Liebte sie ihn doch und wollte ihn schützen? Aber warum dann die Bitte, ins Kloster gehen zu dürfen? Das passte alles nicht zusammen. Tilias Gedanken wanderten weit fort von der heiligen Messe, hinauf auf die Burg. Zum zweiten Mal kam ihr der unglaubliche Gedanke, dass der Kaplan hinter all dem Leid steckten könnte.

Doch dann schoss ein Blitz durch ihr Herz. Hoffentlich ist es nicht

Swenger von Lichtenstein! Sie errötete, als sie sich eingestand, warum sie das so tief ins Herz traf. Vielleicht würde Williburgis es ihr irgendwann erzählen.

Später nahm sich die Mutter Oberin Zeit, den Gast aus Zollern zu empfangen. Williburgis schloss sorgsam die Tür der spärlich eingerichteten Kammer, ehe sie sich auf die Knie niederließ und die Mutter Oberin anflehte, sie in die Gemeinschaft aufzunehmen. Williburgis schob trotzig die Lippen vor, als die alte Nonne nach dem Grund ihres Begehrens fragte.

»Gott der Herr und die Heilige Jungfrau wissen von meinen Sünden«, war das Einzige, was Williburgis zu entlocken war.

»Ist der Graf mit deinem Wunsch einverstanden?«

Mit Tränen in den Augen schüttelte das Mädchen den Kopf.

Die Alte lächelte gütig, doch voller Bedauern. Nein, gegen den Willen des Grafen konnte sie seine Tochter nicht bei sich behalten. Doch vielleicht würde ein Gespräch zwischen Mutter und Tochter einiges klären?

Die Mutter Oberin ignorierte das entsetzte Kopfschütteln der Bittstellerin und ließ Schwester Udelhild, ehemals Gräfin von Zollern, rufen. Auf den Arm einer der Nonnen gestützt, verließ die Äbtissin die Kammer. Da standen Mutter und Tochter und sahen sich schweigend an, als wären sie einander fremd.

Schwester Udelhild betrachtete ihre Tochter aufmerksam. Sie wirkte zerbrechlicher denn je, doch ihre Augen strahlten ein fast unheimliches Wissen aus. Das Wissen um das Böse in der Welt. Was war geschehen? Sie hatte ihre Unschuld verloren! Nicht nur ihr Körper. Auch in ihrem Geist und ihrem Gemüt hatte sich die Last der Erkenntnis ausgebreitet. Und warum? Weil sie, Udelhild, Gräfin von Zollern, sie allein gelassen hatte, um ihren eigenen Frieden zu finden. Vom schlechten Gewissen getrieben, zog sie die Tochter in ihre Arme. Wie konnte sie dereinst vor Gott den Herrn treten und hoffen, Vergebung zu finden? Mit jedem Wort, das dem Mädchen über die Lippen kam, wurde ihr Herz schwerer. Die Last, die sie einst auf Zollern zurückzulassen gehofft hatte, drückte sie erneut zu Boden.

Während Williburgis im Gemach der Oberin weilte, schlenderte Tilia durch den Kreuzgang und ließ den Blick über die hohe, gewölbte Decke wandern.

»Geliebte Schwester, ich freue mich, dass du zu Besuch kommst«, hörte sie plötzlich die Stimme eines Kindes, fuhr herum und sah in das schmale Gesicht der kleinen Schwester. Sie war bleich, und die rosigen Rundungen der Wangen waren fast verschwunden. Ihr Blick hielt dem Tilias stand, doch wo war das kindliche Leuchten? Wo der Schalk geblieben? Sie lief ihr nicht entgegen, sondern schritt gemessen langsam. Der lange Rock raschelte leise. Doch dann streckte sie ihre Hände aus, umklammerte Tilia und barg das Gesicht in ihrem Rock. Tilia kniete sich nieder und nahm die rissigen roten Kinderhände in ihre Hände.

»Sie sind alle sehr gut zu mir, und der Herr Jesus liebt mich«, beantwortete sie Tilias Frage, doch sie lächelte nicht. Dorothea erzählte von den Tagen, die sich glichen wie die Schleier der Nonnen. Davon, wie sie sich nachts von ihrem harten Lager erhoben, um in der kalten Kirche den Tag zu begrüßen, vom immer gleichen Morgenmahl, von den Lesungen im Kapitelsaal, von denen sie nicht viel verstand, und von der Arbeit in Küche und Garten, von der Glocke, die zu den Gebeten rief, und vom Gesang der Nonnen. Sie fragte nicht nach Sofie, und Tilia brachte es nicht übers Herz, von der alten Freundin zu erzählen, die auf der Burg mit den anderen Kindern lachend über den Hof lief, sich im Heu versteckte und von der Köchin Leckereien zugesteckt bekam.

»Schlagen sie dich«, fragte Tilia schließlich und strich über die bleiche Kinderwange.

»Wenn ich den Geboten Gottes nicht gehorche, dann erhalte ich die Strafe, die mir zusteht«, antwortete das Kind hölzern, fügte dann jedoch hinzu: »Schwester Anna ist gemein, sie schlägt immer so fest mit dem Gürtel, auch wenn ich nur ganz wenig Milch verschüttet habe. Und da, wo ich mal bei der Messe eingeschlafen bin, hat das so lange wehgetan! Kannst du mich nicht doch zu deiner Burg mit hochnehmen?«

Tilia schüttelte den Kopf und zog sie wortlos in ihre Arme. Das

Kind weinte ein paar Tränen, zog geräuschvoll die Nase hoch und wischte sich dann mit dem Ärmel über das Gesicht.

»Aber weißt du, die Jungfrau Maria und das Jesuskind lieben mich, das hat Schwester Ruth gesagt, auch wenn ich nicht immer ganz brav bin. Und ich komme irgendwann in den Himmel zu all den Heiligen, und dort ist es ganz schön. Ich muss nie mehr frieren und bin nicht mehr krank, muss mich nicht mehr übergeben und das Essen schmeckt immer wie Naschwerk.« Ein verzücktes Leuchten huschte über das vom Schleier streng umrahmte Antlitz.

»Das ist schön«, flüsterte Tilia, küsste die Schwester und gab sie widerstrebend wieder in die Obhut einer Nonne, die schon einige Zeit geduldig wartend am Ende des Kreuzganges stand.

Am Abend begehrte die Gräfin die Mutter Oberin zu sprechen. Udelhild kniete nieder und hob ihr Antlitz der Äbtissin entgegen. »Liebe Mutter, Gott allein weiß, welch große Schuld ich auf mich geladen habe. Ich werde es mir nie verzeihen!«

»Der Herr ist gnädig! Er wird dir verzeihen.« Die alte Frau sah in das ihr zugeneigte Gesicht, sah die vor Entsetzen geweiteten Augen. Es ist, als sei sie Satan persönlich begegnet, dachte die Alte.

»Willst du mir nicht beichten und dein Herz erleichtern?«, fragte die Äbtissin gütig und griff nach den emporgestreckten Händen.

»Ich habe diesen Weg gewählt, und ich werde ihn bis zum Ende gehen, doch ich schwöre, dies ist das letzte Mal, dass Ihr oder irgendjemand sonst meine Stimme hören werdet. Ich schwöre es bei Gott, der Jungfrau Maria und all den Heiligen im Himmel. Amen.«

»Amen«, sagte auch die Mutter Oberin, doch die Besorgnis in ihrer Miene vertiefte sich.

✠ ✠

Voll Sorge musste Tilia den ganzen Tag an Dorothea denken, doch bis zum Abend hatte sie ihr inneres Gleichgewicht so weit wiedergefunden, dass sie beim Spätmahl im Saal zwischen Bohnenmus und gebackenem Schweinenacken mit Swenger scherzen konnte. Sie bemerkte nicht, mit welch finsteren Blicken der Merkenberger jeder ihrer Bewegungen folgte, und sah auch nicht die Pfeile voller Gift, die er in Swengers Richtung abschoss. Sie konnte ihre Augen nicht von dem blonden jungen Mann lassen, der so seltsam warme Gefühle in ihr hervorzauberte, wenn er sie mit seinem schalkhaften Lächeln bedachte. Nachts träumte sie wieder von Anna und von der schrecklichen Nacht, in der sie nicht nur Gret an Rüdger, sondern auch ihre ältere Schwester verloren hatte.

Außer dem Merkenberger beobachtete noch ein anderes Augenpaar die zunehmende Vertrautheit. Die Eifersucht brannte heiß in dem jungen von Husen, auch wenn er sich immer wieder sagte, dass er ihrer nie standesgemäß sein konnte. Doch dem weibischen von Lichtenstein musste die holde Wehrsteinerin ihr Herz nun wirklich nicht schenken. Sie war eines Grafen würdig! Verstohlen sah er zu dem jungen Zollernsohn hinüber. Sein Interesse war ihm nicht entgangen. Was er wohl für Absichten hegte? Keine ehrenhaften, jedenfalls. Schließlich war seine Vermählung lang schon beschlossene Sache. Würde er sich dennoch an der Jungfrau vergreifen? Heinrich von Husen spürte einen stechenden Schmerz in seinem Herzen. Er wusste von des Merkenbergers Vorlieben und seinem wenig zarten Umgang mit den Weibern. Sein Blick wanderte zu Otto von Ringelstein-Killer und Walger von Bisingen, die ungeniert mit den schon trunkenen Damen schäkerten.

Ich werde Tilia vor diesen Wölfen schützen!, schwor sich der Jüngling und stürzte zur Bekräftigung seines Schwures einen Becher Wein hinunter.

So sah sich Tilia am anderen Tag und auch an den Tagen die folgten, immer wieder dem ihr lächelnd zugeneigten Heinrich von Husen gegenüber. Vor allem, wenn sie mit Swenger beisammensaß, tauchte er unvermutet auf, setzte sich in die Nähe und sah sie stumm an. Swengers Grinsen wurde dann noch eine Spur zynischer, und noch häufiger als Tilia brachte er den in Liebe entflammten jungen Mann zum Erröten. Heinrich war stets freundlich und ehrerbietig, doch Tilia zürnte ihm manches Mal seiner bloßen Anwesenheit wegen. Sie ertappte sich dabei, ihn grundlos zu kränken, und schalt sich dann selbst, nicht besser als Benigna oder Salome zu sein. Und dennoch zerrte er an ihren Nerven. So nahm sie ein paar Tage später gerne die Einladung des Merkenbergers zu einem Spaziergang an, denn Swenger war nirgends zu sehen und Heinrich saß schon seit Stunden im Saal neben ihr. Schweigend und mit verliebtem Blick.

»Bleibt ruhig sitzen, lieber Freund«, wies sie ihn zurecht, als er aufsprang, um sie zu begleiten. »Ich glaube nicht, dass ich Grund habe, mich zu fürchten, wenn der Sohn des Grafen mich durch die Burg geleitet.«

Heinrich von Husen lag auf der Zunge, dass sie gerade dann das Schlimmste zu befürchten habe, doch er schluckte die Beleidigung hinunter und sah dem Merkenberger hilflos und zornig nach, wie er Tilia in den nächtlichen Hof hinausgeleitete.

»Wo führt Ihr mich hin?«, fragte sie neugierig und nahm den dargebotenen Arm.

»Das werde ich Euch noch nicht verraten. Es ist eine Überraschung, drum geduldet Euch ein wenig.«

Nur mühsam zügelte sie ihre Neugier und plauderte mit dem Grafensohn. Oft schon hatte er sie in Verlegenheit gebracht, sie in eine Ecke gedrängt, bis sie nicht mehr wusste, was sie sagen sollte, doch heute war er einfach nur heiter. Langsam schlenderten sie über den Hof, doch ihr war, als könne er seine Ungeduld nur mühsam zähmen. Kaum merklich beschleunigte er immer wieder seine Schritte und zog Tilia mit sich.

Was konnte es nachts nur so Wichtiges geben, das keinen Aufschub duldete?, fragte sich Tilia, und plötzlich wurde ihr ein wenig bang. Was der Vater zu diesem ungebührlichen Verhalten sagen würde? Doch der Ritter und Burg Wehrstein waren weit. Gemeinsam überquerten der Grafensohn und die Jungfrau den Hof, schritten über die Brücke, ließen den ersten Vorhof hinter sich und traten durch das finstere Tor unter dem Wehrgang. Der Merkenberger führte sie direkt zu einer der windschiefen Scheunen im vorderen Hof, ließ dann ihren Arm los und entzündete einen Kienspan, den er mitgebracht hatte. Tilias Furcht war inzwischen zu wilder Angst geworden. Nur mühsam konnte sie ihren Atem beherrschen. Am liebsten wäre sie einfach weggerannt, doch ihre zitternden Beine gehorchten ihr nicht. Eine leichtsinnige Närrin schalt sie sich und hörte in ihrem Innern ganz deutlich Grets Stimme, die sie einfältig und naiv schimpfte.

»Kommt, Jungfrau Tilia.« Er bot ihr wieder den Arm. »Ihr seid ja so bleich und zittert gar. Welch dummer Sinn sagt Euch, dass Ihr Euch in meinem Schutz fürchten müsst?«

Sie konnte keinen Unterton heraushören. Ein wenig beruhigt hängte sie sich wieder bei ihm ein. Langsam öffnete er die Tür. Tilia spürte die Anwesenheit der beiden Männer, noch bevor der flackernde Lichtschein sie erfasste. Die Jungfrau schrie entsetzt auf, blieb wie angewurzelt stehen und starrte auf das, was ihre Augen bereits sahen, ihre Gedanken aber erst langsam erfassten. Übelkeit stieg wie eine Welle in ihr hoch. Hastig bekreuzigte sie sich, um ihre Seele vor dem Satan zu schützen.

Die beiden nackten Männer stoben auseinander, einen wüsten Fluch auf ihren Lippen. Schweiß glänzte auf ihren Leibern, verwirrtes Haar klebte auf feuchter Stirn. Swenger von Lichtenstein griff nach seinem Hemd und zerrte es sich ungestüm über den Kopf. Der andere Mann verschwand blitzschnell über den Heuberg und durch eine Lücke in der Wand. Nackt wie er war, rannte er über den Hof davon.

»Jungfrau Tilia, ich bin untröstlich, dass Ihr so etwas sehen musstet«, schnurrte der Grafensohn und fügte selbstzufrieden hinzu: »Swenger von Lichtenstein, Ihr zieht die Würde der Ritter in den Schmutz. Welch schreckliche Sünde!«

Die Blicke der beiden Ritter trafen sich. In dem einen stand Hohn, in dem anderen blanker Hass.

Ein Zittern lief durch Tilias Körper, und als sie merkte, dass ihre Beine ihr gehorchten, drehte sie sich um, hastete aus der Scheune und rannte zur Burg zurück. Tränen rannen ihr über die Wangen. Sie weinte vor Abscheu, vor Enttäuschung und vor verletztem Stolz. Einem schmutzigen Strolch, nicht besser als ein Tier, hatte sie ihr Herz geschenkt.

Lange saß Tilia bei Gret in der Küche und schluchzte. Es dauerte eine Ewigkeit, ehe Gret sich zusammenreimen konnte, was geschehen war, denn Tilias Abscheu war so groß, dass sie den Schrecken nicht in Worte kleiden wollte. Die Magd hob resignierend die Schultern.

»Ist er deshalb ein anderer Mensch als vorher?«, merkte sie leise an.

»Das fragst du noch? Er ist ein unwürdiger Sünder. Einfach nur abscheulich!«, schluchzte Tilia.

»Und er hat deine Eitelkeit verletzt.«

Tilia warf Gret einen wütenden Blick zu. »Wie kannst du ihn in Schutz nehmen? Frag Vater Laurenz, was er davon hält!«

Gret seufzte nur, streichelte beruhigend Tilias Hand und schluckte all die Widerworte, die ihr in den Sinn kamen, herunter. Wer von uns ohne Sünde, der werfe den ersten Stein, dachte sie, erhob sich, trat an den Ofen und holte einen Krug und zwei Tonbecher vom Bord.

»Und was hatte der Merkenberger dir so Wichtiges zu zeigen?«, fragte Gret, als sie der Halbschwester heißen Met eingoss.

»Das weiß ich nicht«, wehrte Tilia ungeduldig ab. »Glaubst du, nach diesem Entsetzen war ich in der Lage, daran zu denken?«

Gret nickte nur und behielt den Gedanken für sich, dass Tilia vermutlich das Wichtige, das sie sehen sollte, sehr wohl gesehen hatte.

Den Blick gesenkt, setzte sich Tilia am anderen Morgen mit ihrer Schale Gerstenmus neben Heinrich von Husen. Sie vermied es, zu dem Ritter von Lichtenstein hinüberzusehen, bemerkte nicht das glückliche Lächeln in Heinrichs Gesicht und war auch blind für die Zufriedenheit in des Merkenbergers Miene. Während sie schweigend aß, haderte sie mit Gott, dass er so etwas zulassen konnte.

KAPITEL 25

Den ganzen Nachmittag und auch noch abends bei Fackelschein arbeiteten die Hechinger Burschen aus dem alten Dorf und die von oben aus der Stadt einträchtig zusammen. Mit des Grafen Erlaubnis fällten sie die größte Birke, die sie finden konnten, und schleppten sie zum Dorfplatz bei der Linde. Die Mädchen schmückten sie mit bunten Bändern. Mit den beiden robusten Gäulen des Meiers zogen die Burschen dann noch einmal los und suchten sich eine hohe, schlanke Fichte. Lange konnten sie sich nicht einig werden, welches der beste Stamm sei. Mit großem Ernst waren die jungen Leute zugange, denn es war unbestritten, dass das Stangenklettern einer der Höhepunkte des Maifestes werden würde. Da konnte der Spaß schnell verdorben sein, wenn der Stamm zu viele Astvorsprünge aufwies und es daher kein Kunststück wäre, unter den Augen der Freunde und Verwandten – und vor allem der Mädchen – bis zum Ring zu gelangen und einen Preis zu ergattern.

Der junge Erlewin, klein gewachsen und ein wenig schwerfällig, ließ sich seufzend auf einen Baumstumpf sinken. Das Gezänk zwischen seinem Freund Ruf, einem Obrostsohn, und den jungen Emch und Mägerin ging ihm langsam auf die Nerven. Vielleicht auch, weil er wusste, dass, egal, welchen der Bäume sie nahmen, er wieder einmal kläglich wie ein nasser Sack an dem sorgsam entrindeten Stamm hängen würde und außer Spott und schadenfrohem Gelächter keinen Preis erringen konnte.

Endlich, als sich der Sohn des Stadtreichen Albert Walch auf die Seite von Emch und Mägerin schlug, war der Zank entschieden. Also frisch ans Werk. Fast wäre der kleine Marquart vor lauter Eifer von dem fallenden Baum erschlagen worden, doch gerade noch rechtzeitig sprang er zur Seite und trug so nur von einem Ast einen blutigen Kratzer auf der Wange davon.

Stolz wie die Grafen schleiften die Burschen mit Hilfe der kräftigen Pferde den langen Stamm ins Tal hinunter zum Dorfplatz. Hier herrschte geschäftiges Treiben. Die Frauen schleppten Tische und Bänke herbei, Mädchen flochten frischgrüne Kränze, man scherzte und lachte und warf ab und zu einen ängstlichen Blick zum Himmel, wenn die Windböen über den Platz fegten und an den Röcken zerrten. Immer dichter ballten sich die Wolken zusammen, und mit der Dunkelheit kam auch der Regen. In kräftigen Schauern platschte das Wasser vom Himmel und trieb die Hechinger in ihre – mehr oder weniger – trockenen Häuser.

✠ ✠

Walpurgis, die Nacht der Dämonen und Geister. Ein böiger Nordwestwind zerrte an den schlanken Birken in ihrem frischen Grün und zerzauste die Weiden am Bach. In dieser Nacht verwandelten sich die Zauberinnen in Katzen und Raben, flogen durch die Finsternis zu ihren geheimen Plätzen, entzündeten magische Feuer und feierten ihr großes Fest. Genussvoll malten sich die Mägde und Knechte das zügellose Treiben aus. Aus Eisenhut und Hundekot, Schierling, Fledermausblut und Belladonna mischten die Zauberinnen eine Salbe, die ihnen Flügel verlieh.

»Sie reiben sich ihre Scham damit ein«, flüsterte die Küchenmagd Ella einem jungen Ding aus Bisingen zu, die erst seit ein paar Tagen für den Zoller auf der Burg arbeitete. Das Mädchen machte große Augen.

»Und dann können die fliegen?«

Ella nickte ernst, als müsse sie es wissen. Der Sturm rüttelte an den hölzernen Läden und pfiff durch das alte Dach. Die Mägde zogen die Köpfe ein und rückten ein wenig näher an die Kräuterbündel aus Baldrian und Dill heran, die sie zum Schutz gegen Dämonen an die Balken gehängt hatten. Im Stall baumelte ein Hechtkopf im Wind hin und her. Er würde die wertvollen Pferde vor Schaden bewahren, da waren sich Herren und Knechte einig.

Eng aneinander gerückt saß das Gesinde in der Küche zusammen und erzählte Geschichten. Wahre Geschichten, die irgendjemand irgendwann erlebt haben sollte. Immer gruseliger wurden die Einzelheiten, und so manchem lief ein Schauder des Grauens über den Rücken. Eine Tür klappte im Wind, Regenschauer prasselten herab, der Donner grollte, als plötzlich eine fette Kröte laut quakend mitten in der Küche saß. Mit einem Schrei des Entsetzens sprang die dicke Hanna auf und deutete auf das Unholdtier. Die anderen Mägde fielen in das Gekreische ein. Auch den Knechten schien das Tier gefährlich, wie es da mitten im Lichtschein saß und frech in die Runde glotzte. Endlich fasste sich der Schmied ein Herz, nahm den Schürhaken von der Wand, murmelte ein Gebet und ließ das Eisen mit aller Kraft herabsausen, dass es eine Kerbe im gestampften Lehmboden und von der Kröte nur eine gräulich braune Masse zurückließ. Das Gesinde atmete erleichtert auf. Man konnte in solchen Nächten nicht vorsichtig genug sein!

✣ ✣

Noch bevor der Hahn sich gereckt und geschüttelt hatte und – das Haupt erhoben, die Augen geschlossen – sein heiseres Krähen hören ließ, waren die Mägde auf Burg Zollern schon auf den Beinen. Sie schwatzten fröhlich, bereiteten die Morgensuppe und versorgten die Tiere in den Ställen. Der Himmel war gläsern, die Wolken hatten sich verzogen, der Wind war über Nacht eingeschlafen. Es würde ein herrlicher Tag werden. Auch die Damen erhoben sich heute früher als sonst von ihren Lagern. Es kam nicht oft vor, dass sie hinunter nach Hechingen zogen, doch das Maifest und vor allem das Maibad würden sie sich nicht entgehen lassen. Salome von Ringelstein-Killer und Benigna von Hölnstein kicherten ohne Unterlass. Als sie Eleonoras rügende Blicke auffingen, wurden die Sprüche noch derber. Erfreut bemerkten sie die Röte, die der Jungfrau immer wieder in die Wangen schoss.

»Ich werde hier bleiben«, sagte sie fest, die überraschten Rufe missachtend. Selbst Williburgis zog erstaunt die Brauen hoch. Zwar war ihr nicht an derben Gelagen und wüsten Späßen gelegen, doch das Maifest in Hechingen gehörte zum Jahreslauf wie die mitternächtliche Messe an Ostern, die Kirchweihe oder das Dreikönigsfest.

Die Sonne war kaum über die Baumspitzen am Horizont gestiegen, da quoll ein bunter Zug durch das Tor der Zollernburg. Auf Pferden und Eseln oder zu Fuß strömten die Menschen den Berg hinunter. Nur zwei Wächter, der lahme Seitz und die fromme Eleonora blieben auf Zollern zurück. Selbst Vater Laurenz folgte dem Tross, wenn auch mit sauertöpfischer Miene und nur zu dem Zweck, seine Schäfchen für all die Verfehlungen, die er beobachten werde, mit einer saftigen Buße zu belegen.

Doch noch war es für Ausschweifungen zu früh. Die Bewohner der Zollernburg beeilten sich, nach St. Luzen zu kommen, denn dort würde heute nicht nur die heilige Messe zelebriert werden. Ein Wanderprediger, einer der Barfüßer, die dem heiligen Franziskus nachfolgten, war im Dorf und würde nach der Messe erbauliche Worte an die Menschen richten.

Von allen Seiten kamen die Bauern und Bürger heran. In ihrem feinen Sonntagsstaat, die Frauen mit frischen weißen Schleiertüchern oder Hauben, die Männer in langen grauen oder schwarzen Röcken. Nur die reichsten Bürger prunkten mit leuchtenden Farben, golddurchwirkten Bändern und federbestückten Hüten. Ameisengleich zogen sie in buntem Reigen durch das untere Tor und die Staig hinab. Die Bürger der Stadt waren es gewöhnt, zu jeder Messe den langen Weg nach St. Luzen auf sich zu nehmen, denn noch immer war die Stadt ohne Kirche. Im Winter murrten die Leute oft und schimpften, doch an einem solch herrlichen Tag schritten sie hurtig auf das Glockengeläut zu, das der warme Frühlingshauch zu ihnen herübertrug.

Nach dem Kirchgang begaben sich die edelfreien zollerischen Frauen, wie es der Brauch war, zum Bad. In einem geduckten Häuschen zwischen Reichenbach und Mühlkanal führte der Bader Hans von Bulch über seine Mägde und Knechte eine strenge Herrschaft.

Schon fast fünf Jahre hatte er das Lehen der Zollern zu Eigen und achtete genau darauf, was in und um seine Zuber vor sich ging. Mit einer tiefen Verbeugung, ein Lächeln auf den fleischigen Lippen, begrüßte er die edlen Damen. Er hatte schon für Wein gesorgt, hatte helles Brot und würzigen Kuchen auf den niederen Tischchen verteilt und alle Wannen mit blumig duftendem Wasser füllen lassen. Einladend dampfte es durch den Türspalt. Es roch nach Rosen, Veilchen und Lavendel.

»O welche Lust!«, jauchzte Salome, warf die Lederschuhe von sich, schlüpfte aus Surcot und Hemd, schnappte sich zwei Stück Gewürzkuchen und ließ sich in einen der Bottiche gleiten. Die anderen Damen taten es ihr gleich. Sie hatten Gret und zwei andere Mägde mitgenommen, damit sie ihnen zu Diensten sein konnten, die Kleider wegräumen, den Wein reichen, Haar und Rücken waschen.

»Seit Tagen lechze ich schon danach«, schnurrte Kunigunde von Baden zufrieden, rückte ihre Fettmassen in dem nun zum Überlaufen vollen Zuber zurecht und ließ sich von der jungen Magd Anna das stumpfbraune Haar in einem geheimnisvollen Sud waschen.

»Ich habe in diesem Jahr eine Überraschung für die edlen Damen«, sagte der Bader und verbeugte sich trotz seiner Leibesfülle tief. »Ein Lautenspieler, der gerade in Hechingen weilt, würde Euch gern mit spannenden Balladen die Zeit vertreiben.«

Benigna klatschte begeistert in die Hände. »Wenn er nicht nur gut bei Stimme ist, sondern auch noch von schöner Gestalt, dann nur herein mit ihm!«

»Pah!«, grunzte die Kammerfrau Agnes sauertöpfisch und bearbeitete Williburgis' Rücken heftiger, als es notwendig gewesen wäre.

Der Bader ließ den Blick über die Jungfrauen und Damen bis zur Zollerntochter wandern. Erst als diese mit einem Nicken ihre Zustimmung gab, eilte er davon, um den Lautenspieler einzulassen.

Er war äußerst nett anzusehen, darin waren sich die Damen einig. Ab und zu griff er beim Saitenspiel daneben, doch nachdem der Bader die Weinkrüge zum dritten Mal gefüllt hatte, bemerkten die Badenden dies nicht mehr. Auch Tilia, die sonst ihren Wein mit Wasser mischte, war vom dunklen Traubensaft und dem warmen Wasser berauscht. Sie winkte Gret zu sich an die Wanne, ließ sich die schmerzenden Schultern kneten und kicherte in einem fort.

Die Ritter hatten in der Zeit, bis die Zuber für sie frei wurden, keine Langeweile. Sie flegelten sich auf die rohen Bänke, die rund um die weit ausladende Linde aufgestellt waren, tranken sauren Wein und Met und scherzten mit den Bauernmädchen. Die Zeit im hellen Sonnenschein verging wie im Fluge.

Das Maibad war wichtig, schützte es doch das Jahr über den Körper vor manch hinterhältigem Dämon. Die Badstube war den ganzen Tag über den Edelfreien vorbehalten, doch den Hechingern blieb ja immer noch die Starzel. Oberhalb der Mühle, wo das Wasser etwas tiefer ist, kamen Jung und Alt zusammen. Da flogen Pantoffeln, Beinlinge und Kittel ins Gras, wurden Röcke und Hemden ungeduldig vom Leib gezerrt. Wer nicht schnell genug war oder nur zimperlich den Zeh ins eisige Wasser streckte, fand sich unversehens von Freunden oder Nachbarn überwältigt und mit viel Geschrei ins trübe Nass getaucht. Auch die Weiber schälten sich aus ihren Röcken, kreischten, bis es in den Ohren schmerzte, und sprangen dann beherzt in die Starzel. Üppige weiße Brüste, muskulöse Arme, breite Hüften und dicke Schenkel tauchten in wildem Durcheinander aus den Fluten auf, von glänzenden Wasserperlen bedeckt. Die Burschen machten sich einen Spaß daraus, sich unter Wasser an die Weiber heranzumachen, sie in den Speck zu zwicken oder einfach nur prustend und mit Gebrüll neben ihnen aufzutauchen und sie zum Quieken zu bringen, als würden sie gerade abgestochen.

So erfrischt und ausgekühlt, mit roter Haut und bläulichen Lippen, stiegen die Hechinger aus dem Wasser, warfen sich die Kleider über und machten sich zur Linde auf, wo schon lustige Musik erklang und der Duft von knusprigem Fleisch in den Zweigen hing. Keiner der reichen Bürger oder Bauern hatte sich an diesem Tag lumpen lassen. Was Stall und Keller hergaben, wurde zum Festplatz geschleppt. Der Graf hatte am Vortag zwei Ochsen herabtreiben lassen, die nun über den offenen Flammen brutzelten. Auch Hasen, Igel und Tauben hatten den

Weg in die Küchen gefunden. Die Tische bogen sich unter den Köstlichkeiten: knusprige Schweinerüssel und -ohren, in Honig gebackene Rinderfüße, mit Speck und Kohl gefüllte Schweinsmägen, Blut- und Leberwürste, scharfe Kutteln, Herz und Nieren mit Fenchel, Hirnsuppe mit Graupen und vieles mehr. Zu trinken gab es Met mit Salbei, Nachgepresstes und Schlehenwein, für die Kinder Molke oder süße Buttermilch. Auf einem hölzernen Podest standen drei Spielmänner mit Laute, Dudelsack und Fiedel, die mehr laut denn schön ihre lustigen Weisen zum Besten gaben. Auch ihre Stimmen, vom Met reichlich geölt, hätten keinen Sängerwettstreit überlebt, doch da die Texte schön schlüpfrig derb waren, ernteten sie viel Gelächter und Applaus. Die ersten Tänzer fanden sich auf dem Rasen, obwohl die Sonne noch am Himmel stand. Noch fassten sie sich artig an den Händen und bildeten einen Kreis. Auch die Mägde und Knechte von Zollern ließen sich nicht lange bitten. Zwischen einem dünnen Burschen mit fuchsrotem Haar und einem bärtigen Bauern mit lehmverkrusteten Händen wirbelte Gret über den Platz. Sofie jagte derweil mit einigen Kindern beim Fangenspielen um die Hecken. Die Musik brach ab. Mühsam wuchtete der Meier seinen untersetzten Körper auf den Tisch und ruderte mit den Armen, bis er sich halbwegs Gehör verschafft hatte.

»Hört her, ihr Herren und Damen von Zollern, Bürger der neuen Stadt, merkt auf, liebe Nachbarn und Freunde. Nun soll, wer sich traut, uns beim Stangenklettern sein Geschick zeigen. Seht hoch zum Kranz, gar herrliche Dinge haben viele gestiftet. Speckseiten und Würste, aber auch feine Tücher für die Damen oder weiche Lederschuh. Jeder hat zwei Versuche und darf eine Trophäe mit herunterbringen.«

Die Leute klatschten und bildeten einen Kreis um die hoch aufragende Stange. Sie legten die Köpfe in den Nacken und starrten zu dem sich rötlich färbenden Abendhimmel empor, vor dem an einem Ring die köstlichsten Dinge baumelten.

Als Erstes versuchte es der Walchbert. Fast zwanzig Lenze alt, mit langen kräftigen Beinen und muskulösen Armen, strich er theatralisch sein feuchtes kurzes Haar zurück und trat an den Stamm heran. Abschätzend ließ er den Blick nach oben wandern, reckte die Finger, dass die Gelenke knackten und umschlang dann den entrindeten Stamm. Mit flinken Bewegungen schob er sich nach oben, Fuß um Fuß, doch drei Mannslängen über dem Boden geriet er ins Stocken. Die nackten Füße gaben ihm keinen Halt mehr. Er schwitzte und stöhnte. Dann ging es plötzlich abwärts. Den Rock zerrissen, Hände und Füße blutig zerkratzt, erntete er schadenfrohes Gelächter. Auch der Geberin und der lange dünne Hans Obrost bemühten sich umsonst. Die Freunde schoben den sich wehrenden jungen Erlewin heran. Wie ein nasser Sack klebte er zwei Fuß über dem Boden am Stamm, bekam ein rotes Gesicht, schnaufte und stöhnte und plumpste dann auf seinen gut gepolsterten Hintern. Die Zuschauer lachten. Der Bursche jammerte ein wenig, zeigte seine Hand, in der ein dicker Spreißel steckte, doch außer Spott hatten die Feiernden nichts für ihn übrig.

Nun schob sich ein kleiner, drahtiger Bursche heran. Jos, der Sohn des Wüstenmüllers, legte Rock und Schuhe ab. In seiner weiten Bruech stand er einige Augenblicke mit geschlossenen Augen da, dann umschlang er den Stamm und schob sich langsam und gleichmäßig nach oben. Nichts schien ihn aufhalten zu können. Oben angekommen, zog er ein kleines Messer hervor, schnitt sich einen mächtigen Blutwurstring ab und erntete begeisterten Applaus. Nach und nach verschwand manch leckerer Preis vom Ring hoch oben. Die Ritter und Damen tranken Schlehenwein und Met, sahen zu und scherzten fröhlich.

»Nun, Walger, möchtet Ihr Euch nicht auch versuchen?«, forderte ihn Salome von Ringelstein-Killer auf.

Der Ritter nagte an einer knusprigen Rippe und antwortete mit vollem Mund: »Warum mich plagen, wenn das Essen hier auf dem Tisch liegt?«

»Ich verstehe schon, dass Ihr Euch nicht blamieren wollt, nachdem ein so schmächtiges Bauernbübchen es vorgemacht hat, wie es geht«, schlug Benigna von Hölnstein in die Kerbe.

Otto von Ringelstein-Killer lachte dröhnend. »Jetzt seid Ihr dran, Alter!«

Doch Walger nagte weiter an seinem Fleischstück.

»Ich werde für ihn hochklettern«, meldete sich der Knappe des ältesten Zollernsohnes und erhob sich. »Was soll ich Euch bringen, Ritter?«

»Hol dir, was du magst«, antwortete Walger nebenbei, doch Diemo ließ sich nicht entmutigen.

»Wenn Ihr keinen der Preise für Euch wollt, dann werde ich mir selbst etwas holen.« Sprach's, warf den edlen farbigen Rock von sich, zog die ausgetretenen Schuhe aus und versuchte sein Glück. Eitelfriedrich von Zollern sah seinem Knappen voll Stolz zu, wie er sich ein Paar Schlupfschuhe aus weichem Leder nahm.

»Nun müsst Ihr es ihm nachmachen, Ritter Walger!«, bohrte Salome weiter, doch sie hatte keinen Erfolg.

Der Ritter Otto prostete seiner Schwester zu. »Weißt du, was uns von dem Bauernpack unterscheidet? Dass wir auch unseren Kopf gebrauchen!«

Er setzte den Becher ab, zog ein Messer vom Gürtel und schleuderte es über die Köpfe der Menschen in die Luft. Die lange Klinge blitzte im Schein der zahlreichen um den Platz gesteckten Fackeln und fuhr dann in eine graue Griebenwurst. Kurz schien es, als wollten Wurst und Messer oben bleiben, doch dann fiel die Klinge zu Boden, eine halbe Wurst folgte ihr nach und plumpste in den Morast. Flink sprang Diemo auf, um dem Ritter seine Waffe und die Trophäe zu bringen. Ein paar der Bauern klatschten, die Damen lachten dem Ritter zu, doch der Meier sprang empört von seiner Bank auf.

»Herr Ritter, das ist gegen die Regel!«, ereiferte er sich.

Doch Otto von Ringelstein-Killer zeigte ihm nur seinen Rücken. Mit einem breiten Grinsen rutschte er zu Tilia hinüber, legte ihr seine Pranken um die Taille und feixte den jungen Zollerngrafen an.

»Nun, Merkenberger, nachdem die Burschen nur an Speck und Schinken interessiert sind, wäre es an Euch, das Rittertum zu retten und für die edle Jungfrau ein seidenes Tuch herabzuholen. Vielleicht schenkt Euch die Spröde dann ja ihre Gunst.«

Kunigunde von Baden klatschte begeistert in die Hände. »O ja, das wäre doch etwas!«

Bevor der Zollernsohn etwas sagen konnte, stand Heinrich von Husen schon an der glatten Stange. Sein erster ungestümer Versuch endete im Schlamm, doch beim zweiten Mal ging er ruhiger zur Sache. Die Augen der Damen folgten ihm bis zum Ring hoch. Triumphierend schwenkte er ein rotes Seidentuch, steckte es dann in sein Hemd und machte sich an den Abstieg. Auf halber Höhe etwa rutschte er mit den Füßen ab. Hilflos hing er einige Augenblicke da. Das Holz umklammert, suchte er mit den Beinen wieder Halt zu finden, doch dann ließen seine Hände plötzlich los, und er fiel in die Menschenmenge herab, die kreischend zur Seite stob. Geschickt rollte er sich im weichen Morast ab, doch der Fuß, der zuerst den Boden berührt hatte, knickte jäh zur Seite. Der Schmerz nahm ihm den Atem. Er musste die Zähne zusammenbeißen, um nicht laut zu schreien. Neugierige fremde Gesichter starrten ihn an. Langsam erhob er sich und humpelte unter Schmerzen zu den zollerischen Mannen hinüber. Schon jetzt schwoll sein Knöchel zu einem unförmigen Klumpen an. Mit einem schiefen Lächeln überreichte er Tilia das Tuch, fand in ihrem Blick aber nur Missbilligung.

»Das sieht böse aus«, schimpfte sie den Wehrsteiner Vasallen und beugte sich zu seinem Fuß hinab. »Ihr solltet Euer Bein Bruder Tragebott zeigen.«

»Das hat Zeit. Der braucht mindestens drei Tage, bis er sich vom Weingeist wieder befreit hat«, lachte Otto von Ringelstein-Killer und zeigte auf den dicken Mönch, der an den Stamm der Linde gelehnt schnarchte.

»Ich werde den Bader holen«, mischte sich die Kammerfrau Agnes ein, schüttelte ärgerlich den Kopf, machte sich jedoch gleich auf die Suche. Das Interesse an dem verletzten Edlen ebbte schnell ab, denn nun waren die Ochsen am Spieß dunkel gebräunt und rochen gar herrlich. Die Spielleute stimmten eine lustige Weise an, doch die Hechinger wandten ihre Aufmerksamkeit der Tafel zu. Mit dem aufsteigenden Mond wurden die Stimmen lauter und die Sprüche derber. Es dauerte nicht lange, und am anderen Ende des Platzes kam die erste Prügelei in Gang. Außer einem ausgeschlagenen Zahn und einer blutigen Nase kam nichts dabei heraus, doch es war abzusehen, dass dies nur ein Vorgeplänkel war. Williburgis erhob sich.

»Wir sollten nach Zollern zurückkehren«, sagte sie unsicher und sah fragend in die Runde. Salome und Benigna machten enttäuschte Gesichter, doch die anderen Damen nickten.

»Ich werde Euch begleiten«, bot Heinrich von Husen großzügig an, dem der Bader inzwischen eine Schiene und einen dicken Verband verpasst hatte.

»O welch beruhigender Schutz«, hänselte das Fräulein von Ringelstein-Killer. »Da werden alle Straßenräuber vor Angst ihre Kittel besudeln, wenn unser Kleiner kommt, der nicht einmal auf seinen eigenen Füßen stehen kann.«

Heinrich von Husen lief vor Scham rot an, doch bevor sich Tilia für den Wehrsteiner Vasallen einsetzen konnte, trat der Graf hinzu und beendete die Frotzelei.

»Wir brechen auf. Ich habe zwei Knechte nach den Pferden gesandt. Die Boller werden uns begleiten.« Er reichte seiner Tochter den Arm. »Dies ist nicht mehr der Ort und die Zeit für keusche Jungfrauen.« Das Mädchen lief puterrot an, doch der Graf schien dies nicht zu bemerken. Erschreckt zuckte Tilia zusammen, als sich der völlig betrunkene Fassbinder aus der oberen Stadt hinter ihr geräuschvoll erbrach. Er rülpste erleichtert, wischte sich den Mund ab und widmete sich dann wieder dem Essen und Trinken.

»Kommt!«, sagte Tilia bestimmt und hakte sich bei Williburgis unter. »Dort bringt der Boller die Pferde.«

Heinrich von Husen stützte sich schwer auf Grets Schulter, humpelte mit ihrer Hilfe zu seinem Ross und schwang sich dann, ein Stöhnen unterdrückend, in den Sattel.

»Kommst du nicht mit?«, fragte Tilia irritiert, als Gret zurücktrat.

Die Magd schüttelte den Kopf. »Wenn ich bleiben darf? Rüdger hat sich mit Sofie irgendwo ins Gedränge gestürzt.«

Tilia zuckte die Schultern. »Wenn du meinst«, antwortete sie spitz und trieb ihr Pferd an. Sie sah nicht mehr, wie der älteste Zollernsohn zu Gret trat und der Magd den Nacken küsste. Er wartete noch, bis Vater und Eheweib in der Dunkelheit verschwunden waren, dann nahm er Gret bei den Händen und zog sie mit fort.

»Wohin entführt Ihr mich?«, protestierte die Magd lachend.

»Zum Tanz, meine Hübsche, zum Tanz!«, rief er mit einem ungewohnt jungenhaften Grinsen auf den Lippen und drängte sich voll Übermut zwischen die tanzenden Paare. Die am Anfang getragene Musik war nun zu einer wilden Folge von Tonsprüngen geworden, und so wie die Töne sprangen auch die Burschen in die Höhe. Sie wirbelten ihre Mädchen durch die Luft, dass die Röcke nur so flogen und die Zuschauer sich genüsslich an weißen Schenkeln und noch mehr erfreuen konnten. So manchem war der kurze Blick nicht genug. Hände wanderten verstohlen zu Stellen, an denen sie nichts zu suchen hatten, und ab und zu fiel, gar nicht so unabsichtlich, eines der Paare ins Gras, um dann ganz umständlich die Gewänder wieder zusammenzuraffen. Der Zollernsohn war nicht der einzige Edle im bunten Gewühl. Eberhard von Ringingen umfasste eine dicke Bäuerin, und auch die Röcke der Ritter von Zell-Andeck und von Bisingen blitzten ab und zu auf. Otto von Ringelstein-Killer zog sich mit einer drallen Magd hinter eine Scheune zurück. So manches Paar nutzte die Dunkelheit, den Augenblick des Rausches und den lauen Frühling aus. In einem Heuhaufen zeugte der jüngere Zollernsohn einen weiteren Bastard, die Wüstenmüllerin lockte einen jungen Pater in die Nacht, und nicht nur eine Unschuld ging an diesem ersten Abend im Mai verloren. Man lästerte oft hinter vorgehaltener Hand darüber, dass so manches Kind, das zwischen Dreikönig und Aschermittwoch zur Welt kam, sein Leben lang so gar keine Ähnlichkeit mit dem Gatten der Mutter aufweisen wollte.

Vom Hof des Loofelpeter klang Geschrei herüber. Das wütende Brüllen eines trunkenen Mannes und das Keifen eines Weibes. Neugierig zogen einige mit Fackeln in den Händen hinüber, um zu sehen, was dort los war. Gehörnt war er worden, der Bauer! Gerade kam er aus dem Stall, wo er mit einer gar lieblichen Magd ein Päuschen von dem anstrengenden Gehopse auf der Wiese eingelegt hatte, da bemerkte er einen Weiberrock hinter den Hecken, und als er nachsehen ging, erwischte er seine Bethe mit dem jungen Meierbert. Da brüllte er los, dass die Kühe im Stall erschreckt muhten, riss sein ungetreues Weib aus ihrem Liebesnest und schlug ihr ins Gesicht. Die Bethe war aber keineswegs auf den Mund gefallen, und so keifte sie zurück, dass es den Engeln im Himmel die Schamesröte ins Gesicht trieb. Ein zweiter Schlag traf sie ins Gesicht. Blut schoss aus ihrer Nase, doch sie kreischte nur noch lauter und trat ihren Gatten heftig ans Schienbein, krallte sich in sein Haar und zerrte an seinem Bart. Fast hätte sich der Liebesdieb davongeschlichen, doch der Gehörnte bemerkte ihn noch rechtzeitig. Er riss sich von seinem Weib los und sprang dem Flüchtenden in den Rücken, dass er zu Boden ging. Eine Prügelei! Das war die Gelegenheit. Mit wildem Gejohle stürzten Burschen und Männer herbei, schlugen und traten, brüllten und schrien. Auch ein paar Weiber mischten sich ein, und so mancher schöne Rock wurde ruiniert.

Es waren die Weiber, die sich als Erstes bewaffneten. Tonkrüge zerbarsten, abgenagte Knochen wurden zur Keule. Als dann auch noch Messer blitzten, war der Spaß zu Ende. Der Schultheiß und der Meier versuchten, die Kämpfenden zu trennen, doch das war gar nicht so einfach. Von den Stadtwachen war keine Hilfe zu erwarten. Entweder lagen sie irgendwo betrunken unter dem Tisch, oder sie waren bereits in dem Knäuel von Leibern begraben. Es dauerte eine ganze Weile, bis den erhitzten Gemütern die Kräfte schwanden und sie voneinander abließen.

Der Bader hatte stundenlang zu tun, die blutigen Gesichter, Arme und Beine zu verbinden. Auch einige Brüche mussten geschient werden. Den jungen Erlewin hatte es bös erwischt. Der gesplitterte Unterarmknochen bohrte sich spitz durch das Fleisch. Den Tränen nahe starrte er vor sich hin. Zum Glück war er so betrunken, dass die Schmerzen nur langsam durch die dicke Nebelwand zu ihm drangen.

Erst am Morgen stellten die Hechinger fest, dass die Prügelei auch einen Toten gefordert hatte. Halb unter einer Hecke versteckt fanden sie den jungen von Steinhofen mit blutig verschwollenem Gesicht und einem tiefen Stich im Rücken. Es war nicht ungewöhnlich, dass solch ein ausschweifendes Fest mit einem Begräbnis endete, doch meist traf es nur einen der unfreien Bauernburschen. Bedauerlich, doch zu verschmerzen. Dieses Mal jedoch war es der Sohn eines zollerischen Vasallen, von niederem Adel zwar, doch immerhin ein Freier. Mit finsterer Miene standen der Meier, der Schultheiß und der Bader um den Toten herum.

✢ ✢

Das Fest war noch in vollem Gange, als sich Swenger von Lichtenstein davonmachte. Unbemerkt sattelte er sein Ross, führte es vom Festplatz weg und schwang sich dann in den Sattel. Eine breite Mondsichel wies ihm seinen Weg. Seine Hände fühlten sich klebrig an. Ärgerlich wischte er sie am Fell des Pferdes ab, doch die rötlich braunen Flecken auf seinen Handflächen ließen sich nicht entfernen. Swenger von Lichtenstein zog sich seine Handschuhe über und trieb sein Pferd weiter an. Er musste sich beeilen. Der Nachtwind trug schon das Geläut zur Mette von Stetten herüber. Ob er noch da war?, fragte er sich immer wieder und ärgerte sich, dass er solche Unruhe empfand. Es war schließlich nicht das erste Mal, dass er eine Nachricht in des Kaufmanns Hände legte. War es der Tote, der dort hinten beim Festplatz an einer Hecke lag, der ihm die Ruhe raubte? Unsinn! Er war zwar ein hübscher Kerl gewesen und sie hatten manch aufregende Stunde zusammen verbracht, daher war sein Tod bedauerlich, doch alles Leben lag in Gottes Hand. Swenger hatte trotz seiner jungen Jahre schon viele blühende Leben verlöschen sehen.

Der Ritter entdeckte die verhüllte Gestalt, noch bevor er sein Pferd die Böschung zur Starzel hinuntertrieb.

»Da seid Ihr ja endlich, Ritter«, raunte der Kaufmann und trat an das Ross heran, das unwillig schnaubte. »Gebt mir die Nachricht.«

Swenger beugte sich ein wenig nach vorn, doch er konnte trotzdem nur eine Ahnung von einer knolligen Nase und einem verwilderten Bart erhaschen. Die Augen blieben unter dem tief ins Gesicht gezogenen Hut verborgen. Seiner Unruhe wegen schalt er sich einen Narren. Betont langsam zog er das versiegelte Pergament aus dem Ärmel und reichte es dem düsteren Mann, der das Schreiben schnell unter dem weiten Umhang verschwinden ließ.

»Gott zum Gruße, Ritter«, raunte er, drehte sich um und hastete in der Dunkelheit davon.

Swenger wendete sein Pferd und trabte durch die Nacht dem Zollernberg zu. Er hatte den Kaufmann bereits wieder aus seinen Gedanken gedrängt, doch das Bild des sterbenden Edelknechts begleitete ihn beharrlich.

KAPITEL 26

Ein junger Mann wurde zu Grabe getragen. Die schweren, dumpf brummenden Köpfe gesenkt, lauschten die Burgbewohner Vater Laurenz' Worte. Tilia hatte Kopfschmerzen und spürte ihren Magen, doch das hatte wenig mit dem Begräbnis zu tun. Nur mit Mühe konnte sie das Gefühl der Unruhe unterdrücken. War das nicht derjenige gewesen? Schnell verdrängte sie die in ihr aufsteigenden, abscheulichen Bilder. Sie warf Swenger verstohlen einen Blick zu. Er hielt den Kopf gesenkt und hatte die Hände gefaltet, doch was verbarg seine unbewegliche Miene? Bewegte ihn tiefe Trauer um eine verlorene Liebe? Das Wort schmeckte bitter. Oder hatte das mit Liebe nichts zu tun? Konnten Männer überhaupt so lieben wie Frauen, mit all diesen schönen, schrecklichen Gefühlen, die durch den Leib zuckten und einen heiß und kalt werden ließen?

Tilia wandte ihren Blick trotzig ab und starrte auf das offene Grab. Sie wollte diesen Schmerz nicht fühlen, wollte nicht leiden für so einen, und doch schaffte sie es nicht, ihn mit Gleichmut zu betrachten. Verzehrende Sehnsucht wechselte mit glühendem Hass. Würde es sich auch so anfühlen, wenn er sich einer anderen Frau hingegeben hätte? Die Frage beschäftigte die Wehrsteinerin auch noch, als sie eine Hand voll Erde über den toten Benz von Steinhofen warf. Grübelnd schritt sie hinunter zum Tor und wieder zurück. Sie fand Gret im Kräutergarten. Mit verschränkten Armen stand Tilia eine Weile da und sah ihr beim Unkrautzupfen zu.

»Was gibt es?« Gret sah fragend zu ihr hoch, erhob sich dann stöhnend und legte beide Hände in ihren schmerzenden Rücken. Der Leib wölbte sich unter ihrem Rock. Tilia stutzte, und das Gesicht des Ritters verschwand ganz plötzlich. Sie trat zu Gret und legte ihre Hände auf die Wölbung.

»Du bist ja guter Hoffnung, Gret. Warum hast du mir das nicht gesagt?«, wunderte sich die Wehrsteintochter. »Rüdger wird sich freuen!«

Die Magd murmelte etwas Undeutliches. Ein Verdacht nahm in Tilia Gestalt an. »Es ist doch von deinem Gatten, oder?«

Gret gab keine Antwort, sondern ging in die Knie und riss mit übertriebener Wildheit die kleinen Pflänzchen aus.

»Wer ist der Vater deines Kindes, Gret?«, fragte Tilia betont ruhig.

»Woher soll ich das wissen«, fauchte sie und zerknüllte das frische Grün in ihren Händen. »Seit die Ritter des Zollern auf Wehrstein waren, habe ich meine unreinen Tage nicht mehr gehabt.«

Tilia streichelte Grets Hand. »Ich kann mit Graf Eitelfriedrich sprechen und ihn bitten, sich eine andere Magd für sein Lager zu suchen.«

Gret seufzte tief. »Lass es, Liebes, lass mich in meiner Welt leben und lebe du in deiner. Ich habe nichts dagegen, Eitelfriedrichs Bastard aufzuziehen.«

Die Ritterstochter war verwirrt. »Aber warum? Ich verstehe das nicht.«

»Weil ich ihm mehr Gefühle entgegenbringe als meinem Gatten. Ist das so schwer zu verstehen?«

Tilia grübelte eine Weile schweigend darüber nach. »Wir werden es wahrscheinlich nie erfahren.« Ein schelmisches Lächeln huschte über ihr Gesicht. »Es sei denn, es hat die Zollernnase.«

»Da ich noch auf Wehrstein meine letzten unreinen Tage hatte, kann ich mir wenigstens sicher sein, dass es von Eitelfriedrich ist« – Abscheu mischte sich in Grets Ton – »und nicht von seinem Bruder.«

In raschem Wechsel spiegelten sich Tilias widerstreitende Gefühle in ihrem Antlitz, sie öffnete den Mund, doch Gret fiel ihr ins Wort.

»Deine Vorwürfe und Fragen kannst du dir sparen. Ich habe ihn bestimmt nicht verführt, das kannst du mir glauben, und ich lege auch keinen Wert darauf, seine Aufmerksamkeit zu erregen. Wenn du willst, schwöre ich dir das auch.«

Tilia schüttelte nur den Kopf und ging stumm davon. Wenn es eine andere Magd gewesen wäre, hätte sie sie einfach der Lüge bezichtigt, doch es war Gret. Hatte auch der Merkenberger eine Seite, die sie noch nicht kannte und die sie in Schmerz und Verzweiflung stürzen konnte? Sie verdrängte den Gedanken und ging in die Küche, um zu sehen, was Hanna für das Spätmahl vorbereitete.

✠ ✠

»Ich habe gehört, die blonde Katze trägt einen Zollernbastard unter dem Herzen«, hörte Rüdger Otto von Ringelstein-Killer sagen.

Der Merkenberger zog ein finsteres Gesicht. »Ich fürchte, dieses Mal ist er mir zuvorgekommen, doch ich werde meine Gelegenheit schon noch bekommen.«

Der Ritter von Ringelstein-Killer lachte dröhnend. »Das ist aber ungewöhnlich, dass Ihr mit Eurem Bruder so friedlich teilt.«

Rüdger hämmerte wie wild auf das Eisen vor sich ein. Er musste diese Stimmen übertönen, die Worte verjagen, die wie giftige Schlangen an seinem Fleisch fraßen, doch die verderbliche Brut war bereits geschlüpft, wand sich um seine Beine und trug ihr Gift bis in sein Herz. Entschlossen warf Rüdger das Eisen in den Wassertopf, stürmte in die Schmiede und holte aus Jos' geheimem Versteck einen prall gefüllten Weinschlauch. So schnell er schlucken konnte, schüttete er das säuerliche Nass die Kehle hinunter. In seinem Kopf begann es zu rauschen. Nur noch von fern vernahm er des Ritters Lachen, die Worte konnte er nicht mehr verstehen.

✠ ✠

Gret saß mit Sofie auf dem Schoß am Tisch im Gesindeschlafraum und teilte sich mit ihrer Tochter einen schrumpeligen Apfel. Eine Fackel an der Wand verbreitete nur spärlich Licht, und etliche der Mägde und Knechte hatten sich bereits in ihre Umhänge gewickelt und auf ihren Strohsäcken zur Ruhe gelegt. Plötzlich wurde die Tür heftig aufgestoßen, die Flamme des Kienspans bäumte sich im Luftzug auf. Rüdgers Gesicht war rot, sein Atem ging stoßweise, er schwankte leicht. Hart hieb er mit der Hand auf Grets Rücken.

»Na, warst du den hohen Herrn wieder zu Diensten? Klebt die gräfliche Soße noch zwischen deinen Beinen?« Er packte sie an den Haaren und zog sie von der Bank hoch.

»Rüdger, du hast zu viel getrunken. Lass mich los, du tust mir weh.« Ihr Tonfall war beschwichtigend, doch gerade das schien ihn noch mehr in Wut zu bringen.

»Ach, nun willst du mir auch noch Vorschriften machen, du falsche Schlange, du liederliches Weib«, schrie er und schlug ihr ins Gesicht. »Trägst du einen Zollernbastard in deinem Schoß? Los, sag es mir! Oder weißt du nicht mehr, wer es war, da du anscheinend für jeden gern die Beine breit machst.«

Inzwischen waren alle hellwach und beobachteten das Ehedrama gespannt. Sofie weinte. Die Köchin eilte herbei und zog sich mit dem Mädchen in eine Ecke zurück.

»Nur mir allein gehörst du, verdammt, der Priester hat uns rechtmäßig verheiratet, und nur mein Prügel gehört zwischen deine Beine!« Unbeholfen nestelte er an seiner Bruech, bis sie zu Boden rutschte. Er hob seinen Kittel und drängte sich an seine Frau heran.

»Verdammt, knie dich hin und heb deinen Rock, damit ich denen allen zeigen kann, wer hier dein rechtmäßiger Hengst ist.«

Gret versuchte ihn wegzustoßen. »Du besoffenes Schwein!«, schrie sie und zog ihn schmerzhaft an seinem Bart. »Wenn du glaubst, dass ich das aus Spaß mache, dann bist du noch blöder, als ich dachte.« Sie trat nach ihm, doch er erwischte ihr Bein und zog es mit einem Ruck hoch, so dass sie nach hinten fiel. Mit Schwung warf er sich auf sie und versuchte, ihre Beine auseinander zu drücken, doch sie zog so rasch die Knie an, dass er voller Schmerz aufheulte. Die Zuschauer johlten und klatschten begeistert in die Hände.

»Pass auf, sonst zeugst du nie wieder ein Balg«, zischte Gret und erntete dafür einen Faustschlag ins Gesicht. Sie biss ihn dafür so heftig in den Arm, dass sich der Leinenkittel rot färbte.

»Schlampe, Schlange, Hurenweib«, brüllte er und schlug mit seinen Fäusten auf sie ein, bis sie zusammensackte. Selbst dann ließ er nicht von ihr ab.

»Er schlägt sie tot«, kreischte Ella und gab dem Knecht Jakob einen Tritt. »Nun tut doch was und glotzt nicht nur wie die Ochsen! Merkt ihr denn nicht, dass der Rüdger völlig von Sinnen ist?«

Jos zog den Tobenden von seiner Frau weg und verpasste ihm ein paar derbe Hiebe zur Beruhigung. »Das war genug Spaß«, sagte der Schmied in einem Tonfall, der keine Widerrede duldete. »Du weißt genau, dass sie gegen die Herrschaft nicht aufbegehren kann. Es gibt zwei Möglichkeiten. Entweder du hast ein ansehnliches Weib, dann ist halt die Herrschaft ab und zu zwischen ihren Beinen, oder du suchst dir gleich so 'ne alte, hässliche Wachtel, wie ich eine hab, dann brauchst du nicht zu teilen.«

Die Mägde und Knechte johlten vor Begeisterung, und selbst die bucklige Schmiedin mit ihrer Hasenscharte lachte herzlich mit.

»Außerdem, vielleicht ist es ja doch von dir, wenn du nicht versäumt hast, dir regelmäßig deine ehelichen Rechte zu nehmen.«

Rüdger starrte Jos finster an, doch dann zuckten seine Mundwinkel, und er fiel in das Gelächter mit ein.

»Na, wenigstens weiß ich, dass das Sofielein mein Fleisch und Blut ist«, beruhigte er sich selbst und tätschelte seiner Tochter das Haar. Unwillig kreischte das Mädchen auf.

»Nun hör schon auf zu weinen, Kleines«, lockte er unsicher, doch Sofie strampelte und schrie und weigerte sich, in die ausgestreckten Arme zu kommen.

»Rüdger, lass sie bei mir, bis Gret wieder aufwacht«, beschwichtigte Hanna, die sah, wie sich des Knechtes Miene schon wieder verfinsterte.

»Steck deinen Kopf erst mal in die Pferdetränke«, empfahl im Jos und zerrte den streitbaren Ehemann mit sich fort.

Mit einem Stöhnen kam Gret wieder zu sich. Ella tupfte ihr das Blut von der Stirn und half ihr zu ihrer Schlafecke.

»Das wird schon wieder«, beschwichtigte sie die Schmiedin und legte eine zweite Decke über sie. »Nun schlaf mal. Der Jos passt solange auf deinen übereifrigen Kerl auf.«

Trotz der dumpfen Schmerzen schlief Gret sofort ein. Wie tot lag sie die ganze Nacht da, ohne sich zu rühren, doch als der Morgen graute, krampfte sich ihr Körper zusammen. Schlaftrunken stöhnte sie auf und umschlang ihren Leib. Wie durch dichten Nebel merkte sie, dass sie in ihrem Blut lag. Gebückt wankte sie hinaus und verlor ihr Kind zwischen dem Gesindehaus und der Latrinegrube. Mit unbeweglicher Miene saß sie auf dem Boden, Rock und Haut blutverschmiert, und starrte auf das winzige, weißliche Wesen in ihren Händen. Mehr Fisch denn Mensch, war es ihr dennoch, als sehe es sie aus sterbenden Augen an.

»Wirf es weg«, sagte die alte Schmiedin sanft und streichelte Grets Rücken. »Noch ist es nur ein Klumpen Fleisch ohne Seele.«

Die Magd nickte, erhob sich zitternd, hinkte am Arm der Alten zur Grube und ließ das Stückchen Mensch in den stinkenden Morast fallen.

»Leg dich wieder hin, die Ella soll die Wäsche heute machen«, sagte die Schmiedin und begleitete Gret zu ihrem Strohlager zurück.

✠ ✠

Wie immer sprachen sich Neuigkeiten auf Zollern schnell herum. Tilia ließ es sich nicht nehmen, zum Gesindeschlafraum zu eilen, auch wenn sie dadurch ein Kopfschütteln von Williburgis und gehässiges Flüstern der anderen Damen erntete.

»Wie konnte das nur geschehen!«, jammerte sie und ließ sich am Lager der Halbschwester nieder.

Gret, die ihre Ruhe bereits wiedergefunden hatte, zuckte nur die Schultern. »Dass er mich schlug, lag an seiner Eifersucht, dass ich das Kind verlor, an seinen Schlägen.«

Tilia wischte sich Tränen aus dem Gesicht. »Das hört sich gerade so an, als wolltest du ihn in Schutz nehmen.« Mit einem Schauder strich sie zart über Grets blutunterlaufenes Gesicht.

»Ich entschuldige es nicht, doch auch wenn ich ihn nun brennend hasse, kann ich ihn dadurch loswerden? Hast du mir nicht erst gestern gesagt, dass er mein angetrauter Mann ist?«

»Das schon«, grollte Tilia, »doch ich habe ihm nicht gestattet, dich zu schlagen.«

Gret kicherte, zuckte dann jedoch vor Schmerz zusammen. »Ach, er muss sich vorher die Erlaubnis bei dir holen, wenn er mir in den Leib treten will.«

»Spotte nicht!«, ereiferte sich die Wehrsteintochter. »Ihr seid Eigenleute von Wehrstein. Hier auf Zollern bin ich eure Herrin, und deshalb bestimme ich darüber, was erlaubt ist und was nicht. Dich zu Tode zu prügeln gehört ganz bestimmt nicht zu den Dingen, die ich gestatte, und daher wird Rüdger seine verdiente Strafe bekommen.«

»Du willst ihn züchtigen lassen?«, fragte Gret erschrocken, auch wenn die Vorstellung in ihr eine gewisse Befriedigung auslöste. »Er wird dich dafür hassen«, gab die Magd zu bedenken.

»Ja und? Soll das mein Tun in Zukunft leiten, ob ein Knecht mich hasst oder nicht? Glaubst du, mein Vater würde auch nur einen Gedanken daran verschwenden?«

»Nein, sicher nicht«, seufzte die Magd, doch ein ungutes Gefühl blieb zurück, als Tilia, die Reitpeitsche in der Hand, sich auf die Suche nach dem Wehrsteiner Knecht machte. Sie fand ihn vor der Schmiede. Tilia war blass vor Wut und zitterte leicht, als sie ihn anschrie. Noch nie in ihrem Leben hatte sie ihre Stimme so erhoben, doch nun schallte sie über den Hof, dass Mägde und Knechte, Wächter und Ritter neugierig kamen, um zu sehen, welch Spektakel dort vor der Schmiede geboten wurde.

»Wie konntest du dich erdreisten, dein dir angetrautes Weib so zu schlagen?«, schrie Tilia und ließ die Peitschenschnur durch die Luft sausen.

Über Rüdgers Nase und Wange bildete sich ein roter Striemen. Die Hände in die Hüfte gestützt, baute er sich in voller Größe vor Tilia auf und starrte sie trotzig an.

»Gret ist mein Weib, und es ist mein Recht, mein Weib zu züchtigen, wenn sie es verdient hat!«

Die Wehrsteintochter zog ihm die Peitsche noch einmal durchs Gesicht. »Gar kein Recht hast du. Du bist Wehrstein zu Eigen, und hier auf Zollern bin ich deine Herrin. Was denkst du dir eigentlich? Der Vater hat dich hoch ausgezeichnet und nun behandelst du Gret so schlecht?«

»Es war kein Geschenk, es war eine Strafe, dass Euer Vater sie mir zum Weib gegeben hat«, brüllte der Knecht erbost und zuckte unter einem weiteren Hieb zusammen.

»Ich verspreche dir, wenn du sie noch einmal anrührst, dann lasse ich dich hier im Hof nackt auspeitschen, bis du keinen Flecken Haut mehr auf deinem Rücken hast!«

Sie funkelten sich gegenseitig an. Trotz der schmerzhaften Schläge senkte der Knecht sein Haupt nicht, blieb aufrecht vor ihr stehen und forderte sie weiter heraus. Die zollerischen Mannen flüsterten aufgeregt miteinander und zogen den Kreis um das spannende Schauspiel immer enger. Tilia spürte Panik in sich aufsteigen. Sie hatte sich vorgewagt, nun musste sie das Spiel auch weiterführen, bis zum Ende. Sich jetzt dem bockigen Leibeigenen zu beugen, das würde ihren Ruin bedeuten.

»Knie nieder und schwöre mir, dass du sie in Ruhe lässt!«, schrie Tilia, dass ihr die Stimme kippte.

Aus der Menge löste sich eine Gestalt. Gemächlich schlenderte der Merkenberger heran, blieb breitbeinig stehen und zog dann langsam sein Schwert aus der Scheide. In den Augen des Knechtes mischte sich Furcht unter den Trotz. Er sank auf die Knie und senkte das Haupt.

»Ich werde Gret nicht wieder schlagen«, brummte er mürrisch. »Ich schwöre es bei den Heiligen.«

Erschöpft ließ Tilia die Peitsche sinken. Sie wusste nicht, ob sie dem Zollernsohn zürnen oder ihm dankbar sein sollte. Noch immer zitternd, ließ sie sich von ihm zum Palas bringen. Erst als sich die Tür zum Gemach der Damen hinter ihr geschlossen hatte, warf sie sich weinend auf ihr Lager.

KAPITEL 27

Der Bote wartete nun schon drei Tage auf eine Antwort. Einerseits war es bequem, die frühen Sommertage, einen vollen Becher in der Hand, dösend auf einer Bank zu verbringen, andererseits fürchtete er den Zorn des Württembergers. Wer konnte schon wissen, an wem er seine Wut ausließ, wenn der Zoller ihn warten ließ. Unruhig rutschte der Bote auf dem nur grob entrindeten Baumstamm hin und her. Er beobachtete die Mägde, die das kleine Gärtchen harkten, Wasser schleppten oder mit frischen Hemden und Linnen in den Händen zum Palas eilten. Ein paar Kinder spielten Fangen. Der Württemberger Bote verscheuchte eine Biene, die um seinen Kopf herumbrummte, und blinzelte in die Sonne. Mittag war schon wieder vorüber, und seit dem frühen Morgen saß der Zoller mit seinen Söhnen zusammen. Schon das dritte Mal. Warum konnten sie sich nicht schneller einigen? Es genügten doch ein paar Worte. Sie mussten nur dem Württemberger ihr Bündnis bestätigen. Seufzend lehnte er sich wieder zurück und schloss die Augen.

✠ ✠

Der Graf streckte beide Hände aus, um das hitzige Streitgespräch seiner Söhne zu beenden. »Ich bleibe dabei, wir halten dem Württemberger die Treue und versuchen, uns so lange wie möglich aus der Fehde herauszuhalten.«

Der Merkenberger ließ sich nicht so schnell den Mund verbieten. »Eitelfriedrich ist ein Verräter! Wer weiß, was er hinter Eurem Rücken treibt. Ich schätze, wenn man unserem Herrn Kaplan entsprechend zusetzt, kann man sehr interessante Dinge erfahren.«

Verräterische Röte schoss dem alten Gottesdiener ins Gesicht. »Ich sage nichts!«, wehrte er ab und duckte sich unter Eitelfriedrichs flammendem Blick.

»Friedrich, unterlasse solche Beleidigungen und Anschuldigungen!«, erhob der Graf nun doch seine Stimme. »Dein Bruder hat das Recht auf eine eigene Meinung, doch solange ich noch auf Gottes Erde weile und nicht kalt in einer Gruft in Stetten liege, zählt meine Entscheidung.«

»Und danach wird Eitelfriedrich zu Euren Feinden überlaufen, kaum dass der Sargdeckel sich über Euch geschlossen hat«, ereiferte sich der jüngere Sohn.

»Aber nur, falls es dann noch eine Grafschaft Zollern gibt, für die es sich zu kämpfen lohnt!«, schrie Eitelfriedrich erbost.

Der alte Graf ließ den Kaplan die erwarteten Worte an Eberhard von Württemberg schreiben und schickte ihn dann samt seiner Söhne hinaus. Er fühlte sich müde, und in seinem Kopf hämmerte es wie in einer Schmiede. Seufzend ließ er sich in seinen Sessel fallen, als er merkte, dass der jüngere Sohn im Raum geblieben war.

»Was willst du noch? Es ist alles gesagt«, stöhnte der Graf.

»Nein, es ist längst nicht alles gesagt«, widersprach der Merkenberger störrisch. »Ich fordere die Grafschaft von Euch. Gebt sie mir, und ich mache sie stark und mächtig.«

»Ich habe dir meine Entscheidung bereits mitgeteilt. Sie hat sich nicht geändert.«

Der Merkenberger trat ganz nah an seinen Vater heran. »Sie wird sich aber gleich ändern. Was glaubt Ihr wohl, was der Bischof oder der König von gewissen Dingen halten würde?«

Der alte Graf sah seinen Sohn überrascht an. »Was meinst du damit?«

»Nun, ich könnte mir vorstellen, dass man Euch in ein Büßerhemd stecken und mindestens bis nach Canossa schicken würde, um Eure große Schuld zu büßen. Oder soll Williburgis stattdessen ein Schweigegelübde ablegen, so wie unsere Mutter?«

Der Graf erbleichte. »Glaubst du, du könntest mich erpressen?«

Der Merkenberger nickte. »Ja, das glaube ich. Überlegt nicht zu lange, denn sonst seid Ihr die längste Zeit hier auf Zollern gewesen!« Er warf seinem Vater noch einen drohenden Blick zu, dann ließ er ihn mit seiner schweren Gedankenlast allein.

✠ ✠

»Wartet auf mich«, rief Vater Laurenz und eilte Eitelfriedrich hinterher.

»Was ist?«, fauchte der Zollernsohn. »Habt Ihr noch nicht genug Unheil angerichtet? Wolltet Ihr in die ganze Welt hinausschreien, was nur für uns und den Hohenberger bestimmt ist?«

Vater Laurenz zog den Kopf ein. Schuldbewusst senkte er den Blick. Die Angst zehrte an ihm und raubte ihm nächtelang den Schlaf. Selbst im Gebet fand er keinen Trost mehr.

»Es ist eine Botschaft aus Haigerloch gekommen!«, raunte er, nach einem vorsichtigen Blick in alle Richtungen, und griff sich an sein wild klopfendes Herz. »Ich bin für die Politik nicht geschaffen«, seufzte er, als er Eitelfriedrich in dessen Gemach folgte.

»Nun lest schon!«, raunzte der Zollernsohn unfreundlich, sobald die Tür sich geschlossen hatte. Schweigend hörte er zu, doch sein Gesicht rötete sich mit jedem Wort mehr vor Zorn.

»Was will er?«, schrie Eitelfriedrich unvorsichtig laut, als der Kaplan geendet hatte, und riss ihm das Pergament aus der Hand. »Mühlheim und Schömberg? Und in Erzingen will er sich in der Feste vor unsere Tore setzen? Er muss betrunken gewesen sein, als er dies Schreiben aufsetzte. Oder er ist verrückt. Nie, niemals werde ich mich auf dieses Spiel einlassen. Schreibt ihm, ich werde ihm mit dem Schwert in der Hand begegnen. Blankes Eisen ist das Einzige, was er von mir zu erwarten hat!«

Der Kaplan nickte und wandte sich zur Tür, doch Eitelfriedrich hielt ihn zurück. »Nein, schreibt ihm nicht. Er wird schon merken, dass sich die Dinge geändert haben.«

Wortlos ging der Kaplan hinaus, doch die Verwirrung spiegelte sich in seinem Gesicht wider. Der Grafensohn sah ihm nach und nagte grübelnd an seiner Unterlippe. Konnte der Beichtvater ihm gefährlich werden? Er wusste zu viel, und er war schwach.

✠ ✠

Ruhelos schritt der Merkenberger draußen in der Dunkelheit auf und ab. Hatte er es falsch angepackt? Warum war er nicht zu seinem Ziel gekommen? Vielleicht musste der Vater erst ein paar Tage nachdenken – oder sollte er noch ein paar Drohungen hinterherschicken? Hätte er nur die halbe Grafschaft für sich fordern sollen?

Vater Laurenz und sein merkwürdiges Verhalten fielen ihm wieder ein. Nun, vielleicht sollte er wirklich ein ernsthaftes Gespräch mit dem Alten führen. Er würde die Wahrheit schon aus ihm herausbekommen. Wenn Eitelfriedrich Verrat begangen hatte, dann lag die Grafschaft zum Greifen nahe.

»Wir haben Euch vermisst, Friedrich. Ohne Euch will im Saal nicht so recht Stimmung aufkommen. Habt Ihr Lust auf eine Würfelpartie?«

Otto von Ringelstein-Killer kam durch die Dunkelheit herangeschlendert. Der Merkenberger knurrte nur unwirsch. Otto lachte.

»Wer hat es gewagt, Euch zu erzürnen? Möge seine Seele in der Hölle braten.«

»Der Alte war's, und wie üblich ging es um das Erbe. Doch so leicht lass ich mich nicht aus meinem Land jagen.«

Der Ritter von Ringelstein-Killer lehnte sich neben den Grafensohn an einen Holzstoß.

»Wartet ab. Nicht lange, dann werden die Kämpfe wieder aufflammen. Dann schwirren die Pfeile und blitzen die Schwerter. Wer weiß schon, ob sich nicht eine Klinge in den Rücken des ältesten Zollernsohnes verirrt? Dann wärt Ihr Eure Sorgen mit einem Mal los. Vielleicht bringt der Kummer den alten Herrn dann auch noch in die Gruft …«

Friedrich sah den Ritter an seiner Seite scharf an, doch in der Dunkelheit konnte er dessen Züge nicht erkennen.

»Ihr meint aber nicht zufällig ein zollerisches Schwert?«, fragte er vorsichtig.

Der andere zuckte die Schultern. »Kann man das im Kampfgewühl hinterher so genau sagen? Auch sind die Straßen in diesen Zeiten alles andere als sicher. Es ist ein weiter Weg zum Hoftag nach Ulm. Sicher sind nicht nur der König und sein Gefolge oder der streitbare Württemberger unterwegs. Gibt es nicht auch Straßenräuber im Hinterhalt?«

Der Merkenberger atmete schwer. Gier glomm in seinen Augen. »Euer Vorschlag gefällt mir.«

Otto von Ringelstein-Killer erhob sich. »Welcher Vorschlag? Ich habe keinen Vorschlag unterbreitet. Ich habe nur die Fantasie angeregt.« Mit diesen Worten verschwand er in der Dunkelheit. Der Merkenberger schritt langsam zum Saal zurück und gesellte sich zu den Rittern. Er war wohl nicht ganz bei der Sache, denn an diesem Abend verlor er im Spiel, ohne sich darüber zu ärgern.

Der Hof lag verlassen da, als sich hinter dem Holzstoß plötzlich etwas regte. Verstohlen spähte Tilia in die Nacht und huschte dann mit klopfendem Herzen in die Kapelle hinüber. Sie hatte nicht lauschen wollen, hatte bereits dort hinter dem Holz gesessen und nachgedacht, als sich der Merkenberger auf den Scheiten niederließ.

Nun saß Tilia in der hintersten Kirchenbank und presste sich die Hände auf die Ohren, doch die Worte hallten höhnisch kichernd in ihrem Kopf wider. Vielleicht gab es eine andere Möglichkeit, diese Worte zu deuten? Es konnte doch nicht sein, dass er so einfach einen Brudermord billigte? Hatte sie sich so in ihm getäuscht? In ihr rumorte es.

Warum hat er dich wohl umworben? Weil du so schön und unwiderstehlich bist?, höhnte es in ihrem Innern gehässig. Denke nach, du dummes Ding, denke nach, was in den Botschaften stand, die du für den Merkenberger geschrieben hast. Welche Worte von der Schalksburg hast du ihm vorgelesen? Bist du so naiv? Denkst du, dass das in des Grafen Sinn war? Der Merkenberger hat dich umschmeichelt, weil du seiner Machtgier dienlich warst!

Tilia begann das Paternoster zu murmeln. Immer schneller, immer wieder, um die Stimme in ihrem Innern zum Schweigen zu bringen.

✠ ✠

Der Abreisetag war herangekommen. Im Hof standen schon die kräftigen Rösser mit ihren langen, schwarz-weiß gewürfelten Schabracken und den kostbaren Sätteln. Die Mägde und Knechte schnürten Bündel, packten Kisten und luden sie auf die Rücken der kräftigen, kleinen Packpferde und Esel. Vater Laurenz schlich schon seit dem Vortag jammernd durch den Palas und erzählte jedem, der es hören oder nicht hören wollte, dass er das Reißen in den Gliedern hätte, seine Säfte gehörig in Unordnung seien und er des Morgens Blut und Wasser gespuckt hätte. An einen solch anstrengenden Ritt bis ins ferne Ulm wäre gar nicht zu denken.

»Ein böses Fieber muss auf Zollern herrschen«, bestätigte der Merkenberger und legte seine Arme um den Leib. »Meine Därme entleeren sich unter Schmerzen und Getöse und meine Innereien sind bös verkrampft. Ihr müsst an meiner Stelle den Ritter von Ringelstein-Killer mit Euch nehmen, Vater«, sagte er mit schwacher Stimme.

Der alte Graf runzelte besorgt die Stirn. »Du solltest zu Bruder Tragebott gehen, damit er dich zur Ader lässt«, empfahl er. »Es wird doch nicht das Sommerfieber nach Zollern gekommen sein?«

Noch herrschte nicht die brütende Hitze des August, in der die braune Brühe des Grabens zu einem stinkenden Morast eindickte, über dem Wolken aus Mücken in der flirrenden Hitze schwirrten. Nicht selten begann dann das große Sterben. Erst das Vieh und dann die Menschen. Doch im Juni schon? Das hatte auf Zollern noch keiner erlebt.

»Geh zurück auf dein Lager, mein Sohn, ich werde für dich beten.«

Friedrich von Zollern wandte sich ab und merkte nicht, mit welch selbstzufriedener Miene sein Jüngster ihm nachsah.

»Na, dann werde ich dem lieben Vater Laurenz mal auf den Zahn fühlen, wenn der Rest der Zollernbrut aus dem Weg ist«, murmelte der Merkenberger vor sich hin, als er sich in sein Gemach begab.

Eitelfriedrich zog ein finsteres Gesicht, als der Vater ihm vom Fernbleiben seines Bruders berichtete. »Der Ritter von Ringelstein-Killer wird uns dafür begleiten.«

Tilia, die gerade mit Williburgis herantrat, um die Ritter zu verabschieden, horchte auf. Was hatte das zu bedeuten? Sollte der Zollernerbe auf diesem Ritt gemeuchelt werden? Wollte sich der Merkenberger vom Ort des Frevels fern halten? Konnte sie es zulassen, dass Eitelfriedrich so ahnungslos in die Falle tappte? Wie gejagt schritt sie über den Hof. Noch immer tat sie sich schwer, das Gehörte zu glauben. Tilia fand Gret in der Küche und zerrte die erstaunte Magd in den Garten hinaus.

»Sag mir ganz ehrlich. Wie sind deine Gefühle Eitelfriedrich von Zollern gegenüber?«

»Das musst du jetzt in diesem Augenblick wissen, da ich alle Hände voll zu tun habe, die letzten Befehle der Ritter vor dem Aufbruch auszuführen?«

Tilias Miene blieb ernst. »Ja, jetzt sofort. Hat er dich geschlagen? Hat er dich verletzt?«

»Aber nein!«, rief Gret aus. »Ich mag ihn gern leiden. Er ist zarter als mein Gemahl, das kannst du mir glauben.«

»Gut, dann hat er den Tod nicht verdient.« Ohne Gret eine weitere Erklärung zu geben, eilte Tilia zum Hof zurück. Die Magd sah ihr fassungslos hinterher.

Nach und nach sammelten sich die Ritter und Edelknechte im Hof und saßen auf. Das Gesinde, das zur Bequemlichkeit der Herrschaften mitreiste, schwang sich auf die breiten Rücken der Gäule und Esel und nahm die Lasttiere an den Zügeln, die prächtige Rüstungen, farbige Gewänder und Geschenke für den Herrscher sauber verpackt auf ihren Rücken trugen. Da trat Tilia an das Streitross des Zollernerben heran und griff nach dem Zügel. Erstaunt sah er zu ihr herunter, doch dann beugte er sich vor, um zu hören, was sie ihm zu sagen hatte.

»Gebt Acht auf Euren Rücken, Herr Ritter, damit Ihr gesund wiederkehrt«, flüsterte sie ihm zu.

Der älteste Zollernsohn lächelte verwirrt zu der Wehrsteinerin hinunter, die ihm bisher kaum Beachtung geschenkt hatte. »Es rührt mich, dass Ihr solch Sorge um mich in Eurem Herzen tragt, doch seid beruhigt. Der Herr im Himmel wird uns auf unserer Reise beschützen.«

»Dann braucht Ihr vielleicht einen ganz besonderen Schutzengel, der die Pfeile Eurer Feinde fehllenkt und ihren Schwertarm lähmt, wenn Ihr schlaft.«

»Habt Ihr schlecht geträumt, Fräulein von Wehrstein? Wir führen keinen Krieg. Wir ziehen zum Hoftag nach Ulm.«

»Ich spreche auch nicht von den Feinden, die sich Euch offen entgegenstellen. Ich spreche von denen, die ihre Füße abends unter denselben Tisch mit Euch strecken. Hütet Euch!«

Eitelfriedrichs Miene erstarrte. Er umklammerte Tilias Handgelenk so fest, dass sie vor Schmerz das Gesicht verzog. »Sagt mir, wer ist es?«

Sie wand sich und versuchte, seinem Griff zu entkommen. »Ich werde seinen Namen nicht aussprechen, denn Ihr würdet mich der Lüge bezichtigen. Ich sage Euch nur, er ist Euch vertraut, denn Ihr kennt ihn dreiundzwanzig Sommer und Winter lang. Hütet Euch vor seinem Busenfreund!«

Ihr Blick schweifte umher und blieb dann am Tor hängen, durch das der Merkenberger gerade mit lässigem Schritt in den Hof trat. Tilia versteifte sich, riss sich mit einer hastigen Bewegung von dem Zoller los und eilte davon. Eitelfriedrich von Zollern drehte sich um, um zu sehen, wer dem Fräulein solch einen Schrecken eingejagt haben könnte, doch er erblickte nur seinen Bruder, der langsam näher kam. Ein leichtes Lächeln spielte um seine Lippen, als er sich von Eitelfriedrich verabschiedete.

✠ ✠

Vater Laurenz streckte wohlig seufzend die Beine von sich. Die letzten Sonnenstrahlen, die am Bergfried vorbei über die Mauer rutschten, ließen das Pergament vor den Fensterschlitzen golden aufleuchten. Der Kaplan gähnte ungeniert und bettete den Kopf in das Polster. Er fühlte das Leder seines bequemen Sessels unter den Händen, spürte die mit weichen Daunen prall gefüllten Kissen hinter seinem wehen Rücken und dachte mit einem Hauch von Schadenfreude an den langen Ritt, den die anderen noch immer nicht hinter sich hatten, und an das harte Lager unter Gottes freiem Himmel, das in dieser Nacht auf die Reisenden wartete.

Womöglich verhüllten dichte Wolken den Sternenglanz, kam ein kalter Wind von Westen auf, der Regen auf die ungeschützten Schläfer herabpeitscht. Für eine Pilgerreise, Gott zu Ehren, wäre er bereit gewesen, solche Strapazen auf sich zu nehmen, doch nicht für die politischen Machtspiele der Grafen. Nun würde ihm erspart bleiben, zu sehen, wie all die edlen Männer in sündhafter Eitelkeit und Völlerei schwelgten. Voll Abscheu verzog er den Mund, als er an gebratene Ochsen und Schweine, an Geflügel und Wildbret dachte. In der Entsagung lag das Heil! Der Kaplan blinzelte. Rasch verdunkelten sich nun die Schatten in seinem kleinen Gemach. Nur noch undeutlich erkannte er den Weinkrug, den Eitelfriedrich ihm mit ein paar guten Wünschen überbracht hatte. Vater Laurenz lächelte zufrieden. Der junge Zoller wusste, dass der Kirche Respekt gebührte. Die Kehle war trocken. Immer öfter wanderte sein Blick zu dem Krug mit dem verlockenden Inhalt. Vater Laurenz verabscheute Völlerei und Maßlosigkeit, Spiel und Zügellosigkeit, denn sie waren vom Satan geschickt, die Schwachen vom rechten Weg abzubringen. Der Wein jedoch war das Blut des Herrn. Jesus selbst hatte die Jünger aufgefordert, ihn zu trinken. Nehmet und trinket, denn dies ist mein Blut. Nehmet und trinket zu meinem Gedächtnis.

Feierlich rutschte der Kaplan ein Stück in seinem Sessel vor, griff nach dem Krug und goss den tiefroten Wein in seinen Becher. Andächtig ließ er den Traubensaft im Becher kreisen und gedachte der Leiden des Gottessohnes, ehe er erst einen kleinen Schluck nahm und dann den edlen Tropfen durstig hinunterstürzte.

Er dachte an den Merkenberger. Ob ihn wirklich das Fieber in seinem tödlichen Griff hielt? Vater Laurenz beschloss, für ihn zu beten – später, denn jetzt fühlte er sich müde und schwer und konnte sich nicht aufraffen, in die Kapelle hinüberzugehen, um auf dem Stein seine schmerzenden Knie zu beugen. Oder hatte der Merkenberger gelogen, um nicht mit nach Ulm ziehen zu müssen? Ein Verdacht stieg in Vater Laurenz auf, der ihn übel in den Gedärmen zwickte. Würde der jüngere Zollernsohn zu ihm kommen, ihn ausfragen und bedrängen, ihm ungestört tagelang zusetzen, bis er all das erfahren hatte, was er zu wissen trachtete?

Dem Kaplan brach der Schweiß aus. Es war ihm, als rege sich dort drüben etwas in der düsteren Ecke. Ein Kopf schälte sich aus der Wand, eine Fratze, so scheußlich, wie sie kein Albtraum erschaffen konnte. Vater Laurenz stöhnte, wagte jedoch nicht, sich zu bewegen. Überall schienen Wände, Boden und die hölzerne Decke grässliche Wesen zu gebären. Wie aus dichtem Nebel hervor, nahmen sie immer deutlicher Gestalt an, schlüpften, glitten und krochen lautlos und unaufhaltsam näher. Vater Laurenz klammerte sich an den Armlehnen fest. Die Augen traten ihm aus den Höhlen. Er konnte sich nicht mehr bewegen und starrte nur fassungslos auf die höllischen Dämonen, die ihn einkreisten. Ein glänzend glitschiger Körper am anderen. Schon hatten sie seine Beine erreicht. Er spürte die höllische Hitze, den stechenden Schmerz und ein Brennen, wie selbst das Fegefeuer nicht schlimmer sein konnte. Gequält schrie er auf, wand sich, schlug die Arme vors Gesicht, doch er war bereits verloren.

✢ ✢

Der Merkenberger schritt unruhig über den dunklen Hof. Er passierte das Tor und die Zugbrücke, ging zum Stall und sah nach seinem Ross. Auf dem Rückweg traf er eine Magd, zog sie zum Stall, hob ihren Rock, doch auch das brachte keine Erleichterung. Im Saal hielt er es nicht aus. Bis auf seine Schwester und ihre Damen trieben sich dort nur die Hunde herum und warteten auf ein paar Knochen. Die wenigen Männer, die als Wächter zurückgeblieben waren, saßen unten am vorderen Tor und spielten mit Würfeln.

Der Merkenberger schlenderte zum inneren Hof zurück und blieb dann vor der dunklen Kapelle stehen. Sollte er zu dem alten Miesepeter gehen und ihm das Geheimnis entreißen? Entschlossen stieß Friedrich die Tür zur Kapelle auf. Seine Schritte hallten von den Wänden wider, als er den Raum durchquerte. Das winzige Flämmchen, das neben dem Altar flackerte, konnte die Finsternis nicht vertreiben, doch der junge Zoller war schon so oft in der Kapelle gewesen, dass er die Tür zu Vater Laurenz' Gemach auch so fand. Knarrend öffnete sie sich und schlug dann gegen die Wand. Unschlüssig stand der Zollernsohn in der Tür und versuchte, die Dunkelheit mit den Blicken zu durchdringen.

»Vater Laurenz?«

Keine Antwort. Der Merkenberger lauschte, konnte jedoch keine Atemzüge hören. Alles blieb totenstill, dennoch fröstelte er plötzlich. Er hatte das Gefühl, nicht allein zu sein. Noch einmal lauschte er. Nichts. Mit einem Ruck drehte sich Friedrich um und eilte zum Altar. Er entzündete eine der Kerzen, nahm den schweren, silbernen Leuchter in die Hand und schritt dann zur Kammer des Beichtvaters zurück, die Flamme sorgsam mit der Hand vor dem Luftzug schützend. Als er stehen blieb und sich das Flämmchen in das Wachs fraß, kroch der Lichtschein durch die Kammer und enthüllte die zusammengesunkene Gestalt im Lehnstuhl.

»Vater Laurenz«, zischte der Merkenberger scharf, trat zu ihm heran und fasste ihn bei der Schulter. Der Kopf des Beichtvaters sank zur Seite und wandte sich in grotesker Verrenkung dem Ritter zu, der bläuliche Mund halb geöffnet, die Züge zu einer Fratze entstellt, die blicklosen Augen weit aufgerissen. Der Merkenberger fuhr zurück und stieß einen halblauten Fluch aus.

»Verdammt, nun seid Ihr mir doch entwischt«, fluchte er, besann sich dann aber und murmelte ein kurzes Gebet, ehe er die Kammer wieder verließ und den Leuchter an seinen Platz zurückbrachte. Er schloss gerade die Kapellentür und wollte zum Palas hinüber, als er auf Tilia und Gret stieß.

»Was tut Ihr zu dieser Zeit noch hier draußen?«, fuhr er die beiden Frauen an. »Ihr könnt Vater Laurenz jetzt nicht stören.«

»Aber wir wollten doch gar nicht zu ihm«, erwiderte Tilia erstaunt, doch der Zollernsohn war bereits in der Dunkelheit verschwunden.

»So habe ich ihn ja noch nie erlebt. Nicht einmal gegrüßt hat er«, sagte Tilia und hakte sich bei Gret unter. »Wie konnte ich mich nur so in ihm täuschen«, murmelte sie und schüttelte den Kopf.

»Ich möchte den Merkenberger nur ungern in Schutz nehmen«, erwiderte Gret, »doch dass er einmal nicht richtig grüßt, bedeutet nicht das Ende der Welt.«

Tilia blieb stehen und umfasste Gret. »Das ist es nicht, was mir wie ein Fels auf der Seele liegt. Er ist der Kain, auch wenn er kein Mal auf der Stirn trägt.« Stotternd erzählte sie, was sie belauscht hatte.

»Du hast Eitelfriedrich gewarnt. Ich danke dir dafür«, sagte Gret warm.

Tilia brummte nur und zog sich in die Kammer der Damen zurück. Die halbe Nacht wälzte sie sich hin und her, so dass das Fräulein von Zell-Andeck zweimal erwachte.

»Was ist mit Euch?«, flüsterte die keusche Rothaarige und tastete nach der Hand der Bettgenossin. »Sagt, was quält Euch so?«

»Die Ritter – sie sind alle so roh, bar jeder Liebe, und sie lügen, wie es ihnen zum Vorteil gereicht«, platzte die Jungfrau heraus.

Eleonora von Zell-Andeck nickte. »Ja, ich habe das früh erkannt, und wenn es nicht gegen Vaters Wille gewesen wäre, dann trüge ich heute den Schleier als Braut Christi. Ich bete jeden Abend darum, dass der Vater ein Einsehen hat und mich nicht an einen groben Kerl verkauft, sondern mich ein gottesfürchtiges Leben in der Stille der Klostermauern von Stetten verbringen lässt.« Ihre Stimme klang verzückt.

Tilia schwieg und dachte über das Kloster nach. Ob Dorothea irgendwann auch so dachte? Welches war das bessere Schicksal? Einen wie Swenger von Lichtenstein hätte sich die Wehrsteintochter wohl als Gatten vorstellen können, doch nun wusste sie, der Ritter war nicht besser als ein Tier. Nein, schlechter, denn ein Tier musste seiner Bestimmung folgen. Es konnte nicht zwischen Gut und Böse wählen. Lautlos vergoss Tilia heiße Tränen in ihr Kissen.

KAPITEL 28

All die Grafen und Edelfreien hatten sich im großen Saal der prächtigen Burg in Ulm versammelt, um mit ihrem Oberhaupt den Hoftag abzuhalten. Auch die kirchlichen Würdenträger waren angereist. Schließlich galt es auch für sie, die Pfründe zu bewahren und aufzupassen, dass sich der Habsburger nicht an kirchlichen Rechten vergriff.

Eberhard von Württemberg ließ den Blick schweifen. Ganz oben, wie es seinem Rang gebührte, hatte König Rudolf auf einem prächtig geschmückten Sessel seinen Platz eingenommen. Ganz in Rot und Gold gekleidet, ein mächtiges, edelsteinbesetztes Kreuz an einer langen Kette auf seiner Brust. Den Rücken gestrafft, den Kopf hoch erhoben, wirkte der König noch größer, als er eh schon war. Seine Adlernase zeichnete sich scharf im Fackelschein ab, die schmalen Lippen waren fest geschlossen.

Ein Mann, der weiß, was er will, dachte der Württemberger und kaute nachdenklich am Schenkel eines zarten Kapauns, der leicht nach Honig und Rosmarin schmeckte.

Plötzlich blickte der König auf und sah Eberhard über die lange Tafel hinweg an.

Er ist fest entschlossen, sich durchzusetzen, der Habsburger, doch an meinem Willen wird er sich die Zähne ausbrechen!

Der Württemberger ließ den Blick weiterwandern. Bischof Rudolf von Konstanz lehnte sich gerade zu seinem Vetter, dem König, hinüber, um etwas zu sagen. Auf der anderen Seite saßen des Königs Söhne Albrecht und Rudolf, sein Schwager aus Hohenberg und einige dem Württemberger unbekannte Ritter, die der Adlernase nach zu schließen das Erbe Habsburgs in sich trugen. Eberhard von Württemberg beobachtete den Zollerngrafen. Warum er nur den ältesten Sohn mitgebracht hatte? Eberhard wusste wohl, dass dieser das Bündnis mit Württemberg nicht gut hieß. Missmutig runzelte er die Stirn. Später würde er sich vergewissern müssen, auf welcher Seite der Zoller wirklich stand.

Nun erhob der König seine Stimme. Ohne mit der Wimper zu zucken, stand Eberhard von Württemberg da und hörte sich an, was sein König ihm zu sagen hatte. Der Habsburger erhob nicht die Stimme, doch eine gewisse Strenge in ihr war nicht zu leugnen. Er bot dem Württemberger die Hand zum Bund, schlug die ersten Pfosten für eine Brücke in den schlammigen Grund. Es schien ihm nicht daran gelegen, den Gegner zu demütigen, er wollte ihn ins Reich holen. Und doch – bei der Forderung nach den Krongütern blieb er unerbittlich.

Eberhard von Württemberg spielte die Posse mit ernster Miene, unterzeichnete den Sühnevertrag und setzte sein Siegel darunter, doch in Gedanken zählte er die Ritter zusammen, auf deren Hilfe er zählen konnte. Keinen Heller würde der Habsburger aus seinen Händen bekommen!

Rudolf von Habsburg war mit seinem Gefolge noch nicht am Horizont verschwunden, da saß der Württemberger bereits mit Graf Konrad von Gruningen-Landau, Graf Ulrich von Helfenstein, denen von Zollern und von Montfort-Sigmaringen zusammen, um weitere Pläne zu schmieden.

✠ ✠

Lange stand Tilia in der offenen Tür und starrte auf den Toten. Sein Antlitz war zu einer bläulich angelaufenen Teufelsfratze verzerrt, die die schlimmsten Albträume widerspiegelte, die man sich denken konnte, und doch war Tilia nicht in der Lage, sich abzuwenden. Gestern hatte sie noch heimlich über sein Gejammer und Gestöhn gelächelt, und nun hatte der Tod ihn in tiefster Nacht geholt. Ob er wohl im Fegefeuer briet? Oder kam ein Mann Gottes sofort in den Himmel, um die Herrlichkeit Gottes und der Heiligen Jungfrau Maria zu schauen? Warum seine Lippen so seltsam schwärzlich waren, wo er doch erst eine halbe Nacht und den Morgen über hier lag? Er war kalt und steif, aber schließlich musste er noch gelebt haben, als der Merkenberger gestern aus der Kapelle kam.

Tilia erschrak. Herr im Himmel, wie lange stand sie schon hier und gaffte einen Toten an? Hastig lief sie hinaus, überquerte den Hof und eilte die gewundenen Stufen in die Kellergewölbe hinab.

»Bruder Tragebott, kommt schnell, Vater Laurenz ist tot!«

Der Bettelmönch sah mit ernster Miene auf seinen ewigen Widersacher hinab. Er empfand keine Schadenfreude oder Hass, aber auch nur wenig Bedauern.

Da liegt Ihr nun, Ihr, der Ihr Euch immer für besser hieltet, für einen Heiligen, der hier auf Erden nur noch ein paar Prüfungen zu bestehen hat. Seid Ihr nun an Eurem Ziel? Ist es das, was Ihr Euch erträumt habt? Sicher nicht zu Euren Träumen gehört es, von einer Magd in ein Linnen genäht und von mir, dem verderbten Sünder, in Euer Grab gebracht zu werden …

»Ist es das Sommerfieber, Bruder Tragebott?«, unterbrach die Wehrsteintochter seine Gedanken.

Der dicke Mönch schüttelte den Kopf. »So wie er jammerte und klagte, hätte es das Fieber sein können, doch sein Körper war gestern nicht heißer als sonst – und diese schwarzen Lippen? Nein, Jungfrau Tilia, ich glaube nicht, dass wir uns vor dem Fieber fürchten müssen.«

»Aber was hat Vater Laurenz dann so plötzlich aus unserer Mitte gerissen?«

Der Barfüßer wand sich und druckste herum. »Es könnte sein, dass er etwas zu sich genommen hat, das ihm nicht bekam und …«

»Ist er vergiftet worden?«, erklang da laut und deutlich die Stimme des Merkenbergers. Bruder Tragebott zuckte zusammen.

»Vielleicht. Ich möchte es nicht ausschließen.«

Tilia stieß einen erstaunten Ruf aus. Den Merkenberger schien dies nicht zu überraschen.

»Oder er hat selbst Hand an sich gelegt«, fügte der Mönch hinzu.

»Es schien mir, als wäre er in den letzten Tagen sehr nervös, gar ängstlich.« Bruder Tragebott sah den Merkenberger scharf an. »Was war es wohl, das den guten Beichtvater so in Aufregung versetzt hat?«

Der Merkenberger hob abwehrend die Hände. »Woher soll ich denn das wissen?«

»Schien er denn ungewöhnlich erregt, als Ihr letzte Nacht bei ihm wart?«, mischte sich Tilia ein. »Ihr wart vielleicht der Letzte, der ihn gestern nach dem Spätmahl noch lebend gesehen hat, als Ihr ihn hier aufsuchtet.«

Bruder Tragebott warf dem Zollernsohn einen raschen Blick zu. Es entging ihm nicht, dass Friedrich dem Mädchen zürnte, doch seine Stimme blieb teilnahmslos, als er antwortete: »Ich habe nichts Ungewöhnliches bemerkt.«

✠ ✠

Leise betrat Tilia die Kemenate, einen schlichten dunkelgrauen Surcot und ein zartgrünes Seidenhemd unter dem Arm, um Williburgis beim Ankleiden zu helfen, denn die Kienspäne brannten bereits in ihren Leuchtern, und im Saal wurde das Essen aufgetragen. Schon als sie die Tür hinter sich schloss, sah sie, dass mit der Grafentochter etwas nicht stimmte. Die Beine untergeschlagen, ein Federkissen mit beiden Armen umschlungen und an den Leib gedrückt, saß sie mit rot geweinten Augen auf dem Bett und wiegte den Oberkörper in einem nur für sie hörbaren Takt vor und zurück.

»Vater Laurenz ist tot«, wimmerte sie vor sich hin.

Tilia ließ sich auf die Bettkante sinken und strich ihr leicht über den Arm.

»Ja, er ist tot, doch er war ein gottesfürchtiger Mann und ist nun sicher bei unserem Herrn im Himmel.« Sie wunderte sich, dass der Tod des Kaplans die Grafentochter so sehr grämte. Mein Verdacht war also falsch, dachte sie beschämt und bat den Toten für diese ungeheuerliche Unterstellung um Verzeihung.

»Wer soll mir nun die Beichte abnehmen, wer mich strafen, damit ich Buße tun kann?«

Tilia dachte an die nächtlichen Schläge. Sie musste sich beherrschen, die Hände nicht zu Fäusten zu ballen. Es war gut, dass dieser Spuk ein Ende hatte.

»Ich muss nach Stetten, jetzt sofort. Tilia, ich bitte Euch, bringt mich hin und bleibt bei mir, denn ich kann nicht mehr. Wenn ich warte, bis der Vater zurück ist, dann finde ich wahrscheinlich nicht mehr die Kraft dazu.«

»Williburgis, wollt Ihr ewig Euer Leben so versteckt mit einer Lüge führen? Warum geht Ihr nicht zu Eurem Vater und erzählt ihm von dem Ritter, der in Liebe zu Euch entbrannt ist? Ich habe Eures Vaters Blick gesehen. Vielleicht wird er Euch erst zürnen, doch das vergeht. Nur er kann Euch helfen. Er liebt Euch aus tiefstem Herzen. Ich bin mir ganz sicher. Er wird eine Lösung finden.«

»Ich liebe ihn auch, wie es Gottes Gebot vorschreibt. Doch ein Vater muss seine Tochter wie sein Kind lieben und nicht wie sein Weib, wenn er nicht auf ewig seine Seligkeit verlieren will. Seine und meine Seligkeit.« Williburgis schluchzte und wiegte sich vor und zurück.

Tilia saß nur da. Die Hände im Schoß gefaltet, sah sie die Grafentochter an, fühlte ihre tiefe Pein und fragte sich fassungslos, wie sie so lange so blind hatte sein können.

»Ihr wollt vor Eurem Vater nach Stetten fliehen?«, sagte sie mehr zu sich als zu der Grafentochter. Williburgis nickte heftig.

»Ja, mit Eurer Hilfe werde ich es schaffen.« Das junge Mädchen sah so verletzlich aus, wie es da zwischen den Seidenkissen saß, die rot verquollenen Augen flehend auf Tilia gerichtet.

✠ ✠

Tilia zog Gret hinter das Waschhäuschen. »Es ist noch viel schlimmer, als ich geglaubt habe.« Sie atmete schwer. »Es ist der Graf selbst! O Gret, wir müssen ihr helfen und sie von hier wegbringen. In Stetten wird sie hinter den Klostermauern vor ihm in Sicherheit sein. Heilige Jungfrau, es ist entsetzlich, einfach unfassbar.«

Gret wiegte nachdenklich den Kopf hin und her. Sie verdrängte das Bild des eigenen Vaters vor ihren Augen. »Habe ich das richtig verstanden? Du willst Williburgis gegen den Willen ihres Vaters und der Brüder nach Stetten bringen?«

Tilia nickte heftig. »Ja, sattle du nur die Pferde. Ich werde ein paar Gewänder einpacken. Wir müssen noch vor dem Dunkelwerden durch das Tor.«

Die Magd packte Tilia am Ärmel. »Das ist ein sehr gefährliches Spiel, auf das du dich da einlassen willst. Unterschätze den Zorn der Männer nicht! Glaubst du wirklich, wir sind in des Grafen Hauskloster vor ihm sicher? Die Oberin wird weder Williburgis noch dich ohne Genehmigung des Grafen aufnehmen. Willst du dich dein Leben lang in einer Kirche verstecken und um Asyl bitten?«

»Dann reiten wir morgen eben weiter«, maulte Tilia, die sehr wohl wusste, dass Gret Recht hatte. »Wir werden schon ein Kloster finden, das uns aufnimmt.«

»Ja, ganz bestimmt, wenn wir so weit kommen. Überlege dir gut, ob du für Williburgis ein Leben als Laienschwester führen willst. Es ist das Leben einer Magd, bedenke es wohl. Ich weiß, wovon ich spreche.«

»Es wäre unchristlich, ihr nicht zu helfen«, brauste Tilia auf.

»Mag sein, dennoch solltest du den Schritt gut überlegen. Vielleicht gibt es noch andere Möglichkeiten? Wenn ihr den Merkenberger auf eure Seite bekommen könntet.«

»Diesen kaltherzigen Brudermörder? Nein! Wir reiten noch heute Abend.«

Seufzend machte sich Gret zum Stall auf. Mit Rüdgers Hilfe sattelte sie die Pferde. Es dämmerte bereits, als Williburgis und Tilia auftauchten. Rüdger half ihnen in den Sattel.

»Soll er uns begleiten?«, fragte Tilia, doch die Grafentochter schüttelte den Kopf.

»Und das Kind bleibt auch hier. Wer weiß, wie weit wir reisen.«

Gret zog Sofie in die Arme und sah flehend zu Tilia hoch.

»Entweder kommen wir alle drei mit oder keiner«, sagte die Wehrsteinerin fest.

Williburgis schob schmollend die Lippen vor. »Redet nicht in solch einem Ton mit mir.«

»Verzeiht mir meine Offenheit, doch wenn Ihr diesen Weg wählt, dann müsst Ihr noch ganz anderes ertragen und viel Demut lernen!«

Die Grafentochter riss die Augen auf und sah ihre Dame ungläubig an, dann rollten ihr Tränen über die Wangen. »Tilia, verzeiht, Ihr habt Recht. Ich will mich Euch anvertrauen und Euch folgen.«

Wortlos wendete Tilia ihr Pferd und trieb die Stute zum Tor hinaus. Die Wächter riefen den Frauen erstaunt nach, doch sie erhielten keine Antwort.

Am Fuß des Zollers holten der Merkenberger und seine Knechte die Frauen ein. Williburgis begann hemmungslos zu weinen und bat ihn ohne Unterlass um Verzeihung, doch Tilia blitzte ihn nur trotzig an. Der Ritter drängte sein Pferd an das ihre und riss ihr die Zügel aus der Hand.

»Macht so etwas nie wieder!«, schrie er sie an und schlug ihr hart ins Gesicht.

»Ich wollte Eure Schwester nur schützen! Ihr habt ja keine Ahnung, was auf Zollern vor sich geht …«

Der Merkenberger unterbrach sie. »Ich weiß es sehr genau, und Ihr tut gut daran, Euch herauszuhalten und den Mund zu verschließen.«

Tilia protestierte. »Aber Ihr könnt dem doch nicht tatenlos zusehen. Helft mir, sie in einem Kloster in Sicherheit zu bringen.«

Der Merkenberger zügelte sein Pferd und näherte sein Gesicht dem der Ritterstochter.

»Mischt Euch nicht in meine Politik ein. Ich weiß sehr gut, was ich tue. Soll der Alte in seiner Sünde gefangen sein. Gut! Es wird Zeit für einen Wechsel auf Zollern. Wenn ich ihrer nicht mehr bedarf, mag sie sich von mir aus hinter Klostermauern zurückziehen.«

»Wollt Ihr, dass sie die Frucht der Sünde aus ihrem Leib treibt und dabei zugrunde geht?«, schnappte Tilia zurück.

»O nein, wir werden ihr einen passenden Ehemann besorgen. Was haltet Ihr von Swenger von Lichtenstein? Er gäbe einen guten Vater für die Bälger, und der Alte könnte sicher sein, dass der Gatte sich nicht selbst im Ehebett einfindet.«

Tilia klappte den Mund zu und ließ sich widerstandslos zur Burg zurückbringen. Der Merkenberger schloss Williburgis und Tilia in der Kemenate ein, mit nichts als einem Krug Wasser.

»Ihr werdet lernen, Euch zu fügen«, sagte er höhnisch lachend.

Endlich, nach drei Tagen und drei Nächten, durften die Frauen, schmutzig und hungrig, das stinkende Gemach verlassen. Gret leerte die überquellenden Nachttöpfe und verteilte Rosenblätter, um den Geruch zu vertreiben.

✠ ✠

Williburgis hatte viel Zeit, darüber nachzudenken, wie sie der Woge entkommen könnte, die sich über ihr auftürmte und sie jeden Moment zu verschlingen drohte. Sie wollte Swenger nicht heiraten, es war ihr unmöglich, die Kinder der Sünde zur Welt zu bringen, wie es ihr Bruder so leichthin vorgeschlagen hatte. Wenn sie nicht auf eines Pferdes Rücken zum Tor hinaus fliehen konnte, dann musste sie einen anderen Weg finden.

Williburgis wartete, bis der Franziskanermönch zu seinem abendlichen Spaziergang aufbrach, dann schlüpfte sie in sein Kellergelass hinunter. Fläschchen und Krüge, Dosen und Schachteln verbargen die heil- und todbringenden Ingredienzien. Ratlos ließ Williburgis den Blick über die mit steilen Buchstaben beschrifteten Behältnisse wandern. Ein paar Schriftzeichen kamen ihr bekannt vor, doch sie hätte unmöglich sagen können, was welchen Inhalt barg. Verzweiflung machte sich in ihr breit. Nicht einmal das brachte sie zustande! Als ihr Blick auf einen Weinkrug und einen Becher fiel, wusste sie, was sie zu tun hatte. Entschlossen goss sie den Becher voll, öffnete dann wahllos einige Dosen und Schachteln und streute farbige Pülverchen, zerstoßene Kräuter und Wurzeln in den Becher. Sie wusste nicht, was sie mit dem Wein verrührte, daher konnte der Herr im Himmel ihr auch nicht vorwerfen, sie würde sich selbst das Leben nehmen und damit ihre Seligkeit verwirken.

Nun kann Gott der Herr entscheiden, ob er mich zu sich nehmen oder mich weiter in dieser Welt lassen will, dachte sie zufrieden und stürzte das graubraune Gemisch hinunter. Sie hustete und würgte, doch sie atmete tief ein und aus, bis die Übelkeit verging. Dann kniete sie sich nieder und begann zu beten. Sie empfand keine Angst. Sie hatte ihr Leben in Gottes Hände gelegt.

Als Bruder Tragebott zurückkehrte, fand er die Grafentochter auf dem Boden liegen. Ihre Augen waren geschlossen, ihr Atem ging unregelmäßig. Er schüttelte sie und rief ihren Namen, doch seine Stimme schien ihren Geist nicht mehr zu erreichen. Gehetzt blickte er sich um, sah die offenen Dosen und den leeren Becher auf der Erde. Voll Entsetzen stöhnte er auf.

»Verflu…, äh, bei der Heiligen Jungfrau!«, ächzte er. Sollte sie sterben, war sein Leben ebenfalls verwirkt. Er lauschte ihren Herzschlägen. Vielleicht war es noch nicht zu spät? Er überflog die Aufschriften auf den geöffneten Behältern, mischte dann rasch den Rest Wein mit Salz und flößte es der Bewusstlosen ein. Erst geschah nichts, doch dann hustete sie, verkrampfte sich und erbrach den giftigen Trank. Bruder Tragebott war unerbittlich. Erneut zwang er Salzwasser in sie hinein, bis sie sich ein zweites Mal übergeben musste. Dann mischte er feinen Ton und gemahlene Asche mit Wasser und gab es ihr Schluck für Schluck zu trinken. Noch immer war ihr Geist nicht zurückgekehrt, doch nun stöhnte sie und schlug um sich.

»Bruder Tragebott, ich wollte …«

Was der Zollernsohn von ihm wollte, das erfuhr der dicke Barfüßer nicht. Obwohl er sich instinktiv vor das ohnmächtige Mädchen gestellt hatte, war dem Merkenberger die auf dem Boden liegende Gestalt nicht entgangen.

»Was ist hier los? Tragebott, was macht Ihr mit meiner Schwester?« brüllte der Zollernsohn und stürzte herbei.

Dem Mönch stieg die Zornesröte ins Gesicht. »Ich versuche mit

Gottes Hilfe, die Folgen ihrer Torheit zu mildern«, fauchte er den verdutzten Zollernsohn an. »Ich habe sie bestimmt nicht zu diesem Schritt getrieben. Den Grund müsst Ihr schon oben im Palas suchen.«

Hätte die Sorge um das Leben seiner Schwester ihn nicht abgelenkt, hätte er für diese Worte den Unverschämten niedergeschlagen, auch wenn er eine Kutte trug.

»Was habt Ihr ihr gegeben?«, fragte der Merkenberger.

»Ich? Nichts! Sie hat sich wahllos aus meinen Vorräten bedient. Ich kann Euch nicht sagen, welch Gift durch ihren Körper kreist.«

Der Zollernsohn brauste auf. »Warum habt Ihr auch solch Teufelszeug hier unten?«

Der Kräuterkundige verzichtete darauf, dem Grafensohn zu erklären, wie nah Heil und Verderben im selben Kraut beieinander lagen.

»Ich habe alles, was in meiner Macht steht, getan, um ihr Leben zu retten. Nun bleibt uns nur noch, sie warm zu halten und abzuwarten.« Bruder Tragebott schob seinen Arm unter Williburgis' Kopf, doch der Merkenberger stieß ihn grob zur Seite.

»Rührt sie nicht an. Ihr und Eure Gifte haben schon genug Unheil angerichtet.« Der Zollernsohn hob seine Schwester auf und trug sie zur Tür. »Und wagt nicht, Euch im Palas zu zeigen!«, fügte er noch hinzu, ehe er hinter der Treppenbiegung verschwand.

»Ihr müsst ihr kräftige Brühe geben«, rief der Franziskanermönch dem erzürnten Bruder hinterher, ohne zu wissen, ob seine Worte ankamen. Der Gestank von Erbrochenem stieg ihm in die Nase. Erbost verzog Bruder Tragebott sein entstelltes Gesicht und stemmte die Hände in die Hüften.

»Egal, was ich tue, ich bin in jedem Fall schuld. Wenn ich ihr helfe, das sündige Balg zu entfernen, bin ich des Todes, mache ich es nicht, versucht sie sich selbst zu töten, und ich bin wieder der Schuldige. Mir vorzuwerfen, hier Gifte zu sammeln! Wie viele Eurer Leute wären denn schon tot, wenn ich all die Kräuter und Mixturen nicht hätte, Herr Graf? Habt Ihr darüber auch mal nachgedacht? Was treibt denn Eure Schwester so um, dass ihre Seelenpein so übergroß ist, dass sie nur den Tod als Ausweg sieht? Bin daran etwa auch ich schuld? Es ist leicht, in die Tiefen des Verlieses herabzusteigen und den Teufel zu suchen, doch ich sage Euch, sucht ihn bei Euch im Palas oben, denn da werdet Ihr ihn finden!«

Seine Wut hinauszuschreien erleichterte. Noch eine Weile schimpfte und brummte er vor sich hin, während er mit einem vor Schmutz starrenden Lappen die stinkende Brühe vom Boden aufwischte.

✠ ✠

Als der Zollerngraf von Ulm zurückkehrte, wurde ihm bereits am äußeren Tor die schreckliche Neuigkeit zugetragen. Er zögerte keinen Augenblick, gab seinem Ross die Sporen und jagte es bis hinauf vor den Palas. Er nahm sich nicht die Zeit, seine schlammbespritzten Reisekleider und das Kettenhemd abzulegen. Mit großen Schritten rannte er die Treppe hinauf und stürmte ohne anzuklopfen in die Kemenate. Er hatte keinen Blick für Tilia und Gret, die bei der Kranken saßen, grüßte nicht einmal, sondern sank vor dem Bett auf die Knie und griff nach den schlaffen, bleichen Händen.

Die beiden Frauen, die sich taktvoll in die Fensternische zurückzogen, konnten nicht verstehen, was er vor sich hin murmelte, doch seine tiefe Erschütterung war nicht zu übersehen. Tilia unterdrückte das in ihr aufsteigende Mitleid. Sie zürnte dem Grafen aus tiefem Herzen. Wie konnte er sich an der eigenen Tochter vergreifen? Er, er allein war schuld an ihrem Zustand! Plötzlich blickte der Graf auf, erhob sich, straffte den Rücken und trat zu den Frauen.

»Wie steht es um sie?«

Tilia konnte ihren Zorn nur mühsam zähmen. »Das Gift der Kräuter, die sie zu sich genommen hat, scheint ihren Körper wieder verlassen zu haben. Ihr Herz schlägt regelmäßig, ihre Haut ist trocken und warm, und manches Mal scheint sie zu erwachen, doch das andere Gift, das ihre Seele zu ersticken droht, kreist noch in ihrem Körper.«

Sie sah den Grafen scharf an. Eine ganze Weile war es totenstill in der Kemenate, bis die Kranke leise aufstöhnte und damit die Anspannung brach. Tilia eilte zum Bett und setzte den Becher mit warmer

Brühe an die Lippen der Grafentochter. Friedrich von Zollern sah ihr schweigend zu. Die Augen der Tochter flatterten, doch sie schien niemanden zu erkennen.

»Bleibt bei ihr und sorgt dafür, dass ihr die beste Pflege zukommt«, befahl der Graf barsch und verließ dann das Zimmer.

✠ ✠

Tilia machte sich sorgsam zurecht, ehe sie den Grafen in seinem Gemach aufsuchte. Sie klopfte stürmisch und wartete kaum ab, bis er sie hereinrief.

»Herr Graf, ich möchte mit Euch sprechen!«

Er lächelte freundlich und bot ihr einen Schemel an. »Friedrich hat mir davon erzählt, Ihr braucht Euch nicht entschuldigen, auch wenn ich ein wenig böse mit Euch sein müsste. Ohne Schutz in die Dunkelheit hinauszureiten! Wie leicht hätte etwas geschehen können. Wenn Ihr mir versprecht, Williburgis nicht mehr in Gefahr zu bringen, dann können wir diese Eskapade getrost vergessen.«

Tilia lief rot an. »Ich bin nicht gekommen, um mich zu entschuldigen! Hat Euer Sohn Euch nicht erzählt, warum wir die Burg verließen? Ich wollte Eure Tochter in Sicherheit bringen. Ich wollte sie retten – vor Euch!«, schrie sie.

Der Graf sprang auf, sank jedoch gleich wieder in seinen Sessel zurück. »Was hat Williburgis gesagt?«

Tilia räusperte sich und fuhr mit ruhigerer Stimme fort. »Dass Ihr sie liebt, zu sehr liebt, nicht so, wie ein Vater seine Tochter lieben soll.«

Friedrich von Zollern stöhnte gequält. »Sie ist ihrer Mutter so ähnlich, und, bei Gott, wie habe ich sie verehrt. Nun hat sie mich hier einsam zurückgelassen.« Er barg sein Gesicht in den Händen.

»Und dennoch dürft Ihr Euch nicht an Eurer Tochter vergreifen. Wenn Ihr schon keine Rücksicht auf Euer eigenes Seelenheil nehmt, dann denkt doch wenigstens an sie. Sind Eure Augen blind für ihre Qual?«

»Ich habe ihr nie etwas zuleide getan, nie«, jammerte der Graf.

Verachtung stieg in Tilia auf. »Nein, aber Ihr seid schuld, dass sie Hand an sich gelegt hat!«

Er stöhnte auf, doch als er die Pein nicht mehr ertragen konnte, straffte er sich und herrschte Tilia an: »Wer seid Ihr, dass Ihr so mit mir zu sprechen wagt?«

Die Wehrsteintochter erhob sich. »Ich bin nur eine Jungfrau aus einem sterbenden Rittergeschlecht, doch fragt Euer Gewissen, was es Euch sagt.« An der Tür drehte sie sich noch einmal um. »Wenn Ihr sie wirklich aus tiefstem Herzen liebt, dann gebt ihr ihren Frieden. Lasst sie nach Stetten gehen.«

✠ ✠

Das Spätmahl war bereits vorüber, als Eleonora von Zell-Andeck Gret für die Nacht ablöste. Die Magd warf einen Blick ins Gesindequartier, wo ihre Tochter sich mit zwei anderen Mädchen in einem engen Knäuel zum Schlafen gelegt hatte, sah dann in die Küche, ergatterte dort einen Kanten Brot und etwas Speck und schlenderte kauend zum Palas zurück. Sie dachte an Eitelfriedrich, an seine warmen Hände, seine verlangenden Küsse. Leise huschte Gret zu der vertrauten Eichentür. Sie klopfte einmal, zweimal, dann öffnete sie die Tür einen Spalt. Ein brennender Kienspan steckte in seinem Halter in der Wand und beleuchtete matt den leeren Raum. Unschlüssig blieb Gret stehen, doch dann huschte ein Lächeln über ihr Antlitz. Rasch zog sie sich Rock und Hemd aus, warf die Schuhe von sich und schlüpfte dann unter die Daunendecke. Der Kienspan brannte herunter, Gret wurde schläfrig und nickte für einige Augenblicke ein, als die Tür aufgestoßen wurde und die beiden Zollernsöhne eintraten. Gret rührte sich nicht.

Wie dumm!, dachte sie und lugte unter der Decke hervor. Hoffentlich bleibt er nicht lang.

»Du scheinst dich von deinem Unwohlsein erholt zu haben«, begann der Ältere das Gespräch und schenkte die großen Zinnkrüge voll.

»O ja, danke der Nachfrage. Ich hatte da mehr Glück als Vater Laurenz«, antwortete der Merkenberger scheinbar lässig, beobachtete seinen Bruder jedoch scharf. War er zusammengezuckt?

»Ich gehöre wohl auch zu den Glücklichen«, nahm Eitelfriedrich den Faden auf. »Ich bin noch immer wohlauf, obwohl es doch jemanden geben soll, der mir ganz dringend nach dem Leben trachtet.«

Nun war es an dem jüngsten Zollernsohn, seine Miene zu beherrschen. »Bruder, wie schrecklich! Ich hoffe, du hast dem Strolch ein Schwert durch die Rippen gejagt.«

»Nein, noch nicht«, erwiderte Eitelfriedrich mit drohendem Unterton. Gret hielt vor Anspannung den Atem an. Die Männer umkreisten sich wie zwei Wölfe, vorsichtig abschätzend, nach des Gegners verletzlicher Kehle suchend, aufmerksam und hellwach, um jede Schwäche des anderen sofort zu nutzen.

»Ist es für dich sehr ungeschickt, den Schreiber deiner verräterischen Nachrichten verloren zu haben?«, fragte der Merkenberger süßlich.

Eitelfriedrich zuckte nachlässig die Schultern. »Für den Vater ist es sicher ein Verlust. Ich selbst bedarf keines Schreibers – und du hast dich ja erfolgreich an die kleine Wehrsteinerin herangemacht. Was glaubst du, wie schnell sie alles erzählen würde, wenn man sie etwas härter anfasst?«

Gret unterdrückte ein Stöhnen. Die Miene des Merkenbergers blieb unbeweglich. »Sie kann sicher weniger berichten, als der gute Vater Laurenz hätte ausplaudern können. Wie geschickt, dass ihn das Fieber geholt hat. Oder war es doch Gift, wie Bruder Tragebott vermutet?«

Eitelfriedrich von Zollern ließ sich in seinen Lehnstuhl fallen und trank genüsslich einen Schluck. »Dazu kann ich nichts sagen. Schließlich war ich auf dem Weg nach Ulm, als es passierte. Du allerdings bist mit einer durchscheinenden Ausrede hier auf Zollern geblieben.«

Zornesröte stieg in des Merkenbergers Gesicht. »Wir wissen doch beide, dass du den Alten zu seinen Vätern geschickt hast, damit ich ihn mir nicht vorknöpfe«, behauptete er fest, obwohl er bisher nur einen Verdacht hegte, doch Eitelfriedrich stritt diese ungeheuerliche Unterstellung nicht ab. Er setzte dem sogar noch etwas drauf, indem er sich drohend vor seinem jüngeren Bruder aufbaute.

»Ja, ich dulde keine Schwätzer, die uns schaden. Trude, das alte Weib, musste das auch auf die schwere Art lernen. Du siehst also, ich weiß mich zu wehren, wenn der Name Zollern oder meine Rechte bedroht sind. Und glaube ja nicht, dass ich mich von einem deiner gedungenen Mörder so leicht aus dieser Welt befördern lasse!«

Der Merkenberger brauste auf. »Du bist doch derjenige, der Zollern an den Hohenberger verkaufen will! Man muss die Grafschaft vor dir und deiner Verblendung schützen.«

»Das war keine Verblendung, sondern eine kühle, politische Überlegung«, entgegnete Eitelfriedrich. »Sie ist nun Vergangenheit, denn der Hohenberger hat zu gierige Finger, auf die es sich mit Württembergs Hilfe zu schlagen lohnt.«

Der Merkenberger hob erstaunt die Augenbrauen. »Welch Sinneswandel, mein lieber Bruder. Dann können wir ja vernünftig miteinander reden.«

»Ja, das können wir«, fiel der ältere Bruder ihm ins Wort. »Wir sollten nicht nur reden, sondern auch zusammenarbeiten. Findest du nicht auch, dass der Vater – nun sagen wir mal – vom Pfad eines gottesfürchtigen Fürsten abgekommen ist?«

Begierig nahm der Merkenberger den Faden auf. »Ja, er sollte sich nicht mehr mit der Grafschaft beschäftigen, sondern lieber seine alten Tage in der Kemenate zubringen. Ich habe ihm bereits angedeutet, dass der Bischof sich nicht erfreut über solch sündiges Verhalten zeigen könnte.«

»Du hast ihn damit erpresst?« Erstaunt sah Eitelfriedrich den jüngeren Bruder an. »Du überraschst mich. Wie lautet deine Forderung?«

»Den Süden und die Schalksburg für mich, den Norden und Zollern für dich und die Kemenate für den alten Grafen«, fügte der Merkenberger gehässig hinzu.

Der zweite Kienspan war bereits heruntergebrannt, als Eitelfriedrich den Bruder zur Tür begleitete. Als der ältere Zollernsohn sich mühte, ein kleines Binsenlicht zu entzünden, nutzte Gret die Gelegenheit, aus dem Bett zu schlüpfen und sich unter dem schweren, bis zum Boden herabhängenden Betthimmel zu verbergen. Ihre Kleider unter dem Arm, kauerte sie angespannt da und tastete vorsichtig nach ihren Schuhen, konnte sie aber nicht finden.

Eitelfriedrich trank seinen Becher leer, schnürte sich Rock und Hemd auf und warf sie dann achtlos über seinen Lehnstuhl. Die Binsen knisterten unter seinen nackten Füßen, als er gähnend zum Bett trat. Gret hörte die Bretter unter seinem Gewicht knarren, die Strohmatratze und die Daunendecke rascheln. Der Grafensohn warf sich ein paarmal hin und her, murmelte etwas Undeutliches, doch dann wurden seine Atemzüge ruhiger. Erst jedoch, als seine Schnarchtöne durch das Gemach zogen, wagte die Magd, sich wieder zu bewegen. Ihr war nun lausig kalt, die Glieder schmerzten vom langen Kauern in dieser unbequemen Stellung, und ihre Schuhe hatte sie auch nicht wiedergefunden. So leise wie nur möglich tastete sie sich auf allen vieren voran. Ihr Atem rauschte wie ein Wasserfall in ihren Ohren, und die Binsen unter ihren Händen und Knien hätten das Knirschen von Wagenrädern auf felsigem Grund übertönt.

Es verging eine Ewigkeit. Gret hatte die Tür schon fast erreicht, als das Schnarchen aussetzte. Die Magd hielt inne und betete inbrünstig, es möge wieder beginnen, doch stattdessen rauschten die Kissen, und eine scharfe Stimme ließ Gret zusammenzucken.

»Wer ist da?«

Weglaufen oder antworten? Sie hörte den Feuerstein auf den Stahl schlagen.

»Ich bin es, Gret, ich konnte nicht schlafen und wollte Euch überraschen«, sagte sie schnell, als das Flämmchen bereits aufflammte.

»Das ist dir gelungen«, brummte der Grafensohn, ließ aber seinen Blick mit Wohlgefallen über die gut gewachsene, nackte Gestalt wandern.

Erst jetzt sah Gret das lange Messer in seiner Hand.

»Dann komm ins Bett«, forderte er sie auf, legte die Klinge beiseite und blies das Binsenlicht wieder aus.

»Du musst lange umhergewandert sein, so eisig kalt, wie du bist«, bemerkte er erstaunt, als er sie an seine Brust zog.

KAPITEL 29

Oft bekamen Tilia und Gret in den nächsten Wochen die Sonne nicht zu Gesicht. Tilias Platz war an Williburgis' Seite, wenn sie nicht gerade vor Erschöpfung schlief und sich von Eleonora ablösen ließ. Gret pendelte zwischen Kemenate und Küche oder Waschhaus und Kleiderkammer hin und her, damit es in den Gemächern der leidenden Grafentochter an nichts fehle.

»Immer noch keine Besserung?«, fragte der Graf mit Sorgenfalten auf der Stirn, als er abends Tilia auf der Treppe traf. Die Wehrsteinerin schüttelte voll Bedauern den Kopf und versuchte, an dem Zoller vorbeizuschlüpfen, doch er versperrte ihr den Weg.

»Ihr habt mich lange nicht mehr besucht, um mit mir das große Spiel zu spielen. Wenn nun das Fräulein von Zell-Andeck bei der Kranken ist, wollt Ihr da nicht eine Partie wagen?«

Tilia kniff die Lippen abweisend zusammen. »Wie wollt Ihr das Spiel gewinnen, wenn die Dame fehlt? Ist sie nicht die wichtigste Figur nach dem König? Warum hat der König nicht auf sie Acht gegeben?«

Der Graf zuckte zusammen und wirkte plötzlich sehr zerbrechlich. »Tilia, seid Ihr nicht meine weiße Dame?«

Die Wehrsteinerin schüttelte energisch den Kopf. »Nein, die weiße Dame liegt mit schwerer Pein danieder, weil der König starrsinnig ist und kein Erbarmen kennt.«

Der Graf nahm bestimmt ihren Arm. »Die Pflege hat Euch schwer zugesetzt, Euch müde und reizbar gemacht. Kommt mit mir in die laue Nacht hinaus und lasst Eure Gedanken auf freundlicheren Pfaden wandern.«

Widerstrebend folgte ihm die Ritterstochter.

»Ihr Geist ist heute wieder für einen kurzen Moment zurückgekehrt.« Tilia sah den Grafen scharf an. »Sie bettelte darum, nach Stetten gehen zu dürfen.«

Der Graf seufzte leise, sagte aber nichts.

Nach einer Weile versuchte Tilia es noch einmal. »Gerade weil Ihr Eure Tochter so sehr liebt, müsst Ihr sie gehen lassen. Um ihrer und um Eurer Seele willen. Es ist wider Gott und wider die Natur. Kehrt um, ehe es zu spät ist.«

»Wir werden bald in den Krieg hinausziehen«, antwortete der Graf scheinbar zusammenhanglos. »Der Württemberger gibt keine Ruhe. Ich habe seine Botschaft empfangen. Dieses Mal wird es ein harter Kampf, Jungfrau Tilia. Wir werden lange von Zollern fort sein.« Tilia wartete geduldig, bis er weitersprach. »Bringt meine Tochter nach Stetten. Dort kann ihr Körper und ihr Geist genesen. Auch wenn Ihr nur die Tochter aus einem sterbenden Ritterhaus seid, schwöre ich Euch, Williburgis nie wieder zu berühren.«

✠ ✠

Die Ritter lungerten bei den Ställen herum. Einige lagen im frischen, nach Sommer duftenden Heu, andere hatten sich im kühlen Gras ausgestreckt. Die Becher kreisten, und das Lachen erhob sich in den klaren Sternenhimmel. Aus dem Heuhaufen an der Stalltür erklangen hier und dort auch ganz andere Töne, die darauf schließen ließen, dass der Ritter, der es sich dort bequem gemacht hatte, in weiblicher Begleitung war.

»Nun, Friedrich, habt Ihr die blonde Wehrsteinhexe bezwungen?«, fragte Otto von Ringelstein-Killer, als er Gret mit Sofie an der Hand vom Tor her kommen sah.

»Glaube ich nicht«, mischte sich Walger von Bisingen ein. »Sie trägt den Kopf noch viel zu hoch. An ihrem Blick könnt Ihr es sehen. Stolz, ungebeugter Stolz!«

Otto sah den Zollernsohn mitleidig an. »Ja, wenn Ihr sie mir überlassen hättet, dann sähe das heute ganz anders aus.«

Die Augen des Merkenbergers glänzten trüb. »Ich kann es Euch gerne zeigen, wie ich die Stute schon eingeritten habe.« Er wartete keine Antwort ab, sondern erhob sich schwankend, straffte sich und schritt dann auf Gret zu.

Ein schneller Blick in die Runde. Die Magd seufzte. »Sofie, lauf schnell in die Küche«, sagte sie leise, doch der Merkenberger hatte die Worte verstanden.

»Nein, Sofie, lauf lieber zu Rüdger, der vielleicht dein Erzeuger ist, und sag ihm, dass es hier gleich großen Spaß geben wird.« Friedrich griff nach Grets Arm. »Das würde dir doch sicher gefallen, wenn wir deinem lieben Rüdger einen flotten Ritt vorführen.«

Die Magd blitzte ihn für einen Moment böse an, wandte sich dann jedoch an das kleine Mädchen an ihrer Seite. »Sofie, lauf in die Küche«, sagte Gret streng, doch das verwirrte Mädchen fing zu weinen an und klammerte sich an Grets Rock. Mit einer heftigen Bewegung riss Gret sich von dem Ritter los und nahm ihre Tochter in die Arme. »Komm, mein Schatz, geh zu Hanna in die Küche. Vielleicht gibt sie dir ein Stück Latwerge.«

Sofie trocknete sich die Tränen und nickte, doch ehe sie sich auf den Weg machen konnte, stand plötzlich der Ritter von Ringelstein-Killer neben ihr und hob sie hoch. Da half kein Strampeln und kein Schreien.

»Ritter, lasst sie los!«, schrie Gret. »Ihr werdet Euch doch wohl noch einen Moment gedulden können!«

Otto von Ringelstein-Killer umklammerte das sich wehrende Mädchen noch ein wenig fester. »Ah, da scheinen wir ja einen Schwachpunkt der stolzen Magd gefunden zu haben. Seht Ihr, Friedrich, Ihr hättet Euch gleich an mich wenden sollen. Ich finde, die Kleine sollte frühzeitig fürs Leben lernen und zusehen, was wir jetzt Schönes mit ihrer Mutter machen werden.«

Gret knurrte böse, versuchte, den Merkenberger zu beißen, trat ihm gegen das Schienbein, doch sein Griff war wie aus Eisen.

»Ihr wollt sehen, wie sie auf dem Boden kriecht, Friedrich? Ich werde es Euch zeigen!« Otto von Ringelstein-Killer trat einen Schritt näher und sah die sich wehrende Magd spöttisch an. »Ich habe nicht vergessen, dass wir beide noch ein Hühnchen rupfen wollten. Also runter auf die Knie, kriech für mich im Staub und küsse mir meine Stiefel.«

Er drückte Sofie so fest an sich, dass das Mädchen aufschrie.

Gret tobte, spuckte vor ihm aus und kreischte mit verzerrtem Gesicht: »Lasst mein Kind los! Ihr seid kein Ritter! Kein Stückchen Ehre ist in Euch, Ihr grober Klotz!«

Doch die Ritter lachten nur über sie. Der Merkenberger schüttelte die Rasende wie eine nasse Ratte. »Los, willst du dein Haupt nicht vor uns beugen?«

»Packt Euch fort!«, schrie sie und biss ihm in das Handgelenk.

Von dem Lärm angelockt, kamen immer mehr Burgbewohner herbei.

»Da habt Ihr es, Otto, sie ist eine Teufelin. Deshalb macht es solchen Spaß mit ihr.«

Ottos graue Augen verengten sich zu schmalen Schlitzen. »Um was wettet Ihr mit mir, dass ich sie in wenigen Augenblicken winselnd vor mir im Staub liegen habe?«

Grets Magen krampfte sich zusammen, die Angst drohte sie zu ersticken. Gehetzt irrte ihr Blick umher, streifte die neugierigen Gaffer und blieb dann an Rüdger hängen, der aus der hell erleuchteten Schmiede getreten war.

»Die Wette gilt um eine Mark Silber!«, rief der Merkenberger übermütig.

Das letzte Stück Glauben an ein wenig Ordnung und Gerechtigkeit in Gottes Welt zerbrach in Gret, als der grobe Kittel ihrer Tochter unter den Händen des Ritters zerriss. Sofie kreischte in Todesangst.

»Ist es nicht genau das richtige Alter für eine Jungfrau, ihre Unschuld zu verlieren?«, höhnte der Ritter von Ringelstein-Killer, löste seinen Schwertgurt und machte sich an seinem Gewand zu schaffen.

»Nein!« Ein Schrei der Verzweiflung schwang sich auf und griff nach den Herzen der Umstehenden, doch keiner rührte sich.

Der Merkenberger ließ die Magd los. Mit zwei Schritten war sie bei dem Ritter.

»Mami!«, schrie Sofie in den höchsten Tönen.

Gret sank auf die Knie, flehte, weinte, küsste ihm die Stiefel.

Grinsend hob der Ritter Otto seinen Fuß, stellte ihn in Grets Nacken und drückte die Magd mit dem Gesicht in den Schmutz.

»Nun, Friedrich? Habe ich mir die Mark Silber verdient?«

»Ja, ja, Ihr könnt sie haben«, antwortete der Zollernsohn mürrisch.

»Und das leckere Häppchen nehme ich mir noch dazu!«

»Nein!«, schluchzte die Magd.

Niemand hatte ihn kommen sehen, doch plötzlich stand der alte Graf mitten in dem Kreis der Gaffer, das Fräulein von Wehrstein an seinem Arm. Er sah mit erhobenen Augenbrauen in die Runde. Stille kehrte ein. Nur das Kind wimmerte leise.

»Gibt es irgendeinen Grund für diesen Aufruhr? Hat die Magd etwas getan? Was ist mit dem Kind?«

»Wir hatten nur ein wenig Spaß miteinander, Herr Graf«, murmelte der Ritter von Ringelstein-Killer und stellte das nackte Mädchen auf den Boden. Gret rappelte sich hoch und schloss Sofie in die Arme. Atemlos, mit verquollenem Gesicht, saß sie da und wiegte das verstörte Kind. Tilia sah mit offenem Mund von einem zum anderen. Sie fühlte die Angst und tiefe Pein noch in der Luft schweben.

Da drängte sich Rüdger in den Kreis. Seine Augen waren blutunterlaufen, er verströmte Weindunst, als er auf die beiden Ritter zustürmte und sie anschrie:

»Ich habe genug von Eurer Art von Spaß! Auf Wehrstein wurden Gottes Gebote geachtet, doch hier ist es schlimmer, als es je in Sodom gewesen sein kann!« Plötzlich hatte der Knecht einen Dolch in der Hand und fuchtelte damit in der Luft herum.

»Nicht nur, dass Ihr mir mein Weib schändet, wann immer es Euch beliebt, Ihr, die Ihr Euch von Zollern nennt. Ihr duldet, dass Eure Vasallen sich wie wilde Tiere gebärden.« Drohend stieß er die Klinge in des Merkenbergers Richtung. Der Ritter zog sein Schwert, doch der Knecht wandte sich dem von Ringelstein-Killer zu.

»Ein Ritter wollt Ihr sein?«, brüllte er. »Ehrloser Hurensohn, Ihr werdet Euch nicht an meiner Tochter vergreifen!«

»Rüdger, halt ein«, brüllte Gret, doch der Rasende war nicht zu stoppen. Den Dolch zum Stoß erhoben, stürzte er sich auf Otto von Ringelstein-Killer, doch dieser wich dem trunkenen Knecht geschickt aus. Walger von Bisingen warf Otto ein Schwert zu, der Ritter fing es auf und ließ dann die Klinge durch die Luft zischen. Glatt trennte er den Arm des Angreifers kurz hinter dem Handgelenk ab. Die Hand zuckte noch immer um den Griff des Dolches, als sie schon im Staub lag. Blut spritzte aus dem Stumpf. Rüdger brüllte wie ein wildes Tier, Tilia schlug sich die Hände vors Gesicht, Gret sprang auf und umschlang ihren Mann, um ihn wegzuziehen, doch da sauste das Schwert noch einmal herab und schlitzte Rüdgers Leib auf, bis zu den Lenden.

»Kein Unfreier wagt es, ungestraft meine Ehre anzutasten«, sagte der von Ringelstein-Killer ruhig, wischte das Blut von der Klinge und gab dann Walger das Schwert zurück.

Gret konnte Rüdger nicht halten und stürzte mit ihm zusammen zu Boden. Er schien geradezu auseinander zu platzen. Verzweifelt drückte Gret ihre Hände auf seinen Leib, doch die Wunde war viel zu lang und viel zu tief, als dass sie das hervorschießende Blut hätte stoppen können. Rüdger warf den Kopf wild hin und her. Die Laute, die er ausstieß, hatten nichts Menschliches mehr an sich.

»Lass ihn los, Gret«, sagte der Merkenberger scharf und hob sein Schwert. »Du kannst ihm nicht mehr helfen!«

Langsam rückte Gret von ihrem Gatten ab. Mit weit aufgerissenen Augen verfolgte sie die Klinge, die sich langsam hob und dann blitzschnell nach unten fuhr. Die Schreie brachen ab, als der Kopf des Unglücklichen in den Staub fiel und vor Sofies Füße rollte. Das Mädchen sah den Kopf des Toten aufmerksam an.

»Armer Rüdger«, sagte sie ernst und strich ihm über die Wange.

Da fiel die Starre von Tilia ab. Sie stürzte auf den Ritter Otto zu und schrie ihn an: »Was fällt Euch ein, meinen Knecht so abzuschlachten!«

»Ihr habt doch selbst gesehen, dass er mich mit einem Dolch angegriffen und mich beleidigt hat«, antwortete der von Ringelstein-Killer schleppend.

»Er war viel zu betrunken, um Euch zur Gefahr zu werden. Es hätte genügt, ihm die Klinge aus der Hand zu schlagen! Es wäre an mir gewesen, ihn zu strafen.«

»Mir drängt sich der Eindruck auf, Ihr habt Eure Eigenleute nicht recht im Griff?«

»Es gibt nichts, das Euch das Recht gibt, Euch an meinem Knecht zu vergreifen oder gar an meiner Magd und ihrem Kind!«, schrie das Fräulein von Wehrstein außer sich vor Wut.

Der Merkenberger griff nach ihrem Arm. »Jungfrau Tilia, nun beruhigt Euch. Es steht Euch gar nicht zu Gesicht, solch wüste Worte zu benutzen und in solchem Ton auf dem Hof herumzuschreien. Eurer Magd ist nichts geschehen, und wenn Euer Knecht einen Ritter angreift, dann muss er mit dem Tod bestraft werden, das wisst Ihr genau.«

Tilia riss sich los und funkelte den Zollernsohn böse an. »Auf Wehrstein herrschten andere Sitten. Ihr habt Euren Gefolgsmann geschädigt.«

Der alte Graf bot ihr den Arm, um sie zum Palas zurückzubringen. »Wir werden Euch den Schaden ersetzen und die einhundert Solidi für Euren Mann bezahlen.«

Tilia sah zu Gret. Blutverschmiert und staubbedeckt saß sie bei dem Getöteten auf der rot getränkten Erde, Sofie fest an sich gedrückt.

»Es ist nicht nur wegen Rüdger, Graf, was ist mit Gret und dem Kind?«

Der Graf hob entschuldigend die Hände. »Wenn Euch das lieber ist, dann kann ich Euch einen neuen Mann für die Magd geben.«

Tilia wusste nicht mehr, was sie den Rittern und dem Grafen hätte sagen können. Sah denn niemand die große Pein? Angst und Schmerz einer Magd hatten keinen Wert. Mit starrer Miene ging Tilia zum Palas zurück.

✠ ✠

Bei Bruder Tragebott besorgte Tilia einen starken Schlaftrunk, der die Geister der Nacht vertreiben sollte und ein helles Gemüt versprach. Mit einem mulmigen Gefühl im Herzen trat sie in die Gesindestube und kauerte sich an Grets Lager. Die Schwester hatte sich gewaschen und ein sauberes Hemd übergezogen, doch der seltsame Glanz in ihren Augen verriet ihren inneren Aufruhr. Sofie war in ihren Armen in einen unruhigen Schlaf gefallen.

»Hier ist ein Trunk von Bruder Tragebott«, sagte Tilia und schob der Magd den Becher hin.

»Tilgt er Angst und Schmerz und macht er die Toten wieder lebendig?«

Die Wehrsteintochter schüttelte den Kopf und griff verstohlen nach Grets Hand. Die edle Jungfrau spürte die Blicke der Mägde und Knechte. Sie wusste, dass sie hier nichts zu suchen hatte und dass weder die Herrschaft noch das Gesinde den Verstoß gegen die Sitten billigte.

»Keiner kann die Toten ins Leben zurückrufen, doch er ist für dich gestorben, für dich und Sofie.«

»Das ist es ja gerade, was mich so wütend macht!«, begehrte die Magd auf. »Ich wurde mit ihm verheiratet und habe meine Pflicht an ihm getan, doch sonst waren keine warmen Gefühle für ihn in mir. Doch er konnte nicht aus seiner Haut, war nicht bereit, die Augen zu verschließen vor dem, was er nicht ändern konnte. Sein Tod ist völlig sinnlos.«

»Sag das doch nicht«, flüsterte Tilia.

»Es ist so! Oder hat sich dadurch etwas geändert? Es ist mir egal, was sie mit mir machen. Ich habe mich daran gewöhnt, den Männern zu Diensten zu sein, doch jeden Tag muss ich nun um Sofie fürchten. Ich weiß, irgendwann muss es sein, doch jetzt ist sie noch ein Kind – hat gerade vier Mal das Jahr kommen und gehen gesehen. Nicht einmal du kannst sie schützen.«

Die Ritterstochter brauste auf. »Sofie wird nichts geschehen und dir auch nicht. Wir reisen morgen nach Stetten und werden uns dort längere Zeit um Williburgis kümmern. Und wenn unsere Zeit dort um ist, dann werde ich einen Weg für uns finden.«

Sie sprach fest und voller Überzeugung, und dennoch konnte die Magd nicht an die Worte glauben, die sie hörte. Tilia war die Tochter eines Ritters, ja, sie war edelfrei, doch auch sie war ein Weib, auf deren Meinung die Männer keinen Heller gaben.

✠ ✠

Draußen vor dem Gesindehaus stieß Tilia fast mit Swenger von Lichtenstein zusammen.

»Gegrüßt sei Jesus Christus, Jungfrau Tilia von Wehrstein«, grüßte er und verbeugte sich tief. Es war das erste Mal, dass sie ihn an diesem Abend zu Gesicht bekam. Sie empfand Dankbarkeit, dass sie ihn bei diesem furchtbaren Erlebnis nicht unter den Zuschauern hatte entdecken können, doch wer konnte schon sagen, wo und mit wem er sich stattdessen herumgetrieben und welch Sünden er in dieser Stunde auf sich geladen hatte. Die Wehrsteinerin nickte knapp und ging mit schnellem Schritt in Richtung Palas, doch er ließ sich durch ihre Miene nicht abschrecken.

»Wie lange wollt Ihr mich noch wie einen Aussätzigen behandeln? Seht her, ich habe weder schwarze Flecken noch Beulen, meine Glieder sind, wie Gott sie geschaffen hat. Ich muss mich nicht in Lumpen hüllen und nicht mit der Klapper die Menschen vor mir warnen.«

»Nicht jeder Aussatz bricht hervor und zeigt sich schon von außen«, antwortete Tilia, ohne ihn anzusehen.

»Welch grausame Antwort, meine schöne Jungfrau. Wisst Ihr eigentlich, wie viel Ihr mir genommen habt, Jungfrau Tilia?«, sagte Swenger in ernstem Ton.

Die Ritterstochter blieb stehen und sah zu Boden. »Ihr habt es Euch selbst genommen«, antwortete sie leise.

»Tilia, bitte seht mich an. Ich verstehe ja, dass Ihr Abscheu empfindet, doch seid Ihr nicht ein wenig hart in Eurem Urteil?«

»Ihr treibt üble Sünde gegen die Natur und Gottes Schöpfung!«, erwiderte sie kalt.

»Seid Ihr ohne Sünde? Werft Ihr darum den ersten Stein?«

Röte stieg in ihr Antlitz. »Nein, auch ich bin eine Sünderin wie alle Menschen.«

»Dann überlasst es Gott dem Herrn, mich zu strafen, und lasst mich wieder in Eurer Sonne weilen, denn ich vermisse unsere Spaziergänge, unser heiteres Geplauder und Euer Lachen.«

Nun glühten ihre Wangen. »Ich habe Euch auch vermisst, Swenger, der Ihr mir die einzige Sonne zwischen diesen grauen Mauern wart«, platzte sie heraus.

»Es könnte sein, dass ich die Zollerntochter zum Weibe nehmen muss«, sagte er leise.

Sie nickte.

»Glaubt mir, ich würde es nicht tun, wenn mich die Umstände nicht dazu zwängen. Wenn ich mir mein Weib wählen dürfte, dann würde ich den Wehrsteiner um seine Tochter bitten.«

Schüchtern reichte sie ihm ihre Hand, die er warm umschloss, und lächelte den Ritter an.

»Dann lebt wohl und passt auf, dass der Krieg Euch nicht Euer Blut raubt.« Sie zog eine Grimasse. »Ich werde derweil Eure Braut gesund pflegen.«

KAPITEL 30

Es war das erste Mal, dass Williburgis von Zollern ihr Lager in der Krankenstube verließ, um zur sechsten Stunde mit den Nonnen das warme Essen zu teilen. Die Schwestern hatten für die Gäste hinten im Refektorium einen zusätzlichen kleinen Tisch aufgestellt, so dass auch sie sich an der erbaulichen Lesung während des Essens erfreuen konnten. Wortlos löffelte Tilia die graugrüne Masse aus ihrer Schale, denn auch die Gäste waren angehalten, sich an die Schweigepflicht während des Essens zu halten. Der dicke Eintopf aus verschiedenem Grüngemüse und Hülsenfrüchten schmeckte an diesem Tag noch fader, denn freitags musste er nicht nur ohne Fleisch, sondern auch noch ohne Eier und Milch auskommen.

Verstohlen beobachtete die Wehrsteinerin ihre jüngere Schwester, die mit den Novizinnen unten an der langen Tafel saß. Den Rücken gerade, das Haupt demütig gesenkt, aß das Mädchen langsam und manierlich. Die Augen blickten starr geradeaus. Kein Lächeln huschte je über die blassen Lippen, das lebhafte Mienenspiel von früher schien für immer aus ihrem Antlitz gewichen. Hatte sich Dorothea überhaupt gefreut, die Schwester wiederzusehen, Gret und Sofie um sich zu haben? Tilia war sich nicht sicher. Vielleicht machte das alles nur noch schwerer, wenn das kleine Mädchen stundenlang heilige Gesänge üben, immer wieder die lateinischen Verse wiederholen musste und, die Feder in der Hand, bei trübem Licht über alten Pergamentfetzen gebeugt saß, während vor dem Fenster Sofie lachend über eine Sommerwiese tollte. Tilia seufzte leise. War diese ernste Person wirklich ihre Schwester, die mal trotzig, mal übermütig fröhlich, doch niemals ruhig und beherrscht gewesen war? Dorothea war kein Kind mehr. Sie war eine kleine Braut Christi geworden.

✠ ✠

Auf dem Marktplatz zu Hechingen standen die Menschen in dichten Trauben zusammen. Ein Händler war von Norden gekommen und hatte Neuigkeiten zu berichten.

»Die Bauern fliehen in Scharen in die befestigten Kirchen oder in die nahen Burgen und Städte, während die schwäbischen Grafen wie das Jüngste Gericht über die Landschaften fegen«, rief er laut und ruderte mit den Armen, um seinen Bericht dramatischer zu gestalten.

»Der Klang der Sturmglocken hängt Tag und Nacht in der Luft, doch ich sage euch, dies ist erst der Anfang. Ich habe sie selbst gesehen, die Tränen in den Augen der Bauern, wenn die Früchte ihrer Arbeit verdarben. Die Kornspeicher werden geplündert oder abgebrannt, die Gärten und Felder unter dem Tritt der Hufe verwüstet. Nun ziehen die Ritter des Württembergers durch den Schönbuch. Ich habe die verkohlten Leichen von Mensch und Tier gesehen, die zerstörten Häuser und verwüsteten Kirchen, die die edlen Ritter hinter sich zurücklassen.«

»Was geht uns das an?«, schrie Huber, der Weinhändler.

Der Händler aus dem Norden trat nahe an ihn heran. »Du verkaufst nicht nur gepantschten Wein, du bist auch noch dumm. Glaubst du, dass der König dem tatenlos zusehen wird? Der Hohenberger ist schon angerückt mit all seinen Rittern, und der König ist nicht mehr weit.« Er streckte die Arme in die Höhe. »Gnade euch Gott, wenn der König und sein Gefolge über euch kommen und den Frevel rächen, der den Seinen angetan wurde!«

Weiter kam er nicht, denn der beleidigte Weinhändler trat hinter seinem Verkaufstand hervor und krempelte drohend die Ärmel hoch.

»Was hast du über meinen Wein gesagt?«

Er schlug dem untersetzten Kaufmann die Faust vor die Brust. Der ließ sich nicht lange bitten, und so rauften sich die beiden Geschäftsleute wie die Buben im Straßenschmutz.

✠ ✠

»Es ist so still hier, so friedlich«, seufzte Tilia von Wehrstein, ließ ihre Stickarbeit sinken, schloss die Augen und genoss die warmen Sonnenstrahlen auf ihrer Haut. Von drinnen aus der Kirche erklangen die reinen Stimmen der Schwestern, die sich emporschwangen, um den Schöpfer allen Lebens zu preisen.

»Die Gräfin hat sicher recht daran getan, sich nach ihrem unruhigen Leben für die letzten Jahre, die ihr bleiben, an diesen friedlichen Ort zurückzuziehen, um für ihre Seligkeit zu beten. Ich glaube, ich möchte dereinst auch zwischen diesen Mauern wandeln, im Gebet versunken, im Frieden mit mir und der Welt.«

Gret lächelte spöttisch. »Dann hättest du dich heute mitten in der Nacht zur Vigilie von deinem harten Lager erhoben, eine Ewigkeit in der kalten Dunkelheit der Kirche zugebracht, stundenlang im Kapitelsaal vor dich hingebrütet, um dann den nahenden Morgen mit deinem Lied zu preisen, wenn die Dämmerung sich über den Waldrand schiebt. Aber nach ein paar Jahren würdest du den harten Stein unter deinen Knien sicher nicht mehr spüren.«

Tilia warf ihren Schlupfschuh nach der Magd. »Du bist unverbesserlich. Statt mir die Schönheit der Stunde zu gönnen, drückst du meine Nase in das letzte bisschen Schmutz, das du hier finden kannst.«

Gret warf den Schuh zurück. »Du willst doch nicht etwa die göttlichen Übungen der Nonnen als Schmutz bezeichnen. Aber Tilia!«

Die jungen Frauen lachten unbeschwert. Sie saßen auf einem umgestürzten Baum vor dem Kloster am Rand einer frischgrünen Wiese, auf der Sofie nach Grashüpfern jagte. Die Grillen zirpten ihr Lied, in das die Lerchen hoch oben in der blauen Sommerluft jubelnd mit einfielen.

»Ach hier seid Ihr, Tilia. Ich habe Euch überall gesucht«, unterbrach die Zollerntochter das Idyll. In eine grobe Büßerkutte gehüllt, das prächtige Haar unter einem schwarzen Schleier verborgen, trat sie gebückt aus der Seitenpforte. Kein Lächeln huschte über das junge Antlitz.

»Ich fühle mich nun stark genug, in der Kirche zu beten. Ihr wolltet doch mitkommen!«

Tilia unterdrückte einen Seufzer, faltete ihre Arbeit sorgsam zusammen und schenkte der Grafentochter ein freundliches Lächeln. »Natürlich werde ich mit Euch um Euren Seelenfrieden beten.«

Gret blieb schweigend in der Sommersonne zurück. Mit zusammengekniffenen Augen beobachtete sie Sofie, die sich mit einem kleinen Mischlingshund balgte, der wohl zu dem Hof auf der anderen Seite des Reichenbachs gehörte.

Vielleicht hatte Tilia Recht. Vielleicht könnten sie alle hier ihren Frieden finden. Doch seit die Schwestern dem Dominikanerorden unterstellt waren, erledigten Laienschwestern die anfallenden Arbeiten. Sie wuschen und flickten, schrubbten die Steinböden und polierten die hölzernen Chorstühle, schnitten Gemüse und kochten, jäteten Unkraut im Gemüsegarten und bauten Heil- und Würzkräuter an. Nein, sie würden die Magd nicht behalten, sondern sie zu einem Bauern auf einen ihrer Höfe schicken. Zu einem anderen Herrn.

Sofie kam mit wehenden Zöpfen angerannt und umschlang Gret mit ihren Ärmchen, die mit jedem scheidenden Mond mehr von ihrem Kinderspeck verloren. Gret küsste ihre Tochter. Sie roch den süßen Kinderduft, sog ihn in sich auf und fühlte für einen Moment das ungetrübte Glück. Wer weiß schon, was Gott der Herr noch für uns bereithält, dachte sie und zog Sofie in ihre Arme.

✠ ✠

»Wacht auf, Tilia, die Schwestern sammeln sich schon im Kreuzgang.«

Die Wehrsteinerin unterdrückte ein Gähnen. Es war stockfinster in dem kleinen Raum, wo normalerweise die Kranken gepflegt wurden, in dem die Mutter Oberin nun aber ihre Gäste von Burg Zollern untergebracht hatte.

»Ich fühle mich zwischen diesen heiligen Mauern mit jedem Tag besser. Kommt schon, wir müssen uns eilen, damit wir nicht zu spät in die Kirche kommen.«

Tilia rieb sich den Schlaf aus den Augen und griff nach ihrem Umhang. Hier im Kloster war es der Brauch, in Hemd und Kutte oder Rock zu schlafen.

Zumindest ist man dann schneller fertig, dachte Tilia, als sie, ihr Haar notdürftig unter ein Schleiertuch schiebend, der Grafentochter durch den Kreuzgang folgte.

Wie spät mochte es sein? Irgendwann zwischen Mitternacht und Dämmerung. Die Sterne prangten hell glänzend am samtenen Nachthimmel. Tief am Horizont hing ein schmaler Mond. Eine der Schwestern hatte die ganze Nacht wachen müssen, um rechtzeitig zur achten Sternenstunde ihre Mitschwestern zu wecken.

Nun darf ich also noch vor den Mägden meinen dünnen Strohsack verlassen, um frierend in der Kirche den rauen Stimmen der Schwestern zu lauschen, huschte es Tilia durch den Sinn, als Schwester Ruth ihre Psalmlesung zum dritten Mal hustend und sich räuspernd unterbrach. Als sich aber die Stimmen der Schwestern zum Halleluja und Laudes vereinten, senkte die Wehrsteintochter beschämt den Kopf. Wie an jedem Morgen folgten Apostellesung, Responsorium, Hymnus, ein Stück aus dem Evangelium und dann das Bittgebet, bei dem Tilia trotz aller Anstrengung vom Schlaf überwältigt wurde. Ihr Kopf sank nach vorn. Erst als die Bräute Christi die abschließenden Lobgesänge anstimmten, schreckte die Ritterstochter wieder hoch.

Schweigend schritten die Schwestern in Zweierreihen aus der dunklen Kirche und versammelten sich im Kapitelsaal. Die Grafentochter folgte ihnen. Sie wollte wie die Nonnen die Stunden bis zum Morgenlob, das die erste Dämmerung begrüßte, in stiller Einkehr verbringen. Mit kleinen Handarbeiten oder nur still die Hände gefaltet, saßen die Nonnen im trüben Schein zweier Binsenlichter beisammen. Möglichst unauffällig drückte sich Tilia in den Schatten, ließ die Schwestern passieren und machte sich dann gähnend zu ihrem Lager auf.

Sie hat nicht gesagt, dass ich bei ihr bleiben soll, beruhigte sie ihr schlechtes Gewissen, als sie die Augen schloss und die raue Decke bis zum Kinn zog. Ob so ein Leben im Kloster etwas für mich ist, dachte sie beim Einschlafen. In ihren Träumen tauchte ein gut aussehender Ritter mit einer Laute auf und eine festlich gedeckte Tafel mit knusprigem Braten und süßem rotem Wein. Tilia biss herzhaft in das Fleisch, genoss das freche Lied und das laute Lachen, und sie schämte sich sogar im Traum dafür.

KAPITEL 31

Es dämmerte bereits, als Tilia die Seitenpforte öffnete und sich verstohlen umsah. Das wie üblich kärgliche Nachtmahl war vorüber. Nun strebten die Schwestern zum Vespergottesdienst in die Kirche. So groß und himmelwärts strebend Tilia das Haus Gottes einst erschienen war und so sehr sie den Kreuzgang und seine Gewölbe bewundert hatte, heute schien es ihr, als seien die Pfeiler geschrumpft, als laste der Decke Druck auf ihren Schultern. Was war es nur, das ihr hier in diesen Mauern die Luft zum Atmen nahm?

Leise schloss die Ritterstochter die eisenbeschlagene Tür und schritt dann, den Rock gerafft, über die frisch gemähte Wiese weit aus. Die Regenwolken, die das Tageslicht in sich aufgesaugt hatten, schien die Kraft zu verlassen. Lautlos zerfielen sie in kleine graue Häufchen und verschwanden dann im Nichts, machten dem gläsernen Abendhimmel Platz, der sich von Westen her in Purpur hüllte.

Tilia atmete tief durch, roch die feuchte Erde. Längst waren ihre Schuhe durchnässt, doch das störte sie nicht. Warum waren diese Mauern ihr ein Kerker? Tilia ließ den Blick über die düstere, quadratische Anlage wandern, über den aufragenden Kirchenbau mit den hohen, spitzbogigen Fenstern und seinem schlanken Dachreiter. War sie eine Ketzerin, dass sie nicht die gleiche Seligkeit verspürte wie die Zollerntochter, wenn die Schwestern und die Gäste nachts geweckt wurden? Wenn sie Stunde um Stunde bei Gesang und Gebet in der düsteren Kirche zubringen mussten? Wenn sie die immer gleichen Mahlzeiten ohne Fleisch bekamen? Wenn sie die harte Arbeit verrichteten, von der keine der Schwestern verschont wurde? Doch das war es nicht. Arbeit war Tilia gewöhnt und scheute sie auch nicht. Tilia bedrückte die ständige Überwachung durch die Mitschwestern. Zum Glück war sie nur zu

Gast hier. Jeden Tag versammelten sich die Bräute Christi nach der Prim im Kapitelsaal, damit jede ihre eigenen oder die Verfehlungen der anderen kundtun und die Mutter Oberin dann die gerechte Sühne verhängen konnte. Es schmerzte der Ritterstochter die Seele, wenn sie Dorothea dort stehen sah, wie sie sich ihre Sünden anhörte. Eine zerbrechliche kleine Gestalt, den Kopf gesenkt, die Augen demütig niedergeschlagen. Wieder war sie durch den Kreuzgang gerannt, wieder war sie bei der Vigilie eingeschlafen, wieder hatte sie das Schweigegebot missachtet und mit dem Gast aus Zollern, dem Fräulein von Wehrstein, gesprochen. Heiße Wut stieg in Tilia auf, und sie ballte die Fäuste. Schläge hatte das Kind bekommen, weil es mit seiner eigenen Schwester gesprochen hatte! Konnte Gott der Herr das wollen? War das der Jungfrau Maria Wunsch? Wollte sie solch strengen Gehorsam? Waren Lachen und Fröhlichkeit eine Sünde?

Ohne es zu merken, war Tilia zum Bach hinunter und dann unter den Weiden weitergegangen, bis der Reichenbach in einer weiten Schlinge das Gehöft am anderen Ufer umfloss. Das weiche Gras dämpfte den Hufschlag, die tief hängenden Zweige nahmen den Blick, so dass Tilia den Reiter erst bemerkte, als sein Streitross schon fast vor ihr stand. Das Tier schnaubte erschreckt, der Ritter zog sein Schwert. Das Mädchen fuhr mit einem leisen Schrei zurück. Einen Augenblick waren alle wie erstarrt, doch dann schob der Ritter sein Schwert zurück in die Scheide, schwang sich vom Pferd und verbeugte sich schwungvoll.

»Seid gegrüßt, Tilia von Wehrstein.«

Noch immer klopfte ihr Herz wild vor Schreck, doch ein Lächeln huschte über ihr Antlitz, als sie seine Stimme erkannte.

»Ritter Swenger, Ihr habt mich fürchterlich erschreckt. Was tut Ihr hier, so ganz ohne Farben und Wappen?«

Er nahm den Helm ab und strich sich das dunkelblonde Haar aus der Stirn. »Die Frage könnte ich auch Euch stellen. Was tut Ihr fern des Klosters so ganz allein?« Er sah sich rasch um. »Oder doch nicht allein? Ich möchte natürlich keinem heimlichen Stelldichein im Wege stehen.«

Tilia errötete und schüttelte heftig den Kopf. »Es ist niemand hier.

Ihr habt natürlich Recht, dass es ungehörig ist.« Sie seufzte tief. »Sonst kommt meist Gret mit mir, doch sie muss heute Holz hacken, und ich müsste eigentlich in der Kirche sein.«

»Und warum seid Ihr es nicht?« Fragend hob er die Augenbrauen.

Tilia suchte nach den richtigen Worten. »Es ist nicht so, dass ich Gott den Herrn und die Heilige Jungfrau nicht preisen wollte, aber ich habe das Gefühl, hinter diesen Mauern erstarre ich wie das Wasser eines Sees im Winter. Es ist dann kein Leben mehr in mir, aber tot bin ich auch nicht.« Sie sah zu ihm hoch, erleichtert, dass er verstehend nickte.

»Doch was treibt Euch hierher? Ich dachte, die Herren Ritter haben alle Hände voll zu tun, den König und seinen werten Schwager in Schach zu halten.«

Er lachte leise, band sein Pferd an einer umgeknickten Weide fest und bot dem Fräulein seinen Arm.

»Ja, alle Hände voll zu tun haben sie«, griff er ihre Worte auf, »die Beutestücke an sich zu raffen, denn der Kampf lohnt bisher nicht, sich Kampf zu nennen.«

Er blickte sich rasch um und führte die Jungfrau dann unter die Bäume, so dass sie vom Kloster aus nicht gesehen werden konnten.

»Ich schließe aus Euren Worten, dass Ihr noch nicht auf des Königs Ritter gestoßen seid.«

»Welch großer Scharfsinn unter diesem wundervollen Blondhaar. Ihr habt ganz recht geschlossen. Der König ist mit seinen Mannen nach Nürtingen gezogen und hält es in eisernem Griff umklammert. Man hört, dass die Bürger sich auf den Kirchhof zurückgezogen haben und noch immer Widerstand leisten. Der Württemberger hat es dagegen vorgezogen, die Weiler der Tübinger Pfalzgrafen zu verwüsten. Mit Wurfmaschinen und Feuer hat er Weil im Schönbuch genommen, dass kein Stein auf dem anderen blieb.«

Tilia hörte nur halb zu. Sie lächelte zu ihm hoch. Es war herrlich, wieder mit ihm zu plaudern und nach all den Wochen in Andacht und Gebet am festen Arm des Ritters zu spazieren.

»Werdet Ihr den Nürtingern zu Hilfe kommen?«

»Sicher, wenn die Saufbolde einmal nüchtern sind und es im Schönbuch nichts mehr zu rauben gibt, dann werden wir dem König in die offenen Arme laufen.«

Es war schon zu düster, um in seiner Miene zu lesen. Seine Stimme verriet nicht, ob er es ernst meinte oder spottete.

»Der Württemberger ist zwar jung und heißblütig, doch er versteht etwas von Kriegskunst. Auch hat er erfahrene Ritter um sich geschart.« Es war mehr eine Frage, denn eine Feststellung. Swenger lachte kurz auf.

»Ja, ja, der wilde Eberhard hat einen klugen Kopf, doch er überschätzt sich und seine Kräfte. Um es mit einem Rudolf von Habsburg aufzunehmen, muss er schon noch ein wenig üben.«

Tilia blieb stehen und sah Swenger ernst an. »Glaubt Ihr, dass der König siegt? Was wird dann aus Zollern? Was wird mit uns passieren?« Die Furcht in ihrer Stimme schien ihm unangenehm. Er schlug einen leichten Ton an und schritt langsam weiter, ihre Hand an seinem Arm festhaltend.

»Wir haben doch den furchtlosen Merkenberger und den so klugen Eitelfriedrich bei uns. Wenn die beiden die grimmigen Blicke, die sie sich gegenseitig zuwerfen, einmal unseren Gegnern zukommen lassen, dann haben die Königstreuen überhaupt keine Chance.«

Tilia lachte pflichtschuldig, doch ihr entging nicht, dass der Ritter ihre Frage unbeantwortet ließ.

»Ihr habt Euch noch gar nicht nach Eurer Braut erkundigt«, wechselte sie das Thema.

Der Ritter schnitt eine Grimasse. »Wenn Ihr es wollt. Wie geht es der holden Williburgis?«

»Sie betet, beichtet und singt und übergibt ihre sündige Seele der Heiligen Jungfrau.«

Swenger stöhnte und verdrehte die Augen.

»Es tut ihr gut, und sie lebt richtiggehend wieder auf«, rügte Tilia den Ritter und kniff ihn in den Arm. »Sie hat ihren Frieden hier in Stetten gefunden, und das sollte Euch viel wert sein. Ihr müsst Geduld mit ihr haben, denn sie trifft keine Schuld.«

»Ist der Heiltrank, der ihrer Seele Frieden schenkt, das Kloster oder weit weg von Zollern zu sein? Am besten wäre es, wenn sie für immer den Schleier nehmen würde. Am besten für sie und am besten für mich.«

Die Wehrsteinerin schwieg. Wie viel wusste der Ritter über die schrecklichen Sünden, die auf Zollern geschehen waren?

Vor ihnen tauchte das Kloster als düsterer Schatten in der Dämmerung auf. Swenger von Lichtenstein blieb stehen und nahm Tilias Hände in die seinen. Er hatte die Handschuhe abgelegt. Es war dem Mädchen, als müssten ihre Hände an der rauen Männerhaut verglühen.

»Geht nun zurück, Tilia. Geht zu den Nonnen und betet für mich, doch erzählt keinem, dass Ihr mich getroffen habt.« Er beugte sich vor und küsste sanft ihren Mund, dann ließ er ihre Hände los und verschwand mit großen Schritten unter den schwarz werdenden Schatten.

Eine ganze Weile sah Tilia ihm nach, obwohl er ihren Blicken bereits entschwunden war. Plötzlich merkte sie, dass die Nacht längst angebrochen war. Nur ein paar Sterne durchbrachen die Finsternis. Rasch raffte Tilia ihre Röcke und schritt zur Pforte. Sie hoffte, dass ihr Fehlen unbemerkt geblieben war.

✠ ✠

Mit großen Schritten eilte der Ritter zu seinem Ross zurück. Er spähte in die Dunkelheit, doch es waren nur die Schatten der Weiden, die ihm Trugbilder von riesenhaften Männern vorgaukelten. Schweigend stand er da und lauschte. Endlich vernahm er das Schnauben eines Pferdes.

»Seid Ihr es?«, flüsterte er in die Dunkelheit.

»Ja, Herr Ritter. Graf Burkhard ist noch in Haigerloch und erwartet Eure Botschaft.« Pergament raschelte, als es von einer Hand in die andere wechselte. Der Mann wollte schon gehen, doch Swenger von Lichtenstein hielt ihn zurück.

»Wir können uns hier nicht mehr treffen. Ich kann nicht so lange vom Lager wegbleiben. Habt Ihr nicht in Stuttgart zu tun? Auch dort gibt es Bürger mit Geld und Geschmack, die Eure Waren gern mit guten Münzen vergüten.«

Der Kaufmann zögerte. »Ja, schon, doch man sagt, dort herrschen strenge Zünfte. Nicht jeder kann dort mit seinem Karren vorfahren und seine Waren feilbieten. Außerdem – verzeiht mir, Ritter –, es ist nicht ratsam, den Rittern und Grafen in ihrem Rausch der Fehde zu nahe zu kommen. Zu gern nehmen sie sich die Ware als Beute und meinen Beutel noch dazu.«

Swenger überlegte. »Vielleicht habt Ihr Recht. Bringt die Nachricht nach Hedelfingen. Hinter der Kirche ist ein kleiner Friedhof. Dort hinter der großen Gruft nach Einbruch der Dunkelheit« – er rechnete die Tage mit den Fingern nach – »am Tag der Heiligen Kosmas und Damian.«

Der Kaufmann überlegte kurz. »Ja, das müsste gehen.« Der Ritter nickte, band sein Pferd los, schwang sich in den Sattel und verschwand in der Nacht.

✠ ✠

»Wo warst du?«, begrüßte die Magd Tilia leise. Im düsteren Lichtschein einer Öllampe flickte Gret Sofies Kittel. Alle außer der Schwester, die die Stunden zählen musste, um ihre Mitschwestern rechtzeitig zur Vigilie zu wecken, hatten sich bereits in ihren schmalen Betten zur Ruhe gelegt. Auch die Grafentochter schien schon zu schlafen. Tilia ließ sich neben Gret auf deren Strohsack sinken.

»Ich war ein wenig draußen«, sagte sie schlicht und starrte dann schweigend in die im Luftzug tanzende Flamme.

Gret nähte einen kleinen Riss zu und biss dann den Faden ab. »Wenn du eine der Damen auf Zollern wärst, dann würde ich sagen, du hast dich dort draußen heimlich mit einem Ritter getroffen.«

Tilia spürte, wie ihr die Röte ins Gesicht schoss. Sie hoffte nur, dass Gret es im düsteren Licht nicht bemerken würde. Schweigend saßen sie da. Tilia ließ den Blick über die karge Gästekammer wandern, die sie zu viert bewohnten, seit Williburgis kein Krankenbett mehr benötigte. Die Grafentochter schlief in der einen Bettstatt, Tilia in der anderen, Gret und Sofie teilten sich einen Strohsack auf dem Boden. Ihr Blick wanderte durch den Raum, doch sie sah nur die dunkelblauen Augen, von langen Wimpern umrahmt, das bartlose, weiche Gesicht, das blonde Haar und das Lächeln vor sich.

Gret faltete das Hemd zusammen und sah Tilia fragend an. »Willst du nicht schlafen? Du weißt, es ist nicht mehr lange, bis die Schwestern sich wieder erheben.«

»Meinst du, dass ein Mann, der mit einem anderen Mann gesündigt hat, durch die Liebe geheilt und gereinigt werden kann? Ich meine, dass auch er in ehrlicher Liebe entbrennt und nicht mehr sündigt?«

Gret stöhnte leise. »Er war hier, nicht?«

»Ich wusste es nicht, glaube mir! Es war eine Fügung Gottes.« Sie überhörte Grets unwilliges Schnauben. »Aber ich musste versprechen, es niemandem zu erzählen.«

»Ich bin niemand, nur eine Magd«, seufzte Gret. »Warum kam er, wenn nicht, dich zu sehen?«

Tilia knetete ihre Finger. »Ich weiß es nicht. Ich glaube, er wollte es mir nicht sagen. Die Kämpfe jedenfalls sind längst noch nicht vorüber. Vielleicht hat der Graf ihn mit einer Botschaft hergeschickt?«

Gret nickte. »Ja, das könnte sein, doch heute Nacht wirst du es ganz sicher nicht mehr erfahren, darum leg dich nun in dein Bett, denn ich muss bei Tagesanbruch zum Bach runter, mit den Laienschwestern zusammen Wäsche waschen.«

Ohne Widerspruch streifte sich Tilia ihren Rock ab und schlüpfte, mit ihrem langen Hemd bekleidet, unter die dünne, raue Decke. Lange nachdem Gret das Licht gelöscht hatte, starrte sie noch in die Dunkelheit. Ihr war es, als spüre sie noch immer die heißen Lippen auf den ihren.

✠ ✠

»Sie hat sich während der Vesper unten am Bach mit einem Ritter getroffen und ist bis nach der Komplet weggeblieben«, klagte Schwester Anna mit lauter Stimme und riss Tilia mit diesen Worten aus ihrer angenehmen Träumerei.

»Sie ist Gast hier und Dame auf Zollern, doch liebe Mutter Oberin, ich finde, das geht zu weit, wenn das Fräulein in unserer Obhut hier in Stetten weilt.«

»Ich habe deine Worte vernommen, du kannst dich wieder setzen.« Die Stimme der alten Äbtissin verriet keine Gefühle, doch ihre klaren Augen waren streng auf Tilia gerichtet. Der Ritterstochter wurde es unter den anklagenden Blicken abwechselnd heiß und kalt. Keiner fragte, woher die Schwester davon wusste. Alle warteten nur, wie die Mutter Oberin diese Verfehlung strafen würde. Doch sie ließ sich Zeit. Die Äbtissin war seit ihrem zwölften Lebensjahr im Kloster, hatte Gott erst im Orden der Augustinerinnen gedient und lebte nun nach den Regeln der Dominikaner, doch das Leben hinter den Mauern hatte sie der Welt nicht völlig entfremdet. Sie konnte es an ihren Händen nicht abzählen, wie viele Kinder sie hinter den Klostermauern schon das Licht der Welt hatte erblicken sehen. Die Mütter waren nicht nur Gäste, auch Novizinnen, und selbst Schwestern brachten immer wieder sehr lebendige Beweise ihrer Sünden zur Welt. Selbst hier in dieser Runde war eine, die hier geboren worden war. Dennoch konnte und wollte die alte Ordensfrau solch sündiges Verhalten nicht ungestraft lassen. Wäre die junge Frau einer ihrer Schützlinge, dann würde sie sie hart züchtigen, für mindestens eine Woche auf dem Boden schlafen und auf den Knien den Kreuzgang und den Kirchenboden schrubben lassen, doch Tilia von Wehrstein war eine Dame des Grafen.

»Ist das wahr, was Schwester Anna dir vorwirft, mein Kind?«, fragte die Äbtissin mit klarer Stimme.

Tilia errötete heftig. »Nein, ja«, stotterte sie. »Ich habe ihn nur zufällig getroffen und ein paar Worte mit ihm gewechselt.«

»Wer ist er?«

Das Mädchen wehrte ab. »Das kann ich nicht sagen!«

Die Mutter Oberin faltete ihre knochigen Hände. »Du bist in einem Haus Gottes. Hier kannst du alles sagen.«

Doch Tilia schüttelte trotzig den Kopf. Die alte Frau seufzte und dachte einige Augenblicke nach.

»Wenn du einer meiner Schützlinge wärst, dann wüsste ich dich zu strafen. Du bist hier Gast, dennoch lebst du hier unter den Bräuten Christi und solltest daher die Gebote Gottes und die Regel des heiligen Dominikus befolgen …«

»Ehrwürdige Mutter«, unterbrach Williburgis die Äbtissin, sprang auf, trat vor und sank dann auf die Knie. »Tilia von Wehrstein ist meine Dame. Wir sind gekommen, um Euer Leben zu teilen und Gottes Gnade zu erlangen. Wenn sie gefehlt hat, so straft sie wie die Euren auch, denn wir sind alle Kinder Gottes. Keiner soll sich erheben über den anderen. Vor Gott dem Schöpfer, dem Allmächtigen, sind wir alle gleich. Ist es nicht unsere Pflicht, auf unseres Nächsten Heil zu achten? Ihn vor sich selbst zu schützen, wenn er seine Seele in Gefahr bringt?«

Erwartungsvoll sah sie zu der Äbtissin hoch. Tilia riss entsetzt die Augen auf. Die Oberin runzelte unwillig die Stirn. Sie liebte es nicht, unterbrochen zu werden. Noch weniger mochte sie es, von Laien in Fragen des Glaubens belehrt zu werden, doch sie bezähmte den in ihr aufsteigenden Unmut, schickte die Grafentochter auf ihren Platz zurück und verkündete dann die Strafe, die die Ritterstochter demütig zur Sühne annehmen musste.

Kein Laut entrang sich Tilias Lippen, als die Rute auf ihren nackten Rücken klatschte und hässliche Striemen auf die weiße Haut schrieb. Ohne zu klagen rutschte sie auf den Knien über den Steinboden und bearbeitete jeden Fleck mit einer Bürste und scharfer Lauge. Die Zähne fest zusammengebissen, wollten ihr die Lobpreisungen zu Ehren Gottes und der Heiligen Jungfrau nicht so recht über die Lippen kommen.

Gret bot ihr keine Hilfe an und sprach nicht mit ihr darüber. Doch wenn die Lichter gelöscht worden waren und alle sich zur Ruhe gelegt hatten, dann rutschte sie zu Tilias Lager und strich ihr die wunden Hände mit einer wohltuenden Paste ein.

KAPITEL 32

Was wollt Ihr?«, fragte die Schwester mürrisch, die schon mehr als zehn Jahre das Amt der Pförtnerin ausführte. Sie musterte misstrauisch den eher ärmlich gekleideten Händler und die beiden Bewaffneten durch die kleine Luke in der Tür. Da, seit ihr Haar ergraut war, auch die Kraft ihrer Augen merklich nachgelassen hatte, erkannte sie die Männer des Grafen nicht.

»Wir haben einen Verletzten auf dem Karren, der hier im Kloster bleiben soll.«

»Einen Mann? Geht nach Hechingen rüber, da gibt es einen Bader«, wehrte sie unfreundlich ab.

Da mischte sich Berchtolt von Steinhofen ein. Er trat so nah an das Fensterchen heran, dass die Alte seinen Atem spüren konnte.

»Jetzt hört mal gut zu, Schwester«, sagte er hart. »Auf dem Karren da liegt Eitelfriedrich von Zollern, der beim Angriff auf Nürtingen schwer verletzt wurde und nur mit Gottes gnädiger Hilfe die lange Fahrt bis hierher überlebt hat. Also öffnet uns gefälligst die Pforte!«

»Woher soll ich wissen, dass Ihr die Wahrheit sagt – Ritter«, fügte sie noch hinzu und kniff ihre kurzsichtigen Augen zusammen.

Der Edelknecht stöhnte. »Geht zu Eurer Äbtissin oder wie Ihr sie nennt. Vielleicht ist sie ein wenig schlauer als Ihr.«

Das Fenster klappte zu. Es schien den Männern eine Ewigkeit zu vergehen, ehe die Tür weit aufgerissen wurde und eine andere Schwester in Begleitung von Williburgis und Tilia heraustrat. Die Zollerntochter eilte mit gerafften Röcken zu dem Karren des Händlers und schlug die Plane zurück.

»Herr im Himmel!«, entfuhr es ihr, als sie die totenbleiche Gestalt sah.

»Wie steht es um ihn?«, fragte Tilia den von Steinhofen leise, doch der alte Haudegen zuckte nur die Schultern.

»Ist nicht immer ganz da und sehr schwach. Die Wunde habe ich nicht gesehen. Soll ein Pfeil gewesen sein, doch ich verstehe nicht viel davon. Der Graf hat nur gesagt, wir sollen ihn bis hierher begleiten.«

Tilia hatte genug gehört. Da Williburgis damit beschäftigt war, über das große Unglück zu jammern und herzerweichend zu weinen, wies Tilia die Männer des Grafen an, den Verletzten hineinzutragen.

Die gefährliche Fracht endlich los, schickte sich der Händler sofort an, seinen Weg fortzusetzen, während die Männer des Grafen sich im Schatten des Klosters niederließen und Brot und Käse auspackten.

✠ ✠

»Ich helfe Euch gern bei der Pflege, Schwester«, sagte Gret und schlug die Augen nieder.

Schwester Maria, die das Amt des Infirmarius innehatte, nickte. »Dann lauf und hol mir heißes Wasser, dass ich die Wunde auswaschen und neu verbinden kann.«

Im Laufschritt eilte die Magd davon. Tilia stand mit gefalteten Händen da und ließ den Blick über die bleiche Gestalt wandern. Blass war er, der älteste Zollernsohn, unrasiert und schmutzig, die Wangen eingefallen, die Lippen rissig. Er hatte die Augen geschlossen. Schlief er? War er ohnmächtig?

»Beten ist gut, doch besser noch, Ihr helft mir, ihn auf den Bauch zu drehen, dass ich mir die Wunde ansehen kann.«

Die dunklen Äuglein der Nonne blitzten. Ungeduldig schob sie eine graue Strähne unter ihren Schleier zurück, ehe ihre kräftigen Hände den Grafensohn packten. Nicht grob, aber energisch drehte sie ihn um, ohne sein Stöhnen zu beachten. Mit einem scharfen Messer trennte sie den verschmierten Verband auf. Bei dem fauligen Geruch, der ihr entgegenschlug, rümpfte sie die Nase.

»Das sieht nicht gut aus. Gar nicht gut. Heilige Jungfrau, steh uns bei.«

In diesem Moment kam Gret mit dem heißen Wasser. Ihre Hände zitterten, als sie die Schüssel auf einen Schemel stellte, so dass das Wasser in Bewegung geriet und überschwappte. Die Nonne warf der Magd einen tadelnden Blick zu, sagte aber nichts. Sie reichte Gret stattdessen ein Leinentuch.

»Hier, schneide es in handbreite Streifen.«

Den Blick auf die eiternde Wunde gerichtet, hantierte Gret fahrig mit dem Messer, während die Nonne geschickt die Wunde auswusch. Tilia legte Gret die Hand auf die Schulter.

»Er wird doch wieder genesen, Schwester, wenn es Gottes Wille ist?« Sie suchte nach den rechten Worten, um die Nonne nicht zu kränken. »Als Infirmarius habt Ihr sicher die nötige Erfahrung und auch die Medizin, die Wunde zu heilen.«

Schwester Maria kniff die Augen zusammen, so dass auf ihrer Stirn eine steile Falte erschien. Die Hände in die Hüften gestemmt, sah sie die Ritterstochter prüfend an.

»Um all Eure gefragten und ungefragten Zweifel zu beantworten: Ja, ich bin schon lange in diesem Kloster für die Kranken zuständig, und nein, ich habe noch nie eine solch schwere Wunde behandelt. Ja, ich habe solch eiternde Wunden schon gesehen, an Armen und Beinen. Der Bader hat die Glieder dann abgetrennt. Manche überlebten, manche nicht. Doch hier im Rücken kann man nichts abtrennen, deshalb lautet die Antwort auf Eure Frage: Er wird sterben, wenn kein Wunder an ihm vollbracht wird.«

Das Aufstöhnen des Grafensohns mischte sich mit einem Schluchzen aus Grets Kehle. Tilias Finger gruben sich in Grets Arm.

»Auch ich habe schon schwärende Wunden gesehen – und wie sie sauber verheilten und vernarbten. Es gibt ein Mittel und einen Mann, der damit umzugehen weiß.«

Der Mund der Heilkundigen war nur noch ein Strich. »Und wer ist es, der diese Wunder vollbringen kann?«

»Bruder Tragebott, der Franziskanermönch, der auf Zollern lebt!«, antwortete Tilia und sah die Nonne herausfordernd an.

»Der verbrannte Teufel?«, keuchte sie und bekreuzigte sich. »Der soll keine Hand an den Zollernsohn legen!« Schützend streckte sie ihre Hände über dem nackten Männerrücken aus.

»Aber Ihr sagtet doch, dass Ihr nicht glaubt, ihn selbst heilen zu können. Dann kann es wohl nicht schaden, den Franziskaner es versuchen zu lassen«, bemühte sich Tilia, die starrsinnige Nonne zur Vernunft zu bringen.

»Und seine Seele? Habt Ihr einmal an seine Seele gedacht? Lieber soll sein Leib hier in Stetten bei unseren Gebeten sterben denn seine Seele von diesem Dämon verdorben werden!«

»Er ist weder ein Teufel noch ein Dämon!«, verteidigte Tilia den Mönch. »Er sieht zum Erschrecken aus und ist manches Mal ein wenig seltsam, das gebe ich gerne zu, doch er ist ein großer Alchimist und ein großer Medicus!«

Ohne ein weiteres Wort zu sagen, verteilte die Nonne eine graugrüne, schlammige Masse auf der Wunde und verband sie dann sorgfältig.

»Ich werde mit der Mutter Oberin sprechen«, sagte Tilia leise und versuchte, zumindest ein wenig Demut und Respekt in ihre Stimme zu legen. Mit einem Kopfnicken verließ sie die Krankenkammer. Gret folgte ihr.

»Danke, das werde ich dir nicht vergessen«, sagte die Magd leise.

»Er ist der Sohn des Grafen! Es ist meine christliche Pflicht, alles zu tun, dass er am Leben bleibt.« Tilia spürte den traurigen Blick und die stumme Anklage in ihrem Rücken. Unvermittelt blieb sie stehen, drehte sich herum und griff nach Grets Händen.

»Ja, ich habe es verstanden, dass er dir Freude, nicht Pflicht bedeutet, und ich würde alles tun, um dir Kummer zu ersparen.«

»Danke«, sagte Gret noch einmal, denn sie fühlte, wie schwer es Tilia fiel, ihre Meinung über den Grafensohn und seine sündige Beziehung zu der Magd zu ändern.

✠ ✠

In Begleitung des Edelknechts von Steinhofen und des jungen Bollers ritten Tilia und Gret nur kurze Zeit später den Zoller hinauf. Tilia trieb ihr Pferd zur Eile an. Nicht nur, dass der Zustand des Grafensohnes keine Trödelei zuließ, sie fühlte auch den unbändigen Drang nach Freiheit. Der Wind ließ ihre Haut prickeln und zerrte an ihren Haaren. Tilia atmete tief durch. Hätte der Ritt nicht solch einen unglückseligen Anlass gehabt, sie hätte vor Freude jauchzen mögen.

»Jungfrau Tilia, reitet das Pferd nicht zuschanden!«, rief Berchtolt von Steinhofen ihr nach, denn der Hals der schwarzen Stute war bereits von Schweiß durchnässt, und die ersten Schaumflocken tropften ins Gras.

Nur widerwillig zügelte Tilia das Ross und ließ die anderen aufholen. Gemächlich trabten sie die letzten steilen Serpentinen bis zum Burgtor hoch.

Wie nicht anders zu erwarten, fanden sie Bruder Tragebott in seinem Kellerverlies mit seinen Experimenten beschäftigt. Der Edelknecht blieb an der Tür stehen und bekreuzigte sich hastig, doch Tilia schritt beherzt an den Tisch mit den seltsamen Apparaturen heran. Es roch nach Hölle und verbranntem Holz, nach Mist und betäubendem Rauch. Noch immer hatte der Mönch seine Besucher nicht bemerkt, so sehr nahm ihn das Mischen mehrerer Pulver in einem kleinen Schälchen in Anspruch.

»Bruder Tragebott!«

Die Stimme dicht hinter ihm riss den Mönch mit einem solchen Schreck aus seiner Arbeit, dass er herumfuhr. Der Ärmel seiner weiten Kutte wischte das Schälchen samt dem Binsenlicht vom Tisch. Erst zischte es kurz, dann erleuchtete ein Lichtblitz die Gewölbe. Mit einem Schrei nahm der Edelknecht Reißaus. Tilia fühlte sich von einer kräftigen Gestalt zu Boden gerissen, dann erst hörte sie den Donnerschlag. Alle Luft wurde aus ihrer Lunge gepresst, so schwer drückte sie der Körper zu Boden. Als der Druck nachließ, war die Luft, die sie in sich aufsog, von beißendem Rauch erfüllt. Tilia hustete, und Tränen schossen ihr in die Augen.

Bruder Tragebott, der sich schützend über sie geworfen hatte, rollte sich zur Seite. Als er sich davon überzeugt hatte, dass die Ritterstochter unverletzt geblieben war, sprang er auf und stieß einen triumphierenden Schrei aus.

»Jetzt habe ich es! Habt Ihr das gesehen? Es war nur eine winzige Menge, und dann dieser Feuerblitz und dieser Knall!« Dass sie beide um ein Haar von diesem teuflischen Gemisch in Stücke gerissen worden wären, schien ihn nicht im Geringsten zu stören. Er führte einen Freudentanz auf, hustete und lachte im Wechsel und erinnerte nun wirklich an einen Dämon der tiefsten Hölle. Etwas missmutig betrachtete Tilia die rußigen Flecken auf ihrem zartgelben Rock, doch dann musste auch sie lachen.

Der Qualm trieb den Mönch und die Jungfrau schließlich nach oben ans Tageslicht, wo sie den von Steinhofen und eine aufgeregte Gret antrafen, die sich gerade anschickte, in das Verlies einzudringen.

»Ich habe es geschafft!«, jubelte der Mönch noch einmal. »Nun wird Zollern unbesiegbar sein. Der Name wird erblühen, und alle Feinde werden zittern. Der König soll sich nur in Acht nehmen, wenn wir mit meiner Wunderwaffe seine Ritter in Stücke reißen. Ein Blitz und ein Donner, eine alles verzehrende Flamme, und nur noch Asche wird von ihnen bleiben …«

Tilia legte ihm die Hand auf seinen Arm und unterbrach seine Triumphrede. »Lieber Bruder Tragebott, bevor Ihr die Königstreuen in Flammen aufgehen lasst, solltet Ihr versuchen, den Zollernerben zu retten, damit er seinen Sieg noch miterleben kann.«

Die Mundwinkel des Franziskaners sackten herab. »Was ist geschehen?«

Rasch beschrieb ihm Tilia die Wunde. Der Mönch nickte, hastete in seine Gemächer zurück und packte einen großen Beutel voll mit Dosen und anderen Behältern. Inzwischen ließ der von Steinhofen ein Pferd satteln. Es war ein kleines, gutmütiges Tier, und dennoch schimpfte und jammerte der Mönch den ganzen Ritt nach Stetten hinunter und wäre ein paarmal beinahe aus dem Sattel gefallen, wenn er sich nicht rechtzeitig an der Mähne des Wallachs festgeklammert hätte. Endlich erreichten sie das Kloster am Reichenbach. Stöhnend rutschte Bruder Tragebott vom Pferd und folgte Tilia und Gret steifbeinig durch die Pforte, vorbei an einer alten Nonne, die ihr Missfallen gar nicht zu verbergen suchte.

Als der Mönch eintrat, verließ Schwester Maria beleidigt die Krankenkammer. Lieber wollte sie auf den Knien die ganze Nacht hindurch zur Buße beten, als diesem Teufel bei seinem unheiligen Werk behilflich zu sein, auch wenn sie damit gegen die Anordnungen der Mutter Oberin verstieß.

Schnell waren die Leiden des unbequemen Ritts vergessen, als Bruder Tragebott die Wunde des Zollernsohnes sah. So als hätten sie ihr Leben lang nichts anderes gemacht, arbeiteten Tilia und der Franziskaner zusammen. Seine Anweisungen waren knapp, aber nicht unfreundlich. Die Jungfrau reagierte schnell und hantierte geschickt, ohne sich zimperlich anzustellen. Kein unnötiges Geplapper, kein hysterisches Gekicher, keine Ohnmachtsanfälle.

Bruder Tragebott wusch die Wunde aus, die bereits wieder Eiter angesetzt hatte. Ohne sich um das Stöhnen des hohen Herrn zu kümmern, drückte er an den blutigen Rändern herum.

»Da ist noch ein Stück des Pfeiles drin! Solche Pfuscher! Kein Wunder, das die Wunde schwärt. Ein Messer, gebt mir ein scharfes Messer aus meinem Beutel und rückt die Lampe näher.«

Als Bruder Tragebott das Messer in einer Schüssel mit gebranntem Wein wusch, wurde es Tilia doch ein wenig mulmig. Hilfe suchend sah sie sich nach Gret um, die stumm die blutigen Lappen aufsammelte.

»Haltet den Arm fest«, gebot er barsch und stach dann blitzschnell in die tiefe Wunde. Eitelfriedrich schrie und versuchte, sich aufzubäumen, doch das kräftige Knie des Mönches in seinem Kreuz drückte ihn nieder. Er brauchte noch einen zweiten Versuch, doch dann förderte er einen schwarzen Metallsplitter hervor. Blut schoss aus der Wunde, doch Bruder Tragebott schien mit seiner Arbeit zufrieden zu sein.

»Da, Jungfrau Tilia, seht, das hätte ihn sein Leben gekostet.«

Er hielt die Schneide des Messers in die Flamme des Binsenlichts, bis sie rötlich zu glühen begann. Mit einer flinken Bewegung drückte er das Eisen in die blutende Wunde. Der Verletzte stöhnte und gab gurgelnde Geräusche von sich. Der Gestank nach verbranntem Fleisch zog durch das Gemach.

Die Wehrsteintochter schluckte. Sie war ein wenig blass, doch sie reichte dem Mönch die Leinenstreifen, ohne zu zittern. Eitelfriedrich von Zollern sagte gar nichts mehr. Eine Ohnmacht hatte ihn vorübergehend von seinen Schmerzen befreit.

»Und, wie kommt Ihr voran, Bruder?«, erklang eine Stimme von der Tür her.

Tilia und Gret fuhren herum. Der Mönch verknotete erst noch den letzten Leinenstreifen, ehe er sich dem alten Weiblein unter der Tür zuwandte.

»Wird der Erbe überleben?«

Mit gebeugtem Rücken stand sie da, die eine Hand fest auf ihren Stock, die andere auf Schwester Ruths Arm gestützt, doch keiner würde zweifeln, dass sie noch immer das Oberhaupt des Klosters war. Ihre hellen Augen musterten aufmerksam den ungehorsamen Mönch in seiner schmutzigen, löchrigen Kutte.

»Auch mir ist Gottes Wille nicht bekannt, Mutter Oberin, aber wenn es nach mir geht, dann soll er sein Erbe gern antreten.«

Falls die Ordensfrau die Antwort für respektlos hielt, ließ sie es sich nicht anmerken.

»Wir danken Euch, dass Ihr sogleich gekommen seid«, fügte sie hinzu, ohne ihn aus den Augen zu lassen.

»Dankt mir, wenn sich Kruste über die Wunde gelegt hat und wenn sie nicht mehr nässt. Dankt mir, wenn ich Tage und Nächte an seinem Lager gesessen bin.«

Schwester Maria, die neugierig über der Mutter Oberin Schulter linste, schnaufte empört. »Er kann nicht hier bleiben! Ich werde den Platz an der Seite des Kranken einnehmen.«

Tilia sah den Kampf, den die alte Ordensfrau ausfocht. Für einige Augenblicke schloss sie die Augen.

»Bruder Tragebott, ich werde Euch ein Lager richten lassen. Ihr könnt Eure Mahlzeiten hier einnehmen. Ihr werdet nicht das Necessaria der Schwestern benutzen. Ihr könnt Eure Notdurft außerhalb unserer Mauern verrichten.«

Der Mönch grinste anzüglich. »Ich verspreche Euch, mich nur dem Kranken zu widmen und nicht einmal einen Blick auf Eure Schäfchen zu richten.«

»Das habe ich nicht anders erwartet«, antwortete die Äbtissin scharf, wandte sich brüsk um und ließ sich von Schwester Ruth in ihre Kammer zurückgeleiten.

✠ ✠

Es war schon dunkel, als Tilia die Pforte öffnete, um die beiden Edelknechte aufzusuchen, die unter einer Linde ein kleines Feuer angezündet hatten. Das Mädchen hatte mit Erlaubnis der Äbtissin eine Schüssel mit dickem Eintopf und dunkles Brot aus der Küche geholt. Es war nicht das, was die Männer von Zollern gewöhnt waren, doch wenigstens der kleine Weinschlauch, den sich Tilia unter den Arm geklemmt hatte, würde ihnen gefallen.

Berchtold sprang auf und griff nach seinem Dolch, als er die Gestalt bemerkte, die sich dem Lager näherte. Auch die beiden Pferde schnaubten unruhig, wandten sich jedoch wieder dem saftigen Gras zu, als sie Tilias beruhigende Stimme vernahmen.

»Ich bin es, Tilia von Wehrstein. Ich bringe Euch Essen und Wein aus der Klosterküche.«

Da die Männer auf ihrem Ritt von Stuttgart her drei Tage nichts Warmes in den Magen bekommen hatten, stopften sie das fleischlose und verkochte Durcheinander wortlos in sich hinein. Tilia beobachtete sie schweigend. Erst als Wetzel, der Boller, herzhaft rülpste, erhob sie wieder ihre Stimme.

»Was ist passiert? Ich habe gehört, Ihr habt im Schönbuch gekämpft. Ist der Graf dort verletzt worden?«

Wetzel schüttelte den Kopf und flegelte sich ins Gras.

»Nein, im Schönbuch gab es nichts mehr zu holen.« Er kicherte leise. »Die Tübinger werden dort lange keine Freude mehr haben. Kein

Haus steht mehr. Die Bauern sind tot oder in die Wälder geflohen, die Zehntscheuern mit all den Feldfrüchten des Jahres abgebrannt.«

Tilia trat unruhig von einem Fuß auf den anderen. »Und dann? Was habt Ihr dann getan?«

»Der Habsburger, dieser Hund, hat Nürtingen eingenommen, bevor wir mit den Karren und den Wurfmaschinen dorthin gelangen konnten. Wir haben einen Angriff versucht, doch er hatte seine Ritter im Wald versteckt.« Er hob die Hände, so als wolle er sich entschuldigen. »Wir mussten uns nach Stuttgart zurückziehen.«

»Und dabei haben die Mannen des Königs Eitelfriedrich mit einem Pfeil getroffen? Aber warum habt Ihr ihn die weite Strecke in einem Karren herbringen lassen? Hat der Württemberger in Stuttgart keine Heilkundigen?«

Der Edelknecht zuckte gelangweilt die Schultern. »Der Graf selbst schickte uns los, einen Händler zu suchen, der gen Süden fährt. Er wollte, dass sein Sohn nach Stetten reist, und befahl uns, ihn sicher herzugeleiten. Er fürchtete, Eitelfriedrich sei in Stuttgart nicht sicher.«

Tilia nickte langsam. Sie wünschte noch eine angenehme Nacht und schritt dann, tief in Gedanken versunken, zur Klosterpforte zurück. Noch immer fragte sich Tilia, was der Merkenberger bereit war, für Land und Macht alles zu tun.

✠ ✠

»Keine weiteren Ausflüchte. Ich will wissen, ob du etwas damit zu tun hast!«, schrie der alte Graf, und seine Hände zitterten.

Der Merkenberger strich sich die Haare zurück. »Da seht her, kein Mal auf der Stirn. Außerdem bin ich nicht hinter ihm geritten.«

Friedrich von Zollern ließ sich auf einen samtbezogenen Sessel sinken. Eberhard von Württemberg hatte den Zollerngraf und seinen Sohn in einem zugigen, doch prächtig eingerichteten Gemach in seiner weitläufigen Stuttgarter Burg untergebracht.

»Ich habe auch nicht angenommen, dass du selbst den Bogen gespannt hast, doch ich möchte wissen, ob du etwas mit der Sache zu tun hast. Du wirst das Zimmer erst verlassen, wenn ich eine zufrieden stellende Antwort erhalten habe.«

Der Merkenberger lachte verächtlich. »Wie wollt Ihr das erreichen?«

Müde schloss der Graf die Augen. »Du meinst also, wenn du mir die Grafschaft nicht abpressen kannst, dann lässt du deinen Bruder töten?«

»Nein«, erwiderte der jüngste Sohn mürrisch, »so war es nicht. Es war nicht mein Einfall, und außerdem habe ich ihn längst zurückgepfiffen. Wer weiß, vielleicht war es ja doch ein Pfeil der Königlichen.«

»Wer ist es?«, fragte der Graf leise.

Der Merkenberger warf sich in die Brust. »Das werde ich nicht sagen. Glaubt Ihr, ich bin ein Verräter? Glaubt Ihr, ich bin ehrlos?«

Friedrich von Zollern lachte bitter. »Du lieferst deinen Bruder einem Meuchelmörder, einem Verräter aus seinen eigenen Reihen aus, deckst ihn und nennst das dann Ehre? Heiliges Römisches Reich, wohin bist du gekommen! Wo sind Ehre und Mut, Freundschaft und Treue geblieben?«

Mit einem Ruck sprang der Graf hoch und baute sich mit funkelnden Augen vor seinem Sohn auf. »Du wirst dieses Problem beseitigen, und zwar schnell! Ich befehle es dir und dulde keine Widerrede. Wie du das machst, ist mir gleich, doch du erledigst es.«

Der Merkenberger duckte sich ein wenig. So energisch hatte er den Vater lange nicht erlebt, doch dann wallte Wut in ihm auf.

»Ihr, ausgerechnet Ihr wagt es, von Ehre zu reden? Wo sind Eure hohen Ideale in den Nächten, in denen Ihr Blutschande treibt?« Er spuckte dem Vater vor die Füße.

Der Graf hob die Hand zum Schlag. Alle Farbe war aus seinem Gesicht gewichen.

»Ja, schlagt zu, Alter, Eure Zeit ist abgelaufen. Denkt immer daran, an allem, was passiert, tragt Ihr selbst Schuld, denn Ihr seid es, der mir meinen Anteil an der Grafschaft vorenthält.«

Nach diesen Worten drehte sich der Zollernsohn um und stürmte aus dem Gemach. Er würde den von Ringelstein-Killer nicht opfern. Wozu einen ergebenen guten Kämpfer aufgeben, für den es sicher noch viel Verwendung gab?

KAPITEL 33

Der September neigte sich dem Ende zu. Die Bäume begannen bereits, ihr sattes Grün aufzugeben, und Gelb- und Rottöne mischten sich ins Laub. Auch wenn die Sonne mittags noch warm vom blauen Himmel schien, zeigte die abendliche Kühle, dass der Herbst den Sommer aus dem Land zu jagen gedachte. Gedankenverloren zupfte Heinrich von Husen ein paar Blätter von einem verwilderten Rosenstrauch, der in einer Ecke des Hofes der Stuttgarter Burg, ungeachtet des Unrates ringsherum, seine herrlichen Blüten der Sonne entgegenreckte. Heinrich dachte an Tilia. Sah ihr Gesicht vor sich, die Lippen, die Augen, die rosigen Wangen. Er sehnte sich danach, sie zu berühren.

»Träumt Ihr von einem Weiberrock? So seht Ihr gerade aus!« Mit einem kräftigen Schlag auf die Schulter riss Otto von Ringelstein-Killer den Jüngling aus seinen süßen Träumen.

»Ihr wollt Euch in diesem Krieg doch sicher Eure Sporen verdienen?«

Heinrich sah den Ritter misstrauisch an. »Ja, natürlich möchte ich das«, sagte der Wehrsteiner Vasall vorsichtig und versuchte, seine Abscheu vor dem groben Kämpfer zu verbergen.

»Was haltet Ihr davon, zu Eurem Herrn zurückzukehren, ihm ein wenig um den Bart zu schleichen und zuzusehen, dass Ihr etwas davon mitbekommt, was der König und die Herren Grafen vorhaben.«

Heinrich straffte sich entrüstet. »Ich bin weder ein Verräter noch ein Spion. Und ich werde mich nie dazu herablassen, meine Ehre mit so etwas zu beschmutzen.«

Otto von Ringelstein-Killer lachte verächtlich. »Ihr reitet in des Königs Lager. Seht zu, dass Ihr unbeschadet hinkommt.« Er fasste Heinrich bei seinem Rock. »Ich weiß sehr wohl, dass Ihr die Wehrsteinerin anschmachtet. Also, wenn Ihr wollt, dass es ihr auf Zollern weiterhin gut geht – jetzt, wo ihr Vater um den Hohenberger herumschwänzelt –, dann solltet Ihr genau das machen, was ich Euch sage.«

Bereits am Abend traf der junge von Husen im Lager des Königs ein und fragte nach seinem Herrn, Hildebolt von Wehrstein.

✢ ✢

Ächzend und stöhnend ließ sich der dicke Franziskanermönch neben Tilia auf den Baumstamm sinken. Er räkelte sich, ließ die Finger knacken und gähnte herzhaft. »Es wird Zeit für ein ausgiebiges Nickerchen.«

Tilia nickte. »Ja, das habt Ihr bestimmt nötig. Wie viele Nächte habt Ihr an Eitelfriedrichs Lager gewacht?«

Der Mönch winkte ab. »Halb so schlimm. Es sieht gut aus. Gestern hat er bereits nach einem anständigen Essen verlangt. Er wollte mir gar seine Schüssel nachwerfen, als ich ihm sagte, dass es in seinem Kloster nur solchen Fraß gebe.«

Tilia lächelte. »Dann ist er wirklich über das Schlimmste hinweg.«

»Er wünscht, nach Zollern gebracht zu werden – und ich hätte gegen einen deftigen Braten auch nichts einzuwenden, wenn Ihr mir diese Offenheit verzeiht.«

»Ah, Eure Schwäche fürs Essen hat Euch Freiburg den Rücken kehren lassen«, frotzelte Tilia.

Kurz umwölkte sich Bruder Tragebotts Stirn, doch dann grinste er und kratzte sich den Bart.

»Ich muss Euch gestehen, wir nahmen es in dieser und in manch anderer Hinsicht mit den Regeln nicht so genau, doch solch einen Braten, wie Hanna ihn macht, seit Ihr der Guten in den Allerwertesten getreten habt, das hatten wir in Freiburg nicht.«

Tilia seufzte leise. »Dann ziehet hin in Frieden, wenn Ihr meint, dass der Zollernsohn bereits ohne Gefahr ein Pferd besteigen kann. Ich werde Euch vermissen.«

»Soll ich Euch einen Korb mit Leckereien füllen und zum Kloster bringen lassen?«, fragte der Mönch, um das leibliche Wohl der Jungfrau besorgt.

»Du liebe Güte, nein. Wenn sie mich dabei erwischen, dann muss ich wieder wochenlang die Böden schrubben.«

Der Mönch sah sich die Hände des Fräuleins an, die die weiße Zartheit der hohen Damen vermissen ließen.

»Ich weiß schon, warum ich diesen Haufen verlogener und scheinheiliger Drückeberger verlassen habe«, knurrte er.

Am Abend nahm Tilia Gret zu sich und erzählte ihr von der kurz bevorstehenden Abreise der beiden Männer. Gret nickte nur, sagte aber nichts dazu. Sie wollte schon gehen, um sich den letzten Arbeiten des Tages zuzuwenden, aber Tilia hielt sie fest.

»Ich wollte dich noch fragen, ob du mitgehen möchtest. Ich meine, du musst nicht hier im Kloster bleiben, wenn du mit ihm auf die Burg zurückkehren willst.« Es war ihr sichtlich schwer gefallen. Nun stand sie da und sah die Magd fragend an.

»Das ist nett von dir, doch ich bleibe hier. Ich bin deine Schwester und deine Magd. Mein Platz ist hier an deiner Seite.«

Sie packte den Wäschekorb und klemmte ihn unter den Arm. »Der Krieg kann ja nicht ewig dauern, und dann kehren wir nach Zollern zurück.«

Tilia sah ihr nach. Eine Welle der Zuneigung überflutete sie. Welch guter Mensch wohnt in dem Gewand dieser Magd, dachte sie. Meine Schwester!

✠ ✠

Es war früh am Morgen, doch in der Küche klapperte und raschelte es bereits.

»Darf ich Euch begleiten, Schwester Katherina?«, fragte Tilia, kniete sich zu ihr auf den Boden und half der Küchenmeisterin, Bündel von getrockneten Kräutern in einen Korb zu packen. Sie verstauten sorgsam Salbei und Schafgarbe, Dill und Liebstöckel.

»Ich kann Euch tragen helfen«, bot die Wehrsteinerin an.

Die trotz der kargen Kost recht rundliche Nonne dankte der Rittertochter und lächelte freundlich. »Ihr müsst Euch nicht den weiten Weg nach Hechingen plagen. Ich nehme Eure Magd mit, dass sie mir die Töpfe auf dem Rückweg trägt.«

Nur mühsam konnte Tilia ihre Ungeduld zügeln. »Gret hilft heute bei der Wäsche. Ich bin gut zu Fuß, Schwester, und ich gehe Euch wirklich gern zur Hand.«

Schwester Katherina erhob sich und zwinkerte Tilia verschwörerisch zu. »Ihr wollt doch nicht etwa auf dem Mark heimlich Süßigkeiten kaufen? Oder seid Ihr am neuesten Klatsch vom Händel und Geschrei der Großen interessiert?«

Errötend sah Tilia zu Boden. Die braunen Äuglein der Nonne blitzten.

»Ja, dann müssen wir sehen, ob der alte Gerot an seinem Platz ist. Er handelt mit Garn und Löffeln, Schüsseln und Gürteln, geheimnisvoller Medizin und mit Geschwätz.« Sie lächelte verschmitzt. »Da werdet Ihr mehr zu hören bekommen, als Eure Ohren aushalten. Ich sage der Mutter Oberin Bescheid, dann können wir gleich losgehen. Es wird schon hell. Wenn wir hier noch länger schwatzen, ist der Markt vorbei, ehe wir nach Hechingen gelangen.« Geschäftig eilte sie davon.

»Erzählt mir von Eurer Heimat. Wo seid Ihr aufgewachsen?«, fragte die Schwester, als sie mit dem Korb unter dem Arm am Reichenbach entlangschritt. Katherina war ein Oblatus, ein Geschenk ihrer Eltern an das Kloster. Einige Wiesen unterhalb der Wüstenmühle und Äcker am Reichenbach in Richtung Boll hatten die reichen und angesehenen Hechinger Bürger Walch der Tochter mitgegeben, um Gott und die Mutter Oberin zu erfreuen. Seit ihrem zehnten Lebensjahr war es also Katherinas Aufgabe, für ihre Familie, deren Geschäfte und ihr Wohlergehen zu beten. Mittlerweile schon Jahre über ihre blühende Jugend hinaus, hatte sie sich inzwischen an die Regeln und das karge Leben gewöhnt. Gern hatte sie die Aufgabe der Küchenmeisterin übernommen, kam sie so doch wenigstens ab und zu aus dem Kloster hinaus, um in Hechingen die Dinge einzutauschen, die die Schwestern nicht selbst herstellen konnten.

Tilia erzählte von Wehrstein, während die beiden Frauen über eine gemähte Wiese gingen. Trotz ihrer geringen Körpergröße und ihrer Leibesfülle schritt die Nonne frisch drauflos, so dass Tilia in ihren Lederschuhen wunde Füße hatte, noch bevor sie die Starzel erreichten. Dort, wo der Reichenbach in die Starzel fließt, trafen die Frauen auf den Weg, der über die Furt die neue Stadt auf dem Sporn mit dem alten Hechingen verband. Obwohl die Staig steil den Berg hoch führte, plapperte die Nonne ohne Unterlass und erzählte von ihrer Kindheit im Hause des Vaters in Hechingen. Sie genoss es sichtlich, dem strengen Schweigegebot für eine Weile entflohen zu sein. Was machte es da schon, dass sie dies am anderen Tag bei der Congregatio eingestehen würde und dafür zur Strafe auf dem Boden schlafen oder einige Nachtwachen übernehmen musste.

Die beiden Frauen passierten das untere Tor und folgten dann der von Kot und Unrat dick bedeckten Straße, die, weiter steil ansteigend, zum Haus des Schultheißen und zur Marktgasse führte. Katherinas Kopf war glühend rot, als sie die ersten Stände der Händler und Bauern erreichten, und auch Tilias Atem ging schnell. Nach der Stille im Kloster schien der Lärm auf dem Markt ohrenbetäubend. Die Bauern priesen Kohl und Bohnen an, die Fleischer fetten Schweinehals, die Händler, von Nord und Süd angereist, ihre Tuche und Garne. Dicht drängten sich die Leiber zwischen den Ständen, die Bürger feilschten und lachten oder tauschten Neuigkeiten aus. Tilia reckte sich und sah sich um.

»Welch herrliche Gewänder die Bürger von Hechingen tragen«, sagte Tilia erstaunt zu der Nonne, als zwei prächtig gekleidete, junge Frauen lachend und schwatzend an ihnen vorübergingen.

»O ja, sie stehen den Geschlechtern in nichts nach.«

Ein Stück weiter oben, schräg gegenüber ihres Elternhauses, steuerte die Nonne zielstrebig auf einen Karren zu, auf dessen Kutschbock ein kleines Männchen stand. Sein Rock war abgewetzt und mit Flicken versehen, sein Bart war lang und ungepflegt, und auf dem fransigen Kopfhaar thronte ein von Sonne und Regen gebleichter Hut. Mit ausladenden Gesten pries er in einem seltsamen Singsang seine Waren an.

»Gottes Segen mit Euch, Gerot«, rief die Nonne, winkte ihm fröhlich zu und schob mit dem Ellenbogen eine Bauersfrau beiseite, die zwei Hühner unter die Arme geklemmt hatte.

»Ah, liebste Schwester Katherina.« Er zog schwungvoll seinen Hut. »Seid Ihr wohlauf? Was bringt Ihr für ein schönes Kind mit her? Soll es gar wie Ihr für immer hinter den Mauern des Schweigens verschwinden?«

Schwester Katherina lachte. »Nein, nein, sie ist eine Ritterstochter von Wehrstein und weilt mit der Zollerin in unseren Mauern, solange die Kämpfe toben.«

Der Händler kletterte vom Kutschbock herunter und verbeugte sich vor den Damen. Während er die Kräuter beroch und die Bündel aussortierte, für die er Verwendung finden konnte, begann er zu erzählen.

»Das Glück scheint auf des Königs Seite zu stehen. Er hat Nürtingen eingenommen und konnte es gegen die tapferen Ritter von Württemberg und Zollern halten. Vorläufig haben sie sich nach Stuttgart zurückgezogen. Doch der König scheint zu allem entschlossen. Er rückte ihnen nach und zog einen Ring um die Stadt. Im Osten, hinter der nächsten Bergkuppe, lagert er nun, lässt Bäume fällen und Palisaden aufrichten, Wurfmaschinen und Türme bauen. Eine ganze Wagenburg soll er zusammengezogen haben. So wie es aussieht, meint er es dieses Mal ernst.«

Der kleine Händler bemerkte die ernsten Mienen der Damen. Das war keine gute Voraussetzung, Geschäfte zu machen. Schnell ließ er ein Grinsen den dichten Wildwuchs teilen und entblößte seine schwarzen Zähne.

»Ihr müsst nicht glauben, dass alles schon entschieden ist.« Er trat näher an die beiden Frauen heran, so dass sie der Dunst von altem Schweiß einhüllte. »Es gab einen Verräter in ihren Reihen, der mit den Königlichen Kontakt hielt. Ein Kaufmann war sein Bote.« Gerot spuckte auf den Boden, um den Frauen deutlich zu zeigen, was er von solch einem Verhalten hielt.

»Bei Hedelfingen haben sie den Kaufmann erwischt und nach Stuttgart gebracht, und da der nicht nur ehrlos, sondern dazu auch noch feige war, zeigte er auf den Ritter, um sein Leben zu retten. Es hat ihm aber gar nichts genutzt. Sie wurden beide vor drei Tagen auf dem Marktplatz in Stuttgart hingerichtet. Ich war selbst dabei. Das war ein Spektakel!«

Verzückt verdrehte er die Augen. »Dem Kaufmann, dem weinerlichen Lappen, haben sie nur den Kopf abgeschlagen, doch den Ritter haben sie vorher noch ordentlich mit heißen Zangen gezwickt. Man flüstert auch, er habe dem Zollernerbe in den Rücken geschossen. Immerhin hat er sich tapfer gehalten.« Der Händler nickte anerkennend mit dem Kopf. »Hätte ich diesem Schönling mit dem Gesicht eines Weibes gar nicht zugetraut.«

Tilia fühlte, wie sich ihr die Nackenhaare sträubten. Eiskalt kroch es ihr über den Rücken. Der Name, sagt mir den Namen, schrie es in ihr, doch sie brachte keinen Laut über ihre Lippen.

»Kennen wir den Ritter?«, fragte die Nonne an ihrer Seite.

»Das könnte schon sein. Er war einer der Zollerischen.« Nachdenklich zog Gerot die Stirn kraus. »Von Lichtenstein, glaube ich, ja, Swenger von Lichtenstein!«

Ein Sturm brach los, schickte Eis und Schnee, die Erde bebte, Flammen loderten empor. Als sie erloschen, versank die Erde in tiefster Finsternis. Ohne einen Laut von sich zu geben, sank Tilia zu Boden. Mit einem Aufschrei kniete sich die Nonne in den Unrat und bettete Tilias Kopf in ihren Schoß. Gerot beugte sich mit besorgter Miene zu den Frauen herab.

»Was ist mit ihr? Ich hätte nicht gedacht, dass die Jungfrau so zartfühlend ist. Oder kannte sie den Ritter?«

Schwester Katherina wehrte ab. »Nein, nein, gebt Euch keine Schuld. Es war wohl der weite Weg, den sie nicht gewöhnt ist. Lauft rasch zum Hubert rüber und holt einen Becher Wein.«

Gerot eilte davon. Er schalt sich einen Narren. Das Geschäft war vertan! Eine immer größer werdende Menge von Gaffern scharte sich um die Frauen. Nun, vielleicht würde einer von denen Garn oder Töpfe brauchen?, dachte er, als er sich zwischen den Leibern hindurchdrängelte, doch die Bürger und Bauern verliefen sich schnell wieder, als sie sahen, dass nichts wirklich Aufregendes geschehen war.

Der Wein brachte Tilia wieder zu sich. Mit Katherinas und Gerots Hilfe erhob sie sich. Sie bemerkte nicht, dass ihr Gewand von oben bis unten beschmutzt war, konnte sich später auch nicht mehr daran erinnern, dass die Nonne dem Krämer ihre Kräuter überließ und schnell zwei Töpfe auswählte, fühlte nicht, dass Katherina sie am Ellenbogen nahm und die Marktstraße hinunterführte, zur Starzel hinabstieg und sie den langen Weg zum Kloster zurückbrachte.

✠ ✠

»Du musst etwas essen!«, durchbrach Grets Stimme sanft die Stille.

»Warum?«, fragte Tilia geistesabwesend.

Seit drei Tagen saß sie auf einer kleinen Bank im Innenhof des Klosters und starrte schweigend vor sich hin. Vermutlich säße sie auch nachts noch dort, wenn keiner sie zu ihrem Lager führen würde, dachte Gret und setzte sich zu ihr.

»Ich wusste nicht, dass du solch tiefe Gefühle für ihn gehegt hast«, sagte Gret leise und legte scheu den Arm um die Halbschwester. »Doch willst du nun vor Gram sterben, weil er den Kopf verloren hat?«

Langsam schüttelte Tilia den Kopf. »Sind denn alle Männer, denen ich die Hand reiche, des Teufels?«

Gret grunzte verächtlich. »Dann muss dieser Fluch wohl auf unserer ganzen Familie lasten.«

Tilia dachte an Graf Eitelfriedrich und an Rüdgers grässlichen Tod. Ihr Blick wurde klar, als sie nach Grets Hand griff.

»Du hast Recht. Ich darf mich nicht so gehen lassen. Gott wird mich zu sich rufen, wann er es für richtig hält. Ich werde nun in die Kirche gehen und bis zum Abend für des Ritters Seele beten. Jeden Tag bitte ich Gott dafür, ihm gnädig zu sein und ihn aus dem Fegefeuer zu entlassen. Er war ein guter Mensch, egal, was seine Richter sagen. Er hat den Pfeil auf Eitelfriedrich nicht abgesandt. Von nun an werde ich jedoch auch meine Pflichten wieder übernehmen. Du kannst Schwester Katherina sagen, dass ich nach dem Mahl die Schüsseln und Becher abwasche.«

Mit gestrafftem Rücken schritt Tilia über den Hof und verschwand dann hinter den Säulen des Kreuzganges. Erleichtert nahm Gret ihre Arbeit wieder auf.

✠ ✠

Sechs Tage und sechs Nächte jagten graue Wolken von Westen her über den Himmel und rauschte der Regen herab. Ein kalter Wind heulte um die Mauern, wirbelte durch den Kreuzgang und kroch in Fenster und Ritzen. Die Nonnen machten sich daran, die Fensteröffnungen mit Häuten und Wolldecken zu verschließen. Dennoch kroch die kalte Feuchtigkeit in die Räume und ließ die frommen Schwestern nachts unter ihren dünnen Decken frösteln. Erst der Tag der heiligen Ursula brachte die Sonne zurück. Die Schwestern atmeten auf. Gern folgten sie dem Befehl der Mutter Oberin, auf der Obstwiese hinter dem Kloster die letzten Äpfel und Birnen, die der Sturm ihnen gelassen hatte, von den Bäumen zu pflücken und nach Brombeeren und Nüssen zu sehen. Die Schwestern holten lange Stangen und zwei Leitern aus dem Schuppen, klemmten sich Körbe unter den Arm und machten sich auf den Weg, die wärmende Herbstsonne im Rücken. Geschickt kletterte Gret auf einen knorrigen Apfelbaum. Den Rocksaum mit einem Gürtel hochgebunden, balancierte sie einen waagerechten Ast entlang, um an die gelben Früchte heranzukommen.

»Fall nur nicht hinunter«, rief Tilia ihr zu, die unten im Gras mit einem Weidenkorb stand, den Kopf weit zurückgebogen.

»Ich habe es nicht vor«, lachte Gret und zupfte die ersten kleinen Äpfelchen. »Fang sie auf!«

Den Rocksaum schwer vom nassen Gras, eilte Tilia umher, um die

Äpfel aufzuklauben, die um sie herabprasselten. Plötzlich hörte das leise Ploppen auf. Die Wehrsteintochter sah zum Baum hinauf.

»Was ist los? Dort drüben sind noch Äpfel.«

»Da kommen Reiter von Hechingen her auf uns zu«, rief Gret vom Baum herunter. »Ein ganzer Haufen ist es, und sie sind bewaffnet.«

Ein heißer Schreck fuhr Tilia durch Herz und Magen. »Komm runter, schnell, wir müssen die Schwestern warnen. Wir müssen zum Kloster zurück.«

Einen Augenblick lang war sie hin und her gerissen, sah zu den Schwestern weiter unten am Hang hinunter und dann zu den schützenden Mauern. Der innere Kampf war rasch entschieden. Sie raffte ihre Gewänder und rannte laut schreiend die Wiese hinunter. Noch ehe sich die Schwestern zu einem Grüppchen geschart und alle verstanden hatten, was los war, preschten gut ein Dutzend bewaffneter Reiter heran. Ängstlich rückten die Nonnen zusammen und starrten auf die Männer, die halsbrecherisch auf sie zustürmten und erst kurz vor den Ordensfrauen ihre Pferde zügelten.

»Es sind die Mannen des Zollers«, seufzte Schwester Juliana erleichtert, als sie das Wappen auf den Mänteln erkannte. Da nahmen die beiden Ritter, die die bewaffneten Knechte anführten, auch schon ihre Helme ab und grüßten höflich.

»Heinrich! Was tut Ihr hier?«, fragte Tilia erstaunt und sah von dem jungen von Husen zu dem Ritter von Zell-Andeck und dann wieder zu dem Wehrsteiner Gefolgsmann.

»Sie wollen Balingen nehmen! Während wir in Stuttgart den Königlichen gegenüberstehen, plant Burkhard von Hohenberg, Balingen zu überfallen!«

Heinrich von Husen schnaufte empört. »Doch ich habe davon erfahren, und nun rufen wir in Windeseile Männer zusammen, um nach Balingen zu stürmen. Der Hohenberger wird Augen machen! Wir jagen ihn bis an das Ende der Welt!«

»Aber Stuttgart ist doch eingeschlossen«, stotterte die Wehrsteintochter verwirrt.

Heinrich von Husen winkte verächtlich ab. »So gut kann der die

Wälder gar nicht bewachen, dass man nachts nicht einen Ausfall wagen kann.« Er hob die Hand zum Gruß. »Doch die Zeit drängt. Wir holen die letzten Männer vom Zoller. Die anderen eilen direkt nach Süden.«

»Nehmt doch Bruder Tragebott und seine Erfindung mit«, rief Tilia ihm nach, als die Männer ihren Rössern die Sporen gaben und zum Zoller hin davonjagten, doch sie wusste nicht, ob Heinrich von Husen sie gehört hatte.

Erst in der Abenddämmerung, als die Frauen mit vollen Körben in den Schutz der Klostermauern zurückkehrten, keimte in Tilia die Frage auf, auf welchem Weg Heinrich von dem Hohenberger Plan erfahren habe mochte.

✠ ✠

Drei Tage später saß Tilia auf einem Baumstumpf beim Tor, einen Schleier zum Säumen auf dem Schoß, doch ihre Hände ruhten, Nadel und Faden lagen unbeachtet da. Ihr Blick war in die Ferne gerichtet, dorthin, wo sich die Sonne verabschiedete, wo die Wolken in loderndem Abendfeuer brannten, dort, wo irgendwo Wehrstein lag, steil über dem Weiler Fischingen aufragend.

»Wohin sind deine Gedanken gewandert?«, fragte Gret, die unbemerkt hinter sie getreten war.

»Heim, zu meinem – unserem Vater. Wie lange habe ich nichts mehr von ihm gehört? Seit dem Tod der Mutter weiß ich nicht mehr, wie es um Wehrstein bestellt ist. Nun ist sicher auch er ausgezogen und kämpft – ja, mit wem?« Tilia drehte sich um und sah in Grets blaue Augen, die den ihren glichen.

»Auf wessen Seite kämpft er gerade? Wen zu schützen führt er sein Schwert? Was geschieht, wenn die Fehde vorüber ist? Wir werden nach Zollern zurückkehren müssen, und dann? Was werden sie mit Williburgis machen, jetzt, da Swenger tot ist? Wird der Graf zu seinem Versprechen stehen? Wird sie in Stetten bleiben? Was passiert dann mit mir? Werden sie mich mit einem Ritter verheiraten, der mir seinen

Willen und seinen Körper aufzwingt? Der dann in die nächste Fehde zieht, Feuer und Tod bringt und sich ein Schwert ins Herz stoßen lässt?« Sie seufzte tief. »Vielleicht sollte ich dem ein Ende setzen und den Graf bitten, auch mich den Schleier nehmen zu lassen. Wenn er für mich spricht, dann kann die Mutter Oberin nicht nein sagen.«

Gret legte ihre Hände auf Tilias Schultern. »Willst du das denn?«

Tilias Augen verengten sich. »Nein, aber es ist sicher das Beste für mich.« Gret erwiderte trocken: »Wenn du es nicht willst, dann ist es auch nicht das Beste für dich. Weißt du denn, was du willst?«

Tilia zwinkerte heftig, um die aufsteigenden Tränen zurückzudrängen. »Ich möchte nach Wehrstein zurück.«

KAPITEL 34

Die Sonne stand hoch am Himmel und ließ die Luft über den abgemähten Feldern und Wiesen noch einmal flirren. Sie sandte ihre Strahlen durch das glühend rote Laub und rief noch einmal einen Hauch von Sommer wach. Die Nonnen gönnten sich nur selten den Luxus eines Bades, so machten sich Tilia und Gret zum Reichenbach auf. Ein Stück den Bach hinauf, nach einer weiten Schlinge, zweigte ein Teil des Wassers ab, um sich in einem kleinen Teich zu sammeln. Ruhig lag er im Schutz der dichten Weiden, die ihre Zweige im klaren Wasser badeten, und obwohl man an diesem Tag den Heiligen Krispin und Krispinian gedachte, war das Wasser noch warm. Die letzten grellbunten Libellen summten zwischen grünem Schilf. Rasch zogen die Frauen ihre Gewänder aus und ließen sich ins Wasser gleiten. Sorgsam wuschen sie sich, kämmten sich gegenseitig das lange Haar und ließen sich dann in der Mittagssonne trocknen.

Träge drehte sich Tilia auf den Rücken, schloss genießerisch die Augen und gähnte. Durch die geschlossenen Augen sah die Welt so warm und rosig aus. Sie fröstelte ein wenig, als die Sonne die letzten Wassertropfen von ihrer Haut leckte. Ein Schatten fiel auf ihr Gesicht. Tilia knurrte unwillig.

Gret kicherte und ließ sich neben der Schwester ins Gras sinken. »Ich wollte gerade sagen, welch lieblicher Engel hat sich hier im Schilf zur Ruhe gebettet, doch Engel knurren nicht wie wilde Tiere!«

»Wie kannst du es wagen, dich zwischen mich und die Sonne zu stellen.«

Gret reckte ihr Gesicht der Sonne entgegen. »Vielleicht wollte ich ausprobieren, wie es so ist, aus dem Schatten zu treten und im Licht zu stehen.«

»Ich stehe nicht, ich liege«, verbesserte Tilia sie und musste dann auch kichern. Sie spürte Grets raue Hand in der ihren, doch dann machte sich die Hand los und wanderte langsam den Arm hinauf. In einem spielerischen Tanz, mal schreitend, mal springend, glitten die Fingerkuppen über die straffen Schultern, den schlanken Hals, zwischen den festen Brüsten hindurch, über den flachen weißen Bauch. Tilia lief ein Schauder über den Rücken. Sie fing die wandernde Hand mit der ihren und hielt sie fest. Die beiden Hände rieben sich sanft aneinander. Tilia spürte Grets nackte Haut an ihrer Seite, warm, heiß, glühend. Wieder verdunkelte ein Schatten die Sonne. Zwei volle, feuchte Lippen legten sich auf die der Ritterstochter. Lagen dort leicht wie eine Feder und bewegten sich dann ganz sanft. Tilia fuhr hoch. Sie saß nackt und puterrot im Gras und starrte Gret verlegen aus großen Augen an. Die Magd erwiderte den Blick, die Lippen zu einem verschmitzten Lächeln geöffnet. Sie setzte sich auf und verschränkte die Beine.

»Wie schade, wenn du den Schleier nimmst, werden deine Lippen ungeküsst ihr Leben beenden.«

Tilia lächelte unsicher zurück. Die Hände fanden wieder zueinander, spielten ein zärtliches Spiel. Da beugte sich Tilia nach vorn, um Grets Lippen mit den ihren zu berühren. Die Augen geschlossen, fühlte sie wunderliche Dinge in sich vorgehen. Sie schickte ihre Hände auf eine unbekannte Reise. Gret ließ sich wieder ins Gras sinken und zog Tilia mit sich. So lagen sie im Schein des scheidenden Sommers eng umschlungen, die Gesichter aneinander gepresst, dass sie einen Atem miteinander teilten, mit wogenden Gefühlen in Herz und Bauch.

Der Hufschlag mehrerer Pferde ließ sie aufschrecken. Sofort war Gret auf den Beinen und zerrte Tilia ins dichte Schilf. Keinen Augenblick später bogen die Ritter um die dichten Büsche am Ufer. Walger von Bisingen, Hans von Zell-Andeck, Otto von Ringelstein-Killer, der junge Friedrich von Zollern und auf einem weißen Zelter seine Schwester Williburgis. Der junge Edelknecht von Boller hatte Sofie vor sich im Sattel und führte zwei Pferde am Zügel.

Gret unterdrückte einen Fluch. Sie konnten unmöglich an ihre Gewänder herankommen, ohne das schützende Schilf zu verlassen. Und da hatte der von Bisingen das Kleiderbündel unter einer Weide auch schon entdeckt. Ritter Walger schwang sich vom Pferd, zog sein Schwert und hob damit ein zartes Seidenhemd vom Gras.

»Sehr schön! So ganz ohne sind sie sicher nicht weit.«

Sie würden nicht wieder gehen, das war klar. Gret holte tief Luft und straffte die Schultern.

»Nicht!«, flüsterte Tilia, doch die Magd schüttelte ihre Hand ab, trat zwischen dem Schilf hervor und schritt entschlossen auf den grinsenden Ritter zu, der sich breitbeinig zwischen sie und die Kleidungsstücke stellte.

»Sieh da, welch hübsches Fleisch hier frei herumläuft. Ist dort noch mehr von dieser Art im Grün verborgen?«

Sie funkelte den Ritter strafend an. »Ihr wisst genau, dass ich mit dem Fräulein von Wehrstein hier zum Baden bin, also gebt mir die Gewänder, dass sie sich ankleiden kann.«

Nun stieg auch Otto von Ringelstein-Killer von seinem Ross.

»Kommt heraus, Jungfrau Tilia. Habt Ihr etwas zu verbergen, dass Ihr Euch scheut, uns unter die Augen zu kommen?«

Gret versuchte noch einmal, an die Kleider heranzukommen, doch der Ritter richtete die Spitze seines Schwertes auf ihren weißen, straffen Bauch.

Otto von Ringelstein-Killer rief noch einmal nach Tilia, doch nichts regte sich.

Gemächlich nahm der Merkenberger seinen Bogen vom Sattel, legte einen Pfeil an, spannte die Sehne und richtete die Spitze eine Hand breit über die Stelle im Schilf, an der er einen blonden Haarschopf zu erkennen glaubte. Gret schrie auf, als der Pfeil von der Sehne schnellte. Fast gleichzeitig schallte es entsetzt aus dem Schilf hervor. Die Ritter lachten. Das dichte Grün wogte und teilte sich dann.

»Was fällt Euch ein? Ihr hättet mich fast getötet«, herrschte Tilia den Ritter an. Das Haar offen herabfallend, so dass es ihre Blöße notdürftig bedeckte, stand sie mit geröteten Wangen vor den Männern, den gierigen Blicken schutzlos ausgesetzt, doch noch war sie zu wütend, um sich dessen voll bewusst zu sein.

»Ich grüße Euch herzlich, Jungfrau Tilia von Wehrstein«, sagte der Ritter Otto und verbeugte sich spöttisch. »Ich hoffe doch sehr, Ihr seid es noch, denn bei den Nonnenklöstern kann man nie wissen. Sagt man doch, in manchen ginge es schlimmer zu als bei den fahrenden Weibern.«

Tilia ignorierte diese Unverschämtheit und wandte sich stattdessen an Walger von Bisingen. »Würdet Ihr nun Euer Schwert einstecken und zur Seite gehen?«

Doch der schien plötzlich taub geworden.

»Wollt Ihr nicht von unserem glorreichen Kampf vor Balingen hören?«, fragte Otto von Ringelstein-Killer mit gespieltem Erstaunen. »Ihr habt noch gar nicht gefragt, welch Heldentaten wir dort vollbracht haben.«

»Das ist wohl nicht der richtige Ort und die richtige Zeit dazu«, keifte Tilia, weiß vor Zorn.

»Oh, ich finde den Ort sehr recht, und gegen die Zeit kann ich auch nichts einwenden. Interessiert es Euch gar nicht, dass Euer Vater vor Balingen war? Auch noch dort ist – oder sagen wir besser, das, was von ihm noch übrig ist.«

Tilia fror plötzlich jämmerlich. Sie wollte nicht glauben, was der Ritter ihr da kalt lächelnd sagte.

»Was redet Ihr da? Wollt Ihr einen bösen Scherz mit mir treiben?« Sie lachte unsicher, um den Kloß in ihrem Hals zu vertreiben.

»Nein, nein, es war ganz sicher der Ritter von Wehrstein, der dort so selbstbewusst neben dem Hohenberger ritt.«

Gret sackte in sich zusammen, doch Tilia schien noch immer nicht verstehen zu wollen.

»Nur merkwürdig, dass Euer Vater den kleinen von Husen mit seinem Schwert spalten wollte. Was wohl passiert wäre, wenn ich da nicht eingeschritten wäre?«

Tilia dachte, der Boden unter ihren Füßen würde schwanken. »Aber das kann nicht sein. Da irrt Ihr Euch sicher.«

Der Ritter von Ringelstein-Killer trat einen Schritt auf sie zu und packte sie mit der Linken rüde an ihrem Haar.

»O nein, ich irre mich nicht! Wäre er nicht gewesen, dann hätte ich den Hohenberger gehabt! Verflucht, doch der Wehrsteiner musste sich ja einmischen. Es ist seine Schuld, wenn mein Schwertarm für immer dahin ist«, brüllte er außer sich vor Zorn.

Erst jetzt bemerkte Tilia, dass er seinen rechten Arm unter dem Umhang seltsam steif hielt.

»Doch er hat dafür bezahlt, Tilia von Wehrstein, er hat dafür bezahlt! Ich habe ihm eigenhändig den Bauch aufgeschlitzt und ihm die Eier abgeschnitten. In Stücke habe ich ihn gehackt, den elendigen Verräter. Sein Ohr habe ich mir als Andenken mitgenommen. Wollt Ihr meine Beute sehen?« Er griff an seinen Gürtel. Es war eine Kette mit einem schweren, goldenen Kreuz, das vor die Tochter des Wehrsteiners ins Gras flog.

Tilia erkannte das Schmuckstück sofort. Dass sie es auf solch eine Weise wiedersehen sollte! Die Welt begann, sich um das Mädchen zu drehen, sie taumelte und sank auf die Knie. Mit dem Zeigefinger strich sie über die in der Sonne funkelnden Edelsteine.

»Die Beute gehört dem Sieger, Jungfrau Tilia, ist es nicht so?«

Sie umfasste das Kreuz und warf es dem Ritter vor die Füße. Doch Otto von Ringelstein-Killer trat achtlos mit seinem Stiefel darauf.

»Ich habe mir sein Leben genommen, sein Schwert und sein Gold, und nun nehme ich mir seine Tochter! Das Weib gehört dem Sieger.«

Sie hatte die Worte noch nicht einmal richtig erfasst, da warf sich der hünenhafte, stinkende Kerl auch schon auf sie, presste ihren Rücken ins Gras und drückte ihr die Beine auseinander.

Tilia gab keinen Laut von sich. Der Boden unter ihr öffnete sich, und sie fiel, fiel in die tiefe Schwärze, in die Unendlichkeit der Unterwelt.

Gret schrie auf und wollte sich auf den Ritter stürzen, doch der von Bisingen hielt sie zurück. Gehetzt blickte sie von einem zum anderen. Irgendjemand musste ihn doch aufhalten! Doch von dem Merkenberger und dem von Bisingen war keine Hilfe zu erwarten. Der Ritter von

Zell-Andeck sah nur abweisend zu Boden. Da drängte Williburgis von Zollern ihren Zelter an das Streitross ihres Bruders heran.

»Du setzt dem sofort ein Ende! Sonst werde ich dich verfluchen mit jedem Gebet, das ich zum Herrn in den Himmel schicke. Dein Leib soll verfaulen, deine Seele verdorren, nichts soll dir auf dieser Erde mehr gelingen!«

Der wilde Glanz in ihren Augen jagte ihm einen ungekannten Schauder über den Rücken. Er schwang sich vom Pferd und trat dem Hünen unsanft in die Seite.

»Lass sie in Ruhe!«

Es war noch ein zweiter Tritt nötig, dass der Rasende von seinem Opfer abließ. Fluchend, nicht zum Ziel gekommen zu sein, ordnete er sein Gewand, schwang sich auf sein Pferd und jagte davon.

Nicht gerade sanft zog der Zollernsohn die Wehrsteintochter hoch. Da stand sie im schmeichelnden Abendlicht, das ihr Haar wie Flammen leuchten ließ, doch der Glanz in ihren Augen war erloschen. Mit kalter Miene schob der Merkenberger Walgers Schwert beiseite, griff nach Tilias Umhang und legte ihn ihr um die Schultern, dass die weiten Falten des zartgrünen Schamlots die mit Schürfwunden übersäte Haut verbargen. Noch immer war ihr Blick in weite Ferne gerichtet und die Lippen fest geschlossen. Friedrich hob Tilia auf sein Pferd, schwang sich hinter ihr in den Sattel und gab seinem Ross die Sporen. Rasch schlüpfte Gret in ihren Rock, raffte die anderen Gewandstücke unter den Arm, kletterte mühsam auf eines der gesattelten Pferde und folgte dann den Rittern zur Zollernburg hoch.

✠ ✠

Tilia saß auf ihrem Lager und starrte vor sich hin. Seit sie, spät am Abend des anderen Tages, auf die Burg zurückgekehrt waren, saß sie nun schon reglos da. Eleonora von Zell-Andeck und Gret hatten es freundlich versucht, die Kammerfrau Agnes barsch. Die Tochter des Wehrsteiners reagierte nicht. Ihr Geist schien in weiter Ferne zu weilen. Der Tag neigte sich dem Ende zu, und um sie herum ging alles seinen gewohnten Gang. Die Damen kamen, um sich von Agnes beim Umkleiden helfen zu lassen. Sie kicherten und tratschten, und sie freuten sich, dass die Ritter endlich zurückgekehrt waren. Neugierig warteten sie auf die Geschichten über Kämpfe und Heldentaten, die der gähnenden Langeweile der letzten Wochen nun ein Ende setzen würden.

Gret trat an die Kleidertruhe und nahm ein bodenlanges, blassgelbes Seidenhemd und den neuen blauen Surcot mit den modisch tiefen Armausschnitten heraus und breitete die Gewänder neben Tilia auf dem Bett aus.

»Wirst du heute in den Saal gehen? Darf ich dich umkleiden?«

Keine Reaktion.

»Gut, heute wirst du hier sitzen. Morgen auch? Den ganzen Winter über? Im Frühjahr und im Sommer?«

Vor Tilia stieg das Bild ihrer Mutter auf. Gebrochen, schweigend, mit Gott und ihrem Schicksal hadernd. Tilias Blick kehrte aus der Ferne zurück und wanderte durch den schwach erleuchteten Raum. Ihr Vater war im Kampf gefallen, Swenger von Lichtenstein als Verräter grausam hingerichtet, ein Ritter hatte sie entehrt, doch um sie herum ging alles den gewohnten Gang. Warum blieben Sonne und Mond nicht stehen? Sollte sie selbst stattdessen stehen bleiben? Erstarren, wie ihre Mutter es gemacht hatte? Etwas geschah in ihr. In allen Teilen ihres Körpers regte es sich, floss durch ihre Adern und sammelte sich in ihrer Mitte. Es war ein Gemisch aus Stolz und Wut, Trotz und eisernem Willen. Plötzlich blitzten ihre Augen, die Hände ballten sich zu Fäusten.

»Löse mir endlich die Bänder, damit ich nicht zu spät in den Saal komme«, herrschte sie Gret an. Mit ernster Miene half Gret der Halbschwester beim Ankleiden, doch in ihrem Innern lächelte sie erleichtert.

Die Stimmen schwirrten bereits durch die rauchige Luft, als die Wehrsteinerin auf der Bank Platz nahm. Sie aß von den in Honig gebratenen Hühnern, vom Kohl mit Zwiebeln und Speck und vom weißen Brot, und sie trank den schweren süßen Wein, den die Zollernbrüder zu dem heutigen Festtag aufmachen hatten lassen. Wortfetzen drangen an Tilias Ohr. Benigna von Hölnstein hing an des Merkenbergers Lippen, der mit ausladender Geste von seinem Kampf berichtete. Von den Gegnern, die er wie junge Bäume gefällt hatte, und von den Gefangenen, die in Balingen zurückgeblieben waren und nun den Bürgern helfen mussten, die zerstörten Häuser wieder aufzurichten. Salome von Ringelstein-Killer saß zwischen ihrem Bruder und dem Ritter von Bisingen, die ebenfalls jede Menge Heldentaten zu berichten hatten.

»Nun, wollt Ihr gar nicht wissen, wie wir unseren Sieg errangen?«, fragte Bruder Tragebott und ließ sich ungefragt neben die Wehrsteinerin auf die Bank fallen.

Sie schenkte ihm ein leichtes Lächeln. »Doch, erzählt. Wie hat Eure Erfindung funktioniert?«

Er grinste über das ganze Gesicht. »Ich habe die Hohenberger wie die Schafe den Rittern entgegengetrieben. Sie sahen die Blitze und hörten den Donner, ohne dass ein Wölkchen am Himmel zu sehen war.« Er riss die Arme in die Luft. »Sie dachten, das Jüngste Gericht wäre über sie hereingebrochen. Die einfachen Männer, die der Hohenberger unter Waffen hatte, flohen in Scharen oder ließen sich ganz einfach gefangen nehmen.«

Obwohl seine Nase schon gefährlich rot leuchtete, stürzte er noch einen Becher Wein hinunter.

»Trinken wir auf Heinrich von Husen. Erhebt Euch!«, übertönte der Merkenberger das Gebrumm. Errötend stand der junge Mann von seiner Bank auf.

»Wenn er dem alten Wehrsteiner nicht Honig um den Mund geschmiert und dann die Nachricht so schnell nach Stuttgart gebracht hätte, dann wäre Balingen nicht zu retten gewesen. Ich werde für ihn sprechen, dass er zum Ritter geschlagen wird!«

Die anderen nickten zustimmend, erhoben sich und tranken dem jungen Mann zu. Es war sein Lebenstraum, der nun endlich wahr werden sollte, doch er fühlte kein Glück. Es war ihm stattdessen, als solle er zur Schlachtbank geführt werden. Ängstlich wanderte sein Blick durch die Runde zu Tilia. Ihre Verachtung traf ihn bis ins Mark.

Bereits am nächsten Morgen machten sich die Ritter auf, um nach Stuttgart zu gelangen, doch der König hatte den Belagerungsring verstärkt. Es gab kein Durchkommen mehr, ohne erhebliche Verluste zu riskieren. Ernüchtert kehrten die Ritter nach Zollern zurück.

✠ ✠

Tilia drückte Gret eine raue Holzdose in die Hand. »Du wirst den Ritter von Ringelstein-Killer pflegen!«, sagte sie streng.

»Was soll ich?«, begehrte die Magd auf und blinzelte Tilia ungläubig an.

»Du wirst seine Wunden damit bestreichen!«

Gret hob vorsichtig den Deckel des Gefäßes und rümpfte dann die Nase. »Was ist das?«

»Die Heilpaste einer zollerischen Bäuerin.« Ohne ein weiteres Wort ließ Tilia die Magd stehen.

Zweimal am Tag versorgte Gret Ritter Ottos Wunden, doch die Heilung wollte nicht einsetzen. Er fühlte sich mit jedem Tag schlechter.

»Das muss so sein«, sagte die Magd und lächelte ihn an, während sie die übel riechende Paste auf die klaffende Wunde strich.

Er knurrte zornig, stöhnte vor Schmerz und biss fest auf das Holzstück, das die Magd ihm gegeben hatte, um nicht laut zu schreien. Nach drei Tagen stieg das Fieber in solch Schwindel erregende Höhen, dass der Ritter sich nicht mehr von seinem Lager erheben konnte. Sein Geist irrte umher. Besorgt eilte Bruder Tragebott an sein Lager, um sich die Wunde anzusehen. Er hatte schon viel erlebt und war nicht leicht aus der Fassung zu bringen, doch der Anblick und der Geruch des faulenden Fleisches drehte ihm fast den Magen um. Der Mönch zerrte die Magd grob beiseite.

»Was hast du gemacht? Hast du nicht den gebrannten Wein genommen und die Kräuter, die ich dir gegeben habe? Siehst du denn nicht, wie es um ihn bestellt ist?«

Tilia trat zu den beiden. »Ich habe ihr die Paste gegeben. Wenn seine Wunden nicht heilen, dann liegt die Schuld bei dem Dämon, den er in sich trägt. Unser Leben liegt allein in Gottes Hand.« Unschuldig sah sie zu dem Mönch hoch.

Bruder Tragebott stöhnte leise. »Der Arm muss sofort abgenommen werden, wenn der Ritter überhaupt noch eine Chance haben soll, zu überleben.«

Tilia verzog keine Miene. »Dann sollten wir ihn fragen, sobald sein Geist klar ist. Gret reitet sicher gern nach Hechingen, um den Bader zu holen.«

»Was tuschelt ihr da?«, rief der Kranke plötzlich und fluchte dann fürchterlich.

Der Mönch rieb sich nervös die Hände und musste dreimal ansetzen, ehe er die schwere Frage über die Lippen brachte.

Otto von Ringelstein-Killer stemmte sich ein Stück von seinem Lager hoch.

»Was?!«, brüllte er, doch seine Stimme zitterte. »Niemals! Niemals! Ich brauche meinen Schwertarm. Lieber sterbe ich!«

Gret packte die alten Leinenstreifen zusammen.

»Ihr habt es gehört, Bruder Tragebott«, sagte Tilia und verließ mit der Magd den Saal. Auf dem Hof holte der Mönch sie ein.

»Was habt Ihr getan?«

Tilia sah ihm in die Augen. »Bruder Tragebott, lasst mich gehen, denn es ist für uns alle besser, wenn ich Euch auf diese Frage keine Antwort gebe.«

Der Mönch ließ die Arme sinken. »Dann bringt zu Ende, was Ihr begonnen habt.« Er sah der großen, schlanken Frau nach, wie sie über den Hof schritt, das Haupt hoch erhoben.

»Ich werde für Eure Seele beten«, murmelte er, als er die ausgetretenen Stufen in sein Verlies hinunterstieg.

Otto von Ringelstein-Killers Zustand verschlechterte sich mit jedem Glockengeläut. Er fantasierte, er schrie, schien mit Dämonen zu kämpfen, dann lag er wieder reglos da, die Augen in die Ferne gerichtet. Während sich die Burgbewohner am nächsten Sonntag zum Gebet versammelten, starb der Ritter. Noch einmal schrie er und verfluchte den brennenden Schmerz, der inzwischen von seinem ganzen Körper

Besitz ergriffen hatte. Dann wurde sein Blick starr und verlor sich für immer.

Es dauerte fünf Tage, bis der Pfarrer von Zimmern den weiten Weg zum Zoller auf sich nahm, um zum Begräbnis des Ritters eine Messe zu lesen. Alle Bewohner der Burg versammelten sich um den verhüllten Leichnam, der einen Übelkeit erregenden Geruch verströmte. Der Priester murmelte die lateinischen Rituale und versprengte Weihrauch, die Frauen und Männer beteten für seine Seele. Auch Tilia verschränkte die Hände und senkte den Blick, doch die Worte der Fürbitte wollten nicht kommen. Stattdessen durchflutete sie Erleichterung und Zufriedenheit, ihn tot zu ihren Füßen zu sehen. Sie haderte mit sich, solch unchristliche Gefühle zu hegen, doch sie konnte nicht anders. Der Gedanke an den brutalen Hünen trieb ihr noch immer die Schamesröte ins Gesicht. Dann wieder loderte glühender Hass in ihr auf. Für Fürbitten blieb in diesem Meer der Gefühle kein Platz.

Herr im Himmel, Heilige Jungfrau Maria, betete sie im Stillen, ich weiß, dass ich sündige, wenn mich sein Tod mit Befriedigung erfüllt, doch ich kann nicht anders. Ich werde auf Knien in Eurem Haus liegen und beten – für die Seelen von Hildebolt von Wehrstein und für Swenger von Lichtenstein!

KAPITEL 35

Kalt und grau zogen die Novembernebel über die Burg auf dem Zollernberg, legten sich wie ein weißes Grabtuch über den Berg, dass man kaum drei Schritte weit sehen konnte. Die Ritter und Damen hüllten sich in warme Wollstoffe und Pelzumhänge, die Mägde und Knechte warfen sich einen Kittel mehr aus grober Kotze über und arbeiteten schneller, damit ihnen warm wurde. Zum ersten Mal nach diesem Sommer wurde schon am Tag ein großes Feuer im Saal entfacht. Als am Nachmittag sich die Nebelschleier lichteten, sahen die Männer auf den Wehrgängen einige Reiter ameisengleich den Zollernberg erklimmen. Sie strengten ihre Augen an und starrten nach Westen, bis sie das Wappen endlich erkannten.

»Der Graf! Der Graf kehrt mit seinen Männern zurück!«

Lange bevor die verschmutzten, müden und hungrigen Männer das Tor erreichten, hatte sich die Nachricht in der ganzen Burg verbreitet. Schweigend standen die Burgbewohner auf beiden Seiten im vorderen Hof, als die geisterhaften Gestalten an ihnen vorüberzogen. Einige trugen schmutzige Verbände, anderen hatte sich Erschöpfung und Fieber ins Antlitz gegraben. Im Geist zählten die Zurückgebliebenen die, die nicht bei den Heimkehrenden waren.

Trotz seiner tiefen Erschöpfung saß der Graf aufrecht im Sattel. Kaum ließ er sich Zeit für ein Bad, um frische Kleider anzulegen und ein wenig Brot und Wein zu sich zu nehmen, dann rief er alle im Saal zusammen. Erwartungsvoll waren mehr als drei Dutzend Augen auf den alten Grafen gerichtet, als er sich von seinem Platz erhob. Ungeduldig rutschte Tilia auf der Bank hin und her. Sie fühlte die schwere Hand des Mönches auf ihrer Schulter und lächelte kurz zu ihm hoch, bevor sie ihren Blick wieder auf den Graf richtete. Schweigend sah er in die Runde und wartete, bis es ganz still geworden war. Dann erst erhob sich seine Stimme.

»Der Sieg war nicht unser!« Mit einer Handbewegung schnitt er das erregte Gemurmel ab. »Sieben Wochen lang hat der Habsburger seinen Ring um Stuttgart immer enger gezogen, und Gott weiß, er hat es gewissenhaft gemacht. Vor drei Tagen nun hat der Württemberger des Königs Bedingungen, die Fehde zu beenden, angenommen. Vorerst bleiben alle Ansprüche, wie sie zuvor waren, Stuttgart muss seine Mauern brechen, der Württemberger alle Schulden bei Christen und Juden bezahlen. Um den Schaden zu begleichen, den Eberhard von Württemberg der Hohenberger Grafschaft bereitet hat, muss er die Burgen Wittlingen und Remseck geben. Der König hat die Mauern Stuttgarts nicht bezwungen, und der Winter steht vor der Tür. Lange hätte er die Belagerung also nicht mehr durchgehalten, und das weiß er, doch die Bürger waren den Hunger leid. Das Fieber griff immer mehr um sich. So ist es kein ganzer Sieg und keine ganze Niederlage.«

Friedrich von Zollern räusperte sich.

»Wir werden mit dem Hohenberger Frieden schließen.« Die Zwischenrufe missachtend, fuhr er fort. Er wandte sich an seinen Enkel und rief den achtjährigen Knaben zu sich.

»Du, mein Fleisch und Blut, bist das Unterpfand.«

Der Knabe sah ihn mit großen Augen an. »Was ist das, Großvater?«

»Du wirst Albert von Hohenbergs Tochter Euphemia heiraten.«

Der Junge schürzte unwillig die Lippen. »Die kenne ich ja gar nicht, und außerdem sind Mädchen blöd. Ist die so eine Heulsuse wie Sophia?«

Er zeigte anklagend auf seine vierjährige Schwester, die, den Daumen im Mund, auf Agnes' Schoß saß.

Der Graf schmunzelte und hob seinen Enkel auf die Knie.

»Nein, sie ist keine Heulsuse«, berichtigte er ernst. »Sie ist bereits dreizehn Jahre alt und bald eine richtige Frau.«

»Was? So ein altes Weib soll ich heiraten?« Er machte sich frei und rannte zu seiner Mutter. »Nie, nie mache ich das!«, schrie er entrüstet. Die Ritter und Damen lachten, doch Tilias Miene blieb ernst. Warmes Mitgefühl mit dem zornigen Knaben durchflutete sie.

✢ ✢

Es war eine kalte Nacht. Der Nebel schlug sich an den Wänden nieder und bildete eine glänzend feuchte Schicht. Später frischte der Wind auf und pfiff durch die Ritzen des Mauerwerks und durch die Fensterschlitze. Die Flammen der Fackeln tanzten. Der Wind drückte den Rauch des Kaminfeuers in den Saal zurück und trieb ihn dann die Treppe hinauf in die Gemächer. Fröstelnd zogen die Menschen ihre Umhänge enger um sich. Der Graf ließ Tilia zu sich rufen. Auch in seinem Gemach war es empfindlich kalt. Zwei rußende Kienspäne verbreiteten nur wenig Licht.

»Ich habe auf Euch gewartet. Vergeblich! Wollt Ihr mich nicht begrüßen? Zürnt Ihr mir noch immer? Ich habe mein Versprechen nicht vergessen, und ich werde mich daran halten.«

Tilia seufzte schwer. »Ach, Herr Graf. So vieles ist geschehen, seit wir uns sahen. Im fernen Stuttgart, in Balingen und hier. Nichts ist, wie es einmal war. Unsere Welt – meine Welt – ist in der Fehde untergegangen.«

Er sah, dass sie zitterte, erhob sich und legte ihr behutsam eine wollene Decke um die Schultern.

»Ich habe vom Tod Eures Vaters gehört und bedaure dies. Er war ein tapferer Mann. Ein Jammer, dass er sich für den Hohenberger entschieden hat. Doch da Gott den Ritter von Ringelstein-Killer zu sich geholt hat, ist er gerächt.«

»Ja«, stieß Tilia heftig aus, »er und ich sind gerächt.«

Der Graf hob fragend die Augenbrauen, sagte aber nichts. Er würde auch so herausbekommen, was geschehen war.

»Warum musste Swenger sterben?«, fragte die Wehrsteinerin unvermittelt.

»Er hat mich und die Grafschaft verraten, hat hinter meinem Rücken mit dem Hohenberger ein falsches Spiel getrieben und Eitelfriedrich einen Pfeil in den Rücken geschossen. Ist das nicht Grund genug?«

»Wie könnt Ihr da so sicher sein?«, begehrte Tilia auf.

»Friedrich und der Ritter von Ringelstein-Killer haben den Kaufmann erwischt, der die Botschaften zu dem Hohenberger brachte. Er entlarvte den Verräter, Euren Ritter.«

»Aber ein gedungener Mörder war er nicht!«, rief Tilia leidenschaftlich aus.

»Otto von Ringelstein-Killer hat geschworen, er habe gesehen, wie Swenger den Pfeil anlegte.«

Ein Schrei der Entrüstung entschlüpfte ihrem Mund. Sie sprang auf und ließ die wärmende Decke achtlos zu Boden gleiten. »Er selbst hat diese Idee geboren. Er selbst wird auch den Bogen gespannt haben. Warum habt Ihr ihm so einfach geglaubt?«

Der Graf hob entschuldigend die Hände. »Den Verrat jedoch hat Ritter Swenger begangen. Der Kaufmann trug die Nachricht noch bei sich. Das allein wäre Grund genug gewesen.«

»Wenn Ihr alle hinrichten lassen wollt, die Euch hintergehen und hinter Eurem Rücken intrigieren, dann habt Ihr keine Erben mehr, denen Ihr Eure Grafschaft hinterlassen könnt!« Zornig stürmte sie aus dem Gemach und schlug die Tür hinter sich zu.

»Ich weiß, Jungfrau Tilia, ich weiß«, murmelte der Graf und schüttelte sorgenvoll das Haupt. »Es wäre nicht so gekommen, wenn der Württemberger nicht so getobt hätte, wenn er nicht ein deutliches Zeichen unserer Treue gefordert hätte. Ach, Tilia, eine dunkle Wolke schwebt über mir und betrübt meine Seele. Sie birgt Unheil in sich. Noch weiß ich nicht, welcher Art es ist, doch ich spüre es, meine Zeit neigt sich dem Ende zu.«

✠ ✠

Der Winter kam mit einem ersten Schauer eisiger Schneeflocken, die vom stürmischen Wind vorangetrieben wurden. Mit dem Winter kehrte auch der Alltag auf Zollern wieder ein. Willibürgis verbrachte ihre Tage beim Gebet, ihre Damen schnatternd, eng um die Kohlenpfanne in der Kemenate versammelt, Tilia spielte mit dem Grafen Schach, die Ritter übten Gefechte, würfelten und tranken, Gret arbeitete hart mit den anderen Mägden und Knechten. Und doch war manches anders.

»Hast du bemerkt, dass sie sich nicht mehr zanken?«, fragte Tilia die Magd und nickte in Richtung der beiden Zollernbrüder, die einmütig auf einer Bank am Kamin saßen.

»Ja, sie scheinen nun zusammen an einem Strick zu ziehen. Doch wer steht am anderen Ende?«

Tilia ließ den Blick zum Hausherrn schweifen, der allein stumm dasaß, die Hände im Schoß gefaltet.

»Es ist der Graf, der am anderen Ende steht, und er weiß es auch.«

Gret zuckte die Schultern. »Was können die beiden ihm schon anhaben? Sie werden kaum ihren Vater ermorden.«

Tilia wiegte den Kopf hin und her. »Nein, das glaube ich auch nicht, doch irgendetwas haben sie vor, das dem Graf gar nicht gefallen wird.«

Bis zu ihrer Abreise am vierten Advent hielt der ungekannte neue Friede zwischen den beiden Brüdern. An diesem Tag machten sich die Zollern, der Graf, seine Söhne und sein Enkel mit einigen Männern Begleitung nach Rottenburg auf, um dort mit dem König und den Hohenbergern Weihnachten zu verbringen und mit der Hochzeit der beiden Kinder das Bündnis zu besiegeln. Auch der Bischof trat den langen Weg von Konstanz her an, um bei den Friedensverhandlungen dabei zu sein, die sich wohl bis Dreikönig hinziehen würden.

✠ ✠

»Darf ich mich zu Euch setzen?«, fragte Heinrich von Husen schüchtern.

Das Nein lag Tilia schon auf den Lippen, doch sie riss sich zusammen. Ohne von dem Schleiertuch aufzusehen, das sie mit winzigen silbernen Zweigen bestickte, sagte sie kaum höflicher: »Wenn Ihr nichts anderes zu tun habt, dann setzt Euch meinetwegen.«

Nicht gerade ermutigt, ließ sich der Jüngling auf die äußerste Kante der Bank nieder und starrte auf die Nadel, die flink über den glänzend weißen Stoff wanderte. Noch immer sah Tilia ihn nicht an. Er räusperte sich dreimal, ehe er leise seine Stimme erhob.

»Ihr zürnt mir.«

Da es keine Frage zu sein schien, reagierte Tilia nicht.

»Seit meiner Rückkehr geht Ihr mir aus dem Weg.«

Auch das war eine Feststellung.

»Ich werde zum Ritter geschlagen. Graf Friedrich ist einverstanden.«

»Gratuliere«, fauchte sie. »Ihr habt meinen Vater hintergangen, ihn verraten und seinen Feinden ausgeliefert, unter deren Schwertern er elendig starb. Wollt Ihr, dass ich Euch dafür herze und kose?«

Nun wurde auch seine Stimme lauter. »Könnt Ihr mir denn sagen, wo ich hingehöre? Es war Euer Vater, der mit Zollern ein Bündnis schloss und uns hierher sandte. Er war es, der dann die Seiten wechselte. Was sollte ich denn tun, als der Ritter von Ringelstein-Killer mich zu den Königlichen schickte, um ihre Pläne zu erkunden? Es war nicht mein Wunsch, doch er machte mir klar, dass mein Trotz Euch treffen würde! Nur deshalb habe ich ihm gehorcht. Ich wollte Euch schützen, Tilia.«

»Das habt Ihr ja großartig hingekriegt!« Sie sah ihn mit funkelnden Augen an. »Ihr wolltet mich schützen? Wo wart Ihr denn, als der von Ringelstein-Killer sich auf mich stürzte, um mir meine Unschuld zu rauben? Als die anderen Ritter um mich standen, sich an meiner Nacktheit erfreuten und keinen Finger für mich rührten?« Ihre Augen weiteten sich, die Wangen wurden totenblass, als die schreckliche Erinnerung nach ihr griff und ihr die Luft zum Atmen nahm. Das Entsetzen in ihrem Blick traf den jungen Mann tief ins Herz.

»O Tilia!« Er griff nach ihren Händen und stach sich schmerzhaft an der Nadel, als ihm Tilia mit einem Ruck die Hände entzog.

»Tilia, ich hatte keine Ahnung. Ich …« Wut flammte über sein Antlitz, das den ersten Bartflaum zeigte. »Ich würde ihm die Seele rausschneiden, wenn er nicht schon tot wäre!«

»Ja, mich zu rächen ist es zu spät. Gott der Herr hat ihn sich geholt und ihn in die tiefste Hölle gestoßen. Möge er dort brennen und leiden!«, stieß die junge Frau rachedurstig aus.

»Bis in alle Ewigkeit«, stimmte ihr Heinrich von Husen zu. Dann wurde sein Tonfall wieder zaghaft.

»Würdet Ihr mir die Ehre erweisen, bei meinem Ritterschlag dabei zu sein?« Er zögerte kurz und suchte nach Worten. »Jeder Ritter hat eine Dame. Ihr wisst, dass ich Euch verehre, darum flehe ich Euch an, gebt mir einen Schleier oder einen Handschuh von Euch, den ich immer an meinem Herzen tragen kann, damit ich weiß, für wen es sich zu kämpfen lohnt …«

Wortlos stand Tilia auf, durchquerte den Saal und stieg zu den Frauengemächern hinauf. Mit hängenden Schultern sah er ihr nach, bis sie seinen Blicken entschwand.

✠ ✠

Es war bereits spät am Abend, als Tilia wieder in den Saal herunterkam. Sie setzte sich neben Bruder Tragebott und aß ein Stück Brot und ein wenig Apfelkompott. Der Mönch neben ihr ließ sich durch ihre abweisende Miene und das Schweigen nicht beirren.

»Ihr kommt spät! Dann wollen wir keine Zeit verlieren und sehen, was Ihr Euch alles gemerkt habt. Nun, was ist das?«

Tilia seufzte schwer und warf Bruder Tragebott einen leidenden Blick zu, nahm aber dennoch die Dose, die er ihr entgegenstreckte, aus seiner Hand, roch daran, rieb eine kleine Prise zwischen den Fingern und rückte dann ein wenig näher ins Licht, um das getrocknete Kraut besser zu sehen.

»Nachtschatten?«

Bruder Tragebott klatschte erfreut in die Hände. »Ja, schön. Und wofür ist es gut?«

Tilia legte grübelnd die Stirn in Falten. Sie fror trotz ihres dicken Wollumhangs, und der dichte Rauch im Saal reizte ihre Augen. Müde und zerschlagen fühlte sie sich, hatte sie doch den ganzen Tag im Saal und in den Gemächern nach dem Rechten gesehen, die Mägde zur Arbeit angehalten und fest mit angepackt, wenn es galt, die Tische zu polieren, den Kamin zu reinigen und die Kammern zu fegen. Und dann auch noch das Gespräch mit Heinrich, das all den verdrängten Kummer wieder zur Oberfläche hatte steigen lassen.

Doch trotz der vielen Arbeit genoss sie es, dass der Mönch nun schon seit Wochen abends aus seinem Verlies auftauchte, um den Platz neben ihr einzunehmen. Die Leere in ihr füllte sich mit Kräutern und anderen Ingredienzien, mit Rezepten für Tinkturen, mit Dutzenden Namen von Steinen, Wurzeln und Früchten und mit deren Auswirkungen für oder gegen zahlreiche Leiden. Ihre Neugier war geweckt, doch Bruder Tragebott war ein ungeduldiger Lehrer und ein unnachgiebiger Dickkopf. Aber auch Tilia wusste ihren Eigensinn zu wahren, so dass mancher Abend damit endete, dass der Mönch sich schimpfend in seinen Keller oder Tilia sich hochmütig schweigend in das Frauengemach zurückzog.

»Los, sagt, überlegt nicht so lange. Ich habe erst letzten Sonntag davon gesprochen.«

»Für die Augen und bei Frauenleiden?« Fragend sah sie zu ihm hoch.

»Ja, was noch.«

»Die roten Beeren schenken ruhigen Schlaf«, fügte Tilia noch hinzu, lächelte triumphierend und reichte ihm das Gefäß zurück.

»Nicht schlecht«, gab der Mönch zu und griff nach dem nächsten Behältnis. Abwehrend hob Tilia die Hände, doch ehe der Mönch seine Schmährede über die mangelnde Ausdauer der Weiber anbringen konnte, ging die Tür zum Saal auf, ließ Gret zusammen mit einem Schwall winterlicher Kälte ein und verschaffte zwei köstliche Atemzüge lang frische Luft.

»Der Graf ist zurück!«, rief sie über das Stimmengemurmel hinweg. Und da traten auch schon die Zollernbrüder ein. Die Nasen und Wangen vor Kälte gerötet, die Mäntel eng um die Körper geschlungen. Hinter ihnen folgten zwei Männer mit dem Wappen des Königs. Erst dann betrat der Graf den Saal: ein gebrochener alter Mann.

Der Ältere der beiden Königlichen trat an die Tafel, nahm wie selbstverständlich den dem Grafen gebührenden Ehrenplatz ein und entrollte ein mit blutrotem Siegel versehenes Pergament. Eitelfriedrich und der Merkenberger setzten sich an des Herolds Seiten, während der Graf sich abseits an die raue Wand lehnte. Atemlose Stille senkte sich herab, als der Bote sich räusperte und des Königs Beschluss verlas.

Erst ging es um den Württemberger, um Stuttgart und die Burgen, die er dem Hohenberger geben musste, dann verlas er die Hochzeitsvereinbarung zwischen dem kleinen Friedrich VII. von Zollern und Euphemia von Hohenberg. Nichts davon unerwartet. Doch dann spitzten alle plötzlich die Ohren, als der Herold mit erhobener Stimme fortfuhr:

»Der König befiehlt, die zollerischen Lande noch heute in eine südliche und eine nördliche Grafschaft aufzuteilen. Das Siegel des Friedrich des Fünften von Zollern, genannt der Erlauchte, ist null und nichtig, als wäre er tot. Statt seiner wird Eitelfriedrich von Zollern Herr über den Zoller, Hechingen und den nördlichen Teil der Grafschaft. Der junge Friedrich von Zollern sei von nun ab Friedrich der Erste von Schalksburg und Herr über die südliche Grafschaft. Die Dame Williburgis von Zollern ist sofort nach Stetten zu bringen, wo sie den Schleier nehmen wird.«

Als der Bote das Schreiben wieder zusammenrollte, erhoben sich aufgeregte Stimmen, so dass Eitelfriedrich sich kaum Gehör verschaffen konnte. Er rief die Knechte und trug ihnen auf, den besten Wein von der Mosel zu bringen. Jeder solle an diesem Festtag so viel bekommen, wie er wolle.

Während sich die Ritter und Damen zuprosteten, stieg der Graf langsam zu seinem Gemach hinauf. Jeder Schritt war ihm eine Zentnerlast. Er fühlte sich wie in einem bösen Traum gefangen und wusste doch, dass dies die Wirklichkeit war. Wie betäubt saß er in seinem Sessel, als es an der Tür klopfte. Er ließ sich Zeit, den Besucher hereinzubitten. Tilia betrat leise das Gemach, schloss die Tür hinter sich und zog sich ungefragt einen Schemel heran.

»Warum? Ich verstehe das nicht. Was ist geschehen?«

Der Graf sah in die klaren blauen Augen, ließ den Blick über das junge verwirrte Gesicht streifen, das sich ihm zuwandte.

»Es war nicht der König, der Zollern zu zerschlagen suchte.« Er lachte bitter. »Meine Söhne waren es in ihrer grenzenlosen Gier nach Macht.«

»Aber wie konnten sie den König überzeugen?«

»Sie sind zum Bischof gegangen, haben ihm meine Sünden ausgebreitet. Unendlich viele Sünden können einem Grafen der Christenheit verziehen werden, Blutschande nicht. Darum bin ich nun dazu verdammt, als lebender Toter zuzusehen, wie meine Söhne und die Grafschaft zugrunde gehen.«

Sie fühlte Mitleid, obwohl sie das Unrecht, das er Williburgis angetan hatte, niemals entschuldigen würde.

»Seht nicht so schwarz, Herr Graf«, versuchte sie Worte des Trostes zu finden. »Nutzt die Gelegenheit, Frieden mit Gott zu machen. Vielleicht unterschätzt Ihr Eure Söhne. Sie haben viel von Euch gelernt. Vielleicht dürft Ihr erleben, wie Zollern erblüht.«

»Es ist nicht der Zweifel an ihnen, Tilia von Wehrstein. Ein geteiltes Zollern wird nicht in der Lage sein, sich gegen Hohenberg zu behaupten.«

»Aber es herrscht doch Frieden! Euer Enkel wird eine Hohenbergerin heiraten. Wenn sich alle verbünden …«

Das traurige Lächeln ließ sie innehalten.

»Ich wünsche mir, dass Ihr Recht behaltet«, seufzte er.

»Wann werdet Ihr Williburgis nach Stetten bringen lassen?«, fragte Tilia leise.

»Morgen, Ihr habt den Boten doch gehört.«

Sie versuchte, den Schmerz, den er ausstrahlte, zu ignorieren.

»Dann ist meine Aufgabe hier beendet. Ich bitte Euch, Graf, lasst mich nach Wehrstein zurückkehren.«

Er zuckte zusammen. »Jetzt, mitten im Winter wollt Ihr reisen? Was hofft Ihr, in Wehrstein zu finden? Irgendein Onkel oder Vetter wird das Rittergut erben. Glaubt Ihr, Ihr seid dort willkommen?«

Trotzig presste Tilia die Lippen aufeinander. »Und dennoch möchte ich zurückkehren und bitte Euch, es zu erlauben.«

»Ich habe hier gar nichts mehr zu erlauben oder zu verbieten. Habt Ihr nicht zugehört, was der Herold gesprochen hat? Fragt meine Söhne!«

»Dann werde ich mich an Eure Söhne wenden.« Sie wollte sich erheben, doch Friedrich von Zollern legte seine Hände auf die ihren.

»Geht nicht, Tilia von Wehrstein. Man hat mir alles genommen, mein Reich, meine Macht und meine Tochter. Darum bitte ich Euch, bleibt bei mir. Seid meine Tochter ...«

»Niemals!«, rief sie, riss sich los, sprang auf und lief zur Tür.

»Tilia, nein! Was denkt Ihr von mir? Ich würde Euch nie berühren!« Das Antlitz des Grafen verzerrte sich, als habe ihm jemand ein Messer ins Herz gestoßen.

Die Klinke schon in der Hand, drehte sich Tilia noch einmal um.

»Verzeiht, dass mir der Gedanke kam«, sagte sie leise. »Wisst Ihr, auf dieser Burg ist die Ehre eines Weibes nicht viel wert. Ich glaube Euch, dass Eure Bitte ehrbar gemeint war, und ich bedaure sehr, dass Ihr nicht mehr der Herr von Zollern seid. Gerade deshalb muss ich gehen. Ich habe es bereits erlebt, was es bedeutet, die Tochter eines gefallenen Feindes zu sein. Der Ritter von Ringelstein-Killer ist tot, doch es werden andere kommen, die nach dem edelfreien Rock gieren, den Eure Söhne nicht beschützen werden. Darum, mit oder ohne Erlaubnis, ich werde gehen!«

KAPITEL 36

Rastlos schritt Tilia vom Frauengemach in den Saal, überquerte den Hof, lief über die Zugbrücke, sah in den Ställen und in den Scheunen nach, schritt bis zum unteren Tor, doch Heinrich von Husen war nirgends zu finden. Endlich, als sie in die Hauptburg zurückkehrte, entdeckte sie ihn in der Kapelle vor dem Kruzifix kniend.

»Wir reisen morgen ab, und wenn Ihr nur einen Hauch der Leidenschaft für mich in Euch habt, von der Ihr immer sprecht, dann werdet Ihr uns begleiten und mit Eurem Schwert beschützen.«

Heinrich von Husen erhob sich, drängte Tilia, auf einer der hölzernen Kirchenbänke Platz zu nehmen, und setzte sich dann in züchtigem Abstand zu ihr hin.

»Ich verstehe Euch nicht. Wohin wollt Ihr reisen und warum morgen? Wisst Ihr denn nicht, dass ich morgen zum Ritter geschlagen werde? Die ganze Nacht werde ich hier im Gebet auf meinen Knien verbringen, um, wenn die Sonne aufgeht, gereinigt und im glänzenden Licht vor Gott zu stehen. Eitelfriedrich und der junge Friedrich von Schalksburg werden den Ritterschlag vollführen. Ihr werdet doch dabei sein?«

»Wenn es für Euch so wichtig ist, dann reisen wir eben gleich anschließend. Ich will zurück nach Wehrstein, jetzt, da meine Aufgabe erledigt ist.«

Heinrich von Husen riss die Augen auf. »Nach Wehrstein?«, stotterte er. »Aber warum denn? Jetzt, da Eure Eltern tot sind, gibt es nichts, das Euch dort erwartet.«

»Und was erwartet mich hier?«, fauchte Tilia erzürnt. »Hier behandeln mich die Ritter wie eines der fahrenden Weiber!«

Er hob die Hand, als wolle er nach der ihren greifen, ließ sie dann jedoch wieder sinken.

»Das war nur im Kampfesrausch, weil der Ritter verletzt war. Ich schwöre, so etwas wird Euch nicht noch einmal widerfahren.«

»Ach, Ihr könnt mir das versprechen? Ihr könnt auf mich Acht geben und Euch gegen die neuen Grafen und seine Ritter stellen?«

Der sarkastische Tonfall trieb ihm die Röte ins Gesicht. Rasch wechselte er das Thema. »Habt Ihr mit Eitelfriedrich gesprochen?«

»O ja!«, stieß sie aus, und es hörte sich an, als habe sie auf den Boden gespuckt. »Eitelfriedrich ist es egal, ob ich komme oder gehe, er will nur Gret weiterhin in seinem Bett. Der junge Friedrich dagegen greift gleich nach meinem Rock. Eine Ehe zur linken Hand würde er mir bieten, wenn er nicht schon eine Braut gewählt hätte. So bleibt ihm leider nur, mich zu bitten, sein Kebsweib zu sein!«

»Ihr wollt ohne die Erlaubnis der Grafen nach Wehrstein zurückkehren, und ich soll Euch begleiten?« Er wurde abwechselnd blass und rot. Tilia konnte nicht sagen, ob ihn das unverschämte Angebot des jüngeren Zollernsohnes so erregte oder die Aussicht, gegen den Willen seiner neuen Herren zu verstoßen.

»Er würde Euch sicher zu nichts zwingen«, sagte er schließlich lahm. »Denkt noch einmal nach, Tilia, es ist Winter. Keine Dame reist in dieser Jahreszeit. Wartet, bis der Frühling kommt, dann fragt die Grafen ein zweites Mal. Mehrere Ritter könnten Euch dann sicher nach Hause geleiten.«

Erregt sprang sie von der glatt polierten Kirchenbank auf. »Ist das Eure Antwort?«

Heinrich von Husen erhob sich ebenfalls und trat zurück. »Ich bitte Euch, denkt erst in Ruhe nach, dann sprechen wir noch einmal darüber«, beschwor er sie, doch sie hatte ihm schon den Rücken zugekehrt und stürmte aus der Kapelle hinaus.

Der junge Edelmann lag die ganze Nacht auf den Knien, um zu beten und sein Gewissen reinzuwaschen, doch immer wieder schweiften seine Gedanken ab und wanderten verstohlen zu den Frauengemächern hoch, wo Tilia von Wehrstein ebenfalls wachte.

Gleich nach der Zeremonie werde ich noch einmal mit ihr reden, dachte er, als das Grau des Morgens durch die Fensterscheiben kroch. Und wenn sie darauf besteht, dann werde ich ihr folgen! Mein Schwert gehört ihr! Mein Leben gehört ihr!

Während Heinrich von Husen dem Pfarrer von Zimmern seine Sünden beichtete und die heilige Kommunion empfing, schnürte Tilia ein paar Habseligkeiten zu einem Bündel.

Angetan mit einem weißen Gewand, unschuldig rein wie ein Täufling, schritt der junge Edle zwischen den Burgbewohnern hindurch, die sich zu beiden Seiten aufgestellt hatten, um ihm die Ehre zu erweisen und die feierliche Zeremonie zu beobachten. Sein Blick wanderte über die Gesichter, doch er suchte die Tochter des Wehrsteiners vergeblich.

Ihre Kleider in einer Decke verschnürt eilte Tilia die Stufen hinunter. Der Saal und der Hof waren leer. Aus der Kapelle drang Gesang. Nun würde sein Lebenstraum wahr werden, wenn er vor dem Altar kniend aus der Hand des Priesters das gereinigte Schwert empfangen und im Kreis der Ritter und Damen sein Gelübde ablegen würde. Einen Moment zögerte Tilia. Sollte sie in die Kapelle gehen? Nein, die Zeit war günstig, unbemerkt den Zoller zu verlassen. Mit großen Schritten eilte sie zum Stall hinunter, in dem Gret sie schon erwartete. Die schwarze Stute der Wehrsteinerin war bereits gesattelt.

Tilia trat zu Gret. »Ich habe dich bisher noch nicht gefragt, ob du mitkommen möchtest, deshalb tue ich es jetzt. Wenn du lieber bei deinem Zoller bleibst, dann reite ich allein. Ich zwinge dich nicht, denn es kann gefährlich werden.«

Die Magd schnaubte durch die Nase. »Eben deshalb lasse ich dich nicht allein. Ein Ritterfräulein ohne Begleitung? Da möchte ich den Vater hören, was der dazu sagen würde. Also rede keinen Unsinn. Sag mir lieber, was wir mit den Maultieren machen. Soll ich den Alten nehmen?«

Tilia schüttelte den Kopf. »Die Maultiere und der Alte bleiben hier, sonst kommen wir nie voran. Traust du dir zu, Heinrichs Braunen zu reiten?«

Gret riss die Augen auf. »Du willst ihm sein Pferd stehlen?«

»Unsinn!«, fauchte die Ritterstochter. »Es hat meinem Vater gehört, und ich kann mich nicht erinnern, dass er es ihm geschenkt hat.«

Gret zögerte, doch Tilia ließ sich nicht beirren. »Kannst du es nun reiten oder nicht?«

Die Magd nickte und griff seufzend nach dem Sattel, der einst Rüdger nach Zollern gebracht hatte. Während sie die Sattelgurte straff zog, legte der angehende Ritter Heinrich von Husen sein Gelübde ab.

»Und ich schwöre, die Kirche nach Kräften zu ehren und zu verteidigen, meinem Lehensherrn treu, hold und gewärtig zu sein, keine unrechte Fehde zu führen, Witwen und Waisen zu schützen …«

Gret schnürte ihr Bündel fest und half Tilia in den Sattel ihres Rosses. Sie hob Sofie auf den Braunen, führte ihn dann zu einem Baumstumpf und kletterte selbst auf seinen Rücken.

»Los jetzt«, winkte Tilia, deren Stute nervös tänzelte. »Auf nach Wehrstein!«

Dreimal hob Graf Eitelfriedrich das blanke Schwert und ließ es abwechselnd auf die linke und rechte Schulter des vor ihm knienden jungen Ritters niedersinken.

In flottem Trab ritten die Frauen aus Wehrstein durch das Tor und folgten dem gewundenen Pfad den Zollernberg hinunter.

✠ ✠

Es war einer der milden Tage im Januar. Die Sonne lugte ab und zu zwischen den dünnen, weißen Wolken hervor, der kalte Ostwind hatte sich gelegt. Munter ritten die Frauen durch den lichten Wald nach Westen. Gret hatte immer wieder Schwierigkeiten mit dem großen Streitross, das, nicht an Frauen und Kinder auf seinem Rücken gewöhnt, lieber seinen eigenen Kopf durchsetzen wollte, als Grets Führung zu gehorchen. Die Magd fluchte, zerrte wild an den Zügeln und stieß dem Ross die Fersen in die Flanken, bis es Tilias Stute zu folgen bereit war.

»Nicht so schnell!«, keuchte Gret, als sie Tilia endlich einholte. »Wir müssen aufpassen, dass die Pferde nicht zu sehr schwitzen. Wenn sie sich erkälten, sind sie verloren. Außerdem braucht Sofie eine Pause – und mir würde eine kleine Stärkung auch nicht schaden.«

Seufzend zügelte Tilia ihre Stute. Sie war so in dem erregenden Gefühl der Vorfreude gefangen, dass sie weder Hunger noch Durst, weder die Kälte noch die Anstrengung fühlte. Langsam trabten sie bis zum Rand des Waldes. Gret lenkte den Braunen an einen umgestürzten Baum heran, schwang sich aus dem Sattel und hob dann Sofie herunter. Sie wickelte ein kleines Päckchen mit Brot und Speck aus, das sie in der Küche entwendet hatte, bot Tilia zuerst an, gab Sofie davon und schob sich dann selbst einen Kanten Brot zwischen die Zähne. Die Pferde scharrten lustlos und zupften die kargen Reste braunen Grases, das sie noch finden konnten.

»Wo werden wir schlafen?«, fragte Gret, löste eine Wolldecke vom Sattel und legte sie Sofie um die Schultern.

Tilia, die kauend auf und ab schritt, hielt einen Moment inne.

»In Haigerloch! Schließlich hat mein Vater für Graf Albert gekämpft. Wir kommen schnell voran, also sollten wir die Stadt noch vor der Dunkelheit erreichen.«

Zweifelnd betrachtete Gret die tief stehende Wintersonne. Dort irgendwo lag Haigerloch, doch die Magd hätte nicht sagen können, wie weit die Stadt noch entfernt war, geschweige denn, wie genau sie die Richtung eingehalten hatten. Tilia schien die Gedanken zu lesen.

»Schau, Gret, wir sind immer nach Westen geritten. Irgendwann müssen wir auf die Eyach stoßen, und dann folgen wir ihr bis zur Stadt. Wir können Haigerloch gar nicht verfehlen.«

Gret sah noch einmal zur Sonne hoch und nickte, ohne überzeugt zu sein. Doch plötzlich spitzte die Magd die Ohren, sprang auf und sah sich gehetzt um.

»Was ist?« Noch während die Ritterstochter die Worte aussprach, hörte auch sie das Geräusch.

»Schnell zu den Pferden!« Sie raffte den Rock und lief los, löste mit fahrigen Fingern die Zügel. Die Stute wieherte nervös und wich zur Seite. »Bleib stehen, du Biest«, beschwor sie das Tier panisch. Gret warf die Decke auf den Boden und riss Sofie in ihre Arme. Mit der schweren Last hastete sie zu ihrem Pferd. Sie hatte es noch nicht erreicht, als ein Dutzend wild aussehender Gestalten durch das Dickicht brachen. In Felle und Lumpen gekleidet, mit Keulen, Messern und Spießen bewaffnet, quollen sie auf die Lichtung. Ein triumphierender Schrei entrann ihren Kehlen, als sie die beiden Frauen und ihre Rösser entdeckten. Voll Angst bäumten sich die Pferde auf, rissen die Zügel los und suchten das Weite.

»Lauf! Lauf!«, kreischte Tilia und rannte los, Gret mit der vor Angst weinenden und zappelnden Sofie hinterher. Mit Gebrüll nahmen die wilden Gestalten die Verfolgung auf. Tilias Brust schmerzte, ihr Atem ging pfeifend. Sie sah sich nicht um, hoffte nur, dass Gret noch hinter ihr war, und versuchte, sich dem Gedanken zu verschließen, dass sie keine Chance hatten. Grets Aufschrei, als sie über ihren Rocksaum fiel und mit Sofie im Arm zu Boden stürzte, war wie ein Dolchstoß in ihrem Herzen. Sofort waren fünf Männer über ihr. Ein einziger Keulenschlag streckte Sofie nieder. Gret wehrte sich wie eine Wildkatze, schlug, biss und kratzte. Messer blitzten, Stoff zerriss. Noch einmal schrie Gret voll Verzweiflung auf.

Die Wehrsteinerin hastete weiter dem anderen Ende der Lichtung zu. Schon hörte sie den Atem ihrer Verfolger und sah die Schatten sie überholen, noch ehe sie ihre groben Hände nach Tilia ausstreckten.

Herr im Himmel, war es das?, schoss es ihr durch den Kopf, als eine Hand ihr den Ärmel zerriss. Da brach ein Pferd durch das Gehölz. Der junge Ritter auf seinem Rücken war nur mit einem beschlagenen Lederwams gerüstet, doch sein Schwert glänzte in der Sonne.

»Tilia!«, schrie er, als sich ein Arm um ihren Hals legte. Sie konnte ihm nicht antworten, konnte nur noch ächzen. Sie trat und schlug um sich, sah in zwei gierige Gesichter, riss an einem Bart, dass der schmutzige Kerl aufschrie. Das weiße Ross kam auf sie zugeprescht, ein Schwert sauste direkt vor ihr nieder, Blut spritzte ihr ins Gesicht und schmeckte salzig auf ihren Lippen. Das Schwert blitzte noch einmal. Der Arm an ihrem Hals war plötzlich verschwunden.

»Nimm meine Hand«, brüllte Heinrich. Er riss ihr beinahe den Arm aus, als er sie auf sein Pferd hinaufzog. Bäuchlings lag sie vor ihm im Sattel, während er dem Pferd die Sporen gab.

»Gret!«, schrie Tilia voll Verzweiflung. Heinrich von Husen zögerte einen Moment, sah die Männer, die keulenschwingend auf ihn zurannten, sah Spieße und lange Dolchklingen, sah das Mädchen reglos im Gras liegen. Tilia bäumte sich auf.

»Liegt still!«, befahl er ihr barsch und trieb sein Pferd wieder an.

»Nein!«, kreischte Tilia, dann stöhnte und schluchzte sie nur noch. Verzweifelt krallte sie sich am Sattelgurt fest und versuchte, ihr Gesicht vor Zweigen und Gestrüpp zu schützen.

»Da sind die Pferde!«

Heinrich ließ sich von dem geliehenen Streitross gleiten und fing Tilias Stute ein. Sein Brauner trabte freiwillig zu ihm und rieb die Nüstern an der Schulter seines Herrn.

Tilia rutschte vom Pferd und schlug hart auf dem Boden auf. Sofort rappelte sie sich hoch, stürmte auf den Ritter zu und trommelte ihm mit den Fäusten auf den Rücken.

»Gret! Ihr müsst Gret retten! Warum seid Ihr geflohen, Ihr Feigling?«

Heinrich von Husen drehte sich um und griff nach Tilias Handgelenken. »Weil ich mit Euch auf meinem Sattel und noch dazu auf einem fremden Ross mein Schwert nicht richtig führen konnte.«

Unsanft hob er Tilia auf ihre Stute und drückte ihr die Zügel des fremden Pferdes in die Hand. »Ihr rührt Euch nicht von der Stelle!« Ohne ein weiteres Wort schwang er sich in den Sattel und galoppierte zur Lichtung zurück.

Tilia weinte vor Angst, Zorn und Kummer und ritt ihm dann langsam nach.

Wie der rächende Gott kam Heinrich von Husen über die Bande hungriger Gesetzloser, geflohener Kämpfer und landloser Bauern. Vier Männer schlug er nieder. Die anderen entkamen im Dickicht der Wälder. Als Tilia die Lichtung wieder erreichte, war alles vorüber. Der metallische Geruch nach Blut und der Gestank des Kots der Gefallenen ließen sie würgen. Langsam näherte sie sich dem Ritter, der mit verschränkten Beinen im Gras saß und Sofie in seinen Armen wiegte. Er würdigte die Wehrsteinerin keines Blickes. Vor ihm lag Gret mit geschlossenen Augen, eine Decke sorgsam über ihren geschundenen Körper gebreitet. Rasch ließ sich Tilia vom Pferd gleiten, kniete nieder und lüftete die blutgetränkte Wolldecke.

»Heilige Jungfrau, wir müssen etwas tun, diese entsetzlichen Wunden! Wir müssen sie zurück nach Zollern zu Bruder Tragebott bringen, das Blut stillen und sie verbinden und« – sie blitzte den Ritter böse an – »nun tut doch etwas!«

Als er seinen Blick hob, bestürzte sie die Traurigkeit, die darin lag.

»Seht Euch die Wunden an! Ihr Blut wird nicht mehr lange fließen. Wir können nichts für sie tun.«

»Nein!«, heulte Tilia auf und grub ihr Gesicht in Grets Hand, als die Magd noch einmal die Augen öffnete.

»Tilia, kannst du mich hören?«

»O Liebes, du wirst wieder gesund, alles wird wieder gut«, weinte die Ritterstochter.

»Unsinn!«, stöhnte die Magd. »Was ist mit Sofie?« Sie versuchte, sich aufzurichten, sank aber sofort wieder stöhnend zurück.

»Sie hat einen Schlag auf den Kopf bekommen, wird aber bald wieder in Ordnung sein«, antwortete Heinrich an Tilias Stelle.

Die Wehrsteinerin bettete den Kopf der Magd in ihren Schoß. »Bleib ganz ruhig liegen.«

Grets Hand suchte nach der von Tilia. »Du musst dich um Sofie kümmern, versprich es.«

»Ja, ich schwöre es bei der Heiligen Jungfrau. Ach, Gret, warum bist du mitgekommen? Warum bist du nicht in Eitelfriedrichs sicherem Bett geblieben.«

Erstaunen schlich sich in das schmerzverzerrte Antlitz. »Warum? Weil du Heimweh nach Wehrstein hattest, weil du meine Schwester bist, und weil ich dich liebe.«

Ihr letzter Blick galt Sofie, die geschützt in des Ritters Armen lag, dann verlor sie sich in der Ewigkeit.

»Ich habe sie getötet«, weinte Tilia und drückte die Tote an sich. »O

Heinrich, sie könnte noch leben, wenn ich nicht so starrköpfig gewesen wäre.«

Der Ritter nickte. »Ja, Ihr wart starrköpfig. Ihr hättet auf mich warten sollen. Und nein, Ihr habt sie nicht getötet, denn alles, was auf Erden geschieht, ist Gottes Wille.«

Behutsam legte er den Arm um Tilias Schulter, und sie ließ es geschehen. Eng aneinander gepresst verbrachten sie, gemeinsam bei der Toten wachend, die lange Winternacht.

Am Morgen trafen der junge Friedrich von Schalksburg und der Ritter von Zell-Andeck auf der Suche nach den Frauen auf der Lichtung ein. Tilia jammerte, tobte und bettelte, bis die Männer endlich bereit waren, die Leiche der Magd mitzunehmen. Langsam ritt die kleine Gruppe nach Zollern zurück. Sofie vor sich im Sattel, folgte Tilia den Männern. Da drängte der Merkenberger sein Ross an das ihre.

»Nun, habt Ihr über mein Angebot noch einmal nachgedacht?«

Heinrich von Husen spitzte ängstlich gespannt die Ohren.

»Ich sage Nein! Lieber verbringe ich mein Leben hinter Klostermauern denn in Eurem Bett.«

»Gut, wenn das Euer Wunsch ist, dann setzen wir Euch gleich in Stetten ab.« Ohne ein weiteres Wort trieb er sein Pferd an und setzte sich wieder an die Spitze der Gruppe.

KAPITEL 37

Tilia half der Sakristanin, die heiligen Gefäße mit einem weichen Tuch zu polieren. Energisch rückte sie mit einer grauen Paste den Flecken auf dem Silber zu Leibe, als Schwester Elisabeth zu ihr trat.

»Ihr habt Besuch. Friedrich von Zollern möchte Euch sprechen.«

Die Lippen aufeinander gepresst, folgte Tilia der Schwester. Sie erwartete, den Merkenberger zu sehen, traf stattdessen jedoch den alten Zollerngrafen in der kleinen Gästekammer an.

»Gegrüßt sei Jesus Christus, Tilia von Wehrstein.«

»In Ewigkeit, amen, Herr Graf. Was führt Euch hierher?«

Er deutete auf das Bündel, das er auf den Tisch gelegt hatte. »Ich habe nicht mehr sehr viel zu tun auf der Burg, wisst Ihr. Auch ist mein Rat nicht mehr gefragt, und keiner will das Spiel des Lebens mit mir fortführen, das so viele Monate unberührt in meinem Gemach stand.«

Er zog das schwarz-weiß karierte Brett hervor und begann, die Figuren wieder so anzuordnen, wie sie gestanden hatten, als Tilia und der Graf zum letzten Mal miteinander spielten.

Tilia griff nach dem schwarzen Läufer und zog ihn auf den Turm des Grafen zu. »Wie ist es um Eure Burg bestellt?«

Der Graf tippte mit den Fingerspitzen ein paarmal auf den bedrohten Turm und zog dann einen Bauern vor. »Friedrich ist nach Süden gezogen, um die Schalksburg in Besitz zu nehmen. Walger von Bisingen und die Boller sind ihm gefolgt. Er wird nun seine Braut heimführen. Das Fräulein von Ringelstein-Killer wird Dame auf der Schalksburg sein. Eleonora von Zell-Andeck wird nach Stetten kommen und den Schleier nehmen.« Er schwieg eine Weile und wartete, bis Tilia einen Bauern gesetzt hatte.

»Meine Söhne suchen Ritter, die ihnen dienen, doch ihre Ländereien geben nicht genug her. Sie sind von der langen Fehde ausgeblutet. Der Hohenberger hat im Süden schon probiert, welch Unverschämtheiten er sich leisten kann.« Mit einem Knall zog er sein Pferd an Tilias Dame heran.

»Werdet Ihr Williburgis besuchen?«, fragte sie und nahm sich das Pferd mit der Dame.

»Nein«, antwortete er gepresst. »Ich werde sie in diesem Leben nicht wiedersehen.«

»Es geht ihr gut«, sagte Tilia lahm und starrte dann wieder auf das Spielfeld.

»Ich rate ihm, doch er hört mir nicht zu. Ich warne ihn, und er geht hin und tut es doch. Ich erkenne Eitelfriedrich nicht wieder.«

Tilia zog ihren Läufer auf langer Bahn zurück. »Er muss nun selbst die Macht kosten und sich eine blutige Nase holen. Daran könnt Ihr nichts ändern. Das wäre irgendwann sowieso gekommen.«

»Ja, aber dann hätte ich es nicht mit ansehen müssen! Er zerstört, was ich mühsam aufgebaut habe. Er verjagt die Kaufleute, statt sie herzuholen, presst die Städte aus, statt sie zu fördern, schlägt die Hand des Hohenbergers, die er ihm reicht.«

»Der Geschlagene ist verbittert«, sagte Tilia leise und zog ihre Dame vor. »Schach, Herr Graf.«

Eine Weile starrte er schweigend auf das Spielbrett. »Ja, Schach, Tilia von Wehrstein. Es ist zu Ende.« Müde erhob er sich, stand vor ihr, den Rücken gebeugt, den Blick getrübt, doch dann sah er sie an und hob den Arm.

»Macht mir die Freude, ein wenig mit mir zu gehen.«

Sie lenkten ihre Schritte zum Reichenbach hinunter.

»Wann werdet Ihr den Schleier nehmen?«

»Gar nicht!«, erwiderte Tilia bestimmt. »Ihr könnt mich zwingen, hier zu bleiben, doch nicht, ein Gelübde abzulegen.«

»Niemand zwingt Euch …« Er ließ den Satz unvollendet und seufzte schwer. »Wie geht es dem kleinen Mädchen Eurer Magd«, fragte er stattdessen.

Tilia ließ es sich nicht anmerken, wie sehr sie die Frage nach einer Unfreien wunderte. »Am Körper gut. Sie hat den Schlag auf den Kopf besser überwunden als den Tod der Mutter.«

Die tief herabhängenden Zweige der Weide schmückten sich bereits wieder mit zartem Grün. Tilia führte den Graf zu einer kahlen Stelle. Es würde noch eine Weile dauern, bis die Natur den Erdhügel wieder begrünen würde. Keine Blumen schmückten das Grab, nur ein schlichtes, aus zwei Ästen zusammengebundenes Kreuz. Tilia kniete nieder, um zu beten. Der Graf wartete geduldig.

»Ich habe nie einen Menschen wie Euch gekannt«, sagte er mit Verwunderung in der Stimme, als Tilia sich wieder erhob und den Staub von ihrem Rock klopfte.

»Weil ich um eine Unfreie weine? Sie ist ohne Schuld gestorben. Sie war eine kluge, herzensgute Frau, und sie war meine Schwester.«

Der Graf nickte leicht mit dem Kopf, doch schien die Antwort sein Erstaunen nicht zu mildern.

»Darf ich Euch wieder besuchen?«, fragte er mit flehender Stimme, als er ihr die Hand zum Abschied reichte. »Werdet Ihr mir gestatten, mein Reich das nächste Mal zu verteidigen?«

»Es wird mir ein Vergnügen sein.«

Er schwang sich auf sein Ross und lächelte noch einmal warm zu ihr herunter.

»Dann bis bald, Tilia von Wehrstein.« Langsam lenkte er sein Pferd dem Zoller zu.

✠ ✠

Der Frühling kam und ging, und nach ihm der Sommer. Während das Land über Reichstage und Kirchenversammlungen sprach, die Hohenberger sich mit den Markgrafen von Baden schlugen und der Württemberger die Zollern in eine neue Fehde gegen den König verwickelte, spielten der alte Graf und Tilia von Wehrstein Schach. Nur noch selten sprachen sie von der Politik, doch Tilia spürte, wie sehr der Graf unter seiner Entmachtung litt. Es schien, als würde die geteilte

Grafschaft mit jedem Wechsel der Jahreszeiten schwächer, der Rücken des Grafen gekrümmter und sein Blick trüber. Im Herbst musste er sich bereits auf einen Stock stützen, im Winter hatte er Schwierigkeiten, sein Pferd zu besteigen. Dennoch wiederholten sich seine Besuche regelmäßig, und Tilia freute sich auf ihn. Es war, als gehörten sie beide nicht zu der Grafschaft um sie herum, nicht zum Reich, nicht zu dieser Welt. Es war, als lebten sie für sich auf einem Stern weit weg im blauen Nachthimmel.

Auch als er einen Knecht brauchte, der ihm in den Sattel half, und sein Augenlicht nachließ, war er in seinen Besuchen nicht zu beirren. Es war im Mai des Jahres 1289, als ihm beim Spiel der König aus den zitternden Händen glitt. Tilia sank auf die Knie, um die Figur aufzuheben, doch der Graf wehrte resignierend ab.

»Lasst ihn liegen, den Geschlagenen, wir benötigen ihn nicht mehr. Ich werde nicht wiederkommen.«

»Aber Herr Graf.« Sie nahm seine kalten Hände in die ihren. »Ich brauche Euch und unser Spiel.«

Friedrich von Zollern strich der jungen Frau sanft über ihre Wangen.

»O nein, Ihr braucht mich nicht. Ihr braucht Leben um Euch. Das bunte, satte, pralle Leben. Nicht einen sterbenden Greis.« Sie wollte protestieren, doch er schnitt ihr das Wort ab. »Ich spüre, dass es mit mir zu Ende geht, darum hört mir gut zu.«

Er nötigte sie, auf der Bank Platz zu nehmen, und setzte sich dann dicht neben sie. Ihre Hände fest in den seinen, redete er eindringlich auf sie ein.

»Der Hohenberger, dieser Hund, hat in seiner Machtgier endlich mal etwas Gutes getan. Damit seine Güter in der Hand seiner Sprosse bleiben, selbst wenn seinen Söhnen etwas passiert, hat er bei dem Habsburger durchgesetzt, dass auch Töchter Ländereien und Titel erben können.« Tilia sah den Graf verständnislos an. »Denkt nach, mein Kind, was dies bedeutet, denn es betrifft nicht nur den Hohenberger selbst.« Er machte eine kurze Pause. »Wehrstein ist Euer! Ich habe einen Boten Erkundigungen einziehen lassen. Ein junger Vetter von

Euch sitzt mit dem Kebsweib Eures Vaters auf der Burg, doch ich habe mir sagen lassen, er würde lieber an Alberts Hof nach Rottenburg zurückkehren. Ihr dürftet keine großen Schwierigkeiten mit ihm bekommen, sonst wendet Euch direkt an Graf Albert.«

»Ich soll nach Wehrstein zurückgehen?«, fragte Tilia fassungslos. »Aber Ihr wisst doch, wie es beim letzten Mal ausging …«

Er schnitt ihr das Wort ab und drückte ihr ein Pergament in die Hand.

»Ihr könnt jederzeit reisen. Wartet, bis ein Kaufmann gen Westen zieht.« Er zog ein Beutelchen mit Münzen hervor. »Oder nehmt Euch zwei Männer aus Hechingen mit.«

»Aber Herr Graf, warum?«

Er verzog seine Lippen zu einem Lächeln.

»Weil Ihr eine kluge Frau seid und die Freude meiner Tage. Bleibt hier, bis sich der Deckel meines Sarges über mir geschlossen hat. Betet eine Nacht für meine Seele. Dann zieht hin, Herrin von Wehrstein.«

Als der Knecht ihm auf sein Pferd geholfen hatte und Tilia ihm zum letzten Mal die Hände reichte, fiel ihr noch eine Frage ein: »Wann, wann hat der König das Recht der Frauen, zu erben, verkündigt?«

»Es muss im Sommer gewesen sein. Im letzten Jahr? Vielleicht auch das zuvor? Ich weiß es nicht mehr. Verzeiht, ich wollte auf Eure Gesellschaft nicht verzichten.«

Sie sah ihm mit gerunzelter Stirn nach, doch sie zürnte ihm nicht. Als sie das Pergament aufgefaltet und die verschnörkelten Buchstaben entziffert hatte, stieß sie einen leisen Schrei aus. Eine Verfügung ihres Vaters. Sollte es je möglich sein, eine Tochter als Nachfolger zu bestimmen, dann würde er das Gut der Dame Tilia von Wehrstein hinterlassen. Geschrieben von einem Franziskanermönch aus Freiburg, gesiegelt von Ritter Hildebolt von Wehrstein, bezeugt von Graf Friedrich von Zollern und Ritter Heinrich von Husen. Kopfschüttelnd faltete Tilia das wertvolle Schreiben wieder zusammen und verstaute es unter einer losen Steinplatte bei ihrem Lager.

Nur eine Woche später wälzte sich ein bunter Zug aus Menschen und Pferden den Zoller hinunter nach Stetten, um dem toten Graf die letzte Ehre zu erweisen. Es wurde eine Messe gelesen und seiner Seele gedacht. Die Kirche war erfüllt von Weihrauch und von schwerem Blütenduft. Die Hände gefaltet, lag der Tote in seinem steinernen Sarg, die Gesichtszüge friedlich entspannt.

»Ich werde für Eure Seele beten«, versprach ihm Tilia von Wehrstein, als die beiden Glocken auf dem Dach erschallten und der schwere Deckel sich über Friedrich V. von Zollern für immer schloss.

✢ ✢

»Willst du mit mir nach Wehrstein zurückkehren und den Schleier für immer ablegen?«

Dorothea legte den Kopf in den Nacken und sah ihre Schwester ernst an. Sie dachte lange nach, wog das Für und Wider ab.

»Wird Sofie mit uns reisen?«

»Ja. Wir werden uns vom Geld des Grafen in Hechingen zwei Bewaffnete suchen, die uns nach Hause begleiten.«

Das Kind nickte bedächtig. »Damit uns nicht so etwas wie Gret widerfährt.«

Tilia zuckte zusammen. War das Kind wirklich erst sieben Jahre alt? »Ja, damit wir Wehrstein sicher erreichen.«

Das Mädchen nahm den Schleier von ihrem Kopf, faltete ihn sorgfältig zusammen und legte ihn dann neben sich ins Gras.

»Ich werde der Mutter Oberin Lebewohl sagen und dann mein Lager aufsuchen. Weck mich auf, wenn wir reisen.«

Die Sonne versank blutrot hinter den Wäldern, und Tilia sah ein letztes Mal von diesem Platz vor dem Kloster in Stetten dabei zu.

✢ ✢

»Gret, nun ist es also so weit, wir werden heimkehren. Was würde ich dafür geben, dich an meiner Seite zu wissen. Ich brauche dich, deinen Rat und deine Schelte, wenn ich wieder einmal nicht richtig nachgedacht habe. Ich muss für die beiden Mädchen sorgen und weiß nicht, was mich auf Wehrstein erwartet. Vielleicht ein Vetter, der mich hasst und das Gut nicht hergeben will.« Tilia kniete an dem blumenbedeckten Erdhügel nieder. »Ach, Gret, ich brauche einen Freund!«

»Wenn es auch ein alter, verrückter Franziskaner tut, dann würde ich mich gern zu Eurer Verfügung stellen, Fräulein Tilia.«

»Bruder Tragebott!« Sie sprang auf und streckte ihm beide Hände entgegen. »Der Keller auf Zollern wurde mir schon etwas klein, und ich habe gehört, dass Wehrstein ein üppiges Gemäuer ist, in dem ich alles unterbringen kann.« Er nickte in Richtung Kloster, vor dessen Pforte drei beladene Maultiere angebunden waren.

Tilia lachte. »Wir werden genug Platz für Eure Sammlung finden, wenn Ihr mir versprecht, nicht die Mauern von Wehrstein in Feuer und Rauch aufgehen zu lassen.«

»Darüber kann man reden«, nickte der Mönch und stapfte zu seinem Reittier zurück. Er half Tilia auf ihre Stute und schwang sich dann brummelnd und stöhnend selbst in den Sattel.

»Dann auf nach Wehrstein!«, rief Tilia und trieb ihre Stute an.

Unter den Bäumen löste sich eine einsame Gestalt und ritt auf die seltsame Karawane zu, die sich langsam nach Westen bewegte. Tilia beschirmte ihre Augen. Erst als er sie schon fast erreicht hatte, fügten sich die Schatten zu festen Konturen zusammen. Der Ritter hielt sein Ross dicht neben dem ihren an.

»Ich habe gehört, Ihr sucht zuverlässige Männer, die Euch nach Hause begleiten. Wenn Ihr außerdem noch einen Freund gebrauchen könnt, der Euch hilft, Eure Güter beisammenzuhalten, so stehe ich zu Euren Diensten.«

Mit einem warmen Lächeln streckte sie beide Hände nach ihm aus. »Ich danke Euch, Heinrich von Husen, mein Vasall und lieber, treuer Freund.«

GESCHICHTSÜBERBLICK

Wie es der alte Zollerngraf vorausgesehen hatte, hielt der Friede zu Rottenburg nicht lange an. Schon im nächsten Jahr kämpften die Hohenberger gegen die Badener und der Württemberger gegen die Anhänger des Königs. Daraufhin nahm Rudolf von Habsburg dem wilden Eberhard von Württemberg sieben Burgen ab, zerstörte sie zum Teil, zog von seiner Stadt Esslingen los und nahm dem Württemberger Cannstatt. Wieder fehlte dem König die Zeit, den Streitsüchtigen endgültig in die Knie zu zwingen. So vergriff sich der Württemberger, kaum hatte der König ihm den Rücken zugewandt, an Esslingen und richtete bei Türkheim ein Blutbad an. Dennoch unterlag der Württemberger mit seinen Gefolgsleuten, und der Merkenberger geriet in Gefangenschaft. Am Ende des Jahres wurde mal wieder ein Friedensschluss ausgehandelt.

Um die wilden Schwabenlande zu befrieden, belehnte der König seinen Sohn Albrecht mit der Grafschaft Löwenstein und seinen Sohn Rudolf mit einem Teil des Hausbesitzes im Süden Schwabens. Die Rechnung ging nicht auf. Im gleichen Jahr wie der alte Zollerngraf starb des Königs Sohn Rudolf. Doch der Habsburger gab nicht auf und zog von einem Raubritternest zum anderen. Vor der Weißenburg lagerten die Königlichen sechs Wochen lang. Sie untergruben deren Mauern, bis sie zusammenstürzten. Eine Weile holten die Aufständischen Atem und leckten ihre Wunden, bis der König 1291 in Speyer starb. Dann standen sie wieder auf. Der Württemberger und mit ihm die Tübinger zogen gen Rottenburg und gen Haigerloch, doch sie konnten weder die Städte noch des Hohenbergers Burgen einnehmen. Also ließen sie ihre Zerstörungswut mal wieder an Dörfern, Feldern und Weinbergen aus. Der neue König Albrecht führte den Weg seines

Vaters fort. Eine Doppelhochzeit zwischen dem Hause Württemberg und dem Hause Hohenberg konnte die Feindschaft endlich beenden.

Graf Albert von Hohenberg fand bei einer Schlacht gegen Otto von Bayern 1298 den Tod. Sein Überraschungsangriff wurde verraten. Otto gab seinen Männern den Befehl, Graf Albert zu fangen oder zu töten. Als die Ritter des Hohenbergers sahen, wie sehr sie in der Minderheit waren, ließen sie den Grafen im Stich. Nur die Bauern blieben an seiner Seite, doch der Kampf war verloren. Albert von Hohenberg starb an unzähligen Wunden in der Schlacht bei Oberndorf.

Eitelfriedrich von Zollern überlebte seinen Vater nicht einmal um zehn Jahre, doch er hinterließ drei Söhne, von denen der zweite die Zollernlinie fortführte. Der Merkenberger und seine Nachfahren konnten sich nicht lange an der Grafschaft Zollern-Schalksburg erfreuen. Der Zweig erlosch wenige Generationen später. Die große Zeit der schwäbischen Zollernlinie war für immer vorbei.

Die späteren preußischen Könige und Kaiser von Hohenzollern stammen von der Linie der Burggrafen von Nürnberg ab, die sich schon zu Beginn des 13. Jahrhunderts von der schwäbischen Zollernlinie abgespalten hatte.

Mit den Wehrsteinern, die bereits 1101 Edelfreie genannt wurden und damals zum Hochadel gehört hatten, ging es weiter abwärts. Im Jahre 1100 Hochadel, 1300 nur noch ein kleines Rittergut. Ende des 14. Jahrhunderts heiratete ein Wehrsteiner, der den Titel Ritter nicht mehr führen durfte, eine Bürgerstochter. Eine Generation später wurden sie gar Leibeigene der Zollern, als ein Junker Benz von Wehrstein die unfreie Hechinger Bürgerstochter Else Müller heimführte.

DICHTUNG UND WAHRHEIT

König Rudolf von Habsburg, Eberhard von Württemberg, die Zollerngrafen und Grafen von Hohenberg sind geschichtliche Personen, deren Zank und Fehden, deren Belagerungen und Kämpfe, Verträge und Friedensschlüsse in der Geschichtsschreibung zu finden sind. In der Zimmerschen Chronik werden die Zollern als hochfahrend und unfriedlich beschrieben. Dennoch sind die Intrigen der beiden Brüder und die »Beziehung« von Graf Friedrich V. mit seiner Tochter erfunden. Ich möchte den historischen Figuren keinesfalls diese Verhaltensweisen unterstellen.

Fritz Kallenberg schreibt in seinem Buch über die Hohenzollern: Mit den Grafen von Hohenberg entwickelte sich eine Rivalität, die beiden Häusern zum dauernden Schaden gereichte. Der Konflikt wurde in einer Fehde ausgetragen. In den Begegnungen vor Haigerloch 1267 und vor Balingen 1286 sollen die Zollern gesiegt haben. Da aber Graf Albert II. von Hohenberg, der Minnesänger, Statthalter des Königs und dessen Schwager war, schaltete sich Rudolf von Habsburg persönlich in die Beilegung des Konfliktes ein, zumal sich Friedrich der Erlauchte auch an Aktionen der Grafen von Württemberg gegen die habsburgische Klientel beteiligt hatte. Es wird vermutet, dass die Teilung des zollerischen Besitzes 1288 in die Linien Zollern-Zollern und Zollern-Schalksburg im Zusammenhang mit einer Sühneleistung steht, mit der die Schwächung des Hauses Zollern beabsichtigt war. Friedrich der Erlauchte, unter dem die Stellung der Zollern ihren Höhepunkt erreichte, hat die Aufspaltung unter seinen beiden Söhnen, die den Niedergang einleitete, noch erlebt.

Diese Sühneleistung, deren Grund nicht überliefert ist, hat meine Fantasie angeregt.

Udelhild von Dillingen und ihre Tochter Williburgis von Zollern sind unter den Nonnen im Kloster Stetten zu finden, das der Zoller als Hauskloster gegründet hat. Wahrscheinlich hat sich jedoch die Gattin Friedrichs des Erlauchten erst nach seinem Tod ins Kloster zurückgezogen.

Eitelfriedrich hieß übrigens ebenfalls Friedrich. Erst mehrere Generationen später taucht regelmäßig der Name Eitelfriedrich auf. Ich habe den Namen geändert, um die Brüder und den Vater einfacher unterscheiden zu können.

Die Rittergeschlechter von Husen, von Ringelstein-Killer, von Lichtenstein, von Ringingen und von Zell-Andeck sind in der Gefolgschaft ihrer jeweiligen Herren überliefert. Auch gibt es typische Familienvornamen, doch sind die niederen Adligen als einzelne Personen und Charaktere geschichtlich selten zu fassen. Noch schwieriger ist es bei den Frauen, die nur als Witwen oder Nonnen in den Klöstern auftauchen. Keine Zeugnisse gibt es über das Gesinde, die Hörigen und Leibeigenen der Grafen und Ritter. Bei der Beschreibung der Feste, der Sitten und Gebräuche, Heilkunde, Glaube und Aberglaube, dem Verhältnis zwischen Herren und Unfreien habe ich mich, soweit möglich, an Sozialstudien über diese Zeit und über die Grafschaften gehalten.

Ein kleiner Ausflug zu dem Franziskaner Tragebott und seinen explosiven Experimenten. Ende des 13. oder Anfang des 14. Jahrhunderts soll im Freiburger Franziskanerkloster ein Mönch namens Berthold Schwarz gelebt haben, der ein Pulver erfand, das noch heute seinen Namen trägt und die Waffentechnik des späten Mittelalters beflügelte.

Doch nun zu den Rittern von Wehrstein. Ende des 13. Jahrhunderts ist ein Ritter Hildebolt von Wehrstein bezeugt. Über seine Familie ist nichts bekannt. Später tauchen im Kloster Stetten drei Töchter von Wehrstein auf. Anna, Gret und Dorothea, daher habe ich diese Namen verwendet. Tilia ist ein Name, der in dieser Zeit in Klosterlisten vorkommt, nicht aber für das Geschlecht der Wehrsteiner typisch ist. Die Herrschaft Wehrstein war zuerst ein Lehen von den Pfalzgrafen von Tübingen und ging dann durch eine Heirat auf die Hohenberger über.

Die Burg Wehrstein gibt es historisch verbürgt seit dem 11. Jahrhundert, doch wahrscheinlich reicht ihre Geschichte bis ins 8. Jahrhundert zurück. Damals wurde sie von König Pippin besucht.

Tilia von Wehrstein ist sicher keine typische Frau des 13. Jahrhunderts. Man mag berechtigt zweifeln, ob es überhaupt ein solch emanzipiertes und selbstständiges Ritterfräulein gegeben haben mag. Dennoch ist die folgende Überlegung erlaubt:

Wer sah auf den Burgen nach dem Rechten, wenn die Ritter oft monatelang unterwegs waren? Wer kümmerte sich um die Abgaben, um Hörige und Leibeigene und um Gäste? Sicher auch die Frauen. In manchen Häusern mussten daher auch die Frauen in der Lage sein, Entscheidungen zu treffen und über lange Zeiten hinweg ein Rittergut oder eine Grafschaft zusammenzuhalten.

Zum Schluss noch die Frage: Ist es realistisch, dass eine Tochter von Wehrstein das Rittergut erbte? Vermutlich nicht, doch es ist immerhin möglich. Eugen Stemmler schreibt, König Rudolf gestattete die weibliche Erbfolge wahrscheinlich auf Bestreben des eifersüchtigen Hohenbergers. Somit war es rechtlich möglich, wenn kein männlicher Erbe in der direkten Linie da war, eine Tochter als Nachfolgerin zu wählen.

WICHTIGE PERSONEN

Edelfreie von Wehrstein

Ritter Hildebolt von Wehrstein	
Edelfrau Sibylla von Wehrstein	Ehefrau von Hildebolt von Wehrstein
Anna von Wehrstein	Tochter von Hildebolt und Sibylla von Wehrstein
Tilia von Wehrstein	Tochter von Hildebolt und Sibylla von Wehrstein
Dorothea von Wehrstein	Tochter von Hildebolt und Sibylla von Wehrstein

Ritter auf Burg Wehrstein

Wolfram von Husen	
Heinrich von Husen	Neffe von Wolfram von Husen

Gesinde auf Burg Wehrstein

Gret	Tochter von Hildebolt von Wehrstein und der unfreien Magd Hailwig
Rüdger	Unfreier Knecht und Schmied, Ehemann von Gret
Sofie	Tochter von Gret und Rüdger

Grafen von Zollern

Graf Friedrich V. von Zollern	genannt der Erlauchte
Udelhild von Zollern	geb. von Dillingen, Ehefrau von Friedrich V. von Zollern
(Eitel)Friedrich VI. von Zollern	Sohn von Friedrich V. von Zollern

Kunigunde von Zollern	geb. von Baden, Ehefrau von Eitelfriedrich von Zollern
Friedrich von Zollern	genannt der Merkenberger, später Friedrich I. von Zollern-Schalksburg, Sohn von Friedrich V. von Zollern
Williburgis von Zollern	Tochter von Friedrich V. von Zollern

Grafen von Hohenberg

Albert II. von Hohenberg	genannt der Minnesänger
Margarete von Hohenberg	geb. von Fürstenberg, Ehefrau von Albert II. von Hohenberg
Burkhard von Hohenberg	Bruder von Albert II. von Hohenberg

Ritter auf Burg Zollern

Walger von Bisingen	Sohn des Truchsessen
Swenger von Lichtenstein	
Eberhard von Ringingen	
Otto von Ringelstein-Killer	
Hans von Zell-Andeck	Sohn des Schenken
Diemo von Melchingen	Knappe von Eitelfriedrich von Zollern

Damen auf Burg Zollern

Benigna von Lichtenstein	geb. von Hölnstein, Schwägerin des Ritters Swenger von Lichtenstein
Salome von Ringelstein-Killer	Schwester des Ritters Otto von Ringelstein-Killer
Eleonora von Zell-Andeck	Schwester des Ritters Hans von Zell-Andeck
Agnes	Kammerfrau der Damen auf Zollern
Trude	Kinderfrau von Williburgis von Zollern

Geistliche auf Burg Zollern

Pater Laurenz	Beichtvater und Schreiber der Zollern
Bruder Tragebott	Franziskanermönch

GLOSSAR

Achmardi: grünes, arabisches Seidengewebe

Atlas: glänzender Seidenstoff mit einheitlicher Lichtreflexion

Barchent: Mischgewebe nach arabischen Mustern aus Baumwolle (Schuss) und Leinen (Kette)

Blialt: golddurchwirkte Seide in Purpurbraun bis Violett

Bliaud: Obergewand, wird über dem Hemd getragen, ist an den Seiten geschnürt, um möglichst straffen Sitz zu erreichen, besteht aus kostbarem Material

Brokat: gemustertes Gewebe aus Seide, zu dessen Musterbildung auch Gold- und Silberfäden verwendet wurden

Buntwerk: nicht einfarbiges Fell, speziell: Fell nordischer Eichhörnchen, schwarz, weiß, grau

Diasper: meist zweischüssiges, damastartiges Seidengewebe mit Goldfäden

Eigenleute: Sammelbegriff für Unfreie, Leibeigene und Hörige

Gebende: entwickelte sich im 12. Jh. aus dem Kopfschleier und umschließt Oberkopf, Ohren und Kinn fest mit einer weißen Binde, die zusammen mit einem gesteiften, leinenen schmalen Stirnreif oder in Verbindung mit einem Schappel – einem kranzförmigen Kopfschmuck – oder einer Krone getragen wird. Das Gebende war für verheiratete Frauen und beim Kirchgang für alle weiblichen Personen vorgeschrieben.

Gugel: kurzer Überwurf mit Kopfloch und Kapuze, hat sich aus dem Cucullus entwickelt

Hortularius: Mönch im Kloster, der für den Garten und die Heilkräuter zuständig ist

Hospitarius: Mönch im Kloster, der sich um Gäste kümmert

Infirmarius: Mönch im Kloster, der für die Kranken und die Medizin zuständig ist

Interregium: Kaiserlose Zeit von 1254 bis 1273

Kebsweib: oder Kebse stammt aus dem Mittelhochdeutschen und bedeutet Nebenfrau oder Geliebte. Der genaue Ursprung des Wortes ist nicht geklärt. Evtl. hat sich der Begriff aus dem mittelniederländischen Kevese entwickelt, das Küchenmagd, aber auch Ehebruch heißt, oder er steht im Zusammenhang mit dem niederländischen Kevie, was Hütte oder Nachtlager bedeutet.

Kemenate: geheizter Aufenthaltsraum der edlen Frauen in einer Burg

Kotze: grob gewebtes Wollzeug

Latwerge: eingedickter Fruchtsaft mit Honig und Gewürzen in dünnen Scheiben, luftgetrocknet

Leilachen: Leinentuch

Linnen: Leinentuch

Manichord: Trumscheit

Necessaria: Abort im Kloster

Oblatus: Kind, das nicht freiwillig ins Kloster geht, sondern von den Eltern dem Kloster, zusammen mit Grundbesitz, geschenkt wird

Palas: Hauptwohngebäude auf einer Burg oder Pfalz.

	In der Neuzeit – als die Mauern und Türme um die Adelssitze wegfielen – wurde daraus dann der Palast und im 17./18. Jh. das (franz.) Palais.
Pheller:	kostbarer Seidenstoff
Refektorium:	Speisesaal im Kloster
Rotte:	Harfenzitter
Samit:	Seidengewebe mit zwei Kettsystemen
Schamlot:	feines, immer einfarbiges Wollgewebe aus dem Haar vorderasiatischer Angoraziegen
Schappel:	kranzförmiger Kopfschmuck der Jungfrauen höherer sozialer Schichten
Scharlach:	feines Wollgewebe, das infolge der Drehung seiner Fäden und der Art des Webens sehr dehnbar ist; wurde für Strümpfe und Beinlinge verwendet
Tambur:	Trommel
Tassel:	paarig angeordnetes, rundes oder rosettenförmiges Schmuckstück im Bereich der Halsöffnung des Mantels zur Befestigung
Tasselmantel:	Schnurmantel, bei welchem die Schnürung oder das Band an zwei, an beiden Brustseiten befindlichen, scheibenförmigen Tasseln befestigt wird
Vasall:	verpflichteter Lehensmann, der selbst wieder eigene Männer haben kann
Welschen:	heute Italiener
Zendal:	leichtes Gewebe aus Seide
Ziklat:	zweifarbiger Seidenstoff oder Seide mit Gold durchwirkt

LITERATURAUSWAHL

1200 Jahre Hechingen, Beiträge zur Geschichte und Kultur der Stadt Hechingen, Hechingen 1987

Angelus Walz, P., *Dominikaner und Dominikanerinnen in Süddeutschland (1225–1966),* Meitingen, Freising 1967

Baur, *Geschichte der Hohenzoller Staaten Hechingen und Sigmaringen,* 1834

Beckmann, L., *Konstanzer Bischöfe im 13.–14. Jahrhundert,* Dissertation Universität Freiburg, Bocholt 1995

Berner, F., *Baden-Württemberg Portraits, Gestalten aus tausend Jahren, 800–1800,* Stuttgart 1985

Bibliographie Hohenzollern, in: Zeitschrift für Hohenzollerische Geschichte 10/11, Sigmaringen 1974/75

Brüggen, E., *Kleidung und Mode in der höfischen Epik des 12. und 13. Jahrhunderts,* Carl Winter Universitätsverlag Heidelberg 1989

Bumiller, C., *Studien zur Sozialgeschichte der Grafschaft Zollern im Spätmittelalter,* Sigmaringen 1990

Decker-Hauff, H., *Die Genealogia Reuthinensis, Neue Quellen zur Geschichte des Hauses Zollern-Hohenberg,* in: Zeitschrift für Hohenzollerische Geschichte, Band 9, Sigmaringen 1973

Die Kunstdenkmäler Hohenzollerns, Band: Kreis Hechingen, Hechingen 1939

Dirlmeier, U. (Hrsg.), *Geschichte des Wohnens, Band 2, 500–1800, Hausen, Wohnen, Residieren,* Dt. Wüstenrot Stiftung

Eglers, L., *Chronik der Stadt Hechingen,* Hechingen 1906

Eisele, K.-F., *Arbeiten zum Historischen Atlas von Südwestdeutschland, Heft II, Studien zur Geschichte der Grafschaft Zollern und ihrer Nachbarn,* Stuttgart 1956

Erkens, F.-R., *Rudolf von Habsburg 1273–1291, Eine Königsherrschaft zwischen Tradition und Wandel,* Boshof, E. (Hrsg.), Köln, Weimar, Wien 1993

Feldhaus, F. M., *Museum der Weltgeschichte, Die Technik der Antike und des Mittelalters*, Wildpark-Potsdam 1931

Großmann, *Genealogie des Gesamthauses Hohenzollern*, in: Mitteilungen des Vereins für Geschichte Hohenzollerns 1867 ff., Sigmaringen 1905

Haug, F., Kraus, J. A., *Urkunden des Dominikanerinnenklosters Stetten in Gnadental bei Hechingen 1261–1802,* Beilage zum Hohenzollerischen Jahresheft 1955 ff.

Heyne, M., *Fünf Bücher Deutscher Hausaltertümer von den ältesten geschichtlichen Zeiten bis zum 16. Jahrhundert, Körperpflege und Kleidung bei den Deutschen*, Leipzig 1901

Heyne, M., *Fünf Bücher Deutscher Hausaltertümer von den ältesten geschichtlichen Zeiten bis zum 16. Jahrhundert, Das deutsche Nahrungswesen*, Leipzig 1901

Hodler, X., *Geschichte des Oberamtes Haigerloch,* Hechingen 1928

Kallenberg, F., *Hohenzollern*, Landeszentrale für politische Bildung, Stuttgart 1996

Kraus, J. A., *Die Herren von Wehrstein*, in: Hohenzollerische Heimat 22, Sigmaringen 1972

Quanter, R., *Kulturgeschichte des deutschen Volkes*, Stuttgart, Berlin, Leipzig 1924

Quanter, R., *Sittlichkeit und Moral*, Aalen 1970

Scherr, J., *Deutsche Kultur und Sittengeschichte*, Stuttgart 1948

Schmid, L., *Geschichte der Grafen von Zollern-Hohenberg und ihrer Grafschaft nach meist ungedruckten Quellen,* Stuttgart 1862

Schöntag, W., *Hohenzollern, Handbuch der Baden-Württembergischen Geschichte, Band 2,* Stuttgart 1995

Schöntag, W., *Die Herausbildung der Grafen von Zollern vom 12. bis zur Mitte des 16. Jahrhunderts*, in: Zeitschrift für Hohenzollerische Geschichte, Band 32, Sigmaringen 1996

Stadt und Herrschaft Haigerloch im Mittelalter, in: Arbeiten zur Landeskunde Hohenzollern, Band 11, Sigmaringen 1974

Stehle, B. (Hrsg.), *Hohenzollern, Ein Heimatbuch,* Liehner's Hofbuchdruckerei Sigmaringen

Stemmler, E., *Zollern und Hohenberg vom 12. bis 16. Jahrhundert,* In: Hohenzollerische Jahreshefte, Band 21, Sigmaringen 1961

Theiss, K., Baumhauer, H. (Hrsg.), *Der Kreis Hechingen,* Aalen, Stuttgart 1962

Württemberg im Spätmittelalter, Ausstellung im Hauptstaatsarchiv Stuttgart 1985

Zingeler, K., *Vom Fels zum Meer, vom Meer zum Fels,* Berlin 1908

Zingeler*, K., Zollerische Burgen, Burg Wehrstein,* Blätter des Albvereins, 1898

DANKSAGUNG

Ich möchte mich ganz herzlich bei Alf Müller vom Heimatkundemuseum in Hechingen für seine Mithilfe bedanken. Dank auch meinen ersten Lesern und Kritikern: Renate und Dietmar Jaxt und Peter Speemann. Meinem Mann Peter auch herzlichen Dank dafür, dass er mir immer die modernste Technik zur Verfügung stellt und mir hilft, wenn diese mal wieder versagt. Dass das Buch nicht ungelesen in einer Schublade verschwindet, ist das Verdienst meines Agenten Thomas Montasser und meiner Lektorin Christine Steffen-Reimann. Beiden möchte ich dafür danken, und nicht zuletzt auch Ilse Wagner, die – im Eiltempo – den Feinschliff übernommen hat.

Ulrike Schweikerts großer Frauenroman
über die Zeit der Bauernkriege

Ulrike Schweikert
Das Kreidekreuz

Auf Drängen ihrer Familie hat Anne Katharina Vogelmann den Haller Salzsieder und Ratsherrn Michel Seyboth geheiratet. Als die Unruhen der Bauernkriege und ihre zu allem entschlossenen Anhänger nach Schwäbisch-Hall vordringen, steht die unglücklich in ihrer Ehe gefangene Anne Katharina plötzlich wieder ihrer großen Jugendliebe Rugger gegenüber. Bald gerät sie zwischen die Fronten der verfeindeten Parteien. Anne Katharina muss sich entscheiden – nicht nur auf welcher Seite sie steht, sondern auch zwischen ihrem Ehemann und Rugger. Als sich der Bauernkrieg seinem grausamen Ende nähert, entscheidet sich auch Anne Katharinas weiteres Leben …

Knaur Taschenbuch Verlag

Leseprobe

aus

Ulrike Schweikert

Das Kreidekreuz

Roman

erschienen bei

KNAUR

KAPITEL 20

Anne Katharina saß mit den Kindern noch beim Frühmahl, als Peter in Reithosen und Lederwams, ein geschnürtes Bündel über dem Rücken, in die Stube trat.

»Setz dich, die Milchsuppe ist noch warm«, forderte ihn seine Schwester auf, doch er schüttelte den Kopf und blieb unter der Tür stehen.

»Ich habe bereits in der Küche etwas gegessen und bin gekommen, um mich zu verabschieden.«

»Wohin gehst du?«, fragte Anne Katharina abwesend, während sie Barbara den Mund abwischte und Bernhard, der sich mit den Fingern Rosinen aus der Schüssel angelte, einen scharfen Blick zuwarf.

»Nach Würzburg.«

Es dauerte eine Weile, ehe sie die Bedeutung dieser Worte begriff. Sie sah zu ihrem Bruder auf und fragte stotternd: »Aber wie, ich meine, Würzburg wird doch belagert? Die Bauern stehen unter dem Marienberg, und der Truchsess zieht nach Norden. Warum willst du ausgerechnet jetzt nach Würzburg, wo die Kämpfe jederzeit ausbrechen können?«

Peter trat zwei Schritte heran und stützte sich mit beiden Händen auf die Tischplatte. »Ich weiß, Anka, deshalb ziehe ich mit den Landsknechten heute los und hoffe, dass wir das Bauernlager noch rechtzeitig vor der großen Schlacht erreichen, denn dies wird die Entscheidung.«

Anne Katharina fuhr von der Bank hoch und trat zu ihrem Bruder. »Du willst noch einmal für die Bauern dein Leben einsetzen? Hat dich Böblingen nichts gelehrt?« Tränen traten in ihre Augen. »Der Truchsess kennt kein Erbarmen. Er wird wieder über sie kommen wie der Wolf über die Schafe und ein Blutbad anrichten, wie wir es uns in unseren schlimmsten Träumen nicht ausmalen können.«

Peters Miene verdüsterte sich. »Oh doch, ich kann es mir ausmalen«, sagte er leise. »Ich kenne die Albträume sehr genau.«

»Und doch willst du noch einmal dein Leben riskieren?«

Er griff nach ihren Armen und drückte sie, dass es schmerzte. »Wie ich schon sagte, diese Schlacht wird die Entscheidung bringen. Wenn wir jetzt scheitern, dann ist alles verloren, dann fallen wir zurück in die finsteren Zeiten, schlimmer noch, als es bisher war. Dann werden Raffgier und Willkür herrschen, und der kleine Mann wird auf ewig der Sklave sein, auf dessen Rücken es sich die Pfaffen und Grafen wohl sein lassen. Anka«, sagte er beschwörend, »es geht um eine neue, helle Welt, in der das Wort Christi Gesetz ist, in der die Menschen in Liebe und Eintracht miteinander leben. Eine Welt, in der Gerechtigkeit herrscht, in der die Fürsten ihrem Volk ein gütiger Vater sind und nicht Unterdrücker. Wir kämpfen für die Freiheit. Der Tag der Entscheidung rückt näher. Nur wenn alle fest zusammenstehen und in eifrigem Glauben für ihren Traum kämpfen, dann werden wir dem grausamen Bauernjörg widerstehen können und ihn besiegen. Sieh, wie viele kirchliche Herren und Grafen sich den Bauern an der Jagst, am Main und der Tauber schon angeschlossen haben! Selbst Bischof Wilhelm von Strassburg hat im Namen des abwesenden Mainzer Kurfürsten die Artikel angenommen und den Bauern Treue geschworen. Wir haben Götz von Berlichingen als Kommandanten. Er ist ein erfahrener Kriegsherr und wird klug gegen den Truchsess taktieren.«

Die feurige Rede hatte alle ergriffen, und Bernhard sah mit leuchtenden Augen zu seinem Oheim auf. Doch bald schon schlichen sich wieder ängstliche Zweifel in Anne Katharinas Herz.

»Wie viele Männer von Kirche und Adel sind den Bauern freiwillig zugezogen? Ist es nicht so, dass der Zwang der bewaffneten Haufen, die drohten, Burgen, Städte und Klöster niederzubrennen, sie zur Unterschrift trieb? Werden sie sich nicht wieder gegen die Bauern wenden, sobald die Gefahr für ihr Leben und ihre Güter vorüber ist?«

Peter runzelte die Stirn. »Du hast Recht, so mancher Herr ist in seinem Herzen noch verstockt, aber gerade deshalb müssen wir jetzt siegen. Erst dann wird Ruhe in den Ländern einkehren. An wen sollen sich die Zweifler wenden, wenn der Truchsess besiegt und der Bund zerschlagen ist?«

»Der Kaiser wird Mittel und Wege finden.«

Peter machte eine wegwerfende Handbewegung. »Der Kaiser ist weit weg in Spanien, und der Erzherzog ist viel zu schwach, gegen ein geeinigtes Reich anzugehen. Außerdem haben die Bauern nie die Hoheit des Kaisers in Frage gestellt. Gegen die Bischöfe und Grafen, Ritter und Klosterherren mit ihrem selbstherrlichen, willkürlichen Gebaren richtet sich der Zorn.«

Von draußen erschallten zwei Pfiffe. Eilig drückte sich Peter sein Barett auf den Kopf und küsste seine Schwester auf die Wange.

»Ich muss gehen, mein Herz.«

»Gibt es keinen Weg, dich aufzuhalten? Ich fürchte um dein Leben.«

Doch Peter schüttelte nur den Kopf und stürzte davon.

Sie starrte auf die leere Türöffnung und lauschte dem Poltern seiner Stiefel auf der Treppe. Die Haustür fiel ins Schloss. Heiße Angst stieg in ihr hoch. Anne Katharina rannte zum Fenster und riss es auf. Vielleicht war das der letzte Blick auf ihren Bruder, den sie für immer in ihrem Herzen einschließen musste. Da stand er in der Gasse, von einem halben Dutzend Landsknechten umringt, und lächelte zu ihr herauf. Auch die anderen Männer folgten seinem Blick.

»Da kommt der Hauptmann«, rief einer und deutete die Keckengasse entlang, wo sich vom Hafenmarkt her ein mit Schwert und Büchse bewaffneter Mann näherte. Anne Katharina erkannte seinen Schritt, und ihr Herz begann wild zu schlagen, noch ehe sie seine Gesichtszüge erkennen konnte. Ihre Blicke trafen sich für einen Moment. Die Liebe und Wärme, die sie sah, trieben ihr Tränen in die Augen. Schon rief er den Männern kurze Befehle zu. Noch einmal hob er die Hand zum Abschied und marschierte dann, seinen Landsknechten und den jungen Advokaten dicht auf den Fersen, in Richtung Marstall davon. Da gingen sie, ihr geliebter Bruder und der Mann, dessen Kind in ihr wuchs. Würden sie zu ihr zurückkehren? Behutsam legte Anne Katharina die Hände auf ihren Leib.

Noch war nichts zu sehen, und doch war es ihr, als könne sie das neue Leben in sich bereits spüren.

Das Kind würde zu Michel Vater sagen, und sie hatte längst beschlossen, dass es seinen Erzeuger niemals kennen lernen sollte, aber so endgültig durfte er nicht von ihr genommen werden. Anne Katharina sank auf einen Hocker und weinte lautlos in ihre Schürze.

»Mutter, was ist mit dir?« Eine Kinderhand strich ihr über das Haar. Anne Katharina schluchzte auf und nahm Veronica in die Arme. Nun begann auch Barbara zu weinen und wollte auf den Schoß der Mutter. Sie verstand noch nicht, was gesprochen wurde, aber die Trauer und Verzweiflung der Mutter konnte sie spüren.

»Mutter, warum weinst du?«, fragte Veronica noch einmal und wischte zärtlich die Tränenspuren von Anne Katharinas Wange.

»Weil der Oheim in den Krieg zieht und sie sich fürchtet, dass er von den Rittern des Truchsesses totgestochen wird«, antwortete Bernhard.

Veronica schnüffelte und schmiegte sich noch enger an die Mutter. »Wird der Oheim Peter sterben? Ist das wahr?«

Anne Katharina wiegte ihre beiden Töchter eine Weile. Sie antwortete erst, als sie sich sicher war, dass sie ihrer Stimme einen zuversichtlichen Klang geben konnte, der die Mädchen beruhigen würde, auch wenn sie selbst verzweifelt war. »Unser Leben liegt in Gottes Hand. Der Herr Jesu Christ wird bei ihnen sein und sie schützen, denn sie kämpfen für eine gerechte Welt. Oheim Peter wird bald schon zu uns zurückkehren. Wir werden gemeinsam für ihn beten.« Und für meinen Geliebten, fügte sie in Gedanken hinzu.

Der Tag glitt träge dahin. Geistesabwesend erledigte Anne Katharina ihre häuslichen Pflichten. In der Nacht wurde sie von bösen Träumen geplagt, so dass sie in der Früh mit schmerzendem Kopf und dunklen Schatten um die Augen beim Morgenmahl saß. Eine seltsame Stille lag über der Stube, die nicht einmal Michel entging.

»Was ist mit dir?«, fragte er sein Weib, ehe er zu einem Gespräch mit einem Koblenzer Weinhändler aufbrach.

Anne Katharina bewegte langsam den Kopf hin und her. »Nichts von Bedeutung. Ich hatte eine schlechte Nacht.« Sie wollte nicht mit ihm über ihre Ängste reden.

Er kam noch einmal zurück und strich ihr über die Wange. »Du siehst nicht gut aus. Ich hoffe, du wirst nicht krank.« Die Besorgnis in seiner Stimme berührte sie seltsam. Warum nur hatten sie keinen Weg zueinander gefunden? Sie griff nach seiner Hand und hielt sie, an ihre Wange gepresst, fest.

»Es wird schon nicht so schlimm werden«, sagte sie. Ihre Blicke trafen sich.

»Nein, vielleicht nicht. Hoffen wir das Beste.«

Sie ließ seine Hand los, und er wandte sich zum Gehen. Gedankenverloren sah ihm Anne Katharina nach.

»Wir müssen zur Schule«, erinnerte Veronica, als die Glocken von St. Michael zu läuten begannen. Sie schob ihre Schale weg, sprang auf und küsste die Mutter. Anne Katharina umarmte das Kind.

»Ja, es wird Zeit für euch. Seid schön brav und hört zu, was der Schulmeister euch erzählt.«

Veronica nickte und eilte zu Tür. »Nun komm schon, Bernhard, ich möchte nicht wieder eine Rüge bekommen. Zu spät sein gibt zwei Kreidestriche!«

Bernhard erhob sich aufreizend langsam. »Und wenn schon! Auf die kommt es bei mir auch nicht mehr an. Die nächsten Streiche sind eh bald wieder fällig.«

»Bei dir kommt es vielleicht nicht darauf an«, erwiderte seine Schwester spitz, »bei mir aber wohl! Ich bin erst zwei Mal geschlagen worden!«

Bernhard lief zur Tür, kam dann jedoch noch einmal zurück und umarmte seine Mutter. Er öffnete den Mund, um etwas zu sagen, schloss ihn dann aber wieder, schluckte und wandte sich abrupt ab. Er rannte aus dem Zimmer, die Treppe hinunter bis auf die Straße, so dass seine Schwester ihm kaum folgen konnte. Seine Mutter sah ihm erstaunt nach.

»So warte doch auf mich«, rief Veronica und eilte ihm nach.

Während Agnes den Tisch abräumte und den Boden wischte, saß Anne Katharina reglos auf der Bank, die Arme um den Leib geschlungen.

»Ihr solltet euch ablenken«, schlug die Magd nach einer Weile vor. Es wird viele Tage dauern, vielleicht auch Wochen, bis wir hoffen können, etwas von ihnen zu hören.«

Anne Katharina fragte sich nicht, woher Agnes ihre Gedanken kannte. »Ist dein Bruder auch dabei?«, fragte sie. Die Magd nickte. Stumm sahen sich die Frauen an. Schließlich senkte Anne Katharina den Blick.

»Dann werde ich mal sehen, ob ich Silbergarn bekomme. Mein Haarnetz ist gerissen, und ich würde es gerne flicken.«

»Ja, tut das.«

Den Vormittag verbrachte die Ratsherrengattin mit Besorgungen. Jedes Mal, wenn sie Gesprächsfetzen von den Unruhen dort draußen auffangen konnte, blieb sie stehen und lauschte begierig, obwohl es ja noch viel zu früh war, um auf eine Nachricht zu hoffen. Doch vielleicht fand die große Schlacht statt, bevor die Männer den Ort des Geschehens erreichten?

Mittags saß sie mit der Seybothin und Barbara in der Stube und nähte an der Haube mit dem silbernen Netz. Die Alte hatte ihre eigene Meinung über die Aufstände und schimpfte ohne Unterlass über die undankbaren, bösen Buben und ihre Verführer, die falschen Prediger, deren Zungen gespalten wie die von Schlangen seien. Die schärfsten Worte jedoch behielt sie sich für den Ketzer Luther zurück, der Schuld an der ganzen Misere trüge. Als Veronica von ihrer nachmittäglichen Schulstunde kam, machte sich Anne Katharina mit dem Kind zu Pater Hiltprand auf. Mit ihrer Tochter den Geschichten längst vergangener Tage zu lauschen, das würde ihrem Herzen und ihrem Geist vielleicht ein wenig Ruhe schenken, aber auch hier drehte sich heute alles um Krieg und Kampf, um Blut und Tod. Als es zu dämmern begann, machten sich Mutter und Tochter auf den Heimweg. Bernhard war sicher schon zu Hause und wartete mit einem Bärenhunger, bis endlich etwas auf dem Tisch stand, und auch die Seybothin musste von ihrer Gebetsstunde bereits zurück sein.

Ein junger Bursche kam ihnen auf der engen Treppe von der Pfarrgasse herab entgegen. Plötzlich stoppte er mitten im Lauf, wandte sich um und wollte in die Herrengasse verschwinden.

»David?«

Zögernd hielt er inne. Veronica erreichte ihn als Erste und umarmte ihn herzlich.

»David, wie schön, dich zu treffen«, begrüßte ihn Anne Katharina. Der Gedanke, er wäre vielleicht auch in diesen Wahnsinn gezogen, war ihr noch gar nicht gekommen. Nun jedoch empfand sie Erleichterung, ihn gesund bei Seele und Körper hier zu sehen.

»Möchtest du uns beim Spätmahl Gesellschaft leisten? Bernhard freut sich sicher, mit dir ernste Männergespräche führen zu können und nicht wieder nur in einer Weiberrunde dasitzen zu müssen. Michel ist nach Koblenz unterwegs und wird erst in ein paar Tagen zurückkehren.«

David mied ihren Blick. »Ich danke dir für das freundliche Angebot, das ich leider ablehnen muss. Ich werde bereits daheim erwartet und muss mich beeilen.« Er verbeugte sich hastig, sprang die letzten Stufen hinunter und verschwand in der düsteren Gasse. Verwundert sah ihm seine Tante nach. Ob er wieder Streit mit Ulrich hatte? Der arme Junge. Für ihn konnte es nur von Vorteil sein, wenn er sein Elternhaus bald verließ, um in Nürnberg zu studieren. Peter musste sich seiner am Anfang ein wenig annehmen, falls er noch einmal an den Ort seiner Studien zurückkehrte. Ein schwerer Knoten schwoll in ihrer Brust, der beim Atmen schmerzte. Falls er diesen Krieg lebend überstehen würde!

Licht und Wärme und ein gedeckter Tisch empfingen Mutter und Tochter, als sie in die Stube traten, aber auch eine höchst erzürnte Schwiegermutter. Sie saß stocksteif auf ihrem Stuhl und trommelte mit den Fingerspitzen auf die Tischplatte. Anne Katharina grüßte sie und füllte erst Barbaras und Veronicas Schalen, ehe sie die Alte fragte, was sie so erzürne.

»Es ist bereits dunkel, und dein Sohn ist bislang nicht nach Hause gekommen!«

Anne Katharina unterdrückte einen Seufzer. Wie oft hatte sie ihn deswegen schon geschimpft, hatte ihn geschlagen oder ihm unliebsame Arbeiten aufgegeben. Vergeblich, er war ein Herumtreiber und liebte es, mit seinen Freunden die dunkelsten und geheimnisvollsten Ecken zu erkunden.

»Den ganzen Tag hat er sich hier nicht blicken lassen, obwohl ich ihm aufgetragen habe, er solle mir zwei Eimer Kohlen in meine Kammer hinaufbringen.«

»Das tut mir Leid, liebe Agate. Ich werde Agnes gleich nach dem Essen losschicken.«

»Ich kann das der Magd auch selber sagen. Darum geht es nicht! Wenn ich dem Jungen etwas auftrage, dann hat er das auch auszuführen. Er ist völlig verwildert, ohne Verantwortungsgefühl und Disziplin. Wie habe ich mich bemüht, die Kinder zu rechten Bürgern zu erziehen – nun ja, Veronica ist ja auch recht gehorsam, aber Bernhard ist ein hoffnungsloser Fall.«

In Anne Katharina staute sich schon wieder Wut an. Was erwartete sie von einem Elfjährigen? Dass er immer nur neben seiner Großmutter stand, um ihre Befehle auszuführen? Sie erinnerte sich noch genau, wie Peter in diesem Alter das große Abenteuer gesucht hatte und fast jeden Abend verschmutzt und mit blutigen Knien oder Ellenbogen, aber mit leuchtenden Augen ins Vogelmannshaus zurückgekehrt war.

»Ihr verlangt zu viel von dem Knaben. Lasst ihn seine Freiheit genießen, solange er sie hat. Das Leben wird ihn später noch genug zu harter Arbeit und Verzicht zwingen.«

»Das ist genau das Problem, dass du dich immer gegen mich stellst und die Kinder somit verdirbst!«

Anne Katharina atmete langsam ein und aus. Sie durfte jetzt den Mund nicht aufmachen, sonst würde sie der Mutter ihres Gatten ihre ganze Wut ins Gesicht schreien. In Gedanken zählte sie die mit einem Relief verzierten Kacheln am Ofen. Erst als sie bei zwanzig angekommen war, sagte sie: »Wir sind oft unterschiedlicher Meinung, wie die Kinder behandelt werden sollen, dennoch verwahre ich mich dagegen, dass Ihr meinen Sohn als hoffnungslosen Fall bezeichnet. Es mag sein, dass er Euch nicht immer gehorcht, dafür wird er dann ja auch bestraft. Ansonsten ist er ein ganz normaler Junge, der in seine Welt hineinwächst. Wenn seine Zeit gekommen ist, dann wird er der Familie Ehre machen! Und nun entschuldigt mich. Ich werde Barbara zu Bett bringen.« Sie nahm das Mädchen in die Arme und trug es in die Kammer, die sie mit Veronica teilte. Morgen würde sie Agnes bitten, noch eine Matratze heraufzubringen. Dann könnten sich die beiden Mädchen das Bett teilen, und sie selbst würde ihr Lager neben der Truhe an der Wand gegenüber aufschlagen.

Als die beiden Mädchen in ihrem Bett schliefen und Anne Katharina in die leere Stube hinunterkam, war Bernhard immer noch nicht zurück. Die alte Seybothin hatte sich erbost in ihre Kammer zurückgezogen, Agnes säuberte in einem Zuber in der Küche das Geschirr. Unruhe ergriff die Mutter. Sie stieg hinunter in die Küche und setzte sich der Magd gegenüber auf ein Dreibein.

»Wo er nur bleibt? Der Nachtwächter dreht schon seine Runden. Er muss doch wissen, dass er mir Sorgen bereitet.«

Agnes schrubbte den rußigen Boden des großen Suppenkessels. »Wenn sie mit ihren Freunden unterwegs sind, dann vergessen sie die Zeit, die Vorschriften und die eigene Mutter.«

»Aber dass er so spät erst heimkommt?« Die Unruhe hielt sie nicht mehr auf ihrem Platz. Die Hände ineinander verschränkt, schritt sie auf und ab.

»Hast du ihn heute schon zu Gesicht bekommen?«

Die Magd schüttelte den Kopf. »Ich sah ihn nur, als er heute Morgen mit einem dicken Bündel auf dem Rücken zur Schule aufbrach.«

Anne Katharina blieb in der Küche, bis Agnes alle Töpfe, Schalen und Messer gereinigt, getrocknet und an ihren Platz geräumt hatte. Dann weichte sie Hafer und Leinsamen für das Mus am nächsten Morgen ein.

»Wir müssen ihn suchen. Hast du gehört? St. Michael hat bereits elf Uhr geschlagen.«

Agnes griff nach dem Arm der Herrin. »Wo wollt Ihr Eure Suche beginnen und wo beenden? Wollt Ihr jeden Schober, jeden Verschlag in Hall ausräumen?«

»Wenn es sein muss!«, fauchte die Mutter. »Los, hole zwei Kienspäne und deinen Mantel. Du wirst mich begleiten.«

Die Magd seufzte kaum hörbar, wagte aber nicht, zu widersprechen. Kurz darauf wanderten die beiden Frauen durch die leeren, nächtlichen Gassen. Wenn er nicht gefunden werden wollte, dann gab es unzählige Möglichkeiten, sich zu verstecken, das war Anne Katharina klar, vor allem, da ihr Lichtschein ja schon von weitem zu sehen war. Immer wieder blieb sie stehen und rief gedämpft den Namen ihres Sohnes. Einmal begegneten sie ein paar trunkenen Siedern, die lachend und schwankend nach Hause strebten.

»Herrin, es hat keinen Sinn. Vielleicht ist er längst daheim und wundert sich, wo Ihr geblieben seid. Oder er hat sich in einer der Vorstädte verspätet und es nicht rechtzeitig bis zum Schließen der Tore geschafft. Dann wird er nicht vor dem Morgen in die Oberstadt zurückkehren können.«

»Du weißt genau, dass die Wächter die Pforte für zwei Heller auch nach Einbruch der Dunkelheit öffnen!«

»Und wenn er keinen Heller bei sich hat?«

Anne Katharina kaute auf ihrer Unterlippe. Mit ihrer Fackel in der Hand stand sie unterhalb der Schmalzstaffel und ließ ihren Blick wandern. Da näherte sich ein Licht vom Hafenmarkt her. Ein Mann mit einem breitkrempigen Hut auf dem Kopf und einer Hellebarde in der Hand kam auf die beiden Frauen zu. Der Nachtwächter trat zu ihnen heran und verneigte sich.

»Ich grüße die Bürgerinnen und hoffe, sie verzeihen mir die Frage, was sie in tiefster Nacht in den Gassen suchen, in denen nur noch der Nachtwächter unterwegs sein sollte?«

»Mein Sohn Bernhard ist nicht nach Hause gekommen«, teilte ihm die Ratsherrngattin mit.

Der Nachtwächter nickte. Sie war nicht die erste besorgte Mutter, die er auf seinen nächtlichen Runden antraf. »Ich kann Eure Sorge verstehen, gnädige Frau, dennoch solltet Ihr nun den Rückweg antreten. Ich werde Euch begleiten und verspreche Euch, nach dem Ausreißer Ausschau zu halten.«

Widerstrebend folgte Anne Katharina dem Nachtwächter, der sie bis zur Tür des Seybothhauses brachte. Noch einmal verneigte er sich, dann setzte er seine Runde fort und stimmte das Lied zu Mitternacht an.

Auch die beiden nächsten Stundenlieder bekamen die Frauen zu hören, die mit einem Becher Met in der Küche am Feuer saßen, dann gelang es Agnes endlich, Anne Katharina dazu zu überreden, sich auf ihr Lager zu legen.

»Ich wecke Euch sogleich, wenn er zurückkommt«, versprach sie. »Ich habe einen leichten Schlaf und höre die Haustür, wenn sie geöffnet wird.«

Anne Katharina erhob sich und nickte. Steifbeinig ging sie zur Treppe und stieg nach oben. Ihr Gesicht war zu einer Maske erstarrt, doch in ihr tobten die Dämonen der Angst und peinigten ihre Seele mit schrecklichen Bildern.

Neugierig geworden?
Die ganze Geschichte finden Sie in:

Das Kreidekreuz
von Ulrike Schweikert

KNAUR

Ulrike Schweikert

Deutschland am Vorabend des 30-jährigen Krieges: In einer wohlhabenden Familie in einer deutschen Kleinstadt kommen Zwillingsschwestern zur Welt. Während die tugendhafte Helena ins Kloster geht, wird ihre eigenwillige Zwillingsschwester Sibylla Hebamme. Als die Tochter des obersten Richters der Stadt ein uneheliches Kind bekommt, soll Sibylla das Mädchen von dieser ›Last‹ befreien. Damit weiß sie um ein dunkles Geheimnis der Mächtigen und wird zur Gefahr. Die Häscher der Inquisition rüsten zur Hexenjagd …

»Ein Buch, von dem man nicht mehr lassen kann!«
Rheinzeitung

Die Hexe und die Heilige
3-426-62254-8

Knaur.

Knaur.

Ulrike Schweikert

Das mittelalterliche Leben einer deutschen Stadt und die Geschichte einer außergewöhnlichen jungen Frau. Anne Katharina Vogelmann ist die Tochter eines wohlhabenden Salzsieders und unzufrieden mit ihrer Rolle als das sittsame Mädchen, das nur auf den Ehemann zu warten hat. Ihr beschauliches Leben ändert sich, als sie dunkle Geheimnisse und sogar einen Mord entdeckt. Die Spur führt in ihre eigene Familie …

Das hervorragend recherchierte und mitreißend geschriebene Debüt einer Bestsellerautorin!

Die Tochter des Salzsieders
3-426-61922-9